범우비평판 한국문학 24-①

강경애 편

# 인간문제(외)

책임편집 서정자

종합출판 범우

**국립중앙도서관 출판시도서목록(CIP)**

인간문제(외) / 강경애 지음 ; 서정자 책임편집. -- 파주
: 범우, 2005
  p. ;    cm. -- (범우비평판 한국문학 ; 24-1 - 강경애
편)

ISBN  89-91167-14-4 04810 : ₩15000
ISBN  89-954861-0-4(세트)

810.81-KDC4
895.708-DDC21                              CIP2005001074

# 한민족 정신사의 복원
— 범우비평판 한국문학을 펴내며

　한국 근현대 문학은 100여 년에 걸쳐 시간의 지층을 두껍게 쌓아왔다. 이 퇴적층은 '역사'라는 이름으로 과거화 되면서도, '현재'라는 이름으로 끊임없이 재해석되고 있다. 세기가 바뀌면서 우리는 이제 과거에 대한 성찰을 통해 현재를 보다 냉철하게 평가하며 미래의 전망을 수립해야 될 전환기를 맞고 있다. 20세기 한국 근현대 문학을 총체적으로 정리하는 작업은 바로 21세기의 문학적 진로 모색을 위한 텃밭 고르기일뿐 결코 과거로의 문학적 회귀를 위함은 아니다.

　20세기 한국 근현대 문학은 '근대성의 충격'에 대응했던 '민족정신의 힘'을 증언하고 있다. 한민족 반만년의 역사에서 20세기는 광학적인 속도감으로 전통사회가 해체되었던 시기였다. 이러한 문화적 격변과 전통적 가치체계의 변동양상을 20세기 한국 근현대 문학은 고스란히 증언하고 있다.

　'범우비평판 한국문학'은 '민족 정신사의 복원'이라는 측면에서 망각된 것들을 애써 소환하는 힘겨운 작업을 자청하면서 출발했다. 따라서 '범우비평판 한국문학'은 그간 서구적 가치의 잣대로 외면 당한 채 매몰된 문인들과 작품들을 광범위하게 다시 복원시켰다. 이를 통해 언어 예술로서 문학이 민족 정신의 응결체이며, '정신의 위기'로 일컬어지는 민족사의 왜곡상을 성찰할 수 있는 전망대임을 확인하고자 한다.

'범우비평판 한국문학'은 이러한 취지를 잘 살릴 수 있도록 다음과 같은 편집 방향으로 기획되었다.

첫째, 문학의 개념을 민족 정신사의 총체적 반영으로 확대하였다. 지난 1세기 동안 한국 근현대 문학은 서구 기교주의와 출판상업주의의 영향으로 그 개념이 점점 왜소화되어 왔다. '범우비평판 한국문학'은 기존의 협의의 문학 개념에 따른 접근법을 과감히 탈피하여 정치·경제·사상까지 포괄함으로써 '20세기 문학·사상선집'의 형태로 기획되었다. 이를 위해 시·소설·희곡·평론뿐만 아니라, 수필·사상·기행문·실록 수기, 역사·담론·정치평론·아동문학·시나리오·가요·유행가까지 포함시켰다.

둘째, 소설·시 등 특정 장르 중심으로 편찬해 왔던 기존의 '문학전집' 편찬 관성을 과감히 탈피하여 작가 중심의 편집형태를 취했다. 작가별 고유 번호를 부여하여 해당 작가가 쓴 모든 장르의 글을 게재하며, 한 권 분량의 출판에 그치는 것이 아니라 작가별 시리즈 출판이 가능케 하였다. 특히 자료적 가치를 살려 그간 문학사에서 누락된 작품 및 최신 발굴작 등을 대폭 포함시킬 수 있도록 고려했다. 기획 과정에서 그간 한 번도 다뤄지지 않은 문인들을 다수 포함시켰으며, 지금까지 배제되어 왔던 문인들에 대해서는 전집발간을 계속 추진할 것이다. 이를 통해 20세기 모든 문학을 포괄하는 총자료집이 될 수 있도록 기획했다.

셋째, 학계의 대표적인 문학 연구자들을 책임 편집자로 위촉하여 이들 책임편집자가 작가·작품론을 집필함으로써 비평판 문학선집의 신뢰성을 확보했다. 전문 문학연구자의 작가·작품론에는 개별 작가의 정신세계를 보다 구체적으로 살펴볼 수 있는 한국 문학연구의 성과가 집약돼 있다. 세심하게 집필된 비평문은 작가의 생애·작품세계·문학사적 의의를 포함하고 있으며, 부록으로 검증된 작가연보·작품연구·기존 연구 목록까지 포함하고 있다.

넷째, 한국 문학연구에 혼선을 초래했던 판본 미확정 문제를 해결하기 위해 최선의 노력을 기울였다. 특히 일제 강점기 작품의 경우 현대어로 출판되는 과정에서 작품의 원형이 훼손된 경우가 너무나 많았다. 이번 기획은 작품의 원본에 입각한 판본 확정에 특별한 노력을 기울여 근현대 문학 정본으로서의 역할을 다했다.

신뢰성 있는 선집 출간을 위해 작품 선정 및 판본 확정은 해당 작가에 대한 연구 실적이 풍부한 권위있는 책임편집자가 맡고, 원본 입력 및 교열은 박사 과정급 이상의 전문연구자가 맡아 전문성과 책임성을 강화하였다. 또한 원문의 맛을 최대한 살리기 위해 엄밀한 대조 교열작업에서 맞춤법 이외에는 고치지 않는 것을 원칙으로 했다. 이번 한국문학 출판으로 일반 독자들과 연구자들은 정확한 판본에 입각한 텍스트를 읽을 수 있게 되리라고 확신한다.

'범우비평판 한국문학'은 근대 개화기부터 현대까지 전체를 망라하는 명실상부한 한국의 대표문학 전집 출간을 목표로 한다. 따라서 권수의 제한 없이 장기적이면서도 지속적으로 출간될 것이며, 이러한 출판 취지에 걸맞는 문인들이 새롭게 발굴되면 계속적으로 출판에 반영할 것이다. 작고 문인들의 유족과 문학 연구자들의 도움과 제보가 지속되기를 희망한다.

2004년 4월
범우비평판 한국문학 편집위원회 임헌영·오창은

1. 강경애의 작품 중 강경애의 문학적 본령을 보여주는 작품을 뽑아 실었다.
2. 강경애의 작품들은 발표원전을 저본으로 하였다. 특히 대표장편《인간문제》는 북한에서 1949년에 단행본으로 나온 것이 작가가 아닌 타인의 첨삭이 가해진 것으로 보아(해설 참조) 신문연재본을 정본으로 하였으며 단편〈지하촌〉역시 신문연재본이 검열 삭제 등 훼손이 없는 것으로 역시 이를 정본으로 하였다. 단편〈어둠〉의 경우 작가의 첨삭이 확실하다고 판단하여 현대《조선여류문학선집》에 실린 것을 정본으로 하였다. 나머지 작품은 역시 발표원전을 저본으로 하였다.
   교정은 편저자가 직접 원전과 일일이 대조하여 단락과 한 구절 한 자에 이르기까지 정확을 기하였다.
3. 원문을 가능하면 살리되 독자들이 읽기 쉽도록 현대표기로 고치고 한자는 한글로 표기하였으며 필요한 한자는 부기 하였다. 괄호 속의 한자는 원전 대로이다.
4. 일본어에는 주석을 달았으며 일본어로 표기된 부분은 한글로 해석하여 싣고 일어는 병기하지 않았다.
5. 발표 연도나 게재지 또는 출판사를 글의 뒤에 밝혀놓았다.

강경애 편 | 차례

# 소설

# 인간문제

## 1

이 산등에 올라서면 용연 동네는 저렇게 뻔히 들여다볼 수가 있다. 저기 우뚝 솟은 저 양기와집이 바로 이 앞벌 농장주인인 정덕호 집이며, 그 다음 이편으로 썩 나와서 양철집이 면역소며, 그 다음으로 같은 양철집이 주재소며, 그 주위를 싸고 컴컴히 돌아앉은 것이 모두 농가들이다. 그리고 그 아래 저 푸른 못이 원소怨沼라는 못인데, 이 못은 이 동네의 생명선이다. 이 못이 있길래 저 동네가 생겼으며 저 앞벌이 개간된 것이다. 그리고 이 동네 개 짐승까지라도 이 물을 먹고 살아가는 것이다. 이 못은 언제 어떻게 생겼는지 물론 아무도 아는 사람이 없을 것이다. 그러나 이 동네 농민들은 이러한 전설을 가지고 있다. 그들은 이 전설을 유일한 자랑거리로 삼으며, 따라서 그들이 믿는 신조로 한다. 그들에게서 들으면 이러하였다. 옛날, 이 원소가 생기기 전에, 이 터에는 장자 첨지가 수없는 종들과 전지와 살진 가축들을 가지고 살았다는 것이다. 그런데 그 첨지는 하도 인색하여서, 연년이 추수하는 곡식을 미처 먹지 못하고 곳간에는 푹푹 썩어내도 근처 어려운 사람들을 구제할 생각은 고사하고, 어쩌다 걸인이 밥 한술을 구걸하여도 그것이 아까워서는 대문을 닫아 걸고 끼니도 끊여먹었다는 것이다. 그런데 마침 몇 해를 거푸 흉년이 들어서 이 동네 사람들이 모두 굶어 죽게 되었을 때 그들은 하루에도 몇 번씩 장자 첨지에게 애걸을 하였다. 그러나 첨지는 들은 체도 하지 않고 오히려 그들을 나무라고 문간에도 들이지 않았다는 것이다.

그러므로 그들은 하는 수 없이 몰래 작당을 하여가지고 밤중에 장자 첨지네 집을 습격하여 쌀과 살진 짐승들을 끌어냈다는 것이다. 이런 일이 있은 후 며칠 만에 장자 첨지는 관가에 고소장을 들여 이 근처 농민들을 모두 잡아가게 하였다. 그래서 무수한 악형을 하고 혹은 죽이고 그나마는 멀리 쫓아버렸다는 것이다.

아버지 어머니 혹은 아들 딸을 잃어버린 이 동네 노인이며 어린것들은 목이 터지도록 아버지 어머니를 부르며 혹은 아들과 딸을 찾으며 장자 첨지네 마당가를 떠나지 않고 울었다는 것이다. 그래서 울고 울고 또 울어서 그 눈물이 괴고 괴어서 마침내는 장자 첨지네 고래잔등 같은 기와집이 하룻밤새에 큰 못으로 변하였다는 것이다. 그 못이 즉 내려다보이는 저 푸른 못이다.

표면에 나타나는 이 못의 넓이는 누구나 얼핏 보아도 짐작 하겠지마는 이 못의 깊이는 이때까지 아는 사람이 한 사람도 없었다. 옛날에 어떤 사람이 이 못의 깊이를 알고자 하여 명주실꾸리를 몇 꾸리든지 넣어도 끝이 안 났다는 그런 말은 아직까지도 남아 있다. 이 동네 농민들은 어디서 새로 이사 오는 사람들이 있으면 반드시 쫓아가서 원소의 전설부터 이야기하고 그리고 자손이나서 말을 배우기 시작할 때부터 이 전설을 가르쳐 주는 것이다. 그래서 어린애들로부터 어른까지 이 전설을 머리에 꼭꼭 기억하고 있다. 그리고 이 원소에 대해서 막연하나마 어떤 기대를 가지고 있는 것이다.

그러므로 이 농민들은 무슨 원통한 일이 있어도 이 원소를 보고 위안을 얻으며 무슨 괴로운 일이 있어도 이 원소를 바라보면 사라진다고 하였다. 사명일 때면 그들은 떡이나 흰밥을 지어 이 원소 부근에 파묻으며 옷이며 신발까지도 내다 버리는 것이다. 그만큼 그들은 정성을 표하곤 하였다. 더구나 그들이 불치의 병에 걸렸을때도 이 원소에 와서 빌면 그 병은 곧 물러간다고 그들은 말하였다.

이러한 원소를 가진 그들이건만 웬일인지 해를 거듭할수록 나날이 궁핍과 고민만이 닥쳐왔다. 그래서 근년에는 그들의 먹는 것이란 밀죽과 도토리뿐이므로 흰밥이며 떡을 해도 파묻는 일도 드물었다.

그들의 이러한 아픔과 쓰림은 저 원소라야만 해결해 줄 것 같았다. 그래서 그들은 언제나 원소를 바라보며 위안을 얻었다.

예나 지금이나 저 원소의 물은 푸르고 푸르다. 흰 옷감을 보면 물들이고 싶게 그렇게 푸르다. 억새풀이 길길이 자란 그 밑으로 봄을 만난 저 원소 물이 도랑으로 새어 흐르고 또 흐른다. 그 주위로 죽 돌아선 늙은 버드나무는 겉보기에는 다 죽은 듯하건만 그 속에서 새 움이 파랗게 돋아난다.

어디서 왔는지 모르는 물매미 한 마리가 땀방 뛰어들어, 시원스럽게 원형을 그리며 돌아간다. 그러자 어디서인지 신발소리가 가볍게 들려온다.

## 2

신발소리가 차츰 가까워지더니 산등으로 계집애 하나가 뛰어올라온다. 그는 무엇에 쫓기는 모양인지 자주자주 뒤를 돌아보며 숨이 차서 달려내려온다.

계집애는 이 동네에서 흔히 볼 수 있는 메꽃 물을 들인 저고리를 입었으며 얼굴빛은 좀 푸른 기를 띠었으나 티없이 맑았다. 그리고 손에 든 나물바구니가 몹시 귀찮은 모양인지 좌우 손에 번갈아 쥐다가는 머리에 였다가 그도 시원치 않아서 이번에는 가슴에다 안으며 낯을 찡그린다. 그리고 흘금흘금 산등을 돌아본다. 뒤미처 나무꾼애가 작대기를 휘두르며 쫓아온다.

"이놈의 계집애, 깜짝 말고 서라!"

소리를 버럭 지르며 다오쳐오는 속력은 몹시도 빨랐다. 계집애는 가슴에 안았던 바구니를 머리에 이며, 죽을 힘을 다하여 내려오다가, 그만 푹 거꾸러져 언덕 아래로 굴러내렸다. 바구니는 그냥 데굴데굴 굴러내려간다.

나무꾼애는 이것이 재미스러워 킥킥 웃으면서 계집애 곁으로 오더니 막아섰다.

"이 계집애 진작 줄 것이지, 도망질을 왜 하니. 아무러면 나한테 견딜 것 같니. 좋다! 넘어지니 맛이 어때?"

흑흑 느껴 우는 계집애는 벌떡 일어나며 바구니가 어디로 갔는가 하여 둘러보다가 저편 보리밭 머리에 있는 것을 보고야 나무꾼애를 힐금 쳐다본다. 그리고 슬며시 돌아선다. 나무꾼에는 얼핏 뛰어가서 바구니를 들고 왔다.

"이놈의 계집애! 싱아 다 꺼내 먹는다, 봐라."

계집애가 서 있는 앞에 바구니를 갖다 놓고 그는 손을 넣어 싱아를 꺼냈다. 그리고 일변 어석어석 씹어먹는다. 계집애는 도다시 힐끔 쳐다보더니,

"이리 다오, 이 새끼!"

앞으로 다가서며 바구니를 뺏는다. 나무꾼애는 계집애의 뾰로통한 모양이 우스워서 '킥' 웃었다. 그리고 계집애 눈등의 먹사마귀가 그의 눈을 끌었다.

"너 요게 뭐야?"

나무꾼애는 계집애의 눈등을 꾹 찔렀다. 계집애는 흠칫하며 나무꾼

애의 손을 홱 뿌리치고,

"아프구나! 새끼두."

"계집애두 꽤 사납게는 군다…… 나 하나만 더……."

나무꾼애는 코를 훌떡 들이마시며 손을 내밀었다. 계집애는 그의 부드러운 음성에 무서움이 다소 덜려서 바구니에서 싱아를 꺼내 내쳐주었다.

나무꾼애는 떨어진 싱아를 주워 껍질도 벗기지 않고 '시시' 하고 침을 삼키며 먹다가 웬일인지 앞이 허전한 듯해서 바라보니 있거니 한 계집애가 없다. 그래서 두루 찾아보니 계집애는 벌써 원소를 돌아가고 있다. "고놈의 계집애! 혼자 가네." 나오는 줄 모르게 이런 말이 굴러나왔다. 그는 멀리 계집애의 까뭇거리는 모양을 바라보며 그도 동네로 들어가고 싶은 맘이 부쩍 들었다.

"이애 선비야! 나하고 같이 가자."

소리를 지르며 달려내려갔다. 그가 원소까지 왔을 때는 계집애는 보이지 않았다. 그는 아무 데나 펄쩍 주저앉았다. "고놈의 계집애…… 혼자 가네. 고런 어디서……." 이렇게 투덜거렸다.

한참 후에 무심히 내려다보니, 원소 물 위에 그의 초라한 모양이 뚜렷이 보인다. 그는 생각지 않은 웃음이 '픽' 하고 나왔다. 그리고 물을 들여다보며 다리팔을 놀려보고, 머리를 기웃거릴 때, 아까 뾰로통해 섰던 계집애의 눈등에 있는 먹사마귀가 얼핏 떠오른다. "고게 뭐야?" 하며 그는 휘끈 돌아보았다. 아무도 없다. "고놈의 계집애, 정말……." 그는 계집애가 사라진 버드나무숲 저편을 바라보며 이렇게 중얼거렸다. 따라서 물 먹고 싶은 생각이 버쩍 들었다. 그래서 그는 벌떡 일어서며 땀밴 적삼을 벗어 풀밭에 휙 집어던지고 언덕 아래로 내려갔다.

그는 넓적 엎디며 목을 길게 늘이어 물을 꿀꺽꿀꺽 마신다.

목을 통하여 넘어가는 물은 곧 달큼하였다. 한참이나 물을 마신 그는 얼핏 일어나며 가쁜 숨을 '후유' 하고 내쉬었다.

원소를 거쳐 불어오는 실바람은 짙은 풀내를 아득히 싣고와서 땀에 젖은 그의 겨드랑이를 서늘하게 말려준다. 그는 휭 맴돌이를 쳤다. "내 지게…?…?" 무의식간에 그는 이렇게 중얼거리자, 그가 계집애를 따라 여기까지 온 것을 생각하고 단숨에 달음질쳐서 산등으로 올라갔다. 그리고 지게 있는 곳으로 와서 낫을 가지고 산 옆으로 돌아가며 나무를 깎기 시작하였다. 나무를 깎아 가지고 지게 곁으로 온 그는 그 지게를 의지하여 벌렁 누워버렸다. 풀내가 강하게 끼치며 속이 후련해졌다. 잠이라도 한잠 푹 자고 싶었다. 그래서 그는 눈을 감았다. 갑자기 "첫째야!"하고 누가 부른다.


3


잠이 사르르 오던 그는 깜짝 놀라 벌떡 일어났다. 그래서 휘휘 돌아보니 이서방이 나무다리를 짚고 씩씩하며 이편으로 온다.

"이서방!"

그는 이서방을 보니 반가움과 함께 배고픔을 깨달았다.

"너 여기 있는 것을 자꾸 찾아다녔구나."

이서방은 나무다리를 꾹 짚고 서서 귀여운 듯이 첫째를 바라본다. 그들의 그림자가 산 아래까지 길게 달려내려갔다. 첫째는 나뭇짐을 낑 하고 지며,

"날 찾아다녔수?"

"그래 해가 져 가는데두! 어머니께 대답질을 하면 쓰나. 후담에는 그러지 말아라."

첫째는 이서방과 가지런히 걸으며 '히이……' 웃었다. 그리고 강한 햇빛을 눈이 부시도록 치느끼며 그는 지금이 아침인지 저녁인지 분명

치를 않았다.

"어머니가 밥을 지어놓고, 여간 너를 기다리지 않는다."

어머니에 대한 노염을 풀어주려고, 이서방은 말끝마다 어머니를 불렀다.

"밥했수?"

첫째는 멈칫 서서 이서방을 보다가 무심히 저편 들을 바라보았다. 석양빛에 앞벌은 비단결 같다.

"이서방, 나두 올부터는 김 좀 맸으면……."

이서방은 가슴이 뜨끔하였다. 그리고 저것이 벌써 김을 매고 싶어하니 어쩐단 말이누 하는 걱정과 함께 지난날에 일하고 싶어 날뛰던 자기의 과거가 휙 떠오른다. 그는 후 한숨을 쉬며 불타산을 멍하니 노려보았다.

"이서방, 난 김매구, 이서방은 점심 가지고 나헌테 오구, 그리구, 또……."

그는 말만 해도 좋은지 빙긋빙긋 웃는다. 이서방은 너 김맬 밭이 있냐? 하고 금방 입이 벌어지려는 것을 꿀꺽 삼켜버렸다. 따라서 가슴속에서 무엇이 울컥 맞받아 나온다.

"그리구 이서방도 동냥하러 다니지 않고 내가 농사한 곡식을 먹구……."

이서방은 그만 우뚝 섰다. 그리고 나무다리를 힘있게 짚었다. 그가 일생을 통하여 이러한 감격에 취하여 보기는 아마 처음일 것이다. 반면에 차디찬 이 세상을 이같이 원망하기도 역시 처음이었다. 그가 어려서부터 남의 집을 살며 별별 모욕을 받다 못해서 이 다리까지 부러졌지만, 아! 여기다 비기랴!

첫째는 흥이 나서 말을 하다가 돌아보니, 이서방이 따르지 않는다. 그는 멈칫 섰다.

"이서방! 왜 울어?"

첫째는 눈이 둥그레서 이편으로 다가온다. 이서방은 눈물을 쥐어 뿌린다. 그리고 나무다리를 다시 놀린다.

"어머니가 또 뭐라고 했구만. 그까짓 어머니 발길로 차 던져."

눈을 실쭉하니 뜬다. 이서방은 놀라 첫째를 바라보며, 아까 싸운 노염이 아직도 남아 있음인가? 그렇지 않으면 이 아이가 무엇 때문에 어머니에 대한 증오심이 이리도 큰가?

"이애 너 무슨 말을 그렇게 하니? 못 쓴단다."

이렇게 말하는 이서방은 이애가 벌써 자기 어머니의 비행을 눈치챔인가? 하는 생각이 얼핏 들며, 유서방과 영수, 그리고 요새 같이 다니는 대장장이가 번갈아 떠오른다. 그는 말할 용기를 잃어버렸다.

그들은 밀밭머리 좁은 길로 들어섰다.

"이서방! 오늘 돈 얼마나 벌었수?"

이 말에 이서방은 용기를 얻어,

"이애 돈이 뭐가, 오늘은 저 앞벌 술막집 잔채하는 데 종일 가 있다가, 이제야 왔다."

"잔챗집에…… 그럼 떡 얻어왔지, 떡 얻어왔지?"

작대기를 구르며 이서방을 바라본다.

"그래, 얻어왔다."

"얼마나?"

그는 입맛을 다시며 대든다.

"조금 얻어왔다."

"또 어머니 주었수?"

"아니 그냥 있다."

이 애가 실망할 것을 생각하고 그는 이렇게 말하면서도 눈허리에 벌레가 지나는 것 같았다.

"이서방, 나는 떡만 먹고 산다면 좋겠더라."

그는 침을 꿀꺽 넘기었다.

"내 이 봄엔 많이 얻어다 줄 것이니, 이 배가 터지도록 먹으렴."

첫째는 '히이' 웃으면서 작대기로 돌부리를 툭툭 갈긴다. 이런 때에 그의 내리뜬 눈은 볼수록 귀여웠다.

그들이 집까지 왔을 때는 어슬어슬한 황혼이었다. 첫째 어머니는 문 밖에 섰다가 그들이 오는 것을 보고,

"저놈의 새끼 범두 안 물어가."

나오는 줄 모르고 이런 말을 하고도 가슴이 선뜻하였다. 이 때까지 기다리던 끝에 악이 받쳐 이런 말을 하고도, 곧 후회가 되었던 것이다.

첫째는 나뭇짐을 벗어놓고 일어난다.


4


첫째는 방으로 들어오며,

"나 떡."

뒤따르는 이서방을 돌아보았다. 첫째 어머니는 냉큼 시렁위에서 떡 담은 바가지를 내려놓았다.

"잡놈의 새끼, 배는 용히 고픈 게다…… 떡떡 하더니 실컨 먹어라."

첫째는 떡바가지를 와락 붙잡더니, 떡을 쥐어 뚝뚝 무질러 먹는다. 그들은 물끄러미 이 모양을 바라보며 저것이 얼마나 배가 고파서 저 모양일까 하고 측은한 생각까지 들었다. 첫째는 순식간에 그 떡을 다 먹고 나서,

"또 없나?"

첫째 어머니는 등에 불을 켜놓으며,

"없다. 그만치 먹었으면 쓰겠다."

"밥이라도 더 먹지."

이서방은 불빛에 빨개 보이는 첫째 어머니의 볼을 바라보며 이렇게 말하였다. 첫째 어머니는 등 곁에서 물러앉으며,

"얘는 저 이서방이 버려놓는다니, 자꾸 응석을 받아줘서…… 저 새끼가 배부른 게 어디 있는 줄 아오. 욕심 사납게 있으면 있는 대로 다 먹으러 드는데."

아까 떡 한 개 더 먹고 싶은 것을, 첫째가 오면 같이 먹으려고 두었던 것이나, 막상 첫째가 배고파 덤비는 양을 보고는, 차마 떡그릇에 손을 넣지 못하였던 것이다. 그러나 마침내 한 개도 남기지 않고 다 먹는 것을 보니 섭섭하였다.

"이서방, 나가자우."

첫째는 벌써 눈이 감겨오는 모양이다. 이서방은 첫째 어머니와 이렇게 마주 앉고 있는 것이 얼마든지 좋으나, 첫째의 말에 못견디어서 안 떨어지는 궁둥이를 겨우 떼었다. 그리고 나무다리를 짚고 일어나며,

"나가자."

첫째도 일어나서 이서방의 손에 끌리며 건넌방으로 나왔다. 그리고 곧 아랫목에 쓰러져서, 몇 번 다리팔을 방바닥에 드놓더니 쿨쿨 잔다. 이서방은 어둠 속으로 첫째를 바라보며, 아까 첫째가 빙긋빙긋 웃으며 아무 거침없이 하던 말을 다시금 되풀이하였다. 그리고 나오는 줄 모르게 한숨을 푹 쉬었다.

안방에는 벌써 누가 왔는지, 수군수군하는 소리가 그의 귀로만 들어오는 듯하였다. "어느 놈이 또 왔누?" 한숨 끝에 이렇게 중얼거리며, 어느 놈의 음성인지를 분간하려고 귀를 기울였다.

암만 분간하려나 원체 가늘게 수군거리니 분명치를 않았다. 그저 첫째 어머니의 호호 웃는 소리가 간혹 들릴 뿐이다. 그는 잠을 이루려고 눈을 감고 있으나, 그것들의 수군거리는 소리에 잠이 홀랑 달아나고,

화만 버럭버럭 치받친다. 이놈의 집을 벗어나야지, 이걸 산담?…… 그는 거의 매일 밤 이렇게 성을 내면서도 번번이 이 꼴을 또 보는 것이다.

그는 벌떡 일어나서 담배를 피워 물고 창문 곁으로 다가앉았다. 뚫어진 문 새로는 달빛이 무지개같이 쏘아 들어온다. 그는 담배를 빨아 연기를 후 뿜었다. 달빛에 어림해 보이는 구불구불 올라가는 저 연기! 그것은 흡사히 자기 가슴에 뿜어오르는 어떤 원한 같았다.

그는 무심히 곁에 놓아둔 나무다리를 슬슬 어루만졌다. 그는 언제나 속이 답답할 때마다 이 나무다리를 어루만지는 것이다. 아무 반응이 없는 이 나무다리! 사정없이 뻣뻣한 이 나무다리! 그나마 이 나무다리가 그의 둘도 없는 동무인 것이다.

"고놈의 계집애 정말……."

이서방은 놀라 돌아보니, 첫째가 입맛을 쩍쩍 다시며 잠꼬대하는 소리다. 이서방은 첫째가 잠꼬대한 말을 다시금 되풀이하며, 저애가 벌써 어떤 계집애를 생각함에서 이런 말을 하는가? 하는 의문도 들었다. 그러나 그것은 쓸데없는 자기의 생각 같았다. 따라서 첫째를 장성하게 못할 수만 있다면 어디까지든지 그를 어린애 그대로 두고 싶었다. 첫째의 장래도 자기가 걸어온 그 길과 조금도 다를 것 같지 않기 때문이다.

그는 이러한 생각을 하며 첫째 곁으로 바싹 가서 가만히 들여다보았다. 그는 여전히 씩씩 잔다. 지금 이 순간이 첫째에게 있어서는 다시없는 행복스러운 순간 같았다. 그리고 낮에 "나도 김매고 싶어" 하던 말을 다시금 생각하며 그의 볼 위에다 볼을 갖다대었다.

첫째의 볼로부터 옮아오는 따뜻한 이 감촉! 그리고 기운있게 내뿜는 그의 숨결, 자기의 살과 피가 섞여 있은들 이에서 더 따스울 수가 있으랴!

그는 무의식간에 첫째의 목을 꼭 쓸어안으며, "내 비록 병신이나마 나머지 여생은 너를 위하여 살리라" 하고 몇 번이나 맹세하였다.

마침 짜끈하는 소리에 이서방은 머리를 번쩍 들었다.

## 5

"이 개갈보 같은 년아!"

목청껏 지르는 소리에 지정이 저렁저렁 울린다. 이서방은 문 곁으로 바싹 다가앉았다.

"아이 이 양반이 미쳤나? 왜 이래."

"요년 아가리 붙여라, 이 더러운 쌍년, 네년이 저놈뿐이 아니라 나무다리 비렁뱅이도 붙인다지, 저렁 쌍년, 에이 쌍년!"

침을 탁 뱉는 소리가 난다. 이서방은 '병신거지도 붙인다지' 하던 말이, 언제까지나 귓가를 싸고 돌았다. 그리고 전신이 짜르르 울리며 손발 하나 놀리는 수가 없었다.

"아이쿠, 이 연놈들 잘한다."

짝짝 쿵 하는 소리가 자주 들렸다. 영수와 새로 다니는 대장장이와 맞붙은 모양이다.

"흥, 하룻개 범 무서운 줄 모른다더니, 네게 두고 이른 말이구나. 이 경칠 자식, 그래, 온전한 부녀인 줄 알았냐?" 어떻게나 하는지 죽는 소리를 한다. "이 연놈들 내 칼에 죽어봐라." "아이 저 칼! 저 칼!" 첫째 어머니의 이 같은 소리에 이서방은 벌컥 일어나며 나무다리를 짚고 뛰어나갔다. 안방 문짝이 떨어져 봉당 가운데 넘어졌으며, 등불조차 꺼져서 캄캄하였다. 첫째 어머니는 봉당으로 달려나왔다.

"이거 이거."

숨이 차서 헐떡이며 칼을 쑥 내민다. 이서방은 칼을 받아들고, 부엌으로 나가며 얻다가 이 칼을 둬야 좋을지 몰라 한참이나 왔다갔다 하다가 나뭇단 속에 감추어놓고 안방으로 들어갔다. "이거 왜들 이러슈. 점

잖으신 터에 참으시죠들." 서로 어우러진 것을 뜯어놓으려니,

"이 자식은 왜 또 이래…… 너 깡뚱발이로구나. 너도 한몫들어 매 좀 맞으려니?"

누구인지 발길로 탁 찬다. 이서방은 팩 하고 나가자빠졌다. 그 바람에 나무다리는 어디로 달아났는지 암만 찾아봐도 없다. 이서방은 온 봉당을 뻘뻘 기어다니며 나무다리를 찾았다. 그리고 몇 해 싸두었던 원한이 일시에 폭발됨을 깨달았다. 그러나 그는 꾹 참으며 나무다리를 얻어 짚고 밖으로 뛰어나왔다. 전 같으면 밖에 구경꾼들이 얼마든지 모였을 터이나 오늘은 밤이 오랜 까닭인지 아무도 없었다. 그는 나뭇가리 곁으로 와서 우두커니 서 있었다.

컴컴한 저 불타산 위에 뚜렷이 솟은 저 달! 저 달조차도 이서방의이 나무다리를 비웃느라 조롱하느라 이 밤을 새우는 것 같았다.

"이서방!"

찾는 소리에 이서방은 휘끈 돌아보았다. 첫째가 내달아오며 일변 오줌을 쏼쏼 내뻗친다. 이서방은 첫째의 버릇을 아는지라 가슴이 뜨끔해지며 저놈이 또…… 하고 불안을 느꼈다. 그리고 곧 첫째 곁으로 와서 그의 꽁무니를 꾹 붙들었다.

오줌을 다 누고 난 그는 울컥 내닫는다.

"이놈들! 이놈들!"

목통이 터져라 하고 고함을 치며 내닫다가 이서방이 붙든 것을 알자 주먹으로 몇 번 냅다 쳤다.

"놔, 이거!"

"이애 첫째야! 첫째야! 너 그럭하면 못쓴다. 응. 이에 매맞는다, 응, 이애."

"매맞아도 좋아, 이놈들."

이번에는 사정없이 머리로 이서방의 가슴을 들이받으며 발길로 차던

졌다. 이서방은 또다시 자빠졌다. 첫째는 나는 듯이 지게 곁으로 가서 낫을 뽑아가지고 안으로 들어간다.

"이애! 이애!"

이서방은 너무 급해서 벌벌 기어 달려들어가며 그의 발목을 붙들었다. 이 눈치를 챈 첫째 어머니는 내달아왔다. 그리고 대문 빗장을 뽑아들었다.

"이놈의 새끼, 왜 자지 않고 지랄이냐."

"흥, 저놈의 새끼들은 왜 지랄이누."

어머니의 머리채를 잡아 숙친다.

안방에서는 더 한층 지끈자끈하는 소리가 벼락치듯 난다. 이서방은 소름이 쭉 끼쳤다. 안방의 놈들이 이리 기울어지면 어린 첫째는 어디든지 부러지고야 말 것 같았다. 따라서 옛날에 자기가 주인과 맞붙어 싸우다가 이 다리가 부러지던 기억이 새삼스럽게 떠오르며 그때 그 비운이 오늘에 또 이 어린것에게 사정없이 닥치는 듯 싶었다.

이서방은 첫째의 발길에 채어 이리저리 구르면서도 그의 발목은 놓지 않았다. 그때 코에서는 선혈이 선뜻선뜻 흘러나온다. "첫째야, 너 자꼬 그러면 다시는 떡 얻어다 안 준다."

이서방은 생각지 않은 이런 말이 불쑥 나왔다.

"정말? 이서방!"

첫째는 숨이 가빠서 훌떡훌떡하면서 돌아선다. 이서방은 벌떡 일어나며 그의 목을 꼭 쓸어안았다. 그러자 이서방의 눈에서는 눈물이 좌르르 쏟아졌다.

6

선비 어머니가 뒤뜰에서 이엉을 엮어나가며, 약간씩 붙은 나락을 죽 훑어서 옆에 놓인 바가지에 후르르 담을 때 밖으로부터 선비가 뛰어들어온다.

"어마이."

숨이 차서 들어오는 선비를 이상스레 바라보며, 그의 어머니는,

"왜 무엇을 잘못하다가 꾸지람을 들었니?"

선비는 머리를 설레설레 흔들며 어머니 귀에다 입을 대었다.

"어머니 저어…… 큰댁 아지머님과 신천댁과 싸움이 나서 큰집 영감이 생야단을 하셨다누."

선비 어머니는 귓가가 간지러워서 조금 머리를 돌리며,

"밤낮 싸움이구나, 그래 누가 맞았니?"

"그전에는 큰댁 아지머님을 따리지 않았어? 그런데 오늘은 신천댁을 사정없이 따리데, 아이 불쌍해!" 선비는 무심히 나락 바가지에 손을 넣어 휘저어보면서 얼굴에 슬픈 빛을 띤다.

"남의 첩질하는 년들이 매를 맞아야 하지, 그래 큰어미만 밤낮 맞아야 옳겠니?"

딸의 새침한 얼굴을 바라보았다. 올봄부터는 선비의 두 뺨에 홍조가 약간 피어오른다.

"그래두 어마이, 신천댁의 말을 들으니 그가 오고 싶어 온게 아니라 저의 아부지가 돈을 많이 받고 팔아서 할 수 없이 왔다고 그러던데 뭐."

"하긴 그랬다고 하더라……. 그러기에 돈밖에 무서운 것이 없어."

선비 어머니는 지금 매를 맞고 울고 앉아 있을 신천댁의 얼굴을 생각하며 꽃봉오리같이 피어오르는 선비의 장래가 새삼스럽게 걱정이 되었다.

"어서 가서 무얼 하려무나, 왜 그러고 앉아 있니. 오늘 빨래에 풀하지 않니?"

"해야지."

그는 어머니 말에 어려워 부스스 일어나면서 다시 한 번 나락 바가지

를 들여다보았다. 그리고 빙긋이 웃었다.

"어마이, 이것도 찧으면 쌀이 한 되나 될 것 같우, 참……."

"이애 얼른 가봐라."

"응."

선비는 나락 바가지를 놓고 밖으로 나간다. 그의 어머니는 물끄러미 딸의 뒷모양을 바라보며 세월이란 참말 빠르구나! 하고 탄식하였다. 그리고 선비도 오래 데리고 있지 못할 것을 깨달으며 가슴이 찌르르 울렸다.

그는 무의식간에 한숨을 푹 쉬며 손을 내밀어 이엉초를 꾹쥐고 물끄러미 바라보았다. 손끝은 짚에 닳아져 빨긋빨긋하게 피가 배었다. 그때에 얼핏 떠오른 것은 자기의 남편이다.

남편의 생전에는 비록 빈한하게는 살았을망정, 이렇게 이엉을 엮는 것이라든지, 울바자를 세우는 것 같은 그런 밖의 일은 손도 대어보지 않았다. 보다도 봄이 되면 으레 이 모든 것이 새로 다 되는 것이니…… 하고 무심히 지내 보내었던 것이다.

그러나 남편이 없어지매 모두가 그의 손끝 가지 않는 것이 없고 힘은 배곱 쓰건마는 무슨 일이나 마음에 들도록 되는 일이 하나도 없었다.

집안 살림 명색치고 단 두간살이를 하더라도 시재 돌멩이 하나 놓일 자리에 놓여야 하고, 새끼 한 오라기 헛되이 버릴것이 없었다.

남편의 생전에는 뜰을 쓸어 치는 비 같은 것이나 벽을 바르는 매흙이 나는 그리는 줄을 모르고 되는 대로 쓰고 버리고 하였건마는 지금에는 그것조차도 마음놓고 쓸 수도 없거니와 손수 마련치 않으면 쓸 것도 없었다.

그는 이러한 생각을 하며 이엉초는 또 누구의 손을 빌려 저 지붕에다 올려 펼까 하는 걱정이 불쑥 일어난다. 지붕 해 이을 새끼는 그가 며칠 밤 자지 못하고 꼬아서 네 사리나 만들어 두었고, 이 이엉 엮는 것도 내일까지면 마칠 것이나 지붕 한복판에 덮는 용구새 트는 것이라든지 이엉초를 지붕 위에 올려 펴고 새끼로 얽어매는 것 같은 것은 남정들의 손을 빌려야 할 것이었다.

그는 속으로 누구의 손을 좀 빌릴까…… 하고 두루두루 생각해 보다가, 에라 되든지 안 되든지 내가 그만 이어볼까 하고 흘금 지붕을 쳐다보았다.

작년에 한 해를 건넜음인지 우묵우묵 골이 진 그 새에 풀이 이따금씩 파랗게 보인다. 그는 벌컥 일어나며, "왜 날 두고 혼자 갔누?" 하고 중얼거렸다. 그리고 머리를 돌려 저 앞을 바라보았다. 그의 눈앞에 얌전하게 돌아앉은 작은 집과 큰집! 모두가 말쑥하게 새로 이엉을 해 이었다. 그 위로 햇빛이 노랗게 덮이었다.

7

쨍쨍히 내리쬐는 봄볕을 받아 샛노랗게 빛나는 저 지붕과 지붕! 얼마나 저 지붕들이 부럽고도 탐스러운 것이냐!

그는 눈을 꼭 감았다. 그러나 그 지붕들은 점점 더 또렷또렷이 나타나 보인다. 그리고 그 지붕 새로 굵단 남편의 손끝이 스르르 떠오른다. 그리고 임종시까지 차마 눈을 감지 못하고 끄르륵하고 숨이 넘어가던 그!

그의 남편 김민수는 위인된 품이 몹시도 착하고 정직하였다. 그러므로 정덕호 앞으로 몇십 년의 부림을 받았어도 일동전 한닢 축내지 못하는 것이 그의 특성이었다. 그리고 아무리 몸이 고달프더라도 덕호의 명령이라면 물불을 헤아리지 않고 덤벼들곤 하였다.

그래서 온동네 사람들까지도 민수를 믿어왔으며 덕호 역시 믿었다. 그러므로 거액의 돈받이 같은 것은 일부러 민수에게 맡기곤 하였다.

이렇게 지내기를 근 이십 년이었던, 지금으로부터 팔 년 전 겨울이었다. 바로 선비가 일곱 살 잡히던 때였다.

그날 — 아침부터 함박눈이 부슬부슬 떨어진다. 이날도 민수는 일찍 일어나서 덕호네 집으로 왔다. 그래서 안팎 뜰을 쓸고 소 여물까지 끓여놨을 때 덕호는 나왔다.

"자네 오늘 방축골 좀 다녀오겠나?"

민수는 머리를 굽실해 보이며,

"다녀옵지유."

"좀 이리 오게."

덕호는 쇠죽간을 거쳐서 사랑으로 들어간다. 그도 뒤를 따랐다. 덕호는 아랫목에 놓아둔 문갑을 뒤져 장부를 꺼내 놓고 한참이나 들여다보더니,

"아니 방축골 그놈이 근 오십 원이나 되네그리…… 자네가 가서 꽤 받을까? 그놈은 몹시 질긴데." 민수는 머리를 숙인 채 가만히 있다. 덕호는 안타까운 듯이, "가보겠나, 어떻게 하겠나? 가서 받지 못할 바에는 꼴찌아비를 보내겠네, 응 말을 해."

민수는 뭐라고 대답을 해야 좋을지 몰라 얼굴이 뻘개지며 머뭇머뭇한다.

"에이그 저 사람! 왜 그렇게 사람이 영악치를 못해…… 좌우간 갔다 오게. 그러구 말이야, 이번에 안 물면 집행하겠다고 말을 똑똑히 좀 해, 그리고 좀 단단히 채여."

덕호는 살기가 얽힌 눈을 똑바로 뜨고 민수를 바라본다.

"가는 김에 명호와 익선이도 찾아보게."

"네."

"그럼 오늘 꼭 가게."

덕호는 다시 한 번 다지고 나서 장부를 문갑 안에 넣고 일어선다. 그리고 잔기침을 두어 번 하고 밖으로 나간다. 민수는 곧 그의 뒤를 따라

나왔다. 가마 부엌에서 여물 끓인 내가 구수하게 났다.

　민수는 여물을 푹 떠가지고 외양간으로 가니 벌써 소는 냄새를 맡고 부스스 일어나 구유 곁으로 나온다. 그리고 더운김이 뭉클뭉클 오르는 여물을 맛이 있게 먹는다.

　여물을 다 퍼 기르고는 민수는 밖으로 나왔다. 여전히 함박눈은 소리 없이 푹푹 쏟아진다. 그는 근심스러운 듯이 하늘을 쳐다보며 "눈이 오는데……." 이렇게 중얼거렸다.

　집까지 온 민수는 신발을 부덕부덕하였다. 선비 어머니는 의아한 눈으로 남편을 바라보았다.

　"어디 가시려나요, 뭐?"

　"음, 저기 돈 받으러."

　"아, 뭐 오늘 같은 날에요."

　"왜 오늘이 어떤가? 이렇게 함박눈 오는 날이 오히려 푸군하다네."

　옆에서 말뚱말뚱 바라보던 선비는 얼른 일어나 아버지 품에 안기며,

　"아버지 나두 가, 응."

　머리를 개웃하고 들여다본다. 민수는 딸을 꼭 껴안으며 밥상에 마주 앉았다. 그리고 밥을 좀 뜨는 체하고 곧 일어났다.

　"내 가면 며칠 될 것이니 그 동안 선비 잘 간수하게. 불도 뜨뜻이 때고."

　"눈 오는 날 가실 게 뭐야요……. 다른 사람의 몸은 몸이 아니고 쇳덩인 줄 아나베."

　선비 어머니는 주인 영감을 눈앞에 그리며 이렇게 중얼거렸다.

　"아 그 사람…… 별소리 다 해."

　민수는 눈을 크게 떴다. 선비 어머니는 얼굴이 빨개지며 선비의 손을 어루만진다. 민수는 선비의 머리를 두어 번 쓰다듬어 본 후에 문을 열고 나섰다. 눈빛에 눈허리가 시큰시큰하였다.

　"안녕히 다녀오세요."

아내의 인사를 귓결에 들으며 민수는 성큼성큼 걸었다. 한참이나 수
굿하고 걷던 그는 선비의 울음소리에 휘끈 돌아보니 선비가 눈 속으로
뛰어온다.

8

민수는 선비를 바라보고 무의식간에 몇 발걸음 옮겨놓았을 때 선비
어머니는 선비를 붙들어 안으며 우두커니 섰다. 민수는 두어 번 손짓을
하여 들어가라는 뜻을 보이고 돌아섰다.

아까보다 눈은 점점 더 많이 쏟아진다. 함박꽃 같은 눈송이가 그의
입술 끝에 녹아지고 또 녹아졌다. 그때마다 그는 찬냉수를 마시는 듯하
여 가슴이 선뜻하곤 하였다.

길이란 길은 모두 눈에 묻혀버리고 길가의 낯익은 나무들도 눈송이
에 흐리었다. 그리고 그 높은 불타산도 뿌옇게 보일 뿐이다.

민수는 길을 찾을 수가 없어 한참이나 밭고랑으로 혹은 논둑을 밟다
가 동네를 짐작하고야 길을 찾곤 하였다. 그리고 눈에 젖었던 신발은
얼어서 대그럭 소리를 내었다. 이렇게 눈속에 푹푹 빠지며 민수가 간신
히 몇집을 둘러 방축골까지 왔을 때는 벌써 그가 집에서 떠난 지 이틀
째 되는 황혼이었다.

"주인 계시우?"

걸레로 한 주먹씩 틀어막은 문을 열고 나오는 주인은 민수를 보자 한
층 더 얼굴이 허옇게 질린다.

"이 눈 오는데 어떻게 여기를…… 어서 들어가십니다."

민수는 방안으로 들어가니 너무 캄캄해서 지척을 분간하는 수가 없
었다. 그는 한참이나 눈을 감고 있다가 가만히 떠보니 숨이 답답해지며
차라리 오지 말았더면…… 하는 후회가 곧 일어난다. 그리고 이 저녁거
리나마 있을 것 같지 않았다.

"참 이 눈 오는데…… 제가 한목 들어가려고 했지마는 너무 오래 빈 말로만 올려서 어디…… 참 오작이나 치우셨습니까?"

주인은 어느 것부터 먼저 말해야 좋을지 몰라 쩔쩔매었다.

"여보게 저녁 진지 짓게, 뭐 찬이 어디 있어야지……."

그의 아내는 머리를 내려 쓸며 부스스 일어 나간다. 민수는 정신을 가다듬어 아랫목을 바라보았다. 시커먼 누더기 속에서 조잘조잘하는 소리가 자주 들리며 누더기가 배움하고 열리더니 까만 눈알이 수없이 반들거렸다. 그리고 킥킥 웃는 소리가 난다. 몇 아이나 되는지 모르나 어쨌든 한두 아이가 아님은 즉시 알았다.

이 저녁부터는 바람까지 일었는지 바람소리가 휙 몰려갔다가 몰려온다. 그리고 문풍지가 드르릉드르릉 울리며 눈보라가 방안으로 스르륵 몰려들었다. 민수는 방안에 앉았느니보다 차라리 밖에 어떤 토굴 같은 곳이 있으면 그리로 나가서 이 밤을 지내고 싶은 맘이 부쩍 들었다. 그러나 이 밤에 어디가 토굴이 있는지를 모르고 무턱대고 나갈 수도 없어서 맘을 졸이며 앉았노라니 마치 바늘방석에 앉은 것 같고, 더구나 이 밤새에 몇 사람의 죽음을 볼 것만 같았다.

밥상이 들어온다. 민수는 배고프던 차에 한술 떠보리라 하고 술을 드니, 밥이 아니라 죽이었다. 조죽에 시래기를 넣어서 끓인 것이다. 민수는 비록 남의 집을 살았을지언정, 일생을 통하여 이러한 음식을 먹어보기는 처음이었다. 그리고 조껏내까지 나서 그의 비위에 몹시 거슬리나 꾹 참으며 국물을 후루루 들이마셨다.

그때 아랫목에서 애들이 벌떡벌떡 일어났다.

"엄마 나 밥!"

"엄마 나 밥! 응야."

이 모양을 바라보는 주인은 눈을 부릅뜨며,

"저놈의 새끼들을 모두 쳐죽여 버리든지 해야지, 정……."

그리고 민수를 돌아보며,

"어서어서 많이 잡수시유, 저놈들은 금시 먹고도 버릇이 그래서 그럽니다그리."

민수는 손끝이 가늘게 떨렸다. 그리고 술을 들 용기가 나지 않았다. 그래서 그만 술을 놓고 물러앉았다.

"왜, 왜 안 잡수십니까, 뭐 자실 것이 되어야지유."

주인은 머리를 벅적벅적 긁으며 상을 밀어놓았다. 사남매는 일시에 욱 쓸어 일어나며 저마다 죽그릇을 잡아다리기에 먹지도 못하고 싸움만 벌어졌다.

주인은 벌떡 일어나더니 장죽을 들고 돌아가며 붙인다. 민수는 너무 민망하였다. 그래서 주인을 붙들며,

"이게 무슨 일이오니까. 애들이 다 그런 게지유. 놔유, 어서 놔유."

상 귀에서 흐르는 죽을, 그중 어린 것이 입을 대고 쭉쭉 핥아먹는다. 이 꼴을 보는 주인마누라는 나그네 보기가 부끄러운 듯이 어린애를 붙들어다 젖을 물리고 콧물을 씻는 체하면서 고름끈을 눈에 갖다 대곤 한다.

9

애써 말리는 나그네의 생각을 함인지, 주인은 씩씩하며 맷손을 놓고 물러앉는다.

"아 글쎄 글쎄, 새끼는 왜 그리 태었겠수. 이것두 아마 죄지유. 전생에서 무슨 큰 죄를 지고 나서 이 모양인지."

홧김에 때리기는 하고도 그만 억울하고 분하여서 소리쳐 울고 싶은 것을 겨우 참는 모양이다. 못 먹이고 못 입히기도 억울한데 더구나 굶고 앉은 그들을 공연히 때리었구나…… 하는 후회가 일었던 것이다.

이제까지 아우성치고 울던 그들이건만 그런 일은 언제 있었느냐는

듯이 누더기 속에서 소곤소곤하고는 킥킥 웃는다.

민수는 그날 밤 잠 한잠 못 자고 이런 생각 저런 생각을 되풀이하였다. 그리고 남의 일이라도 남의 일 같지를 않고 자기의 앞에도 이런 비운이 닥쳐오지나 않으려나 하는 불안이 문풍지를 울리는 바람과 같이 꼬리에 꼬리를 물었다.

이렇게 밤을 새우고는 민수는 채 밝기도 전에 일어 앉았다. 추운 방에서 자서 그런지 몸이 가쁜치를 않고 아무래도 감기에라도 걸린 것 같다.

"몹시 치우시지유?"

주인은 마주 일어 앉는다. 민수는 얼결에,

"네… 뭐."

이렇게 분명치 못한 대답을 하며 담배를 피워 물었다. 그리고 담뱃갑을 주인 앞으로 밀어놓았다. 주인은 황송한 듯이 머리를 숙이며 담배를 붙여 문다. 민수는 담배를 한 모금 쑥 빨며 무심히 들으니 벌써 아랫목에서 소곤소곤하는 소리가 들린다. 민수는 얼핏 머리를 들어 아랫목을 바라보았다.

아무것도 분간치 못할 컴컴한 속으로 그침없이 조잘거리는 이 소리. 지금쯤은 우리 선비도 깨어서 제 어미와 "아부지 어디 갔나?"하고 조잘조잘하겠지… 하는 생각이 들었다. 뒤이어 선비의 얼굴이 저 아랫목 위로 스르르 떠오른다.

"어마이 배고파!"

민수는 이 소리가 꼭 선비의 음성 같아서 깜짝 놀랐다. 그래서 무의식간에 담배를 휙 집어 뿌렸다. 그 다음 순간 그 음성이 선비의 음성이 아니라고 부인하면서도 웬일인지 가슴이 짜르르 울려서 견딜 수가 없었다.

민수는 안타까웠다. 그만 곧 일어나 이 자리를 벗어나고 싶었다. 그가 벌컥 일어났을 때 그는 무의식간에 그의 거지 안에서 일원짜리 지화를 꺼내가지고 나왔다. 그래서 주인의 손에 쥐어주었다.

"애들 밥 한 끼 해주!"

주인은 어리둥절하였다. 그리고 자기 손에 쥐인 것이 돈이라는 것을 깨닫자 칵 쓰러지며 엉 하고 울고 싶었다. 민수는 두 다리가 가늘게 떨리는 것을 깨달았다. 다음 순간에 덕호의 성난 얼굴을 똑똑히 보았다. 그는 진저리를 쳤다. 그리고 주인의 붙잡는 것을 뿌리치고 그 집을 나왔다.

간밤 동안에 얼마나 바람이 불었는지 눈이 이리 몰리고 저리 몰리어 어떤 곳은 눈산을 이루어놨다. 민수는 신발소리를 사박사박 내며 분주히 걸었다. 흰눈 위에는 이따금씩 날짐승들의 발자국이 꽃잎같이 뚜렷이 났다. 민수는 속이 불편하였다. 이제 덕호를 만나 뭐라고 말할것이 난처하였던 것이다. 그래서 그는 이리저리 궁리해 보며— 혹은 이 원만 받았다고 속일까? 그리고 나중에 내 돈으로 슬그머니 갚더라도… 그래도 속이느니보다는 바로 말을 해야지, 주인님도 사람이지, 그 말을 다 하면 설마한들 잘못했다고 할까? 그렇지는 않겠지.—

이렇게 속으로 다투나 두 가지가 다 시원치를 않았다. 누가 곁에 있으면 물어라도 보고 싶게 안타까웠다. 그러나 마침내는 속이기로 결정하고 억지로 마음을 가라앉히려 하였다. 그러나 그것은 쓸데없는 일이었다. 사내자식이 돈 일 원이 무엇이기……하며 스스로 꾸짖어도 보았다.

이렇게 망설이며 다투면서 동네까지 온 그는 반가워야 할 이 동네건만 발길이 얼른 들여놓이지를 않았다. 그래서 그는 동구에 멍하니 서서 한참이나 무엇을 생각하다가 들어왔다.

덕호의 집까지 온 민수는 사랑문 앞에서 발을 툭툭 털며 주인님이 사랑에 계시지 않았으면…… 하고 가만히 문을 열었다. 욱 쓸어나오는 담배 연기 속에서 덕호의 늘 피우는 담뱃내를 후끈 맡았을 때 그는 머뭇머뭇하였다.

"몹시 칩지, 어서 들어와 불 쬐게."

덕호는 머리를 기웃하여 내다본다. 둘러앉은 노인들도 한 마디씩 말을 던졌다. 민수는 하는 수 없이 방으로 들어갔다. 그리고 화로를 피하여 앉았다.

## 10

덕호는 문갑 위에서 산판을 꺼내 들며,

"그래 이번에는 좀 주던가, 방축골 그놈이?"

덕호는 그가 너무 미워서 이름도 부르지 않는 것이다. 민수는 얼굴이 빨개지며 머뭇머뭇하다가,

"아니유."

"아 그래 그놈을 가만히 두고 왔단 말인가? 사지라도 부러치고 오지."

"뭐, 물 턱이……."

민수는 말끝을 마치지 못하고 푹 숙일 때 상가에 흐르는 죽을 젖 빨듯이 빨아먹던 어린애가 얼핏 떠오른다. 그리고 그 어두운 방안이 휙 지나친다. 민수의 늘어진 말에 덕호는 화가 버쩍 났다.

"물 턱 없는 놈이 남의 돈을 왜 쓴단 말인가!"

소리를 버럭 지른다. 민수는 꿈칠 놀라 조금 물러앉았다. 덕호의 손길이 그를 후려치는 것으로 알았던 것이다.

"그래 딴놈들은?"

"바 받았습니다."

덕호는 찡그렸던 양미간을 조금씩 펴며,

"그래 얼마씩이나 받았는가?"

"아마 삼 원……."

민수는 자기 말에 깜짝 놀랐다. "이 원 받았습니다"하고 말하려던 것인데, 누가 이렇게 시켜 주는지 몰랐다. 다음 순간 그는 모든 것을 바로

말하리라 하고 결심하였다. 두 귀는 무섭게 운다.

"모두 이자만 받았네그려……. 그 방축골놈 때문에 일났어! 아 그놈이 잘라먹으려고 든단 말이어. 받아온 것이나 내놓게."

민수는 지갑 속에서 돈을 내어 덕호 앞으로 밀어놓았다. 그의 손끝은 확실히 떨렸다. 덕호는 지전을 당기어 헤어보더니, "이 원뿐일세……?"

의아한 듯이 바라본다. 민수는 머리를 번쩍 들었다. 그의 눈에는 어린애 같은 천진한 애원이 넘쳐흐른다.

"저 남성네 어린것들이 굶어…… 굶어 있기에 주, 주었습니다."

마침내 그의 눈에는 눈물이 그뜩 괴었다.

"뭐?"

덕호는 순간으로 눈이 뒤집히며 들었던 산판을 휙 집어 뿌렸다. 산판은 민수의 양미간을 맞히고 절거륵 저르르 하고 떨어진다.

"이 미친놈아, 그렇게 자선심 많은 놈이 남의 집은 왜 살아, 나가! 네 집구석에서 자선을 하겠으면 하고 말겠으면 말아라."

돌아앉은 사람들은,

"그만두슈, 다."

"글쎄 글쎄, 제가 배가 고파서 무엇을 사 먹었다든지, 혹은 쓸 일이 있어 썼다면야 당연한 일이 아니겠수. 아 이 미친놈은 터들터들 가서 보행료도 못 받아 처여면서 그런 혼 나간짓을 하니 분하지 않우? 이애 이놈 나가라!"

덕호는 벌컥 일어나며 발길로 냅다 찬다. 사람들이 아니면 실컷 두드리고 싶으나 체면을 생각해서 꾹 참고 다시 앉았다.

"그 돈 일 원이 많아서 그런 게 아니어, 그놈이 내 돈을 통째 삼키려는 판에 피천 한푼이니 왜 준단 말이냐, 이놈아."

덕호는 이를 북북 갈며 사뭇 죽일 듯이 달려들다가 그만 휙 나가버린다. 돌아앉았던 사람들도 뿔뿔이 가버리고 말았다. 한참 후에 민수는 정신을 차려 돌아보니 아무도 없다. 그리고 눈이 텁텁한 듯하여 만져보니 양미간이 좀 달라진 듯하였다.

민수는 이렇게 주인에게 매를 맞고 욕을 먹었지만 웬일인지 분하지도 노엽지도 않고 오히려 속이 푹 가라앉으며 무슨 무거운 짐을 벗어놓은 듯하였다.

그는 얼핏 일어나 그의 집으로 왔다. 그가 싸리문을 열 때 선비 모녀는 뛰어나왔다. 칵 매어달리는 선비를 안은 민수는 뜻하지 않은 눈물이 앞을 가리었다. 그리고 사남매의 모양이 또다시 떠오른다. 오늘은 그들이 무엇을 좀 먹어보았을까? 하며 방안으로 들어갔다.

물끄러미 부녀의 모양을 바라보던 선비 어머니는,

"미간 새가 왜 그래요?"

"왜 무엇이 어떤가."

그는 손으로 양미간을 비벼치며 드러눕는다. 선비 어머니는 이불을 내려 덮으며 어디서 몹쓸 놈을 만나 곤경을 당하였나? 혹은 노독 때문인가? 하고 생각하며,

"진지 지을까요?"

"글쎄! 미음이나 조 먹어볼까…… 쑤게나."

미음 쑤라는 말에 선비 어머니는 남편의 몸이 불편하다는 것을 확실히 알았다. 그래서 어디가 아프냐고 물으려니 민수는 눈을 꼭 감고 돌아눕는다.

## 11

그날부터 민수는 자리에서 일지 못하고 몹시 앓았다. 선비 어머니는 온갖 애를 다 썼으나 아무 효험이 없었다.

어떤 날 선비 어머니는 밖으로부터 들어오며 눈등이 빨개졌다.

"큰집 영감님한테 산판으로 맞었단 말이 참말입니까?"

"누가 그러던고?"

"아 뭐, 다들 본 사람들이 그러던데요."

"듣그러워! 그런 말 청신해 가지고 다닐 것이 없느니…… 좀 또 맞었다면, 영감님이 나를 미워서 따렸겠나, 부모 자식새 같으니…….."

"아니, 글쎄 맞기는 분명합니다그려."

"듣그럽다는데…… 이 사람."

그는 앓는 소리를 하며 돌아눕다가 무슨 생각을 하였는지 눈을 번쩍 뜨고 아내를 바라보았다.

"내가 만일 죽게 된다드라도, 그런 쓸데없는 말을 곧이들어서는 못써……."

민수는 자기 병세가 아무래도 심상치 않음을 알았다. 그러나 덕호에게서 맞은 것이 원인이 되었다고는 꿈에도 생각해본 적이 없었다. 죽는다는 말이 남편의 입에서 떨어지자, 선비 어머니는 그만 아뜩하여 다시는 두말도 꺼내지 못하였다.

그후 며칠 만에 민수는 드디어 가고 말았다. 선비가 안타깝게 매어달려 우는 것도 모르고…….

이러한 과거를 되풀이한 선비 어머니는 어느새에 눈물이 볼을 적시었다. 그는 눈물을 씻고 나서, 다시 한 번 그의 지붕을 쳐다보았다. 주인을 잃어버린 컴컴한 저 지붕! 저 지붕에 남편의 굵단 손길이 몇천 번이나 돌아갔을까!

싸리문 열리는 소리에 선비 어머니는 선비가 오는가 하고 얼른 주저앉았다. 그리고 눈물 흔적을 없이 한 후에 이엉을 엮었다. 그러자 방문 소리가 났다. 선비 어머니는 선비가 아니라 딴 마을꾼이 오는가 하여 귀를 기울였다.

"어데들 다 갔수?"

말소리를 듣고야 선비 어머니는 누구임을 알았다.

"아이 어떻게 우리 집에를 다 오서요?"

선비 어머니는 곧 일어나며 뒷문을 열었다. 방문을 시름없이 열고 섰는 신천댁은 푸석푸석 부은 눈에 약간 웃음을 띠며,

"일하시댔소?"

말끝을 이어 한숨을 푹 쉬었다.

"어서 들어와요."

신천댁은 방안으로 들어와 앉으며 뒤뜰을 물끄러미 바라보더니,

"우리 어머니두 지금……."

말을 맺지 못한다. 선비 어머니는 무엇을 의미한 말임을 얼핏 깨달으며 측은한 생각이 불쑥 들었다.

"왜 어데가 편치 않으세요?"

"선비 어머니, 난 내일 그만 우리 집으로 갈까 봐……."

눈물이 샘처럼 솟는다. 선비 어머니는 뭐라고 말해야 좋을지 몰라 한참이나 멍하니 앉았다가,

"그게 무슨 말을 그렇게 합니까."

"난 정말 그 집에선 못 살겠어. 글쎄 안 나오는 아이를 어떻게 하라고 자꾸 들볶으니 글쎄 살겠수?"

이제 겨우 이십이 될락말락하는 그의 입에서 자식 말이 나올 때마다 선비 어머니는 잔망하게 보았다. 동시에 측은한 맘도 금치 못하였다.

"왜 또 무어라고 허십데까?"

"글쎄 요전에 월경을 한 달 건는 것은 선비 어머니도 잘 알지, 그런데 오늘 아침에 그게 나왔구려!"

"나왔어요? 월경도 건너 나오는 수도 있지요."

"글쎄 그 빌어먹을 것이 왜 남의 애를 태우겠소."

신천댁이 월경을 건너니 덕호는 먹을 것을 구해들이노라, 보약을 쓰노라 온 동네 사람들까지 들볶아대었던 것이다.

덕호가 하늘같이 떠받칠 때는 웬일인지 밉더니만 오늘 저렇게 시름 없이 와서 앉은 것을 보니 측은도 하고 우습기도 하였다.

"아니 이제 날 테지, 벌써…… 글쎄."

"그러기 말이예요. 내 나이 삼십이 됐소, 사십이 됐소. 글쎄, 그 야단을 할 턱이 뭐겠수."

신천댁은 한숨을 푹 쉬더니, "난 내일 가겠수, 자꾸 가라니깐 어떡해요."

"그게야 영감님이 일시 허신 말씀이겠지요."

그는 머리를 좌우로 흔들고 말소리를 낮추어,

"요새 영감님이 간난네 집에를 단긴다우."

선비 어머니는 눈을 둥그렇게 떴다.

12

삼 년이란 세월은 흘렀다.

며칠 동안 어머니가 가슴앓이병으로 앓아 누워서 선비는 큰집에 들어가지 못하고 어머니 곁에 꼭 마주 앉아 있었다.

아직도 이 집에는 남포등을 쓰지 못하고 저렇게 접시에 들깨 기름을 부어 쓰는 것이다. 불꽃은 길게 끄름을 토하며 씩씩히 올라가다는 문바람에 꺼풋꺼풋하였다.

선비는 어머니가 좀 잠이 든 듯하여 등불 곁으로 왔다. 불빛에 보이는 그의 타오르는 듯한 볼은 한층 더 빛이 났다. 그는 무엇을 생각하느라 물끄러미 등불을 바라보다가 부스스 일어나서 윗방으로 올라간다.

한참 후에 그는 바느질 그릇을 들고 내려와서 등불을 마주 앉으며 일감을 들었다.

"아이구!"하는 신음소리에 선비는 바느질을 멈추고 돌아보았다.

"어머니, 또 아파?"

선비 어머니는 폭 꺼진 눈을 겨우 뜨며,

"물 좀 다우."

"어머니, 물을 자꾸 잡수면 안된대."

선비는 어머니 곁으로 가며 들여다보았다. 오래 앓은 까닭인지 무슨 냄새가 좀 나는 듯하였다.

"이애 좀 줘!"

조금 더 크게 소리친다. 선비는 거의 울 듯이 애원을 하였다. 그러나 어머니는 듣지 않고 소리소리치다가 일어나려고 머리를 든다. 선비는 할 수 없음을 알고 부엌으로 나와서 물을 끓여가지고 들어왔다. 김이 펄펄 올라가는 것을 본 그의 어머니는,

"누가 그 물 먹겠다니, 잡년의 계집애, 어서 찬물 다오……."

"아이 어머니……."

그는 어머니를 붙들고 물을 입에 대어주었다. 선비 어머니는 좌우로 머리를 흔들다가 마침내 뜨거운 물을 몇 모금 마시고 도로 누웠다.

"이애."

한참 후에 어머니는 선비를 보며 이렇게 불렀다. 선비는 또다시 일감을 놓고 곁으로 갔다.

"이제 꿈에 너의 아버지를 만났구나. 그런데 어떻게 반갑지도 않고, 그리 싫지도 않고, 그저 전에 살림하고 살던 때라구 하는데…… 너의 아부지가 너를 업구서 어데로 자꾸 가두나. 그래서 내가 따라가면서 어델 가느냐 물어도 말두 안 하고 가겠지……. 그게 무슨 꿈일까."

선비는 새삼스럽게 아버지의 얼굴이 휙 떠오른다. 그러나 아버지의 그 얼굴은 분명치를 않고 안개 속에 묻힌 것같이 어림해 보일 뿐이다. 그는 어머니를 보았다. 그 찰나에 어머니는 확실히 아버지 환영을 보는 모양이다. 선비는 소름이 쭉끼치며 무서운 생각이 들었다.

"어머니!"

선비는 어머니를 흔들며 다가앉아 어머니의 얼굴을 만져보았다. 어머니는 눈을 치뜨고 천장을 바라본다. 그 무서운 눈을 굴려 딸을 보았다.

"왜?"

선비 어머니는 딸을 보자 흑흑 느껴 운다. 그리고 입술을 풀풀 떨며,

"너를 어서 임자를 맡겨야…… 헐, 헐 터인……."

어머니 입에서 또렷하게 말이 흘러나올 때, 그는 안심을 하였다. 그리고 사람이 죽어지면 아무리 부모라도 무서워진다지 하는 생각이 들었다.

그때에 싸리문이 열리는 소리가 나므로, 선비는 얼른 문 편을 바라보았다. 방문이 열리며 덕호가 들어온다. 선비는 놀라 일어났다.

"아직도 아픈가, 그거 안되었군."

덕호는 문 안에 선 채 선비 어머니를 바라보며 걱정을 한다. 선비 어머니는 덕호임을 알자 일어나려고 애를 쓴다. 선비는 곁으로 가서 부축을 하였다.

"어서 눕지, 어서 눠…… 무엇 좀 먹었니?"

선비를 바라보았다. 선비는 머리를 조금 드는 체하다가 도로 숙였다.

"아무것도 못 잡수시어요."

"허, 거 정 안되었구나. 우리 집에 꿀이 있니라. 그것을 좀 갖다가 물에 타서 먹게 하여라. 아무것이나 좀 먹어야지, 되겠니."

덕호는 담배를 피워 물며 앉으려는 눈치를 보이더니,

"원 저게 뭐란 말인구, 저 등을 쓰구야 답답해서 어찌 산단 말이냐."

덕호는 지갑을 내어 오원짜리 지화를 한 장 꺼내어서 선비앞으로 던져주었다. 선비는 꿈칠 놀랐다. 그때 별안간 방문이 바스스 열렸다.

## 13

그들은 놀라 바라보았다. 신천댁을 내쫓고 그 후를 이어 들어온 덕호의 작은마누라인 간난이였다. 간난이는 문을 열기는 하고도 차마 들어오지 못하고 머뭇머뭇하고 섰다. 덕호는 간난이를 노려보았다.

"왜 와? 응…… 그 문 여는 법이 어서 배운 법이야. 왼 상것 같으니. 사람의 집에 사람 다니는 법이 어디 그렇담."

이 모양을 바라보는 선비네 모녀는 뭐라고 말해야 그들의 불평을 완화시킬지 몰랐다. 그래서 한참이나 바라보다가 선비 어머니는,

"어서 들어와요."

"뭘 하러 들어와, 어서 가! 계집년의 문 여닫는 법이 그런법이 어디 있담! 어서 당장 못 가겠니!"

주먹을 부르쥔 덕호는 눈을 부릅뜬다. 선비는 얼결에 일어났다.

"아스서요, 참으서요."

간난이는 얼굴이 빨개지며 밖으로 뛰어나간다. 덕호는 문을 쿡 닫고 들어왔다. 그리고 지화를 보며,

"아, 고런 망상시러운 것이 어디 있담…… 어서 넣어둬라. 그리고 내일은 저 등도 갈고, 의원도 좀 오래서 뵈지, 응 이애, 내 말 들었니?"

선비 어머니는 선비를 꾹 찔렀다. 그제야 선비는,

"네."

하고 대답하였다. 그러나 선비는 그 돈 집을 것이 난처하였다. 그렇다고 그 돈을 도로 돌리는 수는 없는 터이고…… 하여 망설망설할 때, 선비 어머니는 그 돈을 집어 딸의 손에 쥐어주었다. 선비는 마지못해서 그 돈을 받아 이불 아래에 쑥 쓸어넣었다.

덕호는 더 섰기가 무엇하여 돌아서며,

"내일 꿀도 잊지 말고 가져와."

"네."

그의 어머니가 대신 대답을 하였다. 그리고 선비를 꾹 찌르며 문 밖까지 따라나가라는 뜻을 보였다. 선비는 부스스 일어나서 덕호의 뒤를 따라 싸리문턱까지 나갔다.

"안녕히 가세요."

"오, 내일은 집에 들어왔다가 가거라."

"네."

덕호가 문 밖을 나서자 선비는 곧 싸리문을 지치고 들어왔다. 웬일인지 간난이가 다오쳐 들어오는 것 같아서 공연히 숨이 가빴다. 선비는 어머니 곁으로 가서 앉으며,

"어머니, 간난이가 어째 왔을까?"

그의 어머니도 지금 그것을 생각하는 중이었던 것이다.

"글쎄…… 아이구 가슴이 또 치미누나."

선비 어머니는 얼굴을 찡그리고 아구구 소리를 연발한다. 선비는 어머니의 허리를 쓸면서 아까 간난이가 돌연히 나타나던 것을 생각하였다. 그리고 평생 가야 오지 않던 그들이 별안간 무슨 생각을 하고 우리 집에를 왔을까? 어머니의 병 때문일까, 혹은 무슨 다른 일이 있음인가? 암만 생각해도 그들이 하나도 아니요 둘씩 왔다가 가는 것은 이상스러웠다.

간난이는 선비의 둘도 없이 친하던 동무였다. 그러나 덕호의 작은집으로 들어가면서부터는 웬일인지 그들의 사이는 벌어졌다. 그래서 피치 못하여 마주치게나 되면 눈웃음으로 인사를 건네고 말 뿐이었다. 무엇보다도 동무였던 그를 하루 아침 사이에 상전으로 섬겨야 할 터이니 그것이 싫다는 것보다도 오히려 어려웠던 것이다.

한참이나 신음하던 어머니는 가슴이 좀 내려간 모양인지 가만히 있다. 선비는 이불을 덮어 놓고 나서 등불 앞으로 왔다. 그래서 바느질감

을 드니 어쩐지 속이 수선거리고 아까와 같이 일이 되지를 않았다. 그는 그만 일감을 착착 개어놓으며 멍하니 등불을 바라보았다. "남포등을 사다가 불을 켜라지……." 그는 이렇게 중얼거리며 아까 오 원짜리 지화를 던져주던 덕호의 얼굴을 다시금 그려보았다. 그리고 이때까지 볼 수 없던 그의 후한 마음! 그것은 어떻게 해석해야 좋을지 갈피를 잡을 수가 없었다. 따라서 이때껏 느껴보지 못한 어떤 불안을 가슴이 답답하도록 느꼈다.

그는 어머니를 돌아보며,

"어머니."

하고 부르니 아무 대답이 없다. 그리고 약간 코고는 소리가 가늘게 들린다. 가슴이 내려간 틈에 어머니는 저렇게 잠을 자는 것이다. 그는 얼결에 어머니를 불러놓고도 어째서 그가 어머니를 불렀는지 꼭 집어 댈 수는 없었다. 그는 물끄러미 어머니의 핏기 없는 얼굴을 바라보며 이불 속에 아까 넣어둔 오 원짜리 지화를 생각하였다. 따라서 뜻하는 않을 한숨이 폭 나왔다.

14

선비는 어슬어슬해서 그만 일어나고 말았다. 어젯밤 잠을 못 잔 탓인지 골머리가 띵하니 아팠다. 어머니의 아픔도 아픔이려니와 어젯밤 돌연히 나타난 덕호와 간난이의 행동이 수상스러워서 한참 못 잤던 것이다.

"어머니, 물 데워서 손발 좀 씻어올릴까요?"

"그래."

간신히 대답한 어머니는 "아이구!"하며 돌아눕는다. 선비는 어머니 곁으로 가서,

"아직도 아파? 자꾸."

어머니는 아무 말 없이 "음음"하고 신음할 뿐이다. 그는 이불을 꼭 덮어준 후에 밖으로 나왔다.

아직도 날은 채 밝지 않았다. 그는 멍하니 어젯밤 일을 다시금 되풀이하며 가만히 부엌문을 열었다. 김치 시어진 내가 훅 끼친다. 그는 "김치는 다 시어지눈." 이렇게 중얼거리며 앞뒷문을 활짝 열어났다.

그가 솥에 물을 붓고 불을 살라넣을 때 누가 싸리문을 흔든다. 순간에 선비는 간난의 얼굴이 휙 지나친다. 그래서 그는 가만히 귀를 기울이며 누가 이 새벽에 올까?

마침내 싸리문이 찌걱하고 열리는 소리가 난다.

"거 누구요?"

선비는 부엌 문턱에 서서 내다보았다. 그때 선비는 깜짝 놀라 뒤로 물러섰다. 그리고 질겁을 하여 방으로 뛰어들었다.

어머니도 놀랐는지 돌아보며,

"왜 그러냐, 응?"

선비는 어머니 곁으로 가서 문 편을 바라보며,

"어떤 사나이가 싸리문을 열고 들어와."

어머니는 이 말에 도적이 드는가 하여 벌컥 일어나려다가 도로 쓰러지며,

"그거 누구냐? 응, 누구야?"

목청껏 소리친다. 문 밖에서 머뭇거리던 사나이는,

"아저머니, 내유."

"응, 내가 누구란 말이야, 이 새벽에."

그의 음성을 분간하여 짐작하려나 도무지 들어보지 못하던 음성이다. 그는 마침내 방문을 부스스 열었다. 그들은 뛰는 가슴을 진정하며 바라보았다. 아직도 컴컴하므로 분명치는 않으나 그 윤곽과 키를 짐작하여 첫째인 것을 알았다.

그들은 뜻하지 않은 첫째임에 더 한층 놀랐다. 그리고 속으로는 저 부랑자놈이 누구를 또 어쩌려고 이 새벽에 왔는가 하니 가슴이 후닥닥 뛰었다.

"응, 자네가 어째서 이 새벽에 왔는가?"

"아저머니가 아프시다기 저 소태나무 뿌리가 약이라기에 가져왔수."

그의 음성은 차츰 입속으로 숨어들고 있었다. 이 말에 그들 모녀는 적이 안심하였다. 그리고 한편으로는 알 수 없는 의문이 뒤범벅이 되어 돌아가고 있다.

"아심찮으이, 원……."

방안으로 들여놓는 소태나무 보자기를 보며 선비 어머니는 이렇게 말하였다. 그는 보자기를 들여놓고는 곧 돌아서 나간다. 선비 어머니는,

"잘 다녀가게."

그의 신발소리가 멀리 사라진 후,

"아 그놈, 또 하는 짓이……."

선비 어머니는 선비를 물끄러미 바라보며 이렇게 혼자 하는말처럼 중얼거렸다. 그리고 막연하나마 선비로 인하여 이런일이 생기지 않는가? 하는 의문이 불쑥 들어, 어서 선비를 처치하여야겠다는 생각이 한층 더 강하여진다.

방안은 활짝 밝았다. 무섭게 해어진 보자기 사이로 금방 캐온 듯한 싱싱한 소태나무 뿌리가 삐죽삐죽 나와 있었다. 선비는 무서워서 꼼짝하지 않았다. 그리고 어렸을 때 싱아 빼앗기던 생각까지 새삼스럽게 떠오른다.

"이애, 저것 어디 감추어 둬라. 누가 보나다나 해두…… 그 부랑한 놈이 그게 웬일이야?"

선비 어머니는 생각수록 이상하였다. 그리고 일종의 공포까지 느꼈다. 그만큼 첫째네 모자는 이 동네서 사람 대우를 받지 못하였던 것이

다. 더구나 첫째는 술 잘 먹고 사람 잘 치기로 유명하였던 것이다. 선비
는 어머니의 말에 어딘가 모르게 섭섭함을 느꼈다. 동시에 뭐라고 형용
할 수 없는 슬픈 생각이 소태나무보를 싸고 언제까지나 사라지지 않았
다. 그는 그의 이러한 맘이 무엇 때문인지 풀 수가 없었다. 그는 어머니
가 자리에 눕는 것을 보고야, 소태나무 보자기를 들고 윗방으로 올라왔
다. 그리고 문앞에 다가서며, 이건 밤에 캐어온겐가? 잠두 못 자고……
이렇게 생각하며, 아까 문 밖에 섰던 첫째의 얼굴을 다시금 그려보았다.

그가 무엇 때문에, 왜 이것을 가져왔을까? 그때 그의 볼이 화끈 달
며, 무서움이 온몸에 흠씬 끼친다. 그는 무의식간에 소태나무보를 휙
던졌다. 그리고 무엇이 다오쳐 오는 것처럼 달려 내려왔다.


## 15

며칠 후 선비 어머니는 마침내 세상을 떠나고 말았다. 덕호의 주선으
로 어머니의 장례를 무사히 치르어낸 선비는 아주 덕호의 집으로 옮아
오게 되었다. 그래서 안방 맞은편 방 옥점이(덕호의 딸) 있던 방을 제 방
으로 정하고 있었다.

덕호의 부부는 선비 어머니가 살았을 때보다 선비를 한층더 귀여워
하고 측은히 생각하였다. 더구나 선비가 가사에 막히는 것이 없이 능한
까닭에 옥점 어머니는 선비를 수족같이 알아서 집안 살림을 전수이 밀
어 맡기었다.

옥점 어머니는 장죽을 물고 안방에서 나오며 마루 걸레질하는 선비
를 보았다. 그리고 담뱃대를 입에서 뽑으며,

"그것은 할멈을 시키고 너는 옥점의 옷을 하여라."

부엌 편을 향하여,

"할멈, 마루 걸레질하우."

선비는 걸레를 대야에 넣고 부엌으로 들어가서 손을 씻고나온다. 옥점 어머니는 안방에서 옷 마른 것을 가지고 나오며,

"이애, 요새 서울서는 모두 옷을 작게 입는다더라. 이것을랑 아주 작게 하여라."

선비는 일감을 받아가지고 재봉침에 마주 앉았다. 그리고 약간 기계를 수선한 후에 일을 시작하였다. 한참씩 재봉침 바퀴를 굴려나가다가 뚝 끊으며 눈결에 보면 할멈은 씩씩하며 마루 걸레를 치다가 어려워서 멍하니 앉아 있다. 그때마다 선비는 미안한 생각이 들었다.

"마루 걸레치기가 저렇게 힘들까!"

옥점 어머니의 호통에 할멈은 꿈칠 놀라 다시 걸레질을 한다. 옥점 어머니는 할멈의 걸레 치는 것을 쏘아보며 늙은 것들은 저렇게 굴고 젊은 것들은 말 잘 듣지 않고, 어떤 것을 두어야 좋담, 이렇게 생각하였다.

마침 덕호가 들어온다. 옥점 어머니는 핼금 쳐다보았다. 덕호가 첩네집에만 묻히어 있는 까닭이다.

"아니 당신도 우리 집에 올 줄 아우?"

덕호는 눈살을 찌푸리며 옥점 어머니를 노려보았다.

"저년 때문에 우리 집에 무슨 일이 나구야 말 테야. 에이보기 싫어서!"

재봉침을 굴리는 선비의 뒷모양을 흘금 바라보며 덕호는 마루로 올라왔다.

"옥점이가 아프다고 편지했어…… 집에서 저년이 생긴 흉조를 다 부리고 있으니 그런 일이 안 날 탁이 되나?"

편지를 거지에서 꺼내서 휙 팽개친다. 옥점 어머니는 비상히 당황하여 편지를 주워 한참이나 들여다보다가,

"어디 좀 똑똑히 보우, 흘려 써서 난 잘 모르겠수. 어데가 아프다고 했수?"

덕호는 아내의 주는 편지를 받아 읽어 들렸다. 옥점 어머니는 금시로

눈물이 방울방울 떨어진다.

"아이고 저를 어쩌면 좋우. 내 글쎄 요새 며칠 꿈자리가 사납더니 저 모양이구려. 내가 갈까요?"

"자네가 가서 뭘 알겠나, 내가 가야지. 어서 펄펄 옷 준비를 해."

어느 사이에 부부의 노염은 풀어지고 말았다. 옥점 어머니는 안방으로 들어가며,

"이애 그것은 그만두고 이걸 해라. 그리고 할멈은 어서 숯불 좀 피우."

선비는 하던 일감을 착착 개어 들고 안방으로 들어갔다.

"이걸 펄쩍 동정을 달아…… 언제 이제 떠날 차가 있수?"

기웃하여 들여다보는 덕호를 쳐다보았다.

"차가, 웬 차가? 자전거로 읍까지 가면 그게서야 떠날 차가 있겠지."

선비는 동정을 시침하며, 옥점의 그 둥글둥글한 눈을 생각하였다. 그리고 어디가 아픈지는 모르나 이렇게 집에서 걱정해 줄 아버지 어머니를 가진 옥점이가 끝없이 부러웠다. 그리고 어디가 몹시 아파도 어디가 아프냐고 물어 줄 사람조차 없는 자기의 외로운 신세가 새삼스럽게 더 슬펐다.

"나 서울 떠나면 선비는 아랫집 가서 자게 하여라."

"어딜 누가 가는 게요, 선비를 왜……?"

옥점 어머니는 말을 중도에 끊으며 당장에 뾰로통해진다.

"아, 저년이 길 떠나라는데, 웬 방정을 저다지 떨어. 이애 이년아……."

턱을 철썩 받친다. 선비는 근심스러운 듯이 쳐다보았다. 덕호는 흘금 선비를 보며 물러앉았다.

"글쎄 저런 맥힌 년이 어디 있겠니."

옥점 어머니는 뭐라고 대답을 하려다가 그만 참았다.

검정이가 쫓기어 들어오며 킹킹 젖었다.

## 16

중대문이 열리며 옥점이가 들어온다.

"어머니!"

옥점 어머니는 딸의 음성에 질겁을 하여 뛰어나갔다. 그리고 그의 목을 얼싸안고 목을 놓아 울었다. 옥점의 뒤를 따라 들어오는 낯모를 양복쟁이는 모녀를 바라보며 머뭇머뭇하고 섰다.

덕호는 마루 위에 서서,

"아니 이게 웬일이냐, 언제 떠났느냐? 전보를 치고 올 것이지, 아프다더니……?"

옥점이는 달려와서 덕호의 손을 쥐며,

"아버지, 저이가 우리 학교 선생님의 자제인데, 저 몽금포에 해수욕 오던 길에 나를 만나서 그래서 우리 집에 잠깐 들러 가시라고 해서 오셨다우."

덕호는 처음엔 웬 양복쟁인가 하고 적지 않게 불안을 가졌으나 자기 딸이 배우는 선생님의 아들이라고 하니 퍽으나 안심되었다.

옥점이는 양복쟁이를 바라보며,

"우리 아버지여요."

생긋 웃었다. 양복쟁이는 머리를 번쩍 들며, 모자를 벗어 들고 덕호의 앞으로 나왔다. 그리고 인사를 하였다.

"이렇게 다 오셔야 만나보지유. 어서 들어오시우."

덕호는 앞을 서서 들어간다. 그들은 뒤를 따랐다. 옥점 어머니는 옥점의 앞에 서서 들어가는 양복쟁이를 멍하니 바라보며, 나도 저런 아들이 있다면 얼마나 좋을까 하고 생각되었다.

"아가, 어디 아프댔니? 아버지가 방금 너한테 가시랴댔다."

옥점 어머니는 마루에 올라서며 이렇게 물었다. 옥점이는 얼굴을 좀

붉히는 듯하면서,

"어머니두 밤낮 아기, 아가…… 그게 무슨 말씀이야요."

그들은 일제히 웃었다. 옥점이는 아버지와 양복쟁이를 번갈아 보았다.

"아버지, 나두 몽금포 갈 테야요."

덕호는 옥점의 얼굴빛을 자세히 살피며,

"어디 아프다는 것은 좀 나으냐. 네 몸만 든든하거던 아무데라도 가렴."

옥점이는 생긋 웃으며, 양복쟁이를 쳐다보다가 무슨 생각을 하고,

"어머니, 선비가 내 방에 와서 있다구?"

"그래……."

"에이…… 난 몰라, 난 어데 있으라누."

금시 새침을 뗀다. 덕호는 옥점이를 보며, 이런 때에 옥점이는 제 어미와 어쩌면 그다지도 꼭 닮았는지…… 하였다.

"이애야, 그럼 선비는 이 방에 있게 하자꾸나."

덕호는 웃으며 양복쟁이를 보았다.

"저것이 아직도 어린애같이 굽니다그리, 하하."

양복쟁이도 빙긋이 웃었다. 그리고 이 집에서 옥점이를 어떻게 귀여워하는 것을 잠시간이라도 알 수가 있다.

"선비야, 점심해라."

어머니 말에 옥점이는 벌떡 일어나며,

"정말 선비가 우리 집에 와 있수, 어디?"

뛰어나가는 옥점이는 건넌방 문앞에서 선비와 꼭 만났다.

"선비야 잘 있었니?'

선비는 옥점의 손을 쥐려다 물큰 스치는 향내에 멈칫하였다.

그러자 두 볼이 화끈 다는 것을 느꼈다.

"애이, 선비 너 고왔구나, 어쩌면 저렇게……."

옥점이는 무의식간에 흘금 뒤를 돌아보았다. 안방의 세 사람의 눈이

이리로 쏠린 것을 보았을 때 이때껏 느껴보지 못한 질투 비슷한 감정이 그의 눈가를 사르르 스쳐가는 것을 느꼈다. 따라서 그의 얼굴까지 화끈 달았다.

옥점이는 냉큼 돌아섰다. 선비는 머리를 푹 숙이고 부엌으로 들어갔다. 할멈은 김칫감을 다듬다가 선비를 쳐다보며, "아니 그 사내 사람은 누군고?"

시집도 안 간 처녀가 남의 사내와 같이 다니는 것이 눈에 거슬렸던 것이다.

"모르지요."

아까 옥점이가 그의 아버지에게 양복쟁이를 소개하던 것을 얼핏 생각하였다.

"점심 하래요."

"뭐 점심을?…… 밥이 가뜩한데 웬 밥을 또 하래 응. 그 사내를 해 먹이려는군."

선비는 솥을 휑휑 가시며 옥점의 분 바른 얼굴과 양장한 몸맵시를 생각하였다. 그리고 화로에서 피어나는 숯불을 보았다.

옥점 어머니가 내다보며,

"이애, 닭 두 마리 잡고 해라."

"네."

옥점 어머니는 이렇게 이르고 나서 들어갔다. 훌훌 하는 가벼운 소리에 선비는 머리를 번쩍 들었다.


17


제비 한 마리가 부엌 천정을 돌아 살대같이 그 푸른 하늘을 향하여 까맣게 높이 뜬다. 선비는 한숨을 가볍게 몰아쉬었다. 그리고 처음으로 저 하늘을 보는 듯하였다.

"이애, 닭을 두 마리나 잡으라지?"

할멈은 아궁에 불을 살라 넣으며 선비를 쳐다본다. 그리고 눈가로 가는 주름을 잡히며 웃는다. 그는 언제나 닭을 잡게 되면 살을 다 바른 닭의 뼈를 먹기 좋아하였다.

꼬꾸댁! 꼬꾸댁! 닭 우는 소리에 선비는 놀라서 물 묻은손을 행주치마에 씻으며, 뒷문 밖으로 뛰어나왔다. 그가 허청간까지 달려오니, 닭은 꼬꾸댁 소리를 지르며 둥우리 안에서 돌아가다가 선비를 보고 푸르릉 날아 내려온다. 뒤이어 닭의 똥 냄새가 그의 얼굴에 칵 덮씌운다. 그리고 닭의 털이 가볍게 일어난다.

선비는 기침을 하며 섰다가, 닭이 없어진 후에 둥우리 안을 들여다보았다. 이제 금시 닭이 낳아논 달걀이 선비를 보고 해쭉 웃는 듯하였다. 그는 싱긋 웃으며 달걀을 둥우리 안에서 집어내었다. 아직도 달걀은 따뜻하다.

"이전 마흔 알이지." 그는 이렇게 중얼거리며 부엌으로 나왔다.

유서방은 풋병아리 두 놈을 잡아 목에 피를 내어가지고 들어오다가 선비를 보고 빙긋이 웃었다.

"달걀 또 낳았니?"

"네."

선비는 이 따뜻한 달걀을 누구에게든지 보이고 싶어 쑥 내밀었다.

"쟨 달걀을 여간 좋아하지를 않어."

할멈은 유서방이 들고 들어온 닭을 뜨거운 물에 씔어넣으며 이렇게 말하였다.

"할머니, 이것까지 하면 지금 마흔 알이야요."

"그래 좋겠다! 그까짓 것 그리 알뜰하게 모아서 소용이 무언가."

할멈은 가만히 말하였다. 선비도 이 말에는 어쩐지 가슴이 찌르르 하였다. 그러나 그것은 순간이고 또다시 달걀을 들여다보니 볼수록 귀여웠다.

선비는 소리없이 광문을 열고 들어갔다. 곰팡이 냄새가 훅끼친다. 그는 독 위에서 달걀 바구니를 내려 들여다보았다. 똑같은 달걀이 바구니에 전과 같이 그득하였다. 그는 들고 들어간 달걀을 조심히 올려놓으며 "마흔 알이지"하고 다시 한번 더 뇌일 때, 문틈으로 삐쳐 들어오는 광선은 그의 손가락을 발갛게 하였다. 그는 바구니를 쓸어보고 부엌으로 나왔다. 그리고 닭의 털을 뽑는 할멈 곁에 앉았다.

그들이 점심을 다 해서 퍼 들이고 부뚜막에서 밥을 먹을 때 덕호가 들어왔다.

"선비야, 안방으로 들어가 먹어라, 응."

선비는 일어나며,

"좋습니다."

"아, 왜 말을 안 들어. 어서 가지고 들어가 옥점이와 같이먹지."

너무 서두는 바람에 선비는 술을 놓고 말았다. 덕호는 암만 말해야 쓸데없을 것을 알고,

"아 그전에도 부엌에서만 먹었니?"

이렇게 중얼거리며 안으로 들어간다. 그리고 무어라고나 하는지, 옥점 어머니의 쨍쨍하는 소리가 흘러나온다.

"그애는 밤낮 그 모양이란 말요, 해야 들어야지요. 원체 질기기가 쇠가죽 이상인데."

선비는 얼굴이 화끈 달았다. 그리고 닭의 뼈나마 빨아먹은 물이 도로 올라오는 것을 느꼈다.

선비가 설거지를 마치고 건넌방으로 건너갈 때 옥점 어머니가 마루에 섰다.

"이전 그 방 임자가 왔으니 넌 이전 할멈과 있든지 나와 있든지 하자."

옥점이가 방에서 툭 튀어나왔다.

"어서 그 방 좀 내다구. 그 방의 그게 모두 뭐냐? 웬 보따리가 그리 많아. 아이, 되놈의 보따리 같데, 호호……."

옥점이는 양복쟁이를 돌아보며 이렇게 웃었다. 선비는 귀밑까지 빨개지며 건넌방으로 왔다. 그리고 봇짐을 모두 한데 싸며 옥점의 하던 말을 다시금 되풀이하였다. 그리고 어디로 이 봇짐을 옮길까 하고 생각해 보았다.

안방으로 옮기자니 옥점 어머니와는 같이 있기가 싫고 할멈방으로 옮기자니 그 방은 몹시 좁고 어떻게 해야 좋을지 몰라 그는 멍하니 앉아 있었다. 그때에 그는 어머니와 그가 살던 아랫마을 집이 문득 생각키었다. 비록 초가이나 어머니와 그가 살던 그 집! 그는 불시에 그 집이 보고 싶었다. '그 집에 누가 이사해 왔는지 몰라?'

그는 이렇게 생각하며 다시 봇짐을 보았다. 그리고 부스스 일어나며 좌우 손에 봇짐을 들었다.


18


"후덥다. 이거 소리나 한마디 하게나."

키 작기로 유명한 난장보살이라는 별명을 가진 자가 키 큰자를 돌아보며 이렇게 말하였다. 그리고 호미로 땅을 푹 파올리며 가라지를 얼핏 뽑아 던졌다.

그들은 이렇게 별명을 불러가며 잡담을 늘어놓곤 하였던 것이다.

"응 소리……."

"싱앗대야, 어서 해라! 이놈아, 이거 살겠니."

난방보살이 키 큰 자의 등을 후려쳤다. 그 곁에서 씩씩하며 김을 매는 첫째는,

"소리 한마디 해유."

하고 돌아보았다. 난장보살은 흘금 쳐다보며,

"이애, 이 곰도 소리를 들을 줄 아니."

술 취하기 전에는 첫째는 누구와 말 한 마디 건네기를 싫어하였던 것이다. 그러나 술만 취하면 남이 알아도 듣지 못할 말을 밤새껏 저 혼자 중얼중얼하곤 하였다.

첫째는 난장보살을 보며 픽 웃었다. 그는 대답 대신에 늘 이렇게 웃는 것이 버릇이다.

앞산에서 뻐꾹! 뻐꾹! 하는 소리가 난다. 싱앗대는 앞산을 흘금 바라보더니,

"뻐꾹새만 운다!"

이렇게 말하고 나서 목에 핏줄을 불끈 일으키며 노래를 부른다.

  흙이야 돌이야
  알알이 골라서
  임 주고 나 먹으려
  가을 묻었지.

길게 목청을 내뽑았다. 땃버리라는 별명을 가진 자가 눈을 스르르 감더니,

  눈에나 가시 같은
  장재 첨지네
  함석 창고 채우려고
  가을 묻었나.

굽이쳐 올라가는 멜로디는 스러지려는 듯, 꺼지려는 듯하였다.

"좋다!"

난장보살은 호미로 땅을 치며 이렇게 소리쳤다. 그리고 무어라고 형용 못할 슬픔이 그들의 가슴을 찌르르 울려주었다.

"이거 왜 이리 늦으니, 어서 또 받지."

유서방이 싱앗대를 바라보며 빙긋이 웃었다. 싱앗대는, "너구리 영감! 나 소리하면 술 사 줄 테유."

"암 사 주고말구……."

첫째는 술 말을 들으니 목이 더 타는 듯하였다. 그리고 뽀얀 탁배기가 눈에 보이는 듯하여 침을 넘겼다.

"그만두겠수다. 탁배기 한잔에 값비싼 소리를……."

"어서 하자."

여럿이 일시에 소리친다. 유서방은 농립을 벗어 부채질한다.

"이거 더워서 견디겠나, 어서 소리라도 이어 하게. 탁배기가 맛 없으면 약주라두 사 주리."

"이애 이놈아, 소리마다나 하니까 장한 듯하니? 이리 세를 부리고……."

난장보살은 싱앗대의 농립을 툭 쳐서 벗겨놓았다.

"이놈아, 좀 그만 까불어라……. 너 내일 누구네 김매러 가니?"

"왜…… 삼치몰래 삼치몰래 김매러 간다."

"그 밭이 돌짝밭이 돼서 아주 김매기 힘들지."

"그래두 그 밭에 도지가 닷 섬이다!"

"결전이야 저편에서 물겠지, 도지가 그렇게 많으니까……."

"결전이 뭔가…… 한다."

"뭐 자담이야? 너무하구나! 그 밭은 굶고 부쳐야 하겠군."

싱앗대는 이렇게 말하며 유서방을 곁눈질해 보았다. 유서방은 덕호네 집을 살므로, 언제나 그들은 유서방을 꺼리었던 것이다. 난장보살은

침을 탁 배알으며,

"요새 하는 짓이란 놀랄 만하니……."

가만히 말하며, 호미 끝에 조가 상할까 하여 얼핏 손으로 조를 싸고 돌며 미츨하니 북돋아 놓았다. 그때 바람이 가늘게 불어와서 좃대를 살랑살랑 흔들어준다.

멀리서 송아지가 운다. 싱앗대는 목을 늘여,

내가 바친 조알은
밤알 대추알
임의 입에 둥글둥글
구으는 조알.

땃버리는 기침을 칵 하며 호미를 힘있게 쥐었다.

장재 첨지 조알은
죽쩡이 조알
내 가슴에 마디마디
맺히는 조알

그들은 뜻하지 않은 한숨이 후 나왔다.


## 19

"이놈들아, 소리를 하는 바에는 좀 속이 시원할 소리를 하지 그게 무슨 소리냐!"

난장보살은 얼굴이 벌개지며 호미를 집어 팽개친다. 그의 머리에는 장리쌀 가져오던 기억이 회오리바람처럼 일어났던 것이다. 그날— 덕호네 그 넓은 뜰에는 장리쌀을 가지러 온 소작인들로 빽빽하였다. 한참 후에 덕호가 장죽을 물고 나왔다.

"이게 웬 사람들이 이리 많아?"

언제나 장리쌀을 내줄 때에 하는 덕호의 말이다.

덕호는 휘 둘러보았다. 돌아선 농민들은 덕호의 시선이 마주칠 때마다 가슴이 두근두근해지며 불행히 자기만이 쌀을 못얻어가게나 되지 않으려나 하는 불안에 머리를 푹 숙였다.

덕호는 약간 얼굴을 찡그렸다. 그들 중에는 작년 것도 채 갚지 못한 사람이 있었다.

"허 거 정 그래 농사지은 쌀들은 다 어떻게 했담. 아, 저 사람네도 쌀이 없는가?"

덕호는 싱앗대를 바라보았다. 싱앗대는 머리를 벅벅 긁으며,

"네 그저……."

"그게 웬일이야…… 절용해서 먹지 않는 모양일세. 이렇게 가져만 가니 가을에 가서 자네들이 해놓으랴면 힘들지, 그렇지 않은가?"

농민들은 그저 머리를 숙여 들을 뿐이었다.

덕호는 사랑에서 장책과 붓을 들고 나와서, 농민들의 성명을 일일이 적어놓고 그리고 몇섬 몇말 가져갈 것까지 꼭꼭 적어놓았다.

찌꺽하는 소리에 그들은 바라보니 유서방이 곳간문을 열었다. 그들 중에 몇 사람은 달려가서 조섬을 끌어내어 마개를 뽑고 이미 퍼놓았던 멍석자리에 조를 쏴르르 쏟아놓았다. 낯익은 그 쏴르르 하는 소리! 그리고 뽀얗게 일어나는 먼지 속에 풀풀 날리는 좃겨!

무의식간에 그들은 우르르 밀려가서 좁쌀을 한 줌씩 푹푹뜨며 들여다보았다. 그리고 입에 넣고 씹어보았다.

작년 가을에 자기들이 바친 조알은 모두가 한알 같아서 마치 잘 여문

밤알이나 대추알을 굴려 무는 듯한 옹골찬 맛이 있었는데 이 조알은 어디서 난 것인지 쭉정이 절반으로 굴려무는 맛이 거분거분하여 마치 좃겨를 씹는 듯하였다.

이때까지 비록 장리쌀이나마 가져가게 된다는 기쁨에 잠겼던 그들은 어디 가서 호소할 곳 없는 그런 애석하고도 억울함이 그들의 머리를 찡하니 울려주었다.

유서방은 멀뚱멀뚱하고 서로 바라다만 보는 농민들을 돌아보았다.

"어서 그릇을 가지고 한 사람씩 이리로 나오시우."

그제야 그들은 정신이 들어 한 명씩 앞으로 나갔다.

말에 옮겨 그들의 쌀자루로 쏴르르 하고 들어오는 좁쌀 흐르는 소리! 그들의 가슴에다 돌을 쳐넣은들 이에서 더 아플수가 있으랴!

여기까지 생각한 그는 한숨을 후 쉬며 이마에서 흐른 땀을 쥐어 뿌렸다. 그리고 어린애같이 걸우고 귀여워하는 좃대를 물끄러미 바라보았다. 순간에 그는 호밋자루를 던진채 발길나가는 그대로 어디든지 가고 싶었다.

"어서 소리나 또 하자."

유서방이 그들의 침묵을 깨첬다. 난장보살은 유서방을 흘금바라볼 때, 그날 쭉정이 좁쌀을 퍼주던 유서방인 것을 새삼스럽게 발견하였다.

"여부슈!"

난장보살은 얼결에 이렇게 유서방을 보고 소리쳤으나 그 다음 말은 생각나지 않아서 멀뚱멀뚱 바라만 보았다.

그들은 맡은 이랑을 다 매고 딴 이랑을 돌려 잡았다. 이 고랑에는 조뱅이(김 풀명)가 더 많이 우거졌다. 그리고 그 사이에 냉이꽃이 하얗게 덮였다. 싱앗대는 벌컥 일어나서 해를 짐작해 보며, "해 지기 전에 이 밭을 다 맬까?"하고 혼자 하는 말처럼 중얼거렸다.

"이놈아, 이걸 해 지기 전에 못 매어."

난장보살이 싱앗대를 올려다보았다.

"어서 소리나 해유."

첫째가 그들을 바라본다. 싱앗대는 도로 주저앉으며 갑나기(農夫歌)를 불렀다.

임 따라가세, 임 따라가세,
정든 임 따라가세.
부러진 다리를 찰찰 끌면서
정든 임 따라가세.

"좋다!"

땃버리가 소리치며 흘금 돌아보았다.

"이애 저기 뭐가?"

난장보살은 벌컥 일어났다.

20

그들은 일시에 바라보았다. 어떤 양복쟁이와 굽 높은 구두를 신은 계집이 이편으로 온다. 그들은 호기심에 켕기어 벌떡벌떡 일어났다. 유서방은,

"여보게들, 그게 우리 주인의 딸 옥점일세."

"뭐야 옥점이! 서울 가서 학당 공부 한다더니 왜 나려왔나?"

"아프다고 왔다네."

"아, 그런데 양복쟁이는 누구여?"

유서방도 이 물음에는 궁하여, 한참이나 생각하다가,

"글쎄 나두 잘 몰라!"

"이애 서울 가더니, 서방을 얻어가지고 왔구나."

난장보살이 이렇게 말하며 길 옆 밭머리에 털썩 주저앉는다.

"제길 어떤 놈은 팔자 좋아 예쁜 색시 얻구 돈 얻구, 요놈은 평생 홀아비 되라는 팔자인가."

첫째는 슬며시 돌아본다. 난장보살은 거지 안에서 익모초를 말린 담배를 꺼내서 신문지 조각에다 놓고 두르르 말아서 침으로 붙인 후에 붙여 물며 차츰 가까워오는 양복쟁이와 옥점이를 바라보았다.

그들은 곁눈으로 흘금 농부들을 보고 나서 지나친다. 그리고 옥점이는 머리를 개웃거리며, 무슨 이야긴지 재미나게 하는 모양이다.

"이애 사람 죽이누나!"

그들이 멀리 간 후에 난장보살은 담배 꼬치를 집어던지며 이렇게 말하였다. 그리고 호미를 쥐고 김을 매기 시작하였다.

한참 후에 땃버리는 난장보살을 툭 치며,

"이 사람아, 자네 요새 장가가고 싶은 모양이네그리."

"어 그래, 이놈 나 장가 보내주겠니?"

땃버리는 생각난다는 듯이,

"아니 유서방, 선비가 지금 덕호네 집에 있지유?"

"응 있어 왜?"

"그 어디 출가시키지 않으려나유?"

"글쎄! 시키겠지."

싱앗대가 눈을 꿈벅하며,

"뭘, 모르지, 알 수 있나, 그러구저러구 다……."

말을 끊으며 유서방을 쳐다본다. 유서방은 못 들은 체하고 말았다. 첫째는 그 큰 눈을 번쩍 뜨고, 그들의 말을 듣다가 한숨을 푹 쉰다. 난장보살은 비위가 동하여 땃버리를 바라본다.

"그 좀, 자네 중매할 수 없겠나?"

"날 보고 말해 되겠나, 그게야말로 덕호에게 청대야 할 노릇이지."

"아따 이 사람, 그러기에 자네가 중매를 들라는 말이어."

"난 자격이 없네."

"선비는 얼굴도 예쁘지만 맘도 고우니…… 참 그것 신통해……."

유서방은 선비의 자태를 머리에 그리며, 아까 싱앗대가 하던 말을 다시금 생각하였다. 첫째는 여러 사람들이 아니면, 유서방을 붙들고 얼마든지 선비에 대한 말을 묻고 싶었다.

이렇게 잡담을 하며 김을 매던 그들은 해가 꼭 져서야 동네로 들어왔다.

집으로 온 첫째는 저녁을 먹은 후 곧 밖으로 나왔다. 웬일인지 집안에 들어앉았기가 답답해서 못 견딜 지경이다. 그는 어정어정 걸었다. 그리고 아까 난장보살에게서 빼앗아 둔 익모초 담배를 꺼내 붙여 물었다. 한 모금 쑥 빨고 나니, 담배와 같이 향기로운 맛이 없고 맥맥하였다. 그는 휙 집어 뿌렸다. "이걸 담배라고 다 먹나!" 이렇게 중얼거리고 보니 덕호의 집 울 뒤였다. 그는 요새 밤마다 이 집 주위를 한 번씩 둘러 가곤 하였다. 행여나 선비를 볼까 하여 이렇게 오나 한 번도 이 집 주위서 그를 만나보지 못하였다. 그러나 저녁을 먹고 나면, 오늘이나 하는 기대를 가지고 또다시 오곤 하였다.

캄캄한 하늘에는 별들이 동동 떴다. 그리고 어디서 불어오는 바람결에 모기 쑥내가 약간 코끝을 흔들어준다. 그는 어디라 없이 멍하니 바라보며 손으로 허리를 꽉 짚었다.

덕호네 집에서 간혹 무슨 말이 흘러나오나 누구의 음성인지 또는 무슨 말을 하는지 분간할 수가 없다. 그저 호호 하하 웃는 웃음소리만은 저 별을 쳐다보는 듯이 또렷하였다.

그는 이렇게 우두커니 서 있으니 아까 집어던지던 익모초 담배나마 생각키었다. 그래서 거지 안을 뒤져보니 아무것도 집히지 않았다. 그는 입맛을 쩝쩝 다시며 풀밭에 털썩 주저앉았다. 밑이 선뜻하여 다는 속이 한결 시원한 듯하였다. 그때 이리로 오는 듯한 신발소리가 나므로 그는 두 눈을 고양이 눈처럼 떴다.

21

가까워지는 신발소리는 뚝 끊어지며 울바자 밑에 붙어 서는 소리가 바삭바삭 난다. 그리고 급한 숨결 소리가 여자라는 확신을 그에게 던져 주었다.

그는 일어나는 호기심과 아울러 선비가 아닌가 하는 의문에 역시 가슴이 뛰놀기 시작하였다. 그래서 그는 저편 사람에게 자기가 있는 것을 눈치채지 못하게 하려고 조금씩 뒷걸음질을 하였다.

또다시 신발소리는 이편을 향하여 오더니 멈칫 선다. 그리고 숨을 호 하고 쉬었다. 따라서 무엇을 생각하는 듯이 한참이나 우두커니 서 있다. 첫째는 어둠 속으로 어림해 보이는 그의 키와 그리고 몸집을 자세히 훑어보는 순간 선비가 아니냐? 하는 생각이 차츰 농후해졌다. 그는 불과 몇 발걸음 사이를 두고 그립던 선비와 이렇게 마주 섰거니 하는 생각이 울컥 내밀칠 때, 무의식간에 그는 몇 발걸음 내디디었다. 신발 소리를 들은 저편은 질겁을 하여 달아난다. 첫째는 이미 내친걸음이라 그의 뒤를 따랐다.

뛰기로 못 당할 것을 안 계집은 어떤 집으로 쑥 들어가버렸다. 그는 할 수 없이 그 집 나뭇가리 옆에 붙어 서서 계집이 나오기를 고대하였다. 그러나 계집은 한참이나 지나도 나오지 않는다. 그는 의심이 버쩍 들었다. 혹시 선비가 아닌가? 그럼 누구여? 이 밤중에 그 집에 와서 엿볼 사람이 누굴까?

그는 눈을 감고 한참이나 생각하여 보아도 얼핏 짚이는 사람이 없었다. 그리고 억지로라도 그를 선비라고 하고 싶었다.

그래서 오늘 밤은 기어코 선비를 만나 몇 해 쌓아두었던 말을 다만 한 마디라도 건네고 싶었다.

이제 선비를 만나면 뭐라고 할까? 이렇게 자신을 향하여 물어보았다. 그러나 아무 할 말이 없다. 온 가슴은 선비를 대하여 할 말로 터질 듯한데 막상 하려고 하니 캄캄하였다. 뭐라고 하나? ……너 나하구 살겠니? 하고 물을까? 그것도 말이 안되었어. 그러면 너 나 알지? "아니, 아니어." 그는 머리를 좌우로 흔들며 픽 웃어버렸다. 그리고 여러 가지 말을 생각하며 그 집 문편만을 주의하였다.

그때 저편에서 지나가는 듯한 신발소리가 나므로 누가 이집 앞으로 지나는가보다 하여 숨을 죽이고 무릎을 쭈그렸다. 마침 신발소리가 뚝 그치며 술술 하는 소리를 따라 난데없는 물줄기가 그의 얼굴을 향하여 쏟아진다. 그는 주춤 물러서는 순간, 그것이 오줌줄기라는 것을 깨닫자 그는 벌컥 일어나며 이편으로 다가섰다.

"이 자식아, 얻다가 오줌을 누느냐?"

뜻하지 않은 사람의 음성에 저편은 꿈찔 놀라서 오줌을 줄이치고 물러선다.

"거 누구여?"

첫째는 그의 음성에 벌써 누구임을 알았다.

"이 자식아, 얻다가 오줌을 누냐?"

그제야 개똥이는 첫째인 것을 알고,

"아 왜 거게 가 섰느냐? 이 자식아."

첫째는 할 말이 없다. 그래서 우물쭈물하였다. 개똥이는 앞으로 다가서며,

"난 너의 집에 갔댔다."

"왜?"

"내일 우리 김 좀 매 달라구."

"나 벌써 명구네 김 매주겠다고 말했다야."

"응 명구네…… 거 안되었네, 품 한 명이 꼭 모자라는데……."

그때 문소리가 나며 초롱불이 나온다. 그들은 멍하니 바라보았다.

"어두운데 잘 건너가우."

개똥 어머니의 말이다.

"네."

첫째는 선비의 음성인가 하였다. 그리고 개똥이가 아니면 쫓아가겠는데, 그럴 수도 없고 해서 머뭇머뭇하고 서 있었다. 초롱불은 첫째를 비웃는 듯이 조롱하는 듯이 까뭇까뭇 숨바꼭질을 한다. 첫째는 가슴이 죄어서 한발 내디디었을 때,

"어마이, 거 누구여? '

개똥이가 묻는다.

"응…… 너 왜 거게 가 섰니?"

개똥 어머니는 이편으로 오는 모양이다.

"간난이구나, 그애가 이 밤에 왜 왔을까?"

"간난이?"

첫째는 놀란 듯이 버럭 소리를 질렀다. 개똥 어머니는 멈칫선다.

"거 누구니?"

"나유."

"……응 첫째인가."

"간난이가 뭐하러 우리 집에를 왔어?"

"글쎄 말이다, 혹 덕호가 보냈는지?"

첫째는 멍하니 마지막 사라지는 초롱불을 바라보았다. 그리고 이마가의 오줌을 씻어내며 터벅터벅 걸었다.

## 22

첫째는 무정처하고 걷다가 다시 덕호의 집 주위를 한 바퀴 돌아서 그의 집으로 왔다.

그러나 방으로 들어가고 싶지는 않아서 마당가에서 어정어정 돌아다니다가 나뭇가리 옆에 펄썩 주저앉았다. 훅 하고 끼치는 나무 썩어진 내를 맡으며, 아까 개똥이의 오줌을 받은 기억이 떠올라 무의식간에 그의 손은 이마 가를 만졌다. 따라서 뭐라고 말할 수 없는 울분이 울컥 치미는 것을 깨달았다.

그는 나뭇가리에 몸을 기대며 고놈의 계집애는 도무지 볼수가 없으니 웬일이어, 어디 앓지나 않는지? 하고 생각할 때 그의 눈 위에서 빛나던 그중 큰 별 하나가 꼬리를 길게 달고 가뭇 사라진다. 그는 그 별이 사라진 곳을 멍하니 바라보며 선비의 눈등의 검은 사마귀를 생각하였다. 티없이 밝은 얼굴에 빛나는 그 검은 사마귀! 그것은 흡사히 이제 사라진 그 별과 같았다. 그는 한숨을 길게 쉬며 눈을 꾹 감았다. 감으면 감을수록 더 또렷이 나타나는 그 검은 사마귀! 이놈의 계집애를… …하며 첫째는 벌떡 일어났다. 그때 저편으로부터 신발소리가 났다. 그는 공연히 화가 치받친다.

"거 누구유?"

버럭 소리를 질렀다.

"첫째냐? 난 널 자꾸 찾아다녔구나, 여기 있는 것을 모르고…… 왜 거기 가 있냐?"

이서방은 헐떡헐떡하면서, 첫째의 곁으로 와서 그의 손을 끌고 방으로 들어왔다. 첫째는 일어나는 화를 참으며 씩씩하였다. 이서방은,

"첫째야!"

부르고 나서 그의 곁으로 바싹 다가앉았다. 첫째는 귀찮다는 듯이 조

금 물러앉으며 벌렁 누워버렸다. 이서방은 그의 이마를 짚으며,

"너 요새 뭐 생각하는 것 있지?"

첫째는 얼른 선비를 머리에 그리며, 이서방의 손이 거북하였다 그래서 손을 물리치며 돌아누웠다. 한참 후에 이서방은,

"너, 자냐?"

"아니."

"너 요새 왜 잠두 안 자고 다니니?"

"잠이 안 오니께."

"왜, 잠이 안 와?"

"……."

뭐라고 말을 하렸으나 입이 깍 붙고 만다. 이서방은,

"첫째야, 네가 내게 숨길 것이 뭐냐, 말하면 내 힘 미치는 데까지는 힘써 보자꾸나."

이서방도 첫째가 어떤 계집을 생각해서 이렇게 잠도 못 자고 다니는 것을 짐작은 했으나, 어떤 계집인지를 꼭 알지 못하였다. 그래서 그 계집을 첫째에게서 알아가지고, 될 수 있는 대로 힘써 보자는 것이다. 만일 저대로 방임해 두면 첫째는 불일간에 무슨 병에 걸려들지 않으면 무슨 변이라도 낼 듯 싶었던 것이다.

첫째는 언제까지나 잠잠하고 있다. 이서방은 바싹 다가 누웠다.

"너 어떤 계집을 생각하지, 아마?"

첫째는 계집이란 말에 그의 얼굴이 화끈 달며 선비의 그 고운 자태가 스르르 떠오른다. 그는 그만 돌아누웠다.

"자자우, 이서방."

말하지 않을 것을 안 이서방은 훗날에 천천히 물어보리라 하고, 그만 잠이 들고 말았다.

첫째는 이런 생각 저런 생각에 그 밤을 새우고, 어슬어슬하여 일어나

앉았다. 그때 안방문이 가만히 열리는 소리가 들린다. 첫째는 어떤 놈이 또 와 잤군…… 하고 생각하며 장성한 아들을 둔 그의 어머니의 행동이 끝없이 원망스러웠다.

"안녕히 가세요."

"음."

"언제 또 오시겠수?"

"글쎄 봐야 알지."

소곤거리는 유서방의 음성이다. 그는 도리어 반가운 생각이 들어 벌컥 일어났다. 그리고 방문을 열었을 때,

"너 왜 벌써 일어나니?"

이서방이 일어나며 그의 꽁무니를 꾹 붙들었다. 이서방은 첫째가 달려나가서 무슨 행패를 할까 하는 불안에서 이렇게 붙들었던 것이다.

그러자 벌써 첫째 어머니는 문을 지치고 들어온다. 첫째는 그의 어머니를 노려보다가,

"어머니!"

자거니 하였던 첫째의 음성에 그의 어머니는 놀라 멈칫 섰다. 그리고 첫째가 성이 나서 뛰어나오는 것 같아서 뒤로 비슬비슬 물러섰다.

이서방은 이 경우에 모자의 불평을 어떻게 완화시킬지 몰라 한참이나 생각하였다. 문을 열고 아무 말 없이 그의 어머니를 노려보던 첫째는 방문을 쾅 닫고 그 자리에 주저앉았다. 그제야 이서방도 물러앉는다.


## 23


신철이를 따라 몽금포에 내려가서 해수욕을 하고 올라온 옥점이는 오늘 아침차로 상경하겠다는 신철이를 만가지 권유로 겨우 붙들었다. 신철이는 옥점이보다도 덕호의 애써 말리는데 못이기는 체하고 떠나지 않

앉으나 실은 웬일인지 그렇게 쉽게 이 집을 떠나고 싶지 않았던 것이다.

남의 집에 와서 하루 이틀도 아니요 거의 달지경이 되어 오니까 미안함에서 상경하겠다고 하였던 것이다. 옥점이는 신철의 남성다운 체격을 웃음을 머금고 바라보았다.

"우리 참외막에 가볼까요?"

"글쎄요……. 우리 둘이만이 가는 것이 좀……."

옥점이는 냉큼,

"그럼 누구 또 말씀해 보세요?"

그의 속을 뚫고 보려는 듯한 옥점이의 강한 시선을 그는 약간 피하였다.

"아버지든지 혹은 어머니도 좋구요."

"정말?"

"그러면요, 우리들만은 이런 시골에서는 좀 자미 없지 않아요?"

"하긴 그래요, 그럼 어머니를 가자구 할까?"

"그것은 옥점 씨 생각에 맡깁니다."

옥점이는 호호 웃으며 냉큼 일어나 안방으로 건너갔다. 신철이를 책상 앞에 조금 다가앉아서 면경 속에 그의 얼굴을 비추어보며 무심히 밖을 내다보았다. 그때 선비가 빨래함지를 이고 부엌으로부터 나온다. 신철이는 얼른 몸을 똑바로 가지고, 지나치는 그의 왼편 볼을 뚫어지도록 보았다. 그가 중대문을 넘어가는 신발소리를 들으며, 빨래를 하러 가는 모양인데…… 하고 생각할 때, 이상한 광채가 그의 눈가를 스쳐 간다.

그가 이 집에 온 지 거의 두 달이 되어와도 저렇게 먼빛으로 선비를 대할 뿐이고, 한 번도 한 자리에 앉아 말을 건네보지 못하였다. 그만큼 그는 선비에게 어떤 호기심을 두었다. 그리고 특히 그의 와이셔츠나 혹은 내의 같은 것을 빨아 다려오는 것을 보면, 어떻게 그리 정밀하고 얌전스럽게 해오는지 몰랐다. 그때마다 그는 이런 아내를 얻었으면……

하는 생각이 옷 갈피갈피를 뒤질 때마다 부쩍 들곤 하였다.

그리고 그의 고운 자태! 눈등의 검은 점…… 그의 머리에 강한 인상을 던져주었다. 그와 말이나 해보았으면…… 그는 이러한 생각을 하면서, 어떻게 하든지 오늘 냇가에만 가면 그를 만날 수가 있을 터인데 어떻게 뭐라고 핑계를 대고 옥점이를 떨어치나가 문제되었다.

옥점이가 건너오며,

"어머니가 가시겠다오."

"예 좋습니다."

이렇게 선뜻 대답은 하고도 신철이는 엉덩이가 잘 떨어지지 않는다.

"어서 일어나요, 더웁기 전에 가요."

신철이는 무슨 생각을 잠깐 하다가,

"아버지도 모시고 가는 것이 어때요."

"아이! 아버지는 뭐라구."

핼끔 쳐다보며 웃는다. 그도 빙긋이 웃으며,

"노인네 부부도 산보해야지요, 하하."

옥점이도 호호 웃었다. 그리고 아버지와 어머니 앞에 자기들이 가지런히 서서 가는 것도 그럴 듯한 일이었다.

"그럼 모시고 갈까……. 아이 아랫집에서 안 올라오셨을 게요."

옥점이는 통통걸음을 쳐서 사랑으로 나간다. 신철이는 그의 나가는 뒷모양을 바라보면서 선비가 혼자서 빨래를 갔는가? 하였다. 옥점이는 곧 돌아 들어왔다.

"아버지가 안 오서서……."

그제야 신철이는 벌컥 일어났다. 그리고 벽에서 모자를 벗겨 쓰며,

"내 아버지는 모시고 갈 것이니 어서 먼저들 가시오. 저번 갔던 그 막이지?"

옥점이는 약간 싫은 빛을 띠었으나 얼른 웃어버렸다. "

"그만둬요, 아버질랑."

"글쎄 어서 가요. 내 가서 모시고 올라가리다."


## 24

신철이는 밖으로 나왔다. 뜨거운 볕이 그의 전신을 후끈하게 하였다. 그는 큰대문을 나서며 어떻게 할까? 하고 우뚝섰다.

신철이는 어떻게 하든지 옥점이만을 떨어칠 양으로 이렇게 서두르고 나오기는 했으나 막상 나오고 보니 어떻게 해서 선비를 교모히 만나볼까가 큰 걱정이다.

우선 그는 멀리 보이는 원소의 숲을 바라보았다. 그리고 덕호가 첩살림하고 있는 아랫마을을 돌아보았다. 따라서 옥점이와 같이 갈 참외막 있는 앞벌도 바라보았다.

그러자 옥점이와 그의 어머니가 나온다.

"왜 안 가셨수?"

옥점이는 물빛 양장에 밀짚모를 꼭 눌러 썼다. 그의 어머니는 딸과 신철이를 바라보며 언제 웃을지 몰라 입을 벌리고 있다. 비록 정식으로 말은 건네지 않았으나 이 둘이는 장래 부부로 인정하였던 것이다.

"아버지한테도 같이 가려구요?"

"뭘, 나허구?…… 난 안 간다는게야, 그년의 계집애 보기 싫어서……."

옥점이는 휭 돌아간다. 신철이는 옥점이의 이러한 대답을 듣기 위하여 부러 물었던 것이다.

"왜 그래요? 그이도 어머니가 되겠지우."

"아라마―이야다와."*

---

* 어머 싫어요.

이렇게 소리치며 어머니의 손을 끌고 간다. 몇 발걸음 걸어나가던 옥점이는 돌아보았다. "얼핏 모시고 와요, 그리로…… 기다리고 있을 것이니."

이 순간에 그는 급한 숨결을 겨우 억제하였다. 모든 일이 자기가 상상하였던 것보다 예상 이외에 순조로 진행되었던 것이다. 신철이는 뛰는 가슴을 진정하며 옥점이의 뒤를 슬금슬금 따라섰다.

옥점이가 동구를 벗어나며 이편을 돌아본다. 그리고 무어라고 손질을 두어 번 치고 모밀밭 뒤로 사라진다. 신철이는 한숨을 후유 하고 쉬었다. 만사는 이제부터다 하고 그는 아무 거침없이 원소를 바라보고 급히 걸었다.

원소의 숲이 가까워질수록 그의 숨결은 몹시도 뛰었다. 그리고 불행히 옥점이가 그의 뒤를 따르지 않는가 하여 자주자주 뒤를 돌아보았다.

물소리가 졸졸졸졸 한다. 그는 우뚝 섰다. 그리고 버드나무 숲을 헤치고 가만히 들어섰다. 길길이 늘어진 버들가지가 그의 어깨를 서늘하게 스치었다. 그는 나무 밑에 꼭 숨어 서서 사람이 있는가 없는가를 훑어보았다.

뚝 그쳤던 방망이 소리가 청청 울려온다. 그 소리는 이 고요한 숲을 한층 더 고요하게 하였다. 그는 방망이 소리를 따라 시선을 옮기니, 버드나무숲에 가리어 잘 보이지는 않으나, 방망이 소리를 타고 오는 음향은 선비의 존재를 확신케 하였다. 그는 차츰차츰 그편으로 갔다. 선비의 바른편 볼이 둥그렇게 나타나 보인다. 신철이는 멈칫 섰다. 그리고 다시 한번 뒤를 돌아보았다. 따라서 선비를 만나 무슨 말을 할까 하고 생각해 보았다. 그러나 할 말이 있는 듯하고도 또다시 생각하면 아무 할 말이 없었다. 어떻게 하누? 다시 한번 망설였다. 이제는 발길까지 무거워지고 그리고 숨결이 무섭게 뛰놀았다.

그가 동무를 따라 카페 같은 데도 더러 다녔으나 이렇게 여자를 어렵게 대하여 보기는 처음이었다.

방망이 소리가 뚝 끊어지며 빨래를 헹구는 모양인지 절벅하는 물소리가 들린다. 그는 버드나무에 몸을 기대어 에라 돌아가자! 내가 이게 무슨 짓이냐, 그와 말은 해봐서 뭘 하는 게야 하고, 그는 발길을 돌리렸으나 꽉 붙고 떨어지지 않는다. 그는 눈을 꾹 감았다. 그리고 지금 막에서 기다릴 옥점이를 생각하였다. 그러나 옥점이의 환영은 차츰 희미하게 사라지고, 선비의 얼굴이 뚜렷이 보인다. "내가 이게 웬일이야, 며칠지간에." 이렇게 중얼거리며 휙 일어났다. 그리고 흐르는 물속으로 빛나는 차돌을 물끄러미 들여다보았다. 지금 아버지는 내가 몽금포에서 수양하고 있는 줄 알 터이지 하는 생각이 버쩍 들자 그는 머리를 돌려버렸다. 그때에 무심히 앞에 늘어진 버들가지 하나를 잡아 뚝 꺾었다. 그리고 손이 아프도록 잎을 죽 훑어서 후르르 물 위에 뿌리며 천천히 내려왔다.

그가 참외막까지 왔을 때 갑자기 우뚝 섰다. 덕호를 데리고 온다고 옥점이를 떨어치던 자기를 새삼스럽게 발견하였던 것이다. 옥점이는 막에서 달려내려온다.

"왜 혼자 오우?"

그는 잠깐 주저하다가,

"그만 중로에 가기 싫기에 오구 말었수. 그 뭐……."

얼굴이 약간 붉어졌다. 옥점이는 말똥말똥 쳐다보다가,

"어서 저리로 올라갑시다. 내가 참외 맛있는 것으로 골라 두었수."

## 25

신철이는 옥점이를 따라 몇 발걸음 옮겨놓다가 무심히 바라보니 참외 덩굴 아래로 어린애 머리만큼이나 한 참외들이 수북하였다. 그는 얼른

그리로 가서 참외를 만져보았다. 그리고 모자를 벗어 부채질을 하며,

"이거 보우, 이거 참 시굴이 좋기는 하다니!"

옥점이는 휘끈 돌아보며 머뭇머뭇하다가 온다.

"아이 더워요. 어서 저리로 가요."

옥점의 코밑에 땀방울이 방울방울 맺혔다. 신철이는 가뿐 숨이나 쉬어가지고 막으로 올라가려고 밭머리에 펄썩 주저앉았다. 옥점의 어머니는 기웃하여 내다본다. 옥점이는 얼굴을 찡그렸다.

"아이, 거게가 앉아?"

신철이는 모자로 해를 가리며 이마의 땀을 씻었다. 그리고 한숨을 푹 쉬었다. 옥점이는 그의 쩍 벌어진 양 어깨를 바라보며, 자기 같으면 저렇게 외면하고 앉을 것 같지 않았다. 그동안이라도 서로 얼굴이 보지 못하는 것이 갑갑해서…… 옥점이는 쓸쓸하였다.

신철이는 벌떡 일어나더니 저편으로 충충 걸어간다. 그리고 풀숲에서 무엇을 찾는 모양이더니 딸기 한 송이를 나뭇가지째 꺾어 들고 벙글벙글 웃으며 온다. 옥점이는 달려가며,

"그게 어디가 있수? 아이, 빛이 곱지."

신철의 손에서 빼앗으며, 옥점이는 개웃하고 한참이나 들여다보더니,

"고레 안따노 하트(이게 당신의 마음)?"

얼굴을 약간 붉히며 쳐다본다. 신철이는 옥점의 얼굴을 거쳐 딸기를 보았다. 그때 그는 이상한 충동을 느꼈다.

"올라가요, 어서 저리로."

옥점이는 앞섰다. 신철이도 그의 뒤를 따라 막으로 올라갔다. 옥점 어머니는 귀여운 듯이 그들을 번갈아 보며,

"왜? 안 오시겠다고 헙데까?"

옥점이는 참외를 고르며,

"그 계집애 꼴 보려고 거길 가!"

신철이를 흘금 쳐다보며 어머니를 돌아본다. 그의 어머니는 약간 섭섭함을 느끼며, "그럼 더운데"하고 웃음으로 쓸어치고 말았다.

"이게 달 것이라지? 어머니."

옥점이는 참외를 들어 보인다.

"그래, 깎아보렴."

그는 칼을 들어 반을 갈랐다. 속이 새파란 것인데, 꿀내 같은 내가 물큰 올라온다

"이것 보우, 참말 달겠수."

옥점이는 참외를 들어 보이며 껍질을 벗겼다. 그리고 신철이를 주었다. 그는 받으며,

"어머니에게 올리시구려!"

"어서 받아요."

눈을 핼끗해 보면서 칼을 내친다. 그리고 곁에 놓았던 딸기송이를 들며 생긋 웃었다. 이것은 신철이가 자기에게 주는 사랑의 선물인 것 같았던 것이다. 그는 딸기 송이를 들고 이리저리 보다가 모자에 꽂았다.

"이거 봐요, 곱지?"

옥점 어머니는 깜박 졸음이 오다가 옥점의 말에 놀라 바라보았다.

"그게 웬 딸기가?"

"아이 입때 어머니는 못 보셨수? 호호."

어머니를 바라보는 옥점이는,

"어머니? 졸음이 오나 봐…"

낮이 기울어지면 옥점 어머니는 자는 버릇이 있다. 그의 어머니는 눈을 썩썩 비비쳤다.

"들어가자."

"아이 벌써? 어머니는 먼저 가구려."

그의 어머니는 괴로운 모양인지 그만 부스스 일어난다.

"놀다가 오시우, 난 먼저 가우."

"왜, 같이 들어가시지요."

신철이는 옥점 어머니의 뒤를 따라 막 아래까지 내려가서 공손히 인사를 하였다. 옥점이는 막 위에서 이 모양을 바라보며,

"안따와 바가쇼지끼와네(당신은 고지식도 하셔)."

호호 웃었다. 옥점 어머니는 신철이를 다시금 돌아보며 사위가 정말 되었으면 좋으련만 하고 생각하였다.

막으로 올라오니, 옥점이는 모자를 쓰며 딸기 송이를 보았다.

"어때요?"

"좋구면요……. 그만 먹지, 먹고 싶구면."

옥점이는 모자를 벗어 들고 딸기 송이를 따서 신철이 손에 놓아주며 그도 한 알 물었다. 빨간 물이 옥점의 입술을 물들일 때, 신철이는 아까 옥점이가 하던 말을 다시금 생각하였다. 그리고 그는 아쉬운 생각과 함께 빨래질하던 선비의 자태가 휙 떠오른다. 그리고 그가 뿌리고 온 버들잎 하나가 선비의 손끝을 스치었으련만, 그는 무심히도 버들잎을 치워버렸으리라! 하였다.

26

"뭘 생각하시우?"

옥점이가 바싹 다가앉는다. 신철이는 얼른 수숫대 위로 뭉실뭉실 피어오르는 구름을 가리켰다.

"저것 보우, 참 좋아."

옥점이도 그편을 바라보았다.

"제법 시인이 되랴나 부."

"시인?"

무심히 내친 이 말이 그의 가슴폭을 선뜻 찔러주는 듯하였다. 그는

참말 요새같이 감정이 예민해 가다가는 큰일이라고 생각되었다.

그가 학교에서 휴가를 맡고 이렇게 오게 된 것도 신경이 약하기 때문인데, 수양하러 온다고 와놓고는 돌연히 사귄 이 여자로 말미암아 자기의 수양은 어디로 달아나고 말았다. 더구나 나날이 일어나는 이 번민! 이것은 자기 스스로는 도저히 억제치 못할 것 같았다.

처음에 기찻간에서 이 여자를 만날 때에는 다소의 흥미도 가졌지마는, 불과 며칠이 지나지 못해서 다만 일시일시로 데리고나 놀 여자지, 오래 사귀어 놀 여자가 되지 못할 것을 곧 알았다. 그러나 그는 웬일인지 이 집을 떠나기 싫고, 이 동네가 떠나기 싫었다. 그래서 몽금포에 가서도 오래 있지 못하고 곧 올라왔던 것이다.

옥점이는 피어오르는 구름을 한참이나 보다가 흘금 신철이를 보았다. 구름을 바라보는 그의 눈! 그 새를 타고 내려온 쇠로 만든 듯한 그의 코는 확실히 그의 이지를 대표한 듯하였다.

지금 그의 어머니나 그의 아버지까지도 신철이를 장래 사윗감으로 인정하는 모양인데, 보다도 현재 자기들의 이면에는 내약이 있는 것으로 인정하는 것 같았다. 그런데 실상 자기들 사이는 이때까지 아무러한 내약도 없었으며 그러한 눈치도 서로 보이지 않았다. 옥점이는 초조하였다. 그러나 저편에서 시치미를 떼고 있는데, 먼저 대들기도 무엇하여 눈치만 살살 보는 중이었던 것이다.

"무슨 이야기든지 하세요."

신철이는 돌아보았다. 그리고 무슨 말을 할듯할듯 하다가 그만 웃어버린다.

"아이 하세요. 무슨 이야기를 하시려고 그래서요. 이제…… 꼭 대줘요."

어린애처럼 보챈다. 신철이는 조금 물러앉았다.

"옥점 씨, 이담에 어떤 곳에서 살고 싶어요? 말하자면 서울 같은 도회지에서 혹은 이러한 농촌에서?"

뜻하지 않은 이 물음에 옥점이는 머리를 갸웃하고 한참이나 생각하다가,

"그것 왜 물으세요."

"심심하니까 이야기삼아 묻는 게지요."

"신철 씨는 어떤 곳에서?"

"나요? 글쎄 어떤 곳이 좋을까……. 내가 먼저 물었으니 먼저 대답하세요."

"나는…… 신철 씨가 좋아하는 곳에서."

말끝이 입속으로 숨어든다. 그리고 귀밑까지 빨개지며 그는 머리를 돌렸다. 이것을 바라보는 신철이는, 이 여자가 자기를 사랑하는 셈인가? 하는 생각이 불쑥 들었다. 그리고 '고레 안따노 하트?' 하고 그가 하던 말을 다시금 생각하는 신철이는, "그래요, 참 고마운 말씀이구려. 그럼 우리 한동네서 삽시다. 이렇게 한적한 농촌에서 저런 참외며 조며 콩 팥을 심어가면서 삽시다, 우리. 오작이나 자미나겠수."

그는 눈치를 채지 못한 체하고 이렇게 말하였다. 옥점이는 생긋 웃으며,

"그럼 이런 시굴이 좋으세요?"

"네, 저는 이런 곳이 좋아요……. 김도 매고 온갖 가축을 기르면서 사는 것이 좋지요."

"애이!"

옥점이는 그가 거짓말을 하는 듯하여 멍하니 바라보았다.

그러나 신철이는 웃지도 않고 그를 마주보았다.

"뭐, 김을 매시겠어요?"

"그러면요, 김매는 것 좋지요."

"참…… 우스워 죽겠네."

"왜 그리서요?"

신철이는 눈을 크게 떴다.

"김을 매구 어떻게 살아요! 그렇게 할 바에는……."

중도에 말을 끊었다. 신철이는 빙긋이 웃었다.

"그러면 옥점 씨는 시굴서 사실 생각이 아니십니다그려."

"애이! 참."

옥점이는 원망스럽다는 듯이 그를 노려보았다. 그리고 손톱끝을 물어뜯으며, 그의 안타까운 그 맘을 어째서 신철이가 몰라주는가 하니, 그는 달려들어 신철이를 쥐어뜯고라도 싶었다. 그래서 그는 머리를 번쩍 들었다.


## 27

신철이는 여전히 저 앞을 바라보았다. 씨앗에서 몰려나오는 듯한 솜 같은 구름은 이젠 큰 산맥을 이루어서 그 높은 불타산 위를 눈이 부시게 둘러치고 있다.

옥점이는 신철이를 바라보며 무어라고 말을 하렸으나, 곁에 자기라는 존재를 전연히 잊은 듯이 하늘만 쳐다보는 신철의 그 표정은, 끝까지 원망스러운 반면에 또한 극도의 위압에 눌리어 말끝이 쑥 들어가 버리고 말았다.

"들어가요, 그만."

신철이는 돌아보았다.

"그럼 갑시다."

성큼 일어난다. 옥점이는 말을 하자노라니 이런 말이 쑥 나갔으나 실은 이 자리를 떠나고 싶지 않았다. 그리고 좀더 신철의 맘을 엿보는 동시에 여기서 어떤 해결을 보았으면 하는 생각이 희미하게 들었다. 그러나 신철이는 아무 미련 없이 양복바지를 툭툭 털며 그 거대한 몸을 사다리 위에 신는다. 그리고 벌벌 기어내려간다. 옥점이는 맘대로 하면, 내려가는 그의 엉덩이를 발길로 차서 떨어치고 싶었다. 막 아래로 내려간 신철이는 양복을 툭툭 털며 몸매를 휘돌아본 후에,

"어서 나려오시우."

옥점이는 웬일인지 울음이 쓸어나오는 것을 입술을 꼭 깨물고 참았다.

"어서 혼자 들어가세요!"

"언제는 가자고 하더니 또 이러시우?"

신철이는 눈가로 약간 웃음을 띠며 이런 말을 하였다. 신철이가 웃는 것을 보니 좀더 성은 나면서도 그는 따라 웃지 않고는 견디지 못하였다. 그래서 픽 웃고 내려왔다.

막 주인은 어디 가 숨었다가 이제야 어슬어슬 참외밭으로 나온다. 그들은 참외값을 치르고 나서 길로 나왔다.

"이거 봐요, 동네 들어갈 때는 떨어져 들어갑시다."

한참이나 걷던 신철이는 옥점이를 돌아보았다.

"왜요?"

옥점의 눈가는 빨개진다.

"창피하니까."

"무엇이 창피해요?"

"애들이 따르고 개들이 짖고, 허허."

뜻밖의 말에 옥점이는 호호 웃었다. 그러나 가슴은 무어라고 형용할 수 없이 바작바작 죄어들어서, 목이라도 놓고 울고싶었다.

수수밭 옆을 지나며 신철이는,

"어떻게 할 테우?"

"뭘요?"

옥점이는 눈이 둥그레진다.

"옥점 씨가 먼저 가시겠수, 날 먼저 가라우?"

옥점이는 한숨을 푹 쉬며,

"뭘 어때요. 그까짓 것들 무서워서 그리서요, 아이 참."

옥점이는 무심히 수수잎을 뜯어 입에 문다. 그리고 그의 양장한 몸에 수수대 그림자가 길게 걸어 나간 것을 신철이는 보았다.

"무섭지요. 세상에 농민들에게서 더 무서운 인간들이 있겠습니까……. 어서 먼저 들어가세요."

옥점이는 말없이 뽀로통하고 섰더니, 들었던 수수잎을 휙 뿌리며 휭 돌아섰다.

"그럼 곧 들어오세요."

돌아도 보지 않고 이런 말을 한 후에 옥점이는 수수밭을 지나 논둑을 타고 가물가물 멀어진다. 신철이는 그의 뒷모양을 물끄러미 바라보다 가 풀밭에 주저앉았다. 따라서 원소의 숲이 떠오르며 이젠 선비가 들어 갔을 터이지 하고 생각하였다.

이렇게 석양이 되니 몽금포에서 보던 낙조가 그리워진다. 그 망망한 서해에 한 줄기의 커다란 불기둥을 지르고 넘어가던 그 태양 앞에 가슴 을 헤치고 섰던 자기가 어떤 명화를 대하는 듯이 떠오른다. 그리고 끊 임없이 쏴쏴 하고 바위에 부딪치는 그 물결소리…… 그 소리를 타고 늠 실늠실 넘어오는 고깃배 사공들의 '어이야, 어이야' 하는 노젓는 소리 가 금시로 들리는 듯하였다.

그는 빙긋이 웃었다. 멀리 낙조를 바라보며 옥점의 안달나 덤비던 장 면이 떠올랐던 것이다. 그러나 그는 모른 체하고 그 고비를 넘겨버렸 다. 그는 옥점이가 그러한 태도를 그에게 보이면 보일수록 그의 가슴은 이상하게도 얼음같이 차지는 반면에 흥미가 진진하였다. 그리고 다시 오늘 막에서 지내던 일을 생각하며 어느덧 원소의 숲에서 청청하고 울 려나오던 빨랫소리를 들었다. 그는 지금 눈앞에 선비의 청초한 자태를 보았다. 인간은 일하는 곳에서만 진실과 우미를 발견할 수 있는 모양이다! 하고 그는 생각하였다.

　무엇이 그의 볼을 툭 치매 그는 놀라 바라보았다.


## 28


　메뚜기 한 마리가 그 푸른 날개를 활짝 펴고 푸르릉 하고 저편 풀숲으로 사라진다.

　그는 무의식간에 볼을 슬슬 어루만지며 벌컥 일어났다. 그리고 내일 몽금포나 또 가서 며칠 있다가 상경할까 하고 생각하였다.

　그가 동구까지왔을 때, 유서방이 어슬어슬 나온다.

　"어서 들어오시랍니다."

　신철이는 머리를 굽혀 보이고 집으로 들어왔다. 옥점이는 마루에 섰다가 신철이를 보고 생긋 웃었다.

　"꽤두 오래 오십니다."

　그새 보지 못하였다가 보니 또 새로운 정이 그의 거대한 몸을 쉽싸고 도는 것을 앞이 캄캄하도록 느꼈던 것이다.

　"세수하시려우?"

　신철이는 부엌 편을 흘금 바라보며 머리를 좌우로 흔들었다. 옥점이는 안방으로 들어가며,

　"이리 들어오세요."

　분홍빛 수건을 내어 방으로 들어앉는 신철의 무릎에 던진다. 향수내가 물큰 스친다. 신철이는 수건을 머리맡으로 물려놓으며 뒤뜰을 바라보았다. 울바자 끝에는 흰 빨래가 눈이 와서 덮인 것처럼 새하얗다. 그 중에 그의 와이셔츠가 얼핏 눈에 띄었다.

　"집에서는 누가 빨래하시우?"

　옥점이는 냉큼,

"선…… 저 할멈이 해요, 왜?"

말끄러미 쳐다본다.

"옥점 씨는 빨래 안 해보셨습니까?"

옥점이는 잠깐 주저하다가,

"난 안 해봤어요."

뒤뜰에서 그의 어머니가,

"아이 그게 빨래가 다 뭐유, 집안의 일을 손끝으로나 대보는 줄 아시우? 호호."

어쨌든 귀여운 모양이다. 더구나 자기 딸이 일해 보지 못한 것을 한 자랑거리로 아는 모양이다. 신철이는 빙긋이 웃을 뿐이다. 옥점이는 그 웃음이 웬일인지 불쾌하였다.

뒤뜰 장독 뒤로 백도라지꽃이 머리를 다소곳하였다. 그 뒤로 수세미 오이 덩굴이 울바자를 타고 보기좋게 뻗쳐 올라가며, 노란꽃이 여기저기 피었다.

"저기 무슨 꽃이야요?"

신철이는 백도라지꽃을 가리켰다. 옥점이는 손을 통하여 바라보더니,

"응 저 꽃? 백도라지여요, 저 백도라지가 약이 된다나요.

그래서 일부러 유서방이 캐다 심은 게라요."

"네, 저 쑤세미오이도?"

"그것은 선비년이 다 심은 게라오."

그의 어머니가 대답한다. 옥점이는 선비라는 이름만 신철의 앞에서 불러도 불쾌하였다. 신철이는 옥점이가 아니면 뛰어나가서 그 꽃을 꺾어 볼 위에 대고 싶으리만큼 귀여움을 느꼈다.

마침 바자 밖으로부터 이런 소리가 들렸다.


앉을방 줄방

파리 잡아 줄방

그들은 가만히 귀를 기울였다. 그 노래는 차츰 바자 곁으로 오더니 뚝 그친다. 그리고 울바자에 세운 기둥 끝을 향하여 잠자리채가 올라온다. 뒤미처 잠자리 한 마리가 채에 얽혀들어 푸득거린다. 바자 밖에는 갑자기 애들의 환호 소리가 "으아"하고 쏟아져 나왔다.

앉을방 줄방
파리 잡아 줄방

또다시 이런 노래가 멀리 사라진다. 신철이는 그 노래가 끊어진 후에 비로소 자기가 장성하였음을 새삼스럽게 깨달았다.
　그는 무의식간에 한숨을 가볍게 내쉬었다.
"우리도 어렸을 때 저런 일을 했어요."
옥점이는 눈에 웃음을 가득히 띠고 신철이를 쳐다보았다.
　그날 밤, 신철이는 밤 오래 놀다가 자리에 누웠으나 잠 한잠 들 수가 없었다. 그래서 이리 뒤척 저리 뒤척 하고 누웠으려니 온몸이 쑤시는 것 같고 더구나 전신에서 땀이 부진부진나서 못 견딜 지경이다. 그래서 그는 부스스 일어 앉았다. 그리고 문을 가만히 열고 내다보았다.
　처마 그림자가 뜰 위에 뚜렷이 아로새겼다. 그는 무의식간에 달도 밝기도 하다 하고, 머리를 기웃하여 하늘을 쳐다보았다. 그러나 달은 지붕을 넘어간 까닭에 잘 보이지 않았다. 그는 옷을 주워 입고 밖으로 나왔다.
　안방을 살펴보니 잠든 모양인지 잠잠하였다. 그리고 오직 마루 아래로 놓인 옥점 어머니의 흰 고무신이 달빛에 윤택하게 보일 뿐이다. 그는 변솟간을 향하고 걸었다.

## 29

그가 변소까지 왔을 때 우뚝 섰다. 할멈 방문이 불빛에 빨개 있었기 때문이다. 아직도 안 자나? 밤이 오랬는데 하고, 그는 어떤 희망을 가늘게 느끼며 뒤를 휘휘 돌아보고 방문 앞까지 왔다. 그래서 그는 문틈이 어디가 났는가 하고 두루두루 찾아보았으나 바늘구멍만한 구멍도 발견하지 못하였다. 그는 귀를 기울였다. 누가 아직 자지 않나? 혹은 할멈과 선비가 다 깨어 있나? 그렇지 않으면 선비만 자지 않는가, 혹은 할멈만 자지 않는가? 누가 자지 않는 것만 알아도 좋겠는데, 도무지 알 길이 없다.

그는 누가 볼까? 조바심하여 그만 변소 앞으로 왔다. 그리고 무슨 이야기 소리가 나는가 하여 한참이나 귀를 기울였다.

그러나 말소리는 들리지 않고 무슨 옷갈피를 뒤지는 소리가 부스스 들릴 뿐이다. 그는 변솟간으로 들어갔다. 그래서 할멈방에 누가 자지 않는 것을 어떻게 알까 하고 이리저리 궁리하였다. 그리고 웬일인지 선비가 아직까지도 자지 않고 일을 하는 것만 같았다.

선비—그 이름만이라도 왜 그렇게 곱고 부드럽게 불러지는지 몰랐다. 그리고 항상 내려 뜨는 겸손한 그 눈가로 안개가 서려 있는 듯한 그 눈매, 그는 맘대로 하면 당장에 저 얄미운 문짝을 집어 젖히고 들어가고 싶었다. 그러나 그것은 도저히 할 수 없는 일이었다. 내가 왜? 밖에를 나왔던고? 차라리 방안에서 더운 대로 참았더면 하는 후회까지 겸쳐 일어난다.

그는 소리없이 변소문을 열고 내다보았다. 방문은 여전히 빨갛다. 그때에 방안의 사람이 일어나는 듯이 문 위에 그림자가 얼씬 비치더니 방문이 바스스 열린다. 찰나에 그는 아찔하였다. 다음 순간 변소 앞으로 일보 일보 다가오는 사람은 선비가 아니냐! 그는 어쩔 줄을 몰랐다. 그는 벌컥 일어났다.

그리고 잠깐 뛰는 가슴을 진정한 후에 변소 밖으로 나왔다.

무심히 이편으로 오던 그는 신발소리에 멈칫하며 흘금 바라보았다. 신철이는 이 기회를 놓치지 않을 양으로 돌아서 들어가려는 선비를 보고,

"이거 보세요, 네, 이거 보세요."

선비는 거의 방문 곁까지 가서 머뭇머뭇하고 있다. 신철이는,

"저 냉수 한 그릇 주실 수 없을까요?"

얼결에 나온 말이건만, 하고 보니 그럴듯한 말이었다. 선비는 무엇을 좀 생각하는 듯하더니 그만 방문을 열고 들어간다.

신철이는 그만 지하에 떨어지는 듯한 모욕을 전신에 느꼈다.

그리고 어째서 그가 변소에서 가만히 있다가 들어오는 선비를 꽉 붙들지 못하고 이렇게 나왔는가 하였다.

"할머니, 할머니."

깨우는 선비의 가는 음성이 들린다. 신철이는 숨을 죽이고 들었다. 할멈은 응, 응 할 뿐이지 용이히 깨지 않는 모양이다.

"할머니 서울……."

그 다음 말은 들리지 않는다. 할멈은 이제야 깨었는지 굵단 음성이 흘러나왔다.

"네가 가서 떠다주려무나. 내가 어두워서 알겠니."

또다시 선비의 음성이 소곤소곤 들렸다.

"뭐 어떠냐, 어서 그리 해라."

신철이는 할멈이 깨었으므로 그만 낙망을 하였다. 그러나 선비가 또다시 자기 앞에 물그릇을 들고 나타날 듯하여 가슴이 두근두근하였다. 방문이 또다시 얼씬하더니 문이 열리며 선비가 나온다. 그는 머리를 숙이고 부엌 편으로 돌아간다.

그는 변소 앞에 섰기도 좀 우스운 듯하여 선비의 뒤를 따라섰다.

컴컴한 안방이 그의 앞에 나타나자 그는 누가 깨지나 않았나 하고 다시금 바라보았다. 그리고 아까 윤택하게 보이던 고무신조차도 금시로 사람으로 변하는 듯, 그리고 안방문이 열리는 소리가 들리는 듯, 옥점이가 나오는 듯하여 한층 더 가슴이 뒤설레었다.

부엌문을 소리없이 열고 들어간 선비는 물그릇을 들고 나온다. 달빛에 새하얗게 묻혀버린 그 자태! 낮의 선비보다 몇배 더 고와 보였다. 신철이는 선비가 부엌으로 들어갈 때만 하여도 온갖 계획을 다 세워보았지만 막상 그의 앞으로 오는 선비를 볼때는 모든 계획이 홀랑 달아나버리고 그저 조급할 뿐이었다. 그래서 그는 얼른 물그릇을 받아 입에 대었다. 목은 안타깝게 마르건만 웬일인지 목이 칵 막히며 물이 넘어가를 않는다. 그는 사래가 들려 기침이 나오려는 것을 억제하면서 물그릇을 도로 돌리려 하고 보니 벌써 선비는 어디로 가고 보이지 않았다. 그는 휘끈 돌아보았다. 선비의 치맛자락이 변소 가는 모퉁이로 흘금 보이고 없어진다.

30

그는 한참이나 바라보았다. 그리고 선비가 자기를 그렇게도 싫어하는가? 하는 생각이 불쑥 들었다. 따라서 어리석고 비겁한 자신을 새삼스럽게 발견하였다. 그는 맘대로 하면 들었던 물그릇을 당장에 내던져 산산이 짓모고 싶었다. 그래서 성이 난 눈으로 물그릇을 들여다보았을 때, 아까 방안에서 보이지 않던 달이 물속에 떨어져 가늘게 흔들리고 있다. 그는 이순간 노엽던 그 맘이 약간 풀어지는 것을 느꼈다. 그것은 물속의 어떤 부분을 대표한 듯하였던 것이다. 그러나 그것은 잠시간이고, 이렇게 해석하고 섰는 어리석은 자신을 그는 픽 웃어버렸다. 그리고 온 가슴이 텅 빈 듯한 쓸쓸함이 그의 전신을 휩싸고 도는 것을 그는 새삼스럽게 깨달았다. 그는 물그릇을 든 채 건넌방으로 건너갔다. 그때

마루 위를 누가 걸어오는 소리가 나더니 바스스 방문이 열렸다. 그리고 어떤 사람이 방안으로 들어선다. 그는 깜짝 놀라 바라보았다.

"어째 지무시지 않아요?"

크림내를 섞은 젊은 여자의 강한 살내가 후끈 끼친다. 그는 이때껏 옥점에게서 느껴보지 못한 이상한 충동을 받았다.

"왜 옥점 씨는 자지 않고 나오시우."

이렇게 천연스레 말하는 신철이는 저 여자가 모든 것을 보지 않았나? 하는 불안이 여러 가지 감정과 교착이 되어가지고 일어난다. 옥점이는 전 같으면 신철의 곁으로 다가앉으며 무엇이라고 소곤거릴 터이나 오늘은 우뚝 선 채 머뭇머뭇하고서 있었다.

"앉든지, 들어가 지무시든지."

신철이는 이런 말을 하며 이 여자가 모든 것을 보았구나 하고 직각되었다. 그리고 물그릇도 받아주지 않고 간 선비가 이 여자를 보고 그리하였는가 하는 생각이 들었다. 동시에 도리어 자신의 우둔함을 그는 나무랐다.

한참이나 무엇을 생각하고 섰던 옥점이는 신철의 곁으로 다가앉는다.

"선비 곱지?"

어두운데 주먹 내미는 것 같은 돌연한 이 물음에 신철이는 잠깐 주저하다가,

"곱지."

하고 옥점이를 바라보았다. 그는 머리를 푹 숙이더니 다시 번쩍 든다.

"소개해 줄까?"

"것도 좋지."

옥점이는 벌떡 일어났다.

"그럼 이제 내 다려올게."

신철이도 여기에는 당황하였다. 그래서 얼핏 그의 잠옷가를 잡아다

렸다. 그리고 진중한 위엄을 그에게 보이려고 음성을 둥글게 내었다.

"이거 무슨 철없는…… 소개를 하려면 내일도 있고 모레도 있는데 왜? 하필 이 밤에만 맛인가?"

옥점이는 그의 잠옷가를 잡은 신철의 손을 칵 잡으며 흑흑 느껴 운다. 이때껏 참았던 정열이 울음으로 화한 모양이다.

신철이는 무의식간에 옥점의 허리를 꼭 껴안았다. 그 순간 신철이는 물속에 잠겨 흔들리던 달이 휙 지나친다. 그리고 달빛에 새하얗게 보이던 선비가 천천히 보인다. 그는 슬그머니 손을 놓고 조금 물러앉으렸으나 속에서 울컥 내밀치는 어떤 불길은 옥점의 잠옷 한 겹을 격하여 있는 포동포동한 살덩이를 불사르고도 남을 것 같았다. 그는 눈을 꼭 감았다.

"옥점이, 들어가서 자라우."

신철의 음성은 탁 갈리어 잘 나오지 않았다. 옥점이는 좌우로 몸을 흔들며 바싹 다가앉는다. 그의 몸은 불같이 달았다.

신철이는 그만 어쩔 줄을 몰랐다. 그때에 그의 이지가 무참히도 깨어지는 소리가 그의 귓가를 지나치는 듯이 들렸다. 그러나 그는 이 여자의 몸에서 손가락 하나 움직일 수 없는 것을 그는 발견하였다.

그때 안방에서 콩콩 하는 기침소리가 건넌방 문을 동동 울려주었다. 신철이는 벌떡 일어났다.

"이거 봐요, 어서 들어가. 어머니가 깨시여서, 응."

옥점이도 그제야 부스스 일어나 앉는다. 그리고 신철이를 올려다보더니,

"아이 불 켜지 말아요! 나 들어갈 테야."

벌써 불은 환하게 켜졌다. 신철이는 돌아보며 빙긋이 웃었다. 그때에 신철이는 범치 못할 계선을 벗어난 듯한 가벼운 쾌감을 느꼈다. 그리고 선비의 그 고운 얼굴이 미소를 띠고 지나치는 것을 그는 확실히 보았다.

신철이는 옥점의 곁으로 오며 그의 흩어진 머리카락을 손질해 주었다. 너무나 상쾌한 맘은 그로 하여금 이렇게 하게 하였던 것이다. 옥점이는 귀밑까지 빨개져서 차마 신철이를 바라보지 못하고 있다.

"어서 들어가요, 네, 자 어서."

옥점이는 머리를 매만져주는 신철의 손을 끌어다가 꽉 깨물었다. 그리고 진저리를 치며 그의 혀끝으로 손을 빨았다. 신철이는 얼굴이 빨개지며 손을 빼었다.

"자 어서 들어가요."

"난 안 들어갈 테야!"

또다시 기침소리가 콩콩 울려나왔다.


## 31

이튿날 아침 옥점이가 눈을 번쩍 뜨니 아버지가 곁에 와서 그의 구실러진 머리카락을 내려 쓸고 있었다.

"아부지네!"

어젯밤 신철의 손을 얼핏 생각하였다. 그리고 말로 형용할수 없는 희망이 이 방안에 빽빽이 들어찬 것을 그는 느꼈다.

"왜 이리 늦게 자냐?"

"어젯밤 오래 있다가 잤세요."

어젯밤 신철이가 그를 꽉 껴안아주던 생각을 하며 눈둥이 불그레해졌다. 그리고 부끄럽지만 않으면 어젯밤 일을 아버지에게 자랑하고 싶었다.

"아부지…… 저 나 뭐 안 사줄래?"

덕호는 빙긋이 웃으며,

"뭘?"

"저, 피아노 말이어?"

"피아노? 아, 피아노란 게 뭐냐?"

듣느니 처음이었던 것이다. 옥점이는 호호 웃었다.

"참말 아부지는…… 저 왜 학교에 가보면 애들 창가 가르치는 풍금이라는 게 있지요?"

"응, 그래."

"그렇게 모양이 되었세요."

"응, 양금이라는 것을 사 달라는 말이구나. 그것은 소용이 뭐냐?"

"뭐야 타지, 아부지두."

"그만둬라야, 공부나 했으면 됐지, 그까짓 것은 사서 뭘 하니."

"애이! 아부지두, 그게 있어야 되는 게야. 어서 사줘요."

"그래 값이 얼마가?"

"꼭 사줄 테요?"

"글쎄, 말해 봐."

"꼭 사주면 말하구."

옥점이가 조르기 시작하면 못견딜 줄을 번연히 아는지라 덕호는,

"그래 사주지."

"한 천 원 너머 가야 꽤 쓸 만하대요."

"천 원?"

덕호는 눈을 둥그렇게 떴다. 그리고 다시는 말을 꺼내지 못한다. 옥점이는 아버지의 손을 끌어다 꼭 쥐며, "아부지, 그게 그렇게 놀라와요? 뭐 아부지 재산은 다 나가질 것이지요, 누구 딴 사람 주지 않지?"

눈에는 웃음을 가득히 띠었다.

"글쎄, 그게야 그렇지. 해두, 너 가질 것이라구 그 따위 소용도 없는 것을 사서 버리면 되느냐?"

"아니야, 버리는 게 아니야. 서울에 가보면 웬만침 집 거느리고 사는

집은 다 있어요. 아부지는 보지 못하셨으니까 그런다니."

"아 글쎄 그것은 뭐 하느냐 말이다. 그게서 은금 보화가 나온다면 혹시 사다 둘는지, 글쎄 글쎄 왜 공연히 사다가 놓아둔단 말이냐. 넌 일년에 천 원의 이자가 얼마나 되는지 아니? 응."

"아부지 정말 안 해주면 난 자꾸 앓을 테야, 그것 가지고 싶어서."

"허허 그년 참, 그래 그게 가지고 싶어 앓는단 말이냐…… 좌우간 좀두고 보자."

그렇게 딱 잡아떼지 않는 것을 보니 사줄 모양이다. 덕호는 무슨 생각을 하고,

"이애 신철인가! 저 건넌방 학생이 무슨 학교를 다닌다?"

"경성제국대학, 명년 졸업이라요."

"응, 그리고 집에 가산도 좀 있는 모양인가?"

"그저 선생님의 월급 받는 것 가지고 살아가는 모양이야. 모르지 뭐, 또 어디 시굴 토지 같은 것이 있는지 누가 알아요."

옥점이는 얼굴이 빨개지며,

"아부지 저리로 가라우, 나 일어나게."

"야, 그런데 사람인즉은 아주 점잖은 집 자손인가 부더라. 아주 그 인사범절이 각별하두나."

"그럼 뭐……."

그는 신철의 얼굴을 머리에 그리며 어떻게 그를 보나 하는 부끄러움이 그의 가슴을 몹시 뛰게 하였다. 덕호도 만족한 듯이 빙긋이 웃으며 밖으로 나간다. 옥점이는 일어나며 자리옷을 벗고 옷을 갈아입었다. 그리고 자리옷을 다시 들어 꼭 껴안았다. 어젯밤, 이 자리옷이 신철의 품에 안기었던 생각을 하니 그는 진저리를 쳤다. 그리고 자리를 개어 얹으며 방문을 배움히 열고 보니 건넌방 문이 활짝 열렸으며 신철이는 보이지 않았다. 또 산보를 나간 모양이다. 그는 언제나 컴컴해서 일어나

나가곤 하였던 것이다. 옥점이는 가만히 건넌방으로 건너갔다. 방안은 깨끗이 쓸렸으며 책상 위에 책들이 정돈되었다. 그리고 신철이가 신다 벗어논 양말이 둥그렇게 뭉치어 책상 아래에 놓였다. 옥점이는 우두커니 서서 어젯밤 일을 되풀이하며 신철이가 나를 참사랑하는가? 하는 생각이 들었다.

32

이런 생각을 하고 앉은 그의 머리에는 또다시 선비와 신철이가 물그릇을 새에 두고 마주 섰던 장면이 휙 떠오른다. 그는 걷잡을 수 없는 질투의 감정이 욱 쓸어 일어난다. 신철이가 선비를 사랑할까? 어떤 것을 보고 사랑할까. 아니야 그것은 내 착각이다. 신철이쯤 하여 일개 남의 집 하녀를 사랑할까? 더욱 공부도 못 하고 아무것도 모르는 시골뜨기를……. 얼굴만 고우면 무엇해? 이렇게 생각하니 속이 후련하였다. 그러나 어딘가 모르게 꺼림칙하고 불쾌함이 따랐다. 그는 얼른 선비를 보고 어젯밤 일을 물어보고 싶은 생각이 들어 분주히 부엌으로 나왔다.

선비는 설거지를 하느라 왔다갔다 한다.

"이애 선비야, 이리 좀 와."

선비는 옥점의 뒤를 따라서 뒤뜰로 나갔다. 새로 핀 수세미 오이꽃이 노랗게 울바자를 덮었다. 선비는 귀여운 듯이 바라보며 옥점이의 곁으로 왔다.

"너 어젯밤 뭘 하러 나왔어?"

선비는 얼른 생각나지 않았다.

"내 언제?"

"날 왜 속여. 너 밤에 나와서 서울 손님에게 물 떠주지 않았어."

그제야 그는 어젯밤 일이 생각키었다.

"응! 나 어제 변소에 나오니 서울 손님도 아마 변소에 나오셨던 모양이야. 그런데 날 보고 냉수를 한 그릇 떠 달라고 하기에 떠다 올렸지. 왜?"

"음."

옥점이는 선비를 바라보다가 머리를 끄덕해 보이며,

"어서 들어가 일해라."

하고 옥점이는 돌아서 들어간다. 선비는 무슨 일인가? 하고 의아한 생각을 하며 부엌으로 들어왔다 그리고 서울 손님이 무슨 말을 한 셈인가? 혹은 물그릇에 가 파리 같은 것이 들어갔던가? 그렇지 않으면 무슨 솔잎 같은 것이 들어가서 서울 손님이 흉본 모양인가? 이러한 생각으로 조반까지 달게 먹지 못하였다.

조반상을 치우고 난 선비는 아침 일찍이 할멈이 갯물 내온 빨래를 바자에 널며 무심히 안방을 보았다. 옥점이가 오늘은 무슨 생각을 하고 수를 놓으며 선비를 오라고 손짓하였다. 선비는 또 무슨 말을 물어보려는가 하고 가슴이 두근두근하였다. 그리고 서울 손님이 안방에 있는가 하고 두루두루 살펴보니, 으레 있을 그가 어째서 보이지를 않았다. 오늘 아침에 갔는가 하고 선비는 생각하며 빨래를 다 널고 나서 안방으로 들어왔다.

"선비야, 너 이 수 좀 배우라우."

선비는 옥점이가 이 수를 놓을 때마다 한번 나도 해보았으면 하고 몇 번이나 생각하였던 것이다.

"할 줄 알아야지."

"뭘 이렇게 하면 되는데."

소나무 아래로 백학 한 쌍이 조는 듯한 그림이다. 선비는 물끄러미 들여다보며,

"이것도 학교에서 배우나?"

"그럼 배우고말구. 이것뿐만이 아니다, 별 그림이 다 있다."

선비는 오색으로 빛나는 수실을 보며, 나도 저런 실로 한번만 놔보았으면 하고 차츰 얽혀지는 학의 날개를 보았다.

"이 그림 좋지? 이것은 우리 선생님이 고안해 그리신 게야. 참 예술적이 아니냐."

선비는 무슨 말인지 그의 말하는 것을 하나도 알아듣지 못하였다. 다만 이 그림이 훌륭하다는 것을 자랑하는 셈인 모양이다. 그렇게 어림해들었다.

"수라는 것은 별것이 아니어. 사람사람마다 제각기 좋아하는 산수나 무슨 짐승 같은 것을 종이에 옮겨 그려놓고, 실로 이렇게 얽으면 수가 된단 말이어."

옥점이는 묻지도 않는 말을 이렇게 늘어놓고 있다. 그것은 선비가 수놓는 것을 몹시 부러워하는 줄 아는 때문이고, 더구나 건넌방에 앉아 그의 어머니와 무슨 이야기를 하는 신철에게 자기가 이렇게 수놓고 있다는 것을 알리고자 함이다. 막연하나마 신철이가 이렇게 일을 하는 것을 기뻐하는 줄 알기 때문이다.

선비는 옥점의 말을 귀담아들으며, 그러면 수라는 것은 자기의 좋아하는 바 어떤 것이나 그려서 실로 얽어놓으면 되나 하고 그의 하던 말을 다시 생각하였다. 옥점이는,

"넌 어떤 것을 그려 이렇게 놓고 싶니? 말하면 내 그려주마, 그리고 실도 주고."

선비는 이런 후한 말에 어떻게 가슴이 뛰는지 몰랐다. 그리고 저 고운 실을 가지려니! 하니 앞이 캄캄하도록 좋았다. 선비는 머리를 숙여 생각해 보았다. 불타산? 원소? 무엇무엇을 생각하다가 선뜻 짚이는 것이 있었다. 그래서 그는 머리를 들고 말을 하려니 입술이 떨어지지를 않는다. 옥점이는 그의 뺨을 바라보며 어젯밤 일이 휙 지나친다.

"얼른 말해 봐."

"난 몰라."

"애이, 말하면 이 실도 준다니까."

"난 달걀 낳는 것을……."

"애이! 숭해라! 그게 또 뭐야!"

옥점이는 크게 소리쳤다. 선비는 얼굴이 빨개졌다.

## 33

어느덧 그 더운 팔월도 하루를 남기고 다 지나버렸다. 옥점이와 신철이는 내일 아침자로 상경하기 위하여 모든 준비를 하였다.

옥점 어머니는 고리에 옷을 골라 넣으며 곁에서 시중드는 선비를 보고,

"이애 널랑 저 바켓이라던가? 저것 말이다. 그게다 계란을 담아놔라."

선비는 가슴이 뭉클하였다. 그동안 옥점이가 아니면 계란 모은 것이 근 백 개는 되었을 터인데 옥점이가 내려온 후로부터 매일같이 낳는 계란을 하루도 건너지 않고 먹어버렸다. 그것도 제 손으로 갖다가 먹었으면 좋겠는데 언제나 선비를 보고 갖다 달라고 하여서는 먹곤 하였던 것이다. 그때마다 선비는 웬일인지 말로 형용할 수 없는 아쉬움에 가슴이 울울하여지곤 하였다.

선비는 가만히 일어나서 광으로 나왔다. 그리고 독 위에서 계란 바구니를 내어 들었다. 전 같으면 이 계란 바구니가 얼마나 귀하고 중하게 보였으리요마는, 오늘은 반대로 바구니를 보기도 싫었다. 그리고 바구니 속에 하나하나 모은 그 귀여운 계란을 맘대로 하면 내어던져 모두 깨치고 싶은 감정이 울컥 내밀치는 것을 코허리가 시큰하도록 느꼈다. 글쎄 매일같이 먹어 그만큼 먹었으면 쓰지, 이걸 또 가져가겠대, 참! 광 문턱을 넘어서며 그는 이렇게 생각하였다. 선비가 마루로 올라서다가 넘어질 뻔하며, 계란 두 알이 굴러 깨졌다. 옥점이는,

"이애! 계란."

소리를 지르고 내달아온다. 그리고 계란 바구니를 앗아 빼었다.

"왜 그 모양이냐, 이런 것 들 때에는 조심해 다니는 게 아니라, 뭐냐, 네가 아무리 가사에 능하다고 하지만 이런 일은 잘못하는구나, 응 글쎄……."

신철이가 듣도록 크게 소리쳤다. 그리고 신철의 앞에서 선비의 결점을 잡은 것이 얼마나 통쾌하였는지 몰랐다. 뒤미처 옥점 어머니가 옷을 든 채 나왔다. 그리고 딸과 선비를 마주보다가,

"이애 이년아, 하마터면 큰일날 뻔했구나. 그게 웬일이냐. 계집년이 천천히 다니는 게 아니라 되는 대로 뛰다가…… 글쎄."

모녀의 공박을 여지없이 받은 선비는 얼굴이 빨개졌다. 그리고 여태 참았던 설움이 일시에 폭발되는 것을 깨달았다. 선비는 쓸어나오는 울음을 억제하며 섰노라니 옥점 어머니가,

"어디 무슨 일이나 맘놓고 시킬 수가 있어야지. 내가 안 돌아보면 일이 안되니까. 나이 이십 살이나 가차와 오는 게 왜 그 모양이냐? 어서 넌 부엌에 나가서 무슨 일이든지 하구 할멈을 들여보내라!"

마루가 울리도록 소리를 지른다. 선비는 부엌으로 나왔다.

할멈은 눈이 둥그레서 마주 나왔다.

"왜, 왜 그려?"

선비는 찬장 곁의 시렁을 붙들고 흑흑 느껴 울었다. 모녀한테 욕먹은 것도 분하지마는 봄내 모아온 계란을 한 개도 남김없이 빼앗긴 것이 더욱 분하였다. 눈물이 술술 쏟아지면서도 그 눈에는 옹골차고 예쁘장스러운 타원형의 계란들이 수없이 나타나 보인다.

"할멈, 어서 들어와!"

옥점 어머니의 호통소리에 할멈은 뛰어들어가며 눈물 흔적을 없이 하였다. 웬일인지 선비가 울면 할멈은 번번이 따라울곤 하였던 것이다.

할멈이 들어오니 옥점 어머니는,

"아, 글쎄 선비년이 계란을 깨쳤구려."

"뭐유?"

할멈도 놀랐다. 그리고 전일 계란을 들고 귀여워하던 선비의 모양이 휙 떠오른다.

"얼마나 깨쳤나유?"

"얼마나? 뭐……."

조금 깨쳤다고는 말하기 싫어서 이렇게 우물쭈물하고 나서,

"옥점이가 아니면 다 깨칠 게지. 그런 것을 옥점이년이 얼른 받았다니. 아 그년, 그년이 이전 제법 살림의 일을 다 안다니."

입에 침기가 없이 옥점이를 칭찬한다. 할멈은 수긋하고 옷을 고르며 다 제 자식이면 아무 흉도 없고 곱게만 보이는 게다 하였다. 옥점이가 들어왔다.

"어머이, 난 그런 것은 싫어요. 그게 뭐야, 누가 껄껄해서 그것을 입어."

어머니가 고리에 넣은 광목 바지를 보며 옥점이는 이렇게 말하였다.

"그럼 뭘 입겠니?"

"사 입지, 내의를. 이런 것…… 저 할멈이나 줘요."

옥점이는 광목 바지를 할멈에게 던졌다. 할멈은 꿈칠 놀랐다.

34

옥점 어머니는 광목 바지를 냉큼 주워서 농 속에 넣으며,

"너 안 입으면 나 입겠다."

할멈은 광목 바지를 하나 얻어 입는 횟수가 돌아오는 줄 알고 주름잡힌 그의 얼굴이 몇 번이나 경련을 일으키어 벌렁벌렁했는지 몰랐다. 그러나 옥점 어머니의 그 얄미운 행동에 할멈은 생각지 않은 섭섭함이 그

의 가슴을 찌르르 울려주었다.

그리고 나프탈린의 독한 내가 한층 더 그의 숨을 꾹 막아주는 듯하였다. 그래서 그는 머리를 돌리며 재채기를 두어 번 하고나니 눈물까지 흘렀다.

"정, 어머이, 계란은 신철 씨가 저 바스켓에다 넣겠다고 하우. 그러면서 짚이든지 무어든지 밑에 받칠 것을 가져오라구해요."

"응 아이구! 안심찮아라. 내 바쁜 것을 생각해서 그리누나. 사람인즉은 참말 진짜다. 할멈 그렇지? 어쩌면 계집애도 그리 찬찬히 못하겠는데 항 장부로 태어나서 그렇단 말이우. 에그 네 그 본떠야 헌다!"

옥점이는 너무 기뻐서 어쩔 줄을 모른다.

"저 할멈, 벽장 속에서 솜 꺼내주."

할멈은 갑자기 솜은 무얼 하려나 하고 벽장을 열고 솜보를 꺼내었다. 그리고 솜을 뒤져 보이며,

"어떤 것을……."

"아이그 그것 못써! 서울까지 갈 것을 그런 낡은 솜을 넣으면 되나, 그 밑의 햇솜을 주."

할멈은 그제야 계란 밑에 놓을 것임을 알았다. 그리고 솜보밑에서 말큰말큰한 햇솜을 꺼내어 옥점이를 주었다. 옥점이는 무엇이 그리 급한지 휙 빼앗는 듯이 받아가지고 쿵쿵 뛰어나간다. 할멈은 물끄러미 그의 뒤꼴을 바라보며 작년 가을에 따들이던 목화송이를 생각하였다.

말은 엿 마지기라 하나 엿 마지기 좀 넘는 듯한 앞벌 목화밭에서 선비, 할멈, 유서방이 해를 꼭 지우며 목화를 따곤하였다. 그러나 탐스러운 목화송이에 취하여 지리한 것을 모르고 그 목화를 따곤 하였던 것이다. 한 송이 또 한 송이를 알알이 골라가며 치마 앞이 벌어지도록 따서 모은 그 목화송이! 목화나무에 손이 찔리고 발끝이 상하면서 모은 저 목화송이! 머리가 떨어지는 듯한 것을 참고 이어 나른 저 목화송이! 자

기들에게는 저고리 솜조차도 주기 아까워 맥빠진 낡은솜을 주면서, 계란 밑에 놓을 것은 서울 갈 것이니 햇솜을 준다, 여기까지 생각한 할멈은 눈가가 빨갛게 튀어오르며 다시 한번 재채기를 하였다.

"오뉴월 고뿔은 개도 안 앓는다는데 할멈은 웬일이유."

우리는 개만두 못하지유! 하고 입술이 벌어지는 것을 도로 삼켜버렸다. 그리고 옷을 뒤지는 그의 손에는 아직도 햇솜을 만지던 말큰말큰한 감이 떠나지를 않았다. 그리고 이 가을에 그 많은 목화를 또 따서 이어 날라야 하겠군! 하는 생각에 한숨을 푹 쉬었다.

"글쎄 할멈, 저 건넌방 손님이 대학당을 다니는데 우리 조선서는 끝가는 학교라우, 그러구 오는 봄에 졸업하게 되면 아주 월급 많이 받고…… 아이고 무엇이 된다나?"

머리를 돌려 생각하더니,

"잊어서 모르겠군! 그러니 우리 옥점의 신랑감 되기 부끄럽지 않지? 난 이전 내일 죽어도 맘을 놓아……."

저 혼자 흥이 나서 주고받고 한다. 할멈의 귀에는 이런 말이 한 마디도 걸리지 않았다. 그리고 이 집에 오래 있을수록 일만 해주었지, 옷 한 가지 변변하게 얻어 입지 못할 터이니, 그만 이 가을철 들면 어디로 나갈까? 하는 생각이 금시로 든다. 그러나 마침 나가더라도, 무손한 자기로서 별 신통수는 없을 터이고 어떻게 한담? 어서 죽기나 해도 좋으련만…….

"할멈, 우리 옥점이 혼례식을 언제 하는 게 좋겠수?"

할멈은 무슨 말인지 잘 개어듣지 못했다. 그래서 멍하니 옥점 어머니의 얼굴만 바라본다.

"우리 옥점이 혼례식 말이어."

"네."

또 그 말을 꺼내누나 하고 머리를 숙였다.

"언제쯤 하는 게 좋을까?"

"글쎄요……."

"남들은 가을에 잘 하는데, 우리도 이 가을에 했으면 좋으련만 어찌들이나 할라는지 알 수가 있어야지! 호호, 요새들은 저희들끼리 어찌구 어찌니까, 우리 늙은 것들은 굿이나 보다가 떡이나 먹을 수밖에 없단 말이어."

요새 옥점 어머니는 생각하느니 이것뿐이었던 것이다. 할멈은 잔치를 하게 되면 올해도 햇솜 구경을 못하겠구나 하였다.


## 35

이튿날 아침, 컴컴해서 일어난 신철이는 타월과 비눗갑을 가지고 밖으로 나왔다. 벌써 유서방은 물을 다 긷고 닭모이를 주고 있다. 그리고 부엌에서는 나무 꺾는 소리가 딱딱 하고 들린다. 신철이는 중문을 나가며 얼른 부엌을 돌아보았으나 아직도 컴컴해서 누구가 누구인지 잘 보이지 않았다. 다만 뿌연 속으로 아궁이에서 비쳐오는 불빛만이 보일 뿐이다. 그는 곧 울고 싶은 감정을 느꼈다. 그렇게 그리워하던 선비를 한번 마주 앉아 말 한마디 건네보지 못하고 떠날 생각을 하니 그러하였던 것이다. 그는 큰대문을 나서면서 한참이나 망설망설하였다. 무엇 때문에? 어째서 이렇게 망설이는지 자신도 모르고 한참이나 빙빙 돌다 마침 울 뒤로 갔다.

여기 와서 울바자 새로나 한번 더 선비의 얼굴을 볼까 하는 실끝 같은 희망을 가지고 왔으나 그것은 뻔히 안될 것이었다.

그는 우두커니 서서 차츰 새어 오는 하늘을 바라보았다. 그리고 그가 이제 떠나면 용이해서는 여기 오지 못할 것을 생각하며 그 동안 선비는 어떤 곳으로 시집을 가겠지! 그래서 아들도 낳고 딸도 낳고 농사를 지어가면서 그 고운 얼굴에도 주름살이 한둘 잡힐 터이지! 하는 센티멘털한 생각이 그의 가슴을 힘껏 울려주었다. 따라서 이 순간 자기가 안타깝게 선비를 그리워하던 그 뜻조차도 영원히 스러질 한낱의 비밀이 되어버리고 말 것을 저 하늘가를 바라보면서 차츰 농후해지는 것을 깨달았다. 그는 한숨을 푹 쉬며 원소를 향하여 걸었다. 그는 매일 아침마다 원소에 가서 세수를 하고 체조를 하고 휘파람을 불면서 행여나 선비를 만나볼까 하였다. 그러나 그날 버들잎을 뿌리며 먼빛으로 바라본 그 후로는 한 번도 원소에 오는 선비를 발견하지 못하였다.

몇 번 할멈은 보았으나, 선비는 웬일인지 만날 수 없었다.

선비라는 그 처녀도 역시 맞 당해서 보면 별 인간은 아니련만…….

그는 이러한 생각을 하며 원소까지 왔다. 원소의 푸른 물은 말없이 그를 반겨 맞는 듯, 그리고 석별의 인사를 그 가는 물소리로 전해 주는 듯하였다.

그는 이슬이 방울방울 매어달린 풀숲을 들여다보며, 자연의 조화를 다시 한번 느꼈다. 그때 거위 한 쌍이 긴 목을 빼고, 푸른 물 위에 흰 그림자를 비추며 헤엄쳐 돌아간다. 그의 눈앞에 보이는 이 거위 한 쌍! 얼마나 다정하고도 순결한 감을 일으켜 주는지…… 그는 벌떡 일어났다.

아침 연기에 어린 이 용연 동네! 이 역시 오늘 아침으로 마지막이다. 선비를 꼭 한 번만 만나보고, 그의 포부를 들었으면…… 그의 움직이던 시선이 옥점의 집에 멈추었을 때, 그는 이렇게 중얼거렸다. 그리고 어제 낮에 옥점의 모녀한테 개몰리듯 하던, 선비의 측은하고도 아리따운 자태가 눈앞에 보이는 듯하였다. 그리고 이리의 굴 같은 저 옥점의 집에서 온갖 모욕을 받으며 그날 그날을 지내는 선비! 그 선비를 그 자리에서 구원할 의무도 역시 자기가 져야 할 것 같았다. 그가 국문이나 아는지? 어떻게 하든지 그를 서울로만 끌어올렸으면 좋겠는데……하였다.

그는 두루두루 또 생각해 보았다. 선비를 서울로 올리려면, 자기가 옥점이를 잘 꾀었으면 쉽게 될 것 같았다. 그러나 옥점이와 결혼까지 하고 싶은 생각은 꿈에도 없었다. 그 오활한 성격! 더구나 미국 영화배우들에게서 흔히 볼 수 있는 애교가 넘쳐흐르는 그 눈매! 길 가던 남자라도 단박에 홀릴 만한 그의 독특한 표정, 그것이 신철이로 하여금 더욱 싫증나게 하였다.

도회지에서 어려서부터 자란 그였건만, 보고 듣는 것이 그런 사치한 것뿐이었건만 그는 웬일인지 몰랐다. 그러므로 그는 동무들에게서, 변태적 성격을 가졌다고까지 조롱을 받은때도 있다. 그러나 이번 여름 이 동네 와서 뜻하지 않은 선비를 만난 후로는 차디찬 그의 성격도 어디로 달아났는지 그 스스로도 놀랄 만큼 되었다.

그는 어떻게 해서 선비를 서울로 올려갈까를 곰곰 생각하며 그가 국문이라도 알면 자기의 이러한 뜻을 몇자 적어서라도 전달하고 싶은데 역시 국문이나마 배웠을 것 같지 않았다. 그는 포켓에서 시계를 내어 보면서 점점 가슴이 죄어들었다.

그는 시간이 급하므로 세수를 하려고 언덕 아래로 내려와서 물에 손을 담그며 바라보았다. 푸른 물 위에 핑핑 돌아가는 저 거위! 그는 급한 것도 잊고 거위를 향하여 물을 후르르 뿌리고 또 뿌렸다. 한참이나 이렇게 하던 그는 정신이 버쩍들어 세수를 하고 내려왔다. 그가 덕호의 집 울바자를 돌아오다 우뚝 섰다. 울바자를 타고 넘어오는 저 손을 보았기 때문이다.

## 36

신철이는 그 손을 따라 시선을 옮기니 호박잎에 반만쯤 가린 호박 한 개가 얼핏 눈에 띄었다. 그리고 그 손은 이슬에 젖은 호박을 뚝 따가지고 천천히 바자를 넘어가고 있었다. 신철이는 무의식간에 한 걸음 다가

서며, 저게 누구의 손일까? 하고 생각할 때, 그 손은 없어지고 말았다. 그 손! 마디가 굵고 손톱이 밉게 갈리어서 얼핏 누구의 손임을 짐작할 수가 없었다.

신철이는 얼른 바자 곁으로 가서 바싹 붙어 서며, 그 손의 임자를 찾았다. 그는 벌써 나뭇가리 옆을 돌아서 부엌으로 들어가는 치맛귀가 얼핏 보이고 사라진다. 누굴까? 할멈의 손이다! 선비의 손이야 설마한들 그럴 수가 있을까? 아무리 일을 한다고 해도 나이 있는데 그렇지는 않아! 않아! 그는 머리를 좌우로 흔들었다. 부엌에서 쓸어나오는 그릇 가시는 소리, 도마 소리, 옥점의 호호 웃는 소리가 뒤범벅이 되어 쓸어나온다.

그때, 그의 머리에는 끝이 뾰죽뾰죽한 가는 손가락이 떠오른다. 문득 그는 선비의 손! 하고 생각되었다. 그리고 이제 그 손으로 인하여 불쾌하였던 생각이 스르르 풀리는 것을 깨달았다. 그렇지! 선비의 손이야 그럴 리가 있나? 그렇게도 고운 선비에게……하며 언젠가 무의식간에 본 선비의 그 손이 오늘 아침 미운 그 손으로 인하여 어림없는 착각이 생겼던 것이라고 그는 생각하였다. 이렇게 해석을 하고 나니 그는 한층 더 선비가 그리워지고 그가 떠날 시간을 좀더 연장시키고 싶었다.

"유서방, 저 산에 가서 어서 서울 손님 나려오시라게."

옥점 어머니의 이러한 말을 들으며 신철이는 집으로 들어왔다.

"아이 어서 들어와서 진지 자시고 떠나요."

옥점이는 언제나 마찬가지로 아침 화장을 산뜻하게 하고 마루에 섰다가 신철이를 맞는다. 신철이는 분내를 강하게 느끼며 마루로 올라앉았다. 안방에 앉았던 덕호는 나오며,

"오늘 가면 언제들이나 또 오려누."

신철이가 덕호에게 대하여 말을 낮추어 하라고 한 후부터 덕호는 이렇게 하게를 하였다.

"글쎄요…… 이번 와서 댁에 폐를 많이 끼쳤습니다."

"아, 원…… 별소리를 다 하눈."

길게 지어진 신철의 눈을 바라보면서, 옥점이와의 결혼을 이 자리에서 대강 말로라도 물어보고 결정할까? 하고 얼른 생각키운다. 그러나 저희들끼리는 벌써 내약이 있어가지고 있는 모양이니 언제나 저희들이 먼저 말하기까지 가만히 있으리라 하여, 잠잠하고 말았다. 더구나 요새 공부한 것들은 혼인까지라도 저희들끼리 뜻이 맞아가지고 되는 것을 알므로 그냥 내버려두자는 것이다.

밥상이 들어온다. 덕호는 넘석해서 들여다보았다.

"이거 찬이 없어 되었는가, 어쩌나 많이 먹게……. 그리구 이애, 널랑은 저 닭국을 먹지 마라, 그 약 먹으면서는 고기는 일절 먹지 않아야 한다더라."

옥점이는 핼금 쳐다보았다.

"아버지 난 그 약 안 먹을 테야, 써서 먹을 수가 있어야지."

"엣, 그년! 애비가 네 몸에 좋겠기에 먹으라는데 그 앙탈이냐 자네가 좀 착실히 모르는 것은 일러주게, 키만컸지 귀히만 자라서 뭘 알아야지……."

귀여운 듯이 옥점이와 신철이를 번갈아 본다. 신철이는 속으로 놀랐다. 그 말이 심상한 말이 아님을 깨달으며, 웬일인지 얼굴이 좀 다는 것을 느꼈다. 옥점이는 술을 들며 눈을 내려 떴다. 그의 눈썹은 너무 짙게 그린 듯하였다.

"어서 많이 먹우."

부엌에서 옥점 어머니가 들어오며 이렇게 말한다. 신철이는 저를 들다가 흘금 바라보았다.

"네, 많이 먹겠습니다."

"이애, 그 국 한 그릇 더 떠오너라."

뒤미처 선비가 국그릇을 들고 마루로 통한 부엌문에 비껴선다. 펄펄 오르는 국김에 불그레하니 타오르는 그의 얼굴!

그리고 언제 보아도 선명하게 드러나는 그의 눈등의 검은 사마귀는 그의 침착한 성격을 대표한 듯하였다. 그때 신철이는 옥점의 강한 시선을 전신에 느끼며 옥점 어머니가 주는 국그릇을 받아들었다. 그리고 이 국은 선비가 나에게 마지막 주는 국이거니 생각이 들자, 그의 손은 약간 떨렸다. 동시에 몇 달 동안 누르고 눌렀던 정열이 뜨거운 국그릇을 향하여 쏟아지는 것을 그는 느꼈다.

## 37

가을철 들면서부터 덕호는 읍의 출입이 잦아졌다. 그리고 안 입던 양복까지도 말쑥하게 입는 것을 가끔 볼 수가 있었다. 읍에 출입이 잦으면서부터 덕호는 간난이를 내어보냈다.

그래서 동네 사람들은 읍에 기생첩을 했다거니 처녀첩을 했다거니…… 하고 수군수군하는 말이 많아졌다. 그 바람에 옥점어머니는 화가 치받쳐서 집안에 붙어 있지 않고 남편의 뒤를 따라 역시 읍 출입이 잦았다.

요새도 부부가 들어간 지가 벌써 닷새나 되어서도 읍에서 아무 소식이 없었다. 선비와 할멈은 그 크나큰 집에서 쓸쓸하게 지내었다. 밤이면 일하러 갔던 유서방이 와서 사랑에서 자나 그 역시 하루 종일 시달린 몸이라, 잠만 들면 그뿐이었다.

그러므로 할멈과 선비는 밤에도 맘놓고 자지를 못하고 방에 불을 끄지 못하였다

오늘 밤도 할멈과 선비는 낮에 따온 목화송이를 고르며, 모녀같이 다정하게 이야기를 하였다. 윗목에 놓은 화로에서 보글보글 끓던 두부찌

개가 차츰 소리가 가늘어지다 이젠 끊어지고 말았다. 선비는 화로를 돌아보았다.

"오늘도 어머니가 안 오시려는 게요."

"글쎄 이제야 오기 글렀지, 아마 퍽 오랬을 게다."

벽에 걸린 괘종시계를 쳐다본다. 선비도 흘금 쳐다보았다.

시계는 열한 시 반을 가리켰다.

"벌써 열한 시 반이어요."

할멈은 멍하니 바라보며,

"난 저것을 암만 봐도 모르겠으니…… 저 큰바늘은 무엇하고 작은바늘은 무얼 하는 게냐?"

선비도 이렇게 꼭 집어 물으니, 분명히 알 수가 없었다. 그래서 그는 빙긋이 웃으며,

"다 시간 보는 게지, 뭐유."

할멈은 머리를 끄덕끄덕하였다. 그리고 목화송이 속에 묻힌 고추 꼬투리를 골라 바구니에 넣었다.

"이애, 올해두 고추섬이나 좋이 딸 것 같다. 그 밭에 목화를 갈지 말고, 다 고추를 심어봤으면 좋겠더라."

"목화는 어데 갈구요?"

"목화는 저 김골 밭에 갈구. 그 밭이 목화가 잘될 밭이니라. 목화는 너무 땅이 걸어도 좋지 않구, 가는모래가 좀 섞인땅이 좋으니라."

선비는 목화송이를 들어 할멈에게 보였다.

"이거 보세요. 참 이런 것은 꽤 큰 송이지요. 이런 것은 몇송이만 가져도 저고리 솜은 넉넉하겠어! 아이 참 크기도해."

휘황한 남포등 아래 빛나는 이 목화송이는 얼마나 선비의 조그만 가슴을 흔들어주었는지 몰랐다. 그는 문득 이런 것도 잘 그려가지고 수놓으면 좋을지 몰라? 하였다. 그때에 비단을 찢는 듯한 옥점의 조소가 들

리는 듯하여 그는 얼핏 머리를 숙였다. 따라서 그가 싫은 생각이 머리 털 끝까지 훌썩 치미는 것을 느꼈다.

할멈은 가만히 말을 내었다.

"올 가을에는 이 솜으로 우리 둘의 저고리 솜이나마 주었으면 좋지 않겠니? 네."

할멈은 내리덮인 눈가죽을 번쩍 들고 목화송이에서 티끌을 골라낸다. 그리고 한숨을 푹 쉰다. 선비는 할멈의 저고리에 두던, 바람 가리지 못할 시커먼 솜을 생각하였다. 그 솜은 몇해나 묵었는지 맥이 없고 가는 섬사를 발견할 수가 없었다. 그리고 잡아다리어 늘리려면 뚝뚝 끊어졌다. 그는 이러한 생각을 하며 할멈을 다시 한번 쳐다보았다. 그의 눈가는 벌써 뻘겋게 튀어오른다.

"할머니, 올해야 좀 주겠지! 뭘, 작년에는 목화를 전부 팔기 때문에 그랬지만 올해야 안 팔겠지우."

"이애 그만둬라, 여름에 옥점이가 가져가는 계란 받침까지두 이 솜으로 했단다, 너 아니?"

선비는 계란이란 말에, 계란 바구니를 들고 나오다가 넘어질 뻔하던 생각을 하며 무의식간에 한숨을 호 하고 쉬었다.

그리고 뜻하지 않은 서울 손님이 휙 떠오른다. 그들은 참말 복이 많은 사람들이어! 하였다. 옥점이와 서울 손님이 결혼하여 재미나게 살 생각을 하였던 것이다 그리고 자기의 앞길은 어떻게 될 것인지 생각수록 캄캄하였다. 그때 첫째의 얼굴이 휙 떠오른다.

전에는 그런 것을 몰랐는데 이 가을철 들면서부터 분주해서 일할 때는 모르겠으나 밤이 되어 자리 속에 누우면 웬일인지 잠이 오지를 않고 이런 생각 저런 생각 끝에 번번이 첫째가 떠오르곤 하였다.

마침 중대문 소리가 찌꺽하고 나므로 그들은 놀라 서로 바라보았다.

## 38

신발소리가 저벅저벅 나므로 할멈은,

"유서방이우?"

뒤미처 문이 열리며 유서방과 덕호가 들어온다. 그들은 뜻하지 않은 덕호가 들어오매, 놀라 일어났다. 할멈은,

"영감님, 어떻게 밤에 오서유."

유서방은 비칠거리는 덕호의 손을 붙들고 들어와서 아랫목에 앉힌다. 갑자기 술내가 후끈 끼친다. 덕호는 눈을 번쩍 뜨고 선비와 할멈을 본 후에 드러누웠다. 선비는 얼른 베개를 꺼내서 유서방을 주었다.

"선비야, 나 다리 좀 주물러 다우."

혀 곱은 소리로 덕호는 이렇게 말하였다. 선비는 가슴이 서늘해지며, 덕호의 곁으로 갈 생각이 난처하였다. 할멈은 속히 주무르라는 듯이 선비에게 눈짓을 하여 보였다.

"큰댁은 안 오시는가요."

"음, 옥점 어미? 온정, 온정, 아이구 취한다, 푸푸."

침을 뱉으며 덕호는 발짓 손짓을 하였다. 그들은 멍하니 덕호를 바라보며, 뭐라고 꾸지람이나 내리지 않으려나 하는 불안에, 덕호가 기침을 할 때마다 눈을 크게 뜨며 그의 눈치를 살폈다.

"진지 지을까유?"

한참 후에 할멈이 이렇게 물었다. 덕호는 눈을 번쩍 뜨고 할멈과 선비를 보았다.

"아 아니, 선비야 나 다리나 좀 쳐다우."

선비는 얼굴이 빨개지며 할멈을 쳐다보았다. 유서방과 할멈은 선비를 바라보며, 어서 다리를 치라는 뜻을 보이었다.

"다리 쳐라. 이년 같으니, 응 아이구, 다리야, 다리야."

다리를 방바닥에 쿵쿵 드놓았다. 할멈은 선비의 옆구리를 꾹 찌르며 덕호의 다리를 보았다. 선비는 하는 수 없이 덕호의 곁으로 갔다. 그리고 다리를 붙잡으며 툭툭 쳤다. 양복바지에도 술을 쏟았는지 술내가 후끈후끈 끼쳤다. 선비는 약간 눈살을 찌푸렸다.

"어, 내 딸 용하다."

덕호는 머리를 넘석하여 선비를 보다가 도로 누우며,

"에, 취한다. 참 취한다. 어서 자네는 나가 자지."

덕호는 유서방을 바라보았다. 유서방은 졸음이 꼬박꼬박 오나 덕호의 앞인지라 혀를 깨물고 앉아서 참다가 말이 떨어지자 마자 곧 일어났다.

"할멈 내일 밥을 일찍 하게."

할멈은 황망히,

"예!"

하고 대답하였다. 그리고 머리를 숙이며 덕호의 시선을 피하였다.

"어서 나가 자게, 그래야 밥을 일찍 하지."

"예."

할멈은 일어났다. 선비는 일어나는 할멈을 보며 따라 일어났다.

"허…… 거 정 내일부터는 면사무소에를 간단 말이지. 하기싫어도 하는 수밖에…… 면장인지 동네장인지 허허 허허……."

덕호는 혼자 하는 말처럼 이렇게 중얼거리며 웃었다. 할멈과 선비의 시선은 마주쳤다. 그리고 영감님이 면장이 되었는가 하는 생각이 들자 그들도 좋았다. 그리고 어딘가 모르게 미덥지 못하던 덕호가 차츰 미더운 것을 깨달았다.

"선비야 자리 펴다우, 그러구 너두 할멈과 같이 나가거라."

선비는 가벼운 숨을 몰아쉬었다. 그리고 어떤 무거운 짐을 벗어난 듯이 몸이 가뿐하였다. 그는 냉큼 자리를 펴놓고 나오다가 다시 돌아서서 등불을 가늘게 하고 할멈과 함께 밖으로 나왔다.

"영감님이 면장을 하신 게지?"

건넌방으로 건너온 할멈은 말하였다. 선비는 빙긋이 웃으며 자리를 깔았다.

"이애 영감님이 잘나기는 하셨니라. 글쎄 면장까지 했으니 이전 이 용연서는 누가 그를 당하겠니?"

선비는 할멈의 말을 귀담아들으며 베개 밑에 손을 넣고 다리를 쭉 폈다. 해종일 피로해진 몸이 순간으로 풀리는 듯하였다. 그는 가볍게 한숨을 몰아쉬며, 덕호와 같은 아버지를 둔 옥점이가 끝없이 부러웠다. 나도 우리 아버지 어머니가 살아계신다면…… 할 때 앞집 서분 할멈에게 들은 말이 얼핏 생각키었다. "너의 아버지는 동네 사람들의 말이 덕호에게서 맞은 것이 원인이 되어 돌아가셨다더라." 선비는 그 후부터 틈만있으면 이 말이 문득 생각키었다. 그러나 그 말이 참말 같지는 않았다. 지금 덕호가 선비에게 구는 것을 보아서…… 그는 지금도 굳게 그 말을 부인하면서 이런 생각을 하지 않으려고 돌아누웠다. 그리고 무심히 머리맡에 놓인 목화송이를 집어다 볼에 꼭 대었다.

"선비야!"

하는 덕호의 음성이 흘러나왔다.

## 39

선비는 냉큼 머리를 들었다.

"선비야!"

부르는 소리가 재차 들린다 선비는 할멈을 흔들었다.

"할머니, 할머니."

할멈은 응 소리를 지르며 돌아눕는다.

"왜 그러니?"

"영감님이 부르시어."

"나를?"

"아니 나를 부르시어."

"이애 그럼 들어가 보려무나."

"할머니두 일어나라우, 같이 들어가자우."

"이애, 무슨 일이 있냐? 무슨 심바람 시키려고 그러시는데."

졸음이 오므로 일어나기 싫어서 할멈은 이렇게 말하였다.

그러나 선비는 기어코 할멈을 일으키어 가지고 마루까지 나왔다.

"부르셨습니까?"

"오냐 선비냐."

"네."

"물 떠오너라."

할멈은 냉큼 건넌방으로 들어가고 선비는 부엌으로 가서 물을 떠가지고 마루로 오나 할멈이 없다. 그래서 머뭇머뭇하다가 방문을 열었다. 그리고 조심히 들어갔다.

술내가 가득한데 가는 불빛에 덕호의 머리만이 희미하게 보일 뿐이다. 선비는 얼른 등불을 돋우었다. 그리고 덕호의 앞으로 갔다. 덕호는 아까보다 술이 좀 깬 모양인지 눈 뜨는 것이 똑똑하였다.

"술 먹은 사람 자는 데는 으레 물을 떠다 두어야 하느니라."

덕호는 이불로 몸을 가리고 일어 앉아 물그릇을 받으며 이렇게 말하였다. 선비는 가슴이 뭉클해지며 되게 꾸지람이 내리려는가 하여 머리를 숙인 채 발끝만 굽어보았다.

"참 내가 잊었구나! 그제 옥점이년의 편지에 너를 서울로 올려보내라고 하였두나! 공부를 시키겠다구."

선비는 생각지 않은 이 말에 앞이 아뜩해지며 방안이 핑핑 돌았다.

"그래 너 서울 가고 싶으냐? 내 말년에 아무 자식도 없어 너희들이나 공부시켜 자미 붙이지, 붙일 곳이 있느냐."

덕호는 언제나 술이 취하면 자식 없는 푸념을 하곤 하였다.

덕호는 한참이나 선비를 물끄러미 바라보더니 한숨을 폭 쉰다.

"잘 생각해서 말해라. 내가 너는 옥점이년과 조금도 달리 생각지 않는다. 너는 나를 어떻게 생각하는지는 모르겠다마는……."

그때 선비는 돌아가신 어머니나 아버지가 살아온 듯한 그러한 감격에 눈물이 핑 돌았다. 그리고 뭐라고 말하여 자기의 맘을 만분의 하나라도 표현시킬까, 두루두루 생각해 보나 그저 가슴만 뛸 뿐이지 아무 말도 생각나지 않았다.

덕호는 물 한 그릇을 다 먹고 빈 그릇을 내준다.

"오늘은 밤두 오랬으니 나가서 자구, 잘 생각해서 내일이나 모레지간에 대답을 하여…… 너 하고 싶다는 대로 해줄 터이니…… 응."

덕호는 감격에 취하여 더욱 발개진 그의 볼을 바라보면서 이렇게 말하였다. 지금 덕호의 맘은 선비가 어떠한 요구를 하든지 다 들어줄 것 같았다. 선비는 물그릇을 들고 불을 가늘게 낮춘 후에 건넌방으로 나왔다. 그리고 목화보 위에 칵 엎디었다. "옥점아!" 그는 처음으로 옥점이를 이렇게 불러보았다. 캄캄한 방안에 오직 할멈의 코고는 소리가 들릴 뿐이고 잠잠하였다. 그는 옥점의 그 얼굴을 생각하였다. 쌀쌀해 보이던 그 눈과 그 입모습! 사정없이 나가는 대로 말하던 그의말! 그것도 지금 생각하면 그리워졌다. 동시에 그것이 참일까. 그가 나를 공부시키겠다고 서울로 보내라고 했다지? 그말이 참일까? 영감님이 술취한 김에 되는 대로 하신 말씀이 아닐까? 온갖 의문과 의문이 꼬리에 꼬리를 물었다. 그는 자리에서 일어나서 불을 켜고 목화송이를 고르기 시작하였다.

한 송이 또 한 송이, 흰 목화송이가 치마 앞에 모일수록 그의 생각도 이 목화송이와 같이 덮이고 또 덮여 어느 것부터 생각해야 좋을지 몰랐다. 어떡허누? 참말이라면 나는 서울을 가볼까. 그래서 옥점이와 같이 학교에도 다니고, 그러면 그 수놓는 것도 배우게 될 터이지! 하였다. 그때의 그가 부럽게 바라보던 가지가지의 색실 타래가 눈앞에 보이는 듯이 나타났다. 그는 목화송이를 꼭 쥐고 멍하니 등불을 바라보았다. 서울을 가? 내가 그러면 이 목화는 누가 트나? 그리고 물레질은 누가 하고? 하며 혼곤히 자는 할멈을 돌아보았다. 그때 뜻하지 않은 첫째의 얼굴이 또다시 휙 떠오른다. 그는 머리를 돌리며, 그는 종내 여기서 살려나…….

40

해가 지고 아득아득해서야 개똥이네 마당질은 끝이 났다.

어둠 속으로 뿌옇게 솟아오른 나락더미! 나락더미를 중심으로 둘러선 농민들은 술에 취한 듯이 흥분이 되어 있었다.

유서방과 덕호가 나왔다. 유서방은 들어가서 등불을 켜가지고 나왔다. 땃버리는 대두를 들고 나락더미 앞으로 가서 나락을 손으로 헤쳐가면서 말을 되었다.

"한 말이요는 가서요우."

땃버리는 그 둥글둥글한 음성을 길게 빼어가지고 소리 곡조로 마디마디를 꺾어 돌렸다. 뒤미처 쏴르륵 하고 섬 속으로 흘러들어가는 벼알소리! 그들의 가슴은 어떤 충동으로 스르르 뜨거워지는 것을 깨달았다. 그리고 무의식간에 그들은 눈을썩썩 비비치고 동무의 어깨를 누르며 바짝바짝 다가들었다. 그때마다 옆의 동무는,

"이 사람아, 넘어지겠구먼!"

허허 웃으며 그들은 이런 말을 주고받았다. 한 섬, 두 섬, 석 섬, 볏섬은 차례로 묶여 놓는다. 그들은 제각기 몇 섬이 날까? 하는 호기심에 묶어 놓은 볏섬과 나락더미를 번갈아 비교해 보았다.

땃버리가 마지막 말수를 되어 볏섬에 부으며,

"열닷 섬 닷 말이요는 가서요우."

수심가라도 한 곡조 부르려는 듯이, 그렇게 흥이 나서 음성을 내뽑았다.

"열닷 섬 닷 말! 잘은 났다!"

가슴을 졸이고 섰던 그들은 똑같이 이렇게 중얼거렸다. 땃버리는 톡톡 털고 일어났다. 그리고 개똥이 어깨를 탁 쳤다.

"이 사람아 한턱 내야 되리, 올 농사는 자네네만큼 된 사람이 없으리!"

"암, 허허."

개똥이는 이렇게 대답하며 흘금 덕호를 쳐다보았다. 덕호의 얼굴은 잘 보이지 않으나 그가 가만히 섰는 것을 보아 만족해 하는 것을 알 수가 있었다. 곡식이 잘 나지 못한 때면 덕호는 잔걱정을 하며 가만히 서 있지를 못하고 왔다갔다 하면서 밭을 잘 거두지를 못하였느니 미리 베다가 먹었느니 하고 야단을 치곤 하였던 것이다.

유서방은 구루마를 갖다 대고 볏섬을 쾅쾅 실었다. 그들도 볏섬을 받들어 올려놓으며,

"무겁다! 참 벼 한 섬이 이다지도 무거운가!"

덕호가 들으라고 일부러 이렇게 말하였다. 덕호는 어둠 속으로 궐련만 뻑뻑 빨면서 섰더니,

"개똥이! 자네 여기서 다 회계 끝내고 말지! 후일에 다시 쓰더라도…… 응? 자네 빚내온 돈이 얼마인지?"

개똥의 말을 들어보려고 덕호는 이렇게 물었다. 개똥이는 덕호가 말하기 전부터 빚 말을 내지 않으려나 하는 불안에 가슴이 조마조마하였다가 마침 이 말을 듣고 보니 전신의 맥이 탁 풀렸다. 아무 대답이 없는 개똥이를 안타까운 듯이 바라보던 덕호는 저놈이 빚을 물지 않으려는 속이구나! 하고 어떻게 하든지 이 자리에서 볏섬으로 차지하지 않으면 못 받을 것 같았다.

"자네 십오 원 내온 것이 간 정월달이 아닌가. 그러니 이달까지 꼭 열 달일세. 그래 이자까지 하면 이십 원이 넘네그리. 우선 벼 넉 섬은 날 줘야 하네. 그래도 내가 삼사 원은 못받는 속일세. 그리구 비료값과 장리쌀은 으레 여기서 회계할 것이지……."

유서방을 돌아보았다.

"어서 저기서 일곱 섬만 가져오게. 그래도 나는 십여 원을 받지 못하는 셈일세. 그러나 할 수 있는가, 자네들도 농사를 해먹고 살아가야 겠으니 우리에게로 오는 반 섬과 자네게로 가는 반 섬 합해서 한 섬은 내가 주는 것이니 그리 알게. 그것은 이번 농사를 잘 지었다는 것 때문이어, 허허."

유서방은 말 떨어지기가 무섭게 볏섬을 '끙'하고 져다가 구루마에 실어놓는다. 그들은 이제까지 깜박 잊었던 하루 종일의 피로가 조수와 같이 밀려드는 것을 깨달았다. 그들은 볏짚단 위에 펄썩펄썩 주저앉았다. 그때 첫째의 머리에는 풍헌 영감의 모양이 휙 떠오른다.

입도차압을 당하고 정신없이 아래윗 동네를 미친 듯이 달려다니며 만나는 사람마다 붙잡고,

"여보게 이런 법이 있는가, 벼를 베기도 전에……."

그 다음 말은 막혀 하지 못하였다. 첫째는 무슨 말인가 하여 풍헌의 뒤를 따라 논까지 가보았다. 논귀에 세운 조그만 나무 판자에는 무슨 글인지 써 있었다.

41

풍헌은 그 나무쪽을 가리키며,

"글쎄 집달리라던가? 하는 양복쟁이가 이것을 꽂아놓으면서 벼를 베지 못한다구 허두먼……."

풍헌은 이렇게 말하며 누릇누릇한 벼이삭을 바라본다. 첫째는 다가

서며,

"누구의 빚을 얼마나 졌습니까?"

"아 덕호의 빚이지, 그것 좀 참아 달라고 하는데, 이렇게까지 할 게야 뭐 있겠나! 전날 편지 배달부가 이런 것을 갖다가 주고 가두먼. 그래 나는 그게 무엇인가? 하고 두었더니, 글쎄 글쎄 이런 일이 날 줄이야 누가 꿈밖에나 생각하였겠나."

풍헌은 거지 안에서 다 해진 편지봉투를 꺼내 보인다. 첫째 역시 그것을 한 자 알아볼 리가 없었다. 그래서 편지봉투만 이리저리 만지다가 풍헌을 주었다.

"거게 뭐라고 했나?"

풍헌은 허리를 굽혀 들여다본다. 첫째는 머리를 벅벅 긁으며,

"내니 알겠쉬까."

"저 노릇을 어찌해야 좋겠나."

"덕호한테 가봤습니까?"

"가보기를 이를까. 어젯밤에도 밤새껏 가서 졸랐네. 그래두 소용없네, 이를 어쩌면 좋겠나. 자네 좀 가서 말해 볼 수 없겠나?"

쳐다보는 풍헌의 그 눈! 첫째는 그만 머리를 돌리고 말았다. 그리고 그 달음으로 덕호한테 와서, 하다못해 주먹 담판이라도 하고 싶었다. 그러나 아무 소용이 없을 것을 짐작하는 첫째는 애꿎은 한숨만 푹 쉬고 저 앞을 바라보았다.

불과 십여 일 이내에 베게 될 이 벼이삭! 벼알이 여물대로 여물어서 머리를 푹 숙이고 있었다.

"잘됐지! 저것 좀 보게나."

풍헌은 벼이삭을 가리키고 달려가더니 벼이삭을 어루만지며 불타산을 멍하니 노려보았다. 그의 희뜩희득 센 수염끝은 무섭게 흔들리고 있다. 첫째는 뭐라고 위로할 말조차 생각나지 않았다. 그리고 그들의 주

위를 싸고 있는 공기조차도 무거운 납덩이 같음을 느꼈다.

풍헌은 논귀에 펄썩 주저앉으며, 무심히 물에 채어 무너진 논둑을 다시 고쳐놓는다. 첫째는 물끄러미 그것을 바라보았다.

"이 논이 읍의 사람의 논이라지유?"

"그래 읍의 한치수라는 어른의 논인데……."

그는 후 하고 숨을 쉬었다.

"그런 법두 있는가. 전에는 그런 일이 없었는데… 난 암만 생각해두 모르겠어! 내일 읍에 들어가서 한치수 어른에게 물어보겠네."

"그렇게 합슈."

첫째도 그런 법이 있을 것 같지 않았다. 풍헌은 벌떡 일어났다.

"난 지금 들어가 보구 오겠네."

이렇게 말을 하고 읍 가는 길로 나선다. 그리고 뒤도 안 돌아보고 황황히 걸었다. 첫째는 물끄러미 그의 뒷모양을 바라보다가 그가 산모퉁이를 지나간 후에 들어왔다.

며칠 후에 풍헌이 보이지 않으므로 누구에게 물으니 그는 벌써 어디론지 가버리고 말았다는 것이다. 그때에 그는 아무것도 가진 것 없이 아내와 어린것들을 데리고 바가지 몇 짝을 달고 떠났다고 하였다.

여기까지 생각한 첫째는 구루마 구르는 소리에 정신이 번쩍들었다. 그리고 아버지 겸 동무이던 풍헌을 내쫓은 덕호가 또다시 개똥이를 내쫓고 자기를 내쫓으려는 것임을 절실히 느꼈다. 그때,

"여부슈, 내가 빚을 안 물겠답니까?"

개똥이 음성이 무거운 공간을 헤쳤다. 무엇보다도 일 년 농사지은 것이라고……. 그의 초가집 문전에나마 놓았다가 이렇게 빼앗기었으면 한결 맘이 나을 것 같았다. 그리고 벼 시세도 지금은 한 섬에 오 원이라 하나 좀더 있으면 육 원을 할지 팔 원을 할지 모르는데 이렇게 빼앗기기에는 너무나 억울하였던 것이다.

첫째는 개똥이 말을 듣자, 무의식간에 욱하고 달려갔다. 그리고 유서방을 단번에 밀쳐 넘어쳤다.

"뭐야 이게? 야들아! 다 오나라."

남의 일이나 자기 일 못지 않게 분하였던 그들도 욱 쓸어나갔다. 그리고 구루마에 실은 볏섬을 끌어내렸다. 그리고 덕호를 찾았으나 그는 벌써 어디로 빠져 달아났는지 찾을 수가 없었다.

"이 벼만 가져봐라!"

개똥이가 호통을 하였다. 그때 저편에서 회중전등이 번쩍하고 이리로 왔다. 그들은 순사가 오는구나! 직각되자 사방으로 흩어지기 시작하였다.

개 짖는 소리가 여기저기서 들리었다. 그리고 신발소리 또 신발소리
…….

## 42

이튿날 새벽에 개똥 어머니는 덕호네 집으로 갔다. 아직 대문은 걸린 채 그대로 있었다. 벌써 그가 어젯밤부터 이 문전에 몇 번이나 왔는지 몰랐다. 그는 하는 수 없이 집으로 오다가, 또다시 무슨 생각을 하고 대문 옆으로 와서 우두커니 서있었다. 그리고 안에서 누가 나오는가 하여 자주자주 문틈으로 들여다보았다. 그러나 검정개 한 마리 얼씬하지 않았다.

그는 왔다갔다 하면서, 이제 덕호를 만나 뭐라고 말할 것을 입속으로 다시금 외어보았다. 어제 밤새도록 생각해 온 이 말이건만 이렇게 덕호네 문앞까지 와서는 캄캄해지곤 하였다.

안에서 신발소리가 나므로, 그는 조금 물러서서 동정을 살폈다. 덜그렁하는 소리가 나더니 문이 찌꺽 열린다. 그리고 유서방이 다리를 절면서 나오다가 개똥 어머니를 보고 멈칫섰다.

"왜 왔소?"

유서방은 어젯밤 일을 생각하며 분이 왈칵 치밀었다. 개똥 어머니는 머리를 숙여 보이며,

"그저 잘못했습니다, 용서해 주시우. 다 철이 없어 그 모양이지유. 한때 살려줍시우."

"철없는 게 뭐야유, 그 새끼들이 철이 없어? 흥! 이거 보우 내 다리가 병신되었수."

코웃음을 치고 나서 도로 들어간다. 개똥 어머니는 뒤를 따랐다.

"면장님 일어나셨수?"

"면장님은 왜 찾우?"

유서방은 흘금 돌아보았다.

"그저 한때 살려주, 예? 살려주, 예."

개똥 어머니는 훌쩍훌쩍 울었다.

"난 몰라유. 그까짓 놈의 새끼들…… 사람의 은혜도 모르고 의리도 없는 그놈들…… 김생 같은…… 에이."

유서방은 이렇게 소리치며 들어간다. 개똥 어머니는 한참이나 머뭇머뭇하였다. 그때 안에서 덕호의 음성이 흘러나왔다.

"거 누구니?"

"개똥 어미야유."

유서방이 대답한다.

"개똥 어미가 왜?"

"모루지유."

개똥 어머니는 방문 밖에 서서 머뭇머뭇하다가,

"그저 면장님, 한때 살려주, 그놈들이 철이 없어서……."

덕호는 아직도 자리에서 일어나지 않은 모양이다.

"개똥 어민가, 이리 들어오게, 늙은이가 치운데, 왜 밖에 섰는가."

뜻하지 않은 덕호의 후한 말에, 개똥 어머니는 앞이 캄캄해왔다. 그제야 유서방은,

"어서 들어가우."

개똥 어머니가 방문을 여니, 덕호는 자리에 누워 있다. 그는 멈칫 섰다.

"어서 들어와."

개똥 어머니는 들어가서 머리를 숙이며,

"그저 한때 살려줍시유, 네? 한때만 사정 봐줍슈."

덕호는 기침을 하며 일어나서 자리로 몸을 가리고 앉았다.

"글쎄 그놈들의 행세를 보아서는 분나는 대로 용서 없이 고생을 시키겠지만 그러나 소위 면의 어룬이라는 나로서 더구나 저런 늙은이들이 불쌍해서 그럴 수야 있는가."

개똥 어머니는 너무 감격하여 소리쳐 울고 싶었다. 그리고 저런 후한 어른의 뜻을 몰라주는 개똥이와 그의 동무들이 끝없이 원망스러웠다.

"그저 살려줍슈, 저를 봐서……."

"응, 그런데 마침 오늘이 공일이니까 면에 출근도 안 하니 내 직접 주재소에 가보리…… 저희놈들이 암만 그래도 몇십 년을 내 덕에 산 것이 아니겠나. 배은망덕이란 말이 이런 것을 두고 이름일세그려. 허 거 정나두 손두 없는 사람이라 저희들을 내 친자식들과 같이 사랑한단 말이어. 어제만 하더라도 내가 생각해서 벼 한 섬을 거저 주지 않았나. 그런데 그놈이 그 은공을 몰라본단 말이어. 하필 올뿐인가, 작년 재작년에도 그래 왔지."

"그까짓 죽일 놈들을 생각하실 게 있습니까? 그저 후하신맘으로 이 늙은 것을 한때 보아주서야지우."

"응, 그럼 돌아가게, 내 이따가 가보리."

개똥 어머니는 코가 땅에 닿도록 절을 하고 밖으로 나왔다.

덕호는 도로 자리에 누우며 이놈들을 더 고생시켜 세상의 법이 어떻

다는 것을 알리어 정신을 들려주렸더니 날은 점점 추워오고 어서 눈오기 전에 마당질은 끝내야겠으니 부득이 놓아주랄 수밖에 별수가 있나! 하고 생각하였다. 더구나 이 가을부터 미곡통제안이 실시된다는 말이 있으니 그렇게 되면 곡가도 오를 것이다. 어서 바삐 그놈들의 빚도 현곡가로 청산하여야겠다는 생각이 들자, 곧 그는 자리에서 일어났다.


## 43

어젯밤 주제소에서 자고 난 그들은 오늘 아침 덕호가 가서야 순사부장의 단단한 훈사를 듣고 다시는 그런 일을 하지 않기로 약속을 하고 놓여나오게 되었다. 그들은 나오는 길로 아침밥도 잘 먹지 못하고 곧 타작마당으로 왔다. 그래서 어젯밤 널어놓은 짚단이며 나락 헤진 것을 쓸어 모아놓고 한편으로는 도급기를 횅횅 돌렸다. 그들은 일을 하니 안 아픈 곳이 없었다. 팔을 놀리면 팔이 아프고 다리를 놀리면 다리가 아팠다.

그리고 허리를 굽힐 수도 없고 목을 임의대로 돌리는 수도 없었다. 하루쯤은 쉬어서 했으면 좋겠는데…… 하는 생각을 그들은 약속이나 한 것처럼 똑같이 하였다.

그때 덕호가 나왔다. 그는 궐련을 피워 물고 단장을 짚었다. 그리고 명주 저고리 바지에 세루 조끼를 말큰말큰하게 입었다. 그들은 덕호를 보자 가슴이 울울해지며 저절로 머리가 숙여진다. 그리고 뭐라고 나무라지나 않으려나 하는 불안에 쩔쩔매었다.

"어 자네들 어서 일들이나 잘 하여…… 밥 많이 먹고 일 많이 하는 사람이야말로 튼튼한 면민일세그리. 허허 자네들은 나를 오해하지? 아마 어제 일을 미루어 보더라도 말이어. 그러나 그것은 잘못 안 것일세. 나는 더구나 면의 어룬이란 지위에 앉아가지고 자네들의 이로움을 위하야 애쓰는 것이 나의 의무가 아닌가."

덕호는 큰기침을 하고 나서 다시 말을 계속하였다. 그들은 고개를 숙이고 합수를 하고 섰다.

"어제만 하더라도 내가 곡식으로 차지한 것이 전혀 자네들을 위함에서 그렇게 한 게야…… 자네들의 형편에 그 곡식을 갖다가 팔아서 돈으로 빚을 갚는다고 하세. 돈을 제때에 갚지도 못하게 될 뿐 아니라 그 곡식을 제값을 못 받고 더구나 꼭 적당한 시기에 팔지를 못해. 그러니 내가 곡식으로 차지하는게여. 나야 손해가 되지마는…… 왜 손해가 되느냐 하면 말이어, 이제 좀더 있으면 자네들이 지내보는 바와 같이 곡가가 내리는 것만은 뻔한 사실이 아닌가 응, 왜 그런 줄을 몰라 주느냐 말이어. 나는 자네들을 친자식같이 아는데 자네들은 그것을 몰라준단 말이어. 어제 일만 하더라도 내가 아니고 딴 사람이라면 자네들을 그냥 두겠나. 그러나 나는 자네들도 생각할 뿐만 아니라 자네들의 가족들을 생각하야 친히 순사부장에게 사정을 하다시피 한 것을 자네들은 아는가 모르는가. 한번 실수는 누구나 있는 것이니 이 다음부터는 주의들 해."

덕호는 그들을 둘러보며 빙긋이 웃었다. 그들의 모양을 보아 자기의 말에 얼마나 감격하였는지를 그는 짐작하였던 것이다. 따라서 이렇게까지 저들이 서리맞은 풀대같이 후줄근한 것이 전혀 주재소의 힘임을 깨달으며 무식한 놈들에게는 매가 제일이다 하고 생각되었던 것이다. 덕호가 그들의 앞을 떠난 후에 그들은 가볍게 숨을 몰아쉬었다. 그리고 이제 덕호가 한 말이 다 옳다고는 생각되지 않았다. 그들은 여전히 일을 계속하였다. 도급기 다섯 채를 좌우로 갈라놓고 한 채에 세 사람씩 맡았다. 한 사람은 가운데 서서 돌리고 그 나머지 두 사람은 도급기 곁에서 날라오는 볏단을 풀어놓고 도급기 돌리는 그들에게 번갈아 집어주며 혹은 벼 낟가리에 올라서서 볏단을 내리고 또는 다 훑은 짚단을 묶어서 저편으로 날랐다.

"이애 이놈아, 빨리 다우."

난장보살이 첫째를 돌아보며 소리쳤다. 그리고 볏모개를 빼앗았다.

"흥! 어제는 이놈 때문에 우리들이 매를 죽도록 맞았다니."

어젯밤 매맞던 생각을 하며 싱앗대를 돌아보았다. 싱앗대는 볏모개를 빨리 돌려대었다.

"쥐뿔도 없는 놈이 맘만 살아서 그 꼴이지, 그저 없는 놈이야 무슨 성명이 있나, 죽으라면 죽는 모양이라도 내어야지."

곁에서 그들의 말을 듣는 첫째는 버럭 화가 치받치는 것을 억제하였다. 그러니 뱃속이 꾸물꾸물하며 얼굴이 뻘개졌다.

어제는 이 타작마당에서 그들이 일심이 되었는데 겨우 하룻밤을 지나서 그들은 첫째를 원망하였다. 첫째는 덕호에게서 욕먹은 것보다도, 순사에게 밤새워 매맞은 것보다도, 그들이 자기 하나를 둘러싸고 원망하는 데는 그만 울고 싶었다. 그리고 캄캄한 밤길을 혼자 걷는 듯한 적적함이 그를 싸고도는 것을 새삼스럽게 깨달았다. 그는 무심히 벼 날가리를 쳐다보았다. 전 같으면 저 벼 날가리들이 얼마나 귀여웠으리요마는…… 그때 저리로부터 순사가 왔다.

## 44

첫째는 놀랐다. 가까이 오는 순사는 지금 자기가 생각하고 있는 것을 다 알고, 자기만 잡으려고 오는 듯싶었다. 그래서 그는 머리를 푹 숙이며 볏단만 헤치고 있다가, 칼소리가 멀어지매 그는 겨우 안심하고 흘금 바라보았다. 그때 순사의 구둣발에 툭툭 채이는 칼은 햇빛에 번쩍번쩍하였다. 순사는 덕호를 만나서 다시 이리로 온다. 그는 또다시 아까와 같은 생각으로 겁을 먹었으나 그들은 가벼운 궐련내를 던지고 저편으로 지나간다. 그리고 무슨 이야기를 재미나게 하고는 하하 웃었다.

"여보게, 자네 좀 돌리게."

난장보살이 첫째를 보며 이렇게 말하고 나서 도급기에서 물러간다. 첫째는 얼른 이편으로 왔다. 그리고 한 발로 도급기 발판을 짚어가며, 난장보살이 집어주는 볏모개를 훑는다. 그때 무심히 저편을 보니 덕호와 순사가 면사무소에 앉아서 유리문을 통하여 이편을 내다본다. 그때에 그는 난장보살이 저것들을 마주 보기 싫어서 도급기에서 물러났구나! 하고 직각되었다. 따라서 지금 저들이 자기를 잡아갈 의논을 하면서 자기만을 주목해 보는 듯하여 머리를 숙였다.

쇠르르 탁탁 튀어나는 벼알은 그의 볼을 가볍게 후려치고 떨어진다. 그리고 돌아가는 도급기 바퀴에서 일어나는 바람은, 그를 오한이라도 나게 하려는 듯이 싫었다. 전 같으면 이 바람에 얼마나 속시원할 것이건만…… 그때 난장보살이,

"담배 먹고 싶다!"

그때 첫째도 새삼스럽게 담배 먹고 싶은 것을 느끼며 난장보살을 바라보았다. 일하던 농민들은 약조나 한 듯이 일시에 시선이 마주쳤다. 그들은 누구나 상대의 눈동자에서 담배 먹고 싶다는 것을 발견하였다. 그러나 면사무소에 앉아 이야기하는 그들의 눈에 걸리는 것이 싫어서 누구 한 사람 쉬려고 하지 않았다. 그들은 한숨을 후 쉬고 머리를 숙였다. 그리고 쉴 새 없이 떨어져 쌓이는 벼알을 바라보았다. 담배 한 모금 맘놓고 먹지 못하고서 저렇게 애써 지은 쌀알을 덕호네 함석창고에 들여보낼 생각을 하니, 어제 구루마를 부서뜨리던 그순간의 감정이 또다시 폭발되는 것을 느꼈다.

마당이 보이지 않도록 쌓이는 저 벼알! 병아리의 털같이 그렇게 노란 수염이 하늘을 가리키고 재미나게 쌓인 저 벼알! 저 벼알은 역시 자기들에게는 귀엽고 아름다운 빛만 보이고 나서 맘놓고 만져보기도 전에

덕호의 창고로 들어가 버리고 마는 것이다.

어린것들은 집에서,

"아빠 하얀밥 먹지, 오늘은?"

오늘 집에 들어가면 아버지를 붙들고 이렇게 소곤거릴 것이다. 그때에 그들은 뭐라고 대답하랴! 여름내 가을에는 하얀밥 준다!고 어르던 그 말! 지금 와서는 또 뭐라고 말하랴!

그들은 이런 생각을 하며, 다시금 저 벼알을 보았을 때 벼알이 아니라 그들의 가슴폭을 마디마디 찌르는 살대 같아 보였다.

그들은 멍하니 어제 일을 되풀이하며 첫째를 돌아보았다.

그때 순사와 덕호는 이리로 온다. 또다시 그들은 가슴이 두근거리며 하던 생각이 끊기고 말았다. 덕호는 순사와 같이 그의 집으로 들어간다. 그들은 후 한숨을 몰아쉬었다. 그리고 멍하니 불타산을 바라보았다. 오래잖아 저 산에는 눈이 하얗게 덮일 터인데…… 우리들은 그때에 뭘 먹고 사나? 하였다.

가을을 맞은 청초한 저 불타산. 그 위로 하늘이 파랗게 달음질쳐 갔다. 첫째는 그 하늘을 묵묵히 바라볼 때, 어젯밤 순사부장이 자기들을 모아놓고, "너희들에게 법이란 것을 가르쳐야겠다" 하던 말이 그의 머리에 휙 떠오른다.

"법, 법…… 법, 법에 걸리면 죽이는 법까지 있다지?"

그가 법이란 막연하게나마 전통적으로 신성불가침의 것으로 알았지마는…… 아니 지금도 그렇게 알지마는 어제 일을 미루어 곰곰이 생각하니 웬일인지 그 법에 대하여 무엇이라고 형용할 수 없는 엉킨 실마리가 그의 온 가슴을 꽉 채우고 말았다.

"우리들이 어제 덕호와 싸운 것이 법에 걸리는 일이라지? 그 법…… 법……."

그는 머리를 돌려가며 몇 번이나 이렇게 중얼거렸다. 그러나 점점 더 답답만 할 뿐이지, 뒤엉킨 실끝을 고르는 수가 없었다. 그때 난장보살이 휙 쳐다보았다.

"이 곰 뭘 그리 중얼거리니?"

첫째는 그의 말이 입 밖에까지 나간 것에 스스로 놀라며 머리를 푹 숙였다.

## 45

추수가 끝난 초겨울이었다. 읍에서 군수가 나와서 농민들을 모아놓고 연설을 한다고 한다. 그들은 군수가 나왔다니까 아무리 바쁜 일이 있어도 가야만 되는 줄 알고 그렇지 않으면 벌금이나 물리지 않을까? 하여 모두 모였다.

이십여 간이나 되는 면사무소 내에 농민들이 빽빽이 들어앉았다. 단상에는 군수와 면장이 앉았고 그 옆으로는 면서기들이 앉았다. 그들은 이번 신임된 군수라는 뚱뚱한 양복쟁이를 눈이 둥그레서 바라보았다. 먼저 면장이 나와서 간단한 말로 군수를 농민들에게 소개하였다. 뒤미처 군수가 나와서 몇 번 기침을 한 후에,

"어…… 내가 이번에 여기 나온 목적은 여러분들도 이미 면사무소를 통하여 알았겠지마는…… 내가 신임인만큼 군내 상황도 시찰할 겸 더욱 여러분에게 절실하게 이르고 싶은 것이 있어 나온 것이오.

우리 조선으로 말하면 어…… 팔 할 이상이 농민들이오. 그러니 농민들의 성쇠는 즉 국가흥망의 기원이 될 것만은 사실이오. 옛날부터 농사는 천하지대본이니라 한 말이 있지 않소."

여기까지 들은 그들은 저렇게 귀하신 어른의 입에서 자기들이 하는 농사를 찬사하는 말이 나오니 이것이 꿈인가 하였다. 그리고 말할 수 없는 감격에 붙들리었다.

"우리가 농사를 부지런히 하여야 할 것은 두말할 것도 없거니와 어…

거기에 대하여 여러 가지 방법을 말하고자 하오. 재래의 농민들이란 그저 수굿수굿 김만 매면 되는 줄 알았으나 그것은 틀린 것이오. 어떻게 하면 밭에서 곡식이 많이 날까, 어떻게 하면 작은 밭을 가지고도 큰 밭에서 내는 곡식을 낼까, 다시 말하면 농사하는 방법을 꼭 알아가지고 농사를 지어야 한단 말이오. 어…… 예를 들어 말하면 어…… 여기 한 사람이 있다고 하면 그 사람의 재주를 보아 그에 적당한 일을 시켜야 그 일이 잘될 것이 아니오? 그러니 이것도 역시 마찬가지로 밭에 곡식을 심는 것도 만일 어긋나게 심으면 좀더 곡식이 많이 날 것으로되 적게 난단 말이오. 수수나 콩을 심어 잘될 밭에다 조나 육도를 심으면 적게 날 것이오. 그러니 먼저 그 밭에 어떤 것이 적당할까를 생각하여 심어야 한단 말이우. 어…… 그리고 퇴비 말이요, 무엇보다도 이 퇴비를 많이 제작해 두었다가 봄에 가서 밭을 잘 거두어야 하우. 여러분이 좀더 부지런을 내면, 어…… 일하다가 쉬는 틈을 타서 풀을 깎아다 퇴적장에 쌓아 썩히시오. 이것이 봄에 가서는 훌륭한 거름이 될 것이오. 공연히 읍 같은 데 가서 금비를 사 나를것이 아니라, 그렇게 해서 자작 만들어 쓰란 말이오."

그들은 자기들의 농사하는 이치를 이렇게 꼭꼭 알아내는 것이 얼마나 감사하게 생각되었는지 몰랐다. 그래서 서로 돌아보며 입을 쩍쩍 벌렸다.

"어…… 그리고 색의를 입어야 하오. 우리 조선 사람은 흰옷을 입는 것이 못 사는 원인의 하나요. 어서 바삐 색의를 입으시우. 흰옷을 입게 되면 자주 빨아 입어야겠으니, 첫째 그만큼 시간이 소비되고, 둘째 빠는 데 옷이 해지우. 어…… 그리고 고무신을 신지 말고 될 수 있으면 노는 시간을 이용하여 짚신을 삼아 신도록 하오. 이외에 관혼상제비도 절약하시우. 이렇게 하면 당신네들이 앞으로는 다 부자가 될것이오. 그렇지 않우? 허허."

그들도 따라 웃었다. 그리고 군수의 말대로 하면, 참말 내년부터라도 풍족한 생활을 할 것 같았다.

"그리고 어…… 마지막으로 말할 것은 면이라는 기관은 당신들이 잘 살고 건강하게 사는 것을 위하여 힘써 지도하는 곳이니, 조금도 면사무소를 허수히 알아서는 못쓰오. 면에서 지세나 혹은 호세나 기타 여러 가지 세금을 당신들한테서 받아내는 것은 다 당신들을 잘살게 하기 위하여 통치하는 데 소비하는 것이우. 그러니 그런 세금들을 꼭꼭 잘 바쳐야 하오. 할말은 많으나 훗 기회로 미루고 위선 그만하니 이 면사무소의 지도를 잘 받으시오."

군수는 말을 마치고 의자에 걸어 앉는다. 면장은 만족한 웃음을 띠고 나왔다.

"이번 군수 영감께서 이렇게 나오시게 되어 우리에게 좋은 말씀을 들리어주시니 우리 면민은 군수 영감의 말씀대로 이행하기를 서약한다는 증거로 일어나서 경례를 합시다. 자 일어나시우들."

농민들은 일시에 일어나서 머리가 땅에 닿도록 절을 몇 번이나 거듭하고 헤어졌다.

첫째도 그들 틈에 섞여서 면사무소를 나왔다. 그는 어정어정 걸으며 내년부터 나는 누구네 땅을 부치나! 하고 우뚝 섰다. 그의 동무들은 그를 비웃는 듯이 흘금 돌아보고 저편으로 몰려간다.


46


첫째는 드디어 밭을 떼이고 말았던 것이다. 오늘 군수 영감의 말을 들으면 이 면사무소는 농민들이 잘살기 위하여 힘쓰는 곳이라는데…… 여기까지 생각한 그는 자기만은 이 동네의 농민이 아닌가 하는 의심이 부쩍 든다. 덕호로 말하면 이 면의 어른인 면장이라는 지위를 가지고 있는 데도 불구하고 부치던 밭을 그에게 떼지 않았는가? 응! 나는 그때 그 구루마를 깨친 것이 법에 걸리었기 때문이라지. 법 법…… 오늘 군수 영감의 말씀한 것도 역시 내가 행하지 않으면 법에 걸리게 될 터이지. 그러나 오늘에 부칠 밭이 없는데 거름은 만들어두면 뭘 하나? 그 법…… 그는 날이 갈수록 이 법에 대하여 점점 더 의문의 실뭉치가 되어 그의 가슴을 안타깝게 보챈다.

그는 생각지 말자 하다가도 가슴 속에서 뭉치어 일어나는 이 뭉텅이! 그 스스로도 제어하는 수가 없었다. 첫째 자신은 이 신성불가침의 법을 지키려고 애를 쓰나 웬일인지 날이 갈수록 자신은 이 법에 걸려들어가고 있는 것을 안타깝게 발견하였던 것이다.

집까지 온 첫째는 나뭇가리 옆에 우두커니 서 있었다.

"어떻게 한담?" 그는 이렇게 중얼거리며 그의 앞길은 암흑으로 변하여지는 것을, 볼을 후려치는 쌀쌀한 겨울날의 감촉과 같이 확실히 느껴진다.

그때 짚 비벼치는 소리가 바삭바삭 나므로 휘끈 머리를 돌리니 그가 새끼 꼬다가 놓고서 면사무소에 갔던 기억이 얼핏 생각키며 이서방이 동냥하러 가지 않고 오늘은 집에 있는가하여 얼른 들어왔다. 방문을 여니 갑자기 누가 방안에 앉았는지 알 수가 없었다. 그저 캄캄한 속으로 짚 비벼치는 소리만들릴 뿐이다.

"벌써 오니? 왜 오라던?"

방안에 들어앉은 그는 어머니가 새끼 꼬는 것을 비로소 발견하였다. 첫째는 머리를 벅벅 긁으며, "군수 연설 들으러 오라지."

첫째 어머니는 실망을 하고 꼬던 짚을 밀어놓는다. 아까 면서기가 면사무소로 첫째를 오라고 할 때는 아마 도로 밭을 부치라고 하려나? 하는 다소의 희망과 의문을 가졌는데, 아들의 이러한 말을 들으니 아주 낙망이 되었던 것이다.

첫째 역시 어머니의 이러한 낙망을 손에 든 것처럼 꿰뚫었다. 그리고 말할 수 없는 비애가 이 방안으로 가득히 들어차는 것을 그는 깨달았다. 첫째는 어머니의 이러한 모양이 보기싫어서 휙 돌아앉아 새끼를 꼬기 시작하였다. 전 같으면 이 새끼를 꼬아서 할 것이 많건만, 이 새끼를 꼬기는 꼬나, 무엇에다 어떻게 쓰려는 예정도 나지 않았다. 그저 심심하니 앉아 있으면 가슴이 터지게 일어나는 이 의문과 비애! 이것이 안타깝고 귀찮아서 이것을 붙여잡고 있는 것이다.

"이놈아, 글쎄 가만히 있지 왜? 그 지랄을 벌여서 그 모양을 한다 말이냐. 암만 그래두, 우리는 없는 사람이니까 있는 사람에게 붙어 살아야 하지 않니…… 오늘부터라도 굶고 앉았겠으니 좋겠다! 이놈! 날 잡아먹지 못해 그래…… 그래도 밭을 부치면 장리쌀이라도 얻어올 수가 있었지만, 누가 쌀 한줌 줄 듯하냐."

"이거 왜 귀찮게 구는지 모르겠다!"

첫째는 소리를 버럭 질렀다.

"오냐 이놈아, 어려서부터 네놈이 어미의 머리끄덩이를 함부로 뜯어내더니, 그 버릇이 이때껏 남아서 밥 굶게 되었으니 좋겠다! 이놈!"

"흥 잘 하는 것 내가 그랬겠군!"

"그랴, 그래서 너 누구 덕에 밥 먹고 큰 줄 아느냐. 이놈, 너도 지내봐라! 누가 잘못하고 싶어 잘못하는 줄 아느냐? 나도 배고파서 할 수 헐수 없으니 그랬다! 너두 지내봐라! 어디 이놈!"

첫째는 이 말에 귀가 번쩍 틔며 이상하게도 가슴이 찌르르 울렸다. 그리고 나도 배가 고파서 할 수 헐 수 없으니 그랬다. 너두 지내봐라! 하던 어머니의 말이 살대와 같이 그의 가슴폭을 선뜻 찌르는 듯하였다. 할 수 헐 수 없으니 그랬다! 이건 또 무슨 말인가? 또다시 그 실마리가 두루뭉텅이가 져서 올라오려고 하였다. 그는 새끼 꼬던 짚을 밀어내고 벌컥 일어났다. 그리고 벼락치듯 문을 열어젖히고 나와버렸다.

어느새에 싸락눈이 바슬바슬 떨어진다. 뜰 한모퉁이에 쌓아둔 나뭇
가리에 싸락눈 쌓이는 소리가 한층 더 뚜렷하다. 그는 저 싸락눈을 보
니, 한층 더 가슴이 죄어들었다. 원 나무나 해다 팔아서, 쌀말이나 마련
해 올까……그러니 그놈의 산림감시 놈들이 나무를 베게 해야지……
법? 그는 발길을 쿵하고 드놓았다.


## 47

한참이나 우두커니 섰던 첫째는 어느 동무네 집에나 가볼까? 하고
생각해보았다. 그러나 아까 면사무소 앞에서 자기를 비웃는 듯이 돌아
보던 동무들을 얼핏 생각하며, 그만 지게를 걸머지고 어정어정 나왔다.

싸락눈이 그의 다는 얼굴을 선득선득하게 하여 준다. 그는 뿌옇게 보
이는 앞벌을 바라보며 한숨을 푹 쉬었다. 아직까지 그의 온갖 희망과
포부가 이 벌 전부이었던 것을 그는 다시금 생각해보았던 것이다. 그러
나 이 벌을 잃어버린 지금에 와서는 그에게 무슨 희망과 포부가 있으
랴! 단지 그의 앞에 가로질린 것은 캄캄한 암흑뿐이었다.

그는 일하러 나올 때마다 괭이를 높이 둘러메고, 끝없는 공상에 잠기
곤 하였다.

농사를 잘 지어서 먹고, 남는 것을 팔아서 저축해 두었다가 그 돈으
로 밭 사고, 그리고 선비를 아내로 맞이해서, 아들딸 낳아가면서 재미
나게 살아보겠다고 그는 몇 번이나 생각해 보았던가! 그는 자기의 이러
한 어리석었던 공상을 회상하며 픽 웃어버렸다. 따라서 희망에 불타던
그의 씩씩한 눈망울은 비웃음과 저주로 변하는 것을 확실히 볼 수가 있
었다.

어느덧 그는 원소까지 왔다. 앙상한 버드나무숲은 어찌 보면 자기의
신세와도 흡사하였다. 그러나 다시 한번 그 숲을 쳐다보았을 때, 오는

봄에 싹돋으려는 씩씩한 기운을 발견할 수가 있었다. 그는 버드나무를 의지하여 원소를 내려다보았다. 그때에 생각킨 것은 원소의 전설이다.

"그들도 법에 걸려 혹은 죽고 혹은 매를 직사하게 맞았다지." 몇 천 년이나 몇백 년이 되었는지 분명하지 못한 그 옛날의 농민들도 자기와 같은 그런 궁경에 빠졌던 것을 새삼스럽게 느끼며 다시금 원소의 푸른 물을 들여다보았다.

그때 뒤에서 신발소리가 난다. 그는 누가 물 길러 오는구나…… 하고 생각되었으나 머리를 돌려 바라보고 싶지 않았다.

누구나 자기를 보면 밭 떼인 것을 조소하는 듯하여 그만 얼굴이 뜨뜻해지곤 하였던 것이다.

신발소리는 차츰 가까워진다. 그 신발소리를 듣고 한 사람이아니고 여러 사람이라는 것으 직각하였다. 그래서 그는 여기 섰기가 좀 열없은 듯하여 버드나무 옆을 떠났다. 그래서 그가 저편 길로 옮아 섰을 때, 원소로 가는 두 여인을 발견하였다. 그 순간 그는 전신의 피가 갑자기 활기를 띠고 숨이 가쁘도록 심장이 뛰었다. 그는 멈칫 서서 바라보았다.

빨래 함지를 무겁게 인 여인 중, 그 하나가 선비가 아니었느냐! 귀밑까지 푹 눌러 쓴 흰수건 밑으로, 껍질 벗긴 밤알처럼 윤택해 보이는 그의 얼굴! 내리는 눈에 가리어 아리송아리송하게 보였다. 그러나 전날 선비와 같이 다정한 감을 주지 않고 웬일인지 차디찬 조소를 그의 윤택한 살갗을 통하여 차츰 농후하게 던져주었다.

빨래 함지를 내려놓은 그들은 빨래를 돌 위에 놓고 빵빵 두드린다. 그 소리는, "이 자식 너 밭 떼였지, 너 밭 떼였지"하는 소리같이 들렸다. 그는 한참이나 어쩔 줄을 몰랐다. 그때 선비가 방망이를 놓고 빨래를 헹구며 흘금 바라본다. 그는 얼핏 돌아서고 말았다. 갑자기 현기증이 일어나며 앞이 아뜩하였다. 그는 작대기를 꾹 짚으며 계집은 해서 뭘 하는 게냐! 그는 이렇게 중얼거렸다. 그리고 천천히 걸었다.

방망이소리는 그가 걸을수록 점점 희미하게 들렸다. 그리고 선비의 그 모양까지도 차디찬 얼음덩이 같아지는 것을 그는 우뚝 서며 보았다. 그것은 자기 머리에 언제부터 들어앉았던 그 고운 선비의 환영이 이렇게 변하여지는 것이, 그가 눈을 크게 뜰 때마다 확실히 인식되었다.

　그는 산등에 올라 되는 대로 주저앉았다. 그리고 지게를 진채 멍하니 산 아래를 굽어보았다. 그때에 떠오른 것은, 어려서 이 산등에 나무하러 왔다가 선비를 만나 싱아를 빼앗아 먹던 기억이다. 따라서 그때부터 자기가 선비를 맘 한구석에 생각하였다는 것이 옛날을 회상할수록 뚜렷하였다. 그러나 그렇게 사모하던 선비를 한번 만나 이야기도 못 해보고 그만 영원히 만나지 못할 생각을 하여, 무의식간에 그는 작대기를 들어 그의 발부리를 힘껏 후려쳤다. 그리고 벌떡 일어났다.

　싸락눈은 아까보다 더 내리는 듯하다. 그 속으로 멀리 보이는 동네! 벌써 집집에서 흐르는 저녁 연기가 구불구불 선을긋고 올라간다. 그때 그는 무심히 이서방이 이젠 들어왔을까? 하고 생각하였다.


48


　첫째는 산 옆으로 돌아가며 마른 풀을 베어가지고 돌아왔다. 그가 동구까지왔을 때 집집에서 흘러나오는 밥 잦히는 솥뚜껑 소리며 청어 굽는 내가 그의 구미를 버쩍 당기게 하였다. 그 순간 그는 어젯저녁에 밥이라고 좀 먹어보고는 오늘 아침은 국물만 되는 조죽 먹은 기억이 그의 가슴을 더 쌀쌀하게 하였다. 그러나 집에 가면 이서방이 그 시커먼 밥자루에 밥을 가득히 얻어가지고 왔을 생각을 하니 발길이 얼른얼른 내디뎌졌다.

　그가 집까지 와서 나뭇짐을 되는 대로 벗어놓고 분주히 방으로 들어가며 이서방의 신발부터 있는가 하고 보았다. 그러나 찬바람이 실실 도는 봉당에 어머니의 짚신만이 놓여 있다.

그는 멈칫 섰다. 이서방이 안 왔나?하는 생각을 하며 방문을 열었다. 어머니는 아랫목에 누웠다가 벌컥 일어나며,

"이서방이우?"

그때 첫째는 앞이 아뜩해지며 이때까지 이서방이 오지 않았음을 알았다. 그의 어머니는 첫째임을 알자 곧 도로 누워버렸다. 그리고 으흠 하고 신음하는 소리가 방안을 그윽이 울려주었다.

그는 방문을 쿡 닫고 돌아섰다. 이서방이 왜 안 와 하고, 차츰 어두워가는 저 밖을 바라보았다. 이서방이 밥자루를 무겁게 들고 돌아올 길에는 눈만이 푹푹 쌓일 뿐이고, 검정개 한 마리 얼씬하지 않았다. 그는 무슨 생각을 하고 밖으로 튀어나왔다. 그리고 읍으로 통한 신작로를 바라고 성큼성큼 걸었다.

수굿하게 걷다가는 한참씩 서서 바라보았다. 그러나 이서방은 보이지 않았다. 저 산모퉁이를 돌아가면 이서방이 오는 것이 보이려나? 하고 그 산모퉁이를 돌아와도 역시 눈송이만이 벌떼같이 날 뿐이고 이서방 비슷한 사람조차도 볼 수 없었다.

그리고 이젠 사방이 캄캄해서 어디가 어딘지도 분간할 수 없었다. 어찌된 일일까, 혹 길가에서 얼어 죽었나? 그렇지 않으면 몸이 아파서 어디 물방앗간 같은 곳에 누웠는가 하는 여러 가지 생각이 밤이 되어갈수록 꼬리에 꼬리를 물었다.

이 밤부터는 바람까지 일어서 휙휙 하는 소리가 그치지 않았다. 그리고 싸락눈은 이젠 솜눈으로 변하여 무섭게 뺨을 후려친다. 첫째는 우뚝 서서 한참이나 생각하다가 아무래도 오늘 밤으로는 이서방이 돌아오지 않을 것을 알고 그만 집으로 오고 말았다.

그 밤을 고스란히 새우고 난 첫째네 모자는 아침이면 이서방이 오겠지 하고 기다렸다. 그러나 이서방은 아무 소식 없다. 첫째 어머니는 아

무래도 이서방이 무슨 일을 만난 것 같았다. 그래서 첫째를 보고,

"이애! 이서방이 무슨 일을 만난 것 같으니 너 읍에 가봐라."

어젯저녁만 해도 배고픈 것이 이렇게 견디기 어렵지는 않은 것 같았다. 그래서 어제는 걷기에도 별한 지장은 없었다. 그러나 이 아침부터는 너무 배가 고파서 운신을 할 수가 없다.

그는 어머니를 쳐다보며,

"배고파서 갈 수 있어야지? 어데서 밥 좀 얻어다 주슈."

첫째 어머니는 맥없이 누워 이렇게 말하는 첫째를 바라보며 가슴이 찢어지는 듯하였다. 그는 어디서 밥술이나 얻어보려고 바가지를 들고 밖으로 나왔다. 첫째는 어머니가 나가는 것을 보고 눈을 감았다. 수없는 그릇에 밥 담은 것이 얼씬얼씬 보여서 못 견딜 지경이다. 그는 다시 눈을 번쩍 떴다. 첫눈에 띈 것은 며칠 전까지 쌀 담아 두던 항아리였다. 그는 무의식간에 벌컥 일어나서 항아리 곁으로 왔다. 그리고 항아리를 기울여 보았다. 휑하니 비었다. 간 가을만 해도 쌀이 이 항아리로 가득 찼는데 벌써 그 쌀이 다 없어졌나? 하고 그는 다시 생각을 되풀이해 보았다.

가을에 밭 떼일 때 덕호가 특별히 생각하여 주노라도 하면서 빚과 장리쌀만 제하고 그 외에 비료값이니 이따금 꾸어다먹은 쌀은 제하지 않고 그냥 첫째를 주었던 것이다. 그것이 이 항아리로 가득 찼던 것이다. 그때에는 이 쌀이 몇 달은 가리라고 생각했더니 막상 하루 이틀 먹어보니 불과 두 달이 못가서 그 가득하던 쌀이 흔적도 없어졌다. 그는 이러한 생각을 하며 쌀항아리를 다시금 들여다보았다. 그리고 행여나 어디가 쌀알이 붙었는가 하여 항아리를 들고 문 편으로 와서 뱅뱅 돌려가며 들여다보았다. 그러나 쌀 한 알 발견하지 못하였을 때, 그는 한숨을 푹 쉬며 항아리 전에 머리를 기대고 문을 바라보았다. 그때 그의 눈에서는 눈물이 술술흘러내렸다. 마침 밖에서 신발소리가 나므로 그는 벌떡 일

어났다.

49

방문이 열리며, 어머니가 들어온다.

"난 이서방이라구."

"잡놈, 배는 용히 고픈 게다."

첫째 어머니는 이렇게 말하며, 손에 든 바가지를 그의 앞으로 밀어놓는다. 첫째는 얼른 들여다보니, 도토리며 밥이 들어있었다. 그때 첫째는 식욕이 욱 하고 치밀어 그의 어머니까지 밥으로 보였다. 그래서 바가지를 빼앗듯이 받아가지고 손으로 움켜쥐어 먹었다. 언제 술을 들고 저를 놀리고가 다 배부른 사람들의 장난이지, 이때의 첫째에게 있어서는 필요하지 않았다.

"이애 작작 덤벼라!"

첫째 어머니는 자기도 몇술 얻어먹을까 하였다가, 아들이 저렇게 집어 먹었으니 도토리 한 알 입에 대어보지 못하였다. 따라서 첫째 어머니는 야속한 생각과 같이 못견디게 가슴이 쓰렸다.

"또 없수?"

눈이 벌겋게 뒤집힌 첫째는, 어머니가 밥을 더 얻어오고도 내놓지 않는 것만 같아서 이렇게 대든다. 첫째 어머니는 아들을 한참이나 노려보았다.

"이애 무섭다. 흥! 혼자 다 처먹구두, 뭐가 나빠서 그러냐."

이 말을 하지 않고는 곧 가슴이 바늘로 찌르는 것 같아서 참을 수 없었던 것이다. 그리고 아까 길에서 왜 내가 한술이라도 먹지 않았나! 하는 후회가 일어난다. 첫째는 먹은 것도 없이 먹었다는 말만 들으니 기가 막혔다.

"날 뭘 주었기 그래!"

첫째는 바싹 대든다. 그의 눈에서는 불이 펄펄 날아 나오는 것 같았다. 첫째 어머니는 너무나 어이가 없어서 돌아앉으며, 그만 벽을 향하여 누워버렸다. 어머니의 모양을 물끄러미 바라보는 첫째는 어머니가 밥이라면 그저 이 배가 터지도록 먹으련만…… 하였다.

"그 밥은 어서 난 게유?"

아무래도 그 밥의 출처를 알아가지고 좀더 먹어야지, 뱃속이 요동을 해서 못견딜 지경이다. 그의 어머니는 그린 듯이 누워 있을 뿐이고 아무 대답도 하지 않았다. 첫째는 어머니의 궁둥이를 냅다 차고 싶은 것을 꾹 참으며 천장을 멍하니 쳐다보았다. 누구네 집에 가서 밥을 좀 얻어 먹나? 개똥이네 집에나 가볼까? 하고 벌컥 일어날 때, 생각지 않은 트림이 꺽하고 올라온다. 그의 어머니는 갑자기 방바닥을 치며,

"이놈아, 너만 트림까지 하도록 처먹을 것이 뭐냐!"

자기도 몇술 주어서 같이 먹었다면 이렇게 가슴은 아프지 않았으리라는 생각이 들었던 것이다. 첫째는 달려들어 어머니의 궁둥이를 내려 밟았다.

"날 뭘 주었어? 한 바리를 주었어, 한 대접을 주었어, 뭘 얼마나 주었어?"

그의 어머니는 악이 치받쳐서 벌떡 일어나며 첫째에게로 달려들었다.

"이애 이놈의 새끼야, 넌 트림까지 하지 않니, 처먹었기에 트림을 하지. 이놈아, 그래 너만 처먹고 살려느냐, 다른 사람은 다 죽고…… 그것을 같이 먹겠다고 가지고 오니께 저만 다처먹어. 어데 보자 이놈아, 에미를 그렇게 하는 데가 어데 있냐, 하늘이 있니라! 응… 응……."

목을 놓고 운다. 첫째는 우는 꼴이 보기 싫어서 밖으로 뛰어나왔다.

뜰 위에 소복이 쌓인 눈 위에는 신발 자국이 뚜렷이 났다. 그는 멍하니 그 발자국을 바라보다가 이서방이 오늘은 오려나하고 저 앞을 바라보았다.

어머니는 여전히 뭐라고 몹시 떠들면서 운다. 첫째는 이서방이 오는 가? 오는가 하여 가슴을 졸이다 못해서 그만 누구네 집에든지 가서 한 술 얻어 먹으리라 하고 문밖을 나섰다.

그가 개똥이네 싸리문 안에 들어서니, 개똥 어머니가 문을 열고 내다 본다. 전 같으면 어서 들어오라고 할 터인데 그런 말은 없고 거칠게 눈 을 뜨고,

"왜 왔는가?"

"개똥이 있수?"

"이제 면장댁에 일하러 갔네…… 왜?"

그는 할 말이 없다. 그래서,

"그저 놀러 왔댔수."

얼른 이렇게 말하고 돌아서 나왔다. 이젠 누구네 집에를 좀가볼까 하 며 어정어정 걷다가 멈칫 섰다.

저리로부터 덕호와 어떤 양복쟁이가 궐련을 피워 물고 이리로 온다. 그는 머리를 푹 숙이고 이편 골목으로 들어섰다. 그들은 무슨 이야기를 하며 지나간다. 그때 덕호는 손에 든 단장을 휙휙 돌린다. 덕호의 얼굴 을 대하는 순간 첫째는 전신의 피가 머리로 치밀고 온몸이 푸르르 떨리 었다.

50

그날 밤 밤이 퍽 깊은 후에 첫째는 밖으로부터 들어왔다.

"어머이!"

방안으로 들어선 첫째는 목멘 소리로 어머니를 불렀다. 첫째 어머니 는 이서방인 줄 알고 일어났으나 첫째 음성임에 대답도 하지 않고 도로 누워버렸다. 첫째는 어머니 손에 무엇을 들려준다. 그때 그의 어머니는 쌀내를 후끈 느끼며 손에 든 것이 쌀자루라는 것을 깨닫자 단숨에 일어

났다. 그리고 부엌으로 나가며,

"이애, 어서 널랑 나와서 불 때라!"

첫째는 어머니를 따라 부엌으로 나왔다. 그리고 아궁이에 불을 살라 넣었다. 그의 어머니는 쌀을 졸졸 일어 내리며 아궁에서 흘러나오는 불빛에 비추는 아들의 하반신을 흘금 바라보았다. 그때 그는 놀랐다. 그러나 다음 순간 그는 무슨 못볼 것을 본 것처럼 곧 머리를 돌리고 말았다. 그의 옷은 갈가리 찢기었던 것이다. 첫째는 오래간만에 쌀 일어 내리는 소리를 들으니 얼마나 좋은지 몰랐다. 그래서 불빛에 어림해 보이는 물속으로 하얗게 보이는 쌀을 바라보며 몇 번이나 침을 모아 넘기다가 종내 못견디어서 물독 곁으로 가서 물 한 바가지를 떠서 들이마셨다.

그들이 밥을 퍼가지고 방으로 들어왔을 때 대문 소리가 쿵쿵 났다. 첫째는 눈이 둥그레지며 뒷문을 열고 나가버렸다.

첫째 어머니는 얼른 밥그릇을 감추어놓고 귀를 기울였다.

"자우?…… 첫째야, 자니?"

그 음성에 첫째 어머니는 왈칵 내달았다.

"어서 문 열어주……."

숨이 차서 헐떡헐떡하는 소리가 들린다. 첫째 어머니는 봉당까지 나오기는 하고도 손이 떨리어 문을 열 수가 없었다.

그리고 누가 딴 사람이 이서방이라고 거짓말을 하지 않는가하는 불안이 든다.

"문 열어주, 아이구! 에…… 으흠!"

"아니 정말 이서방이유?"

첫째 어머니는 문 새에다 입을 대고 이렇게 물었다. 이서방은 기가 막히는 모양인지 머리로 대문을 쿵 받는다.

"아이 참 이서방이구려! 이서방 어서어서."

그제야 첫째 어머니는 안심을 하고 문을 열었다. 이서방은 벌벌 기어 들어온다.

"아니 나무다리는 어찌 했수?"

"아이구!"

소리를 내며 그는 아무 말 없이 방안으로 들어와서는 맥없이 누워버 렸다. 그리고 앓는 소리를 무섭게 하였다. 첫째 어머니는 감추어 두었 던 밥그릇을 꺼내 놓고 밥 한 그릇을 다먹은 후에야 정신이 조금 들었 다. 그리고 이서방의 몸이 불편하다는 것을 깨달았다.

"그런데 어데가 아프시유?"

이서방은 역시 아무 말이 없다. 그때 첫째 어머니는 겁이나서 바싹 다가앉아서 그의 머리를 짚어볼 때 방안이 캄캄하다는 것을 비로소 알 았다.

"불이나 좀 켰으면 좋겠는데…… 기름이 있어야지."

이렇게 중얼거렸다. 이서방은 으흠 하고 돌아누웠다.

"첫째는…… 첫째는."

이서방이 말하는 것을 들으니 겁나던 것이 조금 덜리는 듯하였다.

"어디 아푸, 왜 그러우?"

"고뿔에 걸렸수."

"고뿔이요…… 그래 못 왔구려."

그때 뒷문이 부스스 열리며,

"이서방 왔수?"

첫째가 묻는다.

"그래 너……."

그 다음 말은 하지 못하고 우는 모양이다. 첫째는 적이 안심하고 들 어왔다.

"어머이, 밥!"

첫째 어머니는 밥그릇을 그의 손에 들려주었다. 이서방은,

"내 자루에 밥 있다!"

눈물을 씻으며 이렇게 말하였다. 첫째 어머니는 부엌으로 나가서 나무 한 뭇을 더 넣고 들어왔다.

그 밤을 무사히 지낸 그들은 다음날 정오쯤이나 되어 눈을떴다. 방문에는 햇빛이 발갛게 비치었다. 첫째는 머리를 넘석하여 이서방을 보았다. 본래부터 뼈만 남았던 그가 한층 더하여 마치 해골을 대하는 듯하였다.

"이서방!"

"왜."

감았던 눈을 번쩍 뜬다. 어젯밤 덥게 자서 그런지 오늘은 덜 아파하는 것 같았다.

"어데 가서 그렇게 안 왔수."

첫째는 원망스러운 듯이 바라보았다.


## 51

"난 아파서 죽을 뻔하였다……. 네가 기다리는 것을 뻔히 알지만 몸을 운신하는 수가 있드냐. 그러구 그 나쁜 놈의 애새끼들이 내 나무다리를 얻다가 감추고 주어야지…… 흠!"

한숨을 푹 쉬며, 첫째를 바라보는 그 눈에는 세상을 원망하는 빛이 가득하였다. 첫째는 가슴이 찌르르 울렸다. 그리고 이서방이 없는 동안에 자기가 당한 일을 얼핏 생각하였다. 불과 4,5일 동안이건만, 몇십 년 동안이나 지난 것처럼 지루하고 아득해 보였다.

첫째 어머니는 불을 한 화로 담아가지고 들어온다. 방안이 훈훈해지는 것을 그들은 느꼈다. 이서방은 그의 동냥자루를 보았다.

"첫째 떡 구워 주."

떡이라는 말에 첫째는 구미가 버쩍 당기어서 벌떡 일어나 앉았다. 그리고 어머니가 시커먼 자루 안에서 한 개씩 꺼내놓는 떡을 얼른 집어 뚝뚝 무질러 먹었다.

"이애 귀먹어라."

첫째 어머니는 불 속에 떡을 집어넣는다.

이서방은 물끄러미 이것을 바라보며 가슴이 후련해졌다. 어젯밤 그가 떡자루를 목에 매달고 눈 위를 기어올 때는, 그만 머리가 떨어지는 듯하고 숨이 차서 떡자루를 몇 번이나 내버리려다가도, 집에서 첫째와 첫째 어머니가 배를 곯아가며, 이 떡덩어리를 눈이 감기도록 기다리고 앉았을 생각을 하고는, 가다가 죽더라도 이 자루는 가지고 가야 한다 하고, 필사의 힘을 다하여 가져온 저 떡! 그들 모자가 그 떡을 저 화롯불에 넣고, 어서 익으면 먹겠다고 머리를 기웃하여 화로만 들여다보는 저 모양! 이서방은 이젠 이 자리에서 숨이 끊어져도 원통할 것이 하나도 없을 것 같았다. 차라리 지금 먹을 것을 앞에 놓은 저들을 보고 그만 죽었으면 좋을 것 같았다. 이젠 더 밥을 얻으러 다니기도 괴로워서 못견딜 지경이다. 이러한 생각을 하며 그는 무의식간에 다리를 만져보다가,

"그놈의 새끼들! 글쎄, 남의 다리는 왜 가져가."

그때 다리를 빼앗기던 장면이 획 떠오른다.

"누가 다리를 앗아갔수?"

"애새끼들이 나 연자방앗간에 누웠는데 달려들어오더니 글쎄 그것을 빼앗아갔지! 흥 그놈의 새끼들."

"그놈의 새끼들을 그대로 둬요? 모두 목을 꺾어주지!"

첫째는 눈을 부릅뜨며 이렇게 말하였다. 첫째 어머니는 첫째를 노려보았다.

"이애! 너두 그 버릇 좀 고쳐라! 툭하면 목을 부러친다는 말은 그 웬

수작 따위냐?"

"아 그래, 그 따위 새끼들을 그만두어야 옳겠수?"

"세상에 옳은 일은 다 맘대로 하는 줄 아니? 흥 저놈의……."

그때 모자의 머리에는 어젯밤 일이 휙 지나친다. 첫째는 머리를 푹 숙였다. 그리고 한참이나 화로를 들여다보던 그는 머리를 들며,

"이서방, 법이 뭐냐?"

뜻하지 않은 이 말에, 이서방은 무슨 말인지 알 수가 없었다.

"법?"

첫째는 이서방이 알아듣지 못한 것을 알고, 무엇이라고 설명하여 깨쳐주렸으나, 뭐라고 말을 할지 몰라 멍하니 바라보았다.

"법이 무슨 말이야, 법?"

이서방은 안타까워서, 또다시 채쳐 묻는다.

"아니 왜 법이라구 있지, 왜."

"아? 이애 똑똑히 말해, 법이 뭐냐?"

그의 어머니도 첫째를 바라본다. 첫째는 눈살을 찌푸렸다.

"모르겠으면 그만두!"

소리를 가만히 치고 나서, 화롯불을 헤치고 떡을 꺼내 먹는다. 첫째 어머니는 그중 말근말근하게 익은 찰떡을 골라 이서방을 주었다. 이서방은 받아서 한 입 씹을 때, 눈물이 주르르 흘러내렸다. 첫째 어머니도 이 모양을 바라보며 목이 메어 울었다. 첫째는 획 돌아앉았다.

"울기는 왜들 울어, 정 보기 싫어서……."

이렇게 중얼거리며 빨간 문을 시름없이 바라보았다. 그때 원소에서 빨래하던 선비가 보인다. 그리고 그날 군수가 연설하던 말이며 개똥네 집에 밥 얻어먹으러 갔던 것, 길에서 덕호를 만나던 일이 획획 지나친다.

"법이 무슨 말이냐?"

이서방이 다시 묻는다. 첫째는 얼른 돌아보았다.

"참 답답해 죽겠수, 왜 법에 걸리면 주재소에 잡혀가지 않우."

첫째는 전신에 소름이 쭉 끼쳐진다.


52


첫째는 법을 설명하느라 이렇게 말하는 새, 어젯밤 자기의 행동이 역시 법에 걸린 노릇임을 가슴이 뜨끔하도록 느꼈던 것이다. 그의 가슴에는 또다시 그 실뭉치가 욱 쓸어 올라온다. 그리고 어머니가 하던 말이 얼핏 생각킨다. "배가 고파서 할 수 헐 수 없이 그랬다!" 역시 자기도 배가 고프니 할 수 헐 수 없이 그랬다. 그러나 법에는 걸려들 일이다. 그때는 배고픈 차라 아무것도 생각나는 것 없이 그저 답답히 먹을 것만 찾기에 몰랐으나 이렇게 떡이며 밥을 먹고 나니 자신은 법에 걸릴 노릇을 또 한 가지 하였던 것이다.

이서방은 그제야 알아는 들었으나 뭐라고 설명할 아무것도 없다.

"법이 법이지 뭐냐, 본래 법이란 것이 있느니라."

"그저 본래부터 있는 게냐?"

"암! 그렇지! 그저 법이니라."

이서방은 이 법이란 것이 어떤 사람이 만든 것이 아니라 사람이 나기 전부터 이 세상에는 벌써 이 법이란 있었던 것같이 생각되었던 것이다. 이 말을 들은 첫째는 한층 더 말로 형용할 수 없는 비애를 느꼈다. 동시에 벗어나지 못할 철칙인 이법! 어째서 자기만이, 아니 그의 앞에서 신음하고 있는 이서방, 그의 어머니만이 여기에 걸려들지 않고는 못견딜까?……

그는 이러한 생각에 그의 온 가슴은 뒤끓기 시작하였다. 그리고 쌀 잃어버린 집에서는 지금쯤 떠들 것이다. 물론 주재소에 가서 도적맞았다는 말을 하였을 터이지…… 순사는 조사하러 떠났는지도 모른다. 보다도 우리 집 문 밖에 서 있는지도 모르지? 이렇게 생각을 하며 문 편을 흘금 바라보았다.

바람이 불어도 순사가 오는 것 같고, 이서방이 뒤쳐만 누워도 누가 문을 열고 들어오는 듯하여 첫째는 그 큰 눈을 둥그렇게 뜨고 흘금흘금 문 편을 바라보곤 하였다.

이렇게 가슴을 졸이면서도 첫째는 또다시 이 노릇을 하지 않고는 견디지 못하였다. 그래서 밤마다 그는 나가곤 하였다.

이서방과 그의 어머니는 첫째를 대하여 아무 말도 못하면서도 날이 갈수록 가슴만은 바짝바짝 타들어왔다.

어떤 날 밤에 첫째가 들어왔을 때 이서방은 그의 곁으로 바싹 앉았다.

"첫째야! 너 그만 이 동네를 떠나라!"

첫째는 씩씩하며,

"왜?"

"왜는 왜! 떠나야 하지, 여기만 사람 사는 데냐……. 말 들으니, 서울이나 평양에는 공장이라는 것이 있어가지고, 우리같이 없는 사람들이 그곳에 들어가, 돈 받고 일하며 살기 좋다더라. 너두 그런 곳에나 가보렴."

오늘 낮에 순사가 왔다 간 후로 이서방은 번쩍 더 겁이 났다. 그리고 첫째가 이 밤으로라도 잡힐 것만 같았던 것이다.

"나는 이웨…… 이렇게 병신이니까, 어데를 못 가나 너같이 다리만 성하다면 이 구석에만 박혀 있겠니."

말을 듣고 보니 그 말이 옳은 듯하였다.

"이서방 꼭 알우? 뭐…… 응…… 공장이라는 것이 있는 것을 꼭 알어?"

"내니 똑똑히야 알겠니……마는 서울이나 평양에서 온 동무들이 그렇하두나! 그들도 젊었을 때는 모두 공장에 다니다가 늙으니까 그만두고 나와서 얻어먹누라고 허더라."

"그럼 나가 보겠수!"

공장에서 돈 받고 일한다는 말을 들으니 그의 캄캄하던 앞길에는 다시 서광이 환하게 비쳐지는 것을 깨달았다. 그리고 한시라도 이런 곳에 있고 싶지 않았다. 그래서 그는 벌떡 일어났다.

"이서방, 난 그럼 이번 나가서는 평양이나 서울까지 가보겠수."

이서방은 그가 불시에 잡힐 것 같아서 이런 말을 하였으나 금방 떠나겠다는 말을 들으니 앞이 아뜩해졌다.

"뭐 그렇게 가?"

"가지! 그럼…… 몰라서 이런 곳에 있지."

그는 밖으로 나가며,

"이서방 잘 있수. 내 돈 많이 벌어가지고 올게……. 어머이보군 잠자꾸 있수."

이서방은 요새 첫째가 만들어 준 나무다리를 짚고 그의 뒤를 따랐다.

"이애 나두 잘 몰라, 공장이라는 것이 있는지 없는지. 그러니 내가 읍에 들어가서, 잘 알아보고 떠나라. 그저 가기만 하면 어떻게 한단 말이냐."

첫째는 아무 말 없이 달아난다. 이서방은 기가 나서 쫓아간다. 이제 떠나면 다시 볼지말지한 첫째! 그는 마지막으로 손이라도 잡아보고 싶은 맘에, 허둥지둥 동구 밖을 벗어났다.

그러나 첫째는 보이지 않았다. 그때 저 산등 위로 그믐달이 삐죽이 내밀었다.


## 53


함박눈이 소리없이 푹푹 내리는 12월 25일 아침, 용연 동네는 높은 집 낮은 집 할것없이 함박꽃 같은 눈송이로 덮여졌다.

이윽고 종소리는 뎅그렁뎅그렁 울려온다. 그 종소리는 흰눈을 뚫고 멀리멀리 사라진다.

"이애, 벌써 종을 치누나."

옥점 어머니는 말큰말큰한 명주옷을 갈아입으며 곁에서 그에게 옷을 입혀주는 선비를 보고 속히 입히라는 뜻을 보였다.

그는 치마를 입히고 나서 저고리를 들었다. 옥점 어머니는 입었던 저고리를 얼른 벗었다. 그의 토시토실한 어깨 위는 둥그렇게 드러났다.

"내 딸 용키는 해! 벌써 내 뜻을 알고 따땃이 해 두었구나."

아랫목에 미리 놓아두었던 것이므로 잔등이 따뜻하였다. 그때 문이 열리며 덕호가 들어왔다.

"당신은 안 가려우?"

덕호는 아랫목에 와서 앉아 담배를 피워 문다.

"사무는 안 보고 갈까?"

"이렇게 기쁜 날 사무 좀 보지 않으면 못 쓰우, 뭐."

웃음을 머금고 옥점 어머니는 덕호를 쳐다보았다. 간난이를 내쫓은 후부터는 별로이 싸우지를 않았다.

"오늘 연보를 해야겠는데…… 좀 주려우?"

옥점 어머니는 저고리 고름을 매고 버선을 신는다.

"무슨 연보를 또 하나?"

"오늘은 특히 없는 사람…… 저, 걸인들 말이요, 그런 불쌍한 사람들을 구제하기 위하야 연보를 한다우. 좀 주오. 그런데 많이 하는 사람은 특히 이름을 써서 벽에 붙인다우. 하필 믿는 사람만 연보를 하는 게 아니라 구경 왔던 사람들 중에서도 연보하고 싶은 사람은 연보를 한다우. 당신도 좀 가서 한오 원 내구려……."

덕호는 픽 웃으며,

"웬 돈이 있나?"

"글쎄 내 낯을 보아 하는 게지, 뭘 그러시우. 그러지 않아도 면장댁,

면장댁 하는데……."

"아, 저 사람은 뻔히 보면서도 저래. 웬 돈이 있는가?"

"글쎄 오늘만 줘요. 내 몫으로 한 이 원 하고 당신 몫으로 한 오 원 해서, 합해서 칠 원만 합시다."

남편의 이름과 그의 이름이 교회당 벽에 가지런히 씌어질 생각을 하며 이렇게 말하였다. 덕호는 담배 꼬투리를 재떨이에 팽개치며,

"그 정, 어데 살겠기, 자꼬 쓰는 데는 많고 벌지는 못하고 어쩐단 말이……."

덕호는 혼자 하는 말처럼 중얼거리며 조끼 주머니에서 지갑을 꺼낸다. 옥점 어머니는 손을 벌리고 대들었다.

"이 사람, 글쎄 돈은 어디서 낳는가."

십 원짜리 지화를 내쳐 준다. 그는 입을 실룩실룩하였다. 그가 좋아할 때마다 이런 버릇이 있었다.

"할멈, 어서 가우."

옥점 어머니는 지화를 주머니에 넣으며 소리쳤다. 뒤미처 할멈이 들어왔다.

"그럭허고 갈 테야? 남부끄럽게."

그의 시커먼 저고리를 보며 소리쳤다. 할멈은 머뭇머뭇하였다.

"어서 다른 저고리 갈아입어! 그게 뭐야. 무명 저고리 있지, 왜?"

선비는 냉큼 일어나서, 할멈 방에서 무명 저고리를 가지고 들어왔다. 할멈은 올 가을에 새로 한 이 무명 저고리를 아까워서 입지 못하고 두었던 것이다. 할멈은 선비가 주는 무명저고리를 받아 입고 나서, 옥점 어머니가 깔고 앉을 방석과 책보며 신 넣을 주머니까지 들고 나섰다. 옥점 어머니는 덕호를 돌아보며,

"그럼 저녁에는 꼭 가우?"

대답을 듣고야 가겠다는 듯이 말똥말똥 쳐다본다. 덕호는 빙긋이 웃

어 보이며,

"글쎄 형편 봐서 가지. 나 거…… 예배당에 가면 기도하는 꼴 보기 싫어서 못 가겠두먼, 그것 뭐야 눈을 감고…… 허허."

옥점 어머니는 또 저 소리가 나오누나 하고 돌아서 나간다.

선비는 나도 가보았으면 하며 늘어놓은 옥점 어머니의 옷을 거두어 착착 개고 있었다. 옆에서 물끄러미 바라보던 덕호는,

"너 전날 내가 말한 것은 생각해 두었느냐?"

선비는 놀라 덕호를 바라보다 머리를 숙인다. 선비는 말한지가 오래도록 덕호가 묻지 않으므로 아마 술김에 한 말인 게다 하고 스스로 풀어버리고 말았던 것이다.

선비는 언제까지나 잠잠하였다.

54

"선비야, 내가 곧 묻고자 했으나 사무에 분주해서 그만 잊었구나, 허허. 아무래도 이 겨울이야 되겠니? 오는 봄에 가도 갈 터이니까, 그렇지? 선비야."

그의 말은 몹시도 부드러웠다. 선비는 치마는 감격에 귀밑까지 빨개졌다.

"요새 사람치고 글 몰라서는 시집도 변변한 곳에 못 간다. 내가 너를 기워 내 집안 사람으로 인정하는 이상 너 하나의 소원이야 못 들어주겠니…… 자식도 없는 놈이 허허허허……."

덕호는 언제나 말끝마다 손 없는 것을 넣었다. 그가 넣고 싶어 넣는 것보다도 무의식간에 이렇게 넣게 되는 것이다.

"이애, 어서 말을 해."

덕호는 앉은걸음으로 선비 곁으로와서 그의 머리를 내려 쓸었다. 선

비는 조금 물러앉았다.

"그럼 공부 가고 싶지 않으냐?"

머리를 기웃하여 들여다본다. 그는 너무 어려워서 부스스 일어났다.

"왜 대답이 없어? 허허… 나는 너를 친딸같이 아는데……. 왜 너는 그렇게 어려워하니? 응 선비야! 거게 앉아서 말을 좀 해."

선비는 얼결에 일어는 났으나 도로 주저앉기도 싫고 그렇다고 나가기도 어려웠다. 그래서 선 채 우두머니 서 있었다.

덕호는 시계를 쳐다보더니 벌컥 일어났다.

"그럼 후일 또 물을 터이니……. 이번에는 똑똑히 대답해…… 어려울 것이 뭐냐, 부모 자식 새 같은 우리 새에… 글쎄 어려울 게 뭐야, 이애!"

덕호는 선비의 다는 볼을 손으로 가볍게 후려쳤다. 선비는 주춤 물러섰다.

"허허…… 그년, 이전 제법 내우를 하랴고 든다 말이어."

덕호는 이렇게 말하며 문을 열고 나간다. 그의 신발소리가 중대문 밖을 나갔을 때, 그는 호! 한숨을 쉬고 두 손으로 얼굴을 비볐다. 그때 이제 덕호의 손길이 부딪치던 것을 얼핏느끼며, 참말 나를 공부시켜 주려는 셈인가? 하며 주저앉았다. 후일 또다시 물으면 뭐라고 할까, 나 서울 가겠소! 그럴까? 아니! 나 공부시켜 주! 그러지…… 아버지 나 공부시켜 주, 그래야지! 이렇게 입속으로 중얼거리고 나니, 참말 그가 서울로 공부를 가는 듯싶었다. 그리고 그가 철 알면서부터, 입에 올려보지못한 아버지를 부르고나니, 웬일인지 어색한 맛이 있으나, 그러나 아버지를 오랫동안 보지 못하다가 만난 듯한, 그러한 감격에 그의 가슴은 두근거렸다.

아버지가 왜 옥점 어머니 있을 때는 그런 말을 하지 않을까? 무의식간에 이렇게 생각하고 나니, 옥점 어머니 역시 어머니라고 불러야 될 것 같았다. 그러나 옥점 어머니만은 그의 진심으로 '어머니!' 하고 선뜻 불러지지를 않았다. 어머니 하면 벌써 돌아가신 그의 어머니가 얼른 생각키며 말할 수 없는 슬픔과 그리움에 잠기곤 하였다.

덕호가 옥점 어머니 없는 곳에서만 선비에게 이런 말을 해주는 것은 옥점 어머니가 이 말을 들으면 으레 반대할 것이므로 이렇게 몰래 말하는 것이라고…… 그는 깨달았을 때 덕호에 대한 감격이 한층 더해지는 것을 느꼈다. 그러나 결국은 옥점 어머니 몰래만은 할 수 없는 일이다. 아마 나중에 나 서울 보내놓고 말을 하려나? 그렇지 않으면 내일 서울을 가게되면 오늘 밤쯤 이야기하려나? 하고 생각하니 옥점 어머니의 놀라는 표정과 까칠하게 거슬린 눈썹이 시재 보이는 듯하였다. 제 그러면 소용이 있나? 벌써 언제부터 아버지가 나를 공부시키려고 했는데……하며 문 편을 흘금 바라보았다.

그가 이때까지 이 집에서 있게 된 것도 덕호가 자기를 끝까지 옹호하여 준 것이라고 생각하였다. 그리고 앞으로 자기의 장래까지도 덕호가 돌아보아 주지 않으면 안될 것이라…… 하였다. 보다도 주리라고 그는 믿고 있었다. 그러므로 어떤 때 밤 오래도록 이 생각 저 생각을 하다가는 큰집 영감님이 다 알아서 해줄 터인데… 하고, 끝막음을 이렇게 막고는 그만 돌아누워서 잠이 들곤 하였던 것이다.

어려서부터 그의 어머니가 덕호를 가리켜 큰집 영감님, 큰집 영감님 하고 불렀으므로 그도 항상 큰집 영감님 하고 불러졌다. 그러나 오늘 아침 처음으로 불러본 아버지! 그는 앞으로 맘먹고 아버지라고 부르리라 굳게 결심하였다.

"아버지! 나 공부시켜 주." 그는 다시 한 번 되풀이하였다.

그때 그는 극도의 감격에 눈물이 글썽글썽해졌다.

중대문 소리가 찌꺽하고 났다.

## 55

선비는 얼른 눈을 비비치고 유리창으로 내다보았다. 유서방이 짚신을 삼아가지고 들어온다. 선비는 문을 열고나왔다.

유서방은 빙글빙글 웃으며 마루까지 와서,

"이거 신어봐라."

선비는 가는 웃음을 눈썹 끝에 띠며 짚신을 받아들었다. 어제 유서방이 그의 발을 재어 달라고 하므로 실을 끊어 재어주었던 것이다.

"어서 신어봐. 신어봐서 안 맞으면 또 삼지."

"유서방두……."

선비는 유서방을 흘금 쳐다보며 이렇게 말하고는 신어보려고도 하지 않았다.

"이애 신어보라구……."

유서방은 자기가 정성을 다하여 삼은 것이 선비의 발에 꼭 들어맞는 것을 보고야 안심될 것 같았다. 선비는 신어보려는 눈치를 보이고 허리를 굽혀 그의 발을 들여다보는 순간 그는 갑자기 얼굴이 빨개지며,

"후일 신어봐요."

하고 얼른 방으로 뛰어들어왔다. 그리고 다시 버선을 굽어보며 이게 무슨 필까? 어서 떨어진 게야……. 아이 참 망신을 하려니까…… 별일 다 있어! 하며 버선코 밑에 빨갛게 물들어진 동그란 흔적을 만져보며 들여다보았다. 그것은 김칫물이 떨어져 말라진 자리였다. 그제야 그는 가볍게 한숨을 몰아쉬며 유서방이 이것을 피로 보았으면 어쩌나? 하며 유리알로 흘금 내다보았다. 유서방은 눈 위에서 이리 뛰고 저리 뛰는 검정이를 바라보며 빙글빙글 웃고 있다. 검정이는 유서방의 웃는 눈치를 짐작함인지 혹은 눈이오니까 좋아서 그러는지 주둥이로 눈을 헤치며 혹은 바로 긁어당기며 이리 뛰고 저리 뛰다는 딩굴딩굴 굴렀다. 그때마

다 유서방은,

"잘 논다! 하하…… 잘 논다! 하하."

입속으로 이렇게 중얼거리며 웃었다.

유서방에게 있어서는 저 검정이가 유일한 동무였다. 역시 선비도 그러하였다. 웬일인지 검정이는 유서방과 선비와 할멈을 따랐다. 그것은 막연하나마 검정이에게 밥을 주는 까닭이라고 생각되었다.

한참이나 웃던 유서방은 유리창으로 흘금 들여다보았다.

"신 맞니?"

선비는 얼른 곁에 놓인 신을 보며,

"네."

하였다. 유서방은 만족한 듯이 중대문을 향하여 나간다. 검정이는 눈을 하얗게 뒤집어쓴 채 그의 뒤를 따라 나간다. 선비는 짚신으로 눈을 옮겼다. 그리고 신어보니 꼭 맞는다. "아이, 곱게두 삼았어." 그는 발을 들여다보았다. 그때 그는 유서방이 자기를 생각하여 이렇게 신까지 삼아 주는 것이 끝없이 고마웠다. 반면에 그의 장래까지 누가 이렇게 신을 삼아줄 것인가 하며 첫째를 생각하였다. 그는 나갔다지, 나쁜 일을 하다가 나갔다지……. 참 그가 웬일이어, 어미가 그러니 그속에서 나온 자식인들 온전할 수가 있나. 그는 이렇게 생각하면서도 어쩐지 섭섭하였다. 그리고 나가기 전에 한번 그의 얼굴이나마 보았더면 하는 아쉬움이 새로 삼은 짚신을 싸고 언제까지나 돌았다. 나는 공부할 터인데 별 것을 다 생각해…….

그날 밤 덕호네 집에서는 온 집안이 다 예배당으로 갔다. 오늘 밤은 특히 애들의 재미난 유희가 있다고 해서 유서방이며 덕호까지도 모두 갔던 것이다.

크나큰 방안에 선비 혼자 앉아서 낮에 틀던 목화를 틀며 여러 가지 생각을 되풀이하였다. 씨앗에서는 흰구름 같은 솜이 뭉실뭉실 피어오른다. 마치 선비가 지금 생각하는 여러 가지 생각과 같이 그렇게 꼬리에 꼬리를 물고 피어오른다.

아까 낮에만 하여도 오늘 저녁에는 나도 예배당에나 좀 가보았으면 하였더니, 뜻하지 않은 덕호의 말을 들은 담부터는 혼자 이렇게 앉아 서울 공부 갈 생각을 하는 것이 재미나고 좋았다. 그러므로 옥점 어머니가 할멈은 집이나 보고 자기를 데리고 가려는 것을 일부러 할멈을 보내었던 것이다.

학교 공부할 생각을 할 때마다 언제나 앞서 생각키는 것은, 수놓는 것을 배우는 것이다. 그가 직접 본 것이란 그것뿐이니까 그러하였던 것이다. 그리고 공부를 하는 학생은 옥점이와 같이, 분과 크림과 베니칠을 하고 또 양복을 입어야 하는 것 같았다. 따라서 남자들과도 부끄럼 없이 같이 다니고, 같이 밥먹고, 같이 공부하는 것이라… 하였다. 그는 이렇게 생각하니, 한편으로는 부끄럽고 괴롭고 그러고도 기쁜 감정이 서로 교착이 되어가지고, 삐꺽삐꺽하는 씨아 소리를 따라 돌아가고 있었다. 그때 방문이 바스스 열린다.

56

뒤미처 찬바람이 선비의 등허리에 훌씬 끼친다. 그는 놀라뛰어 일어났다.

"누구요?"

얼결에 소리를 지르며 돌아보니 뜻하지 않은 덕호였다. 선비는 너무 놀란 것이 무안하여 얼굴이 빨개졌다.

"놀랐니?"

덕호는 눈을 툭툭 털며 아랫목에 앉았다. 그리고 수염을 쓰다듬었다.

"뭐 볼 것 없더라. 웬 잡것들이 그리 많이 왔는지, 구경이 아니라 큰

고생이두구나."

문지도 않는 말을 덕호는 늘어놓는다. 선비는 씨아틀을 가지고 일어났다.

"왜…… 왜…… 일어나니?"

"건넌방에 가서 틀래요."

"왜 여기서 틀지……. 이애 이애, 나가지 말아, 나 좀 할 말이 있다."

선비는 씨아틀을 놓고 앉으며 아마 서울 공부 갈 말을 물으려는 것이구나…… 생각되었다.

"그 씨아틀은 놓고 이리 와 앉아, 응 이애."

선비는 씨아틀도 만지지 않으면 앞이 허전한 것 같아서 그냥 붙들고 있었다. 덕호는 조금 올라와 앉는다.

"너 정말 공부가고 싶으냐?"

웬일인지 선비는 가슴이 답답해지며 얼른 대답이 나가지 않았다.

"왜 말을 안 해 이년아, 어룬이 물으면 냉큼 대답하는 것이 아니라, 허허 그년."

선비는 약간 웃음을 띠며 머리를 푹 숙인다. 그의 가슴은 부끄러움과 감격에 교착이 되어 무섭게 뛰기 시작하였다.

"그럼 안 갈 터이냐?"

덕호는 아는 듯 모르는 듯 선비의 앞으로 조금씩 다가왔다.

선비는 씨아틀을 보며,

"공부하겠어요……."

겨우 이렇게 말하고 보니, 낮에부터 생각해 두었던 '아부지'가 빠졌다. 그래서 다시 말할까 하고 덕호를 흘금 쳐다보았다. 덕호는 빙긋이 웃었다.

"공부하겠어……."

씨아틀에 가리어 반만큼 보이는 선비의 타는 듯한 볼! 덕호는 참을 수 없는 정욕의 불길이 울컥 내밀치는 것을 깨달았다. 그는 무의식간에 바싹 다가앉았다.

"가만히 앉았어! 누가 어쩌냐."

꿈칠 놀라 일어나려는 선비의 손을 덥석 쥐었다. 덕호의 손은 불같이 뜨거웠다. 그리고 약간 술내를 섞은 강한 장년 사나이의 냄새가 선비의 얼굴에 컥 덮씌운다. 선비는 어쩔 줄을 몰라 부들부들 떨었다.

"노셔요!"

점점 다가쥐는 덕호의 손을 뿌리치며 선비는 으악 쓸어나오는 울음을 억제하였다. 그리고 벌컥 일어나렸을 때, 누런 살이 투덕투덕 찐 늙은 호박통 같은 덕호의 볼이 선비의 볼 위에 힘껏 비비쳤다.

"선비야! 너 내 말 들으면 공부 아니라 그 우엣 것도 네가하고 싶다는 것은 다 시켜 줄게! 응! 이년."

선비는 얼굴을 휙 돌렸다.

"아부지! 이것 노세요."

"허허허 허…… 아부지! 아부지! 이 귀여운 년아, 아부지라면 왜 그렇게 무서워하누, 응 이년 같으니……."

덕호는 이렇게 중얼거리며 진저리가 나도록 선비를 꼭 껴안았다. 선비는 덕호가 취했어도 너무 취한 듯하였다.

"아부지 취하셨세요."

"응 그래 이년, 나 취했다."

덕호는 씩씩하며 그의 입에 닥치는 대로 모조리 빨아넘긴다. 선비는 덕호가 왜 이러는지? 아뜩하고 얼핏 생각나지 않았다. 그리고 그의 품을 벗어나려고 다리팔을 함부로 놀렸다.

덕호는 생선과 같이 그렇게 매끄럽게 뛰노는 선비를 통째 홀떡 들이마셔도 비린내도 나지 않을 것 같았다. 그래서 그는 씨아틀을 발길로 차서 밀어놓고 선비를 안고 넘겨졌다. 그리고 치마폭을 잡아당겼다.

"아부지, 아부지, 나 잘못했수! 잘못했수."

무의식간에 선비는 이렇게 중얼거리며 흑흑 느껴 울었다.

그리고 덕호를 힘껏 밀었다.

"이년 가만히 안 있겠니? 나 하라는 대로 안 하면 이년 나가라! 당장 나가!"

덕호는 시뻘건 눈을 부릅뜨고 방금 죽일 듯이 위협을 한다. 전날에 믿고 또 의지했던 덕호! 그리고 돌아가신 그의 아버지와 어머니같이 그의 장래를 돌보아주리라고 생각했던 이 덕호가…… 불과 한 시간이 지나지 못해서 이렇게 무서운 덕호로 변할 줄이야 꿈밖에나 상상했으랴! 선비는 그 무서운 덕호를 보지 않으려고 머리를 돌리며 눈을 감아버렸다.

## 57

밤 늦게 돌아온 신철이는 대문을 가만히 열고 들어왔다. 그리고 그의 방문 앞까지 왔을 때 소곤소곤하는 소리에 그는 멈칫 서서 들었다.

"저야 뭐…… 신철 씨가 요새 애인이 있는 모양이어요."

옥점의 음성이다.

"아이 그애가 애인이 뭐유."

그의 의모의 변명하는 소리다. 그는 으흠 하는 아버지의 기침소리에 안방을 흘금 바라보고 나서 구두를 벗고 방문을 열었다. 그들은 놀라 눈을 둥그렇게 떴다. 그 순간 신철이는 옥점이가 그의 의모와 흡사하다는 것을 새삼스럽게 발견하였다.

"아니, 왜 그리 신발소리가 없이 다니냐?"

신철이는 빙긋이 웃으며 옥점이를 보았다. 그리고 외투를 벽 위에 걸었다.

"오셨수……."

"어데를 그렇게 다니세요? 아마……."

중도에 말을 끊으며 옥점이는 생긋 웃었다. 그의 의모도 따라 웃었다.

"옥점이는 초저녁에 와서 입때 너를 기다렸다."

"아 그랬수. 실례했소이다."

신철이는 선뜻한 방에 주저앉았다.

"방두 어지간히 차다."

그의 의모가 밀어놓는 방석을 그는 깔고 앉았다. 그의 의모는 해말쑥한 얼굴에 동그란 눈을 대굴대굴 굴리며 신철이와 옥점이를 번갈아 본다. 그리고 그의 독특한 덧니가 입술 새로 뾰쪽 내밀었다. 옥점이는 신철의 빨개진 코끝을 보았다.

"저 집에서 편지 왔는데요."

"편지……."

신철이는 얼핏 선비를 생각하였다. 그리고 선비를 올려보내겠다고 편지를 하였나? 하는 호기심이 당기었다.

"아버지 안녕하시다고 하셨수?"

"네……. 그런데 저 선비는 말이우, 오는 봄에 보내겠다구 했구려."

신철이는 다소 섭섭함을 느끼면서,

"좋지요. 더구나 그때 가야 입학하기도 좋지요."

그의 의모는 일어난다.

"난 이전 들어가우. 놀다가 가시우에."

옥점이는 냉큼 일어났다.

"안녕히 들어가세요."

그의 의모가 뜰 밖을 나갔을 때 옥점이는 한숨을 호 쉬었다. 그리고 멍하니 전등불을 바라보았다. 멀리 택시 소리가 우르르 난다. 그리고 뿡뿡하는 경적 소리가 가는 철사의 울림과 같이 귓가를 스친다.

"요새 어델 그리 다니세요? 아마 애인이 있지요."

신철이를 똑바로 쳐다보았다. 신철이는 양복 바지 갈래를 툭툭 털며 입으로 후 불었다.

"글쎄요…… 제게 말입니까?"

"아이, 남의 말은 듣지 않고 딴 생각만 하신다니…… 누굴 생각허세요?"

"내가요? 누굴 생각할까?"

머리를 돌려 생각해 보는 모양을 보였다.

"참 죽겠네…… 어째서 내 말은 말 같지 않아요? 왜 그러세요, 밤낮……."

유리알같이 빛나는 그의 눈에 눈물이 핑 돌았다. 그는 신철이를 보려고 밤마다 이 집 주위를 돌아서 가던 생각이 얼핏 떠오르며, 저렇게 성의 없는 말을 들으려고 자기가 그랬나 하는 후회가 일어난다. 그는 벌떡 일어났다.

"난 가겠어요!"

"가겠어요?"

신철이는 일어나는 옥점이를 바라보았다. 그리고 빙긋 웃으며,

"혼자 가시겠수?"

"가지, 못 갈 게 뭐야요!"

장갑을 끼며 목도리를 하였다. 그리고 목도리에 입김이 닿아 후끈하고 그의 볼을 적실 때 그는 울음이 북받치는 것을 깨달았다.

"자, 좀더 앉아 계시다가 가시유. 그러면 내가 집까지 바래다 올리지유."

그는 옥점이가 일어나니 방안이 쓸쓸해지는 것 같았다.

"정말?"

바래다 주겠다는 말에 그의 가슴에 엉기었던 어떤 뭉치가 절반나마 풀리는 것 같았다.

"참말이지유."

옥점이는 잠깐 무슨 생각을 하더니,

"선생님이 날 보고 나무라시겠어요."

하며 흘금 문 편을 바라보다가 다시 신철이를 보았다.

"우리 집 가요. 그러면 내 뭘 사다 줄게."

머리를 개웃하고 어린애같이 조른다.

신철이는 벌떡 일어났다. 그리고 외투를 입으며 밖으로 나왔다.


## 58

문 밖을 나선 그들은 가지런히 걸었다. 거리에는 버스도 택시도 보이지 않고 오직 골목을 지키고 섰는 가로등만이 희미하게 빛날 뿐이다. 그들은 긴 그림자를 땅 위에 던지며 천천히 걸었다. 그리고 겨울날 산뜻한 바람이 그들의 옷가를 싸늘하게 스친다. 한참이나 말없이 걷던 옥점이는 가로등을 흘금 쳐다보았다.

"내 이 길로 몇 번이나 다녔는지 몰라요…… 나 혼자……."

이렇게 중얼거리며 희미하게 올려다보이는 박석고개를 바라보았다. 그리고 한숨을 호 쉬었다. 신철이는,

"저…… 선비가 몇 살이오?"

"열여덟 살인지? 그것 왜 물으세요?"

"글쎄 알 일이 있어서……."

"알 일이 무슨 알 일이어요?"

옥점이는 신철이를 쳐다보았다. 그리고 신철이가 선비를 잊지 못함에서 저런 말을 하지않는가? 하는 의문이 불시에 든다.

"아니 글쎄 그것 왜 물으세요?"

"그거요, 이제 봄에 온다면…… 학교에 입학시키려면 나이를 알아야

하지요."

신철이는 이렇게 둘러대었다.

"아이…… 참…… 나는…… 왜 호호……."

옥점이는 웃었다. 신철이도 따라 웃었다.

"나이가 많아서 소학교에도 다니지 못하겠구, 학원 같은 곳에다 입학시켜야겠구먼요."

"그렇게 되겠지요…… 웬걸 공부야 제대로 하게 되겠수. 그저 신철씨 말씀대로 올라와서 내 시중이나 좀 들어주다가 서울 구경이나 하고 그러고는 여기서 참한 곳이 있으면 시집이나 주지……. 그나마 촌구석에서는 그 인물이 아까우니."

옥점이는 눈앞에 선비를 그려보았다. 그리고 그런 시골 구석에 묻어두기가 아까운 외모만은 가진 것이라…… 다시금 생각되었다.

"저 그때 말씀한 사춘동생이라는 이가 참말 시굴 처녀를 얻겠다나요?"

"네! 그애는 저 역시 공부한 것이 변변치 못하니까…… 배우자도 아주 시굴뚜기를 얻겠답니다."

"그렇지요, 뭐. 상대가 짝이 기울면 길래 살게 되나요. 어찌나 그애를 올려다가 학원에나 몇 달 보내어 국문이나 배운후에 그이를 주게 하지요."

"네 글쎄……. 그것은 추후 문제구……. 하여간 서로 만나봐야 알 것이 아닙니까. 그래서 맘에 서루 들면 되는 것이니까요, 허허."

"암! 그게야 그렇지요, 호호. 당자끼리 맘에 들어야 허지우."

옥점이는 이렇게 말하며 신철의 곁으로 바싹 다가서서 걸었다. 그리고 자기들의 결혼도 빨리 성립이 되었으면…… 그만 오늘 밤에 내가 물어볼까? 하고 생각하였다.

어느새 그들은 박석고개를 넘어섰다. 대학병원을 싸고 돈 컴컴한 수림 속으로 불어오는 약간 약내를 섞은 바람이 그들의 코끝을 흔들었다. 그리고 별 밑에 희미하게 보이는 창경원의 앙상한 나뭇가지며 그 주위를 싸고 구불구불 달려내려온 담은 그나마 이조 오백 년의 역사를 회상케 하였다.

"이거 보세요, 난 여기 혼자 다니기가 제일 싫어요."

"싫어요?…… 싫으면 다니지 말으시죠."

"아이 참 죽겠네."

옥점이는 신철의 외투 자락을 잡아당겼다. 그리고 이런 으슥한 곳에서는 손이라도 따뜻이 쥐어주었으면 좋을 것 같았다. 신철이는 어찌 보면 감정을 가진 사람 같지 않아 보였다.

그리고 대체 이 사나이가 불구자가 아닌가? 하는 의문도 들었다. 이러한 생각을 하는 새 벌써 옥점의 하숙까지 왔다. 신철이는 우뚝 섰다.

"자 들어가십시오, 여기가 댁이지요."

"같이 들어가요."

옥점이는 길을 막아 섰다. 신철이는 이 계집애가 단단히 몸이 단 모양인데…… 하며,

"밤이 오랬는데…… 가서 자야 하겠습니다. 그래야 학교에도 가지요 ……."

"글쎄 잠깐만…"

옥점이는 신철에게 거의 매어달리다시피 하였다. 신철이는 계집이 달려드는 것이 그리 싫지는 않았다. 그러나 그리 좋을 것은 되지 못하였다. 더구나 오늘 독서회에서 여자 교제에 관한 것을 토의하던 것이 얼핏 떠올랐다.

"자 내일 또 오지우."

"오기는 뭘 와요. 그짓말만 하시면서…… 들어가세요."

옥점이는 신철의 손을 잡아 끌었다. 신철이는 들어갈까? 말까……

주저하였다.

59

망설이던 신철이는 자기도 모르게 대문 안에 들어섰다. 그때 신철이는 과오만 범하지 않았으면…… 된다! 하는 결심을 하며 방으로 들어왔다. 책상 위에는 책들이 되는 대로 쌓여있으며 방바닥에는 사과껍질이 벌여 있었다. 그리고 이불도 둥글둥글 말아 구석에 밀어둔 것으로 보아 누웠다가 그의 집에 왔던 것 같았다. 옥점이는 돌아가며 사과껍질을 모아놓으며 방석을 찾아 밀어놓았다.

"뒤숭숭허지요……. 호호."

이렇게 신철이가 올 줄 알았더라면 깨끗이 소제를 해둘 것을…… 하는 후회가 일며 동시에 신철이가 자기를 게으른 여자라고 볼 것이 곧 두려웠다. 그러나 할 수 없는 일이다. 그는 이런 생각에 얼굴이 화끈 달았다.

신철이는 방석을 깔고 앉으며 돌아가며 치우는 옥점이를 물끄러미 보았다. 그리고 전등갓에 뿌옇게 들어앉은 먼지며 되는 대로 벌여 있는 화장품들이며 구석구석에 밀어놓은 양말을 보았다.

"편지 보시겠어요."

옥점이는 이 모든 것을 물끄러미 바라보는 신철의 눈을 돌리기 위하여 책상 위 편지함에서 푸른 봉투를 꺼내 그를 주었다. 신철이는 봉투 속에서 편지를 꺼내 거듭 읽은 후에 도로 돌렸다. 옥점이는 벌써 그의 앞에 마주 앉아서 배를 깎는다.

첫눈에 그 배 한 개에 사오 전은 주었으리라고 직각되었다.

옥점의 뾰족한 손끝이 깎인 배에 발가우리하게 보였다. 그때 그는 문득 바자 밖으로 넘어오던 그 미운 손! 그리고 호박을 든 그 손이 얼핏 떠오른다. 그게 누구의 손일까? 다시 한 번 그는 생각하였다. 옥점이는 배를 쪼개 그중 한 쪽을 칼끝에 찍어 주었다. 신철이는 받아들었다. 옥점이는 책상 빼랍에서 초콜릿곽을 내놓았다.

"이것도 벗기서요… 뭐? 잡수시고 싶어요……. 주인 깨워서 사오게 할 테니?"

개웃하여 들여다보는 옥점의 눈은 정이 뚝뚝 듣는 듯하였다.

"아 이거면 좋지유, 여기서 더 좋을 것이 어데 있어요."

"그래두……. 뜻뜻한 것으로 뭘 좀……."

"그만두서요. 저는 이것이면 만족합니다."

"숯불이라도 피워오랄까요, 방이 춥지?"

"괜찮아유, 좋습니다."

신철이는 배를 먹고 나서, 이번에는 초콜릿을 벗기었다. 옥점이는 어석어석 배를 씹으며 말똥말똥 쳐다보았다.

"집의 어머님 퍽두 좋은 어룬야요."

"예…… 그렇습니다."

옥점이는 무슨 생각을 하고 생끗 웃는다.

"신철 씨 어데 애인 있지요?"

"글쎄요."

"어머니가 있다고 그러시던데요."

"어머니가? 글쎄 모르겠습니다."

옥점이는 호호 웃으며,

"신철 씨는 왜 늘 저를 싫어하는 것 같아요, 그렇지요?"

"옥점 씨를 싫어한다……. 그 못 알아들을 말씀인데요…… 허허."

신철이는 웃음이 나왔다. 옥점이가 자기의 맘을 알아보려는 것이 우스웠던 것이다. 그리고 공연히 쓸데없는 시간을 허비하지 말고 어서 가서 푹 잠을 자야겠다…… 하였다. 신철이는 수건을 내어 입을 씻으며 일어났다.

"잘 먹고 가겠습니다."

"아이 왜 일어나세요."

옥점이는 놀라 쳐다보았다. 그리고 외투 자락을 힘껏 잡고 늘어진다. 오늘은 좌우간 끝을 내리라고 결심하는 빛을 신철이도 짐작하였다.

"내일 또 와요. 가서 자야 내일 학교에 가겠습니다."

"조금만 더…… 삼십 분…… 아니 이십 분만."

"글쎄, 내일 또 온다니까요."

"싫어요, 내일은 내일이구요."

신철이는 난처하여 조금 망설였다. 옥점이는 외투 자락을 잡고 일어나며 신철이를 아랫목으로 밀었다.

"오늘 못 가요!"

옥점의 숨결은 색색하였다. 그리고 얼굴이 발개졌다. 신철이는 이것이 우스워서 픽 웃었다. 그리고 속으로는 이제는 대담하게 달려붙기 시작하누나…… 하고 생각하였다.

"왜 웃어요? 흥! 내가 우습지요. 다 알아요! 왜 나를 놀립니까?'

시골집에서 그의 허리를 힘껏 껴안아 주던 때를 회상하며 옥점이는 이렇게 말하였다. 신철이는 멍하니 옥점이를 바라보았다.


60

며칠 후에 신철이가 학교로부터 집에 돌아왔을 때 저녁상을 받은 그의 아버지는 얼굴에 희색을 띠며,

"요새도 도서실에서 그렇게 늦게 돌아오냐?"

전부터 신철에게 고문 시험 준비를 하라고 말하였으므로 신철이가 시험 준비를 열심히 하거니…… 생각하였던 것이다.

신철이는 그의 동생인 영철이를 안으며,

"네."

"나 미루꾸 주."

영철이가 그의 턱 밑에서 말끄러미 쳐다본다. 신철이는 포켓을 뒤져 보았다.

"오늘은 잊고 못 사왔구나. 내일 사다 줄게…… 응."

"또 형두 거짓말 하나? 아까아까 사온다구 했지."

"아이 저애는 하루 종일 그것만 외구 앉았어…… 내 원……."

그의 어머니는 귀여운 듯이 영철이를 바라본다. 신철이는 영철이를 들여다보았다.

"내일은 꼭 사다 주마 응……."

영철이는 그의 까만 눈을 똑바로 떴다. 그때 어멈이 들고 들어오는 화로를 신철의 의모는 받아서 신철의 앞으로 밀어놓았다. 신철이는 양 볼 위에 솜털이 까칠하게 일어났다.

"이애 밥 마자 먹어……."

영철이는 그의 어머니 곁으로 와서 안긴다. 그의 아버지는 손을 내밀 었다.

"영철아, 이리 와."

"그만두…… 어서 이 국에 밥 멕이게……."

그의 어머니는 영철이를 굽어보았다. 그리고 새물새물 웃어보인다. 그의 뾰죽한 덧니를 내놓고. 신철이는 아버지가 술을 들지 않고 자기를 기다리고 있으므로 그만 밥상 곁으로 다가앉았다. 강한 양념내가 훅 끼 친다.

"어서 미루꾸 사다 줘야지……."

영철이가 볼이 통통 부어서 신철이를 바라보았다.

"그래 오늘은 잊었지만 내일은 꼭 사와, 응. 어서 밥머……."

"아이 넌 밤낮 미루꾸냐? 어서 밥 먹어. 호호 참 내……."

그들은 영철의 부은 볼을 바라보며 웃었다 신철이가 밥을 다 먹고 일어섰다.

"이애 거기 좀 앉았거라."

아버지는 숭늉을 마시며 이렇게 말하였다. 신철이는 무슨말을 하려누? 하는 생각을 하며 그의 의모의 얼굴부터 살펴보았다. 의모도 신철이를 바라보며 웃음을 띠었다. 그의 아버지는 밥상을 물리며,

"너 이전 장가도 가야지……."

신철이를 똑바로 쳐다본다. 신철이는 가슴이 선뜻하며 가벼운 부끄러움이 눈가를 사르르 스쳐가는 것을 느꼈다. 그는 머리를 푹 숙였다.

"이전 네 나이 스물다섯…… 또 며칠이 안 가서 학업도 마칠 터이니…그만하면 장가도 가야 허지…… 혹시 네 맘에 드는 여자가 있느냐?"

신철이는 어디서 혼인 자처가 일어났는가? 하였다.

"아직 결혼에 대해서는 생각해본 일이 없습니다."

그 순간 신철의 머리에는 국사발을 든 선비의 모양이 휙 떠오른다. 따라서 용연 동네가 시재 눈앞에 보이는 듯하였다.

그의 아버지는 얼굴에 만족한 빛을 띠었다. 그리고 전날 아내에게서 들었던 말이 얼핏 생각킨다. "옥점이가 우리 신철에게 짝사랑을 하나 봐! 호호." 그때 그는 자기 아들이 공부에만 열중한다는 것을 가슴이 뜨거워지도록 느꼈던 것이다.

"그럼……."

그의 아버지는 무엇을 생각하는 듯하더니,

"여기 늘 오는 옥점이를 어떻게 생각하느냐?"

그 순간 신철이는 전날 밤에 악을 쓰고 매어달리는 옥점이를 사정없이 물리치고 나오던 때를 다시금 되풀이하며 양미간을 약간 찡그렸다. 그의 아버지는 궐련을 피워 물었다.

"뭐, 그애가 외딸로 자라서 좀 '와가 마마 갓데(제멋대로 굴려는)' 한

곳이 있느니라……마는 내 보기에는 그애의 인간됨인 즉은 괜찮다고 보았다. 어떠냐?"

신철이는 아버지가 이렇게 옥점이를 변호하는 이면을, 곁에 놓인 화로의 불을 바라보면서 생각하였다. 그리고 이때까지 결백하게 믿었던 아버지에 대한 신념이, 화롯가에 수북이 쌓인 시커먼 숯덩이와 같이 변해감을 그는 슬픈 듯이 바라보았다. 따라서 그는 이 자리에 더 앉아 있고 싶지 않았다. 그래서 그는 머리를 번쩍 들었다.

## 61

"아버지…… 아직 저는 장가가고 싶지 않습니다."

신철이는 벌컥 일어났다. 그의 아버지는 얼굴에 위엄을 띠었다.

"가만히 앉았어……. 옥점의 아버지가 올라오신 것 아니냐?"

신철이는 발길을 멈추고,

"모릅니다. 언제올라왔나요."

"그래 오늘 낮차에 왔다구 하면서 아까 집에 오셨다가 가셨다. 좀 가보아라. 온 여름내 폐를 끼치고도 서울 올라오셨는데 가도 안 보면 되겠니……. 가봐."

신철이는 비로소 덕호와 아버지 새에 밀의가 있었음을 깨닫고 더욱 놀랐다. 동시에 덕호가 올라오면서 혹시 선비를 데리고 오지 않았나? 하며 가슴이 설레기 시작하였다.

"네 가보겠습니다."

신철이는 이렇게 대답을 얼른 하고 밖으로 나왔다.

"형 나 미루꾸 사다 주 응."

영철이가 문을 열고 머리를 내밀었다. 마루에 불빛이 가로질리며 영철의 머리 그림자가 동그랗게 떨어진다. 신철이는 구두를 신으며,

"오냐."

"응 꼭 사우."

"뭘 좀 사가지고 가게 허지."

그의 아버지가 이렇게 말하였다. 신철이는 선비가 꼭 온 것을 알면 아무것이라도 사가지고 갈 맘이 들었다. 그러나 왔는지 안 왔는지 모르는 지금에 꼭 사가지고 가고 싶은 맘이 없어서 포켓을 손을 넣거 지갑을 만지면서 밖으로 나왔다.

저편으로부터 버스가 뻘건 눈 퍼런 눈을 번쩍이면서 우르르 달려온다. 그리고 늘 보는 버스걸의 낯익은 얼굴이 차츰 가까워진다. 그는 저 버스나 타고 갈까 하고 몇 발걸음 옮기다가 에라 천천히 걸어가지…… 하며 버스를 등지고 돌아서 걸었다.

이번에는 택시와 버스가 앞서거니 뒤서거니 하며 이리로 달려온다. 신철이는 휘발유내를 강하게 느끼며 길 옆에 비껴 섰다. 그리고 행여나 저 속에 옥점이, 선비, 덕호가 있지 않는가? 나를 찾아오지 않는가? 하는 생각이 그 속에 앉은 젊은 여자를 볼 때마다 들곤 하였다. 그는 천천히 걸으며 선비, 옥점이 두 여자를 놓고 바라보았다. 그리고 아까 그의 아버지가 하던 말을 다시 곰곰이 생각하였다. 따라서 자기가 지금 결혼을 해야 좋을 것이냐? 안 해야 될 것이냐를 이론으로 따져보았다. 그는 이때까지 결혼 문제 같은 것은 아직 생각해 보지 않았던 것이다.

옥점의 하숙이 가까워질수록 이 여러 문제는 뒤범벅이 되어 횅횅 돌아가고 있다. 더구나 선비가 이번에 올라왔다면 어쩔까? 하고 그는 우뚝 섰다. 그가 선비를 서울로 올려오게 하려고 별별 수단을 다하여 옥점이를 꾀었으나 기실 선비가 지금 올라왔다고 가정하고 나니 뒷문제 해결할 것이 난처하였다.

"신철 군 아닌가?"

어깨를 툭 치는 바람에 신철이는 놀라 돌아보았다. 그는 그와 한 학급에 있는 인호였다. 그는 사각모를 팽팽히 눌러 쓰고 대모테 안경을 썼다. 그리고 언제나처럼 궐련을 피워 물었다.

"어데 가나?"

"나? 누가 좀 오라구 해서……."

"누가? 아마 러브한테 가는 모양이지……."

그의 안경이 번쩍 빛난다.

"글쎄……."

신철이는 빙긋이 웃으며 걸었다. 인호도 따랐다.

"요새 카페 따리아에는 예쁜 계집애가 하나 시굴서 왔는데…… 가보지 않으려나?"

"예쁜 계집애가 시굴서……."

신철이는 이렇게 중얼거리며 선비의 얼굴을 그려보았다. 그때 강하게 궐련내가 끼치므로 신철이는 머리를 돌렸다. 그리고 이 자가 늘 피우는 시끼시마인 것을 신철이는 느꼈다.

"자네 어델 가? 똑바루 말해."

"나 우리 아버지 심부름 갔댔네."

인호를 떨어치려고 이렇게 꾸며대고 보니 기실은 아버지의 심부름에 지나지 않는 것 같았다. 선비가 왔을까? 그는 다시 한번 생각하였다.

"심부름?…… 에이 이 사람아! 젊은 사람이 그 뭐란 말인가. 자네는 너무 고린내가 나서 틀렸데…… 허허허허."

"고린내가 나, 허허."

신철이는 코 안이 싸하게 찔리도록 시끼시마내를 맡으며, 저편으로 지나가는 야끼구리 장수를 바라보았다.

"자 후일 다시 만나세."

인호는 악수를 건네고 나서 절반도 타지 않은 시끼시마를 휙 집어뿌렸다. 길바닥에서 불티가 발갛게 일어난다.

## 62

용산행 전차를 타려고 뛰어가는 인호를 바라보며 신철이는 저 자가 또 카페로 가는구나…… 하였다. 그리고 무의식간에 예쁜 계집애, 시굴 서…… 하고 중얼거렸다.

그가 옥점의 하숙까지 와서는 곧 들어가지 못하고 한참이나 동정을 살폈다. 그리고 뛰노는 가슴을 진정하며 기침을 하였다. 기침소리에 옥점의 방에서는 누가 나오는 모양이다.

"누구요?"

방문을 빠끔하고 내다보는 것은 옥점이었다. 신철이는 방문앞으로 다가섰다.

"나외다."

"아니 신철 씨! 우리 아버지 올라오신 것 보셨세요? 이제 댁에 가셨는데요."

"아버지가 오셨세요? 난 못 뵈었습니다."

"아니 그럼 길이 어긋났구면요…… 어서 들어오세요."

신철이는 방안에 선비가 앉았는가 하여 얼굴이 화끈 다는 것을 느꼈다. 그는 구두를 벗고 방안을 얼른 살펴보았다. 그순간 그는 이 방안에 아무도 없는 것을 보았다.

"어서 들어오세요."

머뭇머뭇하고 섰던 신철이는 비로소 방안에서 옥점을 발견한 듯하였다. 그는 그만 돌아서 가고 싶었다. 그리고 신철이를 바라보며 생글생글 웃는 옥점이조차 원망스럽게 보였다.

신철이는 안 들어가는 발을 억지로 몰아넣었다. 그때 가벼운 약내가 방안에 떠도는 것을 느꼈다. 그리고 옥점이가 누웠다 일어난 듯한 아랫목에 깔아놓은 자리를 보았다. 옥점이는 면경 앞으로 가서 얼굴을 비추

어 보며,

"난 세수도 안 했어요. 아이 숭해라."

머리를 매만지며 얼굴을 약간 찡그렸다. 그때 신철이는 옥점 어머니가 선비를 나무랄 때 찡그리던 얼굴임을 얼핏 발견하였다. 그리고 선비는 안 데리고 온 모양이지……하고, 방안을 휘둘러 보았다.

"난 입때 앓았어요."

"어데를?"

옥점이는 얼굴이 붉어지며,

"그날 밤부터……."

그들의 머리에는 전날 밤 일이 휙 떠오른다. 신철이는 빙긋이 웃었다. 그리고 지금 덕호가 그의 아버지와 결혼 문제를 걸어놓고 이야기할 것을 얼핏 깨달았다.

"아버지 혼자 오셨나요? 왜 옥점 씨 어머니도 같이 오실 것이지요."

신철이는 선비가 안 왔음을 번히 보면서도, 그래도 이렇게까지 묻지 않고는 견디지 못하였다.

"글쎄요……. 난 어머니를 오시라고 했더니만, 아버지 혼자 오셨구먼요."

신철이는 어떤 실망이 저 빛나는 전등을 싸고 도는 것을 느꼈다.

"난 도모지 안 오실 줄 알았어요. 이전 다시는 신철 씨를 뵈옵지 못하고 죽는 줄…… 알았지요."

옥점이는 머리를 숙이며 울멍울멍한다. 신철이는 그의 발그레한 볼 위로 흐르는 눈물을 보니 그도 따라서 속이 언짢아졌다.

그리고 자기도 시원하게 울어봤으면…… 하였다. 동시에 자기가 선비를 사랑하는 셈인가? 하며…… 아까 아버지가 맘에드는 여자가 있느냐고 묻던 것이 또다시 들리는 듯하였다. 옥점이는 깜박 잊었던 것이 생각난 듯이 일어나더니, 고리를 열고 사과, 배, 감, 밤, 떡…… 이런 것들을 차례로 꺼내놓았다.

"잡수세요……. 아버지가 지금 집에도 가져갔어요. 이게 다 아버지가 가져온 게야요……. 호호."

눈물 괸 눈에 웃음을 띠었다. 신철이는 멍하니 바라보며,

"자그마한 잔채 차림만이나 합니다그려."

"아이 잔채에 이까짓 것이 뭐겠어요."

옥점이는 신철이를 바라보며 이렇게 말할 때 어서 우리도 결정하고 결혼식을 굉장히 합시다 하는 말이 거의 입밖에까지 나오는 것을 참아 버렸다.

"어느 것이나…… 잡수시고 싶은 것으로 택하세요. 요거? 요거? 요거요?"

옥점은 손가락을 내밀어 꼭꼭 짚어가며 물었다. 그러나 웬일인지 신철이는 먹고 싶지 않았다. 그리고 속이 뒤숭숭한 것이 마치 자기가 항상 가지고 있던 어떤 물건을 잃어버린 것도 같고 누구한테 몹시 속았을 때의 기분 같기도 하였다.

"그럼 이것을 잡수시겠어요?"

책상에서 전날 밤 먹던 초콜릿곽을 내려놓았다. 그리고 그 중 한 개를 정성스레 벗겨서,

"자 입 벌리고 받으세요. 내 여기서 팡개칠 터이니."

옥점이는 얼굴이 빨개지며 신철이를 보았다. 신철이는 약간 얼굴을 찡그리다가 웃어보였다.

## 63

"자 이리 주세요."

신철이는 손을 쑥 내밀었다. 옥점이는 원망스러운 듯이 힐끗 쳐다보고 나서 초콜릿을 들여다보았다. 그리고 귀밑까지 빨개진다. 신철이는

초콜릿곽을 당기어 한 개 꺼내 벗기는 채하다가 신발소리가 나므로 그만 놓고 말았다.

"아버진가 몰라……."

이렇게 중얼거릴 때 문이 열리며 덕호가 들어온다. 신철이는 성큼 일어났다. 그리고 머리를 숙여 보였다.

"아, 이 사람 여기 왔구먼……. 난 이제 댁에 갔댔지……. 그새 공부나 잘 했는가?"

덕호는 외투를 벗어놓았다. 그리고 딸을 흘금 돌아보고 나서 다시 신철이를 보며 눈가로 가는 주름을 잡히고 웃는다.

"글쎄, 저애가 아프다고 허기에 만사를 전폐하고 올라왔구먼……. 이애 어서 뉘."

아까 같아서는 방금 죽는 줄 알았더니 지금 보니 아무렇지도 않은 듯이 앉아 있다. 덕호는 한편으로 딸의 병이 중하지 않은 것이 맘이 놓이나 반면에 신철이와의 결혼을 어떻게 하든지 하루라도 속히 결정하여야겠다는 것이 염려가 되었다.

"그래 자네 이번 졸업이라지?"

"네."

"자…… 이거 변변치는 않지마는 좀 자셔보지……. 졸업하구는 또 무슨 시험을 친다구? ……."

신철이는 자기 아버지에게 무슨 말을 들었구나…… 직각하자 불쾌하였다.

"글쎄요……. 아직 분명치 않습니다."

"음……. 어쨌든 성공만 바라네……. 난 급하니 내일 차로 그만 내려가겠네. 사무 보던 것을 그냥 버리고 와서 맘이 놓여야지……."

그때 신철이는 전날 옥점에게서 들은 말이 얼핏 생각났다.

그리고 이 자가 면장이 되었다더니 저렇게 값비싼 양복까지 입었구나…… 하였다.

"그런데 넌 어떻게 하겠느냐? 보아하니 병은 그리 되지 않은 모양인데…… 나하고 내려가련? 여기서 그렁저렁 치료하겠느냐? 바로 말해라."

옥점이는 눈을 구려 생각해 보더니,

"우리 시굴 가시지 않겠어요?"

신철이를 바라본다. 신철이는 선비를 생각하며, 내려가 볼까 하는 생각이 부쩍 든다. 그러나 그 순간 자기가 맡은 사명을 깨달으며, 동시에 이번에 내려가면 결혼하지 않고는 견디어 배기지 못할 것을 알았다.

"저야 뭘 가겠습니까, 그때도 우연히 몽금포 가는 길에 옥점 씨를 만났으니, 가서 폐를 끼쳤습니다마는……."

덕호는 신철의 말을 일언일구 새겨들으니, 다소 불안도 없지 않아 들게 되었다. 그때 자기들은 신철이와 옥점이 새에 의심없이 내약이 있는 것으로 알고, 한 방에서 뒹구는 것을 묵과하였는데 지금 자기 앞에서 저렇게 말하는 것을 들으니 발을 빼기 위한 변명 같기도 하였던 것이다. 그러나 오늘 신철의 아버지를 만나본 결과 혼인은 다 된 혼인 같았다. 그는 스스로 안심하고,

"지금이야 갈 형편도 되지 않겠지만……. 봄에 졸업이나 하고 날이나 따뜻해지면…… 그때는 우리 저년의 몸도 쾌차해질 터이니…… 함께 다녀가게나… 우리 집사람은 저년보다도 자네를 더 보고 싶다고 야단일세……."

"천만에……."

신철이는 머리를 숙여 보았다. 그리고 눈을 내리뜨며 무릎 위에 그의 큰 손을 올려놓았다. 옥점이는 그의 남자답고도 의젓한 얼굴과 그 손! 아버지만 아니면 덥석 쥐어보고 싶게 가슴이 둘렁거렸다. 덕호는 물끄러미 신철이를 바라보며 어딘지 모르게 신철이가 옥점이에게 짝이 좀 지나치는 것 같았다. 사윗감인즉은 훌륭한데……하며 신철이를 다시

금 바라보았다.

아까 옥점의 말을 들어보건댄 신철이가 옥점이를 사랑은 하면서도 너무 점잖고 수줍어서 이때까지 노골로 드러내지를 않는다는 뜻이었던 것이다. 그러나 이렇게 마주 앉고 보니 그럴 사나이 같지도 않았다. 보다도 신철이가 옥점이를 눌러 보는데서 이때까지 침묵을 지키고 있지 않는가? 그렇지 않으면 둘 새에 벌써 육적 관계까지 되어가지고 지금은 싫증이 나니깐 그러는 것이 아닐까? 어쨌든 이 두 문제 중에 어느 것 하나가 꼭 맞으리라⋯⋯하니 더욱 불안이 일어나며 따라서 이번에 결혼 문제도 정식으로 낙착하지 않으면 안될 것 같았다.

"서울 올라오신 바에는 좀 노시다가 가시지요."

"글쎄 맘인즉은 자네 부친님과 함께 며칠이든지 놀고 싶네마는⋯⋯ 어디 사정이 그런가⋯⋯. 내가 없으면 면의 일이 다 틀리네그리."

신철이는 아까 인호에게서 들은 말이 얼핏 생각난다. "자네는 고린내가 나서 틀렸데." 신철이는 속으로 웃으며 일어났다.

"또다시 와서 뵈겠습니다⋯⋯."


64

식당에서 가께우동 한 그릇을 먹은 신철이는 여전히 도서실로 들어왔다. 도서실 안을 휘 둘러보니, 식당으로 가기 전보다 인수가 좀 줄어진 듯하였다. 나도 어디로나 가볼까 하며, 포켓에서 시계를 꺼내 보니 여섯 시 십 분⋯⋯. 그는 의자에 걸어 앉으며 엉덩이가 아픈 것을 새삼스럽게 깨달았다. 그는 하루 종일 이 도서실에 앉아서 강의 시간에도 강당에 들어가지 않았던 것이다. 그는 다시 일어나서 자세를 바르게 해가지고 도로 앉았다. 그리고 가방 속에 집어넣어 두었던 책을 꺼내어 펴들었다.

책을 펴드니 아까와 같이 또다시 여러 가지 생각에 머리가 띵하였다. 아침 학교에 올 때 그의 아버지는, 오늘은 좀 일찍 오너라……하던 말이 또다시 가슴에 쿡 맞찔린다. 필연 오늘은 결정적으로 그의 대답을 들으려고 하는 모양이다. 어젯밤 덕호와 아버지는 단단한 의논이 있었던 모양이다. 그러니 오늘은 그 하나를 두고, 여럿이 강박하다시피 대답을 요구할 것같았다.

어쩜담……? 그는 이렇게 중얼거리며, 팔로 머리를 괴었다. 그의 아버지는 말할 것도 없이 옥점이가 재산가 집 외동딸임에 이렇게 서두르는 것이 뻔한 일이다. 돈…… 돈! 그돈 때문에 자기 아버지는 환장이 되어 아들의 일생을 망치려고 덤벼드는 것 같았다.

신철이는 눈을 꾹 감았다. 그의 머리에는 옥점이가 보인다.

그리고 선비가 떠오른다. 내가 선비를 사랑한다 하고 선뜻 대답이 나오지는 않았다. 따라서 선비와 결혼까지 하기도 그의 마음이 허락지를 않았다. 그것은 왜 그런지는 몰라도, 어쩐지 그렇게 생각이 된다. 그러면 왜 내가 선비를 잊지 못하는가?

그것도 역시 꼭 집어댈 수는 없었다. 그러나 최대 원인은, 선비가 자기가 좋아하는 타입의 미를 구비한 것이며 그리고 그의 근실성! 그것뿐이다. 그 위에 두 달 동안이나 한 집에 있으면서도 말 한 마디 건네보지 못한 것이 자신으로 하여금 이렇게 생각나게 하는 것 같았다.

만일에 선비도 옥점이와 같이 그렇게 여지없이 놀았다면, 역시 지금 자기가 옥점이를 대하는 것과 같은 그러한 감정으로 선비를 대할는지도 모른다.

여기까지 생각하고 나니 그가 이때까지 맞 당해 본 여성이 그리 적은 수가 아니나 그렇게 꼭 맘에 드는 여성이 하나도 없음을 깨달았다. 그나마 억지로 골라내면 역시 선비일 것이다.

처음부터 옥점에 대해서는 그렇게 생각하였지마는 옥점이야말로 여행 중에나 잠시 사귀어 심심풀이나 할 여성에서 지나지 않는다. 그러한 여자와 결혼을 하라……. 그는 픽 웃어버렸다. 그리고 자기 아버지에 대한 이때까지의 신념이 산산이 부서지는 것을 느꼈다. 동시에 자기 아버지 역시 박봉을 받아가지고 너무 생활에 쪼들려 이젠 돈이라면 물불을 헤아리지 않고 덤벼들게 된 것 같았다.

오늘 저녁에 집에 가면 아버지는 늦게 왔다고 불호령이 내릴 것이다. 그리고 또다시 결혼 문제를 꺼내놓을 터이지……. 흥 나 싫은 것이야 어떻게 한담……. 이렇게 생각하며 덕호가 오늘 내려갔는가? 아직 있는가? 그는 다시 덕호와 마주 앉기도 싫었다. 그러나 내려가기 전에 덕호를 만나 선비를 꼭 오는 봄에는 올려보내도록 꾀었으면……도 하였다. 그런데 이것은 옥점이와의 결혼을 승낙하기 전에는 도저히 불가능한 일이다……. 안 되면 말지……. 내…… 일개 여자로 인하여 머리를 썩일 내가 아니니까… 이렇게 생각을 하였으나 그러나 선비만은 꼭 한 번 만나고 싶었다. 그리고 그의 음성을 듣고 싶었다.

옥점이와의 결혼을 그가 거절한다면 이 선비와의 앞길도 막히는 것이 무엇보다도 섭섭한 일이다. 그래서 이 여러 문제가 일어나기 전에 선비를 서울로 올려오게 하려던 것이 그만 실패되고 말았다. 이 겨울 지나 봄만 되어도 선비를 어디로 출가시키고 말는지도 모르지… 그는 무의식간에 책을 덮어 놓고 멍하니 전등불을 바라보았다. 빛나는 전등? 검은 사마귀?…… 그때 중얼중얼하는 소리에 신철이는 휘끈 돌아보았다. 병식이가 육법전서를 가슴에 붙안고 눈을 찌그려 감았다.

그리고는 일백삼십일조…… 일백삼십일조…… 일백삼십일조…… 일백삼십일조… 응 일백삼십일조 하고 외우고 있다.

그의 얼굴은 폐병 초기를 지난 것 같고 그의 독특한 이마는 전등불에 비치어 한층 더 툭 솟아나온 듯하였다. 그는 생각지 않은 웃음이 픽 나왔다. 지금 저들은 사무관이나 판검사를 머리에 그리며 저 모양을 하고 있을 것이다. 그는 불시에 이 도서실이 싫어졌다. 그래서 그는 가방을 들고 벌컥 일어났다.

65

밖으로 나온 신철이는 푸떡푸떡 떨어지는 눈송이를 얼굴에 느꼈다. 그는 눈이 오는가……하며 바라보았다. 가로등에 비치어 떨어지는 눈송이는 마치 여름날 전등불을 싸고 날아드는 하루살이 떼 같았다. 그가 어정어정 걸어 정문까지 나왔을 때 도서실에서 흘러나오는 폐실 종이 뗑궁뗑궁 울렸다. 그는 벌써 아홉시로구나! ……하며 휘끈 돌아보았다. 컴컴한 공간을 뚫고 시커멓게 솟은 저 건물, 저것이 조선의 최고학부다! 그는 우뚝 섰다. 그리고 자기가 삼 년 동안 하루같이 저안에서 배운 것이란 무엇이었던가? 하는 커다란 퀘스천 마크(?)가 눈이 캄캄해지도록 그의 앞에 가로질리는 것을 똑똑히 바라보았다.

도서실에서 흩어져 나오는 학생들의 말소리를 들으며 그는 다시 걸었다. 그가 그의 집까지 왔을 때 아버지의 으흠 하고 기침하는 소리가 전날같이 무심히 들리지를 않았다.

"신철이냐?"

신철이가 그의 방문을 열 때, 아버지의 이러한 말이 그의 뒷덜미를 후려치는 듯이 높이 나왔다.

"네."

"왜 일찍 오라니까 늦게 오느냐? 어서 저녁 먹게 하여라."

신철이는 잠잠히 들어와서 가방을 책상 위에 놓고 책들을 가방 속에서 끌어내어 차례로 혼다데에 꽂아놓았다. 맘은 부절히 분주하지마는 이렇게 착착 정리하지 않고는 맘에 걸리어 그는 견딜 수가 없었다. 그래서 다시 책상 위를 정돈하고 걸레로 훔쳐낸 후에 벽을 기대어 아버지가 또 뭐라고 하는가? 하며 귀를 기울였다.

　신발소리가 콩콩 나더니 그의 의모가 방문을 열었다.

　"어서 들어와 저녁 먹어."

　"난 먹었수."

　"어데서?"

　"저 누가……. 동무가 한턱 내서……."

　의모는 말끄러미 그의 눈치를 채더니 방안으로 들어온다.

　"왜 일찍 나오지……. 안 나왔니?"

　"왜? 나와서 할 일 있수?"

　의모는 생긋 웃었다. 그리고 다가앉으며,

　"아까 아버지와 옥점의 아버지가 너를 기다렸다. 아마 결혼을 아주 결정하랴나 부더라……. 어떠냐 아주 재산이 많다지?"

　신철이는 멍하니 그의 의모의 나불거리는 입술만 바라보기에 무슨 말을 했는지 몰랐다.

　"이애 어서 오늘 저녁 결정하게 하여라……. 좀 좋으냐! 사람이 결점 없는 사람이 몇이나 있는 줄 아니? 아버지는 꼭 마음에 있어서 그러시는데…… 넌 그러니?"

　신철이는,

　"내가 뭐라우?"

　"아 글쎄 말이야…… 그럼 됐지. 어서 안방으로 건너가자. 이제 좀 있으면 옥점 아버지가 오실지 모르니……."

　"뭐 오늘 안 갔수?"

　"아이 그 일 때문에 못 갔지……. 이 밤차로 나려가랴다가 어데 네가 오더냐? 하루 종일 와서 기다렸다."

　신철이는 픽 웃었다. 그때,

　"신철아!"

하고 아버지가 부른다. 신철이는 무슨 생각을 잠깐 하고 나서 벌컥 일어났다. 그의 의모는 또다시,

"이애, 아버지 속 태우지 말구 얼른 대답해…… 응."

신철이가 방으로 들어오니 아버지는 안경을 벗어놓으며,

"어서 저녁 먹게 하지."

아내를 바라보며 밥상 차리라는 뜻을 보였다.

"먹구 왔다우……. 어느 동무가 한턱을 내서."

"응……"

그의 아버지는 신철의 숙인 머리를 바라보면서 한참이나 무슨 생각을 하더니,

"너 옥점이와의 결혼에 대해서 별 이의가 없을 터이지……?"

신철이는 머리를 들며,

"싫습니다!"

의외로 명확한 대답에 아버지의 얼굴은 순간으로 변하여진다.

"어째서?"

"별 깊은 이유는 없습니다."

그는 이렇게 뚝 잘라 말하며 다시 머리를 숙였다. 신철의 아버지는 조금 다가앉았다.

"이유 없이 싫다?…… 그럼 네 맘으로 정해둔 여자가 있느냐?"

그 순간 신철이는 선비를 멀리 바라보았다. 그러나 그 환영은 순간으로 희미하게 사라졌다.

"없습니다."

"그러면 이번에 정하고 말아! 무슨 잔말이냐."

그의 아버지는 이렇게 말하였다.

## 66

그의 아버지는 평상시의 신철의 성격을 미루어서 자기의 말이라면 아무리 그의 비위에 다소 틀리는 점이 있다고 하더라도 묵과할 것만 같아서 이렇게 명령하듯이 말하였다. 신철이는 아버지의 이러한 말을 듣고 적지 않게 놀랐다. 자기의 일생에관한 중대사를 당자의 의사는 무시하고 저렇게가지 덤벼들게 상식이 없는 아버지라고는 생각지 않았기 때문이다. 그저 다소 권해보다가 싫다면 말겠거니⋯⋯하였던 것이다.

"이제 옥점이의 아버지가 올 터이니 너는 잔말 말고 쾌히 승낙해라⋯⋯. 글쎄 그런 자리가 쉽겠느냐⋯⋯. 생각해 봐라.

너는 지금 쓸데없는 공상에 들떠서 모르지마는 현실사회란 그렇지 않은 게야. 나두 한때는 공상에서 대가리만 커서 한동안 감옥생활까지 해보았다마는⋯⋯. 그래서 지금 이렇게 달달 꾀어 돌아간다. 그러니 시재라도 내가 저게서 나오게 되면 생활도 딱하지 않으냐?⋯ 네가 이 봄에 졸업하고 고문 시험이나 파스되면 걱정 없지만⋯⋯ 그래도 뒤에서 후원이 상당해야 네가 출세하기도 힘이 들지 않는 게다⋯⋯ 알아들었니? 이번 결혼만 되게 되면 네 앞길은 아주 유망하다. 그러니 아비는 너의 장래를 생각해서 그러는 게야."

그의 아버지는 음성을 낮추어가지고 이렇게 간곡히 말하였다. 신철이는 처음부터 아버지의 뜻을 모른 것은 아니나 이렇게 맞 당해서 그의 간곡한 말을 들으니 아버지의 그 머리로써는 이렇게밖에 더 생각할 수가 없으리라⋯⋯ 하였다. 지금 이집의 유일한 후계자는 자기라고 아버지는 생각할 것이다. 동생인 영철이가 있으나 아직 그는 어렸고더구나 영철이는 항상 앓아가지고 있으니 장차 생존 여부조차도 믿지 못할 만큼이었다. 그렇다고 그는 아버지의 말대로 고문 시험을 패스하고 재산가 집 사위가 되고 또 이 집의 후계자로만 그칠 생각은 추호도 없었다.

더구나 결혼 상대가 맘에 들지 않으니 그것은 두말할 여지가 없었다.

"아버지, 상대는 맘에 있거나 없거나 재산만 보고 결혼을 하랍니까?"

신철이는 아버지를 정면으로 바라보았다. 그의 아버지는 아들이 이렇게까지 노골로 대어들 줄은 몰랐다가 적이 놀랐다.

"음…… 상대가 맘에 없다? 그러면 왜 옥점의 집에 가서 근 석 달이나 같이 있었냐? 그리고 날마다 함께 몰려다니구?"

신철이는 딱 쏘아보는 아버지의 시선을 약간 피하였다.

"총각의 몸으로서 처녀의 집에 가서 하루이틀도 아니요, 두석 달씩이나 있었으니 누가 평범하게 본단 말이냐? 응 어데 말해봐."

"……"

신철이는 대답에 궁하여 가만히 있었다.

"그럼 네가 색마라 말이냐? 며칠 데리고 놀았으니 싫증이 난단 말이지……."

이 말에는 신철이도 참을 수가 없었다. 그리고 반항의 불길이 확 일어남을 깨달았다.

"아버지! 너머하십니다. 동무로 인정하는 이상 얼마든지 함께 다니고 함께 있을 수도 있지 않습니까. 그것은 아버지의 봉건적 선입관으로 남자와 여자는 함께만 있으면 서로 관계가 있는가? 하고 생각하는 데서 하시는 말씀이시지…… 어데 그럴 수가 있습니까? 그리고 그때만 해두 아버지의 제자란 명칭 하에서 간곡히 권하니 그저 하로이틀 하로이틀 물린 것이 그렇게 되었지…… 절대로 옥점이를 배우자로 인정함은 아니었습니다."

"이애, 이애 듣기 싫다. 봉건적이니 무어니 해두 사내와 계집이 함께 몰려다니면 별수가 있니? 네가 이제 와서 결혼을 하지 않겠다면 젤단*

---

* 원전대로.

내가 낯을 들 수가 없게 되었다. 그리고 너… 네 책상에는 그게 다 뭐하는 책들이냐? 아비가 담배 한 갑을 맘놓고 사먹지 못하고 애쓰는 줄은 모르고 쓸데없는 책만 사들여다 보구는 봉건적이니 무슨 적이니 하고 애비 대답만 기성스레 해? 이놈! 그런 버르장이를 얻다 대고 하니? 대학까지 다녔다는 놈이……"

아들의 말 나오는 것을 들으니 그의 아버지는 이때까지 자식에게 취하여왔던 희망이 졸지에 전부가 부서지는 것을 느꼈다. 동시에 참을 수 없는 분이 머리털끝까지 치미는 것을 깨달았다.

"고문 시험 칠 게나 보지……. 이놈! 별 책 다 사다 보더니…"

"그 책들이 나의 교과서외다……. 아버지는 고문 시험을 치라지오? 내 이때껏 노골로 말을 안 했지만 고문 시험은 쳐서 뭘 하는 겝니까!"

"이애, 잘한다……. 허허 이놈아! 무슨 개소리를 치고 앉았냐! 썩 나가지 못하겠냐?"

그의 아버지는 달려들어 신철의 따귀를 후려쳤다. 그리고 그의 앞가슴을 움켜쥐고 문밖으로 내몰았다.

"너와 나와 아무 상관없다. 남이다. 우리 집에 있을 턱이 없어! 나가!"


67


신철의 의모는 남편을 붙들며,

"아이 망녕이시네, 이거 왜 이러세요."

"나가! 난 네 아비 될 것 없고, 넌 또 내 아들 될 것이 없어."

신철이는 허둥지둥 건넌방으로 건너와서 몇 권의 책과 몇 벌의 양복 가지를 가방 속에 넣어가지고 뛰어나왔다. 그의 의모는 안방에서 달려나왔다.

"이애, 너 미쳤구나. 오늘 네가 웬일이냐. 아버지가 다소 꾸지람을 하시기로 너 이게 웬일이냐."

신철의 외투자락을 잡고 늘어졌다. 신철의 아버지는 벼락치듯 문을 열고 나와서 아내를 끌고 들어간다.

"어서 나가! 나가지 못하는 것도 아주 비겁한 놈이야, 응 어서, 어서."

자던 영철이가 문소리에 놀라 으아 하고 울며 나온다. 그의 아버지는 신철이가 이렇게 극단으로 나갈 줄까지는 꿈에도 생각지 못하였다. 더구나 나가란다고 신철이가 가방을 들고 나오는 것을보니 앞이 아뜩하여지며 전신이 사시나무 떨리듯 하였다.

신철이는 영철의 우는 소리를 들으며 문밖을 나섰다. 눈은 아까보다 더 퍼붓는다. 삽시간에 그의 옷은 눈에 허옇게 되었다. 그가 박석고개까지 왔을 때 뒤따르는 신발소리가 흡사히 그의 의모의 신발소리 같아 휘끈 돌아보았다. 그는 어떤 낯선 부인이었다. 순간에 신철이는 말할 수 없는 쓸쓸함을 느끼는 동시에 새삼스럽게 돌아가신 어머님이 눈물겹게 떠올랐다.

그는 천천히 걸으며 어디로 가나? 하며 생각해 보았다. 암만 생각해 보아도 갈 곳이 없다. 그는 이런 생각 저런 생각을하며 종로까지 왔다. 종로도 이젠 적적한 감을 주었다. 간혹 사람들이 다니기는 하나 자기와 같이 갈 곳이 없어 헤매는 사람들 같지 않았다. 모두 활개를 치며 분주히 걸었다 그리고 카페에서 흘러나오는 재즈 레코드 소리만이 요란스럽게 들린다.

그는 파고다 공원 앞까지 와서 우뚝 섰다. 그리고, "그 동무의 집에라도 가볼까?" 이렇게 중얼거렸다. 전날 밤에 이 파고다 공원에서 만났던 동무의 생각이 얼핏 났던 것이다. 그는 조선극장 앞을 지나 안국동 네거리로 들어섰다. 그때 비창한 어떤 결심이 그의전신을 뜨겁게 하였다. 그리고 다시는 집에 발길을 들여놓지 않으리라…… 하였다. 그나마 자기 뒤를 따라 의모가 나오거니, 나오거니…… 생각했다가 이 안국동 네

거리에 들어서면서부터 아주 단념이 되고 말았던 것이다.

의모가 그의 뒤를 따라와서 집으로 끈다 하더라도 이미 나온 신철이라 다시 집으로 들어가지는 않겠으나 그러나 웬일인지 자꾸 의모가 그의 뒤를 따르는 것만 같았던 것이다.

보성전문학교 앞을 지나칠 때,

"이게 누구요?"

손을 내민다. 그는 놀라 자세히 보니 그가 찾아가던 동무였다.

"아 동무! 난 지금 동무를 찾아가던 길이오."

"나를?"

그는 의심스럽다는 듯이 말끄러미 쳐다본다. 그는 얼굴빛이 희며 눈까풀이 없다. 그리고 몸이 호리호리하면서도 키가 작다. 그러나 툭 솟은 그의 앞가슴과 올백으로 넘긴 그의 머리카락이 밤송이같이 까칠하게 일어선 것을 보아, 누구나 그의 담력을 엿볼 수가 있다. 그래서 그런지 그를 대하면 다정해 보이기도 하고 또 쌀쌀해 보이기도 하였다.

한참이나 훑어보던 동무는,

"웬일이오? 이 트렁크는 왜 밤중에 가지고 다니우?"

신철이는 주저주저하다가,

"동무, 난 우리 집에서 아주 나왔소이다."

"아주 나왔다?"

동무는 무슨 말인지 잘 알아듣지 못하고 이렇게 되풀이하며 신철이를 똑바로 쳐다보았다. 신철이는 묵묵히 동무를 바라보다가,

"왜, 아주 나온 것이 안 되었소?"

"아니, 어떻게 하는 말인지…… 동무가 집에서 아주 나왔어요?"

"예……."

신철이는 쓸쓸한 웃음을 웃었다. 동무는 무슨 일인가?…… 생각하며 눈이 둥그래서 쳐다보았다.

"그런데 동무는 어델 가댔수?"

한참 후에 신철이는 물었다.

"나요? 지금 저녁 얻어먹으러 떠났소, 허허."

동무는 어깨의 눈을 툭툭 털었다.

"그럼 나와 가오."

68

우동 한 그릇씩 먹은 그들은 빵 몇 개를 사가지고 동무의 집까지 왔다.

"자, 빵이오. 손님이오."

신철의 앞을 서서 문을 열고 들어가는 동무는 웃으며 이렇게 말하였다. 육촉밖에 안 돼 보이는 컴컴한 전등을 가운데 두고 마주 앉아 샤쓰를 벗어 들고 이 사냥을 하던 그들은 놀라 샤쓰를 입으며 눈이 둥그레 바라보았다. 그리고 동무의 내쳐주는 빵을 들고 뚝뚝 무질러 먹는다.

신철이는 무슨 고리타분한 냄새를 후끈 맡으며 방으로 들어 앉았다. 불은 언제 때봤는지? 안 때봤는지? 마치 얼음덩이 위에 앉는 것 같았다.

"이 동무는 유신철이라는 동무요."

동무는 그들에게 소개하였다. 그들은 빵을 씹으며 서로 인사를 하고 픽 웃었다. 그들의 입모습에는 일종의 비웃음이 떠돌았다.

"우리 셋에서 자취 생활을 하였소. 이제부터 동무도 우리와 같이 고생을 하여야 하오, 하하."

동무는 그 밤송이 머리카락을 흔들며 웃었다. 그리고 새카만 내의를 입고 추워서 웅크리고 있는 그들을 바라보며,

"오늘 굶지 않을 수가 나려니…… 별일이 다 있거든! 이동무가 나를 찾아온단 말이어, 하하……."

"그러니 내일 아침 먹을 것이 걱정이지……."

얼굴 둥근 기호라는 사람이 말하였다.

"무슨 내일 일까지 걱정하고 있어…… 그래도 사람은 살아 나가는 수가 있는지라……."

동무는 신철이를 돌아보았다. 신철이는 멍하니 그들을 바라보며 이 밤을 여기서 지낼 것이 난처하였다. 무엇보다 이 토굴 같은 방에서 자리도 없이, 더구나 살을 에어내는 듯한 찬방에서 지낼 것이 기가 막혔다. 그리고 내일 아침부터라도 신철의 가방이며 외투까지……. 그가 몸뚱이 하나를 내놓고는 다 전당포로 들어가야 할 것을 절실히 느꼈다. 그는 앞이 아뜩하였다. 그가 집에서…… 아니! 책상머리에서 생각하던 바와는 너무나 현실이 무서움을 깨달았다. 동시에 이제 앞으로 닥쳐올 현실! 그것을 상상하여 볼 때, 그의 앞은 아무것도 보이지 않고 캄캄하였다.

그 밤을 고스란히 새운 신철이는 지갑을 톡톡 털어 동무를 주었다. 그는 쌀과 나무를 사왔다. 그래서 한 사람은 쌀 일고 한 사람은 불 때고 이렇게 서둘러서 밥을 지어놨다.

"이애, 이거 오늘은 상당하구나!"

밤송이 머리에 재티가 뿌옇게 앉았다. 신철이는 빙긋이 웃었다. 그리고 동무의 만족해하는 모양을 바라보며 오냐 나도 견디자! 이렇게 굳게 결심하였다.

밥을 다 먹고 난 그들은 저마다 설거지를 하라고 내밀다가 나중에는 각기 한 그릇씩 들어다 부엌 구석에 몰아 두었다.

"여보게, 오늘은 안 간 모양이지?"

일포가 눈을 끔쩍하며 앞문을 바라보았다.

"어제 야근 아니어?…… 그러니 오늘은 한시부터야 출근하실 터이지……. 오늘은 좀 가서 만나보기로 하자."

기호가 맞장구를 친다. 동무는 신철이를 바라보고 소리를 낮추며,

"무슨 말인지 알아듣겠나? 저 건넌방에 말이지…… 방직공장에 다니는 미인이 있단 말이어……. 그러니 저놈들이 저만큼 연애를 걸어보려

누먼……."

"이애 이놈아, 누가 연애를 걸랴냐? 실은 네놈이 몸이 백파센트로 달지 않았냐?"

그들은 일시에 웃었다.

이튿날 신철의 동무는 신철이와 함께 있는 것이 재미 적다고 생각해서 둘이서 의논한 끝에 동무는 다른 곳으로 옮기게 되었다. 그리고 부득이 만날 일이 있어야 혹간 오곤 하였다.

그 후로부터 신철이는 자취 생활에 익숙해져서 밥도 짓고 내의도 빨아 입곤 하였다. 그리고 밥해 먹고 나서는 돌아앉아 이 사냥으로, 양말 뚫어진 것을 깁기에 분주하였다. 더구나 신철이는 차근차근하게 무엇이든지 잘 하므로 그는 주부 역을 맡았다.

일포나 기호는 이미 감옥 생활을 거친 사람들로서, 지금은 그저 픽픽 웃기만 하고 여기도 저기도 가담하지 않았다. 그리고 하루 종일 누구는 어떻고……어떻고 하면서 비웃기로 소일을 하고 있었다. 더구나 여자 말이라 하면 기를 쓰고 덤벼들었다.

"여보게 신철 군! 어젯밤 이 앞 다리에서 그 미인과 마주쳤구먼…… 그런데……."

앞방 여직공을 가리켜 그 미인이라 하였다.


## 69

피아노를 뚱뚱 치고 있던 옥점이는 창문으로 쏘아 들어오는 달빛을 쳐다보며 한참이나 무슨 생각을 하더니 머리를 돌려 선비를 바라보았다.

"선비야, 너 그날 밤에 신철이가 뭐라고 하지 않던?"

문 앞에서 낮에 따온 외를 다듬던 선비는 외를 든 채 멍하니 옥점이를 바라보며 그게 무슨 말인가? 하였다. 옥점이는 성을 발칵 내었다.

"넌 이따금 혼이 나가는 모양이두나? 그게 뭐야, 어따 좋다!"

선비가 돌려 생각할 새도 없이 옥점이는 이렇게 비웃었다.

선비는, "그날 밤 신철이가 뭐라고 하지 않던? 그게 무슨 말이야?……" 하고 입속으로 외어보나 도무지 그의 기억에서 찾아낼 수가 없었다. 그가 하필 이 말귀만을 못 알아들은 게 아니라 종종 그러하였다. 웬일인지 몰랐다. 언제부터인지 모르나 그의 머리에는 뭐라고 형용하기 어려운 안타깝고 초조함이 저 바구니에 외가 들어 있는 것보다도 더 가득히 들어찬 것을 그는 새삼스럽게 깨달았다. 동시에 그가 언제부터 옥점의 말과 같이 정신이 나갔는지 몰랐다. 어쨌든 그의 맑고 선명하던, 그 무엇인지는 모르나 그것이 확실히 자신에게서 떠나간 듯하였다. 그는 칼로 외꼭지를 자르며 한숨을 가볍게 쉬었다.

"그래 아직도 생각 안 나?"

한참 후에 선비는 머리를 들며,

"안 나."

"아이 저런! 바보가 어디 있나? 참 죽겠네! 아 작년 여름에 서울서 왔던 손님 말이어……."

"손님이 뭘?"

"아이구 저걸 어째? 재가 저러다 정말 바보가 되랴나 봐. 에이 모르겠다, 어서 외나 다듬어서 김치나 담거! 네게 말하느니, 쇠귀에 경을 읽어야 낫겠다. 그게 뭐야…… 참."

옥점이는 휭 돌아앉는다. 그리고 다시 피아노를 치며, 그 소리에 맞춰 무슨 노래인지 슬프게 부른다. 선비는 물끄러미 그의 모양을 바라보았다. 그리고 그 노래를 들었다. 그 노래는 선비의 모든 것을 비웃는 듯 조롱하는 듯하였다. 그리고 창문으로 쏘아 들어오는 무지개 같은 달빛에 비치어 그의 백어 같은 손길은 가볍게 뛰놀았다.

"이애 선비야! 그 방에 불켜 노려무나."

옥점 어머니가 밖으로부터 들어오며 이렇게 소리쳤다. 선비는 깜짝 놀라 일어났다. 언제나 그는 옥점 어머니의 음성만 들으면 가슴이 후닥닥 뛰며 그 담 말에는 자기를 나무라지 않으려나? 혹은 이년 더러운 년! 나가라! 하지 않으려나? 하는 불안에 도무지 마음을 진정할 수가 없었던 것이다.

"그만둬라…… 어머이, 난 이대로가 좋아. 저 달빛이면 그만이지……. 불은 켜서 뭘 해…… 아이, 난 죽으면 좋겠어, 어머이."

방안을 들여다보는 그의 어머니를 쳐다보았다. 옥점 어머니는 딸이 죽고 싶다는 말에 앞이 아뜩해서,

"그게 무슨 말이냐? 소위 배웠다는 년의 입에서 그런 말이 나오냐? 다시는 그런 말 내 앞에서 내지 말아!"

옥점 어머니는 목이 메어 할 말이 아직 많은데 그만 그치고 말았다.

"넌 무슨 오이를 아직도 다듬냐? 어서 그걸랑 들여다 두고 안방에 불도 켜고, 자리도 펴고, 이 방에도 그렇게 해! 원? 어쩐 일로 계집년이 점점 느릿느릿하냐, 그나마 그 할멈을 그냥 두었으면 좋을 것을……"

옥점이가 졸업하고 내려오니 선비가 할멈 방으로 쫓겨나게 되었다. 그 바람에 덕호가 할멈을 내보냈던 것이다.

"어머이! 나…… 참……. 저…… 온정서 말이야…… 할멈을 만났지! 그런데 자꾸 울겠지! 불쌍해!"

"아 글쎄, 네 아비라는 물건짝이 기어코 할멈을 내보냈구나! 내야 할멈이 불쌍해서…… 그냥 두려고 했지……."

그 순간 옥점 어머니는 외 바구니를 들고 부엌으로 들어가는 선비를 흘금 보며, 전부터 마음속에 깊이 자라오던 질투의 불길이 그의 젖가슴을 따갑게 스치는 것을 느꼈다.

"그것도 다 저년 까닭이지…… 글쎄……."

할멈과 함께 있으면 어드래서 할멈을 내보냈겠니? 아무래도 네 아비

가 수상하니라…… 하고 말이 나오는 것을 그만 꾹 눌러버렸다.

옥점이는 피아노에 엎디며,

"참, 이상해……."

하며 젖가슴을 꾹 쥐었다. 옥점 어머니는 신이 나서 들어온다. 그리고 옥점이를 들여다보았다.

"너두 이상하게 생각했니?"

## 70

옥점이는 어머니를 말똥말똥 쳐다보았다.

"글쎄 늙은 첨지가 뭐겠니? 아무래도 수상하지?"

옥점이는,

"아이 참 죽겠네…… 어마이는 뭘 그래? 뭘 수상하단 말이어? 호호호."

옥점 어머니는 그제야 딸이 딴 말을 한 것을 잘못 알아들은 것으로 눈치채었다. 동시에 말할 수 없는 노염이 치받쳤다.

"넌 그게 무슨 웃음 소리냐?"

"어마이는 그게 무슨 말이오"

옥점 어머니는 부끄러운 생각이 들어 그만 휙 돌아섰다.

방에서는 성냥 긋는 소리가 막 났다. 뒤미처 불이 빨갛게 켜진다. 옥점 어머니는 안방으로 들어왔다. 그리고 자리를 펴는 선비를 노려보았다.

"좀 똑바루 펴라!"

선비는 벌써 가슴이 진정할 수 없이 뛰었다. 그리고 손끝이 가늘게 떨렸다. 동시에 그는 눈 한번 맘놓고 뜨지 못하고 자리를 펴놓은 후에 마루로 나왔다. 옥점이는 여전히 의자에 앉아 머리를 숙이고 있다. 자는지 혹은 무슨 생각을 하는지 몰랐다. 선비는 아까 옥점이가 불 켜는 것이 싫다고 한 것만은 기억하고 건넌방 문편에 비껴 앉아 그의 동정만 살피고 있었다. 불 켜리? 하고 묻고 싶으나 옥점이가 또 뭐라고 알아듣지 못할 말을 하고 비웃을 것만 같아서, 그는 우두커니 앉아있었다.

"내일 그만 경성에나 갈까?"

자는 듯이 엎디어 있던 옥점이는 벌컥 일어나며 이렇게 중얼거렸다. 그리고 의자에서 물러나며,

"이애 불 켜! 왜 그러고 앉았니? 이 바보야! 에크! 뭣이 쏟아졌나 봐!"

옥점이는 물바리를 쏟아치고 이렇게 소리쳤다. 선비는 얼른 뛰어들어가며 불을 켜놨다. 물바리의 물이 전부 쏟아졌다.

"아니, 넌 불을 켤 것이지, 그럭하고 앉아서 이런 일이 나게 헐 탁이 뭐냐? 아이구! 참 죽겠네! 저런 꼴 보기 싫어서 난 더 속이 상한다니…… 얼른 펄펄 치워놔라."

옥점이는 냉큼 안방으로 건너간다. 그리고 모녀가 주거니받거니 무슨 말인지 하고 있다. 선비는 걸레로 방을 훔쳐낸 후에 빈 바리를 들고 할멈 방으로 나왔다. 그가 방안에 들어서면서야, 아이 내 이 빈 바리는 부엌에 들여다 두자고 한 것을 가지고 왔네……. 이렇게 생각을 하며 도로 문밖으로 나오다가, 에라 내일 아침에 들어가지…… 하고 주저앉았다.

그는 불도 켜지 않은 채 우두커니 앉아 있었다. 너무도 하루 종일 들볶여서 어리뻥뻥할 뿐이고 아무런 생각도 나지 않았다. 그저 창문으로 새어드는 달빛을 보며 저 달빛을 따라 이 집을 벗어나고 싶은 생각만이 시간이 지나갈수록 농후해짐을 느꼈다. "어떻게 하누." 그는 한숨 섞어 이렇게 중얼거렸다.

그는 밤마다 저 창문을 바라보며 그 몇 번이나 이 집을 벗어나겠다고 결심하였다가도 막상 나가려고 봇짐을 들고 나서면 갈 곳이 없다. 그래서 그는 할 수 없이 주저앉곤 하였다.

그는 무심히 이제 들고 들어온 빈 바리를 어루만지며 오늘밤에는 아

주 단단한 맘을 먹고 나가볼까? 나갈 때는 이 바리도 가지고 가지……
할 때 옥점 어머니의 성난 얼굴이 휙 지나친다. 그는 진저리를 치고 바
리를 저편으로 밀어냈다. 그러나 그 바리만은 웬일인지 놓고 나가기가
아까웠다. 보다도 섭섭하였다. 동시에 부엌 찬장에 가득히 들어 있는
바리 사발이며 탕기, 대접, 접시, 온갖 그릇들이 그의 눈에 뚜렷이 나타
나 보인다. 그가 하루같이 알뜰히도 만지는 그 그릇들! 꽃무늬에 짐승
무늬를 돋쳐 동그랗게 혹은 네모나게, 크고 또는 작게 만든 그 그릇들!
그가 그나마 이 집에 정붙인 곳이 있다면 이 그릇들을 것이다

　그는 다시 바리를 끌어당기어 가슴에 꼭 붙여 안았다. 그리고 창문을
멍하니 바라보았다. 그때에 불시, 이 방안을 떠나고 싶은 맘이 들어 가
만히 일어났다. 그리고 그의 봇짐을 쥐어보며…… 가면 어디로 가나?
만일 밖에 나갔다가 덕호보다도 더 무서운 인간을 만나면 어쩌나? 하
는 불안에 봇짐을 슬며시 놓고 물러났다. 그러나 아무리 돌려 생각해도
이 집에서는 오래 있지 못할 것 같았다.

　덕호가 들어오기 전에 어디로든지 가야 할 터인데…… 하고 선비는
우선 사랑에 덕호가 있는지? 없는지? 알고자 하여 밖으로 나왔다. 사
랑에는 불도 켜지 않고 문 위에 달빛만이 환하게 드리웠다. 그는 가볍
게 한숨을 몰아쉬며 그의 방으로 도로 들어왔다.


# 71


　방으로 들어온 선비는 몇 번이나 봇짐을 들어보다가 아무래도 대문
밖에 덕호가 섰는 것 같고, 그가 나가다가 길거리에서라도 만날 것 같
아서 그만 봇짐을 놓고 한참이나 망설거리다가 우선 밖에 누가 있지 않
나 보려구 문밖을 나섰다. 중문밖을 나서니 유서방의 방에 불이 발갛
다. 그는 멈칫 섰다가 대문 밖으로 쫓겨나오는 듯이 나와버렸다.

대문 밖을 나선 그는 휘휘 돌아보았다.

그러나 아무도 보이지 아니하였다. 그는 누가 볼세라 하여 바자 곁에 착 붙어 서서 조금씩 조금씩 앞으로 나왔다. 그가 나간대야 너 이년 어디 가니…… 하고 붙들 사람조차 없는 것같은데 그는 이렇게도 나가기가 무서웠다. 그래서 그는 이렇게 숨어 걷지 않고는 견디지 못하였다.

한참이나 나오던 그는 멈칫 섰다. 읍으로 들어가는 새로 닦은 신작로가 달빛에 뚜렷이 바라다보였다. 그는 언제나 이 길을 바라볼 때마다, 그가 이 길로 외롭게…… 쓸쓸하게 나가게 될 날이 멀지 않으리라…… 하였다. 그렇게 막연하게 생각은 들면서도 마침 나가려고 단단히 맘을 먹고 이 길 위에 올라서면 멀리 바라보이는 컴컴한 솔밭과 솔밭 새로 뿌옇게 사라져간 이 길 저편에는 덕호보다도 몇 배 더 무서운 사나이가 눈을 부릅뜨고 자기를 기다리는 것 같았다. 그는 전신에 소름이 오싹 끼쳐지며 무의식간에 휙 돌아섰다. 그의 앞에 나타나 보이는 이 용연 동네! 보다도 함석창고를 보아란 듯이 앞세우고 즐비하게 들어앉은 덕호의 집! 다시 그 집으로 들어갈 생각을 하니 뭐라고 형용할 수 없이 온 가슴이 쓰리고 아팠다. 그는 다시 돌아서며 솔밭길을 바라보고 몇 발걸음을 옮기다가는…… "어쩌나? 난! 난 어째!" 이렇게 중얼거리며 저 달을 쳐다보았다. 달은 언제나처럼 저편 하늘가를 향하여 슬슬 달음질쳤다.

그때 그는 얼핏 생각나는 것이 있었다. 그것은 간난이였다. 그가 덕호에게 유린을 받기 전만 하여도 간난이를 아주 몹쓸 여자로 알았지마는, 그가 한번 그리 된 후에는 웬일인지 꿈에도 간난이를 종종 만나보고 서로 붙들고 울기까지 하곤 하였다. 그리고 이렇게 나갈까말까 하고 망설일 때마다 문득 그의 머리에는 간난이가 떠오르는 것이다. 그가 어디라던가? 가서 돈벌이를 잘한다지…… 편지나 좀 할 줄 알면 해보았으면…… 하고 생각할 때, 그의 발길은 어느덧 간난네 집을 향하여 옮겨졌다. 그는 몇 번이나 간난이의 소식을 알고자 달밤이면 이렇게 찾아오곤 하였다. 그러면서도 차마 들어가지는 못하고 바자 밖으로 어슬어슬 돌아가다가는 에라 후일 알지, 간난이 어머니라도 나를 수상히 보면 어쩌나 하는 불안에 돌아서 오곤 하였다. 그때마다 그는 '간난아!' 이렇게 목이 메어 입속으로 부르면서, 그와 자기가 어려서 놀던 생각을 하였다. 그리고 간난이가 여기 있을 때 어째서 자기는 그의 맘을 이해해주지 못하였던가? 따라서 다만 한 마디라도 그를 붙들고 위로나마 해주지 못하였던가…… 하니 기가 막혔다.

그는 이러한 생각을 되풀이하는 새 벌써 간난네 집까지 왔다. 그는 멈칫 서서 이번에는 꼭 들어가서 그의 소식을 알아가지고 가리라…… 굳게 결심하였다.

그는 안에 누구들이 마을이나 오지 않았는가를 살폈다. 그담엔 간난이 아버지가 집에 있는가 하고 동정을 보았다. 그러나 안은 괴괴하였다. 그리고 어슴푸레한 불빛만이 문 위에 비치어 있을 뿐이고, 그리고 누구의 기침소리인지 쿨룩쿨룩…… 하는 소리가 들렸다. 벌써들 다 자는 모양인가. 그만 갔다가 내일 낮에 올까…… 하고 돌아서다가, 에라 들어가보자 하고 안 들어가는 발길을 힘껏 들이몰았다. 신발소리에 안에서는,

"누구요?"

간난이 어머니의 음성이 흘러나온다. 선비는 멈칫 서서 주저하다가 방문이 열릴 때에야 하는 수 없이 앞으로 나갔다.

"저여요."

간난이 어머니는 나와서 선비를 자세히 들여다보더니,

"난 누구라고…… 네가 어찌 우리 집엘 다 왔느냐."

간난이의 어머니는 선비의 손을 붙들고 방안으로 들어왔다.

그리고 이 애가 어떻게 우리 집엘 왔을까? 혹은 덕호란 그 죽일 놈이

간난이가 서울 가서 돈벌이를 잘 한다니까 알아보려고 보내지나 않았나? 하는 생각이 불시에 든다. 그러나 또 한편으로는 이 애 역시 간난이와 같은 경우를 당하지 않았나? 하였다. 그래서 간난이 어머니는 눈을 둥그렇게 뜨고 눈치를 살폈다.

72

"너 본 지가 얼마만이냐. 어머니 상사 났을 때 보고는 여직 못 봤지…… 그새 넌 퍽이나 고와졌다."

풀기 없이 앉아 있는 선비를 보며 간난이 어머니는 이렇게 말하였다. 그리고 선비 입에서 무슨 말이 나오기를 기다렸다.

선비는 이렇게 들어오기는 하고서도 옥점 어머니나 혹은 덕호가 자기의 뒤를 따라와서 문밖에 섰는 것 같고, 그리고 자기가 이 집 문밖만 나서면 너 이년, 여기는 뭣하러 왔느냐고 달려들 것만 같아서 말 한마디 맘놓고 할 수가 없었다. 그래서 그는 문 편만 흘금흘금 바라보면서 가만히 있다. 간난이 어머니는 그의 태도를 이상하게 바라보았다. 그리고 딸이 서울 가기 전에 밤잠을 못 자고 돌아다니다가 들어와서는,

"어마이, 아무래도 덕호가 선비를 얻으랴나 부야! 날 버리고……."

이렇게 한숨 섞어 하던 말이 방금 귀에 들리는 듯하며, 이 계집애가 역시 우리 간난이와 같이 배척을 받지 않았는가? 하는 생각이 시간이 오래질수록 차츰 농후해졌다. 따라서 한편으로는, 너 이년 우리 간난이의 맘을 그렇게 아프게 하더니 잘되었다! 하였다. 그러나 반면에 선비의 풀기 없는 것을 바라볼 때 흡사히 자기 딸이 앉아 있는 것 같고, 그래서 그의 눈에는 간난이의 모양이 뚜렷이 보이는 듯하였다.

한참 후에 선비는,

"어머이, 지금 간난이가 어디 가 있수?"

"왜? 그것은 알아 뭘 하랴고?"

덕호가 보내어 묻는 것만 같아서 간난이 어머니는 이렇게 쏘는 듯이 반문하였다. 선비는 다시 물을 용기가 나지 않았다. 그래서 그는 또다시 잠잠하고 고름 끝만 돌돌 말고 있었다. 간난이 어머니는,

"글쎄, 그애 간 곳은 알아 뭘 하겠다디? 남의 딸의 일생을 망쳐놓고, 또 무엇이 부족해서 그런다더냐?"

간난이 어머니는 나오는 줄 모르게 이렇게 지껄였다. 선비는 볼이나 몹시 쥐어박힌 것처럼 얼얼한 것을 느끼며 안 올데를 왔다…… 하는 후회까지 일었다. 그리고 자기의 일생이란 것도 덕호로 인하여 망치게 되었다는 것을 명확히 깨달아졌다. 동시에 참을 수 없는 분이 울컥 내밀치며, 그나마 간난이는 부모라도 있으니 저렇게 분해서 그러지마는 자기의 배후에는 저렇게 분해해 줄 사람조차 없는 것을 또한 발견하였다. 그는 얼결에 눈물 섞어,

"어머니!"

하고 불렀다. 간난이 어머니는 머리를 번쩍 들었다. 그리고 선비를 뚫어지도록 바라보며 무슨 말을 하려누…… 하였다. 선비는 얼결에 이렇게 불러놓고 보니 할 말이 없다. 그리고 자기가 부르는 그 어머니가 아닌 것 같고, 어찌 보면 자기가 부른 어머니 같아서 갈피를 잡을 수가 없었다. 그는 한참이나 멍하니 바라보다가 문바람에 꺼질 듯 꺼질 듯 하는 등불로 시선을 옮겨버렸다. 그의 눈에는 눈물이 샘솟듯 하였다. 간난이 어머니는 이 순간 저것이 확실히 간난이와 같은 경우를 당하였다는 것을 무언중에 깨달았다. 동시에 저것의 맘이 오죽하랴! 아 죽일 놈, 저 놈이 내 생전에 벼락을 맞지 않으려…… 하느님은 참 무심하다! 하고 그는 맘속으로 덕호를 눈앞에 그리며 이렇게 부르짖었다.

"선비야! 너 왜 그렇게 딜 좋아하니……."

말끝에 간난이 어머니는 목이 메어 머리를 숙이며 치맛귀를 당겨 눈

물을 씻었다. 선비는 간난이 어머니가 우는 것을 보니 참을 수 없이 울음이 응응 쓸어 나오는 것을 입술을 꼭 깨물며,

"어머니 간, 간…… 간난이가…… 어디 있수?"

"너두 그애 있는 데 가보련?"

"네."

간난이 어머니는 일어나더니 농문을 열고 편지봉투를 꺼내가지고 선비 앞으로 왔다.

"서울, 아이 어데라던가? 난 늘 들으면서도 모른다니, 네 이것 봐라. 여기에는 그애 있는 곳이 쓰여 있다고 하더라……. 죽일 놈 그놈의 원수를 어떻게 해야 갚겠니? 너의 어머니가 살아 계셨더면 오작이나 하시겠니! 아이구 가슴 아파라!"

간난이 어머니는 가슴을 툭툭 친다. 선비는 봉투를 쥐며 간난이 어머니가 덕호와 자기 새를 눈치챈 것을 느끼자 덕호에 대한 증오심과 함께 부끄러운 생각이 그의 전신을 잡아 흔드는 듯하였다. 그는 떨리는 손으로 봉투를 쥐고 들여다보니 워낙 불도 희미하여 잘 보이지 않지마는 그가 국문이나 겨우 아는 터라 이런 한문으로 쓴 것은 알 수가 없었다. 그는 봉투를 쥔 채 일어났다.

73

일어나는 선비를 바라본 간난이 어머니는,

"그 봉투는 이전 다 보았겠지……. 이리 다오."

선비는 서서 한참이나 주저하더니,

"어머니 이걸 나를 주시오."

"못한다! 만일에 덕호가 보면 자미 없는 것 아니냐?"

"어머니두 내가 뭐 그렇게 하겠기…… 그래요."

"그럼 꼭 간수했다가 가져오너라. 부디 그놈 보여서는 못쓴다. 응

이애."

　문밖을 나서는 선비의 뒤를 따라나오는 간난이 어머니는 재삼 부탁하였다. 선비는 봉투를 가슴 속에 집어넣다가 덕호의 손이 그의 젖가슴을 어루만지는 생각이 얼핏 들자 봉투를 꺼내 들었다. 동시에 이 봉투 하나도 감출 곳이 없이 자신의 비밀을 여지없이 그 늙은 덕호에게 빼앗긴 생각을 하니 금방 푹엎뎌 죽고 싶도록 안타까웠다.

　그는 간난이 어머니를 작별하고 역시 아까와 같이 바자와 바자 곁으로 붙어서 덕호의 집까지 왔다. 이 봉투는 어떻게 할까? 한참이나 주저하던 그는 버선 속에다 쓸어넣고 나서 대문을 가만히 열었다. 이젠 유서방의 방문까지도 컴컴하였다. 그리고 처마끝 그림자가 뚜렷이 드리웠다. 그리고 사랑은 여전하다. 그는 가슴을 설레며 덕호가 나 없는 새 방에 들어와 있지나 않나? 하는 불안으로 중대문까지 와서는 한참이나 주저하였다. 그러나 사방이 죽은 듯이 고요하므로 그는 소리없이 대문을 닫고 들어와서 그의 방문을 열었다. 맞받아 나오는 듯한 이 어두움! 그는 잠깐 주저하며 덕호가 술이 취하여 저 안에 누웠는 것만 같았다. 그는 휙 돌아서 어디로든지 달아나고 싶은 충동이 강하게 일어나는 것을 느꼈다. 동시에 버선 갈피에 들어 있는 그의 유일한 비밀을 다시 한번 생각하였다.

　마침내 방안에 아무도 없는 것을 알자 선비는 들어갔다. 그리고 오늘은 이 문을 열어주지 않으리라 결심을 하며 문을 힘껏 잡아당겨 걸고 자리도 펴지 않은 채 누워버렸다. 누우니 일만 가지 생각이 뒤끓어 마치 환등을 보는 것 같았다. 그리고 저 문밖에서 덕호가 문을 잡아당기는 것만 같았다.

　한참 후에 참말 문이 바짝하였다. 에그 또 왔구나…… 하고 눈을 꼭 감아버렸다. 그러나 가슴만은 못견디게 벌렁거렸다. 또다시 바짝바짝하였다. 덕호가 전날을 미루어서 자기가 자지 않을 것을 뻔히 알 것이다. 그런데 이렇게 문을 안 열어주면 덕호가 자기를 미워할 것만은 사실이나 상에 쫓겨나기밖에는 더 하겠니? 하고 가만히 있었다. 문은 저점 더 바짝거렸다. 그러다 어떻게나 하는지 짝짝 하는 문창지 찢는 소리가 들리더니 문고리가 절걱 벗겨진다. 선비는 그냥 누워 자는 체하였다. 덕호는 씩씩하며 문을 걸고 선비의 곁으로 오더니 발길로 그의 엉덩이를 내려 밟았다.

"이년의 계집애, 왜 문을 안 열어. 건방진 놈의 계집애, 저를 예뻐하니까…… 아주 버틴단 말이어…… 어디 보자!"

선비는 이제야 깨어나는 듯이 부스스 일어 앉았다.

"이제 문 열리는 것 들었지?"

"못 들었세요."

"이놈의 계집애."

선비를 끌어안은 덕호에게서, 항상 그에게서 많이 맡을 수 있는 독특한 냄새가 후끈 끼친다. 선비는 덕호의 품에 오래 안겨 있으면 모르나 이렇게 처음 안기게 될 때마다 이러한 강한 냄새를 느끼곤 하였다. 그는 머리를 돌렸다. 그리고 그의 품을 벗어나려고 몸을 꼬며 내려앉으려 하였다. 덕호는 더욱 쓸어안았다.

"이년, 너 내가 싫은 모양이지……. 딴 계집 얻으리? 응, 이애, 말을 좀 들어보자."

덕호는 씩씩하며 선비의 귀에다 입을 대고 이렇게 수군거렸다. 선비는 소리치게 간지러움을 느끼며 물러앉았다.

"너 이년, 딴 사내가 있는 게로구나……. 그렇지 않으면 그럴 수야 있나? 계집이란 것이 사내가 들어오도록 잠을 자지 않다가 사내가 들어오는 것을 맞받아들여야 허는 게고, 또는 아양도 떨어서 사내의 환심을 사도록 하여야 허는 게지……. 그게 뭐냐. 잔뜩 자빠져서 자고 있어? 에이 고약한 년 같으니, 내 저를 예뻐하니까 버릇이 사나워졌단 말이어…… 너 이달 월경은 어찌 되었냐?"

선비는 옥점 어머니가 밖에 섰는 것만 같아서 그의 조그만 가슴이 달랑달랑 하였다. 그리고 덕호의 지껄이는 말이 하나도 귀에 거치지 않았다. 언제나 선비는 덕호가 들어올 때마다 이러하였다.

## 74

"이애 대답을 해."

덕호는 선비의 배를 어루만진다. 선비는 대답을 안하려니 자꾸 여러 말을 늘어놓는 것이 싫어서,

"아직 안 나……."

"음 이번에는 무슨 수가 있나 부다. 뭐 먹고 싶은 게 있으면 꼭꼭 말해. 감추어놓고 우물쭈물 말도 하지 않고 있지 말구……. 뭐 먹고 싶으냐?"

선비 볼에다 입술을 들이대고 슬슬 핥으면서 이렇게 말하였다. 선비는 구역이 금방 나오는 것을 참으며 내려앉았다.

"갈비나 한 짝 떠오랴."

"아이 참, 듣기 싫어요."

"어…… 그년 듣기 싫다고만 하면 되나, 이 속에 내 아들의 생각을 해야지."

덕호는 선비를 껴안으며 진저리가 나도록 선비의 귓가를 빨았다. 그리고 지갑에서 돈을 꺼내 선비에게 들려주었다.

"이것 가지고 너 쓰고 싶은 데 써라. 그리고 뭐 먹고 싶은게 있으면 날 보고 말해 응."

선비는 돈을 쥐며 버선 갈피의 봉투를 생각하였다. 그리고 이것이 얼마인지는 모르나, 이것을 여비로 간난이한테 가야지…… 하는 맘을 단

단히 먹었다.

"어서 들어가세요, 어머이가 나와요."

"나오면 어떠냐? 네가 이전 제일이야. 이 속에 내 아들이 있는데……
그까짓 년이 뭐기 그러냐. 걱정 없다. 너 이제 두달만 지나면 완전히 알
것 아니냐. 그러면 저년은 내보내구……. 너를 아주 내 정실로 삼겠다.
알았니?"

"가만가만히 하세요. 누가 듣겠어요."

"들어도 일이 없어. 네가 이전 이 집안에서는 제일이야. 그런데 이애!
애가 배면 신 것이 먹구 싶다는데…… 넌 그렇지 않으냐?"

선비는 아이에 미쳐 덤비는 덕호가 한층 더 밉살스러웠다.

반면에 이때까지 월경이 나오지 않은 것이 덕호의 추측과 같이 참말
임신이 아닌가? 하였다. 따라서 차라리 이렇게 몸을 더럽힌 바에는 아
들이라도 하나 낳아서 이 집안의 세력을 모두 쥐었으면… 하는 생각도,
이렇게 덕호와 마주 앉을 때마다 어느 구석엔가 모르게 자라오는 것을
그는 깨달았다. 그는 마침내 구역질을 욱하고 하였다.

덕호는 놀라면서 선비의 입술 밑에 손을 대었다. 선비는 머리가 지끈
아프고, 그 손끝에서 한층 더 그 내가 나는 것을 느끼자 머리를 돌렸다.

"이애 너 정말 임신이구나. 구역질이 언제부터 나느냐?"

선비는 그의 무릎에서 물러앉으며,

"어서 들어가세요. 난 몸이 아주 괴로우니…… 제발 오늘만은 어서
들어가세요."

"음, 몸이 괴로워…… 필시 잉태 중이다. 애 배었다! 밥맛이 없지? 과
실이나 좀 사다 주랴?"

"싫어요. 어서 들어만 가주세요."

밖에서 옥점 어머니가 이 말을 다 엿듣는 것만 같았던 것이다.

"오냐, 그러면 내 들어갈 것이니 이 배를 잘 간수해라. 그리고 내일은

갈비를 떠올 터이니…… 배껏 먹어! 응? 이 귀여운 년아! 넌 내 아들 배었지?"

덕호는 선비를 힘껏 껴안아보고 나서 밖으로 나갔다. 선비는 가볍게 한숨을 몰아쉬며, 손에 쥔 지화가 얼마짜리인지 몰라 애가 쓰였다. 밖으로 나간 덕호는 이제야 큰대문 소리를 찌꺽 내며 쿵쿵하고 중대문을 들어선다. 언제나 그가 이렇게 선비의 방에 들어왔던 날은 소리없이 밖으로 나가서 저 모양을 하는 것이다. 으흠 하는 덕호의 기침소리와 함께 중대문거는 소리가 덜그렁하고 난다. 그러고는 안방을 향하여 총총 들어가는 신발소리가 뚜렷이 들렸다. 그때 선비는 웬일인지 가벼운 한숨과 함께 질투 비슷한 감정을 확실히 느꼈다. 선비는 안방문이 열렸다 닫히는 소리를 들으면서야, 다시 그의 손에 지화가 들어 있는 것을 깨달았다. 그리고 얼마짜리인지 알고 싶은 궁금증에 등 아래를 어루만져 성냥을 가만히 그어 보았다. 성냥불에 비치는 지화, 그것은 똑똑히는 몰라도 옥점의 지갑에서 늘 볼 수 있는 십원짜리 같았다. 선비는 불꽃만 남기고 꺼지는 불을 바라보며, 이것과 어머님 살아 계실 때 준것과 합하면 십 원하고 오 원이나? 그럼 얼마가 되는 셈일까, 백 냥하고 또 쉰 냥하고…… 하니까…… 일백쉰 냥이나?

그러면 항용 부르기는 십오 원이라지? 그는 난생에 처음으로 십오 원을 불러보았다. 이걸 가지면 서울을 갈지 몰라? 그는 지화를 꼭 쥐었다. 그리고 아는 듯 모르는 듯이 그는 안방으로 귀를 기울였다. 어떤 불쾌한 생각과 아울러 자기도 모를 감정에 떠돌고 있는 것을 깨달았다.


## 75

여름철이 잡힌 그 어느 날 저녁이었다.

하루 종일 흐려 있는 하늘을 쳐다보면서 선비는 부엌으로 나왔다. 옥점 어머니는 요새 확실하게 눈치를 챈 모양인지 어젯밤에도 자지 않고 덕호와 밤새도록 싸웠다. 그리고 아침도 안 먹고 점심도 면 소사를 시켜서 국수를 사다 먹고서는 사뭇 않는 사람 모양으로 머리를 동이고 누워 있었다. 선비는 그들과 같이 어젯밤도 고스란히 새웠으며 지금까지도 부엌문으로 바라보이는 저 하늘과 같이 그의 맘은 캄캄하고 흐리고 걷잡을 수 없는 불안에 가만히 앉아 있을 수가 없었다. 그는 쌀을 일어서 솥에 해 안치고 나서는 무엇을 해야 좋을지 몰라 한참이나 왔다갔다 하다가 광에 가서 쌀을 퍼 내오고 생각을 하니 금방 솥에 쌀 일어 해 안친 것을 깨달으며 그는 우뚝 섰다. 내가 왜 이래……. 그는 시렁을 붙잡고 좀 마음을 진정하려 하였다.

그러나 그것은 쓸데없었다. 옥점 어머니가 그 일을 알았어! 글쎄 모를 리가 있나……. 아니야 아직도 몰랐어! 알았으면야 내가 견뎌낼 수가 있나? 어젯밤으로 당장 쫓겨났지……. 무엇이 자끈하므로 그는 깜짝 놀라 굽어보았다. 그의 손에 든 쌀 담은 바가지가 내려지면서 그 아래 놓아둔 개숫물 자배기가 깨어졌다. 물이 와르르 흘러지며 바가지 역시 깨어져서 쌀이 물과 같이 흘러내린다. 그는 숨이 차서 쌀을 주워 모았다. 신발소리가 쿵쿵 났다.

"저년이 무슨 지랄을 저리 벌여! 이년아!"

머리를 갈래갈래 헤친 옥점 어머니가 마루로부터 뛰어내려와서 선비의 머리끄덩이를 움켜쥐었다.

"이애 이 계집애야, 우리 집에 있기 싫거든 나가지 그릇은 왜 짓모고 있어! 이 주리를 틀 년의 계집애, 나가라!"

무슨 흠을 잡지 못해서 애쓰던 차라 옥점 어머니는 선비의 머리채를 움켜쥐고 소리가 나도록 쥐어뜯었다. 선비는 반항하려고도 하지 않고 그저 얼굴이 새까맣게 질려가지고 그가 하는 대로 가만히 있었다. 옥점이가 눈이 둥그레서 나왔다.

"왜들 이래…… 아이거……. 저 꼴…… 호호호호."

선비의 옷이 쏟아진 물에 적시우고 흙에 이겨진 것을 보매 옥점이는 이렇게 웃었다. 그리고 그날그날에 아무 새로운 일이 없이 밥 먹고 피아노 치고 잠자고 이렇게 단순하게 되풀이하던 그로서는 이렇게 싸우는 일도 한 새로운 일이므로 일어나는 흥분과 함께 통쾌감을 느꼈다. 그리고 막연하나마 신철이가 자기보다 선비를 더 생각하였거니 하는 질투심에서 항상 밉게 보던 선비라 그도 달려가서 어디든지 쥐어박고 싶은 충동까지 일어났다. 옥점 어머니는 흑흑 하면서 양과 같이 아무반항이 없는 선비를 눅쳤다 닥쳤다 하면서 부엌바닥에 굴렸다. 선비는 처음에는 아프기도 하고 쓰리기도 하였지마는 시간이 오랠수록 의식이 몽롱해지며 아픈 것도 아무것도 몰랐다. 그리고 이 매맞은 끝에 그만 죽어버렸으면 이 부끄럼, 이 고통을 면할 수 있으려니…… 보다도 무서운 이 집을 벗어날 수가 있으려니…… 생각하니 오히려 이런 매를 맞기 전보다 맘의 고통은 좀 덜리는 것 같았다.

옥점 어머니가 기운이 진하여 물러나며 머리를 매만진다.

"이년 당장에 나가라. 내 너를 친딸과 같이 길렀지……. 너두 생각이 있으면 알겠구나. 그런데 이년……. 내가 가만히 있어도 너의 연놈들의 일을 다 알아. 응 이년, 이 죽일 년의 계집애."

"어머니 남부끄럽소! 설마한들 그 따위 짓이야 아버지가 했겠소? 그러나 저 계집애 맘으로는 그렇지 않을 게야 그때도 신철이와 밤에 마주서서 어쩌구 어쩌구…… 하는 것을 잡았다니…… 그때 신철이놈은 저 계집애와 무슨 관계가 있었는지 몰라. 저년이 겉으로는 바보같이 가만히 있으나 속으로는 한몫 더해."

옥점이는 어느 때나 신철이를 잊지 못하는 반면에 그만큼 더 미웠던 것이다. 그래서 별별 추측도 다 해보곤 하였던 것이다. 옥점이는 달려들어 피가 흐르는 듯한 선비의 볼을 철썩 후려쳤다. 선비는 부엌 구석에 박히며 어서 죽어지면 하였다.

그때 덕호가 들어왔다.

"왜들 이러냐?"

옥점이는 아버지를 돌아보며,

"아버지 내 입때 말 안 했지만…… 저 계집애와 신철이와 아마 관계가 있었나 봐?"

"뭐? 신철이와……."

덕호는 의심스럽다는 듯이 눈을 크게 떴다.

76

"네가 꼭 아냐?"

"알구말구요. 달밤인데 저 계집애와 신철이가 마주 서서 무슨 얘기를 자미나게 하더라니요. 그리고 서울 가서도 신철이가 저놈의 계집애를 올려오지 못해서 한동안 애쓰지 않았수? 그때는 몰랐지만 지금 생각하니 저 계집애와 상관이 되어가지고 그런 것을 내가 몰랐다니."

옥점이는 다시 돌아섰다.

"너 참말 신철이와 관계되었지? 말 안 하면 이년의 계집애 죽이고 말겠다!"

옥점이는 대들었다. 덕호는 눈을 무섭게 뜨고 선비를 노려보았다. 무엇보다도 간 봄에 어린애를 밴 줄 알고 가지각색으로 사다 먹인 생각을 하니 분하기 이를 데 없었다. 선비는 덕호를 보니 이때껏 불이 붙는 듯하던 눈에 눈물이 핑 돌았다. 그나마 덕호만이야 그의 억울함을 알아주려니 하였던 것이다. 덕호는 선비 앞으로 조금 다가섰다.

"네 정말 신철이와 관계가 있었냐……. 저 계집애를 둬 두기 때문에 애매한 헌 멍덕만 나까지 쓰게 되었단 말이어…… 하, 거 정 자네 나를 의심하지마는 재보고 물어보라구. 아 신철이 녀석과 벌써부터 관계가 있어가지고 서울 가랴고 애쓰는 계집애가 내 말을 들을까? 응 이 사람아, 사람을 의심해도 분수가 있지…… 응, 이 사람? 오늘 뭐 좀 먹어봤나? 아까 면소사 국수 가져온 것 먹어봤나?"

덕호는 선비와 마주 섰기가 거북해서 옥점 어머니의 손을 끌고 방으로 들어간다. 옥점이는, "이 계집애 당장 나가라. 우리 집에 이전 못 있어."

소리를 치고 나서 그들의 뒤를 따랐다. 선비는 나가야 할 것을 절실히 느꼈다. 그나마 믿었던 덕호까지도 저런 시뻘건 거짓말을 하는 것을 들으니, 이젠 다시는 선비를 가까이하지 않고 내보내려는 심산인 것을 깨달았다. 잘되었다! 선비는 이렇게 속으로 생각하며 그의 방으로 들어왔다. 그리고 악이 치받쳐서 부들부들 떨릴 뿐이지 눈물 한 방울 나오지 않았다.

그는 봇짐 위에 칵 엎어지며 어서 밤 되기를 기다렸다.

그날 밤! 선비는 봇짐을 옆에 끼고 덕호의 집을 벗어났다.

사방은 먹칠을 한 듯이 캄캄하였다. 그리고 낮에부터 쏟아질줄 알았던 비는 쏟아지지 않으나 바람만 슬슬 불기 시작하였다. 선비는 읍으로 가는 신작로에 올라섰다. 선들선들한 바람이 그의 타는 볼 위에 후끈후끈 부딪치고 지나친다.

저편 동쪽 하늘에는 벗갯불이 번쩍 일어서 한참이나 산과 산을 발갛게 비추어 주었다. 그때마다 우르르…… 타는 소리가 들린다. 선비는 전 같으면 이런 것들이 무서우련만 이 순간 그에게 있어서는 아무것도 두려울 것이 없었다. 그는 죽음으로써 모든 것을 당하리라고 최후의 결심을 굳게 하였던 것이다.

길가 좌우로 빽빽이 들어선 수숫대며 좃대는 바람결을 따라 시르르 솨르르 소리를 내었다. 그 소리는 물결처럼 멀리 흩어졌다가는 또다시 밀려오곤 하였다. 그 물결을 타고 넘실넘실 넘어오는 듯한 피아노 소리! 뚱뚱! 어찌 들으면 곁에서 듣는 것 같고 또다시 들으면 꿈속에서 듣는 것처럼 희미하였다.

그러나 그 소리는 확실히 선비의 가슴 복판을 찔러주었다. 선비는 눈앞에 옥점의 피아노 치는 것을 그리며 귀를 막았다.

그때 낑낑하는 소리가 나며 선비의 앞을 막아서는 무엇이 있으므로 선비는 놀라서 물러섰다. 다음 순간 그것은 자기가 항상 밥을 주던 검둥이*임을 알았을 때 선비는 와락 검둥이를 쓸어안으며 머리털 끝까지 치받쳤던 악이 울음으로 변하여 쓸어나왔다. 검둥이는 꼬리로 선비의 얼굴을 툭툭 치며 한층 더 낑낑거렸다. 그리고 주둥이로 그의 볼을 핥았다.

"검둥아!"

선비는 검둥이의 목에다 볼을 대며 길에 펄썩 주저앉았다.

멀리 마을에서 깜박여오는 저 불빛! 붉은 실타래같이 갈가리 찢기어 그의 눈에 비쳐진다. 그 순간 그는 그 불빛이 그의 어머니를 숨지어놓고 바라보던 그 등불과 흡사함을 느꼈다.

"어머니!" 그는 무의식간에 이렇게 부르짖었다. 그리고 어머니가 묻힌 산 편으로 얼굴을 돌렸다. 그때 얼핏 떠오른 것은 소태 뿌리였다. 뒤미처 눈이 둥그렇게 큰 첫째의 눈방울이 뚜렷이 떠올랐다. 그는 머리를 푹 숙였다. 그때의 일이 번개같이 그의 머리를 싸고도는 것이다. 덕호가 주는 돈은 이불속에 넣고 첫째가 캐온 소태나무 뿌리는 윗방 구석에 내어던지고…… 그는 이렇게 생각하였다.

"검둥아! 너 나하고 같이 가련?"

번갯불이 환하게 일어났다 꺼진다.

---

* 앞에서는 검정이로 뒤에는 검둥이로 되어 있음.

## 77

"이 사람아, 잠을 자도 분수가 있지, 이게 무슨 잠이람."

신철이는 깜짝 놀라 깨었다. 벌써 동무들은 일어나서 세수까지 한 모양인지 이맛가가 반들반들하였다. 기호는 신철이를 들여다보았다.

"오늘 조반 할 것이 없네그리. 어서 자네 일어나서 좀 변통하여야겠네……."

"가만히 있어. 나 조금만 더 자구."

"어서 일어나게. 해가 중낮이나 되었네. 아침은 못 먹는다더라도 점심이나 저녁이나 그 어느 한 끼는 먹어야지……. 긴긴 해에 이렇게 굶고야 사는 수가 있나? 허허, 참."

신철이는 벌떡 일어났다. 햇빛이 산뜻하게 방 가운데 떨어졌다.

"이거 물어 살겠기…… 어데."

신철이는 내의를 훌떡 벗었다. 그리고 보리알 같은 이를 잡아내기 시작하였다. 일포가 문 곁에 바싹 붙어 앉아 그나마 돈푼이나 있을 때 사다 먹고 내친 담배 꼬투리를 붙여서 한모금 쑥 빨았다. 콧구멍으로 내뿜는 연기야말로 제법 길게 올라간다. 그리고 건넌방을 흘금흘금 내다보는 것을 보아 건넌방 미인이 오늘은 집에 있는 것을 짐작할 수가 있었다.

일포는 언제나 저렇게 뚱뚱한 채 살폭이 좋았다. 시재 먹을것이 없고 뗄 것이 없어도 그는 한번도 초조한 빛을 남에게 보이지 않는다. 그러고는 아침만 되면 일어나서 저렇게 문 곁에 앉아 가지고 담배를 피우지 않으면 코 안을 우벼내고 발새를 우벼내어 그 손을 코에 대고 흥흥 맡아보면서 건넌방을 흘금흘금 내다보는 것이다. 신철이는 이 모든 것을 못본 체하고 곁눈질도 해보지 않는 것이다. 그러나 기호만은 일포가 발새를 우벼서 흥흥하고 맡아볼 때마다,

"이 사람아! 저…… 또 저 짓이야. 그 왜 사람이 그렇게 고리타분해! 그래 맡아보니 맛이 어떤가?"

일포는 못 들은 체하고 있다가 여전히 또 우벼내서 맡아보곤 하였다. 그러고는 손끝은 으레 양말짝에 비벼치는 것이 그의 늘 하는 버릇이다.

오늘은 다행히 담배 꼬투리나마 있으니 그것을 빨면서 발새를 우벼내지 않았다.

"오늘은 자네 좀 구해보지 못하겠나?"

기호는 일포를 바라보았다. 일포는 역시 못 들은 체하고 열심히 담배 꼬투리만 얻는다. 그가 흥이 나서 지껄이는 것이란 건넌방 미인 이야기와 누구의 험담밖에 아무것도 없었다. 그러나 쌀이나 나무를 구해 오라든지 발새와 콧구멍을 우벼낸다고 기호가 벌컥 뒤집고 웃어도 그저 못 들은 체하였다. 일포는 담배 꼬투리를 얻어가지고 빙긋이 웃었다. 신철이는 이를 다 잡고 나서 내의를 입었다. 그리고 무엇이든지 전당잡힐 것이 없는가 하고 두루두루 생각해 보았다.

그나마 그의 전재산이다시피 한 책권까지도 다 갖다 잡혔으니 이제야말로 세 몸뚱이밖에 남은 것이 없었다. 신철이는 밤송이동무한테나 가서 또 물어볼까? 하였다. 요새 밤송이 동무는 어떤 신문사의 배달부로 들어갔기 때문에 돈푼이나 좋이 있었다.

그래서 신철이는 늘 그에게서 십 전, 오 전 얻어서는 빵이나 쌀을 사오곤 하였던 것이다. 신철이는 세 사람의 출입옷으로 정해 있는 그의 양복을 입고 나왔다.

"꼭 구해가지고 오게…… 정 할 수 없거든 자네네 댁에 가서라도 좀 변통해 가지고 오게나. 배고픈 데야 무슨 염치를 보겠나. 허허…… 그렇지 않은가?"

"암! 그렇지."

이 말에는 비위가 당기는지 일포는 이렇게 동을 단다. 신철이는 빙긋이 웃으며 대문 밖을 나섰다. 그는 일포의 둥근 얼굴과 건넌방으로 추파를 건네는 그의 긴 눈을 눈앞에 그리며, 일편으로는 그 배짱 실하게 구는 모양이 밉살스럽기도 하나, 콧구멍과 발가락을 우벼내서 맡아보곤 하는 것을 생각하니 웃음이 혼자 픽 나왔다. 일포야말로 전락된 인텔리의 전형적 인물과 같이 생각되었던 것이다. 자신도 인텔리라면 인텔리층으로 꼽힐 것이나 그러나 요새 신철이는 인텔리에 대한 싫증을 극도로 느꼈다. 그리고 어딘지 모르게 일포가 발새를 우벼 맡아보는 듯한 그러한 고리타분한 냄새를 피우는 것이 인텔리의 특징인 듯싶었다.

그는 이러한 생각을 하며 바라보니 벌써 풀에는 사람들이 많이 모여서 와와 떠들고 있다. 그리고 햇빛에 번쩍이는 물위로 헤엄쳐 돌아가는 빨간 모자, 파란 모자가 그의 눈에 선뜻 띄었다. 그는 작년 여름에 옥점이와 같이 그 넓은 서해에서 뛰놀던 생각이 얼핏 들었다. 따라서 용연 동네가 떠오르며 선비의 고운 자태가 눈앞에 보이는 듯하였다.


## 78

어느덧 신철이는 뜨거운 햇볕을 잔등에 느끼고 그의 배에서는 꼬르륵…… 하는 소리가 들려왔다. 그는 천천히 삼청동 비탈길을 내려오기 시작하였다. 거기서 구하지 못하면 또 어디가서 구한담…… 너무 돌아가면서 몇십 전씩 취해놔서 이젠 달라고 할 염치도 없었다. 그러나 지금은 아직 이르니까 배가 덜 고파서 그렇지 한 곁만 지나면 그때야말로 아무 동무에게나 가서 다리아랫 소리를 하지 않고는 견디지 못할 것이다.

신철이는 관철동 밤송이 동무의 집까지 왔다. 그러나 마침 동무는 금방 나갔다고 하였다. 그는 입맛을 쩍쩍 다시고 돌아나왔다. 그리고 종로까지 나와서는 우두커니 섰다. 동소문을 향하여 닫는 버스가 먼지를 뿌옇게 피우며 지나친다. 그는 집이 그리웠다. 그리고 누구보다도 나 미루꾸 주…… 하고 손내밀던 영철이가 그리웠다. 보다도 빨간 고추장에 두부와 고기를 넣어 끓여서 마늘양념을 푹 쳐서 상에 놓아주던 그 두부찌개가 그리웠다. 그는 이런 생각을 하며 어정어정 걸었다.

배는 현저히 고파왔다. 이놈이 어델 갔을까? 갈 만한 곳을 짐작해 보아도 알 수가 없었다. 조간은 벌써 배달했을 터이고 석간은 아직 멀었고…… 그놈이 어델 갔어?…… 그는 이렇게 생각을 해가며 종로를 한 바퀴 돌아 황금정으로 향하였다. 윙 달려오고 달려가는 전차는 끊이지 않았다. 그리고 수없는 버스며 택시가 서로 경쟁을 하여 달려오고 달려간다. 신철이는 목구멍이 알알하도록 먼지를 먹으며 아스팔트 위를 힘없이 걸었다. 차츰 햇볕은 강하게 내리쬔다. 신철이는 아직도 겨울중절모를 그냥 쓰고 있었다. 그는 누가 볼세라……하여, 더구나 아버지나 의모라도 나왔다가 만날세라 하여 모자를 푹 눌러쓰고 발끝만 굽어보며 걸었다.

학교 갈 때마다 닦던 이 구두도 약이 없어서 닦아본 지가 언제인지 몰랐다. 코끝이 희뜩희뜩 벗겨지고 먼지가 부옇게 오른 구두는 말쑥하게 닦은 때보다 발이 달고 한층 더 무거웠다.

"이 사람아, 오늘 얼마나 팔았는가?"

"오늘은 밑천이나 건졌지…… 자네는"

"나두 역시 한모양일세."

신철이는 머리를 돌렸다. 그들은 지게를 지고 갈서서* 가면서 이런 말을 하였다. 그때 신철이는 나도 저 지게꾼이나 해볼까…… 그래서 뭐든지 지고 다니면서 팔지. 지금 흔한 배추같은 것이나, 기타 아무것이라도……. 이렇게 생각되었다. 그러나 차마 지게를 지고 이 거리를 저들과 같이 활보할 수는 없을 것 같았다. 왜? 무엇 때문에? 그것은 역시

---

* 원전대로.

일포가 발새와 콧구멍을 쑤시고 앉아 고스란히 굶어 있을지언정 선뜻 나가서 하다못해 저런 지게꾼 노릇이라도 못 하고 있는 것과 조금도 다름이 없는 그런 고리타분한 까닭이라고 막연히 생각되었다.

여기 일은 딴 동무에게 맡기고 난 시골 같은 데로 전임이 되었으면…… 좋겠는데 그러면 땅도 파보고 농부들과 함께 아무것이라도 배워가면서 할 것 같았다. 그러나 이 서울에서만은 차마 그런 일을 할 것 같지 않았다. 자기 낯을 아는 사람이 많고, 더구나 아버지, 의모가 있고, 아는 여자가 많고…… 아스팔트 위에 그들의 비웃는 눈매가 또렷또렷이 나타나 보인다.

어느덧 신철이는 발길을 멈추고 우뚝 섰다. 흘금 쳐다보니 미쓰고시였다. 저기나 또 들어가 보자…… 하고 몇 발걸음 옮겨놀 때 저 안에 혹은 나 아는 사람들이 무엇을 사러 오지나 않았는지? 하며 주저하였다. 그는 언제나 여기 올 때마다 그러한 생각을 하며 그의 초라한 모양을 다시 한번 굽어보곤 하였다.

미쓰고시를 향하여 들어가고 나오는 사람은 모두가 말쑥한 신사고 숙녀였다. 자신과 같이 이렇게 초라한 양복에 중절모를 아직까지 쓴 사람은 하나도 발견하지 못하였다. 모두가 햇빛에 반짝반짝 빛나는 여름 모자였다. 그리고 여름 양복을 시원스레 입었다. 그는 다시 한번 주저하였다. 그러나 신철이는 그나마 여기 아니면 곤한 다리를 쉴 곳조차도 없었다. 남산에나 가야 할 터이니 그곳까지 가자면 덥고, 우선 여기 들어가서 쉬어가지고 가리라…… 하고 발길을 옮겼다.

엘리베이터를 타고 미쓰고시 상층까지 올라온 신철이는 의자에 걸어앉아 멍하니 분수를 바라보았다. 곁의 의자에 앉은 어떤 남녀는 빙수를 청하여 놓고 먹으면서 무슨 이야기를 재미나게 하다가는 호호 웃었다. 그때마다 신철이는 그들이 자기의 초라한 모양을 바라보고 웃는 듯하여 한참이나 그들을 노려보다가 휙 돌아앉았다. 그리고 그는 도리어 그들을 대하여 떳떳한 길을 걷지 못하고 있는 인간들아! 하고 소리쳐 주고 싶은 생각을 억지로 해보았다.

## 79

곁에서 빙수를 마시며 호호……하하…… 하는 두 젊은 남녀의 웃음소리에 비위가 상해서 신철이는 그만 돌아앉았으나 그들의 시선이 그의 잔등과 뒷덜미를 향하여 여지없이 쏟아지는 것을 깨달았다. 동시에 햇볕이 못견디게 내리 쪼인다. 그는 포켓에서 수건을 내어 이마를 씻었다. 수건 역시 이것이 마지막이다. 집에서 나올 때 사오 개 가지고 나왔지마는 동무들에게 하나하나 빼앗기고 그나마 해어진 것 이것이 있을 뿐이다. 그는 곁에서 빙수를 먹는 여자의 음성이 차츰 옥점의 그 음성과 흡사하였다. 옥점이는 어디로 출가했는가? 아직도 나를 생각하고 있는가? 이런 생각이 내리쬐는 햇볕과 같이 강하게 일어나는 것을 깨달았다. 그는 픽 웃어버렸다. 그리고 그 생각을 묻어버렸으나 웬일인지 그때가 그리운 듯하였다. 아니! 확실히 그리워졌다. 그나마 그때가 자신에게 있어서는 얼마나 행복스러운 시절이었는지 몰랐다. 그는 그만 벌떡 일어났다. 그 생각이 마치 일포가 콧구멍을 우벼내고 발가락을 우벼내는 것보다도 더 고리타분하게 생각되었던 때문이다.

그는 달려가고 달려오는 전차 — 또 전차를 바라보았다. 그리고 끊일 새 없이 뒤를 이어 오는 택시며 또 버스를 눈이 아물아물하도록 바라보았다. 따라서 그가 바라보면 바라볼수록 자기가 이 높은 데서 그것들을 아득하게 바라보는 것과 같이 전차며 택시며 버스가 그렇게도 자기와 거리가 멀어진 것을 그는 가슴이 뜨겁게 깨달았다. 생각해 보아도 저 전차를 타고 한강에 나가 본 것이 작년 여름에 옥점이와 함께 나갔던 기억밖에는 찾아낼 수가 없었다. 물론 그가 그 후에도 몇 번이나 전차를 탔을 것만은 분명한데 도무지 그 기억은 몽롱하고 오직 옥점이와 같이 전차를 타고 혹은 택시를 타고 드라이브하던 기억만이 뚜렷하였다.

그는 불쾌하였다. 빙수 먹는 계집으로 인하여 이런 불쾌한, 아니 비열한 생각을 하게 된 것이라고 생각되었기 때문이다. 신철이는 어정어정 걸으며 어젯저녁에 밤송이 동무에게서 얻어 두었던 신문을 포켓에서 꺼내 들었다. 그는 신문을 펴들자 정치면부터 보기 시작하였다. 그는 뚜렷이 드러난 미다시를 죽 훑어보며 약간 양미간을 찡그렸다. 점점 더 못견디게 배가 고파오고 그리고 골머리가 띵하니 아팠던 것이다.

그는 눈결에 보니 남녀는 저편 화초 진열장으로 들어간다. 그는 다시 의자에 주저앉았다. 사이렌이 난 것을 짐작하여 아마 오후 세시나 두시 반은 넉넉히 되었으리라고 하였다. 사람들은 부지런히 이 상층에 올라왔다 내려가곤 하였다. 그러나 이제는 정신을 차려 그들을 볼 수가 없이 배가 몹시 고파온다.

입에서는 침조차 나오지 않고 배는 등에 붙은 것 같다. 그는 눈을 감고 의자에 기대었다. 돌아가신 어머님이 계셨으면 자기가 뛰어나온다고 하더라도 뒤미처 따라와서 자기를 집으로 데려갔지, 아직까지도 …… 아니 이렇게 배가 고파 운심을 하지 못하게까지 내버려두었으랴! 하였다. 그는 아버지가 원망스러웠다. 그리고 의모는 더 말할 여지가 없었다. 따라서 아무 철없는 영철이까지도 원망스러웠다. 그러나 그것은 비겁한 생각이라…… 하였다.

단 오 전만 가졌으면 이렇게 배는 고프지 않으련만…… 오 전! 오 전! 그의 눈에는 오 전짜리 백동전이 뚜렷이 나타나 보인다. 십 전보다도 좀 작은 듯한, 그리고 좀 얇은 듯한 그 오 전! 그것이 없어서 자기는 이렇게 배를 곯는 것이다! 그는 이러한 생각을 하며 휘돌아보았다. 행여나 그 남녀가 빙수값을 치르다가 그 오 전을 떨어치지 않았는가? 하여 보고 또 보나 아무것도 발견치 못하였다.

남녀는 앵무새를 사가지고 나왔다.

"곤니찌와……."

계집이 조롱을 들여다보며 이렇게 말하였다. 그러고는 호호……하하…… 웃었다. 신철이는 저것에 오전짜리를 몇 개나 주었을까? 생각을 하며 그 오 전을 멍하니 헤어보았다. 남녀는 이젠 집으로 가는 모양이다. 신철이는 그들의 모양을 흘금 바라보며 내가 옥점이와 결혼을 하였다면 아마 지금쯤은 저런것이나 사러 다니겠지…… 하였다.

그들이 사라진 후에 신철이는 그놈이 들어왔을까? 어서 가야지… 석간 돌리러 가겠으니까…… 하고 일어났다. 앞이 아뜩해지며 휭 잡아 돌리는 듯하여 그는 의자를 붙들고 멍하니 서 있었다. 그때 그의 머리에는 이러한 것을 생각하였다. 누구든지 돈 오 전만 주면서 너 여기서 저 아래까지 뛰어내려라 하면 그는 서슴지 않고 뛰어내릴 것 같았다. 그렇게 생각하고 나니 그런지 이 꼭대기와 저 아래 땅과의 거리가 차츰 가까워지는 것을 그는 보았다.

80

엘리베이터를 타고 하층으로 내려온 신철이는 저편으로부터 아는 여자가 마주 오는 것을 보고 그만 당황하였다. 그래서 식당 편으로 피하였다. 그리고 진열대에 진열한 상품을 보는 체하면서 그 여자가 어서 상층으로 올라가기만 고대하였다. 그러나 그 여자는 돌아가며 무엇을 부지런히 찾고 있다. 신철이는 초조한 맘으로 얼굴을 돌리니 유리알 속으로 빛나는 카레라이스, 다마고돈부리, 스시 등의 요리 표본이 보기 좋게 진열되어 쓸쓸히 말라가고 있을 뿐이었다. 순간에 그는 참을 수 없는 식욕을 느끼며 휙 돌아섰다.

"아니? 신철 씨 아니세요?"

마침내 그 여자는 신철의 앞으로 다가왔다. 신철이는 얼결에 중절모를 벗어 움켜쥐고 뒷짐을 졌다. 그리고 헤어진 구두를 보이지 않으려고 진열대 앞으로 바싹 다가섰다.

"네, 참 오래간만입니다.

"왜 놀러 안 오세요?"

"네…… 네…… 뭐 그저 바뻐서……."

식당 곁에 섰느니만큼 한층 더 어려웠다. 그리고 어서 이여자가 물러났으면 하나 좀처럼 물러나지 않을 모양이다. 그는 하는 수 없이 이편으로 슬슬 뒷걸음질하였다.

"자, 저는 먼저 갑니다."

그 여자는 이상한 듯이 신철의 아래위를 훑어보았다.

"네 안녕히 가세요. 그리고 놀러 오세요."

"예…… 예."

신철이는 도망하듯이 미쓰고시 문 밖을 나섰다. 그는 한숨을 후 내쉴 때 땀방울이 등허리를 씻어 근질근질하게 흘러내리는 것을 느꼈다. 동시에 이가 무는 것같이 등허리가 가려우나 지나가고 오는 사람들의 눈이 어려워서 서서 긁지도 못하고 걸어가려니 땀만 부진부진 더 났다.

그는 본정으로 들어섰다. 좌우 상점에서 울려나오는 레코드 소리며 아스팔트 위를 걸어 오고가는 게다 소리, 각 상점에서 상품을 사고 파는 부산한 소리, 이 모든 소리가 교착이 되어 가지고 흐르고 또 흐른다. 그리고 그 새를 물고기같이 헤엄쳐 나가고 오는 사람의 홍수! 그들은 모두가 앞가슴을 불쑥 내밀고 생기 있게 팔과 다리를 놀렸다.

신철이는 더욱 어깨가 늘어지고 잔등이 몹시 가려웠다. 그때 포마드 향유내가 물큰 스치므로 얼른 바라보니 그의 앞으로 다가오는 어떤 젊은 일인이 유까다를 서늘하게 입었으며 머리에서는 향유가 빛났다. 그리고 새로 목욕이나 하고 나오는 듯이 그의 얼굴은 윤택하였다. 순간에 신철이는 자신의 몸에서 발산하는 악취를 느끼며 다리는 천근이나 만 근이나 무거운 듯하였다.

그는 영락정을 거쳐 황금정을 건너서서 수표교까지 왔다. 그때 얼른 샅에 손을 넣고 잔등에 팔을 돌려 시원히 긁고 나서 이놈이 이젠 신문 사에 들어갔기 쉬운데…… 혹시 지금쯤 배달하러 나오지 않는가…… 하였다. 그리고 중국인 거리를 총총히 지나서 종로까지 나왔다. 확실히 이 종로는 횡 빈 듯한 느낌을 그에게 던져주었다. 간혹 전차가 달려오 고 달려가나 그 안은 몇 사람이 탔을 뿐이고 쓸쓸하였다. 그는 밤송이 동무의 집까지 왔으나 그를 만나지 못하였다. 그래서 그의 배달 구역을 향하여 걸었다. 마침 저편으로부터 방울 소리가 나며 밤송이 동무가 이 리로 오다가 신철이를 보고 눈을 껌벅하며 오라는 뜻을 보였다. 신철이 는 그를 따라 골목으로 들어갔다. 밤송이 동무는 좌우를 휘휘 돌아본 후에 소리를 낮추어,

"자네 인천으로 가게 되었네, 오늘 저녁차로나 내일 아침까지 곧 떠 나게."

"인천? 좋지! 나 역시……."

신철이는 땀을 씻으며 쓸쓸한 웃음을 입모습에 띠었다. 밤송이 동무 는 지갑을 꺼내어 일원짜리 지화 석 장을 그에게 주었다.

"이것으로 여비와 기타 비용을 쓰도록 하게. 인천 가면 아마 노동시 장에 직접 나가야 허리…… 그런데 인천 가서 이 주소를 찾아가게."

그는 종이조각과 연필을 내어 신철에게 무엇을 써서 보였다. 신철이 는 한참이나 들여다보다가 고개를 흔들어 보인다. 밤송이 동무는 그 종 이조각을 입에 넣고 씹으며 좌우 골목을 살펴보고,

"자, 그러면…… 안녕히……."

밤송이 동무는 껑충껑충 달아났다. 신철이는 돈 삼 원을 쥐어서 그런 지 아까보다 발길이 거분거분해진 것을 깨달으며 위선 우동이나 한 그

릇 사먹으리라… 하고 그 골목을 빠져나왔다. 그리고 밤송이 동무가 써서 뵈던 종이조각을 다시 생각해 봤다. '인천부 외리 삼번지 김철수.' 신철이는 입속으로 다시 외어보았다.


## 81

신철이는 우미관 앞에서 오 전짜리 우동 두 그릇을 사먹고 나서야 기운이 났다. 그리고 봉투쌀과 빵 몇 개를 사가지고 그의 집까지 왔을 때, 일포와 기호는 타월로 머리를 동이고 누워 있다가 신철이를 보고 벌떡 일어났다. 그리고 빵을 저마다 빼앗아 들고 맛있게 뚝뚝 무질러 먹었다.

"이거 웬일이야? 오늘은 빵 사오고, 쌀 사오고 횡재수가 났지 아마?"

기호는 빵 한 개를 다 머고 나서야 이런 말을 하며, 신철이가 무엇이든지 배부르게 먹고 들어왔다는 것을 깨닫는 동시에, 저놈의 포켓에 돈이 좀 들어 있는 모양인가 하고 눈치를 살피고 있다. 일포는,

"나 오전 한 닢만 주게. 막걸리 한잔 먹겠네. 이게야 어디 살겠나."

눈가가 뻘개서 아편쟁이의 손같이 핏기 없는 손을 내밀었다.

"이 사람아! 나무도 없는데 술만 처넣겠다? 어서 돈 내게. 나무 사다가 밥해 먹세."

두 놈이 손을 저마다 내밀었다. 신철이는 술값으로 십 전, 나뭇값으로 삼십 전을 주고 나서 양복을 활짝 벗어 던졌다.

그리고 중절모를 방바닥에 들어 메치었다.

일포와 기호는 기가 나서 밖으로 나간다. 그는 땀에 젖은 내의를 벗어 밖에 내다 널며 다시는 그런 비겁한 생각을 하지 않으리라…… 결심하였다. 자기가 아버지 앞을 떠날 때부터, 아니! 그 전부터 모든 것을 각오해 온 바가 아니냐. 그런데 지금 와서 약간의 고통이 된다고 다시 옛날을 회상하는 그런 비겁한 자식! 그는 입속으로 이렇게 자신을 꾸짖

으며 인천의 월미도를 얼핏 생각하였다.

인천만 가면 그는 모든 이 비겁성을 홱 풀어 던지고 아주 노동자의 씩씩한 참동무가 되리라고 굳게 결심하였다. 그리고 오늘 밤차로 내려 갈까? 철수! 외리 삼번지, 그는 이렇게 되풀이하며 방으로 들어왔다. 기호는 장작을 사가지고, 약간의 반찬감도 산 모양이다.

"여보게, 우리는 자네 기다리느라 아주 죽을 뻔했네⋯⋯. 나거 일폰가, 그 자식 보기 싫어서, 그저 발가락 새만 하루 종일 쑤시고 앉았데그리."

기호는 웃어가며 발가락 우벼내는 모양을 흉내낸다. 신철이는 빙긋 이 웃었다. 그리고 이 동무들이 그나마 자기가 인천으로 가면 어쩔 셈 인가? 하였다. 그리고 차라리 저러고 있을 바에는 시골집으로 내려가 서 아내가 하는 농사일이나마 뒷배를 보아주었으면 좋으련만, 그 고생 을 하면서도 그래도 이 서울 구석에 붙어 있으려는 그들의 심리가 생각 수록 우습고도 맹랑하였다.

그들의 유일의 희망은 어떤 자본가를 붙잡아가지고 무슨 잡지나 신 문사나 경영해 볼까 하는 그런 심산이었다. 어쨌든 민중의 지도자가 되 는 동시에 그들의 이름을 적으나마 전선적으로 휘날리는 데는 반드시 중앙에 앉아가지고 그런 잡지나 신문사를 경영하는 데서만이 가능한 것으로 인정하는 모양이다. 저렇게 배고플 때에는 아무 말이 없다가도 배만 부르고 나면 어느 신문이 어떻고 어느 잡지가 어떻고 시비를 가 려가며 비평을 하곤 하였다. 한참 떠들 때에 보면 모두가 일류 논객이 었다.

신철이는 이러한 봉건적 영웅심리에서 나온 야욕과 가면을 몇 겹씩 쓰고 회색적 행동을 하고 앉은, 그야말로 고리타분하고 얄미운 소부르 조아지의 근성을 철저히 버려야 할 것을 그는 일포나 기호를 바라볼 때 마다 절실히 느끼곤 하였다. 그러나 자신도 역시 그들의 근성을 어딘가 모르게 끼고 다니는 것을 오늘 일을 미루어 생각하면 뚜렷이 드러난다.

이튿날 아침, 신철이는 그들에게 어디 잠깐 다녀온다고 말하고 나왔다. 그가 종로까지 나와서 상점 시계를 보니 거의 차 떠날 시간이 되었으므로 전차를 탈까? 혹은 버스를 탈까하였다. 어제만 해도 오전짜리가 큰돈 같더니 막상 돈푼이나 지갑 속에 있으니 정거장까지 걸어가기가 싫었다. 에라! 전차나 오래간만에 타보자 하고 달려가는 전차를 따라가서 올라섰다. 전차는 윙하고 달아난다. 벌써 화신상회 앞을 지나황금정으로 달아난다. 황금정에서는 용산으로 가는 듯한 월급쟁이들이 가득 들이몰리었다. 신철이는 좁은 자리에 끼여 불편함을 느꼈다. 보다도 월급쟁이들의 시선과 마주칠 때마다 저 가운데는……? 하고 가슴이 선뜻해지곤 하여 머리를 돌려버렸다.

그때 조선은행 앞 저리로부터 오는 인력거 한 채가 보인다.

인력거에 앉은 색시는 웬일인지 인력거를 처음 탄 듯하게 몸가짐이 어색하게 보여 그는 자세히 바라보는 순간 자기도 모르게 "아!" 소리를 지르고 벌떡 일어났다. 그리고 사람들의 틈을 뻐개려고 애를 쓰나 뻐개는 수가 없었다.

82

어느 날 새벽에 일어난 신철이는 철수 동무가 갖다 준 잠방이 적삼을 입고 각반을 치고 지까다비를 신고 밖으로 나왔다.

아직도 인천 시가는 뿌연 분위기 속에 잠겨 있었다. 그리고 전등불만이 여기저기서 껌벅이고 있다. 신철이는 어젯밤 동무가 세세히 말해 준대로 다시 한번 되풀이하며 거리로 나왔다. 인천의 이 새벽만은 노동자의 인천 같다! 각반을 치고 목에 타월을 건 노동자들이 제각기 일터를 찾아가느라 분주하였다. 그리고 타월을 귀밑까지 눌러 쓴 부인들은 벤또를 들고 전등불 아래로 희미하게 꼬리를 물고 나타나고 또 나타난다. 나중에 알고 보니 이 부인들은 정미소에 다니는 부인들이라고 하였다.

신철이는 우선 조반을 먹기 위하여 길가에 늘어앉은 국밥집을 찾아 들어갔다. 흡사히 서울의 선술집 모양이다. 벌써 노동자들은 밥에다 김이 펄펄 나는 국을 부어가지고 먹는다. 그리고 어떤 사람은 부어놓은 탁배기를 선 채로 들이마시고 있다. 일변 저편에서는 끓는 국을 사발에 떠서 날라준다. 노동자들은 문에 불이 나게 드나든다.

신철이는 나무판자에 걸어 앉았다. 어떤 노동자는 날라주는 것이 성이 차지 않아서 자작 그릇을 가지고 국솥 앞에 가서 국을 받아왔다. 신철이는 국을 훌훌 마시며 곁눈으로 보니 그의 곁에 앉은 노동자 하나는 그와 같이 들어와서 앉았는데 벌써 밥을 거의 다 먹어간다. 그의 밥술을 보니 끔찍하였다. 원 저렇게 먹고야 소화가 될 수 있나? 신철이는 이렇게 생각하며 다시 보았을 때 그는 술을 놓고 나서 부어놓은 막걸리를 쭉 들이마신다. 그러고는 주먹으로 두어 번 입가를 씻더니 신철이를 흘금 바라보며 벌떡 일어나 나간다. 신철이는 그 밥을 못다 먹고 그만 일어나 나왔다. 막걸리 뒷맛이 씁쓸하였다. 그는 천석정을 향하고 걸었다. 천석정에는 대동방적공장을 새로 건축하므로 하루에 노동자를 사오백 명을 부린다고 하였다.

차츰 밝아오는 인천의 시가를 걸으면서, 그리고 저 영종섬 뒤로 부옇게 보이는 하늘에 닿는 듯한 수평선을 바라볼 때, 용기가 부쩍 나는 것을 깨달았다. 동시에 전날 전차 속에서 바라본 뜻하지 않은 인력거 위에 어색하게 앉은 선비의 그 모양이 다시금 떠오른다. 따라서 그가 미친 듯이 전차에서 뛰어내려 인력거의 행방을 찾아 한 결이나 헤매던, 무책임하고도 미련이 많은, 그렇게도 의지가 연약한 자신을 얼굴이 뜨겁도록 깨달았다. 다음 순간 나는 이젠 노동자다! 입으로만 떠드는 그러한 인텔리는 아니다. 더구나 여자 꽁무니를 따라 헤맬 자신이 아니라는 것을 그는 있는 용기를 다하여 부인하여 보았다.

그가 천석정까지 오니 벌써 수백 명의 노동자는 시루시 반뗑을 입은 일인 감독을 둘러싸고 제제히 일표를 타느라고 법석하였다. 신철이도 그 틈에 섞여 한참이나 돌아가다가 겨우 일표를 얻었다. 일표라는 조그만 나무쪽을 들여다보니 60번이라는 번호가 씌어 있었다.

"어서 빠리빠리 하라."

감독의 고함치는 소리를 따라 일표를 얻은 노동자들은 흥이나서 감독의 지정하는 대로 일을 붙잡았다. 그나마 일표를 얻지 못한 노동자들은 실망을 하고 그들을 부럽게 바라보면서 머리를 빠뜨리고 돌아선다.

"이리와서 이것들 저리로 가져가."

여러 사람이 밀려가는 틈에 섞여 신철이도 따라갔다. 시멘트 포대를 시멘트 가루 개는 곳으로 나르라는 것이다. 노동자들은 황지 포대에 넣은 시멘트를 어깨 위에 올려놓고 펄펄 뛰어 달아난다. 신철이 차례가 오므로 그는 메어 주는 시멘트 포대를 어깨에 메었다. 그 순간 그는 어깨에서 우쩍 하는 소리가 들리는 듯하였다. 그리고 다음에는 가슴을 내리눌러 숨을 통할 수가 없었다. 그가 노동자들이 메는 것을 바라볼 때에는 이렇게까지 무겁지 않으리라 하였는데, 그리고 시멘트포대가 밀가루 포대보다 조금 클까말까 하므로 가볍거니 하였던 것이다. 그러나 막상 메고 보니 이것이 돌가루가 되어서 이렇게 무겁다는 것을 깨달았다. 신철이는 메기는 겨우 맸으나 발길을 잘 떼놓는 수가 없었다.

"이 자식아 빨리 가거라!"

십장의 호통소리에 신철이는 앞으로 나갔다. 숨이 가빠오고 가슴이 죄어오고 어깨 위가 부서지는 것 같다. 신철이는 죽을 힘을 다하여 시멘트 포대에 볼을 꽉 붙이고 비틀걸음으로 오십 간 가량이나 와서 쾅 하고 내려놨다.

## 83

신철이는 시멘트 포대와 함께 넘어졌다가 일어났다. 곁에서 삽을 가지고 물을 쳐가며 시멘트 가루를 벅벅 벅벅 벌뻘 갈기듯이 개는 노동자들을 멍하니 바라보았다. 그들은 일하기가 조금도 힘들어하는 것 같지 않았다. 눈 깜박할 새에 시멘트 가루를 개곤 하였다. 신철이는 그들을 부럽게 바라보며 돌아설 때, 다시는 그 시멘트 포대를 멜 것 같지 않았다. 그러나 일표는 탔으니 하루만 참자, 설마한들 죽겠냐, 해보자! 이렇게 생각하며 천근이나 만근이나 한 다리를 옮겨놨다.

이번에는 벽돌을 나르라고 하였다. 노동자들은 철사를 두겹으로 길게 굽혀가지고 그 새에다 벽돌을 두 겹으로, 한 겹에 열셋, 잘 지는 노동자는 열다섯, 열여섯까지 올려놓았다.

그리고는 그 철사 끝에는 마대를 베어서 달아가지고 한번 동인 후에 낑 하고 졌다. 물론 등에는 섬피를 대고 벽돌을 지는 것이다. 신철이는 지는 데 혼이 나서 이 벽돌은 손으로 나르리라 하고, 열 장을 포개 들고 날랐다. 몇 번 나르고 나니 손이 마치 가시로 찌르는 듯이 따가우므로 들여다보니, 열 손가락에 피가 배어 빨개졌다. 그리고 다시 벽돌을 옮기려고 쌓아놓을 때 전신에 소름이 오싹 끼치며 온몸에 벽돌이 안 가 닿는 곳이 없는 듯하였다. 그리고 그 벽돌에 돌가시가 무섭게 돋아 있는 것을 그는 깨달았다.

"여부슈, 손으로 나르면 손이 아파서 못합니다. 당신 일 처음 해보는구리."

신철이는 얼핏 바라보니, 아까 국밥집에서 한 자리에 앉아먹던 그 노동자였다. 외눈만이 쌍가풀진 그의 눈에 약간 웃음을 띠었다. 그리고 이리로 와서 신철의 등에 섬피를 대어주었다.

"이렇게 대구서 벽돌을 지시우. 그러면 손으로 나르는 것보담 낫지유. 자 지시우."

신철이는 지다가 다리가 휘청하며 푹 꺼꾸러졌다. 그의 다리는 사시나무 떨리듯 부들부들 떨렸다. 그리고 경련이 여기저기서 불쑥불쑥 일어났다. 그는 아픈 손을 입에 물고 어린애 같이 울고 싶은 충동을 느끼며 흐트러진 벽돌을 다시 쌓아놓고 그가 지워주는 대로 졌다.

"저 이거 보슈. 이거 이렇게 지면 힘듭니다. 이것을 이 섬피에 꾹 달라붙게 지며 몸을 이렇게 허시유."

외눈까풀이는 허리를 구부려 보인다. 그때 뒤에서,

"이놈의 자식들, 빨리 날라라!"

"흥! 저놈 또 야단이군."

외눈까풀이는 입속으로 이렇게 중얼거리며 자기도 벽돌을 지고 신철이와 가지런히 걸었다.

"당신도 미두에 손해봤구려."

미두에 손해본 사람들이 갑자기 객리에서 어쩔 수는 없고, 또는 가산을 탕진하여 놓고 먹을 것 없으니 하는 수 없이 노동시장으로 나오곤 하였던 것이다. 그래서 여직 해보지 않던 일을 하려니, 물론 노동자들과 같이 일이 손에 익지 못하고 서툴러서 애쓰는 것을 많이 보았던 것이다.

신철이는 땀을 뻘뻘 흘리면서 숨이 차서 대답도 못하였다. 그리고 자꾸 꺼꾸러지려고만 하였다. 외눈까풀이는 뒤에서 벽돌을 받들어주었다. 신철이는 그만 이 짐을 벗어던지고 달아나고 싶었다.

점심 먹는 시간 사십 분 동안을 내놓고 아침 여섯시부터 저녁 여덟시까지 일을 마친 신철이는 전신에 맥이라고는 다 끊어진 듯하였다. 신철이는 외눈까풀이의 뒤를 따라 이번에는 돈표를 타러 갔다. 바라크식으로 지은 임시 사무소 앞에는 노동자들이 들이몰리어 저마다 돈표를 타려고 덤볐다. 사무실에서는 몇 번호, 몇 번호 하고 번호를 불렀다. 거의 한 시간이나 기다려서 신철이는 돈표라는 종이조각을 타가지고 이번에는 돈과 바꾸는 사무실로 달려갔다.

거기에서 비로소 돈 사십육 전을 쥔 신철이는 하루의 품값이 오십 전임을 알았다. 그리고 사 전은 돈 바꿔 주는 중간착취배가 또 하나 나타나서 오십 전에 사 전을 벗겨 먹는 것임을 알았다. 그는 한숨을 후유 내쉬고 돌아보니, 인천 시가는 또다시 전등불로 장식되었다. 외상값을 받으러 온 국밥 장수들이며, 남편을 찾아서 이 저녁거리를 사려는 노동자의 아내들까지 몰리어 뒤끓었다.

신철이는 외눈까풀이를 잃어버리고 한참이나 찾다가 그만 나와버렸다. 그는 수없이 깜박이는 저 전등을 바라보며 잉여노동의 착취! 하고 생각하였다. 그가 책상에서 《자본론》을 통하여 읽던 잉여노동의 착취보다 오늘의 직접 당하는 잉여노동의 착취가 얼마나 무섭고 또 근중이 있는가를 깨달았다.

84

집까지 온 신철이는 자리에 쓰러지고 말았다. 그때 노동시장으로부터 돌아온 철수가 들어왔다.

"동무, 몹시 힘들지유?"

신철이는 머리를 들며,

"동무 왔소? 난 어려워서 일어나지 못하우."

"예 좋습니다. 저 코피가 흐릅니다!"

"내가요?"

신철이는 그제야 자기 코에서 피가 흐르는 것을 느꼈다. 철수는 냉수와 걸레를 가지고 들어왔다. 신철이는 일어나려니 전신이 무거워서 꼼짝하는 수가 없었다. 그리고 마치 벽돌 질때와 같이 힘이 쥐어지고 전신에서 경련이 무섭게 일었다. 그는 철수가 손질해 주는 대로 맡겨버리고 말았다.

"동무, 노동 못하겠수."

신철이는 이렇게 전신이 녹아오는 듯하면서도 철수의 이 말에는 자기를 모욕하는 듯한 기분을 느꼈다. 그는 눈을 꾹감고 으흠하고 신음을 하였다. 눈을 감으면 감을수록 무겁게 벽돌 지던 광경이 그치지 않고 보인다. 그리고 긴장이 되고 어깨가 무거워지며 금방 자신이 벽돌을 지고 걸어가는 듯하였다.

"뭐 좀 자셔 봤수?"

"예, 국밥을……."

"좌우간 동무는 노동은 그만두고 그저……."

중도에 말을 그치며 신철이를 바라보았다. 신철이는 눈을뜨고 철수를 올려보다가 벽으로 시선을 옮긴다. 철수는 일어났다.

"난 아직 저녁을 못 먹었는데 가서 먹구 오리다."

"예, 뭐 오실 것 없지요. 곤하신데 지무서야지요."

철수는 부두에 나가서 하루 종일 노동했을 것만은 틀림없는데 별로 곤해하는 기색을 보이지 않았다. 신철이는 누워서 철수를 보내고 벽을 향하여 돌아누웠다. 아! 소리를 지르도록 전신의 뼈가 저마다 노는 듯 하였다.

잉여노동의 착취! 그는 벽을 바라보며 입속으로 되풀이하였다. 그의 입속에서 돌아가는 잉여노동이란 그것은, 그 얼마나 무게가 있는가를 다시 한번 생각하였다. 그리고 그 속에는 노동자의 피와 땀이 섞여 있는 까닭에, 아니 그들의 피와 땀의 결정물인 까닭에 그렇게도 무게가 있다는 것을 오늘에야 절실히 느꼈다.

이렇게 무게가 있고 깊이가 있는 잉여노동을, 말하기 좋아하는 자칭 논객들과 자칭 민중의 지도자들은, 아무 무게 없이 아무 생각 없이, 한 행세거리로 한 술어로밖에 부르지 못하는 것이다.

그는 두 번 부르기가 어려운 무게가 있음을 알았다. 동시에 수없는 벽돌이 잉여노동의 착취란 문구를 싸고, 그의 가슴을 압박하여 그는 견딜 수가 없었다. 그는 눈을 똑바로 뜨며 내가 무슨 환영을 보는 셈인가… 하였다.

그는 그 생각을 하지 않으려고 하였다. 그리고 그것을 피하기 위하여 일부러 옛날을 회상해 보았다. 따라서 인력거에 앉아 서울의 번잡한 도시를 향하여 달려오던 선비를 눈앞에 그려보았다. 그가 뭘 하러 서울에 오는가? 혹은 남편을 얻어오는가? 남편을 얻어 오면 그래 마중나간 사람들이 있겠지?

혹 어떤 몹쓸 놈에게 유인이나 받지 않았는지? 덕호가 선비를 공부 시키기는 만무할 터인데…… 필경 옥점이가 중매를 해서 서울로 시집 온 것이겠지? 옥점이! 옥점이, 옥점이! 신철이는 웬일인지 옥점의 그손! 그 눈이 생각되었다. 여직 선비를 어느 구석엔가 잊지 못하고 생각해 온 것을 미루어, 더구나 전날 아침 길거리에서 선비가 지나친 것을 봤으니 당연하게 선비를 그리워하여야 할 터인데, 그저 몽롱하게 온갖 의문만 선비를 싸고돌 뿐이지 호기심은 언제 어디서 새어 빠졌는지 몰랐다. 그리고 도리어 옥점의 그 활발하게 뵈던 그 눈! 그 손! 그 얼굴이 금방 눈앞에 보이듯 하였다.

옥점이, 그는 시집을 갔을까? 그렇게 나를 못잊어 하더니…… 내가 너무 과했어! 그의 눈에는 요령부득의 눈물이 괴었다.

그리고 옥점이가 초콜릿을 벗겨가지고 자기를 바라보면서 입을 벌리라고 하며 빨개지던 그 얼굴이 지금 와서는 귀엽게 나타나 보인다. 만일 지금 이 자리에 있으면…… 할 때 그는 눈을 크게 뜨며, "에이 비굴한 놈!" 하고 자신을 향하여 소리쳤다.

그때 멀리 들리는 택시의 경적 소리가 뿡빵하고 들려왔다. 그리고 안방 시계가 열한시를 땅! 땅! 쳤다. 그는 잠을 들려고 눈을 꾹 감아버렸다. 벽돌, 벽돌이 보인다.

며칠 후에 신철이는 철수를 만나 또다시 노동시장에 나가보겠노라고 하였다. 철수는 빙긋이 웃었다.

"동무 이번에 나가면 곱질러 십여 일이나 앓으리다. 그만두시오."

애써 노동을 해보겠다는 신철의 생각만은 좋으나, 그러나 노동에 세련되지 못한 그의 육체가 난처해 보였던 것이다. 신철이는 철수를 따라 웃으면서도 맘속으로는 불쾌하였다. 그리고 철수와 자신을 비교해 본다면 위선 신체의 장대함이라든지 어느 모로 보나 철수에게 떨어질 것은 없다고 생각되었다. 오직 자신이 노동에 단련되지 못한 까닭이니 어느 정도의 고개만 넘으면 별로 힘들 것이 아니리라고 생각하였다. 오냐! 철수가 하는 일을, 아니 인간이 하는 노동을 나라고 못할 까닭이 있느냐? 하자! 죽도록 해보자! 요즘 동무들이 노동을 하여 벌어다 주는 밥을 앉아 먹고 있기는 무엇보다도 더 고통이었던 것이다. 철수는 신철의 기색을 살폈다.

"그럼 하루만 또 고생해 보시우, 허허…… 내일 아침 나와 부두로 나가봅시다. 그런데 임금이 낮아서 그렇지 실은 벽돌 나르는 것이 제일 헐하리다."

신철이는 약간 눈살을 찌푸렸다가 웃었다. 그리고 머리를 설레설레 흔들었다.

"아니, 벽돌은 싫어."

벽돌 말만 들어도 전신이 오싹해지며 손끝이 따가워짐을 깨달았다. 그리고 아무리 벽돌 나르는 것보다 힘든 노동이라 하여도 지금 같아서는 힘든 그 일을 하지, 벽돌은 나르지 못할 것 같았다. 보다도 벽돌은 두 번 바라보기도 싫었다.

그 밤이 오래도록 부두노동의 몇 가지 종류를 철수에게서 자세히 들은 신철이는 그 이튿날 새벽에 철수를 따라 부두로 나오게 되었다. 그들이 세관 앞을 지나섰을 때, 벌써 몇십 명의 노동자가 백통테 안경을 둘러싸고 십장님! 십장님! 하고 덤볐다. 철수는 둘러선 사람을 뻐개며 들어섰다.

"십장님! 저 하나 주시우."

백통테 안경은 안경 너머로 철수를 보더니 손에 들었던 붉은 끈을 봐라 하듯이 내쳐준다. 철수는 얼른 받아가지고 돌아보았다.

"이 끈이 일표입니다. 이걸 손목에다 꼭 동이시오."

철수가 동여주는 붉은 끈을 들여다보는 신철이는 벌써 속이 두근두근함을 느꼈다.

"난 정거장으로 짐 메러 가니…… 하루 또 고생하시우."

철수는 말 마치기가 무섭게 뛰어간다. 신철이는 어제 철수에게 붉은 끈들이 하는 노동을 자세히 들었으나 철수가 저렇게 자기 앞을 떠나가는 것을 보니 도무지 두서를 찾을 수가 없었다. 그래서 손목에 붉은 끈 동인 사람들만 주의해 보고 그들의 뒤를 슬금슬금 따라 섰다.

조선의 심장지대인 인천의 이 축항은 전 조선에서 첫손가락에 꼽힐 만큼 그 규모가 크고 또 볼 만한 것이었다. 축항에는 몇천 톤이나 되어 보이는 큰 기선이 뱃전을 부두에 가로 대고 열을 지어 들어서 있었다. 그리고 검은 연기는 뭉실뭉실 굵은 연돌 위로 피어 올라온다. 월미도 저편에 컴컴하게 솟은 섬에는 등대가 허옇게 바라보이고 그 뒤로 수평선이 멀리 그어 있었다.

노동자들이 무리를 지어 쓸어나온다. 잠깐 동안에 수천 명이나 되어 보이는 노동자들이 축항을 둘러싸고 벌떼같이 와와하며 떠들었다. 그들은 지게꾼이 절반이나 넘고 그 외에 손구루마를 끄는 사람, 창고로 쌀가마니를 메고 뛰어가는 사람, 몇 명씩 짝을 지어 목도로 짐을 나르는 사람, 늙은이, 젊은이, 어린애 할 것 없이 한 뭉치가 되어 서로 비비며 돌아가고 있다.

백통테 안경은 기선 갑판 위에 올라섰다.

"이 자식들아! 여기 어서 다리를 놓아!"

호통 소리를 따라 붉은 끈들은 달려가서 시멘트 콘크리트로 된 부두와 기선 새에 나무를 건너지르고 그 위에 넓은 나무판자를 척척 올려놔서 다리를 만들었다. 그리고 기중기 옆에 붉은 끈이 하나가 서서 손잡이를 놀리니 기중기가 왈랑왈랑 소리를 지르며 쇠줄이 기선 밑의 화물 창고를 향하여 내려간다. 갑판 위에는 감독이라는 일인이 서서 들어가는 쇠줄을 들여다보며 손짓을 하다가 뚝 멈추니 기중기 운전수도 역시 그 군호를 따라 손잡이를 눌러 멈추었다. 한참 후에 감독이 손을 젖혀 가지고 손짓을 하니 운전수가 또다시 손잡이를 제끼었다. 기중기는 다시 왈랑왈랑 소리를 지르고, 올라오는 쇠줄에는 집채같은 짐짝이 달려 있었다. 이편 부두에 빠듯이 둘러선 노동자는 짐짝을 쳐다보며 한층 더 아우성을 쳤다.

86

기중기에 달린 몇백 관이나 되는 짐은 마침내 와르르 하고 부두에 쏟아졌다. 서로 밀거니 하며 섰던 노동자들은 일시에 달려들어 저마다 짐을 붙들고 붉은 끈들에게로 대어들었다. 붉은 끈들은 분주히 돌아가며 짐짝을 쇠갈고리로 대어서 지게 위에 실어주었다. 신철이는 철수가 준 갈고리를 사용하려니 쓸 줄을 몰라 쓸 수가 없었다. 그래서 그는 할 수 없이 갈고리를 꽁무니에 차고 붉은 끈과 마주 서서 쉴새없이 손으로 짐 짝을 올려놓곤 하였다.

짐은 뒤를 이어 와르르 하고 부두에 쏟아졌다. 신철이는 차츰 숨이 차오고 팔이 떨어져오는 듯하였다. 짐은 큰 상자며 철판이며 대두박이며…… 이런 종류였다.

"이놈들아, 빨리 짐을 메어줘라!"

백통테 안경은 눈알을 구루마 바퀴 굴리듯 하며 호통을 하였다. 신철이는 언제 손끝이 상하였는지 피가 출출 흐른다. 그는 흐르는 피를 어쩌는 수가 없어서 그의 잠방이에 북 씻고나서 연달아 오는 노동자들에게 짐을 메어준다.

"여보! 갈쿠리를 써야지, 손 아파 못 하우!"

마주 선 붉은 끈은 웃으며 소리쳤다. 신철이는 꽁무니에 찼던 갈고리를 빼어가지고 짐을 끼워 들다가 잘못하여 짐꾼의 얼굴을 냅다 쳤다. 짐꾼은 얼른 머리를 돌렸다.

"이 자식아! 미쳤니? 남의 얼굴은 왜 후려… 하마터면 눈이 꿰질 뻔했다. 이 자식! 정신 채려!"

눈을 부릅뜨고 대든다. 신철이는 참았던 눈물이 핑 돌았다. 그는 아무 말 없이 머리를 돌리어 저 퍼런 물을 바라보았다. 그 순간에 신철이는 저 퍼런 물에라도 뛰어들어서 이 자리를 벗어나고 싶었다. 그들의 무뚝뚝한 말과 행동은 마치 그의 상한 손에 사정 없이 맞찔리는 철판과 상자 귀에 박힌 못과 무엇이 다르랴!

"여보! 어서 들어유."

신철이는 풀풀 떨리는 팔로 큰 상자를 들려니 자꾸 내려만오고 올라가지는 않았다. 마침내 그는 상자에 푹 거꾸러졌다.

"이그, 왜 이리 바쁜데. 넘어질랴거든 저리 가!"

마주 선 붉은 끈은 차라리 신철이가 물러났으면 좋을 것 같았다. 신철이가 도리어 맞들어 주기는 고사하고 그의 짐이 되었던 것이다. 신철이는 겨우 정신을 차려 일어났다. 차라리 넘어질 바에는 아주 어디가 콱 상하였으면 그것을 핑계로 이 자리를 벗어나고 싶었다. 그러나 돌아보니 아무 데도 상한 곳은 없는 듯하였다.

짐에서 떨어지는 먼지며 바람결에 불려오는 먼지가 수천 명의 노동자의 몸부림치는 바람에 가라앉지를 못하고 공중에 뿌옇게 떠돌았다. 그리고 사람을 달달 볶아 죽이고야 말려는 듯한 지독한 볕은 신철의 피부를 벗기는 듯하였다. 그는 숨이 콱콱 막히며 입안에 침기라는 것은 조금도 없이 먼지만 들여쌓이는 듯하였다. 물, 물, 물이 먹고 싶다! 그러나 잠시라도 몸을 빼어낼 수가 없었다. 따라서 그는 그의 주위를 싸고도는 수없는 사람들 중 어린애까지도 자기와 같이 무능하고 연약한 육체를 가진 사람은 하나도 없는 것 같았다.

멀리 재목 공장에서는 기계로 재목 가르는 소리가 짜아짜아 하고 유달리 새어 들려온다. 그리고 마주 건너다 보이는 부두에는 산더미 같은 석탄이 여기저기 쌓인 것을 보아 그 편에 댄 기선에서는 석탄을 푸는 모양이다.

"이애 이놈들아, 저게 가서 실컨 싸우라!"

신철이와 마주 선 붉은 끈이 이렇게 소리치며 바라보므로 신철이도 흘금 돌아보았다. 저마다 짐을 잡아당기다가 마침내 서로 주먹으로 쥐어박기 시작한다. 나중에는 짐짝은 버리고 두 놈이 데뭉데뭉 굴렀다. 그 틈에 그 짐짝은 딴 놈이 메고 달아난다. 그때 싸우던 놈들은 부스스 일어나서 짐짝을 다우쳐 가서는 또 쌈이 벌어진다. 그러고는 세 덩이, 네 덩이가 되어 싸우는 것이다.

그 중에 한 사람이 외눈까풀임을 알자 신철이는 달려가서 말리고 싶은 생각도 있었으나 맘뿐이지 그의 몸 하나도 건사하기가 큰일이었던 것이다. 더구나 이곳에서는 싸우면 싸웠지 누가 눈 한번 거들떠보는 사람이 없었다. 저희들끼리 실컨 싸우다가 진하면 툭툭 털고 일어나는 것이다.

전깃불이 와서도 한참이나 되어 신철이는 임금을 타려고 붉은 끈들과 함께 백통테 안경을 따라 섰다. 그때 뒤에서 휘파람 소리가 나므로 돌아보니, 외눈까풀이가 지게를 지고 맥빠진 걸음새로 천천히 이리로 온다. 그도 무던히 피로한 모양이다.


87


"이동무!"

외눈까풀이가 신철의 앞을 지나칠 때 이렇게 불렀다. 외눈까풀이는 우뚝 서서 누가 불렀는지 몰라 두리번두리번하였다.

"내가 찾었수."

외눈까풀이는 그제야 신철이를 흘금 쳐다보더니,

"여기 또 왔구레."

그의 곁으로 다가온다. 신철이는 그가 낮에 싸우던 생각을 하며,

"오늘 돈 얼마나 벌었소?"

"돈이 다 뭐유, 쌈만 했수."

"왜 쌈은 했수?"

"괜히 싸우지우."

외눈까풀이는 머리를 벅벅 긁었다.

"우리 집에 놀러오시우."

"집에 어데유?"

"사정으로 올라가노라면 천주교회당이 있지우."

"천주…… 뭐유?" 생각 안 난다. "천주 담엔 뭐라고 했는지요?"

신철이는 손으로 십자가를 그어 보였다.

"이렇게 된 것이 지붕 위에 삐죽하니 솟아 있는 집이오."

"네, 성당 말이구리. 알았슈."

"그 집을 지나 공동변소가 있지우."

"네, 네."

"그 우에는 장작 패어 파는 집이 있습니다. 바루 그 우에 조그만 초가

집이 있지우."

"네, 알았수."

"그 집 뒷방이 바루 나 있는 방이오."

"네, 네, 그렇쉬까! 가지유."

"꼭 오시우."

"예."

외눈까풀이는 인사도 없이 성큼성큼 걸어간다. 신철이는 그의 뒤꼴을 물끄러미 바라보며 저러한 놈이 의식이 제대로만 들었으면 훌륭한데…… 하였다.

백통테 안경은 어떤 여관으로 쑥 들어갔다. 뒤따르던 붉은끈들은 멈칫 서서 그가 나오기를 기다렸다. 그리고 신철이를 돌아보며 킥킥 웃었다. 신철이는 그들이 낮에 자기가 노동하던 것을 흉내내며 웃는 것임을 알았을 때 불쾌하고도 무어라고 형용 못할 쓸쓸함을 느끼며 으흠 하고 나오는 줄 모르게 신음을 하였다. 그리고 땅에 펄썩 주저앉아 붉은 끈들이 서있는 반대 방향을 바라보았다. 못견디게 전신이 무거웠던 것이다.

저편으로 보이는 시멘트로 바른 벽에는 '깅 바야(キソバー)'라고 쓴 금자가 전등불에 빛났다. 그는 웬일인지 눈물이 핑 돌았다. 그리고 자기의 초라한 모양을 굽어보았다. 순간에 그는 세상에서 버림을 받은 듯한 고적함을 깨달았다. 자기는 노동자의 동무가 되려고 필사의 힘을 다하여 노동시장에 나왔거늘 그들은 저렇게 자신을 비웃고 조그만 동정을 기울이지 않는다.

아니다! 내 뒤에는 수많은 동지가 있지 않으냐! 그는 이렇게 부르짖었다. 그러나 자기를 싸고도는 환경만은 이렇게 쓸쓸하고 고적만 하였다. 그때 저리로부터는 모던 걸, 모던보이가 어깨를 나란히하여 마치 댄스하듯이 발걸음을 맞춰 이리로 온다. 그는 벌떡 일어나 벽에 몸을 기대었다.

남녀는 오루지날의 향내를 후끈 던지고 지나친다. 그는 얼핏 옥점이를 생각하였다. 그리고 옥점이와 자기가 바닷가에서 낙조를 바라볼 때 펄펄 일어나는 불길을 향하여 선 것처럼 그 불과 그 옷이 빛나던 광경이 떠오른다. 그는 얼결에 한숨을 푹 쉬었다. 그리고 못견디게 옥점이가 그리워졌다. 혹시 월미도에나 놀러오지 않았나? 아직도 나를 생각해서 그 조그만 가슴이 아프지나 않나? 내가 왜 그리했나! 그는 이렇게 생각하였다.

반면에 무슨 더러운 생각이냐 하고 무엇이 뒷덜미를 툭 치는 듯하였다. 그는 머리를 번쩍 들었다. 그는 여전히 쓸쓸하게 벽을 기대고 선 것을 발견하였다. 동시에 잠깐 잊었던 아픔이 그의 전신을 못견디게 습격하였다. 그는 또다시 주저앉았다. 저들이 아니면 잠깐이라도 여기에 눕고 싶었다. 그는 벽을 기대고 으흠하고 신음을 하며 오늘 신문에나 무슨 특별한 소식이 실렸는가? 하였다.

그가 재학 당시만 하여도 신문을 대할 때마다 목전에 정세가 흔들릴 것 같고, 무슨 일이 곧 되는 것 같아 가슴이 조마조마하더니 막상 이렇게 뛰어나오고 보니 일 년 전 그때나 지금이나 별한 이상이 없었다. 이 현상대로 몇십 년을 지날지, 혹은 몇백 년을 지날지? 하는 막연한 생각이 아는 듯 모르는 듯 그의 가슴 한편에서 떠나지 않았다. 백통테 안경이 나왔다.

## 88

여기저기 벌려 있던 붉은 끈들은 백통테 안경을 중심으로 둘러앉았다. 그리고 손목에 동였던 붉은 끈과 점심값 5전을 제한 95전과 바꾸었다.

신철이는 95전을 타가지고 일어섰다. 헤어지는 그들은 신철이를 흘금흘금 돌아보며 킥킥 웃었다. 신철이는 그나마 하루종일 같이 일을 했으니 작별의 인사라도 건네고 싶었으나, 그들이 이렇게 픽픽 웃는 데는 그만 입이 꽉 붙고 말았다. 그는 어정어정 발길을 옮겨놨다. 그리고 웬일인지 노동자와 자기 사이에는 언제부터인가 짐작할 수 없는 그때부터 어떤 보이지 않는 간격이 꽉 가로막혀 있음을 그는 절실히 느꼈다. 동시에 자신은 좌우편을 가까이할 수 없는 그러한 입장에 서 있는 듯하여 그는 불쾌하였다.

마침 어떤 노동자가 지게에 한 되나 들어 보이는 쌀자루와 소나무 한 단을 올려놓고 그 위에 약간의 찬거리까지 곁들여가지고 그의 앞을 총총히 걸어간다. 그도 역시 부두에서 돌아오는 모양이다. 오늘 일을 미루어보건대 하루 종일 그 먼지판에서 쌈을 해가며 짐을 져야 겨우 오륙십 전이나 벌까말까 하였다. 그나마 부두노동에 있어서는 신철이가 맡았던 붉은 끈이 제일 임금이 많은 듯하였다.

그는 길가 국밥집에서 국밥을 한 그릇 사 먹은 후 집으로 돌아왔다.

그후부터 신철이는 노동시장에 나갈 생각을 단념하고 말았다. 그리고 철수가 벌어다 주는 것으로 그날 그날을 겨우 살아갔다.

어떤 날, 밤이 퍽이나 오랜 후였다.

"있수?"

굵은 음성과 함께 외눈까풀이가 성큼 들어왔다. 신철이는 밤송이 동무에게 편지 쓰던 것을 얼른 뒤로 밀어놓고 손을 내밀었다.

"아 이거! 반갑소. 그동안 난 동무를 기다리다 안 오기에 아마 나를 잊은 것으로 알았구려…… 자, 앉으시오."

신철이는 진심으로 반가워서 그의 꿋꿋한 손을 잡아 흔들었다. 외눈까풀이는 빙긋이 웃으며 신철이가 주저앉히는 대로 앉아서 방안을 휘돌아보았다.

"어데 앓았수?"

뚫어지도록 들여다본 신철이는 외눈까풀이가 기색이 전만 못한 것 같아서 이렇게 물었다.

"아니유."

외눈까풀이는 그의 머리를 내려 쓸며 약간 머리를 숙였다.

그의 오래 깎지 않은 듯한 좋은 머리카락에 먼지가 뿌옇게 앉았다. 그리고 그의 턱밑으로는 굵단 수염이 삐죽삐죽 나와 있었다. 신철이는 그가 말하지 않아도 오늘 노동시장에서 얼마나 피로해진 몸임을 직각하는 동시에 자신이 쇠철판을 들려고 애쓰던 생각이 들며 금방 팔이 쩔쩔해오는 것을 깨달았다. 그래서 신철이는 머리맡에 놓인 몇 권의 책을 척척 놓아서 밀어놓았다.

"여기 좀 누. 동무 대단히 곤하지우?"

외눈까풀이는 신철이를 흘금 바라보더니 조금 물러앉았다.

"아니유……."

"누시오, 어서 누시오."

신철이는 바짝 다가앉았다. 땀내와 함께 고리타분한 냄새가 훅 끼친다. 그는 무의식간에 약간 눈살을 찌푸리다가 얼른 웃어 보였다. 그리고 그의 옷이 땀에 배어 어룽어룽하니 말라진 것을 보았다. 외눈까풀이는 신철이가 그의 곁으로 다가올수록 어려운 빛을 얼굴에 띠고 점점 더 물러앉는다. 그리고 머리만 벅적벅적 긁었다.

"왜, 올라가시우, 좀 누라니까…… 오늘도 일하러 가셨지요?"

"네."

"어데로 가셨소, 또 부두로?……."

"아니유. 왜 월미도 앞 개천 메우는 데 있지우. 거기로 갔댔슈."

"그것은 하루의 임금이 얼마입니까?"

외눈까풀이는 머리를 들며 머뭇머뭇하였다. 신철이는 그가 임금이란 말을 잘 알아듣지 못하였나? 하며 동시에 자신이 이후부터 노동자들이 쓰는 말부터 배워야 하겠다는 것을 절실히 느꼈다.

"저…… 품값 말입니다."

"예, 예…… 그거 잘하면 칠팔십 전, 못하면 사오십 전 되지우."

"예…… 평안히 앉아서 우리 맘놓고 이야기합시다. 왜 그리힘들게 앉아 계시우. 그런데 참 우리 사귄 지는 오래되 피차에 이름만은 모르지 않소…… 난 유신철이라 하오. 동무는?"

신철이는 외눈까풀이를 똑바로 보았다.

89

"나유?…… 첫째유."

"첫째…… 그 이름 좋습니다. 고향은?"

첫째는 속으로 고향을 말할까말까 망설였다. 그러나 고향을 말하는 것이 재미없을 듯하여 눈을 내려 떴다.

"나 고향 없어유."

"고향이 없어요……."

신철이는 이렇게 중얼거리며, 고향 없다는 그 말이 이상하게도 그의 가슴을 찡하니 울려주었다. 그리고 첫째와 같은 그런 사람에게 있어서는 그 말이 진심에서 나오는 말일지 몰랐다.

고향 말이 나니 첫째는 이서방과 어머니가 머리에 떠오른다. 지금쯤은 죽었는지? 혹은 살아서 자기가 돈 벌어가지고 돌아오기를 기다리는지? 할 때, 이때껏 무심하던 가슴이 갑자기 어수선해졌다. 그가 집을 떠날 때는 돈을 벌어가지고 이서방과 어머니를 데려오려고 생각했지만 그가 생각했던 바와 같이 돈을 벌 수도 없지만 그의 몸이 항상 분주한 가운데 이렁저렁 지나니 어머니와 이서방도 그의 머리에서 차츰 희미하게 사라졌던 것이다.

"좀 누시오. 일하기 힘들지유?"

신철이는 첫째의 손을 물끄러미 보며 자기의 손과 비교해보았다. 그때 그는 부끄러운 생각과 함께 무쇠 같은 팔뚝을 가진 첫째가 얼마나 부러워 보였는지 몰랐다. 동시에 자기가 이때까지 배웠다는 것은 자기로 하여금 이렇게 연약한 몸과 맘을 가지게 한 것밖에 더 없는 것 같았다.

"동무는 일하기 힘들지 않소?"

"아침에는 괜찮유. 그래두 해질 때쯤 가서는 좀 어려워유."

"네, 그래요? 동무는 어려서부터 노동일 하셨소?"

"아니유. 김매다가 노동을 했수……."

신철이는 꾸밈없는 그의 말과 굵은 음성이 퍽이나 좋았다.

동시에 어딘가 모르게 믿는 맘이 차츰 강해짐을 느꼈다.

"동무, 난 일하는 데는 도무지 모르니, 이후부터 종종 와서 나에게 일하는 것 가르쳐주."

"일두 뭐 가르쳐주나유. 그저 하면 되지유. 허허."

첫째는 가르쳐 달라는 말이 우스웠다. 더구나 전날 벽돌 나르면서 애쓰던 신철의 모양을 생각하였던 것이다. 신철이는 그가 웃는 것을 보니 한층 더 그에게 맘이 쏠리었다.

"그런거 거…… 부두에서 말이오, 짐짝이나 쌀가마니 나르는 것은 어떻게 품값을 회계하오."

"그거유. 무게에 따라 다르지우. 쌀 한 가마니에는 오 리 아니면 육 리 하고, 대두박은 사 리, 기타 짐짝은 오 리지유."

"그럼, 쌀 백 가마니를 날라야 오십 전 아니면 육십 전이구려!"

신철이는 눈살을 찌푸리며 쌀 백 가마니를 나를 생각을 해보았다. 따라서 부두에서 그 먼지를 뒤집어쓰고 일하던 몇천명의 노동자를 생각하였다. 동시에 그는 뜻하지 않았던 한숨이 푹 나왔다. 그리고 자기의 사명을 강하게 느꼈다.

"동무, 전날 돈 얼마나 벌었수? 그날 말이유."

"몰라유. 잊었지유."

"아 그 쌈하던 날 말이오. 왜 짐짝을 서루 뺏으랴고 쌈하지 않었수?'

"글쎄 몰라유."

"그런데 동무 이후부터 쌈하지 마시오. 쌈해야 서로 손해만 나지 않우? 쌈할 곳에 가서는 끝까지 싸워야겠지만 서로 동무들끼리 싸워서야 피차에 손해가 나지 않소……."

"그래두 그놈이 남이 맡아논 짐을 제가 지고 가랴니께 싸우지우……. 그런데 왜 노동일을 하시우?"

"나요? 노동을 해야 벌어먹지유……."

"당신 같으신 어룬은 면서기나 순사도 꽤 허시겠지유."

아까 이 방에 들어설 때 신철이가 글을 쓰는 것을 보았고, 그리고 벽에 걸린 그의 옷이라든지 등 아래로 놓인 약간의 책권을 보니 신철이가 노동일이나 할 사람 같아 보이지 않았던 것이다. 신철이는 웃음을 참으며,

"면서기나 순사가 좋아 보이시우?"

"그럼 좋지유."

"난 당신들이 하는 노동일이 부럽소."

첫째는 허허 웃었다. 그리고 순사와 면서기를 부르고 나니 고향서 보던 면서기와 순사들이 그의 앞에 나타나 보였다. 그리고 가슴이 뜨거워지며 신철이를 대하여 무엇인지 모르게 묻고 싶은 충동을 강하게 느꼈다.

"저…… 순사는 말유……."

첫째는 무슨 말을 하려다가 말끝을 잊었다. 신철이는 그를 똑바로 보았다.

"네, 순사가 뭘?……."

"저, 저…… 어떻게 해야 법에 안 걸리우? 법에 안 걸리게좀 가르쳐주…"

## 90

밤 늦게 돌아온 간난이는 잠들었다가 깨어나는 선비를 보며 생긋 웃었다.

"빈대 물지 않니?"

"왜 안 물어, 물지…… 어데를 갔었니?"

"나, 저게…… 누가 좀 만나자고 해서."

간난이는 나들이옷을 훌훌 벗어 벽에 걸고 나서 선비 곁으로 바싹 다가앉았다.

"이애, 지금 인천서는 말이야, 아주 큰 방적공장이 낙성되었는데 그곳에는 지금 내가 다니는 방적공장과 달리 여직공을 많이 쓴다누나……. 근 천여 명의 여직공을 쓴대……."

선비는 눈졸음이 홀랑 달아났다. 그리고 빛나는 눈에 이상한 광채를 띠었다.

"난 그런 곳에 못 들어갈까?"

"들어갈 수 있지…… 나두 거게로 갈 생각이다! 우리 둘이서 그리로 가자……. 응 선비야."

간난이는 생긋 웃었다. 그리고 그의 머리를 매만지며 빠져나오려는 핀을 다시 꽂는다. 멍하니 바라보는 선비는 얼굴이 빨개졌다. 그리고 간난이에게서 들었던 방적공장의 온갖 기계들이 얼씬얼씬 나타나 보이었다.

"내가 그런 것을 할지 몰라… 그러다 잘못하면 내쫓나?"

간난이는 선비의 얼굴을 바라보며 그가 처음 서울에 올라와서는 아무것도 모르고 그저 무섭고 부끄럽기만 하던 생각을 하였다.

"왜 네가 그런 것을 못 하겠니, 배우면 잘 할 터이지……. 너만 못한 애들도 많이 들어와서 배워나면 곧잘 하더라야. 걱정 마라."

선비는 한숨을 가볍게 쉬었다. 그리고 웃었다.

"그래서 선비야! 난 오늘 방적공장을 나오기로 했단다"

"그럼 언제 가니?"

"곧 가지 그런데 볼일이 있어 아무래도 한 이틀은 지체될 듯하다."

간난이는 아까 태수가 전해주던 밀령을 다시금 생각하며, 유신철이…… 인천부 사정 5번지 하고 외어보았다.

"인천이라는 데는 이 서울 안에 있니?"

간난이는 얼른 선비를 보며 호호 웃었다.

"아니야. 여기서 한 백여 리 차 타고 가야 한다더라."

선비는 한층 더 얼굴이 화끈 달며, 간난이는 언제 누구한테 배워서 말도 자기가 알아듣지 못할 유식한 말만 하고 또 모르는 곳이 없이 저렇게 잘 아는가…… 하였다. 그리고 자기는 언제나 저 애처럼 되나…… 하였다.

그때 맞은편 방에서는 웃음소리가 하하 하고 흘러나왔다. 그들은 말을 그치고 흘금 문을 바라보았다.

"오늘은 굶지들은 않았나 봐…… 저렇게 웃음이 터질 때에는……."

선비는 일어나서 자리를 펴놓으면서,

"그 사람들은 뭘 하는 사람들이어?"

선비는 방문을 맘놓고 열어놓을 수가 없이 거북한 것을 느낄때마다 뭘 하는 사내들이 해 종일 어디도 가지 않고 저렇게 방구석에만 들어 있는가? 하는 의문이 들곤 하였던 것이다.

그리고 간난이가 공장에 간 후에는 무서워서 앞문을 닫아 걸고 있었다.

"그 사람들, 그저 실업자지…… 뭐겠니."

실업이란 말은 또 무슨 말인가? 하며 선비는 묻고 싶은 것을 그만 눌러버렸다.

"얼굴들이야 좀 잘 생겼디……. 그래도 이 사회에서는 그들에게 직업을 안 주니…… 어떻게 하니……."

간난이는 등불을 멍하니 바라보며 사정 5번지 유신철…… 이 번지와 이름을 잊을까 하여 그는 이렇게 되풀이하였다. 그리고 태수가 하던 말을 곰곰이 생각하였다. 선비는 간난이가 저렇게 늦게 돌아올 때마다 무엇을 깊이 생각하는 것이 수상스러웠다. 그리고 자기가 시골 있을 때 밤마다 덕호에게 당하던 것을 생각하며 무의식간에 그는 진저리를 쳤다. 따라서 간난이 역시 그러한 일을 저지르지 않는가? 하는 불안과 의문에 슬금슬금 그의 눈치를 살폈다.

"선비야! 네가 서울 올라온 지가 오래두 내가 바빠서 너를 구경도 못 시켜주었지. 내일 우리 남산공원에 가볼까?"

"남산공원? 그게는 뭘 하는 데야."

"우리 동네 왜 원소 위에 잿등이라고 있지 않니? 그런 산이지…… 뭐야, 거게 우리들이 밤낮 올라가서 싱아를 캐먹었지……. 참 우리 어머님 보고 싶다!"

그때 선비의 머리에는 그의 눈등을 아프게 찌르던 첫째의 시커먼 손이 문득 떠오른다. 그리고 간난이에게 너 첫째를 혹시 만나본 일이 있니 하고 묻고 싶은 충동을 강하게 느꼈다. 그러나 선비는 간난이 모르게 가슴을 쥐며, 첫째가 이 서울에 있는지 몰라……. 선비는 머리를 숙였다.

## 91

이튿날 그들은 창경원을 둘러서 남산까지 왔다.

"저기 조선신궁이라는 게다."

간난이가 들여다보이는 조선신궁을 가리켰다. 선비는 머리만 끄덕일 뿐, 무슨 말인지 알아듣지 못하였다. 그리고 이제 올라온 돌층계가 무섭게 그의 앞에 아찔아찔하게 나타난다.

"이따 갈 때도 저리 가니?"

선비는 돌아서서 돌층계를 가리켰다.

"왜?"

"딴 길 없나?"

그제야 그가 선비의 눈치를 살피고 생긋 웃었다.

"에이 시굴뚜기년 같으니, 거기서 떨어져 죽을까 겁나니? 그럼 다른 길로 가자꾸나."

그들은 호호 웃으며 조선신궁 앞을 지나 솔밭으로 내려와서 가지런히 앉았다.

우수수 하는 바람결에 나뭇잎이 그들의 치맛가를 가볍게 스치고 천천히 떨어진다. 선비는 무심히 나뭇잎을 쥐었다.

"벌써 가을이야! 세월두 어지간히 빠르지."

간난이는 선비의 손에 쥐어진 나뭇잎을 바라보며 이렇게 말하였다. 선비는 휙 머리를 돌려 간난이를 바라보다가 빙긋이 웃었다. 간난이가 자기의 생각한 말을 하였기 때문이었다.

그들은 저 앞을 바라보았다. 붉고도 흰 벽돌집은 저마다 높음을 자랑하느라 우뚝우뚝 솟았고 북악산 밑 백악관은 몇천만 년의 튼튼함을 보여주는 듯이 앉아 있다. 그 뒤로 게딱지 같은 집들이 오글오글 쫓겨서 몰려들어간다.

윙 달려오는 전차 소리, 택시 소리…… 그들이 시선을 옮기니, 옛날의 비밀을 혼자 말하는 듯한 남대문이 컴컴하게 솟아있다. 그곳을 중심으로 수없이 얽혀나간 거미줄 같은 전선이며 각 상점 간판이 어지럽게 빛나고 있다.

"저 집이 다 사람 사는 집일까?"

간난이는 옆에 선비가 있는 것을 느끼며 돌아보았다.

"그럼 사람이 살지, 뭐가 살겠니…… 호호."

그가 처음 돌연히 선비를 만났을 때에도 선비의 미모에 놀랐지마는, 몇 달을 지난 오늘에 보니 그때는 오히려 파리해졌던 것을 짐작할 수가 있었다. 비록 반찬 없는 밥을 먹으나 서울 온 후로부터 그가 저렇게 살이 오르는 것을 보니 간난이는 기뻤다. 그리고 저 애를 어서 가르쳐서 계급의식에 눈을 띄어 주어야겠는데…… 하였다.

"선비야, 너 덕호가 밉지?"

선비는 얼굴이 빨개진다. 자기가 덕호와의 관계를 말하지 않았어도 간난이는 벌써 짐작한 듯하였다. 그러므로 선비는 고향 말만 간난이의 입에서 떨어지면 불쾌하고도 겁이 나서 가슴이 울울하곤 하였다.

"내가 조용할 때 널 보고 하고 싶은 말이 많다. 아직까지 널 보고 조용히 말할 짬도 없었지마는…… 우선…… 너 덕호라는 놈을 어떻게 생각하니? 그것부터 내게 말해라."

선비는 귀밑까지 빨개지며 머리를 숙인다. 그리고 손에 쥔 나뭇잎만 바삭바삭 소리가 나도록 손끝으로 누른다. 간난이는 선비를 바라보며 선비가 아직도 덕호를 못잊어 하는가? 하는 의문도 들었다. 그것은 자기의 과거를 미루어서 그렇게 짐작되었던 것이다. 간난이가 태수를 만나 지도받기 전에는 그나마 덕호를 잊지 못하였다. 그래서 그런지 꿈에도 덕호를 만나 영감님! 나는 월경을 건넜세요! 아마 애기가 있지요… 하고 목이 메어 울다가는 깨곤 하였다. 그뿐이랴! 그가 상경하기 전에 덕호가 선비에게 사랑을 옮기는 것을 샘하여 밤중에 돌아다니다가 어떤 놈이 다오치는 바람에 질겁을 해서 달아나다 개똥이네 집으로 들어갔던 어리석은 자신을 다시금 그는 굽어보았다. 따라서 선비가 더 불쌍하게 보였다. 선비는 머리가 눌리는 듯한 부끄러움에 얼굴을 들지 못하고 언제까지나 가만히 있었다. 그리고 덕호의 그 얼굴이 무섭고도 느글느글하게 떠올라서 어서 간난이가 화제를 돌렸으면 좋을 것 같았다.

간난이 역시 덕호의 얼굴이 떠올라서 불쾌하였다. 그래서 그는 선비에게서 시선을 옮겨 저 앞을 바라보았다. 저 번화한 도시에도 얼마나 많은 덕호가 들어 있을까? 하는 생각이 번개같이 그의 머리에 떠올랐다.

그때 요란스러운 소리에 그들은 머리를 돌렸다. 소나무 아래로 작은 게다 큰 게다가 뒤섞여서 비탈길을 올라가고 있다. 게다를 따라 시선을 옮기니 푸른 솔밭 위로 화강석으로 깎아세운 도리이가 반공중에 뚜렷하였다.

92

이틀 후에 인천으로 내려온 간난이와 선비는 우선 간난이가 공장에서 사귄 어떤 동무 집에서 유하게 되었다. 그리고 그 동무의 주선으로 대동방적공장에 들어가게 되었으며, 경찰서에서 신원보증까지 헐하게 맡게 되었다. 동시에 대동방적공장에서는 사숙을 허하지 않고 전 여공을 기숙사에 수용한다는 것이 한 철칙이 되어 있다는 것도 알았다. 내일은 세 동무가 일시에 기숙사로 들어가기로 생각을 하고 월미도로, 만국공원으로 해가 질 때까지 돌아다녔다.

저녁을 맛있게 먹은 그들은 상을 물리고 앉아서 이런 이야기 저런 이야기를 주고받았다. 간난이는 일어났다.

"인숙아, 나 잠깐 저기 다녀올게."

인숙이를 바라보고 선비를 보았다.

"어데를…… 응 너 아까 묻던 그 사람 찾아갈래?"

아까 만국공원에 갈 때 서울서 어떤 동무의 부탁으로 그의 오빠를 찾아봐야겠다고 말하여 사정을 돌아다니며 신철이가 있는 번지를 간난이는 알아놓고도 찾지 못한 체하고 밤에 찾아본다고 하며 맡았던 것이다.

"너 혼자 가서…… 번지도 똑똑히 모른다면서 찾겠니?"

"글쎄…… 뭘, 가서 좀 찾아보다가 오겠다야. 그애의 말값으로 찾아나 봤으면 되는 것 아니냐. 난 정신 없어서 큰일났다니! 번지를…… 아이 몇 번지라던가……."

"아이구! 이 바보야, 번지도 모르면서 찾겠대…… 어디 찾아봐라."

"좌우간 내 나가서 오래있으면 찾아간 줄로 알려무나. 그리고 곧 들어오면 말할 것 없고."

간난이는 빙긋이 웃으며 밖으로 나왔다. 그리고 사면을 휘휘 둘러본 후에 사정으로 향하였다.

사정 5번지까지 온 간난이는 좌우를 또다시 살펴본 후에 대문 안으로 들어섰다. 그리고 신철이가 어느 방에 있을까 하고 돌아보았으나 안방 이외는 방이 없는 듯하였다. 그래서 그는 잘못 찾아왔는가 하여 도로 나와서 주저하다가 다시 들어갔다.

"말 좀 물읍시다."

뒤미처 안방문이 열리며 부인이 내다본다. 간난이는 잠깐 망설이다가,

"저 여기 하숙하는 손님 방……."

말이 끝나기 전에 부인은 마루로 나왔다.

"이리로 들어가 물어보시오."

부엌 뒷골목을 가리킨다. 간난이는 컴컴한 골목을 빠져서 조그만 문 앞에 섰다. 차츰 가슴이 두근거리며 숨이 가빴다.

안에는 누가 혼자 있는 모양이다. 문에 그림자가 얼씬하며 신문 뒤적이는 소리가 들린다.

"여보세요!"

간난이는 이렇게 찾아보았다. 그때 방문이 열리며, 어디서 많이 본 듯한 사나이가 나타난다.

"유신철 동무입니까?"

신철이는 누군가? 하여 방문을 열었다가, 어떤 젊은 여자가 이 밤에 문앞에 서서 자기 이름을 부르는 데는 놀랐다. 그러나 다음 순간 철수

한테서 통지받은 생각이 얼핏 들자,

"예! 그렇습니다. 들어오시지요……."

간난이는 방으로 들어가서야 신철이가 자기가 있는 앞방에서 자취를 해가며 고생하던 청년임을 알았다. 신철이 역시 간난이를 보자 곧 알았다.

"경성서 늘 뵈우시던 동무 아닙니까, 바루 우리 자취하던 앞방에 계셨지요?"

"네! 참 우습습니다. 호호……."

"허허, 곁에다 동무를 두고도 몰랐습니다그려. 언제 나려오셨습니까?"

신철이는 간난이가 이렇게 속히 올 줄은 몰랐던 것이다. 그리고 자기가 경성 있을 때에는 한낱의 방적여공으로밖에 그의눈에 비치지 않던 그가 오늘 이렇게 마주 앉고 보니 새삼스럽게 용감하고도 씩씩해 보였다. 더구나 화장하지 않은 그의 얼굴이 전등불빛에 불그레하니 타오른다.

"어제 낮차로 왔습니다. 동무는 얼마나 고생을 하셨습니까?"

간난이는 말끄러미 신철의 눈치를 살피었다. 그리고 그의 입에서 무슨 말 나오기를 기다렸다.

"네, 뭐…… 고생이 무슨 고생이겠습니까. 여기 무슨 볼일이 계십니까, 혹은 아주 사시랴고 오셨습니까?"

신철이 역시 간난이가 먼저 말하기 전에는 아무러한 눈치도 간난이에게 보이지 않을 모양이다. 간난이는 한참이나 무엇을 생각하다가,

"저는 여기 방적공장에 취직하러 왔습니다. 혹 먼저 아셨는지요?"


93

그 밤을 자고 난 세 동무는 드디어 대동방적공장 안에 있는 기숙사로

들어오게 되었다. 새로 회벽을 한 한 간이나 되는 방에 역시 세 동무가 함께 있게 되었다. 그들은 백여 간이나 넘는 듯한 기숙사를 둘러보고 공장 안을 살펴보았다. 서울 T문 밖에 있는 제사공장은 여기에 대면 아무것도 아니었다. 우선 기숙사며 공장은 내놓고라도 그 안에 설비된 온갖 기계가 서울서는 보지도 못하던 것이었다. 대개 발전기라든가 제사기라든가 흡사한 것이 일부 일부에 없지는 않으나 서울의 것보다는 아주 대규모적이었다.

고치를 삶는 가마도 서울서는 대개 세숫대야만 하고 와꾸(자새)도 하나였는데, 여기 것은 가마가 장방형으로 길게 되었으며, 서울 가마의 십 배는 될 것 같았다. 그리고 와꾸도 한 사람 앞에 십여 개 내지 이십 개까지 쓰게 된다고 하였다.

선비는 처음이니 아무것도 모르나 간난이와 인숙이는 입을 쩍쩍 벌렸다.

한겻부터 간난이와 인숙이는 제오백 번, 제오백일 번이라는 번호를 타가지고 공장으로 들어가 일을 하게 되었다. 그러나 선비만은 아주 처음이라고 해서 간난이가 맡은 오백 번호에 곁들여서 실 켜는 법을 배우게 되었다.

저편 발전소에서 일어나는 소음과 돌아가는 와꾸의 소음이 합쳐서, 공장 안은 정신 차릴 수가 없이 소란하였다. 선비는 멍하니 서서, 간난이가 실 켜고 있는 것을 보고 있다. 간난이는 늘 해보던 것이 되어서 모든 것을 손익게 하였다.

우선 남직공이 갖다 주는 초벌 삶은 고치를 펄펄 끓는 가마속에 들이붓고 조그만 비로 돌아가며 꾹꾹 누른다. 그러니 실끝이 모두 비에 묻어나왔다. 처음에 나쁜 실끝은 비로 끌어내어 가마 좌우에 꽂힌 못에 걸어놓고 나서 다시 비를 넣어 실끝을 끌어올리었다. 이번에는 약간 누런색을 띤 정한 실끝이었다. 간난이는 실끝을 왼손에 걸어 쥐고 나서 바른손으로 실끝을 하나씩 끌어 사기바늘에 붙였다. 그러니 실이 술술 풀려올라간다.

서울 공장에서는 이 사기바늘이 한 개 아니면 혹 두 개까지는 있었으나 이렇게 수십 개씩 되지는 않았다. 간난이는 세 개의 사기바늘에 실을 붙였다. 우선 능해지기까지 세 개를 사용하다가 차차로 늘릴 모양이다.

공장 남쪽 벽은 전부가 유리로 되었으며, 천정까지도 유리를 달았다. 그리고 제사기도 두 줄씩 마주 놓고 그 가운데는 길을 내었으며, 그리로는 감독들이 왔다갔다 하고 있다. 서울서는 감독이 다섯 사람이었는데 이곳은 감독이 삼십 명은 되는 모양이다.

오백 번호가 나왔건만 여기서도 아직도 수백 번호가 나가리만큼 아득해 보였다. 선비는 얼굴이 뻘개서 가마에서 뽑혀나오는 실끝을 들여다보았다. 벌써 간난이의 손은 끓는 물에 익어서 빨갛게 타오른다. 그리고 손끝은 물에 부풀어서 허옇게 되었다.

"간난아, 내 좀 하리!"

선비가 그의 귀에다 입을 대고 말하였다. 간난이의 귀밑으로는 땀이 빗방울같이 흘러내린다. 간난이는 생긋 웃어 보이며 머리를 흔들었다. 그리고 여전히 실을 골라 사기바늘에 붙인다.

"처음 와서도 아주 잘 해."

바라보니, 감독이란 자가 마주 서서 들여다본다. 그리고 선비를 바라보며,

"어서 잘 배워야 해…… 그래서 빨리 일을 해야 돈을 벌지."

선비는 가만히 섰는 자신이 끝없이 부끄럽게 생각되었는데, 또 이런 말을 들으니 기가 막혔다. 감독은 선비의 숙인 볼을 곁눈질해 보며 그들의 앞을 떠나지 않았다.

그때 전깃불이 환하게 들어왔다. 선비는 놀라 전등불을 바라보며, 그

리고 그의 눈앞에 벌려 있는 온갖 기계며 여직공들을 볼 때, 자기는 어떤 딴 세계에 들어왔는가? 하리만큼 그의 주위가 변한 것을 느꼈다.

"선비야, 너 좀 해봐."

간난이가 물러난다. 선비는 실끝을 쥐니 손이 떨리며 손발이 후들후들 떨려서 맘대로 손을 놀리는 수가 없었다.

"가마이! 실이 끊어졌구나!"

간난이가 발판을 꾹 눌렀다 놓으니 기계가 정지되었다. 간난이는 실끝을 사기바늘 속으로 넣어서 저편 끝과 꼭 비비치며,

"실이 끊어지면 이렇게 실끝을 맺는다. 봐라, 선비야! 그리고 정지시키랴면 이렇게 하면 돌던 기계가 멋는다."

그때 사이렌 소리가 우렁차게 일어난다. 선비는 눈이 둥그레서 둘러본다.

94

"선비야! 저 사이렌이 울면 우리는 나가고 야근할 동무들이 들어와서 다시 일을 계속한단다."

말도 채 마치지 못하여 야근할 여공들이 우르르 밀려들어온다. 간난이는 얼른 기계를 정지시킨 후, 실 감긴 와꾸를 뽑아들고 공장 밖을 나와 감정실 앞에 늘어선 여공들 뒤에 가 섰다.

"선비야, 넌 먼저 가거라."

선비는 공장 문 밖에 나와 서 있었다. 공장 안에서는 여전히 기계가 요란스러운 소리를 발하고 있다. 간난이가 돌아오는 것을 보고 선비는 걸었다. 벌써 식당에서는 종소리가 울려나왔다.

"어서 가자! 저게 밥 먹으라는 종인가 부다, 아마……."

간난이도 기숙사 생활을 하느니만큼 모든 것이 분명하지를 않았다. 그들이 식당까지 왔을 때는 몇백 명의 여공들이 가득 들어앉았다. 식당

은 기숙사의 맨 하층으로 지하실이었다. 장방형으로 된 방안에 밥김이 어리어 훈훈하였다. 그리고 기단 나무판자를 네 줄로 이편 끝에서부터 저편 끝까지 이어놨으며 그 위에는 밥통이며 공기가 보기 좋게 정리되어 있었다. 그들은 밥을 보자 식욕이 버쩍 당기어 술을 들고 한참이나 퍼먹다가 보니 쌀밥은 틀림없는 쌀밥인데 식은 밥 쪄놓은 것같이 밥에 풀기가 없고 석유내 같은 그런 내가 후끈후끈 끼쳤다. 간난이는 술을 들고 멍하니 선비와 인숙이를 번갈아 보았다. 그들도 역시 그랬다.

"이게 무슨 밥일까?"

저편 모퉁이에서는 이런 말을 주고받았다. 그나마 반찬이나 맛이 있으면 먹겠지만 반찬 역시 금방 저린 듯한 소금덩이가 와그르르한 새우 것인데 비린내가 나서 영 먹을 수가 없었다.

그들은 식욕이 일어 배에서는 꼬륵꼬륵 소리가 났다. 그러나 입에서는 당기지를 않아서 술을 들고 저마다 멍하니 바라보다가는 마침 몇 술 떠보는 체하다가 눈물이 글썽글썽해서 술을 내치고 식당을 나가는 여공들이 대부분이었다. 그때 먼저 이 공장에 들어와서 이 밥에 낯익힌 여공들은,

"너희들이 배고픈 맛을 못 봐서 그러누나! 여기 들어와서는 이 안남미 밥을 먹어야 한단다! 백날 굶어보렴! 안남미가 없어질까? 흥!"

그들도 처음 며칠은 이 밥에 배탈을 얻어 십여 일이나 설사까지 하고도 할 수 없이 이 밥을 먹게 되었던 것이다. 그러나 먹어나니 이젠 배를 앓거나 또는 처음 먹을 때처럼 석유내가 몹시 나지는 않았다. 그래서 그들은 사람이 배고픈 것처럼 무서운 것은 없다고…… 하였다.

식당에서 올라온 지 한 시간이 되었을까 말까 한데 기숙사종이 댕그 렁댕그렁 울렸다.

"이게 뭐 하란 종이우?"

간난이가 놀러온 여공에게 물었다.

"아이 모루우? 이게 야학종이라우…… 어서들 준비하우."

"안 가면 안 되우?"

"그럼 안 되구말구. 별일 있수. 어쩌나 배우는 게야 좋지 않우? 어서들 가요."

그는 종종걸음을 쳐 나간다. 간난이는 입모습에 어느덧 비웃음을 띠고 인숙이와 선비를 돌아보았다. 그들은 배가 고파서 창문에 맥없이 기대어 저 밖을 내다보고 있다.

"간난아! 우리가 오늘 아침 집에서 너무 잘 먹어서 그 밥이 맛이 없나봐."

"글쎄…… 그 쌀이 안남미라고 하지?"

"안남미?"

"그래……?"

"응, 그러니 석유내 같은 내가 나누나 야! 그게야 어디 먹을 것이더니?"

"흥, 그래두 먹으라고 삶아놓는 데야 어쩌란 말이야! 자 여러 말 할 것 없이 야학에나 가보자! 무엇을 가르치나……."

선비는 배가 좀 고프나 야학이라는 말에 귀가 띄어서 부스스 일어났다. 그때 그는 덕호가 공부시켜 주겠다는 것을 미끼삼아 그의 정조를 유린하던 장면이 휙 떠오른다. 그는 다리가 후들후들 떨리는 것을 진정하며 그들을 따라 강당으로 들어앉았다.

단상에는 낮에 간난이를 칭찬하던 감독이 대모테 안경을 시커멓게 쓰고 서서, 들어오는 여공들을 흘금흘금 바라보았다.

눈 가장자리가 퍼릇퍼릇한 감독에 있어서는 그 안경이 유일한 위안제가 되었다. 여공들이 다 모인 후에 감독은 이렇게 말하였다. 오늘은 신입 여공들이 많으니 공부는 그만두고 공장 내의 온갖 규칙에 대하여 말하겠다고 하였다. 그는 기침을 하고 휘 돌아본 후에 말을 꺼냈다.

## 95

"이 공장은 다른 작은 공장과 달리 직공들의 장래와 편의를 생각해 주는 점이 많습니다. 그것은 여러분이 눈앞에 보는 바와 같이 이 기숙사라든지, 또 야학이라든지 기타 여러분이 소비하기 위한 일용품까지 배급하는 설비라든지 다대한 경비를 들여 맨들어놓지 않았소?……"

감독은 장한 듯이 상반신을 뒤로 젖히고 배를 내밀며 장내를 한번 돌아본다.

"여러분이 늘 쓰는 화장품이나 양말이나 기타 일용품을 시가에 나가 산다고 합시다. 값이 비쌀 뿐 아니라 속기도 쉽습니다. 그러니 여러분이 필요한 경우에는 이 공장에서 원가대로 배급해 주는 시설이 있습니다. 이 시설은 전혀 여러분을 위함이니 공장측에서는 도리어 손해를 봅니다."

이때 긴장하였던 여공들은 한숨을 내쉬었다.

"그리고 에…… 이 공장에는 여러분의 장래를 생각하여 저금제도를 맨들었소. 저금은 인생의 광명이오! 그러니 여러분들은 노동만 하면 공장에서 밥을 먹여주고 일용품을 대주고 나머지는 저금을 시켜 주니 여러분의 맘에 따라 얼마든지 별수가 있지 않소? 여러분은 그저 저금통장만 가지고 있다가 삼 년 후 나갈 때 그것으로 결혼 비용에 쓸 수도 있지 않소? 허허……."

감독의 입모습에 야비한 웃음을 띠었다. 여공들도 따라 웃는다.

"그러니 삼 년만 꾹 참고 일하면 그때는 이 공장을 나가 안락한 가정도 이루어 아들딸 낳고 잘살 수가 있소. 여러분이 여기에 들어올 때 삼 년을 계약 맺고 들어왔으나 그 삼 년이 절대로 긴 세월이 아닙니다. 그때 가면 더 있겠다고 할 것이오. 이 공장은 이같이 우대를 하느니만큼 들어올 때 경찰서에서 일일이 보증까지 받아가지고 들어온 것이 아니

오? 그래서 여러분들은 많은 사람들 중에서 뽑혀 들어온 것이니 큰 행복이 아닙니까. 어데 또 이렇게 좋은 곳을 본 일이 있소? 밖에서는 일할 데가 없어서 돌아다니는 사람이 얼마나 많은지 아오?

여공들은 자기들이 시골에서 조밥도 잘 못 먹고 김매던 생각을 하니 가슴이 벅차도록 행복을 느꼈다. 감독의 안경은 불빛에 번쩍하였다. 그는 수염을 꼬고 나서,

"이 공장에서는 여공의 장래를 그르칠까 봐 풍기를 엄밀히 감독하는 까닭에 개인의 외출을 불허하느니만큼 여러분은 퍽 밖이 그리울 것이오. 그러나 매해 춘추로 좋은 음식을 맨들어 가지고 산보를 가오. 오는 봄에는 여러분에게 구두를 원가로 배급하야 신기고 월미도에 가서 원유회를 할 계획을 지금 사무실에서 하고 있는 중이오……."

여공들의 눈에는 희망과 환희의 빛이 떠올랐다. 이때 간난이는 벌떡 일어나서 감독의 말을 일일이 반박하고 싶은 흥분을 가슴이 뜨겁도록 느끼었다.

"또 이 공장에서는 삼 주일에 한 일요일은 휴일로 정하고 그 날은 앞의 운동장에서 운동과 유희를 시키우. 이것은 여러분의 건강을 위하여 하는 일이니, 참 이 공장의 특전이오. 마지막으로 이 공장을 내 공장으로 생각하고 소제를 깨끗이 하며 또 일의 능률을 내어서 임금 외에 상금도 많이 타도록 하오. 그러나 게으른 사람에게는 도리어 벌금이 있을 터이니 특별히 주의하여야 하오."

그들은 일시에 일어나 감독에게 경례를 하고 강당에서 몰려나왔다.

또다시 종이 울렸다. 이 종은 자라는 종이라고 그들은 소변 대변을 보고 나서 방안의 전깃불을 껐다.

간난이는 곤하던 차라 한잠 푹 자고 나서 벌떡 일어났다. 사방은 고요하다. 다만 공장에서 들려오는 기계소리만이 요란스레 들릴 뿐이다. 그는 창문 곁으로 와서 우두커니 밖을 내다보았다. 어젯밤 신철의 앞에

있을 때에는 기운이 버쩍버쩍 나더니 오늘 이렇게 혼자 앞으로 할 일을 생각하니 앞이 캄캄하다. 물론 밖에서 동지들의 끊임없는 조력이 있을 것은 아나 시커먼 저 담 안에 갇힌 자신은 몹시도 고적해 보였다.

유리문 밖에 운동장을 거쳐 높이 솟은 저 담! 간난이는 아까 이 기숙사에 들어오면서부터 저 담이 몹시 걱정이 되었다. 행여나 그 담 밑으로 어떤 구멍이라도 발견할까 함이었다. 그러나 벽돌로 까맣게 올려 쌓고 그 밑으로 몇 길이나 시멘트 콘크리트를 한 그 철벽 같은 담에서는 바늘 구멍만한 것도 하나 얻어볼 수가 없었다.

그는 가만히 일어나서 문을 열고 나왔다. 복도 저편 끝에 달빛이 길게 떨어져 흡사 사람이 섰는 듯하였다. 그가 멈칫서서 좌우를 휘휘 돌아보았을 때 어디서 문소리가 나는 듯하여 벽에 붙어 섰다.


## 96

간난이는 숨을 죽이고 문소리 나는 곳을 바라보았다. 여공하나가 신발소리를 죽이고 감독 숙직실 편으로 가는 듯하여 간난이는 뜻밖에 호기심이 당기어 그의 뒤를 살금살금 따라섰다.

숙직실 앞에서 그는 발길을 멈추고 머뭇머뭇하더니 문을 열고 들어간다. 간난이는 거 누굴까 하고 생각해 보았으나 짐작하는 수가 없었다. 어쨌든 여공이 감독과 밀회하러 들어간것만은 틀림없었다. 그때 간난이는 어젯밤 신철이가 하던 말을 다시금 되풀이하며 이대로 두면 이 공장 내에서 일하는 수많은 순진한 처녀들이 감독의 농락을 어느 때나 면하지 못할 것 같았다. 따라서 어리석은 저들의 눈을 어서 띄워 주어야 하겠다는 것을 깨닫는 동시에 하루라도 속히 천여 명의 여공들이 한 몸이 되어 우선 경제적 이익과 인격적 대우를 목표로 항쟁하도록 인도하여야 하겠다는 책임을 절실히 느꼈다. 옛날에 덕호에게 인격적 모욕을 감수하던 그 자신이 등허리에서 땀이 나도록 떠오른다. 그는 한참이나 서서 이런 생각을 하다가 숙직실 문앞에까지 가서 귀를 기울였다. 아무 소리도 들리지 않았다. 그는 중대한 그의 사명이 없다면 당장에 이 문을 두드리고 이 공장 안이 벌컥 뒤집히도록 떠들어 이 사실을 여공들 앞에 폭로시키고 싶었다. 그때 유리문이 우르릉 소리를 내며 나뭇잎 떨어지는 그림자가 얼씬얼씬 비친다. 그는 얼른 뒷문 편으로 몸을 피하였다.

공장에서 기계 소리는 요란스레 울려나온다. 그는 이 순간에 비창한 결심이 그의 조고만 가슴을 벅차게 하였다. 그는 단숨에 밖으로 나왔다. 그리고 담 밑으로 돌아가며 구멍을 찾았다. 아무리 둘러봐도 차디찬 벽돌만 그의 손에 만져질 뿐이고 조그만 구멍도 발견치 못하였다. 다만 담 밑에 수챗구멍으로 낸 구멍만이 몇 개 있을 뿐이다. 이 구멍은 겨우 손이나 들어갈는지 물론 사람은 나들 수가 없었다. 더구나 이 구멍은 누구의 눈에나 띄는 구멍이니 이리로 연락을 취하다가는 위험천만이다. 그러나 다시 돌려 생각하면 오히려 누구나 다 알고있는 이 구멍이 어떤 점으로 보아서는 그들로 하여금 무관심하게 보일는지 모른다. 그는 이렇게 생각하며 우선 며칠 더 적당한 구멍을 찾아보다가 결정하리라 하고 들어오고 말았다. 강당의 시계가 세시를 땅땅 친다. 그가 자리에 누울 때 선비가 돌아누웠다.

"어데 갔었니?"

"응, 너 안 잤니?"

"아니 잤어……. 이제 깨보니 네가 없기에."

"변소에 갔댔지?"

"응"

"그런데 선비야, 너 아까 감독이 한 말을 다 곧이들었니?"

그는 이 경우에 어떻게 대답할지 몰라 한참이나 망설이다가,

"그건 왜 물어? 갑자기."

"아니 글쎄…… 감독의 한 말이 참말일까."

"난 몰라, 그런 것……."

"선비야! 그런 것을 몰라서는 안된다. 저 봐라, 지금 야근까지 시키면서도 우리들에게 안남미 밥만 먹이고, 저금이니 저축이니 하는 그럴듯한 수작을 하야 우리들을 속여서 돈 한푼 우리 손에 쥐어보지 못하게 하고 죽도록 우리들을 일만 시키자는 것이란다. 여공의 장래를 잘 지도하기 위하야 외출을 불허한다는 둥, 일용품을 공장에서 저가로 배급한다는 둥 전혀 자기들의 이익을 표준으로 하고 세운 규칙이란다. 원유회를 한다느니 야학을 한다느니, 또 몸을 튼튼케 하기 위하여 운동을 시킨다는 것도, 그 이상 무엇을 더 빼앗기 위하여 눈가리고 아웅하는 수작이란다……."

선비는 간난이가 어째서 이런 말을 하는지 알 수가 없었다.

그렇게 그른 줄을 아는 바에는 첨부터 공장에 들어오지 말 것이지 왜 서울서 그만두고 이리로 오고서는 하루도 지나기 전에 이런 불평을 토하는가? 하였다.

"선비야! 우리들을 부리는 감독들과 그들 뒤에 있는 인간들은 덕호보담도 몇천 배 몇만 배 더 무서운 인간이란다."

간난이는 여공이 들어가던 말까지 하려다가 이런 말은 좀더 기다려서 해주리라 하였다. 선비는 그렇지 않아도 수염을 올려붙인 호랑이 감독이 자기에게로만 눈꼬리를 돌리고 웃는 모양이 무섭고도 보기가 싫었는데 간난이의 말을 듣고 나니 그 눈매가 곧 눈앞에 나타나 보였다. 그리고 그 감독이 덕호로 변하여지는 것을 그는 가슴이 울울하도록 느꼈다.

"선비야! 너 지금 내 말이 무슨 말인지 분명하지 않지? 좀 지나면 다 안다."

간난이는 선비의 허리를 껴안으며 이렇게 중얼거렸다. 그리고 감독의 방으로 들어가던 여공을 다시 한 번 생각하였다.

97

며칠 후에 간난이는 공장 뒷담 뚫린 수챗구멍으로 긴나무쪽 끝에 새끼를 매어 밖으로 밀어 내놓았다.

그 후로는 여공들이 아침에 일어날 때마다 자리 밑에서나 방 한구석에서 이상한 종이조각을 발견하곤 하였다. 그 종이에는 전날 밤 야학에서 감독이 연설한 것을 한 조목 한 조목씩 띄어 쓰고는 그에 대한 해설이 알기 쉽게 써 있었다.

그들은 이 종이조각을 발견할 때마다 머리를 맞대고 재미나게 읽어 보았다.

"이애, 이 종이를 누가 들여보내 주는지는 모르겠으나 여기써 있는 글이 꼭 맞는다야! 감독이 왜 그때 하루에 이십 전씩 상금을 준다고 하더니 어디 상금 주디? 말만 상금이야!"

기숙사 상층 4호실에서 여공들이 자리에 누우며 이런 말을하였다.

"그래 혜영이는 그렇게 일을 잘 해두 말이어, 상금 타보지 못했대……. 아이 참 어쩌면 그런 그짓말을 하는지 몰라!"

"그래두야, 아이 인물 고운 저 칠호실에 있는 신입생은 벌써 상금을 탔다더라……."

"상금을 탔대? 거 누구여."

웃기 잘하는 여공이 이렇게 물었다.

"이애는 누구 듣겠구나! 좀 가만히 말하렴."

웃기 잘하는 여공은 킥킥 웃으며 이불 속으로 손을 넣어 꾹 찔렀다.

"누가 듣기는 누가 듣니? 이 밤에."

"이애 봐라! 너 감독이 밤마다 순시 돈다. 너 그런 줄 모르니?"

"순시 돌면 어때! 이불 속에서 하는 소리가 밖에 나갈까. 좌우간 누구여…… 아, 요새 갓 들어온 예뿐이 말이구나.

기숙사에서는 선비를 예뿐이라고 별명을 지었다.

"이애 말 마라. 혜영이가 그러는데 말이야, 바루 혜영이 앞에 신입 여공이 있지 않니? 그런데 그 앞에서 감독이 떠나지를 않고 자꾸만 싱글싱글 웃더래! 아이 참 죽겠어! 그 꼴 보기 싫어! 왜 그때는 용녀를 그렇게 허지 않았니?…… 네……."

"흥! 용녀보다 신입 여공이 더 고우니 그렇지. 사실 곱기는 고와요! 내가 남자라도 반하겠더라. 그 눈이며 코를 봐라네."

"곱기는 뭣이 고와. 그 손이 왜 그러니. 나 손을 보니 무섭더라."

가는귀 어두운 여공이 이렇게 말하였다.

"아따, 이 귀머거리! 뭘 좀 들었나베……. 히히…… 후후…… 이 손, 이 손 히히."

가는귀 어두운 여공이 귀에다 손을 대고 듣는 것을 웃기 잘하는 여공이 손으로 더듬어보고 이렇게 웃었다.

"이애 웃지 마라. 어따! 잘 웃는다, 얼씨구 쟤가 왜 저래?"

가운데에 누운 여공이 웃기 잘하는 여공의 입을 틀어막았다.

"그런데 이애 효순아, 이 종이가 어디서 누가 이 방에 갖다줄까? 다른 방에도 오는지 몰라……. 아무래도 그렇지 않으면, 이 기숙사 내에 있는 여공이 그렇게 허는 게야, 필시. 어쨌든 이 종이에 써 있는 것과 같이, 이 공장 내에 있는 여공들이 합심해서……."

여기까지 말한 가는귀 어두운 여공은 가슴이 벅차는 듯하여, 이불을 조금 벗으며 숨을 돌리었다.

"이애 말 마라. 나두 서울서 미루꾸 공장에 있을 때, 글쎄 감독놈이 하도 밉꼴스레 굴고, 품값도 잘 안 주어서, 우리들이 동맹파업인지를 일쿠려 안 했니. 그랬더니 그중에 몇 계집애가 싹 돌아서서 글쎄 감독에게 고해 바쳤구나. 그래서 모두 쫓기어났단다. 그때 나는 다행히 쫓기어나지는 않았으나 감독놈이 미워서 견딜 수가 없어야, 그래 나오고 말았다. 뭘 그래. 다 그런데……."

"그런 계집애들은 모두 죽여버려! 흥! 그런 것들은 말이다, 감독놈과 연애하는 계집애들이어……."

"이거 봐라. 일은 죽도록 하구서는 손에 돈도 쥐어보지 못하구 우리는 그래 이게 무슨 꼴이냐. 어머니 아버지 앞에서 고이 자라가지고 이모양을 해! 난 오늘 이 손이 하마터면 와꾸에 끼여 잘라질 뻔하였다. 들어올 때는 누가 이런 줄 알았니?"

그는 손을 볼에 대며 진저리를 쳤다. 핑핑 돌아가는 와꾸를 금방 보는 듯하였다.

"이 종이 갖다 주는 사람을 만나봤으면 좋겠어! 어디 우리 지켜볼까?"

"그러다가 알지 못할 남자면 어떡하니?"

그들은 갑자기 부끄러움과 함께 무시무시한 생각이 그들의 젖가슴을 사르르 스쳐가는 것을 느끼었다.

"아, 무서워!"

무의식간에 그들은 꼭 부둥켜안았다.


## 98

인부들은 철사 주머니에 돌멩이를 쓸어넣어서 해면에 동을 쌓으며 한편으로는 흙을 날라다가 감탕밭에 쏟았다. 첫째도 그들 틈에 섞여 흙을 날랐다. 그는 흙을 나르면서도 어젯밤 밤새도록 신철이와 자유노동자의 조직에 대하여 토의하던 것을 생각하였다.

그가 신철이를 만나본 후로는 세상에 모를 것이 없는 듯하였다. 그가 반생을 살아오면서 막히고 얽혔던 수수께끼는 바라보이는 저 신작로같이 그렇게 뚫려 보였다. 그리고 그가 걸어갈 장차의 앞길까지도 저 길과 같이 훤하게 내다보였다. 동시에 칼칼하던 그의 가슴은 햇빛에 빛나는 저 바다같이 그렇게 희망에 들떴다.

"여보게, 저거 보게나. 오늘이 무슨 날이기에 학생들이 통 떨어났는가?"

첫째는 얼른 돌아보았다. 수백 명의 여학생들이 행렬을 지어 이리로 왔다. 그때 첫째의 머리에는 어제 대동방적공장에서 나온 보고서를 신철이가 보고 그에게 이야기해 주던 생각이 떠올랐다. 그들이 아닌가? 신궁에 참배인가를 하러 가느라 구두까지 새로들 지어 신었다지……하며 어정어정 걸었다.

"이놈들아, 어서 일들이나 해라. 뭘 보느냐!"

벌떡벌떡 일어나던 인부들은 감독의 소리에 놀라 도로 허리를 굽히며,

"사람 죽인다! 저게 모두 계집이구먼."

"이애 이 자식아, 하나 데리고 도망가라, 하하……."

그들은 이렇게 농을 하며 흘금흘금 곁눈질을 하여 지나치는 행렬을 보았다. 그들은 일제히 검정 치마에 흰 저고리를 입었으며 검정 구두까지 신었다. 첫째는 흙을 지고 낑낑하며 오다가 참말 여공들이나 아닌가? 하는 의문과 무어라고 형용 못할 반가움에 흘금 바라보았다. 그때 첫째는 마주치는 시선과 함께 깜짝 놀랐다. 그리고 무의식간에,

"선비?"

하고 중얼거렸다. 상대 여자도 비상히 놀라는 빛을 띠고 멈칫섰다가 거의 끌리어가는 듯이 차츰차츰 앞으로 나간다. 그 순간 첫째는 흙짐을 벗어던지고 따라가서 그가 참말 선비인가 아닌가를 알고 싶었다. 그리고 그의 발길은 무의식간에 몇 발걸음 나아갔다.

"이놈의 자식아, 어서 일해라!"

첫째는 말할 수 없는 섭섭함을 꾹 누르며 감독을 돌아볼 때 가슴이 뛰는 것을 깨달았다. 그리고 무거운 발길을 옮겨놓으며 선비? 선비가 여기를 올 수가 있나? 혹은 덕호가 공부를 시켜? 아니 덕호가 공부를 시켜 줄 수가 있나? 그래도 알수 없어. 선비가 고우니까, 혹시는 야욕을 채우기 위한 수단으로 공부를 시키는지 아나? 아니어 내가 잘못 본 게지, 선비가 여기를 뭘 하러 온담. 벌써 시집가서 살 터이지…… 하고 다시 한번 그들을 바라보았다. 그때 저들이 방적 여공들이 아닌가? 하는 생각이, 어젯밤 신철의 말을 다시금 생각하며 불쑥 일어난다. 그러면 선비가 방적공장에 다니는가? 그는 여러 가지 생각이 뒤범벅이되어 일어난다. 그는 감탕밭까지 와서 흙을 쏟으며 다시 바라보니 벌써 그들의 행렬은 월미도 어귀에서 까뭇까뭇하게 사라져간다. 선비? 여공들? 참말 저들이 여공들인가? 하여간 기다려 보자! 이 뒤로 여공들이 또 지나칠지 모르니까…… 하였다. 첫째는 그들의 옷차림이 암만해도 여공들 같지는 않았던 것이다.

빤히 건너다보이는 월미도 조탕의 붉은 지붕을 바라보는 첫째는, 여공들이냐? 선비냐? 이 두 문제를 몇 번이나 되풀이 하였다. 그리고 뒤로 그런 행렬이 또 오는가 하여 주의를 게을리하지 않았다.

"아따, 이 사람아, 뭘 그리 생각하나? 이제 여직공들을 보니 맘이 싱숭생숭……."

"여직공! 자네 여직공인 줄 꼭 아는가?"

"에이! 미친놈아! 여직공이지 그게 뭣들이냐."

"공부하는 학생들이 아니어?"

"아따, 이놈아? 꿈을 꾸나베…… 인천에서 몹쓸기로 이름난, 수염이 빠딱한 호랭이감독 지나가는 것도 못 봤구나……."

첫째는 그의 말을 들으며 또 월미도를 바라보았다. 여공들… 과연 그가 선비인가 하였다. 그들을 여공들이라고 단정하고 나니, 역시 아까

본 선비같이 보이던 그 여자도 확실한 선비 같았다.

"이놈? 단단히…… 하하…… 그러니 이게 있어야지, 이놈아."

동무는 손가락을 동그랗게 굽히었다. 첫째는 흙짐을 지고 끙 하고 일어나며 멀리 대동방적공장의 연돌을 바라보았다. 여전히 검은 연기가 풀풀 흘러나온다.

99

하늘을 찌를 듯이 올라간 저 연돌! 그는 바라보기만 하여도 아뜩하였다. 그가 대동방적공장이 낙성할 때까지 거의 매일 인부로 채용이 되었다. 그때 그는 그 공장 건축만은 아무러한 위험을 느끼지 않았으나 저 연돌을 쌓아 올라갈 때 벽돌나르던 생각을 하면 지금도 앞이 아찔아찔하고 핑핑 도는 듯하였다.

벽돌 삼십 장씩 지고 휘청휘청하는 나무판자 다리로 올라갈 때 나무판자가 금방 부러지는 듯하여 굽어보면 몇십 장이나 되어 보이는 아득아득한 지하가 마치 깊은 호수를 들여다보는 듯이 핑핑 돌았다. 동시에 그의 다리가 풀풀 떨리며 머리털끝이 전부 하늘로 올라가는 것을 느꼈다. 그리고 앞이 캄캄하여 한참씩이나 정신을 가다듬어 올라가노라면 그 연돌이 움실움실 확실히 움직이는 것이다. 그것은 그가 그만큼 위험을 느끼는 데서 그런지는 모르겠으나 연돌의 높이가 높아갈수록 명확하게 움직이는 것을 보았다. 그때마다 그는 이 연돌이 금방 쓰러지는 듯하고 그가 연돌과 함께 저 지하에 떨어져 죽을 것만 같았던 것이다.

그렇게 위험을 느끼면서도 그는 아침이면 번번이 그 나뭇길을 다시 올라가곤 하였다. 그때마다 에크! 내가 여기를 또왔구나! 하고 새삼스럽게 깨닫곤 하였던 것이다.

그는 이러한 생각을 할 때, 그가 지금 연돌 위에 올라선 듯하여 무의식간에 우뚝 섰다. 그리고 등에 진 흙짐이 흡사히 벽돌 같아 등허리에서 땀이 버쩍 났다. 따라서 손발이 가늘게 떨리므로 그는 사면을 휘 돌아보고 눈을 감아 겨우 정신을 진정하였다. 그는 그의 목숨이 끊어질 때까지 그 연돌만은 그의 머리에서 빼낼 수가 없음을 이 자리에서 발견하였다. 보다도 요즘 꿈속에 그 연돌을 보는 것이 아주 질색이다. 그리고 어떤 때는 그 연돌에서 떨어지는 꿈을 꾸는 것이다. 저 연돌! 바라보기만 해도 무시무시한 저 연돌! 그때! 저 연돌에서 떨어져 죽은 동무도 몇몇이었던가? 하루의 임금에 몸뚱이와 내지 생명까지 그들에게 맡기어버리지 않을 수 없는 우리들!……

첫째는 또다시 여공들과 선비를 생각하였다. 이렇게 해 종일 선비를 머리에 그리며, 아까 본 것이 선비냐? 선비가 아니냐? 하고 다투며 일을 끝내고 그는 늦어서야 인천시가로 돌아왔다. 그가 국밥집까지 왔을 때 그들의 동무들은 벌써 노동시장으로부터 돌아와서 국밥을 먹으며, 혹은 막걸리를 들어마시며 농을 주고받았다. 그들에게 있어서 가장 위안을 얻는 곳이란이 국밥집이며, 동시에 막걸리나마 얼근히 먹고 나서 농지거리나 하는 것이다.

첫째는 우선 막걸리 한 잔을 마시고 나서, 펄펄 끓는 국밥을 단숨에 먹었다. 그리고 슬금슬금 돌아보았다. 그는 신철이를 알면서부터 웬일인지 이렇게 사람이 많이 모인 곳에 오게되면 벌써 저들 중에 스파이가 섞여 있지나 않나? 하는 불안이 들곤 하였던 것이다. 그리고 거리로 나오게 되면 양복이나 말쑥하니 입은 사람을 보면 또한 이러한 생각이 들곤 하였다. 어쨌든 신철이와 자기와 함께 노동시장에서 노동하는 동무 약간을 제하고는 모두가 그의 눈에 그렇게 비쳐졌던 것이다.

한참이나 둘러본 그는 비로소 안심하고 방으로 들어왔다. 그는 뜨뜻한 이 방에서 한잠 자고 그의 숙박소로 돌아가고 싶었던 것이다. 방안은 쩔쩔 끓었다. 그리고 술내가 가는 연기처럼 떠돌았다. 그는 아랫목으로 가서 목침을 얻어 베고 누우니, 아까 낮에 본 여공들의 긴 행렬이 떠오르며 선비가 나타난다. 그가 참말 선비인가? 하며 눈을 감았다. 그때 밖으로부터 그의 동무가 무어라고 떠들며 들어오는 것을 알았다.

"아따! 이놈 보게, 벌써 자네. 이애 이놈아!"

첫째의 궁둥이를 발길로 차는 바람에 첫째는 눈을 번쩍 떴다.

"이놈아! 좀 가만히 있어라! 나 좀 자자."

동무는 술이 취하여 비칠비칠하며 첫째를 흘겨보았다.

"이놈, 요새 한턱도 안 내구, 오늘 돈 얼마 벌었냐? 술 한잔 사내라. 이놈 돈내, 돈."

머리를 기울기울 하더니 펄썩 주저앉았다. 그의 옷갈피서는 가는 모래가 부슬부슬 떨어진다.

"허허…… 이 자식아! 공장 계집애들! 아 그게 다 계집이어…… 이애, 사람 죽인다. 허허…….

　오동동 추야에
　달이 동동 밝은데
　임의 동동 생각이
　저리 둥둥 나누나.

가을 하니 달이 밝거던. 에이 이놈아 임이 없단 말이어! 허허…… 이애 너 장가 가보았니?


100


첫째는 말없이 그의 얼굴을 바라보았다. 주기에 불그레한 그의 눈에 이성을 생각하는 빛이 뚜렷이 보였다. 그는 얼핏 선비를 눈앞에 그리며 이상스러운 감정에 가슴이 뒤설레었다. 그래서 그는 일어나고 말았다.

동무는 일어나는 첫째를 바라보았다.

"이 자식, 왜 대답이 없니?"

첫째는 대답 대신에 픽 웃어 보이고는 부엌으로 나왔다. 국밥집 부인은 부엌에서 분주히 돌아가다가 첫째가 나오는 것을 보고,

"아재, 오늘 돈 좀 줘야겠수."

첫째는 멈칫 서서,

"얼마유? 모두."

"오십 전이지."

납작한 얼굴을 쳐들고 첫째의 눈치를 살살 본다. 저편 밥상에는 아직도 노동자들이 죽 둘러앉아 훅훅 하고 국밥을 먹고 있다.

"옜수, 위선 삼십 전만 받우."

"내일 또 오겠수?"

"봐야 알지유. 좌우간 나머지는 곧 드리겠수."

"예…"

국밥집 부인은 이십 전을 마저 주었으면 하는 눈치를 뻔히 보였다. 첫째는 방안에서 동무가 나오는 것을 보며,

"이놈아 취했다, 거게 누워 자라!"

"이놈 술 한잔 안 사주겠니?"

"훗날 사줄라. 오늘은 돈 없다."

"이 자식 보게, 돈이 없다?"

달라붙는 동무를 물리치고 첫째는 밖으로 나왔다. 그리고 언제나 저들도 계급의식에 눈이 뜰까? 하였다. 첫째 역시 신철이를 만나기 전에는 돈만 생기면 술만 먹었다. 술 먹지 않고는 맥맥하고 답답해서 못견딜 지경이다. 남들은 그나마 어려운 살림이나, 계집 있고 어린것들이 있어 일하고 돌아오면 "아빠, 아빠" "여보, 돈 내우, 쌀 사오게." 이런 말에나마 위안을 얻지만 그는 답답하게 벽만 바라보고 앉을 뿐이다. 그

러니 화가 나서 술집으로 달려오곤 하였던 것이다. 그러나 신철이를 만나본 그는 술을 끊고 담배를 끊었다. 그리고는 전같이 실없은 말도 하지 않고 그저 가만히 무엇을 깊이 생각하였다.

그래서 동무들은,

"이 자식이 웬일이야? 술도 안 먹고, 어데 계집을 얻어 두었나베."

이렇게 놀리곤 하였다. 그는 어정어정 걸으며 사면을 휘휘 돌아보았다. 그리고 스파이 같은 것이 그의 뒤를 따르지 않나? 하는 불안에 골목골목을 주의하며 주인집까지 왔다.

전등불도 켜지 않은 채 그의 방은 쓸쓸하게 그를 맞아주었다. 그는 웬일인지 갑갑함을 느끼며 신철이 한테라도 가볼까 하였으나 그가 지금 집에 없을 것을 짐작하며 벽을 기대었다. 그는 언제나 전등불을 켜지 않은 채 자고 만다. 그가 어려서부터 캄캄한 방에서 자란 까닭에 이렇게 캄캄한 가운데 앉은 것이 퍽이나 좋았다. 만일 어쩌다 불을 켜면 도리어 답답하고 눈등이 거북해서 못견디었던 것이다.

선비! 그가 참말 선비인가? 그러면 내가 날마다 전해 주는 그 종이도 보겠지. 그가 글을 아는가? 아마 모르기 쉽지! 참, 공장에는 야학이 있다지? 그러면 국문이나는 배웠을는지 모르겠구먼…… 하였다. 이렇게 생각하고 나니 자기역시 국문이라도 배워야만 될 것 같았다. 어디서 배울 곳이 있어야지! 신철이보고 가르쳐 달랄까? 그는 빙긋이 웃었다. 삼십에 가까워오는 그가 이제야 국문을 배우겠다고 신철의 앞에서 가갸 거겨 할 생각을 하니 우스웠던 것이다 보다도 필요와 여유도 없었던 것이다.

그는 한잠을 푹 자고 부스스 일어났다. 그는 기운이 버쩍남을 느꼈다. 그가 방문을 소리 없이 열고 나서니 옆집에서는 시계가 새로 두시를 친다. 그는 언제나 저 시계가 두시를 칠 때 이 문밖을 나서는 것이다.

번화하던 이 거리도 어느덧 고요하고 전등불만이 이따금 껌벅이고 있다. 그는 한참이나 서서 주위를 살피며 말할 수 없는 흥분과 감격을 느꼈다. 그때 멀리 들리는 기선의 기적 소리가 우웅하고 인천 시가를 은근히 울려주었다. 그는 슬금슬금 걷기 시작하였다. 그리고 주의를 게을리하지 않았다. 그가 신철의 하숙까지 왔을 때 신철이는 반가이 맞아주었다. 그는 일을 마치고 이제야 돌아온 눈치다. 그의 긴 눈에는 피곤한 빛이 뚜렷이 보였다. 신철이는 눈을 비비치고 첫째를 바라보았다. 첫째의 시커먼 얼굴에는 긴장한 빛과 아울러 어떤 위엄이 씩씩히 빛나고 있었다.

## 101

신철이가 처음 첫째를 만났을 때는 다만 순직한 노동자로밖에 그의 눈에 비치지 않던 그가…… 보다도 순직함이 도수를 지나 어찌 보면 바보 비슷하게 보이던 그가, 불과 몇 달이 지나지 못한 지금에 보면 아주 딴 사람을 대한 듯이 되었다. 그리고 이런 때에 마주 보면 신철이는 어떤 위압까지 느껴진다.

신철이는 묵묵히 앉은 첫째를 바라보며 이런 생각을 하다가,

"그런데 동무, 주의하시오. 지금 경찰서에서는 삐라를 단서로 대활동을 하는모양이니 조심하지 않으면 안되겠소."

첫째는 눈을 번쩍 뜨며 신철이를 바라보다가 시선을 떨어뜨렸다. 그리고 자기들이 가까운 시일 안에 붙잡힐 것 같았다. 그리고 붙들릴 바에는 자기와 같이 중요한 역할을 하지 못하는 무식한 사람들만 그리 되었으면 하였다. 만일에 신철이 같은 중요한 인물이 붙들리게 되면 바야흐로 계급의식에 눈떠오려던 인천의 수많은 노동자들의 앞길은 암흑천지로 변할 것 같았다. 보다도 자기들이 붙들리게 되면 어떠한 무서운 매라도 넉넉히 맞고 견디어내겠으나 신철이같이 저렇게 부드럽고 희맑은 육체를 가진 그들이 그 매에 견디어낼까? 그것이 무엇보다도 의문

이요 걱정이다.

신철이는 첫째와 마주 앉아 말할 때마다, 그리고 중요한 심부름을 시킬 때마다 우리들은 이렇게 하여야 하오! 하고 언제나 우리들이라고 노동자를 가리켜 불렀다. 그러나 첫째의 귀에는 신철이만은 자기들과는 무엇으로 보든지 딴 사람 같았다. 그래서 신철이가 말할 때마다 저가 우리들을 생각하여 우리들의 눈을 밝혀주려고 애쓰거니…… 하는 일종의 말할 수 없는 감격이 치밀곤 하였던 것이다.

"이제부터는 일 개월에 한 번으로 정하였으니 오는 달 십오일에 또 오시오. 하여튼 조심해야 하오. 그리고 동무를 주의하며, 술과 계집 같은 것은 물론 삼갈 것으로 아니까 더 말하지 않으나……."

신철이는 첫째의 눈치를 살핀다. 첫째는 씩씩하며 앉아 있다. 마치 말 잘 듣는 소 모양으로 그렇게 충심되는 반면에 움직일 수 없는 그 무엇을 은연중에 발견할 수가 있었다.

"자! 그럼 갔다 오시우!"

신철이는 일어났다. 첫째는 그의 뒤를 따라 밖으로 나왔다.

신철이는 손빠르게 격문 뭉텅이를 그의 손에 힘있게 들려주었다.

"조심하시오!"

첫째는 얼른 받아 바짓가랑이 속에 쑥 집어넣고 나서 신철이의 손을 힘있게 흔들었다. 그리고 도리우찌를 푹 눌러 쓴후에 대문 밖을 나섰다.

이제 신철에게서 그런 말을 들어서 그런지 그의 신경은 날카로워진다. 그리고 그의 정신은 수없는 눈과 귀로만 된 듯하였다. 그는 이렇게 가슴을 졸이며 대동방적공장까지 왔다. 우선 한 바퀴를 돌았다. 그리고 어디서 사람이 숨어 엿보지는 않는가? 하여 구석구석 살펴보았다. 공장에서는 발전기 소리가 우렁우렁하고 흘러나온다. 그리고 까맣게 쳐다보이는 연돌에서 나오는 연기가 달빛에 희게 굽이친다.

그는 다시 이편 골목으로 와서 한참이나 보았다. 그러나 인기척이라고는 발견할 수 없으며 고요하였다. 그는 이번에는 살살 기어서 동북편 담모퉁이를 향하였다. 그는 담 밑에 착붙어 섰다. 그리고 바짓가랑이 속에서 뭉텅이를 내어 얼른 구멍 속에 쓸어넣고 돌아섰다. 그는 숨이 가쁘게 이편 집모퉁이로와서 한참이나 그곳을 바라보았다. 그때에 그의 머리에 떠오른 것은 낮에 본 여공들의 긴 행렬이었으며, 그중에 섞여있던 선비였다. 선비! 그는 자기도 모르게 이렇게 중얼거렸다. 선비가…… 참말 그 선비였던가? 그리고 저 안에서 지금 실을 켜고 있는가? 혹은 잠을 자고 있는가? 그도 나를 확실히 본 모양인데…… 나를 알아보았을까?

선비도 자기가 넣어주는 그 종이를 보고 똑똑한 선비가 되었으면…하였다. 과거와 같이 온순하고 예쁘기만 한 선비가 되지 말고 한 보 나아가서 씩씩하고도 지독한 계집이 되었으면…… 하였다. 그때에야말로 자기가 믿을 수 있고 같이 걸어갈 수가 있는 선비일 것이라…… 하였다.

그는 이러한 생각을 하며 걸었다. 인간이란 그가 속하여 있는 계급을 명확히 알아야 하고, 동시에 인간사회의 역사적 발전을 위하여 투쟁하는 인간이야말로 참다운 인간이라는 신철의 말을 다시 한번 생각하였다.


## 102

야학을 마치고 3호실로 돌아온 선비는 옷을 입은 채로 자리에 누웠다. 7호실에서 간난이와 같이 있을 때는 야학만 마치고 돌아오면 이불 속에 엎디어 밤가는 줄을 모르고 이야기를 하였는데, 3호실로 옮아온 후부터는 아직도 한 방에 있는 그들과 친해지지를 않아서 그런지, 마치 남의 집에 나들이로 온 것 같고, 방안이 맘에 들지 않았다. 그놈의 감독 놈이 무슨 짓이어? 나를 이 방에다 끌어다 두면 제가 어떻게 하겠단 말이어…… 아무래도 수상하지. 간난이의 말과 같이 그놈이 간난이의 눈치를 챘음인가? 그렇지 않으면 내 생각대로 그놈이 나한테 반한 셈인가? 하였다. 그렇게 생각을 하고 나니 또다시 첫째의 얼굴이 떠오른다. 그리고 자기들이 월미도를 향하여 가던 그때, 그 해변 돌길에서 눈결에 본, 아니 똑똑히 바라본 첫째, 그가 참말 첫째인가.

뜻하지 않은 곳에서 첫째를 눈결에 지나친 후로 선비는 밤마다 첫째를 생각하였다. 그리고 옛날에 그가 나물하러 잿등에 올라갔다가 첫째를 만나 싱아를 빼앗기고 울면서 내려오던 그때 일을 다시금 회상하여 보곤 하였다. 동시에 그의 어머니가 가슴을 앓아 돌아가실 때, 어느 새벽에 갖다 주던 소태나무 뿌리! 지금 생각하면 그때에 자기는 너무나 첫째를 몰라본 것 같았다. 지금 같으면 그 소태 뿌리가 얼마나 귀한 것이며 얼마나 고마운 것이랴! 첫째의 결백한 순정의 전부가 그 싱싱한, 그리고 아직도 흙이 마르지 않았던 그 소태 뿌리에 은연중에 들어 있던 것을 그는 몰라보았다. 그렇게 고마운 것을…… 밤을 새워가며 캐온 듯한 그의 정성을 대표한 소태나무 뿌리를 윗방 구석에 팽개친 자기! 생각하면 생각할수록 그는 자기의 그때 행동에 대하여 분하고도 부끄러웠다.

단 한번이라도 좋아! 그를 꼭 만나볼 수가 없을까? 선비는 돌아누우며 한숨을 푹 쉬었다. 그의 뜨거운 숨결은 그의 볼에 따끈따끈하게 부딪친다. 그때 그는 씩씩하며 자기를 껴안아주던 덕호가 떠오른다. 그는 진저리를 쳤다. 그리고 자기는 첫째를 만나볼 그 무엇을 잃은 듯하였다. 그는 안타까웠다. 분하였다. 이십 년이나 고이 싸두었던 그의 정조를 늙은 호박통같이 생긴 덕호에게 빼앗긴 생각을 하니 그는 생각할수록 분하였던 것이다. 그때에 자기는 반정신은 나가서 분한 것도 아무것도 몰랐으나 지금 이렇게 누워서 눈감고 생각하니 그때에 자기는 덕호에게 일생을 망친 것이다. 여기까지 생각한 선비는 얼굴이 화끈 달았다. 그리고 첫째의 얼굴을 다시 그려보았다. 자기를 보고 놀라는 듯한 첫째의 표정을 보아 그도 역시 선비 자신을 알아본 듯하였다. 따라서 잠시간이나마 첫째가 자기를 어느 구석에 잊지 않고 이때까지 생각해 왔다는 것을 알 수가 있었다.

그것은 선비 자신이 흥분이 되어 그를 바라본 까닭에 그렇게 그의 눈에 비치어졌는지 모르나 어쨌든 첫째가 자기를 얼른 알아본 것만은 사실인 듯하였다. 그때 선비의 가슴은 뭐라고 말할 수 없는 감회와 슬픔, 그리고 반가움이 교착이 되어 가지고 그의 조그만 가슴을 잡아 흔들었다. 동시에 언제까지나 그의 앞을 떠나고 싶지 않았다. 그러나 뒤에서 밀고 앞에서 재촉하는 무서운 현실! 번개같이 만나자 번개같이 들었던 일 만 가지 감회를 쓸어 안은 채, 선비는 그 현실로 순응하지 아니하지 못하였던 것이다.

몰라보리만큼 꺽센 첫째의 몸집, 그리고 거칠고 거칠어진 그의 얼굴에 그나마 옛날 싱아를빼앗아 먹으며 빙긋빙긋 웃던 그 눈만이 아직도 혁혁히 빛나고 있는 것을 볼 수가 있었다. 그러나 그 눈 역시 세고에 부대끼어 전과 같은 순진하고 맑은 기운은 약간 보이고, 반면에 무서우리만큼 강하게 빛나는 그의 눈동자! 그라야만 덕호에 대한 자기의 원을 풀어 줄 것 같았다.

그때 그는 간난이가 일상 하던 말을 얼핏 깨달으며, 세상에는 덕호와 같은 우리들의 적이 많은 것이다, 그것을 대항하려면 우리들은 단결하지 않으면 안될 것이라던 그 말을 그는 다시 생각하였다. 선비는 어떤 힘을 불쑥 느꼈다. 그리고 간난이가 가르쳐 주는 그대로 하는 데서만이 선비는 첫째의 손목을 쥐어보리라 하였다. 흙짐을 져서 팔해진 첫째의 등허리! 실을 켜기에 부르튼 자기의 손끝! 그리고 수많은 그 등허리와 그 손들이 모여서 덕호와 같은 수없는 인간과 싸우지 않으면 안될 것이라…… 하였다. 보다도 선비의 앞에 나타나는 길은 오직 그 길뿐이다.

으음 하는 기침소리에 그는 흠칫했다.

## 103

선비는 놀라 숨을 죽이고 들었다. 또다시 기침소리가 들릴 때 그는 그 기침소리가 숙직실에서 나오는 감독의 기침소리인 것을 깨달았다. 벽을 새로 감독과 그가 마주 누운 것이 직각되자 불쾌하였다. 그리고 간난이에게서 들은 용녀의 이야기를 다시금 되풀이하며, 이를테면 나도 용녀 모양으로 그렇게 지내자는 심중에 이 방으로 옮기게 하였으나 내가 왜 말을 듣나, 만일 용녀같이 그렇게 농락하려고 그가 덤벼들면 망신을 톡톡히 시켜놓고 나는 나가지. 이 공장 아니면 딴 공장은 없을까. 이렇게 그는 결심은 하나 그러나 그의 앞에는 불길한 예감만 그의 머리를 자꾸 싸고돌아 어쨌든 불쾌하였다. 이런때 간난이가 곁에 있으면 어떠한 말을 하여서든지 자기의 말을 시원하게 해주는 것이다. 그는 간난이를 찾아가서 덤벼드는 감독을 대항할 방침을 문의하고 싶었다. 벌써부터 이런 생각을 가졌으나 용이하게 기회를 타는 수가 없었다. 낮에는 바쁘고, 하루 건너서 야근을 하고, 시간이 좀 있다더라도 그틈을 타서 옷 해 입기에 눈코 뜰 짬이 없었다. 그러므로 이런밤에나 기회를 만들지 않으면 몇 달 내지 몇 해를 간다더라도, 마주 앉아 말 한마디 할 틈이란 바늘 끝만치도 없었다.

그러나 지금 감독이 기침한 것을 보아 아직도 잠이 안 든 모양인데 문소리를 내면 필시 쫓아나올 것 같았다. 그래서 그는 에라 후일 간난이를 만나지! 오늘만 날인가? 하였다.

그때 문소리가 난다. 선비는 얼른 문 편을 바라보았다. 그의 방문이 열리는 것이 아니라 숙직실 감독의 방문이 열리는 듯하였다. 뒤미처 신발소리가 가늘게 났다. 선비는 몸이 한줌만해지며, 참말 자기의 몸에 위기가 박두한 것을 느꼈다. 그는 이불을 막 쓰고 숨을 죽이었다. 신발소리는 들리지 않았다. 그러나 선비는 감독이 저 문 밖에 서서 이 방 사람들이 자는가 안 자는가를 엿보는 듯싶고, 그리고 금방 감독이 들어와서 그에게 덤벼드는 듯하여 가슴이 울렁울렁 뛰놀았다. 따라서 철모르고 자는 옆의 동무를 깨울까말까 망설이었다.

한참 후에 선비는 가만히 이불을 벗으며 신발소리와 문소리를 들으려 하였다. 그때 옆의 동무도 역시 머리를 내놓고 있다가 선비를 바라보며,

"이제 문소리 났지?"

선비는 너무 반가워서 바싹 다가 누웠다.

"너도 깨었니?"

"그래, 그 무슨 문소리어…… 감독의 방 문소리가 아니어?"

"그런 것 같애……."

옆의 동무는 선비의 귀에다 입을 대었다.

"저 요새 말이어… 감독이 저렇게 자지를 않고 순시를 돌아. 그런데 넌 그 이상스러운 종이조각을 보지 못하였니?"

선비는 얼른 종이조각이 떠오른다. 그러나 그는 시치미를 떼고,

"몰라…… 무슨 종이냐?"

"딴 방에는 안 그런가 모르거니와 우리 방에는 요전에는 날마다 아침에 일어날 때 보면 무슨 종이조각이 떨어져 있는데 그것에는 우리 공장 안의 일을 모두 썼겠지. 네 전날 우리 월미도에 가면서 구두를 신고 가지 않았니?……."

"그래."

"그런데 그 구두도 말이어……. 이애 후일 말하자."

동무는 문 편을 바라보며 말을 끊었다. 선비는 미리 간난이에게서 들었던 말이므로 더 추궁하여 묻지 않았다. 더구나 감독이 저 말을 듣지

나 않나? 하는 불안에 가슴이 한층 더 졸이었다가, 잘되었다 하였다. 따라서 수없는 여공들의 수수께끼인 그 종이조각은 아무래도 간난이가 어떻게든지 해서 돌리는 것 같았다. 간난이가 말하지 않아도 그의 하는 말이며 동작이 아무래도 그 수수께끼의 주인공이 듯싶었다. 그리고 그의 이면에는 어떤 사람들이 있는 듯하였다. 간난이가 자기에게는 무엇이나 숨기는 비밀이 없으나 오직 그 일만은 숨기는 듯하였다. 그것이 무슨 일이며, 누구들이 뒤에서 조종하는지 모르나 어쨌든 그 비밀은 말하지 않았다. 그래서 선비는 처음에는 수상하게 생각되었으나 시일이 지날수록 그 일이 무슨 일이라는 것이 막연하게 짐작은 되었다. 확실하게 자기가 짐작하는 그런 일이라고는 꼭 말할 수 없으나, 그저 막연하고 분명하지 않은 생각이었다.

그때 별안간 문이 바스스 열리며 회중전등이 쏴하고 비쳤다.

## 104

그들은 얼른 이불을 막 쓰고 잠든 체하였다. 문이 가만히 닫히며 신발소리가 가까워진다. 선비는 두 손을 가슴에 부둥켜안고 머리를 베개 아래로 내리며 숨을 죽였다. 그러나 가슴은 무섭게 뛰었다. 무엇보다도 이제 자기들이 한 말을 문 밖에서 다 듣고 뭐라고 나무라려고 쫓아들어온 것만 같았던 것이다.

한참 후에 선비는 그의 이불에 감독의 손이 닿는 것을 알자 이불이 벗겨진다. 선비는 몸을 흠칫하며 머리를 숙이었다.

"왜들 이때까지 잠을 안 자?"

감독의 무거운 음성이 방안을 울려주었다. 선비는 가만히 있었다.

"잠을 푹 자야 내일 일하기가 힘들지 않지."

감독의 손길이 선뜻하고 선비의 볼에 부딪치므로 선비는 무의식간에 손으로 내밀었다. 그리고 이불을 끌어 덮으며 안으로 미끄러져 들어갔다.

"이 방에는 종이가 떨어지지 않았더냐. 떨어진 것이 있으면 내놓아라."

이번에는 선비의 머리를 툭툭 쳤다. 선비는 옆에 동무가 잠든 줄을 알면 대단히 무서울 것이나, 그러나 잠들지 않은 것을 뻔히 아는 고로 한결 무섭기가 덜하였다. 그러나 그만큼 감독이 그의 얼굴을 쓸어보고 머리를 툭툭 치는 것을 옆에 동무가 알 것이 부끄럽고 안타까웠다. 그리고 맘대로 하면 일어나며 감독의 쌍통을 후려치고 싶었다. 그러나 역시 맘뿐이지 손가락 하나 까딱하는 수가 없었다. 그때 그는 덕호에게 그의 처녀를 유린받던 장면을 다시금 회상하며 부르르 떨었다.

한참이나 우두커니 섰던 감독은 이불을 끌어당겨서 푹 씌워주었다.

"잡생각들 말고 잠자."

말을 마치며 감독은 돌아서 나간다. 선비는 그제서야 숨을 몰아쉬며 베개를 베고 제대로 누웠다. 그러나 감독의 손길이 부딪친 그의 볼에는 벌레가 지나간 것처럼 그렇게 불쾌한 감상이 오래 사라지지 않았다.

며칠 후에 선비는 감독에게 부름을 받아 사무실에 들어가게 되었다. 감독은 의자에 걸터앉아서 격문 조각을 자세히 들여다보다가 흘금 쳐다보았다.

"거기 앉아……."

책상 곁에 있는 의자를 가리켰다. 선비는 주저주저하였다.

"이런 것 선비에게도 있지?"

감독은 선비의 속까지 뚫어보려는 듯이, 눈 한번 깜박이지 않고 똑바로 쳐다보았다. 선비는 얼굴이 빨개졌다.

"없어요."

"없는 게 뭐야. 거짓말 말어. 이 기숙사 안에는 안 간 방이 없는데, 선비에게라구 안 갔을 탁이 되나? 바루 말해."

선비는 약간 얼굴을 숙이며, 버선 갈피 속에 깊이 넣어둔 종이조각을 생각하였다. 그리고 감독이 혹시 그것을 미리 보고서 하는 말이 아닌가? 하는 불안이 들었다.

"이리 가까이 와."

감독은 올백으로 넘긴 머리를 쓰다듬으며 의자를 가지고 조금 다가왔다.

"이거 봐. 이런 종이를 만일 선비도 가졌다면 찢어버리고 이런 말에 귀를 기울이지 않아야 해. 선비만은 내가 잘 알아. 온순하고 얌전하지, 허허…… 그런데 한 고향서 왔다는 간난이가 혹 밤에 나가는 것을 보지 못하였는가?"

선비는 놀랐다. 한 방에 있는 자기도 확실하게 눈치채지 못한 것을 감독이 어떻게 짐작하였는가? 하였다. 그리고 간난이가 그 일로 인하여 불행히 쫓기어 나가게나 되지 않으려나 하는 걱정이 들며 어떻게 감독을 곯리어서라도 그러한 의심을 풀어버리게 하여야겠다고 생각되었다. 그것은 감독이 그에게 만은 절대 호감을 가진 것을 아느니만큼 선비가 변호를 하면 아직 확실한 증거가 드러나지 않은 이상 가능하리라는 것이다.

"그런 일 없어요."

선비는 용기를 내어 이렇게 대답하였다. 감독은 입모습에 웃음을 띠며 조금 다가앉았다.

"한 고향서 왔으니 변호하는 셈인가? ……거게 좀 앉아! 응 자."

선비는 갑자기 무서운 생각이 흠씬 끼쳐진다. 그리고 그가 처음 덕호에게 유린받던 그날 밤 같아서 몸이 한줌만해졌다.

그래서 그는 조금 뒤로 물러섰다. 감독은 선비의 눈치를 슬금슬금 보면서 궐련을 피워 물었다.

"선비, 금년에 몇 살?"

감독은 궐련재를 털며 물었다. 선비는 가슴이 답답함을 느끼며 어서
나오고 싶었다.

## 105

선비의 초조해하는 양을 바라보는 감독은 다소 위엄을 띠었다.

"누가 뭐라는가, 어서 거게 좀 앉았어. 뭐 물을 말이 많아. 응 거기
……."

의자를 가리켰다. 선비는 당황하였다. 그리고 그의 신변에 위기가 박
두한 것을 느끼며 어떻게해서라도 이 자리를 벗어나지 않으면 안될 것
같았다. 그리고 숨이 가빠오며 방안의 공기가 자기 하나를 둘러싸고 육
박하는 듯하였다. 그때 선비는 덕호에게 유린받던 경험을 미루어 감독
이 어떻게 어떻게 할 것이 선뜻 떠오른다.

"저 난 일하던 것을 놓고 들어, 들어……왔세요."

"응 무슨 일?"

선비의 불그레한 얼굴을 곁눈질해 보는 감독은 귀여운 듯이 빙긋이
웃었다.

"저 저고리를……."

"저고리를? 돈 잘 벌어서 샀주지, 허허허허. 그런데 말이어, 이런 종
이에 혹해가지고 만에 일이라도 그릇 생각을 하면 안되어. 이 공장은
여러 여공들을 위하여 온갖 이익과 편리를 도모하는데, 그러한 은혜를
모르고 이 따위 말이나 곧이들으면 되는가. 후일 선비에게도 이런 종이
가 가거던 내게로 가져와…… 응, 그러겠나?"

선비는 화제를 돌린 것만 다행으로 생각하고 얼른 대답하였다.

"네."

"그런 것을 써서 돌리는 것은 벌이 없는 놈들이 남 벌어먹는 것이 심
술이 나서 그러는 게야. 선비는 그런 데 떨어지지 말고 나 하라는 대로

만 잘 순종하면 매일 상금을 줄 테야. 또는 이 기숙사에 있는 여공들을 맘대로 부리는 감독을 하게 할테야. 이를테면 내 대리 격이지. 알아들었어?"

감독은 만족한 듯이 웃었다. 선비는 발끝만 굽어보았다.

"내가 선비는 아주 참하게 보았으니 내 말만 들으면 그러한 권리를 줄 테야."

선비는 어서 말이 끝나기를 기다리나 감독은 이런 부실한 말만 자꾸 늘어놓는다. 그리고 가만히 보니 별로 한 말도 없고 그를 세워놓고 저런 말이나 언제까지나 되풀이할 모양이다. 선비는 머리를 번쩍들었다.

"저는 나가서 일 마자 하겠습니다."

"어 그런데 저……."

돌아서서 나오는 선비에게 이러한 말이 치근치근하게 뒤따른다. 선비는 못 들은 체하고 밖으로 나왔다. 그가 방으로 들어오니 간난이가 와서 그의 하던 일을 하고 있었다. 그때 사무실 문소리가 요란스레 나며 감독이 아래층으로 내려가는 구둣발 소리가 들린다. 그들은 다행으로 숨을 몰아쉬며 선비의 입에서 무슨 말이 나올까 하고 쳐다보았다. 선비는 그들을 대하니 반갑고도 다소 부끄러웠다. 한참 후에 간난이가,

"우리 방에 가서 일할까?"

"그래."

간난이는 주섬주섬 일감을 걷어서 선비를 준다. 선비는 받아가지고 간난이의 뒤를 따랐다.

"이애들 모두 어데 갔니?"

선비가 방안에 들어서면서 물었다. 그리고 속으로는 좋은기회를 만났다 하고 생각하였다.

"야근하러들 갔지……. 그런데 뭐라던?"

선비는 얼굴이 붉어지며 무슨 생각을 하였다.

"저 감독이 말이어, 너와 가까이하지 말라구 하두나. 그러구 저……."
간난이의 귀에다 입을 대고 선비는 한참이나 수군거렸다.
간난이는 머리를 끄덕이며,
"흥, 나두 짐작은 하였다…… 선비야!"
간난이는 갑자기 정색을 하고 불렀다. 선비는 무슨 일인가하여 눈이 둥그레졌다. 간난이는 이렇게 선비를 불러놓기는 하고도 말은 꺼내지 못하였다. 그리고 이렇게 선비를 바라보는 때에 아직도 선비가 그의 확실한 친구가 되지 못하는 것이 안타깝게 생각되었다. 만일 선비가 확실히 계급의식에 눈이 떴다면 감독을 그의 손 가운데 넣고 농락을 가면서 얼마든지 일을 할 수가 있는 것이다. 그리고 언제든지 급한 일이 생기면 저 선비에게다 모든 중대사를 밀어 맡기고 자기는 마음놓고 이 공장을 벗어날 수가 있도록 되었으면 좋을 것 같았다. 무엇보다도 간난이는 그가 오래 이 공장 안에서 일하지 못할 것을 슬프게 깨달았던 것이다. 그래서 선비에게 이러한 뜻의 말을 미리 비추려고 얼결에 불러놓고 보니 아직도 선비는 시일을 좀더 지나지 않으면 안될 것을 간난이는 알았던 것이다.
선비는,
"뭘? 어서 말하려마."
간난이는 눈등이 불그레해졌다.
"후일, 응 후일!"

106

인천의 새벽.
검푸른 회색빛을 띠고 산뜻하고도 향기로운 공기가 무언중에 봄소식을 전해 주는 그 어느날 새벽이다.
부두에는 벌써 몇천 명의 노동자가 빽빽하니 모여들었다.

그들은 장차 새어오려는 동편 하늘을 바라보면서 다시금 굳은 결심을 하였다.

백통테 안경은 붉은끈을 가지고 머리를 휘두르며 여전히 눈알을 굴리어 노동자를 바라보았다. 전 같으면 저마다 붉은끈을 얻으려고 대가리쌈을 하고 덤벼들 것이나 오늘은 백통테 안경이 붉은 끈을 봐란 듯이 팔에다 걸고 그들의 앞으로 왔다갔다 하여도 그들은 눈 한번 깜박하지 않는 듯하였다. 백통테 안경은 이상스러운 반면에 뭐라고 형용할 수 없는 무서운 생각이 들었다. 그러나 그는 시치미를 떼고 그중 친한 노동자를 불렀다.

"이리 와! 일끈을 줄 테니."

그때 전깃불이 꺼풋하고 꺼져버렸다.

"일 안 하겠수!"

백통테는 머리를 벅벅 긁으며 갑판으로 갔다.

축항에는 기선이 죽 들어와서 부두에 대었다. 그러나 노동자들은 손발 하나 까딱하지 않고 바라만 볼 뿐이었다. 그때 노동자 몇 사람은 그들의 대표로 요구 조건을 제출하려고 해륙운수조합 사무실로 들어갔다. 그들은 그들의 대표 노동자들이 무슨 소식을 전하기까지 깜짝하지 않고 사무실만 바라보고 정렬하여 서 있었다.

축항의 기선은 연기만 풀풀 토하고 있다. 그리고 선원들이 죽 나와서 이상한 듯이 그들을 바라보았다. 전 같으면 지금쯤은 짐을 푸느라고 벌떼같이 덤빌 터인데, 오늘은 이 축항이 쓸쓸하였다.

그리고 눈을 구루마 바퀴 굴리듯 잠시도 제대로 두지 못하던 백통테 안경도 오늘만은 날개 부러진 새 모양으로 머리를 푹 숙이고 한편 모퉁이에 서 있었다.

해가 벌겋게 타올랐다. 그들은 저 해를 바라보면서 단결의 힘이란 얼마나 위대함을 깨달았다. 그리고 오늘의 저 햇발은 그들의 이 단결함을 보기 위하여 저렇게 씩씩하게 솟아오르는 듯하였다. 그들은 저 햇발에 비치어 빛나는 저 바다 물결을 온 가슴에 안은 듯하였다.

그리고 그들의 눈에 비치는 모든 만물은 새로움을 가지고 그들을 맞는 듯싶었다. 동시에 무력하고 성명 없던 자기들이 오늘 이 순간에는 이 우주를 지배하는 모든 권리란 권리는 다 가진 듯이 생각되었다. 자기들이 단결함으로써 이러하고 있으니 기세를 부리던 백통테 안경을 위시하여 기선의 기중기며 선원들까지 아주 동작을 잃어버리고 깜짝하지 못하였다.

(이하 16자 1행으로 된 조판에서 23행 350자 내외가 검열로 삭제 — 편집자)

경관들은 눈을 밝히고 군중 틈을 뚫으며 행여나 선동자를 발견할까 하여 주의를 게을리하지 아니하였다.

인천의 시민들은 종래에 없던 부두노동자들의 단결을 구경하기 위하여 골목골목에 나와 섰다. 그리고 끊임없이 경관들은 오토바이를 타고 달려온다. 그래서 축항을 둘러싸고 무서운 대지로 공기가 팽팽히 긴장되어 있는 것을 누구나 느낄 수가 있었다.

짐 실은 기선은 하나둘 자꾸 몰려들어와서 우두커니 맹랑하게 서 있었다. 그때 요구 조건을 제출하려고 해륙운수조합으로 들어갔던 노동자들은 경관들에게 호위되어 나왔다.

"우리들의 요구 조건은 틀렸소!"

"카이상!"

보고가 끝나기도 전에 길에 섰던 금줄 많이 두른 경관의 입에서 해산의 명령이 떨어졌다. 그때 욱 하는 무서운 움직임이 들려왔다.


107

군중은 분기하여 인천시가를 시위 행렬까지 하려다가 다수한 검속자를 내었다. 첫째가 집에 돌아오니 주인 할멈이 맞받아 나왔다.

"저 누가 아까 찾아왔어!"

첫째는 아직까지도 숨이 가쁘게 뛰었다. 그래서 숨을 돌려쉰 후에,

"누가? 어떻게 옷을 입은 사람이유?"

첫째는 얼핏 형사? 신철이를 번갈아 생각하였다. 할멈은 빙긋이 웃었다.

"글쎄, 어떻게 옷을 입었던가?…… 자세히 생각나지 않어…… 하여튼 곧 또 오겠다구, 어데 가지 말고 기다리라고 하두먼……."

"기다리라고?……."

첫째는 때가 때니만큼 퍽이나 불길한 생각을 하며 눈살을 찌푸렸다. 그리고 할멈보고 무슨 말을 더 물어보려다가 그만 돌아서서 방으로 들어갔다. 누가 왔댔을까? 신철이가 무슨 급한 일이 있어 오지 않았나? 하며 망설일 때 문이 버썩 열린다. 첫째는 깜짝 놀라 바라보았다. 부두에서 낯익히 본 사나이였다. 더욱 신철의 집에서 몇 번 보기도 하였다.

"동무가 첫째 동무요?"

그는 방안으로 들어오며 이렇게 물었다. 첫재는 어떤 영문인지 몰라 두리번하다가,

"예……?"

첫째가 그의 내미는 손에 악수를 건네자,

"동무 큰일났소!"

첫째는 무슨 말인가? 하여 그를 자세히 바라보았다.

"아까 새로 한시쯤 해서 신철 동무가 잡혔수!"

첫째는 그제야 눈을 크게 떴다.

"잡혔어유? 어데서?"

"집에서 잡혔는데, 지금 그 집 주위에는 경계가 심하오. 동무도 이 집을 곧 옮겨야겠수. 위선 내가 집 하나를 얻어났으니 그리 옮겼다가 다

시 또 적당한 데로 옮기오. 어서 빨리 일어나시유."

방안을 휘 돌아보며 일어났다. 첫째는 신철이가 잡혔다니 앞이 아뜩하였다. 물론 신철이 아니라도 자기들의 배후에는 자기가 알지 못하는 수없는 동무들이 있을 것을 뻔히 아나, 그러나 신철의 지도를 받아오던 첫째는 마치 어린애가 어머니를 떨어진 듯한 그러한 형용할 수 없는 감정에 안타까웠다. 더구나 저 일이 끝도 나기 전에 잡혔으니…… 하며 첫째는 머리를 숙였다. 그는 첫째의 귀에다 입을 대고 뭐라고 수군수군하고 나가버렸다. 첫째도 그 뒤를 따라 동무가 얻어났다는 집으로 옮아오고 말았다. 낯선 방안에 홀로 앉아 있는 첫째는 일만 가지 생각에 가슴이 뒤설레었다.

어느덧 날도 저물어진 모양이다. 첫째는 벌렁 누워버렸다. 부두노동자들의 움직임이 자꾸 눈에 어른거리고, 그리고 신철이의 결박당한 모양이 떠오른다.(중략… 이곳도 검열로 10행 가량 삭제 — 편집자)

이렇게 생각하다가 바라보니 벌써 밤이 이 방안을 찾아왔다. 첫째는 벌떡 일어났다. 그때 문이 부스스 열리며,

"왜? 불도 안 켜시우."

"동무유……."

첫째는 딴 놈이면 한 대 붙이려다가 주저앉았다. 웬일인지 누구와 실컷 몸부림을 쳐가며 싸웠으면 이 안타까운 맘이 풀어질 것 같았다.

"어찌 되었수, 부두노동자들은?"

첫째는 가만히 말하였다. 동무는 전등불을 켜놓고 나서 사온 빵을 가지고 첫째 곁으로 왔다.

"자시우! 그런데 부두노동쟁의는 딴 동무들이 맡아보기루 했으니 가만히 앉아 있수!"

첫째는 빵을 들어 무질러 먹으며 머리를 끄덕이었다. 그들의 시선이 마주칠 때마다 뜨거운 사랑이 무언중에 알려진다.

"어서 다 자시유."

동무는 일어난다. 첫째는 인사도 없이 동무를 보낸 뒤에 전등불을 죽이고 빵을 다 먹었다. 그리고 우두커니 앉아서 부두노동자들의 장래 승리를 생각하며 빙긋이 웃었다. 그리고 대동방적공장을 눈앞에 그리며, 그것들은 왜 가만히 있어? 답답해서 원! 선비가 정말 그 선빈가? 하였다. 그도 눈이 떠주었으면…… 할 때 신철이 잡힌 생각이 다시 떠오르며 가슴이 뜨거워지고 머리가 화끈 달기 시작하였다.


108

공장에서 야근 교대를 마치고 나오는 선비는 얼핏 그의 손에 무엇인가 쥐어지는 것을 느끼며 돌아보니 간난이가 시치미를 뚝 떼고 옆으로 지나친다. 그는 간난이를 보고야 그의 손에 쥐어진 것이 무엇이라는 것을 짐작하며 꼭 쥐었다. 그리고 함께 밀려나오는 효애의 눈치를 살폈다. 효애는 여전히 뭐라고 소곤소곤 이야기를 하였다. 선비는 그의 말은 한 마디도 알아듣지 못하고도,

"응, 응, 그래……."

하였다. 효애는 그의 방으로 들어가며,

"그럼 내일 꼭 그래?"

선비는 무슨 말끝인지 알아듣지 못하였으나 다시 묻지는 못하고 돌아섰다. 그리고 상층으로 부리나케 달려올라와서 그의 방으로 들어왔다. 마침 동무들은 아직 돌아오지 못했다. 그는 가슴을 울렁거리며 줌 안의 조그만 종이를 펴보았다.

"밤 한시쯤 해서 밖의 변소로 나와다고."

선비는 누가 볼세라 하여 얼른 종이를 입속에 넣어 십었다.

그때 위층으로 올라오는 신발소리가 요란스레 들리었다. 선비는 자

리를 펴기 시작하였다. 그때 문이 열리며 동무들이 들어왔다.

"선비는 참 빨라! 벌써 왔어."

동무 하나가 이렇게 말하며 웃는다.

"아이구 고마워라. 내 자리까지 펴주네!"

나중에 들어오는 동무가 선비를 쳐다보며 주저앉는다.

이애! 오늘 너 실 얼마나 감았니?"

그들은 옷을 훌훌 벗고 자리에 누우면서 이렇게 서로 묻는다. 선비는 못 들은 체하고 이불을 막 쓰며 무슨 통지가 또 들어온 모양이군 하였다. 그리고 뒤이어서 낮에 감독놈이 마주 서서 싱글벙글 웃던 것을 다시금 생각하며 그놈 참 죽겠어! 남부끄럽게 내 앞에만 와서 그 모양이야! 하였다.

숙직실 시계가 한시를 치는 것을 듣고 어렴풋이 잠들었던 선비는 놀라 일어났다. 그리고 베개를 자리 속에 집어넣어서 마치 사람이 누운 것처럼 꾸미고 그는 문밖을 벗어났다. 그가 이층에서 내려와서 큰문을 소리나지 않게 잘 비틀어서 열고 나왔다.

기숙사 큰문 위에 환하게 켜놓은 전등 불빛이 그의 온몸을 분명히 나타내 준다. 그는 깜짝 놀라 어둠 속으로 얼른 몸을 피하였다. 그는 다시 사방을 둘러보며 혹시 감독이 나와 섰지나 않았는가? 하는 불안에 한참이나 머뭇거렸다. 그러나 아무것도 눈에 비치지않으니 그는 다시 발길을 옮겼다. 그가 변소까지 오니 간난이는 벌써 와서 있었다.

"기다렸니?"

변소간으로 들어가며 선비는 소곤거렸다. 간난이는 선비 귀에다 입을 대고,

"이제 방금 감독이 이 앞을 지나갔다."

선비는 흠칫하며 감독이 그의 뒤를 따라오지나 않았나 하고 뒤를 흘금 돌아보았다. 그들은 마주 앉고 한참이나 말을 건네지 않았다. 간난

이는,

"내 잠깐 가서 동정을 보고 올 것이니 여기 있거라."

이렇게 말하며 그는 변소 밖으로 나갔다. 선비는 우두커니서서 귀를 기울였다. 한참 후에 간난이가 돌아왔다. 그는 숨이 차서 헐떡헐떡하면서,

"감독이 기숙사로 들어가는 것을 보고 왔다……. 그런데 선비야, × ×의 지령에 의하야 모든 것을 네게 인계하고 나는 오늘 밤 이 공장을 벗어나야 하겠구나!"

간난이는 선비의 손을 꼭 쥐며 희미한 변소간 전등불에 비치는 선비의 얼굴을 뚫어져라 하고 바라보았다. 선비는 너무나 뜻밖의 말에 멍하니 간난이를 보며 어깨가 차츰 무거워 오는 것을 그는 깨달았다.

"그렇게 가분자기, 오늘 밤으로, 뭐?"

이때 우수수 하는 소리에 그들은 말을 멈추고 귀를 기울였다. 바람소리다. 공장에서 흘러나오는 소음은 더욱 요란하다.

"아무턴 긴급한 지령이다. 밖에서 무슨 일이 생겼나 보다…"

선비는 두 다리가 후르르 떨리며 가슴이 무섭게 둘렁거린다. 더구나 언니 겸 동무이던 간난이가 그의 앞을 떠나갈 생각을 하니 눈이 캄캄하였다.

"선비야, 우리는 목숨을 바쳐서라도 싸워야 한다! 너도 맹세하였지?"

간난이의 눈은 홍분으로 빛났다. 그리고 선비의 볼에 볼을 맞대었다.

"염려 마라! 나가서 몸조심해라!"

선비는 간난이를 쓸어안았다. 간난이는 선비의 눈물을 씻어주었다.

"선비야! 어떠한 일이 있다더라도 낙심 말고 싸워야 한다. 이렇게 눈물 흘려서는 못쓴다. 대담해라. 어서 난 가야겠다……."

그들은 변소 밖을 나섰다.

## 109

간난이와 선비는 살살 기어서 담 밑까지 왔다. 그리고 간난이는 바짓 가랑이 속에서 밧줄을 꺼내 들었다.

"네 어깨에 올라설 테니 단단히 힘을 써라. 그리고 이 밧줄을 꼭 붙들 어 다오."

그때 바람이 휙 몰아온다. 그들은 사람의 신발소리인가 싶어 휘끈 돌 아보았다. 바람은 점점 기세가 더하여 불었다. 그들은 바람소리로 알았 을 때 겨우 안심은 하였으나 가슴은 울렁거리고 숨이 차왔다. 그리고 번번이 바람소리인 줄은 알면서도 바람이 불 때마다 뒤에서 감독이 칵 내닫는 듯하고 그들의 몸에 어떤 손이 감기는 듯하여 등허리에서 땀이 버쩍 나곤 하였다.

선비는 담 밑에 붙어 앉았다. 간난이가 선비 어깨에 올라서자 선비는 담을 붙들고 일어나려 하였다. 선비의 양 어깨가 빠지는 듯만 했지 아 무리 힘을 들이나 일어날 수가 없었다.

선비는 몇 번 만에 겨우 일어났다. 간난이는 후들후들 떨리는 다리를 겨우 일어 세우며 담 위를 붙들기는 했으나 몸을 솟구는 수가 없었다. 그는 손에 든 밧줄을 입에 물고 두 팔로 담위를 꼭 붙든 후에 다시 몸을 솟구었으나 힘만 들 뿐이고 손에는 땀이 나서 손이 미끄러워 떨어질 듯 하였다.

간난이가 몸을 솟구려고 움찔하는 바람에 선비가 푹 거꾸러졌다. 요란 스러운 소리를 내고 간난이까지 떨어져 굴렀다. 선비는 얼른 간난이를 일어 세우며 뒤를 돌아보았다. 여전히 바람만 지동치듯 불 뿐이었다. 이 런 때에 그 바람소리는 자기들을 위하여 부는 듯하여 다행하였다.

"내가 나간 담에 이 신을랑 넘겨다우!"

선비는 머리를 끄덕이며 여전히 담에 손을 대고 앉았다. 간난이가 선비의 어깨에 올라서서 다시 담 위를 붙들었을 때 휙하는 휘파람 소리가 나는 듯하므로 간난이는 놀랐다. 그러나 선비는 어깨에 힘을 쓰기 때문에 그 소리는 듣지 못한 모양이다. 간난이는 이 소리가 담 안에서 나는 소린지, 담 밖에서 나는 소린지, 혹은 바람소리가 그렇게 들리는지 하여 숨을 죽이고 가만히 들었다. 그 휘파람 소리는 어떻게 들으면 담 안에서 나는 것 같고, 또다시 들으면 담 밖에서 나는 듯하였다.

간난이는 몸을 솟구지도 못하고 어찌 할 줄을 몰랐다. 봄바람이 되어 그 기세가 무서웠다. 간난이는 바람에 흔들리지 않으려고 머리까지 담에 꼭 붙이고 휘파람 소리를 분간하여 들으려 하였다.

한참 후에 그 소리는 바람소리인 것을 짐작하며 간난이는 힘껏 몸을 솟구었다. 그러나 솟구어지지 않았다. 한참 후에 간난이는 선비의 어깨만은 벗어났으나 아직도 담 우까지는 못 올라왔다. 아래서 선비는 발돋움을 하고 손으로 간난이의 밑을 받들어 주었다. 이렇게 애쓰기를 한 시간이나 넘어서 간난이는 비로소 담 위에까지 올라왔다. 선비는 밧줄을 꼭 붙들었다. 밧줄이 몇 번 잡아 쓰이우더니 담 위에 올라섰던 간난이는 보이지 않았다. 선비는 얼른 신을 밧줄에 동여서 올려 치쳤다. 북북 소리를 바람결에 이따금 던지며 밧줄조차 어둠 속에 감추어졌다. 선비는 이마에 담을 씻으며 사면을 살폈다.

그리고 한숨을 푹 쉰 후에 불행히 간난이가 어디 상하지나 않았는지? 하는 불안에 담 밑에 붙어 서서 간난이의 신발소리를 들으려 하였다. 반면에 이편 담 안에는 누가 숨어서 이 모든 것을 보지나 않았는가 하여 역시 주의를 하여 살펴보았다.

공장의 소음을 섞은 바람만이 그의 타는 듯한 볼에 후끈거릴 뿐이고 아무 소리도 발견할 수 없었다. 그러나 아까보다 무서운 생각이 한층 더하였다. 그리고 그의 방까지 갈 것이 난처하였다. 어둠 속 저편에는 감독의 그 눈알이 선비를 노려보는 듯하고, 그리고 그의 신발소리가 뚜벅뚜벅 들리는 듯하였다. 그는 담을 붙들고 서서 한참이나 망설이다가 발길을 옮겼다.

그는 그의 방까지 아무 변동 없이 잘 들어와서 자리에 누웠다. 베개 위에 볼이 선뜻하고 닿을 때 뜻하지 않은 눈물이 주르르 흘러내리는 것을 그는 느꼈다. 그는 이렇게 무사히 방까지 들어와서 누웠으나 바람결에 유리 창문이 흔들릴 때마다 누가 방문을 열지나 않나? 그리고 너희 년네가 간난이를 내보냈지 하고 위협하는 것만 같았다. 동시에 간난이가 저 무서운 바람을 안고 지금 어디로 분주히 갈 터이지! 하였다.

"간난아! 간나아!" 선비는 몇 번이나 입속으로 간난이를 불렀다. 웬일인지 선비는 간난이를 다시는 만나보지 못할 것만 같았다. 더구나 앞으로 일해 갈 것이 난처하였다. 지금 생각하니 그에게 묻고 싶은 것이 얼마든지 많았다.

110

이튿날 아침 기숙사에서는 무슨 큰일을 만난 듯하였다. 간난이와 함께 있던 여공들은 감독이 불러다가 위협을 하다하다가 나중에는 때리기까지 했단 말이 돌았다. 그래서 이 모퉁이를 가도 수군수군, 저 모퉁이를 가도 수군수군하였다.

선비는 감독이 그를 부를 터이지 하고 하루 종일 가슴이 두근거렸다. 그리고 일이 손에 붙지를 않고 툭하면 실이 끊어지곤 하였다. 평시에 간난이와 친하던 동무며, 간난이의 방 옆에 있는 여공들까지 다 불러가나, 웬일인지 선비는 부르지 않았다. 그러니 선비는 한층 더 가슴이 설레었다. 간난이와 그가 친하다는 것은 온 기숙사가 다 아는 터이고, 물론 감독까지도 잘 알 터인데, 그러므로 누구보다도 선비를 먼저 부를줄 알았으나 해가 지도록 아무 소식이 없으니 도리어 선비는 겁이 나고 이상하게 생각되었던 것이다.

"이애 뭘 잘했지! 여기 있으면 뭘 하니."

"잘하기야 열 번 스무 번 잘했지만, 글쎄 어떻게 나갔는지, 참 귀신이 놀랄 일이 아니냐.

"사랑하는 남자가 있었는지 뉘 아니? 그래서 데려내간 게지……."

"사랑하는 사람이 있다드라도 하여간 그 높은 담을 넘지는 못했을 터이고 어데로 나갔겠니?……."

식당에서 밥을 먹는 여공들은 이렇게 하늘이 무너져도 못나가는 것으로 알았던 그들에게 비상한 센세이션을 일으키었다.

"선비야, 넌 알겠지? 그러니 너보고야 말하고 나갔겠지, 그렇지?

선비와 마주 앉은 농 잘하는 여공이 선비를 보며 웃음 섞어 말하였다. 선비는 그가 미리 알고 말하는 것 같아서 다소 얼굴이 붉어지려는 것을 머리를 숙여 그를 피하였다. 그리고 밥에 돌을 고르는 체하다가 머리를 들며 빙긋이 웃었다.

"간난이가 나가면서야 나두 나가자고 하는 것을 나는 이 공장에서 일하기가 퍽 좋아서 안 나갔단다."

그들은 허허 호호 웃었다.

"사실이지 나갈 수만 있다면 나두 나가겠다. 그까짓것 여기있어 뭘 해."

"이애 간난이가 요새 선비하고 덜 좋아했단다. 내 말을 하리?"

눈까풀 얇은 여공이 선비를 말끄러미 쳐다보며 입을 오물오물 놀렸다. 선비는 무슨 말인지를 알아들으면서 전 같으면 얼굴이 붉어질 것이나 지금에 있어서는 여공들이 그렇게 해석해주는 것이 도리어 다행하였다.

"말할까? 말까?"

눈까풀 얇은 여공은 웃음을 띠고 물었다.

"이애 넌 무슨 말을 하려면 속시원하게 얼른 하지, 고 버릇이 무슨 버릇이냐. 주리틀게 눈치만 살살 보면서 무슨 말이기에 그 모양이야? 극상해야 감독이 선비를 고와한단 말이겠구나. 그까진 말에 그리 얌통을 부릴 게 없지 않니? 왼 기숙사가 다 아는데……."

얼굴 긴 여공은 이렇게 말하며 시치미를 뚝 떼고 밥만 푹푹 퍼넣는다. 선비는 왼 기숙사가 다 아는데…… 하는 그의 말에는 다소 불쾌하였다. 그러나 이 자리에서 여러 말 하기는 선비의 가슴이 너무나 복잡하였다. 그래서 그는 억지로 웃어 보이고 말았다.

선비가 식당에서 올라왔을 때,

"선비!"

하고 사무실에서 감독이 불렀다. 선비는 가슴이 쿵 내려앉는 것을 확실히 느꼈다. 그리고 감독이 물으면 대답하려고 어제 밤새도록 준비하였던 말이 어디로 달아나 버리고 말았다. 선비는 어쩔 줄을 모라 멍하니 서 있었다.

"죄 없으면 일없지, 무슨 걱정이야."

옆에서 바라보는 동무가 이렇게 말하였다. 선비는 다리가 가늘게 떨렸다.

"방에 선비 없어!"

재차 부르는 소리를 듣고야 선비는 발길을 떼었다. 그가 문밖을 나서며 다는 얼굴을 비비쳤다. 그리고 떨리는 가슴을 진정하였으나 자꾸 뛰놀았다. 선비는 안타까웠다. 그래서 그는 한 발걸음에 주저하고 두 발걸음에 망설였다. "내가 이래 가지고야 앞으로 일해갈 수가 있나? 나는 대담해야 한다, 그리고 그들 앞에 거짓말을 곧잘 해야 한다!" 선비는 속으로 이렇게 부르짖으며 사무실 문을 열고 들어섰다.

감독은 궐련을 피워 물고 들어오는 선비를 바라보자 빙긋이 웃었다. 선비는 마음껏 용기를 내어 가만히 서 있었다. 감독은 기침을 하고 말을 꺼냈다.

## 111

"요새 어디 앓었는가?"

선비는 뜻밖의 물음에 무슨 말인지 잘 알아듣지 못하였다.

그래서 머리를 조금 들고 감독을 바라보았을 때 보기 싫게 눈을 흘금거리는 호랑이 감독이 아니라 공장 안에서 까불이라고 별명이 있는 고감독이었다. 선비는 다소 맘을 가라앉히었다.

고감독은 체가 적으니만큼 까불기는 하나 눈치가 빨라서 여공들이 가장 친하게 대하는 감독이었던 것이다.

"왜 얼굴이 전만 못하구먼. 몸간수 잘해야 해."

감독은 기침을 칵 하고 나서 선비의 숙인 얼굴을 똑바로 보았다. 요새 동료들 중에 암투의 초점인 이 계집! 언제도 새로운 미를 또다시 그에게서 발견하게 되는 것이다. 장차 저계집은 누구의 손에 쥐어질지 모르나 어쨌든 지금 동료들끼리 맹렬한 알력을 계속하고 있는 것만은 틀림없었다. 그래서 그들은 제각기 기숙사 당번을 즐겨 하고 집에 나가기를 싫어하였다. 그리고 서로 질시가 심하니, 누구나 적극적으로 선비에게 대들지는 못하고, 다만 선비의 호의만 사려고들 애썼던 것이다.

"여기 좀 앉아, 응 자."

까불이는 의자를 버쩍 들어 옮겨 놔주었다. 선비는 의자에 주저앉으며, 그의 치마 주름을 내려쓸고 있었다. 그리고 감독의 입에서 어서 간난이의 말이 나와서 얼른 대답을 한 후에 감독 앞을 벗어나고 싶었다. 선비는 감독만 대하게 되면 어쩐지 어렵고, 덕호를 대하는 듯한 불쾌함이 그를 싸고도는 듯하였던 것이다.

"선비, 이번 나간 간난이와 한 고향이라지?"

"예."

"나가기 전에 선비보고 무슨 말이든지 하던 말이 없던가?"

약빠른 까불이 감독이 그의 모든 것을 미리 알고, 저렇게 묻는 듯싶어 얼굴이 활짝 달아왔다. 그리고 어떻게 대답할까 하고 두루두루 생각하다가,

"그저…… 무심히 대하였으니, 지금 특별히 생각나는 것이 없습니다."

까불이는 눈을 깜박깜박하고 나서,

"별다른 말이 아니라…… 말하자면, 공장에서 일하기 힘든다든지 어느 감독이 몹시 군다든지, 그러한 불평을 말하지 않던가?"

"잘 생각나지 않습니다."

"음."

까불이는 선비의 임금빛 같은 두 볼을 바라보면서, 저 계집을…… 하고 안타깝게 생각되며 몸이 달았다. 그래서 단박에 달려들어 그를 쓸어안고 싶었다. 그러나 자기들의 동료 중에 그 어느 누가 알든지 하면, 두말도 없이 상부에 보고되어 생명줄이 떨어질 것이 무서웠다.

"간난이가 저렇게 나간 것을 선비는 어떻게 보는가?"

까불이는 선비의 태도를 보아, 그리고 그의 의젓한 성격을 미루어 그를 의심하지 않았다. 더구나 딴 방에 있었으니 선비는 모를 것이라… 하였다. 그러나 선비와 이렇게 마주 앉고 이야기하기 위하여 일부러 불러놓고는 이리저리 묻는 것이다.

동시에 선비가 어느 정도로 자기에게 호의를 가졌는가? 하여 눈치를 살살 보았다.

"잘못된 행실이지요."

선비는 맘에 없는 말을 겨우 빼었다. 감독은 빙그레 웃었다.

"암! 잘못된 행실이구말구. 계집이 혼자 나갈 수는 없고 어떤 놈과 짜구 나갔을 게야. 제가 혼자서야 어디로 나가?…… 이감독이 자네보고 하는 말 없던가?"

이 말을 미루어 감독 자기네끼리도 의심하는 모양이다.

"없어?"

다시 한번 채쳐 물었다. 선비는 입에 손을 대고 기침을 가볍게 하였다. 그리고 감독이 자기를 의심하지 않는 것을 짐작하며 가볍게 숨을 몰아쉬었다.

"응 왜? 대답이 없어. 뭐라고 말하지 않아?"

"예!"

"덮어놓고 예, 예만 하니까 알 수가 있나? 이번 일에 대하여 선비에게 뭐라고 묻지 않아?"

치근치근한 이감독의 성질에 선비를 불러다놓고 뭐라고 물었을 것이 틀림없는데 선비가 이감독과 벌써 무슨 약조가 있는 새가 되어서 저렇게 숨기나? 하는 의문이 들었던 것이다.

그때 선비는 간난이가 일상 하던 말이 문득 생각키었다. "감독을 만나면 너는 뾰루퉁해만 있지 말고 더러 웃는 체도 해보이렴. 그래서 네 태도를 저들이 분간하지 못하도록 하여라." 선비는 간난이의 말이 우스워서 빙긋이 웃었다. 그때 층계를 올라오는 구두 소리…….

112

감독은 정색을 하였다.

"아주, 간난이가 나간 일에 대하여서는 모른단 말이지…… 나가!"

선비는 말이 떨어지자 곧 나왔다. 그리고 그의 방까지 왔을 때 감독의 방에서 두런두런하는 이야기 소리가 들려왔다. 그의 동무들은 선비가 무슨 말을 할까 하고 그의 입술만 말똥말똥 쳐다보다가,

"뭐라던?"

선비는 자리를 내려 폈다.

"뭐라기는 뭐래, 그저 그 말이지."

"왜 야학에 안 가런?"

"몸이 좀 아프구나."

"어데가?"

"글쎄…… 맥이 없어."

그들은 풀기 없는 선비를 보며 감독에게서 단단한 나무람을 들은 듯하였다. 그리고 자기들도 감독에게 불림을 받을까? 하는 불안에 눈에 겁을 머금고 밖으로 나갔다.

선비는 언제부터인지는 알 수 없으나 이렇게 맥을 놓으면 몸이 오슬오슬 추우면서도 이마에는 땀이 척척하게 흐르곤 하였다. 이럴때마다 그는 따뜻한 온돌방이 그리웠다. 그의 어머니와 단둘이서 살던 그 초가! 나무 반 단만 넣으면 잘잘 끓던 그 아랫목! 그 아랫목에서 이불을 막 쓰고 땀을 푹 내었으면 그의 몸은 가뿐해질 것 같았다.

그가 한참 자고 어느 때인가 눈을 번쩍뜨니 유리창에 달이 둥글하였다. 그는 이마에 척척하게 흐른 땀을 씻으며 달을 향하여 누웠다. 아까 감독이 묻던 말을 다시금 생각하니 그는 감독이 그를 의심하지 않는 것을 짐작할 수가 있었다. 그러니 그 일 때문에 졸이던 맘은 좀 풀리나, 그러나 어깨가 무겁도록 짊어진 이 사명을 어떻게 하여야 잘 이행할 것이 난처하고도 답답하였다. 간난이가 가르쳐 주던 공장 내부 조직 방침, 밖의 동지들과 민활하게 연락 취할 것, 그리고 밖에서 들어오는 문서며 삐라 등을 교묘하게 배부할 것들이 그의 머리에 번갈아 떠오른다. 한참이나 생각하던 선비는 좀더 있다가 간난이가 나갔으면 내 이렇게 답답하지 않을 것을…… 하며, 그가 무사히 나갔는가 하였다. 그리고 밖에서 무슨 일이 일어났기에 그렇게 갑자기 간난이를 불러냈는가? …… 그들이 혹 잡히지나 않았는지? 할 때, 적지 않은 불안이 일었다. 동시에 미지의 동지들이 모두 어떤 사람들인가? 첫째와 같은 그런 사람인지도 모르지? 혹 첫째도 그들 중에 한 사람인 것을 자기가 모르는가…

…하였다. 그러나 그때 월미도 가는 길에서 첫째를 만났을 때 일을 미루어 생각하니, 첫째는 어떤 공장내에 있지 않고 그날그날 품팔이를 하는 것 같았다. 그러니 웬걸 지도자를 만났으리……. 아직도 그는 암흑한 생활 속에서 그의 나갈 길을 찾지 못하고 동분서주만 하는 것 같았다. 이렇게 생각하고 나니 선비는 첫째를 꼭 만나보고 싶었다. 그래서 무엇보다도 먼저 계급의식을 전해 주고 싶었다. 그러면 그는 누구보다도 튼튼한, 그리고 무서운 투사가 될 것 같았다.

그것은 선비가 확실하게는 모르나 그의 과거 생활이 자신의 과거에 비하여 못하지 않은 그런 쓰라린 현실에 부대끼었으리라는 것이다. 그는 아직도 도적질을 하는가? ……지금 생각하니 어째서 그가 도적질을 하게 되었으며, 매음부의 자식이었던 것을 그는 깊이 깨달았다. 그러니 선비는 어서 바삐 첫째를 만나서 그런 개인적 행동에 그치지 말고 좀더 대중적으로 싸워야 한다는 것을 가르쳐 주고 싶었다. 그가 인천에나 있는지? 혹은 딴 곳으로 갔는지? 왜 나는 시골 있을 때 그를 무서워하였던가? 이렇게 생각하고 나니 그가 소태나무 뿌리를 캐어 들고 새벽에 찾아왔던 기억이 떠오르며 소태나무 뿌리를 윗방 구석에 던지던 자기가 끝없이 원망스러웠다. 그리고 그 느글느글한 덕호가 주던 돈을 이불 속에 넣던 자신을 굽어볼 때, 등허리에서 땀이 나도록 분하고 부끄러웠다. 그뿐이랴! 마침내는 그에게 정조까지 빼앗기고 울던 자신! 몇 번이나 죽으려고 했던 자기! 얼마나 유치하고 어리석었는가! 그리고 그 덕호를 보고 아버지 아버지! 하며 부르던 그때의 선비는 어쩐지 지금의 자기와 같지 않았다. 여기까지 생각하니, 이때껏 의문에 붙였던 그의 아버지의 죽음이 얼핏 떠오른다. 옳다! 서분 할멈의 말이 맞았다. 그는 무의식간에 벌떡 일어났다. 그때 손끝이 몹시 아파왔다 그래서 손끝을 볼에 대며 덕호를 겨우 벗어난 자신은, 또 그보다 더 무서운 인간들에게 붙들려 있다는 것을 강하게 느끼며, 오늘의 선비는 옛날의 선비가 아니라……고 부르짖고 싶었다.


## 113

아버지와 면회를 하고 돌아온 신철이는 감방문 닫히는 소리를 가슴이 울리게 느끼며 맥없이 주저앉았다. 그가 처음으로 이 방에 들어올 때 저 문 닫히는 소리란 기가 막히게 그의 자존심을 저상시켰으며 반면에 비창한 결심까지 나도록 반발력을 돋아주었는데, 오늘의 저 닫히는 소리는 그의 자존심이 이때까지 허위요 가장이었다는 것을 느끼게 하였다. 그는 머리를 움켜쥐고 얼굴을 찡그렸다. 아버지의 그 초라한 모양이 안타깝게 떠오른다. 아버지는 그로 인함인지 혹은 생활난으로 인함인지 이태 전과는 아주 딴 사람을 대하는 듯하였다. 아버지의 그 옷모양이며 뼈만 앙상하게 남은 그 얼굴! 아들을 대하자 아무 말도 못 하고 눈가가 뻘개서 바라만 보던 그눈! 그때의 아버지의 심정이야말로 말하지 않아도 너무나 그의 가슴속에 뚜렷하였다. 일 초, 이 초 지나는 동안에 부자는 언제까지나 입을 열지 못하였다. 한참 후에 신철이는,

"영철이 잘 있나요?"

그때 아버지는 눈물이 그득해지며,

"응, 응."

하고 어리빵뺑하게 대답을 하면서 머리를 돌려버렸다. 아버지의 모호한 그때의 대답을 들을 때 신철이는 가슴이 선뜻해지며 그놈이 죽지나 않았나? 하는 생각이 번개같이 들었던 것이다.

"미루꾸 사주!"

하던 그 음성도 다시듣지 못할 겐가? 하며 신철이는 벽에 의지하여 눈을 꾹 감았다. 아버지는 마지막으로,

"너 박판사를 만나보았니? …… 박판사의 말대로 하여…… 응, 공연

한 고집 부리지 말고…….”

　말을 마치자 면회는 끝나고 말았던 것이다. 아버지의 그 떨리는 음성! 그것은 거의 애원이었다. 그리고 이때까지 그 어느 구석에 숨어 있던 그의 그 어떤 생각을 정면으로 찔러주는 듯하였다. 어떻게 하나? 어제 만나본 병식의 말대로 해버릴까? 병식이는 그가 최후로 도서실에서 어리석고 비열하게 보았던, 육법전서를 안고 외던 학생이었다. 그는 벌써 예심판사가 되었던 것이다.

　병식이를 만나는 첫순간, 신철이는 적이 놀라면서도 반면에 그의 자존심이 강하게 동하였다. 보다도 억지로 그의 자존심을 불러일으켰던 것이다. 그래서 그런지 그때에는 그가 권고하는 말에 귀를 기울여 듣지도 않았지만 일단 그와 마주 앉아 있기가 왜 그리 불쾌하여 쓴지 몰랐다. 그러므로 신철이는 머리를 돌린 채 그의 묻는 말에 한 마디도 대답치 않았다. 그러나 병식이는 그의 직무상 옛날 동무로서의 우정을 생각해서 그랬는지 어쨌든 간곡히 말하였던 것이다.

　지금 생각해 보니 그의 아버지가 병식이를 찾아가서 간곡한 부탁이 있은 것만은 틀림이 없다. 그렇게 깨닫고나니 병식이가 열심히 지껄이던 말이 그의 머리에 명랑하게 떠오른다.

　“위선 나부터도 이 자본주의 사회제도를 전부가 다 옳다고 긍정할 수는 없네. 따라서 이 제도를 부인하고 새로운 사회를 건설해 보겠다는 용감한 투사들이 일어나는 것도 당연한 일이야! 그러나 이 제도를 없이 하려면 상당히 오랜 역사를 요구하게 될 것이 아닌가. 즉 장구한 시일과 다수한 희생이 있어야 될 것은 자네가 더 잘 알 것일세. 그러나 이같은 떳떳한 일을 위해서는 나 개인 하나는 희생한다고…… 하는 것이 남아로서 장쾌한 일이라고 하는 생각도 없지 않아 있게 되나 다시 한번 돌이켜 생각하면, 나 혼자가 더 그랬댔자 오늘낼로 곧 혁명이 될 것도 아니요, 또 안 그랬댔자 될 혁명이 안될 것도 아니니, 이 세상에 한번 나서 어찌 나 개인을 그렇게도 무시할 수가 있는가? 더구나 자네나 나는 집안 형편이 딱하게 되지 않았는가……. 자네나 내가 없으면 집안 식구는 내일부터라도 문전걸식할 형편이니, 지금부터 이 감옥에서 십 년이 될지, 몇 해가 될지 모르는 그 세월을 희생할 생각을 해보게… 요즘 일본에서도 ××당의 거두들이 전향한 것도 잘 알 터이지. 그들도 많은 생각이 있었을 것일세. 자네는 이 말에 대해서 어떻게 생각하는가?"

병식이는 얼굴에 비창한 빛을 띠고 신철이를 바라보았다.

신철이는 그의 타산에 밝은 개인주의적 그 이론으로 자기를 설복시키려는 것이 우습기도 하고 일종의 모욕도 느꼈다. 그래서 그는 아무대답도 아니하였다. 이 눈치를 챈 병식이는,

"그러면 돌아가서 깊이 생각해 보게. 나는 나의 직무를 떠나 옛날의 우정을 가지고 진심으로 권하네…"

그때 옆에 섰던 간수는 호령을 하였다.

"일어서!"

## 114

오늘 아버지의 애원을 듣던 그때, 그리고 아버지의 파리해진 얼굴을 바라보는 그 순간에 자신의 그 비창한 결심이란 얼마나 약한 것이었던가? 신철이는 한숨을 후 쉬었다. 그때 이 형무소에 같이 들어온 밤송이동무며 그 밖에 여러 동지의 얼굴들이 번갈아 떠오른다. 특히 인천에 있는 첫째의 얼굴이 무섭게 확대되어 가지고 그의 앞에 어른거려 보인다. 신철이는 그 얼굴을 피하려고 눈을 번쩍 떴다. 어젯밤만 해도 첫째의 얼굴을 머리에 그려보며 그리워하였는데, 이 순간에는 어쩐지 첫째의 그 얼굴이 무섭게 보였던 것이다.

창문으로 쏘아 들어오는 붉은 실타래 같은 햇발이 벽 위에 아로새겨

졌다. 유리, 철창, 굵은 철망, 가는 철망의 네 겹을 뚫고 들어오는 저 햇빛! 그에게 있어서는 유일한 동무가 되는 것이다. 그리고 간수가 미하리 구멍으로 들여다볼 때마다 시간을 물어가지고 그 햇빛을 따라 벽 위에 가는 금을 그어놓았다. 그래서 시간을 짐작하곤 하였던 것이다. 신철이는 저 햇발을 바라보면서 지금 열한시 반이나 되었을 것을 짐작하였다. 그리고 아버지가 지금 집에 돌아가셔서 몹시 번민하시겠지… 하였다. 아버지의 모양을 보아 말하지는 않아도 그나마 학교에서도 나온 것임을 알 수가 있었다. 몇 식구가 오직 아버지만 바라보고 있던 터에 아버지마저 학교에서 나왔다면 그 생활의 궁함이야말로 보지 않았어도 능히 짐작할 수가 있었다.

어떻게 한담? 그의 집안을 돌아보아서 여기서 꼭 나가야 하겠고, 보다도 자신의 약한 육체를 보아서 여기서 벗어나지 않으면 안될 것 같았다. 그때 그는 경찰서에서 고문받던 생각을 하고 소름이 쭉 끼쳤다. 두 번은 못 당할 노릇이었다. 그리고 모르고나 당할 노릇이지 지금과 같이 그맛을 뻔히 알고서는 넓죽 죽으면 죽었지 그 노릇은 다시 당하지 못할 것 같았다.

확실히는 모르나 미결에서 기결로 옮아가게 될 것도 일이년은 걸릴 듯하였다. 그리고 다시 기결에 들어서는 십년이 될지, 십오년이 될지 그것은 짐작할 수가 없었다. 그러니 일생을 이 감옥에서 보내지 않으면 안될 것이었다. 생각만 해도 앞이 아뜩해졌다. 그때 그는 병식이를 생각하였다. 그리고 그의 하던 말을 곰곰이 되풀이하였다. 어제 병식이의 앞에서는 그의 말에 구역증이 나고 듣기도 싫더니 불과 하루를 지난 오늘에는 그 말이 그럴듯하게 생각되었다. 그렇다고 해서 병식이 앞에서 머리를 굽혀보이기는 그의 자존심이 아직도 강하였다.

그는 한숨을 푹 쉬고 무심히 발끝을 굽어보았다. 그때 발가락에 개미 한 마리가 오르고 내리는 것이 보였다. 신철이는 반가운 생각이 들어

개미를 붙잡아 손바닥에 놓았다. 개미는 어쩔 줄을 몰라 발발 기어 달아난다. 달아나면 또 붙잡아다 놓고서 멍하니 들여다보았다.

그가 개미를 들여다보면 볼수록, 자신이 이 개미와 같이 헛수고를 하는 듯싶었다. 개미야말로 모르고서나 이 감방에를 찾아 들어온 것인지, 아무 먹을 것이 없는 이 쓸쓸한 감방에 들어올 까닭이 없었다. 오늘 이 개미는 먹을 것도 얻지 못하고 자기에게 붙잡혀서 고달플 것밖에 없었다. 마찬가지로 이몸은 아무 소득도 없는 고생을 이때까지 해오다가, 또다시 여기까지 들어온 것 같을 뿐 아니라, 앞으로 몇십 년을 지나고 다행히 목숨이 붙어서 밖에 나간댔자, 벌써 자신은 그만큼 뒤 떨어져서 여기도 저기도 섞이지 못하고, 결국은 일포나 기호같은 그런 고리타분한 전락된 인텔리밖에 될 것이 없을 것 같았다.

그렇다고 이 자리를 벗어날 것인가? 신철이는 머리를 설레설레 흔들었다. 그러나 그의 머리는 강하게 흔들리지를 않고 아주 약하게 흔들리는 것을 그는 깨달았다.

마침 버들피리 소리가 끊어질 듯 질 듯하게 들리므로 그는 벌떡 일어났다.

## 115

신철이는 얼른 미하리 구멍부터 돌아보았다. 그리고 어디서 간수의 신발소리가 나는가 하여 귀를 쫑긋 세우며 창 앞에 다가섰다. 창의 높이는 신철의 턱을 지나쳐 입술과 거의 맞닿았다. 신철이는 한숨을 푹 쉬면서 인왕산을 바라보았다. 따스한 햇볕을 안고 반공중에 뚜렷이 솟은 저 인왕산… 그때 가까이서 새소리가 나므로 시선을 옮겼다.

창 밖에는 조그만 못이 있고, 그 옆에는 그리 작지도 크지도 않은 수양버드나무가 마치 여인의 풀어 헤친 머리카락처럼 가지가지가 척척 휘어 늘어졌다. 그리고 버들잎이 파릇파릇 하였다. 신철이가 처음 여기

와서 저 버드나무를 볼때에는 앙상한 가지만이 봄바람에 휘날리더니 어느덧 벌써 잎이 저렇게 좋아졌다. 하루에도 몇 번씩이나 바라보는 저 버드나무!

바라볼 때마다 그는 새로운 느낌을 가지고 대하곤 하였다. 그리고 용연의 원소가 떠오르고 선비가 눈결에 지나쳤다. 그러나 그 선비는 옛날의 그 선비와는 어딘지 모르게 거리가 먼 것을 그는 느끼곤 하였다. 지금 그의 머리에 떠나지 않고 있는 것은 반대로 옥점이었다. 옥점이! 그는 다시 한번 옥점이를 불러보았다. 아직까지도 그가 시집가지 않고 나를 기다릴까? 그렇지야 못하겠지? 벌써 어떤 사람의 아내가 되었겠지 그러나 나를 아주 잊지는 못하리라…… 하고 멍하니 못을 바라보았다. 못 속에는 버들가지 그림자가 파랗게 떨어져 깔리었다. 그의 가슴속에 옥점의 얼굴이 파묻힌 것처럼…

그때 잠깐 끊어졌던 버들피리 소리가 아우아우 하고 들려왔다. 그가 어려서 과부의 넋두리라고 하며 버들피리 끝에 손을대고 마디마디를 꺾어 울던 그 곡조였다. 신철이는 머리를 번쩍 들어 피리 소리나는 곳을 찾았다. 봄을 만난 인왕산…….

어린애들이며 청춘 남녀가 가지런히 갈서서 올라가는 것이 보인다. 그리고 애들의 떠드는 소리가 푸른 하늘가에서 재재거리는 종달새 소리같이 그렇게 명랑하게 들리었다. 그가 동무들과 저 산에 올라가던 그 때가 엊그제 같건만……. 그는 이러한 생각을 하니 발버둥을 치고 싶게 안타까웠다. 그리고 차라리 아버지의 말씀대로 하였다면 하는 후회까지 절실히 일어난다. 그는 이러한 생각이 아주 비열하고 더러운 생각이라고 하면서도 어쩔 수 없었다. 그리고 이 꽃다운 청춘기를 그가 이 철창 속에서 이러한 망상과 공상에서 썩힐 생각을 하니 기가 막혔다. 그러니 나 혼자만 무의미한 희생이지……. 그는 인왕산에 오른 남녀를 바라보면서 이렇게까지 생각하였다. 그러나 맘은 보채었다. 안타깝게 보채었다. 이렇게 번민과 쓰림을 당하는 것이 자기만이 아니고 이 안에 들어 있는 수 없는 인간들인 것을 그는 깨달았다.

피리 소리는 차츰 가늘어진다. 그의 안타까운 이 가슴의 굽이굽이를 바늘끝으로 꼭꼭 찌른다고 할지? 예리한 칼끝으로 심장의 일부를 살짝 살짝 저민다고나 할지? ……저 푸른 하늘아래 가는 연기와 같이 떠도는 저 피리 소리! 신철이는 어느덧 머리를 움켜쥐었다. 그리고 그의 눈에 시커멓게 가로질러 나간 철창을 노려보았다. 그리고 물먹고 싶듯이 저 세상이 그립다. 저 세상의 푸른 공기를 맘껏 들이마시고 싶다.

그때 절그럭하는 소리에 신철이는 깜짝 놀라 펄썩 주저앉았다.

"이놈아!"

간수의 호통소리에 그의 가슴은 푸르르 떨렸다.

"이리 와 앉아!"

신철이는 하는 수 없이 이편으로 와서 주저앉았다.

"내다보면 못써. 이 담엔 벌이 있을 테야!"

신철이는 울분이 목구멍까지 치받치는 것을 꾹 참았다. 그는 기가 막혀서 묵묵히 앉았을 뿐이다. 간수는 한참이나 서서 신철이를 노려보다가 절그럭하고 미하리 구멍을 닫는다. 그는 벽에 비스듬히 기대어 앉아 땅이 꺼지게 한숨을 내쉬었다. 그리고 손을 펴보니 개미는 어디로 갔는지 몰랐다. 개미동무를 잃어버린 그는 곁에 놓인 《법화경法華經》을 끌어당기어 펴들었다.

## 116

입맛이 당기지를 않아서 저녁도 먹지 않은 선비는 여러 동무와 같이 공장으로 들어왔다. 이 날 선비는 야근할 차례였던 것이다. 여공들은 누구나 다 밤일은 싫어하였다. 그래서 제각기 야근 차례만 돌아오면 얼굴을 찡그리고 머리를 흔들었다.

그러나 남직공과 친해진 여공들은 야근하기를 좋아했다. 물론 밤에도 감독이 감독을 하지마는, 감독들은 하룻밤에도 몇 번씩이나 교대를 하였다. 그러므로 교대하는 그 틈마다 고치통을 들고 들어오는 남직공과 눈을 맞추었다. 그리고 밤이니 감독들은 낮과 같이 그렇게 심하게 보지를 않았다. 그래서 그들은 밤에 남직공을 틈틈이 만나보려고 애를 쓰곤 하였던 것이다.

요새는 남직공과 여직공들이 배가 맞아서 나간 것이 하나둘이 아니었다. 그러니 감독들이 눈을 밝히고 감독은 한다면서도 어쩐지 그런 일이 자꾸 일어났다.

선비는 육백삼 호인 가마 곁으로 와서 동무의 어깨를 가볍게 쳤다.

"이전 나가세요. 제 시간이어요."

동무는 가마 소제를 하다가 휘끈 돌아본다.

"내 소지하지요."

"아슴찮아라 참, 아픈 것 낫소?"

동무는 손빠르게 와꾸를 뽑아서 통에 넣어가지고 돌아서 간다.

선비는 솔을 들고 가마를 얼핏 가신후에 낡은 물을 내뿜고 새 물이 들어오게 하였다. 이렇게 기계를 소제하는 동안에도 기계의운전은 쉬지 않았다. 그래서 선비는 아니 이 공장안의 여공들은, 이 기계란 쉬임을 모르는 것으로 알고 있다.

그리고 그들은 기계에 머리카락이나 혹은 옷이 끼일까 봐 무서워서 머리에 수건을 막 쓰고 검은 통옷을 만들어서 위에서부터 아래까지 시커멓게 내려 입었다. 전에는 이런 일이 없었으나 간봄에 여공 하나가 머리카락이 와꾸에 끼여서 마침내는 기계에 말려들어 무참하게도 죽었던 것이다. 공장에서는 이것을 극비밀에 붙이고 거기에 대한 이야기도 못 하게 하나, 곁에서 이 참경을 본 몇몇의 여공들이 있으므로, 아는 듯 모르는 듯 그 말이 전 공장 안에 좍 퍼졌던 것이다. 그 후로 이 공장에서는 여공들에게 이런 작업복과 수건을 쓰라고 엄명하였다. 물론 공장에서 내준 것이 아니고 여공들 스스로 해입게 하였던 것이다.

선비는 남직공이 갖다 주는 삶은 고치를 가마에 들어 부었다. 끓는 물소리가 와스스 하고 나며, 고치는 가마 물속에서 핑핑 돌아간다. 그때 어깨 위가 오싹해지며 오슬오슬 추워왔다. 그리고 기침이 연달아 칵칵 일어난다. 그는 기침을 안 하려고 입을 꼭 다문 후에 숨을 쉬지 않았다. 그러나 기침은 안타깝게 목구멍에서 간지럼을 태우며 올라오려고 애를 썼다.

선비는 이렇게 기침을 참아가면서, 조그만 비를 들고 끓어오르는 고치를 꾹꾹 눌러가며, 비 끝에 묻어나는 실끝을 왼손에 감아 쥐었다. 가마에서 끓어오르는 물김에 그의 얼굴이 화끈화끈 달며 벌써 손끝이 짜르르 해왔다. 그러나 반대로 등허리는 오싹오싹 오한이 난다. 선비는 간봄부터 확실하게 이러한 것을 느끼면서도 그저 일시 일어나는 몸살이거니 하였다.

그러나 여름철이 닥친 지금까지도 이 추운 증세는 떨어지지 않고 기침까지 곁들었다. 그래서 그는 슬그머니 걱정이 되었으나, 그러나 의사에게 보이고 싶지는 않았다.

선비는 비를 놓고 왼손에 쥔 실끝을 한 오라기씩 돌아가며 사기바늘에 번개치듯 붙인다. 그러나 바늘 하나에 여러 번 붙이면 실오라기가 너무 굵어지니, 사기바늘 하나에 다섯 번 이상은 못 붙이는 것이다. 사기바늘을 통하여 뽑히는 실끝은, 마치 재봉틀 실끝이 용쇠를 통하여 올라가는 것처럼, 비틀비틀 꼬여져서, 와꾸를 향하여 쭉쭉 올라가서 감긴다. 와꾸 옆에는 유리 갈고리가 공중에 매어달려서 와꾸에 실이 고루 감기도록 실끝을 물고 왔다갔다 한다.

전등불이 낮같이 밝은데 그 위에 유리창문과 유리천정에 반사가 되어 눈이 부시게 휘황하였다. 그리고 발전기 소음 때문에 귀가 막막하게 메어지는 것 같았다. 선비는 기침을 칵칵 해가면서 자리를 붙지 못하고 몸부림을 쳤다. 그것은 이십 개나 되는 와꾸를 혼자서 조종하려니 그러지 않고는 도저히 불가능하였던 것이다. 오슬오슬 춥던 것은 이젠 반대로 뜨거운 열이 되어 옷이 감기도록 땀이 흘렀다. 이마에서는 땀방울이 사뭇 빗방울같이 흘러서 어쩌는 수가 없었다. 그리고 숨이 차와서 흑흑 느끼었다. 손끝은 뜨거움이 진해서 차츰 무신경 상태에 들어간다. 그래서 남의 손인지 내 손인지 분간할 수가 없었다.


## 117

마침 실이 여기저기서 끊겼다. 선비는 발판을 꾹 눌렀다 놓아 기계를 정지시킨 후에 손빠르게 실끝을 쥐었다. 그때 옆에서 감독이 소리쳤다.

"얼른 이어! 요새 선비가 웬일이어?"

감독은 들었던 채찍으로 와꾸를 툭 쳐 기계를 돌리었다. 그러니 실끝은 채 이어지지 못한 채 와꾸는 핑글핑글 돌았다.

선비는 울고싶었다. 오늘 밤새도록 일한 것이 헛수고였던 것이다. 감독이 이렇게 와꾸를 돌리게 되면 으레 이십 전 벌금을 물게 되는 것이다. 선비는 어쩔 줄을 몰라서 돌아가는 와꾸를 바라보며 실끝을 찾으려고 애를 썼다. 그리고 앞이 아뜩아뜩해지며 기침이 자꾸 기어나오려고 하였다.

"무슨 딴 생각을 하는 게야! 이렇게 일에 성의가 없이 할때에는, 응 그러하지?"

선비는 가슴이 뜨끔해지며 정신이 바짝 들었다. 그리고 이자들이 눈치를 채지나 않았는가? 하였다. 따라서 요새는 거의 날마다 선비를 나무라는 이유가 그것 때문인가? 하였다. 그래서 선비는 한층 더 가슴이 떨리고 다리가 허둥거렸다.

한참 후에 선비는 겨우 실끝을 이었다. 벌써 감독은 수첩에 무엇인가 쓰고 있다. 그리고 선비를 흘금흘금 곁눈질해 보며 수첩을 포켓에 집어넣고 그의 앞을 떠났다. 선비는 비로소 한숨을 후 쉬었다. 기침이 야무지게 칵 나왔다. 그는 감독이 그의 기침소리를 들었을까 하여 얼른 감독의 뒷모양을 바라보았다. 감독은 요새 갓 들어온 여공 앞에 서서 무어라고 웃으며 이야기하였다. 그리고 그의 실팍한 궁둥이를 툭 쳤다.

"일 잘해! 그래야 상금을 타지."

여공은 몸을 꼬며 애교를 피웠다. 그리고 감독의 눈을 슬쩍 맞추고 눈을 스르르 감으며 웃었다. 이 여공의 특색은 웃으면 저렇게 눈이 되곤 하는 것이다. 선비는 요새 감독이 그의 앞을 떠나 신입 여공에게 저렇게 구는 것이 잘되었다고 생각은 되면서도 그것으로 인하여 그의 맡은 사업이 속히 드러날 위험을 느끼었다. 그리고 전에는 이따금 상금을 주었을망정 이렇게 와꾸를 돌리며 나무라지는 않았는데, 신입 여공이 감독의 비위를 맞추어주면서부터는 감독의 태도가 아주 냉랭해졌다. 그리고 오늘까지 하면 벌금 문 것이 세 번째나 되었다.

선비는 여전히 바쁘게 손을 놀리면서도 한숨을 푹 쉬었다. 그리고 아까보다 몸이 더 괴롭고 기침만 나오려고 가슴이 죄어들었다. 그나마 아까는 다만 몇십 전의 벌이라도 되거니…… 했다가 그 희망조차 아주 끊어지고 나니 복받치는 것은 아픔과 설움뿐이었다. 그때 그는 간난이가 하던 말을 다시금 생각하고 어느 정도까지 감독의 비위를 맞추어 둘 것을… 하는 후회도 다소 일었다.

선비는 안타깝게 올라오려는 기침을 막기위해서 얼른 비끝으로 번데기를 건지려 하였다. 전등불에 비치어 금빛같이 빛나는 가마 물속에서 끊임없이 뽑히어 올라가는 저 실끝! 하루에도 저 실을 수만 와꾸나 감아놓는 것이다.

선비는 번데기를 건져 입에 물며 머리를 들어 와꾸를 바라보았다. 번개치듯 돌아가는 와꾸에 흰 무지개같이 서기를 뻗치며 감기는 저 실! 처음에 그가 저 와꾸를 바라볼 때는 뭐라고 형용 못할 애착을 느끼었으며, 그리고 저것들을 뽑아서 하꼬에 담아가지고 감정실로 들어갈 때의 만족이란 말할 수가 없었다. 그러나 지금에 저것을 바라볼 때는 그것들이 그의 생명을 좀먹어 들어가는 어떤 커다란 벌레같이 생각되었다.

감독이 이리로 오는 눈치를 채고 선비는 얼른 머리를 숙였다. 그리고 실끝을 골라 바짝 쥐고 사기바늘에 붙였다. 이번에는 감독이 눈도 거들떠보지 않고 지나간다. 선비는 감독이 지나친 것만 다행으로, 하던 생각을 다시 계속하였다.

감독의 소리가 크게 나므로 흘금 바라보니, 곁의 동무의 와꾸를 툭쳐서 돌린다. 동무는 얼굴이 빨개서 실끝을 이으려고 허둥거린다… 그 팔! 그 손끝! 차마 눈 가지고는 바라보지 못할 것이다. 선비는 이마의 땀을 씻으며, 그의 손가락을 다시 보았다. 빨갛게 익은 손등! 물에 부풀어서 허옇게 된 다섯 손가락! 산 손등에 죽은 손가락이 달린 것 같았다. 그는 전신에 소름이 오싹 끼치며, 이 공장 안에 죽은 손가락이 얼마든지 쌓인 것을 그는 깨달았다.

와꾸 와꾸 잘 돌아라
핑핑 잘 돌아라

발전기 소음을 타고 이런 노래가 꺼졌다 살았다 하였다.


118

선비도 어느덧 그 노래에 맞추어,

와꾸 와꾸 잘 돌아라
핑핑 잘 돌아라
네가 잘 돌면 상금
네가 못 돌면 벌금

겨우 이렇게 입속으로 부른 선비는 눈등이 뜨거워지며 눈물이 주르
르 흘러내렸다. 괴롬을 잊기 위한 이 노래! 일에 재미를 붙이기 위한 이
노래도 선비에게 있어서는 아무런 효과를 내지 못했다. 활활 다는 가마
속에 그의 몸뚱이를 넣고 달달 볶는 것 같았다. 목이 타고 가슴이 울렁
거리고 코 안이 달고 눈알이 뜨거웠다. 그는 맘대로 하면 이 자리에 칵
엎어져서 몇 분 동안이나마 쉬었으면 이 아픈 것이 좀 나을 것 같았다.
선비는 지나는 감독의 구두 소리를 들으며 몸이 아파서 오늘은 일을 못
하겠어요 하고 몇 번이나 말을 하렸으나 입이 꽉 붙고 떨어지지 않았
다. 어딘지 전날에도 선비는 감독들만 대하면 이렇게 입이 굳어졌는데
더구나 몸이 아프니 말할 것도 없었다.

선비는 이제야 자기의 병이 심상하지 않음을 알았다. 그리고 기침할
때마다 침에 섞여 나오는 붉은 실같은 피도 더욱 더욱 관심되었다. 내
일은 병원에를 가야지! 꼭 가야지! 하였다. 그리고 예금통장에 적혀 있
는 돈 액수를 회계하여 보았다. 선비가 이 공장에 들어온 지가 벌써 거
의 일 년이 되어온다. 그 동안 식비 제하고 그리고 구두 값으로, 일용품
값으로 제하고 겨우 삼 원 오십 전 가량 남아 있다. 이제 그것으로 병원
에까지 가면 도리어 빚을 지게 될 것이다. 무슨 병이기에 삼 원씩이나
들까? 그저 극상해야 한 일 원어치 약 먹었으면 낫겠지? 하였다.

그는 저편 벽에 걸린 커단 괘종시계를 바라보았다. 새로 두시 십분을
가리키고 있다. 선비는 그의 다는 가슴에나마 한줄기의 희망과 기쁨을
느끼고 있었다.

실이 끊어져 너풀거리므로 선비는 얼른 실끝을 이으며 감독의 눈에 띄지 않았는가 하여 머리를 들 때 앞이 아뜩해지며 쓰러지려 하였다. 그 바람에 그의 바른손이 가마물 속에 미끄러져 들어갔다.

그는,

"아!"

비명을 내어 얼른 손을 챘다. 그때 손은 이미 뜨거운 물에 담기었었으니 아픈지 어떤지 분명하지 않았으나 이윽고 손과 팔이 저리고 쓰리어서 죽을 지경이었다.

"어데 몹시 닿았수?"

선비는 머리를 들고 바라보았다. 그 순간에 자기에게 말을 던진 것이 고치통을 들고 온 남직공이라는 것을 알자 첫째의 그 얼굴이 획 떠오른다. 선비는 눈물을 뚝뚝 흘리며 머리를 돌렸다. 남직공은 멍하니 섰다가 돌아간다. 전 같으면 부끄럼이 앞을 가리었을 터이나 오늘은 온몸이 아프고 팔목까지 데었으니 그런지 부끄럼도 아무것도 모르겠고 그저 남직공에게 무엇인가 호소하고 싶은 충동을 강하게 느끼었다. 그리고 그가 첫째라면 선비는 서슴지 않고 그의 몸에 피로해진 자신의 몸뚱이를 맡기고 싶었다. 선비는 못견디게 쓰린 팔목을 혀끝으로 핥으며, 돌아가는 남직공을 흘금 바라보았다. 눈물이 앞을 가리어 그의 얼굴이 희미하게 보인다. 선비는 아무래도 이밤을 새워 일할 것 같지가 않았다. 그는 시계를 바라보면서 감독이 이리로 오면 말하겠다 하고 생각하였다.

멀리 서 있는 감독이 그림자같이 눈앞에 희미하게 어른거리므로 그는 정신을 바짝 차리었다. 그때 감독이 그의 앞을 지나치는 듯하여 그는 입을 떼려 하였다. 그 순간 기침이 칵 나오며 가슴에서 가래가 끊어 올라오므로 그는 얼핏 입에 손을 대었다. 기침이 뒤를 이어 자꾸 나오려 하는 것을 참으려고 애를 쓸 때 마침내 그의 입에 댄 다섯 손가락 새로 붉은 피가 주르르 흐르며 선비는 그만 그 자리에 쓰러지고 말았다.

119

어떤 토굴 속 같은 방안에 첫째는 우두커니 앉아 있었다.

매일같이 노동하던 그가 이렇게 우두커니 앉아 있으려니 이이상 더 안타까운 괴롬은 또 없을 것 같았다. 그러나 숨지 않으면 안될 형편이므로 동무들이 전전 푼푼 갖다 주는 것을 가지고 요새 이렇게 들어앉고만 있었던 것이다.

잡생각이라고는 해본 적이 없는 그도 하루 종일 하는 일이 없으니 별의별 생각이 다 일어나곤 하였다. 그는 요새 신철이를 몹시 생각하였다 철수를 통하여 신철의 소식을 가끔 들으나 언제나 시원치 않은 소식이었다. 어서 빨리 나가서 다시 손에 손을 마주 잡고 전날과 같이 일을 했으면 좋을 터인데…… 여기까지 생각한 첫째는 월미도를 향하여 가던 긴 행렬을 다시금 눈앞에 그려보았다. 그리고 선비의 놀라던 모양이 문득 생각난다. 참말 선비였던가? 그가 참말 선비라면 어느 때든지 만나 볼 것 같았다 그때 그는 어젯밤 철수에게로 나왔을 대동방적공장의 보고를 듣고 싶은 생각이 부쩍 났다. 그리고 속이 달아 못 견디겠으므로 밖으로 나왔다.

그가 철수의 집까지 오니 마침 철수는 집에 있었다. 철수는 소리를 낮추어,

"서울서 어떤 동무 편에 신철의 소식을 알았소……"

첫째는 머리를 번쩍 들었다. 그리고 그 커다란 눈을 둥그렇게 떴다.

"불기소가 되어서 나왔대우…… 이유는 사상 전환이라우."

"전환?……"

첫째도 무의식간에 그의 말을 받고 나서 이 말을 믿어야 할까? 믿지

않아야 옳을까? 갈피를 잡을 수가 없었다. 그리고 갑자기 뭐라고 형용할 수 없는 힘이 그의 가슴을 딱 채우고 말았다. 철수는 첫째의 낙심하는 모양을 살피고,

"동무! 신철이가 전향했다는 것이 그리 놀랄 것은 아닙니다. 소위 지식계급이란 그렇지요. 신철이는 나오자 M국에 취직하고 더욱돈 많은 계집을 얻고 했다우."

"취직하고…… 돈 많은 계집을 얻구……." 이 새로운 말에 첫째는 무엇인가 번개같이 그의 머리를 찔러주는 것이 있었다. 그러나 무엇이라고 꼭 집어대어 철수와 같이 술술 지껄일수는 없었다.

그때 밖에서 신발소리가 벼락치듯 나더니 문이 홱 열리었다. 그들은 벌떡 일어났다.

## 120

그들은 뒷문 편으로 다가서며 바라보았다.

간난이였다. 철수는 나무라듯이 간난이를 보았다. 간난이는 숨이 차서 한참이나 머뭇머뭇하다가,

"지금…… 곧 와주셔야 하겠수, 네? 빨리……."

간난이는 겨우 이렇게 말하고 홱 돌아서 나가버렸다. 그들의 놀란 가슴은 아직도 벌렁거린다. 첫째는 간난이를 바라볼 때, 몹시 낯이 익어 보이는데도 얼핏 누구인지는 생각나지 않았다. 철수는 첫째를 돌아보았다.

"같이 갑시다……. 아마 죽어가는 모양이오!"

첫째는 철수의 눈치를 살피며 그의 뒤를 따라 밖으로 나왔다. 철수는 급하게 걸으며 앞뒤를 흘금흘금 돌아본 후에 가만히 말을 꺼냈다.

"어젯밤 대동방적공장에서 여성 동무 하나가 병으로 인하여 해고되었는데……."

그때 자전거가 휙 지나치자, 물고기 비린내가 훅 끼친다. 첫째는 물고기 장수를 눈결에 두고 철수의 말을 다시 한번 속으로 되풀이하여 보았다. 그때 그는 가슴이 묵직함을 느꼈다.

"병인즉은 폐병인데…… 후!"

철수는 그 조그만 눈을 쭉 찢어지게 뜨며 입술을 꾹 다물어 보인다. 그때 첫째는 멀리 수림 위로 보이는 대동방적공장의 연돌을 바라보았다. 여전히 시커먼 연기를 풀풀 토한다. 첫째는 선비도 그러한 병에나 걸리지 않았는지? 하였다.

그들이 간난이 집까지 왔을 때 간난이는 맞받아 나왔다. 그리고 입을 실룩거리며 무슨 말을 하기는 하나 음성이 탁 갈리어서 무슨 소리인지 알아들을 수가 없었다. 그들은 벌써 눈치를 채고 나는 듯이 방으로 뛰어들었다. 철수는 병자의 곁으로 와서 들여다보며 흔들었다.

"동무! 정신 좀 차리우, 동무!"

병자의 몸은 벌써 싸늘하게 식었으며 얼굴이 파랗게 되었다. 철수는 후 하고 한숨을 쉬고 첫째를 돌아보았다. 가슴을 졸이고 섰던 첫째가 한 걸음 다가서며 들여다보는 순간,

"선비!"

그도 모르게 그는 소리를 지르고 나서 우뚝 섰다. 그의 앞은 아뜩해지며 어떤 암흑한 낭 아래로 채여 떨어지는 것을 느꼈다. 그가 어려서부터 그리워하던 이 선비! 한번 만나보려니…… 하던 이 선비, 이 선비가 인젠 저렇게 죽지 않았는가! 찰나에 그의 머리에는 아까 철수에게서 들었던 말이 번개같이 떠오른다. "돈 많은 계집을 얻구, 취직을 하구……." 그렇다! 신철이는 그만한 여유가 있었다! 그 여유가 그로하여금 전향을 하게 한 게다. 그러나 자신은 어떤가? 과거와 같이, 그리고 눈앞에 나타나는 현재와 같이 아무런 여유도 없지 않은가! 그러나 신철이는 길이 많다. 신철이와 나와 다른것이란 여기 있었구나!

이렇게 생각한 첫째는 눈을 부릅뜨고 선비를 바라보았다. 어려서부터 그렇게 사모하던 저 선비! 아내로 맞아 아들딸 낳고 살아보려던 선비! 한번 만나 이야기도 못 해본 그가 결국은 시체가 되어 바로 눈앞에 놓이지 않았는가!

이제야 죽은 선비를 옜다 받아라! 하고 던져주지 않는가.

여기까지 생각한 첫째의 눈에서는 불덩이가 펄펄 나는 듯하였다.

그리고 불불 떨었다. 이렇게 무섭게 첫째 앞에 나타나 보이는 선비의 시체는 차츰 시커먼 뭉치가 되어 그의 앞에 칵 가로질리는 것을 그는 눈이 뚫어져라 하고 바라보았다.

이 시커먼 뭉치! 이 뭉치는 점점 크게 확대되어 가지고 그의 앞을 캄캄하게 하였다. 아니, 인간이 걸어가는 앞길에 가로질리는 이 뭉치… 시커먼 뭉치, 이 뭉치야말로 인간 문제가 아니고 무엇일까?

이 인간 문제! 무엇보다도 이 문제를 해결하지 않으면 안될 것이다. 인간은 이 문제를 위하여 몇 천만년을 두고 싸워왔다. 그러나 아직 이 문제는 풀리지 않고 있지 않은가! 그러면 앞으로 이 당면한 큰 문제를 풀어나갈 인간이 누굴까?

— 《동아일보》(1934. 8. 1~12. 22).

# 소금

## 1. 농가

용정서 팡둥(中國人地主)이 왔다고 기별이 오므로 남편은 벽에 걸어두
고 아끼던 수목두루마기를 꺼내 입고 문밖을 나갔다. 봉식 어머니는 어
쩐지 불안을 금치 못하여 문을 열고 바쁘게 가는 남편의 뒷모양을 물끄
러미 바라보았다. 참말 팡둥이 왔을까? 혹은 자×단들이 또 돈을 달라
려고 거짓 팡둥이 왔다고 하여 남편을 데려가지 않는가? 하며 그는 울
고 싶었다. 동시에 그들의 성화를 날마다 받으면서도 불평 한 마디 토
하지 못하고 터들터들 애쓰는 남편이 끝없이 불쌍하고도 가엾어 보였
다. 지금도 저렇게 가고 있지 않은가! 그는 한숨을 푹 쉬며 없는 사람
은 내고 남이고 모두 죽어야 그 고생을 면할 게야, 별수가 있나, 그저
죽어야 해, 하고 탄식하였다. 그리고 무심히 그는 벽을 긁고 있는 그
의 손톱을 발견하였다. 보기 싫게 길리인 그의 손톱을 한참이나 바라
보는 그는 사람의 목숨이란 끊기 쉬운 반면에 역시 끊기 어려운 것이
라 하였다.

그들이 바가지 몇 짝을 달고 고향서 떠날 때는 마치 끝도 없는 망망
한 바다를 향하여 죽음의 길을 떠나는 듯 뭐라고 형용하여 아픈 가슴을

설명 할 수 없었다.  그러나 불행 중 다행으로 이곳까지 와서 어떤 중국인의 땅을 얻어가지고 농사를 짓게 되었으나 중국군대인 보위단들에게 날마다 위협을 당하여 죽지 못해서 그날그날을 살아가곤 하였다. 그러기에 그들은 아침 일어나는 길로 하늘을 향하여 오늘 무사히 보내기를 빌었다.

보위단들은 그들의 받는 바 월급만으로 살 수가 없으니 농촌으로 돌아다니며 한번 두 번 빼앗기 시작한 것이 지금에 와서는 으레 할 것으로 알고 아무 주저없이 백주에도 농민을 위협하여 빼앗곤 하였다.  그 동안 이어 나타난 것이 공산당이었으니, 그 후로 지주와 보위단들은 무서워서 전부 도시로 몰리고, 간혹 농촌으로 순회를 한다 하더라도 공산당이 있는 구역에는 감히 들어오지를 못하게 되었다.   그러나 시국이 바뀌며 공산당이 쫓기어 들어가면서부터 자×단들이 나타나게 된 것이었다.

그는 그의 손톱을 바라보며 몇 번이나 보위단들에게 죽을뻔 하던 것을 생각하며 그나마 오늘까지 목숨이 붙어 있는 것이 기적같이 생각되었다.  그리고 남편을 찾았을 때 벌써 남편의 모양은 보이지 않았다. 그는 멀리 토담 위에 휘날리는 깃발을 바라보며 남편이 이젠 건너마을까지 갔는가 하였다. 그리고 잠깐 잊었던 불안이 또다시 가슴에 답답하도록 치민다. 남편의 말을 들으니 자×단들에게 무는 돈은 다 물었다는데 참말 팔둥이 왔는지 모르지, 지금이 씨 뿌릴 때니 아마 왔을 게야, 그러면 오늘 봉식이는 팔둥을 보지 못하겠지, 농량도 못 가져오겠구먼 하며 다시금 토담을 바라보았다. 저 토담은 남편과 기타 농민들이 거의 일년이나 두고 쌓은 것이다. 마치 고향서 보던 성같이 보였다. 그는 토담을 볼 때 마다 지금으로부터 사 오 년 전 그 어느 날 밤 일이 문득문득 생각키웠다.

그날 밤 한밤중에 총소리와 함께 사면에서 아우성 소리가 요란스러이 났다. 그들은 얼핏 아궁이 앞에 비밀히 파놓은 움에 들어가서 며칠 후에야 나와보니 팡둥은 도망가고 기타 몇몇 식구는 무참히도 죽었다. 그 후로부터 팡둥은 용정에다 집을 사고 다시 장가를 들고 아들딸을 낳아서 지금은 예전과 조금도 차이가 없이 살았던 것이다.

팡둥이 용정으로 쫓기어 들어간 후에 저 집은 자×단들의 소유가 되었다. 그래서 저렇게 기를 꽂고 문에는 파수병이 서 있었다.

그는 눈을 옮겨 저 앞을 바라보았다. 그 넓은 들에 햇빛이 가득하다. 그리고 조겨 같은 새무리들이 그 푸른 하늘을 건너질러 펄펄 날고 있다. 우리도 언제나 저기다 땅을 가져보나 하고 그는 무의식간에 탄식하였다. 그리고 그나마 간도 온 지 십여 년 만에 내 땅이라고 몫을 짓게 된 붉은 산을 보았다. 저것은 아주 험악한 산이었는데 그들이 짬짬이 화전을 일구어서 이젠 밭이 되었다. 그러나 아직도 완전한 곡식은 심어보지 못하고 해마다 감자를 심곤 하였다.

올해는 저기다 조를 갈아볼까, 그리고 가녘으로는 약간 수수도 갈고……. 그때 그의 머리에는 뜻하지 않은 고향이 문득 떠오른다. 무릎을 스치는 다방솔밭 옆에 가졌던 그의 밭! 눈에 흙들기 전에야 어찌 차마 그밭을 잊으랴! 아무것을 심어도 잘되던 그 밭! 죽일 놈! 장죽을 물고 그 밭머리에 나타나는 참봉 영감을 눈앞에 그리며 그는 이렇게 중얼거렸다. 그리고 가슴이 울렁거리며 손발이 가늘게 떨리는 것을 깨달으며 그는 고향을 생각지 않으려고 눈을 썩썩 부비치고 정신을 바짝 차렸다. 그때 뜰 한구석에 쌓아둔 짚낟가리에서 조잘대는 참새소리를 요란스러이 들으며 우두커니 섰는 자신을 얼핏 발견하였다. 그는 곧 돌아섰다. 방안은 어지러우며 여기 일감이 나부터 손질하시오 하는 것 같았다. 그는 분주히 비를 들고 방을 쓸어내었다. 그리고 군데군데 뚫어진 갈자리 구멍을 손끝으로 어루만지며 '잘살아야 할 터인데, 그놈 그 참봉 놈 보란듯이 우리도 잘살아야 할 터인데……' 하며 그의 눈에는 눈물이 글썽글썽해졌다. 아무리 마음만은 지독히 먹고 애를 써서 땅을 파나 웬일인지 자기들에게는 닥치느니 불행과 궁핍이었던 것이다. 필자가 무슨 놈의 팔자야, 하느님도 무심하지 누구는 그런 복을 주고 누구는 이런 고생을 시키고…… 이렇게 생각하며 그는 방안을 구석구석이 쓸었다. 그리고 비 끝에 채어 대구르르 대구르르 굴러다니는 감자를 주워 바가지에 담으며 시렁을 손질하였다. 이곳 농가는 대개가 부엌과 방안이 통해 있으며 방 한구석에 솥을 걸었다. 그리고 그 옆에 시렁을 매곤 하였다. 그가 처음 이곳에 와서는 무엇보다도 방안이 맘에 안 들고 돼지 굴이나 소외양간같이 생각되었다. 그리고 어쩌다 손님이 오면 피해 앉을 곳도 없었다. 그러니 멍하니 낯선 손님과도 마주 앉지 않으면 안 되게 되었다. 그러나 시일이 차츰 지나니 낯선 남성 손님이 온다더라도 처음같이 그렇게 어색하지는 않았다. 그저 그렁저렁 지낼 만하였다. 그리고 반드시 부뚜막 앞에는 비밀 토굴을 파두는 것이다. 그랬다가 어디서 총소리가 나든지 개소리가 요란스레 나면 온 식구가 그 움속에 들어가서 며칠이든지 있곤 하였다. 그리고 옷이나 곡식도 이 움에다 넣고서 시재 입는 옷이나 먹을 양식을 조금씩 꺼내놓고 먹곤 하였다. 말할 것도 없이 보위단이며 마적단 등이 무서워서 이렇게 하곤 하였다.

시렁을 손질한 그는 바구미에 담아둔 팥을 고르기 시작하였다. 고요한 방안에 팥알소리만 재그럭 자르르 하고 났다. 팥알에서 팥알로 시선이 옮겨지는 그는 눈이 피곤해지며 참새소리가 한층 더 뚜렷이 들린다. 동시에 저 참새소리 같이 여러 가지 생각이 순서없이 생각났다. 내일이라도 파종을 하게 되면 아침 점심 저녁에 몇 말의 쌀을 가져야 할 것, 오늘 봉식이가 팡둥을 만나지 못해서 쌀을 못 가져올 것, 그러나 나무를 팔아서 사라고 한 찬감은 사오겠지…… 생각이 차츰 희미해지며 졸음이 꼬박꼬박 왔다. 그는 눈을 부비치고 문밖으로 나오다가 무심히 눈에 뜨인 것은 벽에 매달아둔 메주였다. "참 메주를 내놓아야겠다" 하며 바구미를 밖에 내놓고서 메주를 떼어서 문밖에 가지런히 내놓았다. 그리고 그는 비를 들고 메주의 먼지를 쓸어 내었다. 그는 하나하나의 메주덩이를 들어보며 간장이나 서너 동이 빼고, 고추장이나 한 단지 담그고…… 그러자면 소금이나 두어 말은 가져야지. 소금…… 하며 그는 무의식간 한숨을 푹 쉬었다. 그리고 또다시 고향을 그리며 멍하니 앉아 있었다. 고향서는 소금으로 이를 다 닦았건만…… 다리는 데도 소금 한 줌이면 후련하게 내려 갔는데하였다. 그가 고향에 있을 때는 하도 없는 것이 많으니까 소금 같은 데는 생각이 미치지 못하였는지는 모르나 어쨌든 이곳 온 후부터는 그는 소금 때문에 남몰래 운 적이 한두 번이 아니었다. 소금 한 말에 이원 이십전! 농가에서는 단번에 한 말을 사보지 못한다. 그러니 한근 두근, 극상 많이 산대야 사오 근에 지나지 못한다. 그러므로 장 같은 것도 단번에 담그지를 못하고 소금 생기는 대로 담그다가도 어떤 때는 메주만 썩여서 장이라고 먹곤 하였다. 장이 싱거우니 온갖 찬이 싱거웠다.

깨니때가 되면 그는 남편의 얼굴부터 살피게 되고 어쩐지 맘이 송구하였다. 남편은 입 밖에 말은 내지 않으나 번번히 얼굴을 찡그리고 밥숟이 차츰 느려지다가 맥없이 술을 놓곤 하는 때가 종종 있었다. 이 모양을 바라보는 그는 입안의 밥알이 갑자기 돌로 변하는 것을 느끼며 슬며시 술을 놓고 돌아앉았다. 그리고 해종일 들에서 일하다가 들어온 남편에게 등허리에 땀이 훈훈하게 나도록 훌훌 마시게 국물을 만들어놓지 못한 자기! 과연 자기를 아내라고 할 것일까?

어떤 때 남편은 식욕을 충동시키고자하여 고춧가루를 한술씩 떠 넣었다. 그리고는 매워서 눈이 뻘개지고 이맛가에서는 주먹 같은 땀방울이 맺히곤 하였다. "고춧가루는 왜 그리 잡수셔요" 하고 그는 입이 벌려지다가 가슴이 무뚝해지며 그만 입이 다물어지고 말았다. 동시에 음식을 맡아 만드는 자기, 아아 어떻게 해야 좋을까?

이러한 생각을 되풀이하는 그는 한숨을 땅이 꺼지도록 쉬며 오늘 저녁에는 무슨 찬을 만드나, 하고 메주를 다시금 굽어보았다. 그때 신발소리가 자박자박 나므로 그는 머리를 들었다.  학교에 갔던 봉염이가 책보를 들고 이리로 온다.

"왜 책보 가지고 오니?"

"오늘 반공일이어 메주 내 놨네."

봉염이는 생글생글 웃으며 메주를 들어 맡아보았다.

"아버지 가신 것 보았니?"

"응. 정, 팡둥이 왔더라. 어머이."

"팡둥이? 왔디?"

이때까지 그가 불안에 붙들려 있었다는 것을 느끼며 가볍게 한숨을 몰아쉬었다.

"어서 봤니?"

"팡둥이집에서…… 저 아버지랑 자×단들이랑 함께 앉아서 뭘하는지 모르겠더라."

약간 찌푸리는 봉염의 양미간으로부터 옮아오는 불안!

"팡둥도 같이 앉았디?"

봉염이는 머리를 끄덕이며 무슨 생각을 하고 또다시 생글생글 웃었다. 그리고 책보 속에서 달래를 꺼냈다.

"학교 뒷밭에가 달래가 어찌 많은지."

"한 끼 넉넉하구나."

대견한 듯이 그의 어머니는 달래를 만져보다가 그 중 큰놈으로 골라서 뿌리를 자르고 한꺼풀 벗긴 후에 먹었다.  봉염이도 달래를 먹으며,

"어머니, 나두 운동화 신으면……."

무의식 간에 봉염이는 이런 말을 하고도 어머니가 나무랄 것을 예상

하며 어머니를 바라보던 시선을 달래뿌리로 옮겼다. 달래뿌리와 뿌리 사이로 나타나는 운동화, 아까 용애가 운동화를 신고 참새같이 날뛰던 그 모양!

"쟤는 이따금 미친 수작을 잘해!"

그의 어머니는 코끝을 두어 번 비비치며 눈을 흘겼다. 봉염이는 달래가 흡사히 운동화로 변하는 것을 느끼며 어머니 말에 그의 조그만 가슴이 따가워왔다.

"어머이는 밤낮 미친 수작밖에 몰라!"

한참 후에 봉염이는 이렇게 종알거렸다. 그리고 용애의 운동화를 바라보고 또 몰래 만져보던 그 부러움이 어떤 불평으로 변하여지는 것을 그는 느꼈다. 그의 어머니는 봉염이를 똑바로 보았다.

"그래 네 말이 미친 수작이 아니냐, 공부도 겨우 시키는데, 운동화 운동화. 이애 이애, 너도 지금 같은 개화 세상에 났기에 그나마 공부도 하는 줄 알아라. 아 우리들 전에 자랄 때에야 뭘 어디가 물 긷고 베짜고 여름에는 김 매구 그래도 짚신이나마 어디 고운 것 신어본다디……. 어미 애비는 풀 속에 머리들을 밀고 애쓰는데 그런 줄을 모르고 운동화? 배나 곯지 않으면 다행으로 알아, 그런 수작하랴거든 학교에 가지 마라!"

"뭐 어머이가 학교에 보내우, 뭐."

봉염이는 가볍게 공포를 느끼면서도 가슴이 오싹하도록 반항하였다. 그리고 얼굴이 갑자기 화끈하므로 눈을 깜빡하였다.

"그래 너의 아버지가 보내면 난 그만두라고 못할까, 계집애가 왜 저 모양이야. 뭘좀 안다고 어미 대답만 톡톡하고, 이애 이놈의 계집애 어미가 무슨 말을 하면 잠잠하고 있는게 아니라 톡톡 무슨 아가리질이냐! 그래 네 수작이 옳으냐? 우리는 돈 없다……. 너 운동화 사줄 돈이 있으면 봉식이 공부를 더 시키겠다야."

봉염이는 분김에 달래만 자꾸 먹고나니 매워서 못 견딜 지경이다. 그리고 눈에는 약간의 눈물이 비쳤다.

"왜 돈없어요 왜 오빠 공부 못 시켜요!"

그 순간 봉염의 머리에는 선생님이 하던 말이 번개같이 떠오른다. 그리고 그의 가슴이 터질 듯이 끓어오르는 불평을 어머니에게 토할 것이 아님을 깨달았다. 그러나 아무것도 모르고 딸만 그르게 생각하고 덤비는 그의 어머니가 너무도 가엾었다. 그의 어머니는 하도 어이가 없어서 멍하니 봉염이를 바라보았다. 동시에 없으면 딴 남은 그만두고라도 제 속으로 나온 자식들한테 까지라도 저런 모욕을 받누나, 하는 노여운 생각이 들며 이때까지 가난에 들볶이던 불평이 눈등이 뜨겁도록 치밀어 올라온다.

"왜 돈 없는지 내가 아니. 우리 같은 거지들에게 왜 태어났니, 돈많은 사람들에게 태어나지. 자식! 흥 자식이 다 뭐야!"

어머니의 언짢아 하는 모양을 바라보는 봉염이는 작년 가을의 타작마당이 얼핏 떠오른다. 그때 여름내 농사지은 벼를 팡둥에게 전부 빼앗긴 그때의 어머니! 아버지! 지금 어머니의 얼굴빛은 그때와 꼭 같았다. 그리고 아무 반항할 줄 모르는 어머니와 아버지! 불쌍함이 지나쳐서 비굴하게 보이는 어머니!

"어머니, 왜 돈없는 것을 알아야 해요. 운동화는 왜 못사줘요 오빠는 왜 공부 못 시켜요!"

그는 이렇게 말해 가는 사이에 그가 운동화를 신고 싶어한 것이 잘못이 아니라는 것을 깨달았다. 그리고 무심하게 들어두었던 선생님의 말이 한 가지 두가지 무뚝무뚝 생각났다.

"이애 이년의 계집애. 왜 돈 없어. 밑천 없어 남의 땅 부치니 없지. 내 땅만 있으면……."

여기까지 말했을 때 그는 가슴이 뜨끔해지며 말문이 꾹 막혔다. 그리고 또다시 솔밭 옆에 가졌던 그 밭이 떠오르며 그는 눈물이 쑥 삐어졌다.  그리고 금방 그 밭을 대하는 듯 눈물 속에 그의 머리가 아룽아룽 보이는 듯, 보이는 듯하였다.

그때 가볍게 귓가를 스치는 총소리! 그들 모녀는 누이 둥그래서 일어났다.

짚낟가리 밑에서 졸던 검둥이가 어느덧 그들앞에 나타나 컹컹 짖었다.

## 2. 유랑流浪

그들은 마적단과 공산당을 번갈아 머리에 그리며 건너 마을을 바라보았다.  이 마을 저 마을에서 개 짖는 소리가 그들로 하여금 한층 더 불안을 갖게 하였다. 그리고 아까까지도 시원하던 바람이 무서움으로 변하여 그들의 옷가를 가볍게 스친다.

"이애, 너 아버지나 어서 오셨으면…… 왜 이러고 있누. 무엇이 온 것 같은데 어쩐단 말이."

봉염의 어머니는 거의 울상을 하고 가만히 서 있지를 못하였다. 총소리는 연달아 건너왔다.  그들은 무의식간에 방안으로 쫓기어 들어 왔다. 이제야말로 건너 마을에는 무엇이든지 온 것이 확실하였다. 그리고 몇몇의 사람까지도 총에 맞아 죽었으리라 하였다. 이렇게 생각하고 나니 봉염의 어머니는 속에서 불길이 화끈화끈 올라와서 견딜 수가 없었다. 그러면서도 감히 방문 밖에까지 나오지는 못하였다. 무엇들이 이리로 달려오는 것만 같았던 것이다.

"어쩌누? 어쩌누? 봉식이라도 어서 오지 않구."

그는 벌벌 떨면서 이렇게 중얼거렸다.  암만해도 남편이 무사할 것 같지 않았던 것이다.  더구나 팡둥과 같이 남편이 앉았다가 아까 그 총소리에 무슨 일을 만났을 것만 같았다.

"이애 너 아버지가 팡둥과 함께, 함께 앉았다? 보았니."

그는 목에 침기라고는 하나도 없고 가슴이 답답해 왔다. 봉염이도 풀풀 떨면서 말은 못하고 눈으로 어머니의 대답을 하였다. 그때 멀리서 신발소리 같은 것이 들려오므로 그들은 부엌 구석의 토굴로 뛰어들어가서 감자마대 뒤에 꼭 붙어 앉았다. 무엇들이 자기들을 죽이려고 이리오는 것만 같았다. 한참 후에,

"어머니!"

부르는 봉식의 음성에 그들은 겨우 정신을 차리고 마주 아우성을 치고도 얼른 밖으로 나오지를 못하였다. 그들이 움 밖에까지 나왔을 때 또다시 우뚝 섰다. 그것은 봉식이가 전신에 피투성이를 했으며 그 옆에 금방 내려뉘인 듯한 그의 아버지의 목에서는 선혈이 샘처럼 흘렀다. 그의 어머니는,

"아!"

소리를 지르고 그 자리에 팔싹 주저 앉았다. 그 다음 순간부터 그는 바보가 되어 멍하니 바라만 볼 뿐이었다. 봉식이는 어머니를 보며 안타까운 듯이,

"어머니는 왜 그러구만 있어요 어서 이리 와요."

봉염이가 곧 어머니의 팔을 붙들었으나 그는 일어나다가 도로 주저앉으며,

"너 아버지. 너 아버지."

하고 중얼거릴 뿐이었다.

그 밤이 거의 새어올 때에야 봉염이 어머니는 겨우 정신을 차리고 목을 내어 어이어이 하고 울었다.

"넌 어찌 아버지를 만났니. 그때는 살았더냐. 무슨 말을 하시디?"

봉식이는 입이 쓴 듯이 입맛만 쩍쩍 다시다가,

"살게 머유!"

대답을 기다리는 어머니의 모양이 난처하여 이렇게 소리치고 나서 한숨을 후 쉬었다. 그리고 항상 아버지가 팡둥과 자×단원들에게 고마이 구는 것이 어쩐지 위태위태한 겁을 먹었더니만 결국은 저렇게 되고야 말았구나 하였다. 아버지 생전에 이 문제를 가지고 부자가 서로 언쟁까지도 한 일이 있었으나 끝끝내 아버지는 자기의 뜻을 세웠다. 보다도 그의 입장이 그로 하여금 그렇게 하지 않고는 견디지 못하게 하였던 것이다.

아버지 생전에는 봉식이도 아버지를 그르다고 백 번 생각했지만 막상 아버지가 총에 맞아 넘어진 것을 용애 아버지에게 듣고 현장에 달려가서 보았을 때는 어쩐지 '너무들 한다!' 하는 분노와 함께 누가 그르고 옳은 것을 분간할 수가 없이 머리가 아뜩해지곤 하였다.

이튿날 아버지의 장례를 지낸 봉식이는 바람이나 쏘이고 오겠노라고 어디로인지 가버리고 말았다. 모녀는 봉식이가 오늘이나 내일이나 하고 돌아오기를 손꼽아 기다리나 그 봄이 다 지나도 돌아오기는 고사하고 소식조차 끊어지고 말았다. 그래서 그들은 기다리다 못해서 봉식이를 찾아서 떠났다. 월여를 두고 이리저리 찾아다니나 그들은 봉식이를 만나지 못하였다.  마침내 그들은 용정까지 왔다. 그것은 전에 봉식이가 "고학이라도 해서 나두 공부를 좀 해야지."하고 용정에 들어왔다 나올 때마다 투덜거리던 생각을 하여 행여나 어느 학교에나 다니지 않는가 하였던 것이다. 그러나 그들 모녀가 학교란 학교 뜰에는 다 가서 기웃거리나 봉식이 비슷한 학생조차 만나지 못하였다. 그들이 마지막으로 TH학교까지 가보고 돌아설 때 봉식이가 끝없이 원망스러운 반면에 죽지나 않았는지? 하는 불안에 발길이 보이지를 않았다. 더구나 이젠 어디로 가나? 어디 가서 몸을 담아있나? 오늘밤이라도 어디서 자나? 이것이 걱정이요, 근심이 되었다.

해가 거의 져갈 때 그들은 팡둥을 찾아갔다. 그들이 용정에 발길을 돌려놓을 때부터 팡둥을 생각하였다. 만일에 봉식이를 찾지 못하게 되면 팡둥이라도 만나서 사정하여 봉식이를 찾아달라고 하리라 하였던 것이다. 그들이 큰 대문을 둘이나 지나서 들어가니 마침 팡둥이 나왔다.

"왔소, 언제 왔소?"

팡둥은 눈을 크게 뜨고 반가운 뜻을 보이었다. 봉염이 어머니는 그의 반가워하는 눈치를 살피자 찾아온 목적을 절반 남아 성공한 듯하여 한숨을 남몰래 몰아쉬었다. 팡둥은 봉염의 머리를 내려쓸었다.

"그새 어디 갔어? 한 번 가서 없어서 섭섭했어."

"봉식이를 찾아 떠나서요. 봉식이가 어디 있을까요?"

봉염의 어머니는 가슴을 두근거리며 팡둥을 쳐다보았다.

"봉식이 만나지 못했어. 모르갔소."

팡둥은 알까 하여 맥없이 그의 입술을 쳐다보던 그는 머리를 숙였다. 팡둥은 그들 모녀를 데리고 방으로 들어갔다. 캉(炕)에 앉아 있는 팡둥의 아내인 듯한 나이 젊은 부인은 모녀와 팡둥을 번갈아 쳐다보며 의심스러운 눈치를 보이었다. 팡둥은 한참이나 모녀를 소개하니 그제야 팡둥 부인은,

"올라 앉아요."

하고 권하였다. 팡둥은 차를 따라 권하였다. 가벼운 찻내를 맡으며 모녀는 방안을 슬금슬금 돌아보았다. 방안은 시원하게 넓으며 캉이 좌우로 있었다. 캉 아래는 빛나는 돌로 깔리었으며 저편 창 앞에는 대리석으로 만든 테이블이 놓였고 그 위에는 검은 바탕에 오색 빛 나는 화병한 쌍을 중심으로 작고 큰 시계며, 유리단지에 유유히 뛰노는 금붕어 등, 기타 이름 모를 기구들이 테이블이 무겁도록 실리어 있다. 창 위 벽에는 팡둥의 사진을 비롯하여 가족들의 사진이며 약간 빛을 잃은 가화들이 어지럽게 꽂히었다. 그리고 테이블에서 뚝 떨어져 이편 벽에는 선굵은 불타의 그림이 조으는 듯하고 맞은편에는 문짝 같은 체경이 온 벽

을 차지했으며 창문 밖 저편으로는 화단이 눈가가 서늘하도록 푸르렀다.

그들은 어떤 별천지에 들어온 듯 정신이 얼얼하였다. 그리고 그들의 초라한 모양에 새삼스럽게 더 부끄러운 생각이 들며 맘놓고 숨쉬는 수도 없었다.

팡둥은 의자에 걸어앉으며 궐련을 붙여 물었다.

"여기 친척 있어?"

봉염의 어머니는 머리를 들었다.

"없어요."

이렇게 대답하는 그는 팡둥이 어째서 친척의 유무를 묻는 것임을 생각할 때 전신에 외로움이 훨씬 끼친다. 동시에 팡둥을 의지하려고 찾아온 자신이 얼마나 가엾은가를 느끼며 팡둥의 어깨너머로 보이는 화단을 물끄러미 바라보았다. 신록에 무르익은 저 화단! 그는 얼핏 밭에 조싹도 이젠 퍽이나 자랐겠구나! 김매기 바쁠 테지. 내가 웬일이야, 김도 안 매구 가을에는 뭘 먹구 사나 하는 걱정이 불쑥 일었다. 그리고 시선을 멀리 던졌을 때 티없이 맑게 개인 하늘이 마치 멀리 논물을 바라보는 듯 문득 그들의 부치던 논이 떠오른다. 논귀까지 가랑가랑하도록 올라온 그 논물! 벼포기도 퍽이나 자랐을 게다! 하며 다시 하늘을 쳐다보았을 때 그 하늘은 벼포기 사이를 헤치고 깔렸던 그 하늘이 아니었느냐! 그 사이로 털이 푸르르한 남편의 굵은 다리가 철버덕 철버덕 거닐지 않았느냐! 그는 가슴이 뜨끔해지며 다시 팡둥을 보았다. 남편을 오라고 하여 함께 앉았던 저 팡둥은 살아서 저렇게 있는데 그는 어찌하여 죽었는가 하며 이때껏 참았던 설움이 머리가 무겁도록 올라왔다.

"친척 없어. 어디 왔어?"

팡둥은 한참 후에 이렇게 채쳐 물었다. 목구멍까지 빼듯하게 올라온 억울함과 외로움이 팡둥의 말에 눈물로 변하여 술술 떨어진다. 그는 맥없이 머리를 떨어뜨리며 치맛귀를 쥐어다 눈물을 씻었다. 곁에 앉은 봉염이도 어머니를 보자 눈물이 글썽글썽 해졌다. 모녀를 바라보는 팡둥은 난처하였다. 지금 저들의 눈치를 보니 자기에게 무엇을 얻으러 왔거나 그렇지 않으면 자기 집을 바라고 온 것임을 시간이 지날수록 깨달았다. 그는 불쾌하였다. 저들을 오늘로라도 보내려면 돈이라도 몇 푼 집어줘야 할 것을 느끼며 당분간 집에서 일이나 시키며 두어둬 볼까? 하는 생각이 어렴풋이 들었다. 팡둥은 약간 웃음을 띠었다.

"친척 없어. 우리집 있어. 봉식이가 찾아왔어 갔어, 응."

팡둥의 입에서 떨어지는 아들의 이름을 들으니 그는 원망스러움과 그리움, 외로움이 한데 뭉치어 견딜 수가 없었다. 그리고 팡둥의 말과 같이 봉식이가 언제든지 나를 찾아오려나, 그렇지 않으면 제 아버지와 같이 어디서 어떤놈에게 죽임을 당해서 다시는 찾지 않으려나?' 하는 의문이 들며 흑흑 느껴 울었다.

그 후부터 모녀는 팡둥 집에서 일이나 해주고 그날그날을 살아갔다. 팡둥은 날이 갈수록 그들에게 친절하게 굴었다. 그리고 어떤 때는 밤이 오래도록 그들이 있는 방에 나와서 이런 이야기 저런 이야기를 하여주며 때로는 옷감이나 먹을 것 같은 것도 사다주었다. 그때마다 봉염의 어머니는 감격하여 밤 오래도록 잠들지 못하곤 하였다.

팡둥의 아내가 친정집에 다니러 간 그 이튿날 밤이다. 그는 팡둥의 아내가 말라놓고 간 팡둥의 속옷을 재봉침에 하였다. 팡둥의 아내가 언제올는지는 모르나 어쨌든 그가 오기 전에 말라놓은 일을 다해야 그가 돌아와서 만족해 할 것이다. 그러므로 그는 밤잠을 못자고 미싱을 돌렸다. 그는 이 집에 와서야 미싱을 배웠기 때문에 아직도 서툴렀다. 그래서 그는 바늘이 부러질세라, 기계에 고장이 생길세라 여간 조심이 되지를 않았다.

저편 팡둥 방에서 피리소리가 처량하게 들려왔다. 팡둥은 밤만 되면 저렇게 피리를 불거나 그렇지 않으면 깡깡이를 뜯었다. 깡깡이 소리는 시끄럽고 때로는 강아지가 문짝을 할퀴며 어미를 부르는 듯하게 차마 듣지 못할 만큼 귓가에 간지러웠다. 그러나 저 피리소리만은 그럴듯하게 들리었다.

일감을 밟고 씩씩하게 달려오는 바늘 끝을 바라보는 그는 한숨을 후 쉬며 "봉식아 너는 어째서 어미를 찾지 않느냐"하고 중얼거렸다. 그는 언제나 봉식이를 생각하였다. 낯선 사람이 이 집에 오는 것을 보면 행여 봉식의 소식을 전하려나 하여 그 사람이 돌아갈 때까지 주의를 게을리 하지 아니했다. 그러나 이렇게 기다리는 보람도 없이 그날도 그날같이 봉식의 소식은 막막하였다. 팡둥은 그들에게 고맙게 구나 팡둥의 아내는 종종 싫은 기색을 완연히 드러내었다. 그때마다 그는 봉식을 원망하고 그리워하며 운 적이 한두 번이 아니었다. 아무래도 장래까지는 이 집을 바라지 못할 일이요 어디로든지 가야 할 것을 그는 날이 갈수록 느꼈다. 그러나 마음만 초조할 뿐이요 어떻게 하는 수는 없었다. 그는 이러한 생각을 되풀이하며 팡둥의 아내가 없는 사이 팡둥보고 집세나 하나 얻어 달라고 해볼까? 하며 피리를 불고 앉았을 팡둥의 뚱뚱한 얼굴을 그려보았다. 그러니 어찌 그런 말을 해, 집세를 얻더라도 무슨 그릇들이 있어야지. 아무것도 없이 살림을 어떻게 하누 하며 등불을 물끄러미 바라보았다.

어느덧 피리소리도 그치고 사방은 고요하였다. 오직 들리느니 잠든 봉염의 그윽한 숨소리뿐이다. 그는 등불을 후비싸고 악을 쓰고 날아드는 하루살이떼를 보며 문득 남편의 짧았던 일생을 회상하였다. 그렇게 살고 말 것을 반찬 한번 맛있게 못 해주었지. 고춧가루만 땀이 나도록 먹구, 참…… 여기는 왜 소금 값이 그리 비쌀까? 그래도 이 집은 소금을 흔하게 쓰두먼. 그게야 돈 많으니 자꾸 사오니까 그렇겠지. 돈? 돈만 있으면 뭐든지 다 할 수가 있구나. 그 비싼 소금도 맘대로 살수가 있는 돈. 그돈을 어째서 우리는 모으지 못했는가 하였다.

그때 신발소리가 자박자박 나더니 문이 덜그럭 열린다.그는 놀라 휘끈 돌아보았다. 검은 바지에 흰 적삼을 입은 팡둥이 빙그레 웃으며 들어온다. 그는 얼른 일어나며 일감을 한 손에 들었다.

"앉아서! 일만 했어?"

팡둥의 시선은 그의 얼굴로부터 일감으로 옮긴다. 그는 등불 곁으로 다가앉으며 팡둥보고 이말을 할까 말까? 집세 하나 얻어주시오 하고 금방 입술 사이로 흘러나오는 것을 참으며 팡둥의 기색을 흘끔 살피었다.

"누구 옷이야? 내 해야?"

팡둥은 일감 한끝을 쥐어보다가,

"내 해야…… 배고프지 않아? 우리 방에 나가 찻물도 먹고 과자도 먹구, 응. 나갔어."

일감을 잡아당긴다. 그는 전 같으면 얼른 팡둥의 뒤를 따라 나갈 터이나 팡둥의 아내가 없는 것만큼 주저가 되었다.

"배고프지 않아요."

이렇게 말하는 그는 웬일인지 눈썹 끝에 부끄럼이 사르르 지나친다.

팡둥은 일감을 휙 빼앗았다.

"가, 응. 자, 어서 어서."

그는 일감을 바라보며 어째야 좋을지 몰랐다. 그리고 이 기회를 타서 집세를 얻어달라고 할까말까, 할까…….

"안 가?"

팡둥은 일어서며 아까와는 달리 언성을 높인다. 그는 가슴이 선뜻해서 얼른 일어났다. 그러나 비쭉비쭉 나가는 팡둥의 살찐 뒷덜미를 보았을 때 싫은 생각이 부쩍 들었다. 그리고 발길이 떨어지지를 않았다. 문밖을 나가던 팡둥은 휘끈 돌아보았다. 그 얼굴은 무어라고 형용할 수 없는 무서움을 띠었다. 그는 맥없이 캉을 내려섰다. 그리고 잠든 봉염이를 바라보았을 때 소리쳐 울고 싶도록 가슴이 답답하였다.

## 3. 해산

이듬해 늦은 봄 어느 날 석양이다. 봉염이 어머니는 바느질을 하다가
두 눈을 비비치며 방문을 바라보았다. 빨간 문 위에 처마끝 그림자가
뚜렷하다. 오늘은 팡둥이 오려나, 대체 어딜 가서 그리 오래 있을까?
그는 또다시 생각하였다. 팡둥의 아내만 대하면 그는 묻고 싶은 것이
이 말이었다. 그러나 언제든지 새초롬해서 있는 그의 기색을 살피다가
는 그만 하려던 말을 줄이치고 말았다. 그리고 이렇게 석양이 되면 오
늘이나 오려나? 하고 가슴을 졸였다. 팡둥이 온대야 그에게 그리 기쁠
것도 없지만 어쩐지 그는 팡둥이 기다려지고 그리웠다. 오면 좋으련
만…… 이번에는 꼭 말을 해야지. 무어라구? 그 다음 말은 생각나지 않
고 두 귀가 화끈단다. 어떻거나, 그도 짐작이나 할까? 하기는 뭘해. 남
정들이 그러니 그렇게 내게 하리……. 그는 팡둥의 얼굴을 머리에 그리
며 원망스러운 듯이 바라보았다.

그날밤 후로는 팡둥의 태도가 아무리 좋게 해석해도 냉랭해진 것만
같았다. 처음에는 점잖으신 어른이고 더구나 성미 까다로운 아내가 곁
에 있으니 저러나부다 하였으나 시일이 지날수록 원망스러움이 약간
머리를 들었다. 반면에 끝없는 정이 보이지 않는 줄을 타고 팡둥에게로
자꾸 쏠리는 것을 그는 느꼈다. 그는 한숨을 쉬며 이맛가에 흐르는 땀
을 씻었다. 언제나 자기도 팡둥을 대하여 주저없이 말도 건네고 사랑
을 받아볼까? 생각만이라도 그는 진저리가 나도록 좋았다. 그러나 자
기 주위를 둘러싸고 있는 모든 환경을 깨닫자 그는 울고 싶었다. 그리
고 팡둥의 아내가 끝없이 부러웠다. 그는 시름없이 머리를 숙이며 원수
로 애는 왜 배었는지 하며 일감을 들었다. 바늘끝에서 떠오르는 그날

밤. 그날밤의 팡둥은 성난 호랑이같이도 자기에게 덤벼들지 않았던가. 자기는 너무 무섭고도 두려워서 방안이 캄캄하도록 늘인 비단 포장을 붙들고 죽기로써 반항하다가도 못 이겨서 애를 배게 되지 않았던가, 생각하면 자기의 죄 같지는 않았다. 그런데 왜 자기는 선뜻 팡둥에게 이 말을 하지 못하는가. 그리고 그렇게 먹고 싶은 냉면도 못 먹고 이때까지 참아왔던가. 모두가 자기의 못난 탓인 것 같다. 왜 말을 못해, 왜 주저해. 이번에는 말할 테야. 꼭 할 테야. 그리고 냉면도 한 그릇 사다달라지 하며 그는 눈앞에 냉면을 그리며 침을 꿀떡 삼켰다. 그러나 이 생각은 헛된 공상임을 깨달으며 한숨을 푸 쉬면서도 픽하고 웃음이 나왔다. 모든 난문제가 산과 같이 자기를 둘러싸고 있거늘 어린애같이 먹고 싶은 생각부터 하는 자신이 우습고도 가련해 보였던 것이다. 그러나 먹고 싶은 것은 어쩔 수 없다. 목이 가렵도록 먹고 싶다. 냉면만 생각하면 한참씩은 안절부절할 노릇이다.

그가 뱃속에 애든 것을 알게 되었을 때 유산시키려고 별 짓을 다하여 보았다. 배를 쥐어박아도 보고 일부러 캭 넘어지기도 하며 벽에다 배를 탕탕 부딪쳐도 보았다. 그러고도 유산이 되지를 않아서 나중에는 양잿물을 마시려고 캄캄한 밤중에 그 몇 번이나 일어 앉았던가. 그러면서도 그 순간까지도 냉면은 먹고 싶었다. 누가 곁에다 감추고서 주지 않는 것만 같았다. 그렇게 먹고 싶은 냉면을 못 먹어보고 죽는다는 것은 너무나 애달픈 일이다. 더구나 봉염이를 생각하고는 그만 양잿물 그릇을 쏟고 말았던 것이다.

삭수가 차올수록 그는 어쩔 줄을 몰랐다. 우선 남의 눈에 들키지나 않으려고 끈으로 배를 꼭꼭 동이고 밥도 한두 끼니는 예사로 굶었다. 그리고 될 수 있는 대로 사람을 피하여 이렇게 혼자 일을 하곤 하였다.

그때 지르릉 하는 이십오세소리에 그는 머리를 번쩍 들었다. 팡둥 방에서 뛰어나가는 신발소리가 나더니 바바! 바바! 하고 팡둥의 어린애들이 떠드는 소리가 들린다. 그는 왔구나! 하였다. 따라서 가슴이 후다닥 뛰며 뱃속의 애까지 빙빙 돌아간다. 그는 치마 주름이 들썩들썩 하는 것을 보자 배를 꾹 눌렀다. 신발소리가 이리로 오므로 그는 얼른 일어났다. 그리고 팡둥이 혹시 나를 보러오는가 하였다.

"어머니, 팡둥 왔어. 그런데 팡둥이 어머이를 오래."

봉염이는 문을 열고 들여다본다. 그는 팡둥이 아님에 다소 실망을 하면서도 안심되었다. 그러나 팡둥이 자기를 보겠다고 오라는 말을 들으니 부끄럼이 확 끼치며 알 수 없는 겁이 더럭 났다. 그리고 말을 할 수 없이 입이 다물어지며 손발이 후둘후둘 떨린다.

"어머니, 어디 아파?"

봉염이는 중국 계집애같이 앞머리카락을 보기 좋게 잘랐다. 그는 머리카락 사이로 눈을 동그랗게 뜨고 어머니를 말뚱히 쳐다본다. 그는 딸에게 눈치를 보이지 않으려고 머리를 돌리며,

"아니."

봉염이는 한참이나 무슨생각을 하더니,

"어머니, 팡둥이 성난 것 같아 왜."

"왜, 어쩌더냐?"

"아니 글쎄 말야."

봉염이는 솔가에서 닳아져서 보기 싫게된 그의 손톱을 들여다보면서 아까 팡둥의 얼굴을 생각하였다. 그때 팡둥의 아내 소리가 빽 하고 났다.

"뭣들 하기 그러고 있어. 어서 오라는데."

심상치 않은 그의 언성에 그들은 일시에 불길한 예감을 품으면서 팡둥 방으로 왔다. 팡둥은 어린애를 좌우로 안고서 모녀를 바라보았다. 그리고 잠깐 눈살을 찌푸리며 눈을 거칠게 뜬다. 팡둥의 아내는 입을 비쭉하였다.

"흥, 자식을 얼마나 잘 두었기에 애비 원수인 공산당에 들었을까. 그

런 것들은 열 번 죽여도 좋아……. 우리는 공산당 친척은 안돼. 공산당과는 우리는 원수야. 오늘부터는 우리집에 못 있어. 나가야지."

모녀를 딱 쏘아본다. 모녀는 갑자기 무슨 말인지를 알아들을 수가 없었다. 그리고 머리가 어쩔쩔해 왔다.

"이번 쟝궤듸가 국자가 가서 네 오빠 죽이는 것을 보았단다."

모녀는 어떤 쇠방망이로 머리를 사정없이 후려치는 듯 아뜩하였다. 한참 후에 봉염의 어머니는 팡둥을 바라보았다. 팡둥은 그의 시선을 피하여 어린애를 보면서도 그 말이 옳다는 뜻을 보이었다. 그는 한층 더 아찔하였다. 그 애가 참말인가, 하고 그는 속으로 부르짖었다.

"어서 나가! 만주국에서는 공산당을 죽이니깐."

팡둥의 아내는 귀걸이를 흔들면서 모녀를 밀어내었다. 모녀는 암만 그들이 그래도 그 말이 참말 같지 않았다. 그리고 속 시원히 팡둥이가 말을 해주었으면 하였다. 팡둥은 그들을 바라보자 곧 불쾌하였다. 그날 밤 그의 만족을 채운 그 순간부터 어쩐지 발길로 그의 엉덩이를 냅다 차고싶게 미운 것을 느꼈다. 그 다음부터 그는 봉염의 어머니와 마주 서기를 싫어하였다. 그러나 살림에 서투른 젊은 아내를 둔 그는 그들을 내보내면 아무래도 식모든지 착실한 일꾼이든지를 두어야겠으니 그러자면 먹여주고도 돈을 주어야 할 터이므로 오늘 내일하고 이때까지 참아왔던 것이다. 보담도 내보낼 구실 얻기가 거북하였던 것이다.

그러던 차에 이번 국자가에서 봉식이 죽는 것을 보고서는 곧 결정하였다. 무엇보다도 공산당의 가족이니 만큼 경비대원들이 나중에라도 알면 자신에게 후환이 미칠까 하는 생각이었고 또 하나는 자기가 극도로 공산당을 미워하느니 만큼 공산당이라는 말만 들어도 소름이 끼쳐서 못견디었던 것이다.

아내에게 밀리어 문밖으로 나가는 모녀를 바라보는 팡둥은 봉식의 죽던 광경이 다시 떠오른다.

친구와 교외에 나갔다가 공산당을 죽인다는 바람에 여러 사람의 뒤를 따라가서 들여다보니 벌써 십여 명의 공산당을 죽이고 꼭 하나가 남아 있었다. 그는 좀더 빨리 왔더면 하고 후회하면서 사람들의 틈을 뻐기고 들어갔다. 마침 경비대에게 끌리어 한가운데로 나앉은 공산당은 봉식이가 아니었느냐! 그는 자기 눈을 의심하고 몇 번이나 눈을 비비친 후에 보았으나 똑똑한 봉식이었다. 전보다 얼굴이 검어지고 거칠게 보이나마 봉식이었다. 그는 기침을 칵 하며 봉식이가 들으리 만큼 욕을 하였다. 그리고 행여 봉식이가 돈을 벌어가지고 어미를 찾아오면 자기의 생색도 나고 다소 생각함이 있으리라고 하였던 것이 절망이 되었다.

누런 군복을 입은 경비대원 한 사람은 시퍼런 칼날에 물을 드르르 부었다. 그러니 물방울이 진주같이 흐른 후에 칼날은 무서우리만큼 빛났다. 경비대원은 칼날을 들여다보며 심뻑 웃는다. 그리고 봉식이를 바라보았다. 봉식이는 얼굴이 새하얗게 질리고도 기운 있게 버티고 있었다. 그리고 입모습에는 비웃음을 가득히 띠고 있다. 팡둥은 그 웃음이 여간 불쾌하지 않았다. 그리고 어느 때인가 공산당에게 위협을 당하던 그 순간을 얼핏 연상하며 봉식이가 확실히 공산당이라는 것을 의심하지 않았다. 그러자 칼날이 번쩍할 때 봉식이는 소리를 버럭 지른다. 어느새 머리는 땅에 떨어지고 선혈이 쏴 하고 공중으로 뻗칠 때 사람들은 냉수를 잔등에 느끼고 흠칫 물러섰다.

생각만이라도 팡둥은 소름이 끼치어서 어린애를 꼭 껴안으며 어서 모녀가 눈에 보이지 않기를 바랐다. 모녀는 문밖에까지 밀리어 나오고도 팡둥이가 따라나오며 말리려니 하였다. 그러나 그들이 보따리를 가지고 대문을 향할 때까지 팡둥은 가만히 있었다. 봉염의 어머니는 노염이 치받치어 획 돌아서서 유리창을 통하여 바라보이는 팡둥의 뒷덜미를 노려 보았다. 미친 듯이 자기를 향하여 덤벼들던 저 팡둥이, 그가 무어라고 소리를 지르려고 할 때 팡둥의 아내와 웬 알지 못할 사나이가 그를 돌려세우며 그들을 밖으로 내몰았다.

그들은 정신없이 시가를 벗어나 해란강변으로 나왔다. 강물이 앞을 막으니 그들은 우뚝 섰다. 어디로 가나? 하는 생각이 분에 흩어졌던 그들의 생각을 집중시켰다. 그들은 눈을 들었다. 해는 뉘엿뉘엿 서산에 걸렸는데 저 멀리 보이는 마을 앞에 둘러선 버들숲은 흡사히도 그들의 살던 싼더거우(三頭溝) 앞에 가로놓였던 그 숲과도 같았다. 그곳에는 아직도 남편과 봉식이가 있을 것만 같았다. 그러나 다시 한번 눈을 비비치고 보았을 때 봉염의 어머니는 털썩 주저 앉았다. 그리고 소리 높이 흐르는 강물을 들여다보며 그만 죽고 말까 하였다. 동시에 이때까지 거짓으로만 들리던 봉식의 죽음이 새삼스럽게 더 걱정이 되며 가슴이 쪼개지는 듯하였다. 그러나 그 말은 믿고 싶지 않았다. 봉식이는 똑똑한 아이다. 그러한 아이가 애비 원수인 공산당에 들었을 리가 없을 듯하였다.

그것은 자기 모녀를 내보내려는 거짓말이다.

"죽일 년, 그년이 내 아들을 공산당이라구. 에이 이 년놈들, 벼락 맞을라. 누구를 공산당이래……. 너희 놈들이 그리고 뒈질 때가 있을라. 누구를 공산당이래."

봉염의 어머니는 시가를 돌아보며 이를 북북 갈았다. 시가에는 수없는 벽돌집이 다닥다닥 붙어 앉았다.

저렇게 많은 집이 있건만 지금 그들은 몸담아 있을 곳도 없어 이리 쫓기어 나오는 생각을 하니 기가 꽉 찼다. 그리고 저자들은 모두가 팡둥 같은 그런 무서운 인간들이 사는 것 같아 보였다. 이렇게 원망스러우면서도 이리로 나오는 사람만 보이면 행여 팡둥이가 나를 찾아 나오는가 하여 가슴이 뜨끔해지곤 하였다.

어스름 황혼이 그들을 둘러쌀 때에 그들은 더욱 난처하였다. 봉염이는 훌쩍훌쩍 울면서,

"오늘밤은 어데서 자누? 어머이."

하였다. 그는 순간에 팡둥집으로 달려들어가서 모조리 칼로 찔러 죽이고 자기들도 죽고 싶은 충동이 강하게 일어났다. 그래서 그는 벌떡 일어났다. 그러나 그의 앞으로 끝없이 걸어나간 대철로를 바라보았을 때 소식 모르는 봉식이가 어미를 찾아 이 길로 터벅터벅 걸어올 때가 있지 않으려나……. 그리고 또다시 팡둥의 말과 같이 아주 죽어서 다시는 만나지 못하려나 하는 의문에 그는 소리쳐 울고 싶었다. 속 시원히 국자가를 가서 봉식의 소식을 알아볼까. 그러자. 그 후에 참말이라면 모조리 죽이고 나도 죽자! 이렇게 결심하고 어정어정 걸었다.

그날 밤 그들은 해란강변에 있는 중국인 집 헛간에서 자게 되었다. 그것도 모녀가 사정을 하고 내일 시장에 내다팔 시금치 나물과 파둥을 다듬어주고서 승낙을 받았다. 봉염이 어머니는 밤이 깊어 갈수록 배가 자꾸 아팠다. 그는 애가 나오려나 하고 직각하면서 봉염이가 잠들기를 고대하였다. 그러나 잠이 많던 봉염이도 오늘은 잠들지 않고 팡둥 부처를 원망하였다. 그리고 이때까지 몸 아끼지 않고 일해준 것이 분하다고 종알종알 하였다.

"용애는 잘 있는지. 우리 학교는 학생이 많은지."

잠꼬대 비슷이 봉염이는 지껄이다가 그만 잠이 들고 만다. 그의 어머니는 한숨을 후 쉬며 봉염이가 잠든 틈을 타서 나오면 얼른 죽여서 해란강에 띄우리라 결심하였다.

그리고 배를 꾹꾹 눌렀다.

바람소리가 후루루 나더니 빗방울이 후두두 떨어진다.

그는 되기 딴은 잘 되었다 하였다. 이런 비오는 밤에 아무도 몰래 애를 낳아서 죽이면 누가 알랴 싶었던 것이다.

그리고 그는 봉염이 몸을 어루만지며 낡은 옷으로 그의 머리까지 푹 씌워놨다. 비는 출출 새기 시작하였다.

그는 봉염이가 비에 젖었을까 하여 가만히 그를 옮겨누이고 자기가 비 새는 곳으로 누웠다. 비는 차츰 기세를 더하여 좍좍 퍼부었다. 그리고 그의 몸도 점점 더 아팠다.

그는 봉염이가 깰세라 하여 입술을 깨물고 신음소리를 밖에 내지 않으려고 애썼다. 그러나 신음소리가 콧구멍을 뚫고 불길같이 확확 내달았다. 그리고 빗방울은 그의 머리카락을 타고 목덜미로 입술로 새어 흐른다.

"어머이!"

봉염이는 벌떡 일어나서 어머니를 더듬었다.

"에그 척척해."

어머니의 몸을 만지는 그는 정신이 번쩍 들었다. 그리고 비가 오는 것을 알았다.

"비가 새네. 아이고 어떡허나."

딸의 말소리도 이젠 들리지 않고 딸이 들을세라 조심하던 신음소리도 더 참을 수가 없었다. 그는 "으흥으흥"하면서 몸부림쳤다. 머리로 벽을 쾅쾅 받다가도 시원하지 않아서 손으로 머리를 감아쥐고 오짝오짝 뜯었다.

봉염이는 어머니를 흔들다가 흔들다가 그만 "흑흑" 하고 울었다.

어머니는 봉염이를 밀치며 "응응"하고 힘을 썼다. 한참 후에 "으악!" 하는 애기 울음소리가 들렸다. 봉염이는 어머니 곁으로 다가 붙으며,

"애기?"

하고 부르짖었다.

어머니는 얼른 애기를 더듬어 그의 목을 꼭 쥐려 하였다.

그 순간 두 눈이 화끈 달며 파란 불꽃이 쌍으로 내달았다.

그리고 전신을 통하여 짜르르 흐르는 모성애! 그는 자기의 숨이 턱 막히며 쥐려는 손 끝에 맥이 탁 풀리는 것을 느꼈다.

그는 땀을 낙수처럼 흘리며 비켜 누워버렸다. 그리고
"아이구!"
하고 소리쳐 울었다.


## 4. 유모

애기를 죽이려다 죽이지 못하고 또 무서운 진통기를 벗어난 봉염이
어머니는 이제는 극도로 배고픔을 느꼈다. 지금 따끈한 미역국 한 사발
이면 그의 몸은 가뿐해질 것 같다. 미역국! 지난날에는 남편이 미역국
과 흰 이밥을 해가지고 들어와서 손수 떠 넣어주던 것을…… 하며 눈을
꼭 감았다. 비에 젖고 또 피에 젖은 헛간 바닥에서는 흙내에 피비린내
를 품은 역한 냄새가 물큰물큰 올라왔다. 어떡하나? 내가 무엇이든지
먹구 살아야 저것들을 키울 터인데, 무엇을 먹나. 누가 지금 냉수라도
짤짤 끓여다가만 주어도 그 물을 마시고 정신을 차릴 것 같다. 그러나
그는 흙을 주워 먹기 전에는 아무것도 먹을 것이 없지 않은가. 봉염이
를 깨울까. 그래서 이 집 주인에게 밥이나 좀 해달랄까. 아니 아니, 못
할 일이야. 무슨 장한 애를 낳았다고 그러랴. 그러면 어떻게? 오래지
않아 날이 밝을 터이니 아침에나 주인집에서 무엇이든지 얻어먹지……
하였다. 그리고 눈을 번쩍 떠서 뚫어진 헛간문을 바라보았다. 아직도
캄캄하였다. 날이 언제나 새려나, 이 집에는 닭이 없는가 있는가 하며
귀를 기울였다. 사방은 죽은 듯이 고요하다. 간혹 채마밭에서 나는 듯
한 벌레소리가 어두운 밤에 별빛 같은 그러한 느낌을 던져주었다. 그는
애기를 그의 뛰는 가슴속에 꼭 대며 자기가 아무렇게서라도 살아야 할
것 같았다. 내가 왜 죽어, 꼭 산다. 너희들을 위하여 꼭 산다 하고 중얼
거렸다. 애를 낳기 전에는, 아니 보다도 이 아픔을 겪기 전에는, 죽는다
는 말이 그의 입에서 떠나지 않았고 또 진심으로 죽었으면 하고 생각도

많이 하였다. 그러나 마침 죽음과 삶의 경계선에서 아차 아차한 고비를 넘기고 겨우 소생한 그는 어쩐지 죽고 싶지는 않았다. 오히려 삶의 환희를 느꼈다. 그가 하필 이번뿐만이 아니라 이러한 경우를 여러 번 당하였으나 그러나 남편의 생전에는 죽음에 대하여 한 번도 생각해보지도 않았으며 역시 죽고 싶지도 않았다. 그래서 죽음이란 아무 생각없이 대하였을 뿐이었다.

이튿날 봉염의 어머니는 곤히 자는 봉염이를 흔들어 깨웠다. 봉염이는 벌떡 일어났다.

"너 이거 내다가 빨아오너라. 그저 물에 헤우면 된다."

피에 젖은 속옷이며 걸레뭉치를 뭉쳐서 그의 손에 들려주었다. 그때 봉염의 어머니는 어쩐지 딸이 어려웠다. 그리고 딸의 시선이 거북스러움을 느꼈다. 봉염이는 아직도 가슴이 울렁거리며 모두가 꿈 속에 보는 듯 분명하지를 않고 수없는 거미줄 같은 의문과 공포가 그의 조그만 가슴을 꼭 채웠다. 그는 얼른 일어나 밖으로 나왔다. 그의 어머니는 딸이 나가는 것을 보고 저것이 추울 터인데 하며 자신이 끝없이 더러워 보였다.

봉염의 신발소리가 아직도 사라지기 전에 그는 애기의 얼굴을 자세히 들여다보았다. 볼수록 뭉치 정이 푹푹 든다. 그리고 애기의 얼굴에 얼굴을 맞대지 않고는 견디지 못하였다. 주인집에서 깨어 부산하게 구는 소리를 그는 들으며 밥을 하는가, 밥을 좀 주려나, 좀 주겠지 하였다. 그리고 미역국 생각이 또 일어나며 김이 어린 미역국이 눈앞에 자꾸 어른거려 보인다. 따라서 배는 점점 더 고파왔다. 이제 몇 시간만 더 이모양으로 굶었다가는 그가 아무리 살고 싶어도 살 수가 없을 것 같았다. 그는 이러한 생각에 겁이 펄쩍 났다. 무엇을 좀 먹어야 할 터인데 그는 눈을 뜨고 사면을 휘돌아보았다. 아직도 헛간은 컴컴하다. 컴컴한 저편 구석으로 약간씩 보이는 파뿌리! 그는 어제 저녁에 주인 여편네가 오늘 장에 내다 팔 파를 헛간으로 옮겨 쌓던 생각을 하며, 옳다! 아무거라도 좀 먹으면 정신이 들겠지 하고 얼른 몸을 솟구어 파뿌리를 뽑았다. 그러나 주인이 나오는 듯하여 그는 몇 번이나 뽑은 파를 입에 대다가도 감추곤 하였다. 마침내 그는 파를 입 속에 넣었다. 그리고 우쩍 씹었다. 그때 이가 시끔하며 딱 맞질린다. 그래서 그는 얼굴을 찡그리며 입을 쩍벌린 채 한참이나 벌리고 있었다.

침이 턱밑으로 흘러내릴 때에야 그는 얼른 손으로 침을 몰아넣으며 이 침이라도 목구멍으로 삼켜야 그가 살 것 같았다. 그는 다시 파를 입에 넣고 이번에는 씹지는 않고 혀끝으로 우물우물 하여 목으로 넘겼다. 넘어가는 파는 왜 그리도 차며 뻣뻣한지, 그의 목구멍은 찢어지는 듯 눈물이 쑥 삐어졌다. "파를 먹구도 사는가" 그는 이렇게 생각하며 헛간 문 사이로 보이는 하늘을 멍하니 쳐다보았다.

그때 신발소리가 나며 헛간문이 획 열린다.

"어머이, 용애 어머이를 빨래터에서 만났어. 그래서 지금 와!"

말이 채 마치기 전에 용애 어머니가 들어온다. 봉염이 어머니는 얼결에 일어나 그의 손을 붙들고 소리를 내어 울었다. 용애 어머니는 쌘더거우서 한 집안같이 가까이 지내었던 것이다. 그래서 봉염이를 따라 이렇게 왔으나 그들의 참담한 모양에 반가움이란 다 달아나고 내가 어째서 여기를 왔던가 하는 후회가 일었다. 그리고 뭐라고 위로할 말조차 생각나지 않았다.

"아니 봉염의 어머니, 이게 어찌된 일이요."

한참 후에 용애 어머니는 입을 열었다. 봉염의 어머니는 울음을 그치고,

"다 팔자 사나워 그렇지요. 왜 죽지 않고 살았겠수……. 그런데 언제 내려왔수. 여기를?"

"우리? 작년에 모두 왔지. 우리 동네서는 모두 떠났다오. 토벌난 통

에 모두 밤도망들을 했지. 어디 농사할 수가 있어야지. 그래 여기 내려
오니 이리 어렵구려."

봉염이 어머니는 퍽이나 반가웠다. 그리고 용애 어머니를 놓쳐서는
안될 것을 번개같이 깨달으며 모든 것을 숨김없이 말하고 사정하리라
고 결심하였다.

"용애 어머이, 난 아이를 낳았다우. 어젯밤에 이걸…… 어떡하우. 사
람하나 살리는 셈치고 날 며칠 동안만 집에 있게 해주. 어떡하겠수. 나
같은 년 만나기가 불찰이지……."

그는 말끝에 또다시 울었다. 용애 어머니를 만나니 남편이며 봉식의
생각까지 겹쳐 일어나는 동시에 어째서 남은 다 저렇게 영감이며 아들
딸을 데리고 다니며 잘 사는데 나만이 이런 비운에 빠졌는가 하는 생각
이 들었던 것이다.

용애 어머니는 한참이나 난처한 기색을 띠우다가 한숨을 푹 쉬었다.

"그러시유, 할수 있소."

용애 어머니는 더 물으려고도 안 하고 안 나오는 대답을 이렇게 겨우
하였다. 뒤에서 가슴을 졸이고 있던 봉염이까지 구원받은 듯하여 한숨
을 호 내쉬었다.

"고맙수, 그 은혜를 어찌 갚겠수."

봉염이 어머니는 떨리는 음성으로 이렇게 말하고 봉염에게 애기를
업혀주었다. 용애 어머니는 이렇게 모녀를 데리고 가나? 남편이 뭐라
고 나무라지나 않으려나? 하는 불안에 발길이 무거워졌다.

용애네 집으로 온 그들은 사흘을 무사히 지냈다. 용애 어머니는 남
의 빨래 삶을 맡아 날이 채 밝지도 않아서 빨랫가로 달아나고 용애 아
버지는 철도공사 안부로 역시 그랬다. 그래서 근근히 살아가는 것을 보
는 봉염이 어머니는 그들을 마주 바라볼 수 없이 어려웠다. 그래서 얼
른 일어나고 말았다. 그날 저녁 봉염이 어머니는 빨랫가에서 돌아오는

용애 어머니를 보고,

"나두 남의 빨래를 하겠으니 좀 맡아다주."

용애 어머니는 눈을 크게 떴다.

"어서 더 눕고 있지, 웬일이요…… 어려워 말우."

용애 어머니는 갑자기 무슨 생각이 난 듯이 눈을 껌뻑이더니 다가앉았다. 부엌에서는 용애와 봉염이 종알거리는 소리가 들렸다.

"아니, 저 나 빨래 맡아다 하는 집엔 젖유모를 구하는데…… 애가 딸렸다더라도 젖만 많으면 두겠다구 해. 그 대신 돈이 좀 적겠지만…… 어떠우?"

봉염이 어머니는 귀가 번쩍 뜨였다.

"참말이요? 애가 있어도 된대요?"

용애 어머니는 이 말에는 우물쭈물하고

"하여간 말이야. 한 달에 십이삼 원을 받으면 집 세 얻어서 봉염이와 애기는 따루 있게 하고, 애기에겐 봉염이 어머니가 간간이 와서 젖을 먹이고 또 우유를 곁들이지 어떡허나. 큰 애 같지 않아 갓난애니까 저게서 알면 재미는 좀 적을게요. 그러니 우선은 큰 애라고 속이고 들어가야지. 그러니 그렇게만 되면 그 벌이가 아주 좋지 않우."

봉염이 어머니는 벌이 자리가 난 것만 다행으로 가슴이 뛰도록 기뻤다.

"그러면 어떻게든지 해서 들어가도록 해주우."

하였다. 그리고 돈만 그렇게 벌게 되면 이 집에 신세진 것은 꼭 갚아야겠다 하며 자는 애기를 돌아보았을 때 저것을 떼고 남의 애에게 젖을 먹여 하였다.

며칠 후에 몸이 다소 튼튼해진 봉염의 어머니는 드디어 젖유모로 채용이 되어 애기와 봉염이를 떨치고 가게 되었다. 그리고 봉염이와 애기는 조그만 방을 세 얻어 있게 하였다. 그 후부터 애기는 봉염이가 맡아서 길렀다. 애기는 매일같이 밤만 되면 불이 붙는 것처럼 울고 자지 않았다. 그때마다 봉염이는 애기를 업고 잠 오는 눈을 꼬집어 당기면서 방안을 거닐었다. 그리고 나중에는 애기와같이 소리를 내어 울면서 어두운 문밖을 내다보곤 하는 때가 종종있었다.

이렇게 지나가기를 한 일 년이 되니 애기는 우는것도 좀 나아지고 오줌이며 똥두 누겠노라고 낑낑대었다. 봉염이는 애기를 잘 거두어 주다가도 동무가 놀러왔는데 자꾸 운다든지 제 장난감을 흐뜨러 놓는다든지 하면 애기를 사정없이 때리었다. 그리고 미처 오줌과 똥을 누겠노라고 못하고 방바닥에 싸놓으면 사뭇 죽일 것 같이 애기를 메치며 때리곤 하였다. 그것은 애기가 미워서 때리는게 아니고 제몸이 고달프고 귀찮으니 그렇게 하는 것이었다. 애기의 이름은 봉염이 이름자를 붙여서 봉희라고 지었다. 봉희는 이젠 우유를 안 먹고 간간이 어머니의 젖과 밥을 먹었다. 그는 이제야 겨우 빨빨기었다. 그리고 때로는 오뚝 일어서고 자착자착 걸었다. 그러나 눈치는 아주 엉뚱나게 밝았다. 그러므로 어떤 때는 똥과 오줌을 방바닥에 싸놓고도 언니가 때릴 것이 무서워서 "으아"하고 때리기 전부터 미리 울곤 하였다. 그리고 어떤 때는 봉염이가 동무와 놀 양으로 봉희를 보고 자라고 소리치면 봉희는 잠도 안 오는 것을 눈을 꼭 감고서 땀을 뻘뻘 흘리며 자는 체 하였다. 그가 돌이 지나도록 자란 것은 뼈도 아니오 살도 아니오 눈치와 머리통뿐이었다. 머리통은 조그만 바가지통만은 하였다. 그리고 머리통이 몹시도 굳었다. 그러나 이 머리통을 싸고 있는 머리카락은 갓나던 그대로 노란 것이 나스스 하였다. 어쨌든 그의 전체에서 명 붙어 보이는 곳이란 이 머리통같이도 보이고, 혹은 이 머리통이 너무 체에 맞지 않게 크므로 못이겨서 오래 살지 못하고 죽을 것같이도 무겁게 보이곤 하였다.

봉희는 어머니를 알아보았다. 그래서 어머니가 왔다갈 때마다 그는 번번히 울었다. 그때마다 삼 모녀는 서로 붙안고 한참씩이나 울다가 헤어지곤 하였다. 어느 여름날이다. 봉염이는 열병에 걸려 밥도 못 지어 먹고서 자리에 누워 있었다. 온몸이 불같이 뜨거워서 미처 어디가 아픈지도 알아낼 수 가 없었다. 곁에서 봉희는 "앵앵" 울었다. 봉염이는 어머니나 와주었으면 하면서 어제 먹다 남은 밥을 봉희의 앞에 놓아주었다. 봉희는 울음을 그치고 밥을 퍼넣는다. 봉염이는 눈을 딱 감고 팔을 이마에 올려놓았다. 그러다 신발소리 같아 눈을 번쩍 떠서 보면 어머니는 아니요, 곁에서 봉희가 밥그릇 쥐어 당기는 소리다. 그는 화가 버럭 났다.

"잡놈의 계집애, 한자리에서 먹지 여기저기 다니며 버려놓니!"

눈을 부릅떴다. 봉희는 금시 울음이 터져나오는 것을 참으며 입을 비죽비죽 하였다. 그리고 문을 돌아보았다. 필시 봉희도 어머니를 찾는 것이라고 봉염이는 얼른 생각되었을 때 그는 "어머이!"하고 소리치고 싶은 충동을 강하게 받았다. 그는 입술을 꼭 다물고 한참이나 울 듯 울 듯이 봉희를 바라보았다.

"봉희야, 너 엄마 보고 싶니? 우리 갈까?"

그는 누가 시켜주는 듯이 이런 말을 쑥 뱉었다. 봉희는 물끄러미 보더니 밥술을 뎅그렁 놓고 달려온다. 봉염이는 아차 내가 공연한 말을 했구나! 후회하면서 봉희를 힘껏 껴안았다. 그때 두 줄기 눈물이 그의 볼에 뜨겁게 흘러내리는 것을 그는 깨달았다.

"어머이는 왜 안나와. 오늘은 꼭 올차례인데. 그렇지 봉희야!"

봉희는 아무것도 모르고

"응."

하고 대답할 뿐이었다.

"어서 밥 머. 우리 봉희는 착해."

봉염이는 봉희의 머리를 내려쓸고 내려놨다. 봉희는 또다시 밥술을 쥐고 밥을 먹었다. 봉염이는 멍하니 천청을 바라보았다. 언제인가 어머니가 와서 깨끗이 쓸어주고 가던 거미줄은 또다시 연기같이 쓸어붙었다.

"어머이는 거미줄이 쓸었는데두 안 온다니"하였다. 그 후에도 어머니는 몇 번이나 왔건만 그 기억은 아득하여 이런 말을 하지 않고는 견디지 못하였다. 그는 돌아누우며 '어머니가 조반을 먹구서 명수를 업구 문밖을 나오나…… 에크 이젠 되놈의 상점은 지났겠다, 이젠 문앞에 왔는지도 모르지 하고 다시 문편을 흘끔 바라보았다. 그러나 신발소리는 들리지 않았다. 오직 봉희가 술 구르는 소리뿐이다.

그는 벌떡 일어나서 문을 탁 열어젖혔다. 봉희는 어쩐 까닭을 모르고 한참이나 언니를 말끄러미 바라보다가 발발 기어왔다.

그는 코에서 단김이 확확 내뿜는 것을 깨달으며 팔싹 주저앉았다.

밖에는 곁집 부인이 흰 빨래를 울 바자에 바삭바삭 소리를 내며 널고 있었다. 바자 밖으로 넘어오는 손끝은 흡사히 어머니의 다정한 그 손인 듯, 그리고 금시로 젖비린내를 가득히 피우는 어머니가 저 바로 밖에 섰는 듯하였다. 그는 젖비린내 속에 앉아 있으면 어쩐지 맘이 푹 놓이고 평안함을 느꼈다.

그는 못 견디게 어머니 품에 자기의 다는 몸을 탁 안기고 싶었다. 그는 목이 마른 듯하여 물을 찾았다. 그래서 봉희가 밥 말아 먹던 물을 마셨지만은 어쩐지 더 답답하였다.

이렇게 자리에 못 붙고 안타까워하던 그는 어느새 잠이 들었다가 무엇에 놀라 후다닥 깨었다.

그의 얼굴에 수없이 붙었던 파리소리만이 왱왱하고 났다.

그는 얼른 봉희가 없는데 정신이 바짝 들었다.

뒤이어 어머니가 왔었나? 그래서 봉희만 데리고 어디를 나갔나 하는 생각이 들자 그만 발악을 하고 울고 싶었다. 그는 미친 듯이 달려 일어났다. 그래서 밖으로 튀어나가니 어머니와 봉희는 보이지 않았다. 그리고 찌는 듯한 더위는 마당이 붉어지도록 내려 쪼인다. 어디갔을까? 어머니가? 하고 울 밖에까지 쫓아나갔다가 앞집 부인을 만났다.

"우리 어머이 못 봤수?"

"못 봤어…… 왜 어디 아프냐? 너."

어머니 못 봤다는 말에 더 말하고 싶지 않은 그는 눈이 벌개서 찾아다니다가 방으로 들어왔다. 그때 뒤뜰에서 무슨 소리가 나므로 벌떡 일어나 뛰어나갔다.

저편 뜨물동이 옆에는 봉희가 붙어서서 그 큰 머리를 숙이고 마치 젖 빨듯이 입을 뜨물동이에 대고 뜨물을 꼴깍꼴깍 들여 마시고 있다. 그리고 머리털은 햇볕에 불을 댄 것처럼 빨갛다.


## 5. 어머니의 마음

사흘 후에 봉염이는 드디어 죽고 말았다. 그의 어머니는 할 수 없이 유모를 그만두고 명수네 집에서 나오게 되었으며 봉희 역시 몹시 앓더니 그만 죽었다. 형제가 죽는 것을 본 주인집에서는 그를 나가라고 성화치듯 하였다. 그는 참다 못해서 주인 마누라와 아우성을 치면서 싸웠다. 그리고 끌어내기 전에는 움직이지 않을 뜻을 보이고 하루 종일 방 안에 누워 있었다. 전날에 그는 미처 집세를 못 내도 주인 대하기가 거북하였는데 지금은 어디서 이러한 대담함이 생겼는지 그 스스로도 놀랄 만하였다.

이제도 그는 주인 마누라와 한참이나 싸웠다. 만일 주인 마누라가 좀 더 야단을 쳤다면 그는 칼이라도 가지고 달려붙고 싶었다. 그러나 다행히 주인 마누라는 그 눈치를 채었음인지 슬그머니 들어가고 말았다. "흥! 누구를 나가래. 좀 안 나갈걸, 암만 그래두." 이렇게 중얼거리며 그는 문편을 노려보았다. 그리고 좀더 싸우지 않고 들어가는 주인 마누라가 어쩐지 부족한 듯하였다. 그는 지금 땅이라도 몇십 길 파고야 견딜 듯한 분이 우쩍우쩍 올라왔던 것이다. 분이 내려가려니 잠깐 잊었던 봉염이, 봉희, 명수까지 빤히 떠오른다. 생각하면 할수록 그들은 자기가 일부러 죽인 듯했다. 그가 곁에 있었으면 애들이 그러한 병에 걸렸을는지도 모르거니와 설사 병에 걸렸다더라도 죽기까지는 않았을 것이다. 그는 가슴을 탁탁쳤다. "남의 새끼 키우느라 제 새끼를 죽인단 말이냐…… 이년들 모두 가면 난 어찌란 말이냐, 날마저 데려가"하고 소리를 내어 울었다. 그러나 음성도 이미 갈리고 지쳐서 몇 번 나오지 못하고 콱 막힌다. 그리고는 목구멍만 찢어지는 듯했다. 그는 기침을 칵칵하며 문밖을 흘끔 보았을 때 며칠 전 일이 불현 듯이 떠올랐다.

그날밤 비는 좍좍 퍼부었다. 봉염이 어머니는 봉염이가 없는 것을 보고 가서 도무지 잠들 수가 없었다. 그래서 밤중에 그는 속옷바람으로 명수의 집을 벗어났다. 그는 젖유모로 처음 들어갔을 때 밤마다 옷을 벗지못하고 누웠다가는 명수네 식구가 잠만들면 봉희를 찾아와서 젖을 먹이곤 하였다. 이 눈치를 챈 명수 어머니는 밤마다 눈을 밝히고 감시하는 바람에 그 후로는 감히 옷을 입지 못하고 누웠다가는 틈만 있으면 벗은 채로 달려오는 때가 종종 있었던 것이다. 그 밤, 낮에 다녀온 것을 명수 어머니가 빤히 아는 고로 다시 가겠단 말을 못하고 누웠다가 그들이 잠든 틈을 타서 소리없이 문을 열고 나온 것이다. 사방은 지척을 분간할 수 없이 어두우며, 몰아치는 바람결에 굵은 빗방울은 그의 벗은 어깨를 사정없이 내리쳤다. 그리고 눈이 뒤집히는 듯 번개불이 번쩍이고 요란한 천둥소리가 하늘을 때려부수는 듯 아뜩아뜩 하였다.

그러나 그는 지금 아무것도 무서운 것이 없었다. 오직 그의 앞에는 저 하늘에 빛나는 번갯불같이 딸들의 신변이 각 일각으로 걱정되었던 것이다.

그가 숨이 차서 집까지 왔을 때 문밖에 허연 무엇이 있음에 그는 깜짝 놀랐다. 그러나 그것은 봉염인 것을 직감하자 그는 와락 달려들었다.

"이년의 계집애, 뒈지려고 예가 누웠냐?"

비에 젖은 봉염이 몸은 불같았다. 그는 또다시 아뜩하였다. 그리고 간폭을 갉아내는 듯함에 그는 부르르 떨었다. 따라서 젖유모고 무엇이고 다 집어 뿌리겠다는 생각이 머리가 아프도록 났다. 그러나 그들이 방까지 들어와서 가지런히 누웠을 때 그의 머리에는 또다시 불안이 불 일 듯 하였다. 명수가 지금 깨어서 그 큰집이 떠나갈 듯이 우는 것 같고, 그리고 명수 어머니 아버지까지 깨어서 얼굴을 찡그리고 자기의 지금 행동을 나무라는 듯, 보다는 당장에 젖유모를 그만두고 나가라는 불호령이 떨어지는 듯, 아니, 떨어진 듯 그는 두 딸의 몸을 번갈아 만지면서도 그의 손끝이 감촉을 잃도록 이런 생각만 자꾸 들었다. 그는 마침내 일어났다. 자는 줄 알았던 봉희가 젖꼭지를 쥐고 달려 일어났다. 그리고 "엄마!"하고 울음을 내쳤다. 봉염이는 차마 어머니를 가지 말란 말은 못하고 흑흑 느껴 울면서 어머니의 치마길*을 잡고,

"조금만 더······."

하던 그 떨리는 그 음성······ 그는 지금도 들리는 듯 하였다. 아니 영원히 잊혀지지 않을 것이다.

그는 벌떡 일어났다. 그리고 이 모든 생각을 하지 않으려고 방안을 빙빙 돌았다. 그러나 불똥 튀듯 일어나는 이 쓰라린 기억은 어쩔 수가 없다. 그리고 명수의 얼굴까지 떠올라서 핑핑 돌아간다. 빙긋빙긋 웃는 명수 "그놈 울지나 않는지······." 나오는 줄 모르게 이렇게 중얼거리고는 그는 억지로 생각을 돌리려고 맘에 없는 딴 말을 지껄였다. "에이 이놈의 자식, 너 때문에 우리 봉희 봉염이는 죽었다. 물러가라!" 그러나 명수의 얼굴은 점점 다가온다. 손을 들어 만지면 만져질 듯이······.

---

\* 원전대로.

그는 얼른 손등을 꽉 물었다. 손등이 아픈 것처럼 그렇게 명수가 그립다. 그리고 발길은 앞으로 나가려고 주춤주춤 하는 것을 꾹 참으며 어제 이맘 때 명수의 집까지 갔다가도 명수 어머니에게 거절을 당하고 돌아오던 생각을 하며 맥없이 머리를 떨어뜨리었다. "흥! 제 자식 죽이고 남의 새끼 보고 싶어하는 이 어리석은 년아, 왜 죽지 않고 살아 있어? 왜 살아, 왜 살아, 그때 죽었으면 이 고생은 하지 않지"하며 남편의 죽은 것을 보고 따라죽을까? 하던 그때 생각을 되풀이 하였다. 그리고 자신이 이러한 비운에 빠지게 된 것은 남편이 죽었기 때문이라고 단정하였다. 그리고 남편을 죽인 공산당, 그에게 있어서는 철천지 원수인 듯 했다. 생각하면 팡둥도 그의 남편이 없기 때문에 그에게 그러한 일을 감행하지 않았던가. 그렇다 모두가 공산당 때문이다. 그때 공산당이라고 경비대에게 죽었다는 봉식이가 떠오르며 팡둥의 그 얼굴이 선명하게 나타난다. "이놈 내 아들이 공산당이라구……. 내쫓으려면 그냥 내쫓지 무슨 수작이냐 더러운 놈……. 봉식아 살았느냐 죽었느냐?" 그는 봉식이를 부르고 나니 어떤 실끝 같은 희망을 느꼈다. 국자가엘 가자, 그래서 봉식이를 찾자 할 때 그는 가기전에 명수를 봐야겠다는 생각이 불쑥 일어난다. 명수 명수야! 하고 입 속으로 부르며 무심히 그는 그의 젖꼭지를 꼭 쥐었다. 지금쯤은 날 부르고 울지 않는가?…… 그는 와락 뛰어나왔다. 그러나 명수 어머니의 그 얼굴이 사정없이 그의 앞을 꽉 가로막는 듯했다. 그는 우뚝 섰다. "이년! 명수를 왜 못보게 하니. 네가 낳기만 했지 내가 입때 키우지 않았니. 죽일년, 그 애가 날 더 따르지, 널따르겠니. 명수는 내거다"하고 눈을 부릅떴다. 그러나 다음 순간에 명수의 머리카락 하나 자유로 만져보지 못할 자신인 것을 깨달을 때 그는 머리를 푹 숙였다.

고요한 밤이다. 이밤의 고요함은 그의 활활타는 듯한 가슴을 눌러 죽이려는 듯했다. 이러한 무거운 공기를 헤치고 물큰 스치는 감자 삶은 내! 그는 지금이 감자철인 것을 얼핏 느끼며 누구네가 감자를 이리도 구수하게 삶는가 하며 휘 돌아보았다. 그리고 뜨끈한 감자 한 톨 먹었으면 하다가 흥! 하고 고소를 하였다. 무엇을 먹고 살겠다는 자신이 기막히게 가련해 보였던 것이다. 그는 벽을 의지해서 하늘을 멍하니 바라보았다. 하늘에는 달이 둥실 높이 떴고 별들이 종종 반짝인다. 빛나는 별 어떤 것은 봉염의 눈 같고 봉희의 눈 같다. 그리고 명수의 맑은 눈같다. 젖을 주무르며 쳐다보던 명수의 그 눈. "에이 이놈, 저리 가라!" 그는 또다시 이렇게 중얼거렸다. 그리고 봉희 봉염의 눈을 생각하였다.

엄마가 그리워서 퉁퉁 붓도록 울던 그 눈들, 아아 이 세상에서야 어찌 다시 대하랴!…… 공동묘지에나 가볼까 하고 그는 충충 걸어 나올 때 달 아래 고요히 놓인 수없는 묘지들이 휙 지나친다. 그는 갑자기 싫은 생각이 냉수같이 그의 등허리를 지나친다. 여기에 툭 튀어나오는 달 같은 명수의 그 얼굴. 그는 멈칫 서며 죽음이란 참말 무서운 것이다 하며 시름없이 저편을 바라보았다. 그때 그는 무엇에 놀란 사람처럼 후다닥 달려나왔다.

앞집 처마끝 그림자와 이집 처마끝 그림자 사이로 눈송이같이 깔리어 나간 달빛은 지금 명수가 자지 않고 자기를 부르며 누워 있을 부드러운 흰 포단과 같았던 것이다. 그러나 그것은 그의 볼을 사정없이 후려치는 듯한 달빛이었다. 그는 두 손으로 볼을 쥐고 그 달빛을 밟고 섰다. 그리고 "명수야!"하고 쏟아져 나오는 것을 숨이 막히게 참으며 조금도 이지러짐이 없는 저 달을 쳐다보았다. 그의 눈에는 어느덧 눈물이 술술 흐른다. 그리고 정이란 치사한 것이다! 라고 생각하였다.

그는 문득 그의 그림자를 굽어보며 이제로부터 자신은 살아야 하나 죽어야 하나가 의문이 되었다. 맘대로 하면 당장에라도 죽어서 아무것도 잊으면 이 위에 더 행복은 없을 것 같다. 그리고 나니 그의 몸은 천근인 듯 이 무게는 죽음으로써야 해결할 것 같다. 죽으면 어떻게 죽나?

양잿물을 마시고…… 아니 아니, 그것은 못할게야 오장육부가 다 썩어 내리고야 죽으니 그걸 어떻게. 그러면 물에 빠져……. 그의 앞에는 핑핑도는 푸른 물결이 무서웁게 나타나 보인다. 그는 흠칫하며 벽을 붙들었다. 사는 날까지 살자. 그래서 봉식이도 만나보고 그놈들 공산당들도 잘되나 못되나 보고, 하늘이 있는데 그놈들이 무사할까부야. 이놈들 어디 보자, 그는 치를 부르르 떨었다. 마침 신발소리가 나므로 그는 주인 마누라가 또 싸우러 나오는가 하고 안방 편으로 머리를 돌렸다. 반대방향에서

"왜 거기 섰수?"

그는 휘끈 돌아보자 용애 어머니임에 반가웠다. 그리고 저가 명수의 소식을 가지고 오는 듯 싶었다.

"명수 봤수?"

"명수? 아까 낮에 잠깐 봤수."

"울지? 자꾸 울게유!"

용애 어머니는 그를 물끄러미 바라보며 아까 명수가 발악을 하고 울던 생각을 하였다. 그리고 봉염이 어머니 역시 얼마나 명수가 보고 싶어한다는 것을 즉석에서 알 수가 있었다.

"어제 갔댔수? 명수한테."

"예. 그년이 죽일 년이 애를 보게 해야지. 흥! 잡년 같으니."

용애 어머니는 잠깐 주저하다가,

"가지 말아요 명수 어머니가 벌써 어서 알았는지 봉염이 봉희가 염병에 죽었다구 하면서 펄펄뜁데다. 아예 가지 말아유."

그는 용애 어머니마저 원망스러워졌다.

"염병은 무슨 염병. 그 애들이 없는데야 무슨 잔수작이래유. 그만두래. 내 그자식 안보면 죽을까 뭐. 안 가, 안 가유 흥!"

명수 어머니가 앞에 섰는 듯 악이 바락바락 치밀었다. 그의 기색을

살피는 용애 어머니는,

"그까짓 말은 그만둡시다, 우리! 저녁이나 해 자셨수?"

치맛귀를 휩싸고 쪼그려 앉은 용애 어머니에게서는 청어 버린내가 물큰 일어난다. 그는 갑자기 자기가 배가 고파서 이렇게 더 어렵다는 것을 알았다. 그리고 용애 어머니에게 말하여 식은 밥이라도 좀 먹어야겠다 하였다.

"오늘도 또 굶었구려. 산 사람은 먹어야지유! 내 그럴줄 알고 밥을 좀 가져 오렸더니…… 잠깐 기다리우. 내 얼른 가져올게."

용애 어머니는 얼른 일어서서 나간다. 봉염이 어머니는 하반신이 끊어지는 듯 아픔을 느끼며 겨우 방안으로 들어가서 쾅 하고 누워버렸다.

용애 어머니는 왔다.

"좀 떠보시유. 그리고 정신을 차려유. 그러구 살 도리를 또 해야지…… 저 참, 이 남는 장사가 있수."

봉염이 어머니는 한참이나 정신없이 밥을 먹다가 용애 어머니를 바라보았다.

"아주 이가 많이 남아유. 저 거시기 우리 영감도 그 벌이하러 오늘 떠났다우."

"무슨 벌이유?"

벌이라는 말에 그는 귀가 솔깃하였다. 용애 어머니는 음성을 낮추며,

"소금장사 말유."

"붙잡히면 어찌유?"

봉염이 어머니는 눈을 동그랗게 떴다.

"그러기에 아주 눈치 빠르게 잘해야지. 돈벌이 하려면 어느 것이나 쉬운 것이 어디 있수 뭐."

그는 이렇게 말하면서 먼길을 떠난 영감의 신변이 새삼스럽게 더 걱정이 되었다. 한참이나 그들은 잠잠하고 있었다.

"봉염이 어머니두 몸이 튼튼해지거들랑 좀 해봐유. 조선서는 소금 한 말에 삼십 전 안에 든다는데 여기오면 이원 삼십전! 얼마나 남수."

그의 말에 봉염이 어머니는 기운이 버쩍 나면서도 다시 얼핏 생각하니 두딸을 잃은 자기다. 남들은 아들딸들 먹여 살리려고 소금짐까지 지지만 자신은 누구를 위하여……? 마침내 자기 일신을 살리려 라는 결론을 얻었을 때 그는 너무나 적적함을 느꼈다. 그러나 아무리 자기 일신일지라도 스스로 악을 쓰고 벌지 않으면 누가 뜨물 한술이나 거저 줄 것일까? 굶는다는 것은 차라리 죽음보다도 무엇보다 무서운 것이다. 보다도 참기 어려운 것은 그것이다. 요전까지는 그의 정신이 흐리고 온 전신이 나른하더니 지금 밥술을 입에 넣으니 확실히 다르지 않은가. 그리고 가슴을 누르는 듯하던 주위의 공기가 가뿐해 오지 않는가. 살아서는 할 수 없다, 먹어야지……. 그때 그는 문득 중국인의 헛간에서 봉희를 낳고 파뿌리를 씹던 생각이 났다. 그는 몸서리를 쳤다. 그리고 그 동안에 그는 명수네 집에서 비록 맘 고통은 있었을지라도 배고픈 일은 당하지 않았다는 것을 처음으로 느꼈다. 그는 명수의 얼굴을 또다시 머리에 그리며 명수가 못 견디게 자꾸 울어서 명수 어머니가 할수 없이 날 또다시 데려가지 않으려나? 하면서 밥술을 놓았다.

"왜 더 자시지. 이젠 아무 생각도 말구 내 몸 튼튼할 생각만 해유."

"튼튼할…… 흥, 사람의 욕심이란…… 영감 죽어. 아들딸……."

그는 음성이 떨리어 목메인 소리를 하면서 문편을 시름없이 바라보았다. 달빛에 무서우리 만큼 파리해 보이는 그의 얼굴을 바라보는 용애 어머니는 나가는 줄 모르게 한숨을 쉬었다.

그리고 하늘도 무심하다 하며 달빛을 쳐다보았다.

"그럼 어쩌우. 목숨 끊지 못하고 살 바에는 튼튼해야지. 지나간 일은 아예 생각지 말아유."

이렇게 말하는 용애 어머니는 그의 곁으로 다가앉으며 흐트러진 그의 머리를 만져주었다.

그는 얼핏 명수가 젖을 먹으며 그 토실토실한 손으로 그의 머리카락을 쥐어뜯던 생각이 나서 적이 가라앉았던 가슴이 다시 후다닥 뛴다. 그는 무의식간에 용애 어머니의 손을 덥석 쥐었다.

"명수, 지금 잘까유?"

말을 마치며 용애 어머니 무릎에 그는 머리를 파묻고 소리를 내어 울었다. 어느덧 용애 어머니 눈에서도 눈물이 흘렀다.

"우지 마우. 그까짓 남의 새끼 생각지 말아유. 쓸데 있수?"

"한번만 보구는…… 난 안 볼래유. 이제 가유. 네 용애 어머니."

자기 혼자 가면 물론 거절할 것 같으므로 그는 용애 어머니를 데리고 가려는 심산이었다.

용애 어머니는 아까 입에 못 담게 욕을 하던 명수 어머니를 얼핏 생각하며 난처하였다.

그래서 그는 언제까지나 잠잠하고 있었다. 봉염이 어머니는 벌떡 일어났다. 그리고 용애 어머니의 손을 잡아 끌었다.

"봉염의 어머니, 좀 진정해유. 우리 내일 가봅시다."

하고 그를 꼭 붙들어 주저 앉히었다. 달빛은 여전히 그들의 얼굴에 흐르고 있다.


# 6. 밀수입

북국의 가을은 몹시도 스산하다. 우레 같은 바람소리가 대지를 뒤흔드는 어느 날 봉염이 어머니는 소금 너 말을 자루에 넣어서 이고 일행의 뒤를 따랐다. 그들 일행은 모두가 여섯 사람인데 그 중에 여인은 봉염이 어머니뿐이었다. 앞에서 걷는 길잡이는 십여 년을 이 소금 밀수로 늙었기 때문에 눈감고도 용이하게 길을 찾아가는 것이다. 그러므로 그들은 이 길잡이에게 무조건 복종을 하였다. 그리고 며칠이든지 소금짐을 지는 기간까지는 벙어리가 되어야 하며 그 대신 의사표시는 전부 행동으로 하곤하였다.

그들은 열을 지어 나란히 걸었다. 바람은 여전히 불었다. 그들은 앞의 사람의 행동을 주의하며 이 바람소리가 그들을 다그쳐오는 어떤 신발소리 같고 또 어찌 들으면 순사의 고함치는 소리 같아 숨을 죽이곤하였다. 그리고 어제도 이 근방 어디서 소금짐을 지다가 총에 맞아 죽은 사람이 있다지 하며 발걸음을 옮김을 따라 이러한 불안이 저 어둠과 같이 그렇게 답답하게 그들의 가슴을 캄캄케 하였다.

남들은 솜옷을 입었는데 봉염이 어머니는 겹옷을 입고 발가락이 나오는 고무신을 신었다. 그러나 추운 것은 모르겠고 시간이 지날수록 머리에 인 소금자루가 무거워서 견딜 수 없다. 머리 복판을 쇠뭉치로 사정없이 뚫는 것 같고 때로는 불덩이를 이고 가는 것처럼 자꾸 따가웠다. 그가 처음에 소금자루를 일 때 사내들과 같이 엿 말을 이렸으나 사내들이 극력 말리므로 애수한 것을 참고 너 말을 이게 된 것이다. 그런 것이 소금자루를 이고 단 십 리도 오기 전에 이렇게 머리가 아팠다. 그는 얼굴을 잔뜩 찡그리고 두 손으로 소금자루를 조금씩 쳐들어 아픈 것을 진정하렸으나 아무 쓸데도 없고 팔까지 떨어지는 듯이 아프다. 그는 맘대로 하면 이 소금자루를 힘껏 쥐어 뿌리고 그 자리에서 자신도 그만 넌쩍 죽고 싶었다. 그러나 그것은 공연한 맘뿐이었다. 발길은 여전히 사내들의 뒤를 따라간다. 사내들과 같이 저렇게 나도 등에 져보더라면…… 이제라도 질 수가 없을까 그러랴면 끈이 있어야지 끈이…… 좀 쉬어가지 않으려나 쉬어갑시다, 금시로 이러한 말이 입 밖에까지 나오다는 칵 막히고 만다. 그리고 여전히 손길은 소금자루를 들어 아픈 것을 진정하려 하였다.

이마와 등허리에서는 땀이 낙수처럼 흘러서 발 밑까지 내려왔다. 땀에 젖은 고무신은 왜 그리도 미끄러운지 걸핏하면 그는 쓰러지려 하였다. 그래서 그는 정신을 바짝 차리면 벌써 앞에 신발소리는 퍽이나 멀어졌다. 그는 기가 나서 따라오면 숨이 칵칵 막히고 옆구리까지 결린다. 두 말이나 일 것을…… 그만 쏟아버릴까? 어쩌누? 소금자루를 어루만지면서도 그는 차마 그리하지는 못하였다.

　어느덧 강물소리가 어렴풋이 들린다. 그들은 이 강물소리만 들어도 한결 답답한 속이 풀리는 듯하였다. 강가에 가면 이 소금짐을 벗어놓고 잠시라도 쉴 것이며 물이라도 실컷 마실 것 등을 생각하였던 것이다. 그러면서도 강 저편에 무엇들이 숨어 있지는 않을까? 하는 불안이 강물소리를 따라 높아간다. 봉염이 어머니는 시원한 강물소리조차도 아픔으로 변하여 그의 고막을 바늘 끝으로 꼭꼭 찌르는 듯, 이 모양대로 조금만 더 가면 기진하여 죽을 것 같았다. 마침 앞의 사내가 우뚝 서므로 그도 따라 섰다. 바람이 무섭게 지나친 후에 어디선가 벌레 울음소리가 물결을 따라 들렸다. 낑 하고 앞의 사내가 앉는 모양이다. 그도 털썩 하고 소금자루를 내려놓으며 쓰러졌다. 그리고 얼른 머리를 두 손으로 움켜쥐며 바늘로 버티어 있는 듯한 눈을 억지로 감았다. 그러면서도 앞의 사내들이 참말로 다들 앉았는가 나만이 이렇게 쓰러졌는가 하여 주의를 게을리 하지 않았다.

　아픈 것이 진정되니 온몸이 후들후들 떨린다. 그는 몸을 웅크릴 때 앞의 사내가 그를 꾹 찌른다. 그는 후닥닥 일어났다. 사내들의 옷 벗는 소리에 그는 한층 더 정신이 바짝 들었다. 그는 잠깐 주저하다가 옷을 훌훌 벗어 돌돌 뭉쳐서 목에 달아매었다. 그때 그는 놀릴 수 없이 아픈 목을 어루만지며 용정까지 이 목이 이 자리에 붙어 있을까? 하는 의문이 들었다. 그리고 사내가 이어주는 소금자루를 이고 다시 걷기 시작하였다.

　벌써 철버덕철버덕 하는 물소리가 나는 것으로 보아 앞의 사람은 강물에 들어선 모양이다. 벌써 그의 발끝이 모래사장을 거쳐 물 속에 들어간다. 그는 으스스 추우며 알 수 없는 겁이 버쩍 들어서 물결을 굽어보았다. 시커멓게 보이는 그 속으로 물결소리만이 요란하였다. 그리고 뭉클뭉클 내려밀치는 물결이 그의 몸을 울려주었다. 그때마다 머리끝이 쭈뼛해지며 오한을 느꼈다. 그리고 혹 하고 숨을 들여마셨다.

물이 깊어갈수록 발 밑에 깔린 돌이 굵어지며 걷기도 몹시 힘들었다. 그것은 돌이 깨느른한 해감탕 속에 묻히어 있기 때문이다. 그래서 걸핏하면 미끈하고 발끝이 줄달음을 치는 바람에 정신이 아득해지곤 하였다. 봉염의 어머니는 몇 번이나 발이 미끄러지고 또 곱디디었다. 물은 젖가슴을 확실히 지나쳤다. 그때 그의 발끝은 어떤 바위를 디디다가 미끈하여 달음질쳐 내려간다. 그 순간 온몸이 화끈해지도록 그는 소금자루를 버티고 서서 넘어지려는 몸을 바로 잡으려 하였다. 그러나 벌어지는 다리와 다리를 모으는 수가 없었다. 그리고 소리를 쳐서 앞의 사내들에게 구원을 청하려 하나 웬일인지 숨이 막히고 답답해지며 암만 소리를 질러도 나오지도 않거니와 약간 나오는 목소리도 물결과 바람결에 묻혀버리곤 하였다. 그는 죽을 힘을 다해 왼발에 힘을 들이고 섰다. 그때 그는 죽는 것도 무서운 것도 아득하고, 다만 소금자루가 물에 젖으면 녹아버린다는 생각만이 미끄러져 내려가는 발끝으로부터 머리털 끝까지 뻗치었다.

앞서 가는 사내들은 거의 강가까지 와서야 봉염의 어머니가 따르지 않는 것을 눈치채고 근방을 찾아보다가 하는 수 없이 길잡이가 오던 길로 와보았다. 길잡이는 용이하게 그를 만났다. 그리고 자기가 조금만 더 지체하였더라면 봉염의 어머니는 죽었으리라 직각되었다. 그는 봉염의 어머니의 손을 잡아 일으키며 일변 소금자루를 내리어 자기의 어깨에 메었다. 그리고 그의 발 끝에 밟히는 바위를 직각하자 봉염이 어머니가 이렇게 된 원인이 여기 있는 것을 곧 알았다. 그리고 자기는 이 바위 옆을 훨씬 지나쳐 길을 인도하였는데 어쩐 일인가 하며 봉염의 어머니의 손을 꼭 쥐고 걸었다.

봉염의 어머니는 정신이 흐릿해졌다가 이렇게 걷는 사이에 정신이 조금 들었다. 그러나 몸을 건사하기 어렵게 어지러우며 입안에서 군물이 실실 돌아 헛구역질이 자꾸 나온다. 그러면서도 머리에는 아직도 소금자루가 있거니 하고 마음대로 머리를 움직이지 못하였다. 그들이 강가까지 왔을 때 맘을 졸이고 있던 나머지 사람들은 욱 쓸어 일어났다. 그리고 저마끔 두 사람을 어루만지며 어떤 사람은 눈물까지 흘리었다. 자기들의 신세도 신세려니와 이 부인의 신세가 한층 더 불쌍한 맘이 들었다. 동시에 잠 한잠 못 자고 오롯이 굶어왔다 자기들을 기다리고 있을 아내와 어린것들이며 부모까지 생각하고는 뜨거운 한숨을 푸푸 쉬었다.

그 순간이 지나가니 또다시 맘이 졸이고 무서워서 잠시나마 가만히 앉아 있을 수가 없었다. 그래서 그들은 이번에는 봉염의 어머니를 가운데 세우고 여전히 걸었다. 이번에는 밭고랑으로 가는 셈인지 봉염이 어머니는 발끝에 조 벤 자국과 수수 벤 자국에 찔리어서 견딜 수 없이 아팠다. 그는 몇 번이나 고무신을 벗어버리렀으나 그나마 버리지는 못하였다. 그는 언제나 이렇게 맘을 내고도 한번도 그의 속이 흡족하게 실행하지는 못하였다. 그저 망설였다. 나중에는 고무신이 찢어져 조뿌리나 수수뿌리에 턱턱 걸려 한참씩이나 진땀을 뽑으면서도 여전히 버리지는 못하였다.

그들이 어떤 산마루턱에 올라왔을 때

"누구냐? 손들고 꼼짝 말고 서라. 그렇지 않으면 쏠 터이다!"

이러한 고함소리와 함께 눈이 부시게 파란 불빛이 쏵 하고 그들의 얼굴에 비친다. 그들은 이 불빛이 마치 어떤 예리한 칼날 같고 또 그들을 향하여 날아오는 총알 같아서 무의식간에 두 손을 번쩍 들었다. 그리고 이젠 소금을 빼앗겼구나! 하고 그들은 저마끔 속으로 생각하였다. 이렇게 단정은 하면서도 웬일인지 저들이 공산당이나 아닌가 혹은 마적단인가 하며 진심으로 그리되었으면 하고 바란다. 공산당이나 마적단들에게는 잘 빌면 소금짐 같은 것은 빼앗기지 않기 때문이었다.

길잡이로부터 시작하여 깡그리 몸 뒤짐을 하고 난 저편은 꺼풋하고 불을 끄고 한참이나 중얼중얼하였다. 그들은 불을 끄니 전신이 소름이 오싹 끼치며 저놈들이 칼을 빼어 들었는가 혹은 총부리를 겨누었는가 하여 견딜 수 없이 안타까웠다. 그때 어둠속에서는,

"여러분! 당신네들이 왜 이 밤중에 단잠을 못자고 이 소금짐을 지게 되었는지 알으십니까!"

쇳소리 같은 웅장한 음성이 바람결을 타고 높았다 떨어진다. 그들은 옳다! 공산당이구나! 소금은 빼앗기지 않겠구나. 저들에게 뭐라구 사정하면 될까 하고 두루 생각하였다. 저편의 음성은 여전히 흘러 나왔다. 그들의 말하는 시간이 지날수록 어서 말을 그치고 놓아보냈으면 하였다. 그리고 이 산 아래나 혹은 이 산 저편에 경비대가 숨어 있어 우리들이 공산당의 연설을 듣고 있는 것을 들으면 어쩌나 하는 불안이 자꾸 일어난다. 봉염이 어머니는 저편의 연설을 듣는 사이에 싼더거우 있을 때 봉염이를 따라 학교에 가서 선생의 연설 듣던 것이 얼핏 생각키우며 흡사히도 그 선생의 음성 같았다. 그는 머리를 번쩍 들며 저편을 주의해보았다. 다만 칠흑같은 어둠만이 가로막힌 그 속으로 음성만 들릴 뿐이다. 그는 얼른 우리 봉식이도 저 가운데나 섞이지 않았는가 하였으나 그는 곧 부인하였다. 그리고 봉식이가 보통아이와 달라 똑똑한 아이니 절대로 그런 축에는 섞이지 않았을 것이라고 단정되었다. 이렇게 생각하고 나니 봉식이에 대한 불안은 적어지나 저들의 말하는 것이 어쩐지 이 소금자루를 빼앗으려는 수단 같기도하고, 저 말을 그치고 나면 우리를 죽이려는가 하는 의문이 자꾸 들었다.

어둠속에서 연설이 끝난 후에 원로에 잘 다녀가라는 인사까지 받았다. 그들은 얼결에 또다시 걸었다. 그러면서도 저들이 우리를 돌려보내는 것처럼 하고 뒤로 따라오며 총질이나 하지 않으려나 하여 발길이 허둥거렸다. 그러나 그들이 산을 넘어 밭머리로 들어설 때 비로소 안심하고 공산당들 ○○○○○○○○○○○○○○○* 들이지 하고 한숨 끝에 탄식하였다.

봉염이 어머니는 조급한 맘을 진정할수록 저들이 의심할 수 없는 공산당이었구나! 하였다. 그리고 아까 그들의 앞에서 깜짝하지 못하고 섰던 자신을 비웃으며 세상에 제일 못난 것은 자기라 하였다. 남편을 죽이고 자기를 이와 같은 구렁이에 빠친 저들 원수를 마주 서고도 말 한마디 못하고 떨고 섰던 자신! 보다도 평시에 저주하고 미워하던 그 맘조차도 그들 앞에서는 감히 생각도 못한 자기, 아아! 이러한 자기는 지금 살겠노라고 소금자루를 지고 두 다리를 움직인다. 그는 기가 막혀서 웃음이 나올 지경이었다. 그리고 못난 바보일수록 살겠다는 욕망은 더 크다고 깨달았다. 동시에 한가지 의문되는 것은 저들이 어째서 우리들의 소금짐을 빼앗지 않고 그냥 보내었을까가 의문이었다. 그렇게 사람 죽이기를 파리 죽이듯 하고 돈과 쌀을 잘 빼앗는 그놈들이…… 하며 그는 이제야 저주하기 시작하였다.

그들은 낮에는 산 속에서 혹은 풀숲에서 숨어 지내고 밤에만 걸어서 사흘 만에야 겨우 용정까지 왔다. 집까지 온 봉염의 어머니는 소금자루를 어다가 감추어야 좋을지 몰라 한참이나 망설이다가 낡은 상자안에 넣어서 방 한구석에 놓고야 되는 대로 주저 앉았다. 방안에는 찬바람이 실실 돌고 방바닥은 얼음덩이 같이 차다. 그는 머리와 발가락을 어루만지며 목이 메어서 울었다. 집에 오니 또다시 봉염이며 봉희며 명수까지

---

* 검열로 삭제.

선하게 보이는 듯하였던 것이다. 그들이 곁에 있으면 이렇게 쓰리고 아픈것도 한결 나을 것 같다. 그는 한참이나 울고 난 뒤에 사흘 동안이나 지난 생각을 하며 무의식간에 몸서리를 쳤다. 그리고 이 눈물도 여유가 있어야 나온다는 것을 알았다. 그는 "으흠"하고 신음을 하며 누울 때 소금 처치할 것이 문득 생각 키운다. 남들은 벌써 다 팔았을 터인데 누가 소금을 사러 오지 않는가 하여 문편을 흘끔 바라보다가 내가 소금짐을 져왔는지 여왔는지 누가 알아야지. 그만 일어나서 앞집이며 뒷집을 깨워서 물어볼까? 그러다가 참말 순사를 만나면 어떻게 하며 그는 부스스 일어나려 하였다. 아! 소리를 지르도록 다리뼈 마디가 맞질리어 그는 한참이나 진정해 가지고야 상자 곁으로 왔다.

　그는 잠깐 귀를 기울여 밖을 주의한 후에 가만히 손을 넣어 소금자루를 쓸어 만졌다. 이것을 팔면 얼만가…… 팔 원하고 팔십 전! 그러면 밀린 집세나 마저 물고…… 한달 살까? 이것을 밑천으로 무슨 장사라도 해야지. 무슨장사?…… 하며 그는 무심히 만져지는 소금덩이를 입에 넣으니 어느덧 입 안에는 군물이 시르르 돌며 밥이라도 한숟 먹었으면 싶게 맛이 버쩍 당긴다. 그는 입맛을 다시며 침을 두어 번 삼킬 때 소금이란 맛을 나게 한다. 아무리 좋은 음식이나 소금이 들지 않으면 맛이 없다. 그렇다! 하였다. 그때 그는 문득 남편과 아들딸이 생각키우며 그들이 있으면 이 소금으로 장을 담가서 반찬해 먹으면 얼마나 맛이 있을까! 그러나 그들을 잃은 오늘에 와서 장을 담글 생각인들 할 수가 있으랴! 그저 죽지 못해 먹는 것이다. 그는 한숨을 푹 쉬었다. 생각하니 자신은 소금들지 않은 음식과 같이 심심한 생활을 한다. 아니 괴로운 생활을 한다. 이렇게 괴로운…… 하며 그는 머리를 슬슬 어루만졌다. 머리는 얼마나 일그러지고 부어올랐는지 만질 수도 없이 아프고 쓰리었다. 그는 얼굴을 상자에 대며 봉식아, 살았느냐 죽었느냐 이 어미를 찾으렴…… 난 더 살 수 없다!

어느 때인가 되어 무엇에 놀라 그는 벌떡 일어났다. 벌써 날은 환하
게 밝았는데 어떤 양복쟁이 두 명이 소금자루를 내놓고 그를 노려보고
있다. 그는 그들이 순사라는 것을 번개같이 깨닫자 풀풀 떨었다.

"소금표 내놔!"

관염은 꼭 표를 써주는 것이다. 그때 그는 숨이 콱 막히며 앞이 캄캄
해왔다. 그리고 얼른 두만강에서 소금자루를 빠뜨리지 않으려고 죽을
힘을 다하여 섰던 그때와 흡사하게도 그의 신경이 날카로워지는 것을
느꼈다. 그때는 길잡이가 와서 그의 손을 잡아 살아났지만 아아! 지금
에 단포와 칼을 찬 저들을 누가 감히 물리치고 자기를 구원할까?

"이년! 너 사염을 팔러다니는 년이구나. 당장 일어나라!"

순사는 그의 눈치를 채고 이것이 관염이 아닌 것을 곧 알았다. 그래
서 그는 이렇게 소리치며 그의 손을 잡아 나꾸쳤다. 별안간 그의 몸은
화끈달며 어젯밤 ○○○에서 ○○○아니 얄밉게 들었던 그들의 말○○
○○○○○○○○○○○○○○○○○○○○○○○○○○○○○○○○○○
○○○○○○○○○○○○○○○○○○○○○○○○○○○○○○○○○○
○○○○캄캄한 어둠 속에○○○○○○○○○○○○○○○○○○○○○○
○○○○○○○○○○○○○○○○○○○○○○○○○○○○○○○○○○
도와 싸울 것 같다. 아니○○○○○○○○○○○○○○○○○○○○○○○
○○○○○○○○○○○○○○○○○○○○○○○○ 올랐다. 그는 벌떡 일
어났다.*

—《신가정》(1934. 5~10).

---

* 발표당시 검열에 의해 먹물로 지워 알아볼 수 없다. 북한의 문예종합출판사 간 《인간문제》에 같이 실려
있는 〈소금〉에는 이 부분을 다음과 같이 메워놓았다. 드문드문 보이는 글자와는 맞지 않다. 봉염이는 순
사에게 끌려가며 밤의 산마루에서 무심히 듣던 말, "여러분 당신네들이 뭬 이 밤중에 단잠을 못 자고 이
소금짐을 지게 되였는지 알으십니까" 하던 그 말이 문득 떠오르면서 비로소 세상일을 깨달은 것 같았다.
그리하여 이제는 공산당이 나쁘다는 왜놈들의 선전이 거짓 선전이며 봉실이 아버지가 공산당의 손에 죽
었다는 말도 새빨간 거짓말이라는 것을 똑똑히 알았다. 그리고 봉식이가 경비대에 잡혀가 사형을 당했
다는 팡둥의 말 역시 믿을 수 없는 수작이며 봉식이는 틀림없이 공산당에 들어갈 그 산사람들과 같이 싸
우고 있을 것이라고 생각되었다. 왜냐면 봉식이는 똑똑하고 씩씩한 젊은이이기 때문에! 봉염 어머니는
벌써 슬픔도 두려움도 없이 순사들의 앞에서서 고개를 들고 성큼성큼 걸어갔다.

# 그 여자

그는 얼결에 머리를 들며 눈을 번쩍 떴다. 그리하여 한참이나 사면을 둘러보다가 아무 인기척도 발견하지 못함에 그의 긴장되었던 머리는 다소 진정되었다.

어디선가 쨉! 쨉! 하는 새소리에 그는 꿈인가 하여 겨우 눈을 뜨고 보니 아까 미친 듯이 일떠나던 자신의 꼴이 얼핏 생각키워 문켠을 바라보며 선뜻 일어앉았다.

재잘대는 참새소리는 그의 젊음을 노래해주는 듯 그의 전신은 어떤 새 힘이 물결침을 느꼈다. 그리고 이 순간에 모든 영화는 자기만을 위하여 존재한 듯싶었다.

그는 젖통을 어루만지며 이 손이 만일 남자의 손이라면 하는 생각이 들자 갑자기 귀밑이 확확 달아 얼핏 손을 떼면서도 어떤 쾌감을 느끼었다. 그리고 옷을 끌어당기며 보니 벽에 걸린 면경 속으로 아담스러운 그의 어깨 위가 둥그렇게 드러났다. 그리고 그 밑으로 칠같은 머리카락이 구슬구슬 내리어 있었다. 이 순간에 그는 옷 입을 생각도 잊고 무엇에 홀린 사람처럼 한참이나 우두커니 앉아 있었다.

꿈 같은 이 방안도 차츰 새어온다. 어느덧 전깃불이 껌풋하고 꺼져버림에 그는 벌컥 일어나 옷을 입고 뒷문을 열었다.

밖으로부터 들어오는 산뜻한 바람은 그의 전신을 날듯이 해주었다. 그리고 이슬에 빛나는 백양나무 숲속으로 늦은 봄 짙은 풋냄새가 그윽히 새어들었다.

그 문켠에 몸을 기대고 서서 머리를 들었다. 그믐밤의 별같이 종종한 나뭇잎과 나뭇잎, 그 속으로 웃을 듯 웃는 듯이 나타나는 파란 하늘, 그리고 나뭇잎가로 붉은 선을 치고 돌아가는 광선에 그는 자신을 떠나 멀리 허공으로 헤매었다.

아까 면경 속으로 비치던 그의 둥근 어깨 위가 나타나며 그를 중심으로 덤벼드는 수많은 사내들의 얼굴이 꼬리에 꼬리를 물고 휙휙 지나쳤다. 따라서 잡지에 실린 그의 소곡과 자신의 사진이 선히 떠올랐다.

그는 생긋 웃으며 '놈들, 저들이 백날 그러면 소용이 무언가' 무의식간에 이런 말이 굴러나오며 입모습에는 비웃음이 떠돌고 있었다.

그에게 남자들에게서 오는 편지가 많을수록 그리고 그의 지은 글이 어떤 잡지에 달마다 실리게 되었을 때 그의 자존심은 까맣게 높아져 갔다. 그리고 그는 어떤 높은 탑 위에 선(立) 듯하였다.

그는 생김생김과 같이 감각이 예민하였다. 누구에게나 어느 시기에 있어서는 시 한 구 지어보지 않는 사람이 없고 소설 권이나 읽지 않는 사람이 없는 것처럼 시기가 시기인 것만큼 그에게 있어서도 애틋한 정서가 흘렀다.

그래서 그런지 그는 신문을 보거나 잡지를 대하게되면 반드시 문예란부터 뒤져보곤 하였다. 그래서 본 대로 몇 번 장난 비슷이 지어보다가 어떤 아는 남자 편지 화답 끝에 써보낸 것이 동기로 그는 일약 여류문사가 되어버리고 말았다.

그에게 있어서는 어째서 자기가 이렇게 쉽사리 여류작가가 되었는지 반성해 보려고도 하지 않았다. 그저 자기와 같은 재사는 드물다는 것 그것밖에는 없었다. 그러므로 누구를 대하든지 먼저 상대자가 마리아라는 자기의 이름은 말하지 않아도 다 알고도 지나친 것으로 생각되었다.

길가에 나서면 모든 사람들의 눈이 자기 한 사람에게로 집중된 듯하며 그만큼 자기는 인기 인물같이 생각되었다. 무엇보다도 여자로서는 글쓰는 사람이 적은 것만큼 자기 한 사람에게만이 가능하다고 인정됨으로 써였다.

그는 지금도 이러한 생각으로 가슴이 뿌듯함을 느꼈다. 그리고 앞에 전개되는 모든 경치를 의미있게 바라보며 무엇이라도 써볼까 하고 요리조리 뜯어 모아보았다 그러나 어쩐지 모르게 그럴 듯 그럴 듯한 곳은 있건마는 막상 붓을 들고 쓰려고 하니 홀랑 어디로 달아나버리고 만다.

"선생님, 진지 잡수시어요"

그는 놀라 학생 선 켠을 돌아보며 자기 손목을 내려다보았다. 있으려니 한 시계는 없고 흰 팔 위에 시계자리만이 음쑥하니 남아 있었다. 순간에 그는 가슴이 선뜻하여 머리맡 켠으로 머리를 숙이니 면경 옆에서 째깍째깍하는 다정스러운 시계소리에 그는 안심하고 시계를 집었다.

"무슨 아침이 그리 이르냐"

아까와는 딴판으로 살짝 웃으며 이렇게 물었다.

"선생님 오늘 외촌에 가신다면요"

"오, 참…… 내 잊었구나. 그래 나가마."

그제야 엊저녁 늦도록 연제될 성경 절 찾던 생각이 얼핏 들었다. 따라서 오늘 자기가 갈 얼두거우(二頭溝)라는 지명이 새삼스럽게 생각키웠다.

학생은 돌아서 나갔다. 그의 삼단 같은 머리채 끝에 나풀거리는 댕기꼬리가 뚜렷이 그의 눈에 비쳤다. 여기에 따라 옛날 그의 학생시절이 다시금 그리워졌다.

학생의 신발소리가 멀어지자 그는 수건과 비누를 가지고 밖으로 나왔다. 언제 떠놓았는지 세수소래에는 물이 가득하여 가는 바람결에 잔

주름이 약간 잡혔다. 그는 참새소리 틈에 어렴풋이 들리는 학생들의 시시대는 소리를 들으며 가만히 물 속에 손을 넣었다.

세수를 다한 그는 방안으로 들어서자 면경 앞으로 다가앉았다. 면경을 대하니 아까 비치던 자기의 토실토실한 그 어깨가 다시금 보이는 듯했다. 그는 크림을 손에 묻혀가지고 가볍게 비벼친 후 불그레한 얼굴위에 마찰을 시작하였다. 방안은 크림냄새로 자욱하였다.

가볍게 흔들리는 나뭇잎소리를 따라 외줄기 광선이 방안 가운데 얼씬얼씬 떨어졌다. 방안은 갑자기 환해지는 듯하였다. 그리고 차츰 희어가는 그의 얼굴.

화장을 다 마친 그는 면경 옆에 펼쳐 있는 성경책을 끌어당기며 '과연 내가 사내놈이라도 너를 보면 반하겠다 하고 면경 속을 들여다보며 머리를 끄덕이었다. 이렇게 생각만을 하고서도 누가 있지나 않았나 하는 불안으로 뒤를 돌아보고야 안심하였다.

그는 성경책을 뒤적거려 어제 찾아본 성경 절을 찾아놓고 다시금 생각해보았다. 뒤이어 농민들의 이 모양 저 모양이 보이는 듯했다. 그리고 그의 고향에서 본 선하게 낯익은 농부들의 모양이 보였다. 그들이 알아들을까? 하고 그는 얼굴을 잠깐 찌푸렸다.

그가 고향에서 본 농부들이란 오직 먹는 것과 애 낳는 것, 일하는 것밖에는 아무것도 모르는 듯했다. 좀더 그들 중에서 무엇을 안다는 것을 기어코 지정하자면 고담에 나오는 유충열이나 조웅을 알 법이지, 그 외에는 나라가 어찌 되는지 민족이 어찌 되는지 그저 태평이었다.

뢰산자 보에다 바가지 몇 짝을 달아매고 구럭짐 몇짐 짊어지고 어린 것들을 앞세우고 나서면서까지도 어째서 자기네는 그리운 고향을 등지게 되나? 어째서 가산을 탕패케 되었나?를 생각해보지 못하고 다만 운명에 돌리고 못나게 우는 농부들이었다.

그런 생각하니 마리아는 얼두거우에 가고 싶은 생각이 없었다. 농부들은 어디 농부들이나 마찬가지로 생각되었던 것이다. 제일 못난 것이 농부들인 동시에 제일 불쌍한 사람이 농부들이라고 생각되었다. 구할래야 구할 수 없는 그런 불쌍한 인간들로 생각되었던 것이다.

아침을 먹은 마리아는 학생들의 전송을 받으며 마차 위에 몸을 실었다. 뒤따라서 심얼심얼 얽은 전도부인이 까만 책보를 들고 올랐다.

말똥 냄새가 훅 끼치며 가슴이 메슥해지는 것 같아 그는 소매로부터 수건을 내어 입에 대었다. 수건 끝에서 가볍게 이는 크림냄새는 곁에 앉은 전도부인에게까지 물큰 스치었다.

보기에도 험상궂은 마부는 무엇이라고 소리를 빽 지르며 채찍을 둘러메니 말은 네 굽을 안고 뛰었다.

한번 대답해놓은 것이라, 더구나 교장의 명령을 받아 할 수 없이 마리아는 이렇게 떠나나 어쩐지 불쾌하고 꺼림직하였다. 그러나 한편으로 문예가는 때때로 여행도 해야 한다더라 하는 생각을 하자 농부들보다도 농촌의 자연미를 구경하는 호기심 그것에서 어떤 명작이나 하나 얻을까 하는 바람이 그로 하여금 커다란 기대를 갖게 하였다.

그가 용정에 들어온 후에 이렇게 외촌으로 나가보기는 아마 이번이 처음일 것이다. 이번도 얼두거우 예수교 안으로 설치된 부인 청년회에서 정화여학교 교장에게 연사 부탁한 것이 하필 마리아가 떠나게 된 것이다.

그는 돌아보았다. 아직도 학생들은 서서 손짓을 하였다. 그도 마주 손짓을 하며 약간 미소를 띠었을 때 마차는 어떤 집 모퉁이를 돌아섰다.

콩기름 냄새가 그들의 코를 훅 찌르며 기름 튀는 소리가 복질복질 부지지 하였다. 그는 얼핏 바라보니 부엌문 사이로 아궁에서 일어나는 장작불이 발갛게 보였다.

마리아는 어쩐지 섭섭한 생각이 들어 다시금 뒤를 돌아보니 지붕과 지붕 위로 기숙사 울타리인 백양나무 가지가 반공중에 푸르러 있었다.

그때에 내가 이 학교일을 그만 보고 아주 고향으로 이렇게 간다면 하는 생각을 하며 다시금 뒤를 돌아보았다.

아침 연기 속에 어린 용정시가는 콩기름과 돼지기름 냄새로 둘러싸였다. 그리고 가고오는 물지게 소리며 고기 사오, 백채 사오, 하는 서투른 조선말로 외치는 중국인의 굵고도 줄기찬 소리가 모퉁이 모퉁이에서 굴러나왔다.

구멍가게 옆에는 반드시 길다란 나무가 꽂혔으며 그 위에는 널조각 나무로 가로지른 후에 그 가운데에는 '천흥호天興号' '원흥태元興泰'라고 한 간판이 뚜렷하게 써 있었다. 그리고 오색종이를 체바위같이 둥글게 뭉쳐 문전 좌우에 매단 집 문앞에는 시커먼 널빤지가 놓였으며 그 위에는 새로 쪄다놓은 만두가 가는 김을 토하고 있었다.

대통로로 들어선 그들은 신록에 빛나는 가로수를 바라보았다. 그리고 중국애와 조선애들이 서로 손을 잡고 뛰어다니는 꼴이 나무 사이로 얼씬얼씬 보였다.

네거리를 지날 때마다 등 굽은 순사들이 무엇이 추운지 아직도 솜바지 저고리를 통통하게 입고 총자루를 가로 쥔 후에 지나가고 오는 사람들을 흘끔흘끔 쳐다본다. 이마에는 기름기가 번질번질, 손톱은 매발톱처럼 비쭉한 것으로 이따금 코진자리를 훙켜내고 있다.

갑자기 지릉지릉 울리는 종소리에 놀란 마리아는 어디서 그런 소리가 나는가 하고 둘러보니 자기가 탄 마차에서 그런 훌륭한 소리가 났다. 그러므로 그는 마부의 뒷덜미를 바라보며 종 하나는 제법 친다하고 픽 웃었다.

앞으로 오는 채마장수는 종소리에 이편으로 물러서며 땀을 씻는다. 광주리에 실은 배추는 약간 이슬을 품은 채 다문다문 흙이 묻어 있었다.

"아이 저 배채 보아요 저렇게 자랐어."

전도부인은 배추에 탐이 났던지 이런 말을 하였다. 마부도 휘끈 돌아보며 다소 알아들었다는 듯이 싱긋 웃으며 그 누런 이를 내놓았다. 마리아는 그만 그 이에 놀라 머리를 돌리었다. 그리고 금시로 먹은 것이 나오는 듯해서 그만 입을 다물고 눈을 내리떴다.

전도부인도 이 눈치를 채었는지 빙긋이 웃으며,

"저것들은 아마 평생 이를 닦지 않는 모양입니다."

"아이참 어쩌면……."

마리아는 이렇게 중얼거리며 해종일 저 꼴 볼 것이 난처하였다. 그리고 저것들도 인간이라고 할까? 하는 의문이 불시에 일어났다.

어느덧 시가지를 벗어난 마리아는 푸른 들을 바라보다가 무심히 뒤를 돌아보았다. 차츰 멀어져가는 용정시가 속에 붉고도 푸른 벽돌집 위에는 태양볕이 둥그렇게 번쩍이고 있었다.

아득히 바라보이는 산기슭에는 젖빛 안개가 뭉실뭉실 떠돌고 시선 끝까지 푸르러 있는 위에는 햇빛이 천 갈래로 만 갈래로 찢어 떨어져서 한층 더 푸르게 하였다.

가다가다 토담으로 둘러싼 포대는 산새똥으로 허옇게 되었다. 돌아올줄 모르는 손주를 기다리는 자애스러운 늙은이의 그 얼굴 그 슬픈 표정이었다.

길가 좌우에는 이름 모를 좁쌀꽃이 빨갛게 노랗게 피었다. 그 푸른 잔디밭 속에 개미가 토굴을 파고 쇠똥구리가 쇠똥을 나르는 그 세계에도 이러한 자연이 그들을 얼싸 안고 있었다.

그날 오후 두시에 마리아는 얼두거우 예수교내 강당 위에 높이 서서 요한복음 3장 16절을 가지고 믿음이란 문제로 강연을 시작하였다.

교회당은 불과 열 칸이 될까 말까 한데 교인은 방이 터져라 하고 모여들었다. 물론 교인뿐만이 아닌 줄 마리아도 잘 알았다.

문안으로 들어서는 이마다 모두가 흑인종같이 보였다. 그 옷주제며 햇빛에 그을 대로 그을은 얼굴들이 바라보기에도 끔찍하였다.

마리아는 입으로는 무엇이라고 지껄이면서도 속으로는 딴 생각이 자꾸만 들어왔다. 말하자면 자기는 닭의 무리에 봉이 한 마리 섞인 듯하고 흑인종에 백인종이 섞이 듯한 느낌이었다. 따라서 저들이 나를 얼마나 곱게 볼까, 내 말에 얼마나 감복이 될까, 하는 생각이 들자 자기도 모르게 생각지도 않은 열변이 낙수처럼 떨어졌다.

비록 성경책을 내놓고 믿음이란 문제를 걸어놨을망정 사뭇 문제와는 딴판으로 노동자 농민을 부르짖고 현대 조선 사회상을 들추어냈다.

군중은 비오다 그친 것처럼 잠짓하여 마리아의 놀리는 입술과 그 요리조리 굴리는 눈동자를 바라보았다. 어쩐지 자기들과는 딴 인종 같으며 따라서 열과 피가 없고 말하자면 어떤 어여쁜 인형이 기계적으로 말하는 듯한— 그의 입 속으로 노동자 농민이 굴러 나올 때 황송 거북스럽고도 미안하게 생각되었다. 그리고 저가 어떻게 노동자 농민을 알게 되었는가? 하는 의문을 품지 않을 수가 없었다.

마리아의 폐병자의 초기 같은 그의 얼굴빛이며 짙게 그린 눈썹 아래로 깜빡이는 눈만이 살은 듯하고 그 나불거리는 입술만이 마리아의 전체에 대하여서는 너무나 부자연한 듯하였다. 따라서 그들의 머리에는 '공부한 신여성' 무엇을 안다는 여자는 다 저 모양이지 하는 생각만으로 뚜렷이 짙게 되었다.

"여러분, 죽어도 내 땅에서 죽고요, 살아도 내 땅! 내 땅에서 살아야 한단 말이어요. 무엇하러 여기까지 온단 말이어요! 네. 그렇지 않아요 네. 내 잔뼈를 이룬 땅이요, 내 다만 하나인 조업이란 말이지요! 여러분, 아십니까? 모르십니까? 산명수려한 내 땅을요!"

마리아는 그의 백어 같은 손으로 책상을 치며 부르짖었다.

군중은 무의식간에 흐응! 하고 비웃음과 함께 이때껏 지루하던 한숨이 흘러나왔다. 무엇보다도 어린 처자를 앞세우고 울며불며 내 고향 떠나던 생각이 떠올랐던 것이다.

"그래도 내 땅 안에 있으면 이 쓰림, 이 모욕은 받지 않지요. 그래 남부여대하여 이곳 나와서 한 일이 무엇입니까. 네? 아무래도 내 동포밖에 없지요. 우리가 외로울 때 즐거울 때 가난에 찌들 때 같이 울고 같이 걱정해줄 이가 누구여요. 우리 동포가 아니여요. 그러니까 이 목이 달아나고 이 몸뚱이가 분골쇄신이 되더라도 내 땅에서 살아야 한단 말이어요 네?"

마리아의 눈에서는 눈물까지 흘렀다. 군중은 이 이상 더 참을 수 없이 저리 뱃속 깊이 가라앉았던 분까지 치떠밀었다. 그들의 앞에는 지주들의 그 꼴이 시재 보는 듯이 나타났던 것이다.

손발이 닳도록 만지고 또 만져 손끝에 보드라워진 그 밭! 그 밭이랑에 쌓여 있는 수없는 풀뿌리며 논귀에 숨어 있는 그 잔돌까지라도 헤이라면 헤일 수 있는 그렇게 정들인 그 밭! 그 논을 무리하게 이유없이 떼이었을 때, 아아, 그들의 가슴은 어떠했으랴!

그들의 즐거움과 기쁨이 있었다면 오직 이 밖에 없었고 그들의 용기와 삶의 애착이 있다면 여기에 있었던 것이다.

그러나 하루아침에 가볍게 놀리는 그 무서운 입술에서 떨어지는 그 잔인무도한 말은 그들을 쫓아내고야 말았던 것이다.

마리아의 말과 같이 슬픔과 괴로움을 같이하는 그들이었던가! 그들의 사정을 털끝만치라도 보아주는 그들이었던가.

군중의 눈앞에는 그 지주의 그 눈! 그 얼굴이 새삼스럽게 커다랗게 나타나 보였다. 그리고 자기들이 쫓겨났던 그때 일이 다시금 나타나 보였다.

"민족이 뭐냐! 내 땅이 뭐냐!"

저켠 창 밖으로부터 이런 소리가 우레소리같이 났다. 순간에 마리아는 가슴이 선뜻하였다. 그리고 '간도농민' 하고 그의 머리에 얼핏 떠올랐다.

그것은 전일 간도농민은 무던히 무섭다는 말을 들었던 까닭이었다.

마리아는 가볍게 한숨으로 일어나는 공포를 쓸어치어 '적어도 나는 조선의 최고 학부를 마치었으며 더구나 조선에서 드문 여류작가이고 게다가 어여쁜 미모의 주인공이다.' 이러한 생각을 하며 까칠한 눈으로 그들을 노려보았다. 그 입모습에는 확실히 비웃음이 떠돌았다······. '농민이 아니냐' 하고 마리아는 속으로 부르짖었다.

군중은 마리아의 이러한 태도를 바라보았을 때 이때껏 어여쁜 귀여운 마리아로만 생각했던 것이 잘못임을 깨달았다. 그리고 자기들이 극도로 미워하는 돈 많은 계집의 특성이 마리아의 전체에서는 물결침을 느꼈다.

마리아의 하늘거리는 흰 치맛가의 가는 파동은 군중의 무지를 조롱하는 듯 비웃는 듯하였다. 그때에 군중의 머리에는 며칠 전에 미음 한 그릇 따뜻이 못 먹고 죽은 그들의 아내며 그들의 누이며 사랑하는 딸들이 마리아의 좌우로 나타나는 것을 보았다.

자기들의 누이와 아내는 이 여자를 곱게 먹이고 입히기 위하여, 공부시키기 위하여 이 여자 살빛을 희게 하여주기 위하여, 못 입고 못 먹고 못 배우고 엄지손에 피가 나도록, 그 험악한 병마에 걸리도록 피와 살을 띠우지 않았던가?

이러한 생각을 하고 나니 마리아의 뒤에 둘러앉은 목사와 장로까지도 자기들의 살과 피를 빨아먹는 흡혈귀같이 보였다. 아니 흡혈귀였다.

그들은 갑자기 욱 쓸어 일어났다. 그리하여 자기들도 모르는 사이에 교회당이 짓모이고 종각이 쓰러졌다.

마지막 비명을 토하는 종 옆에 갈갈이 옷을 찢긴 마리아는 쓰러져서도 자기의 미모만을 상할까 두려워서 두 손으로 얼굴을 꼭 싸쥐고 풀풀 떨고 있었다.

—《삼천리》(1932. 9).

# 유무

　나는 그러한 일이 이 현실에 실재해 있는지? 없는지? 그가 묻던 말에 아직까지도 그 대답을 생각지 못하였습니다.

　그것은 바로 지금으로부터 일년 전 그 어느 날 밤이었습니다. 언제나 저녁밥을 늦게 짓는 나는 그날도 늦게 지어 먹고 막 설거지를 하고 방으로 들어와 앉았을 때 밖에서,

　"아저머이 계시유."

하는 굵은 음성이 들려 왔습니다. 나는 냉큼 일어나 문을 열고 내다보았습니다. 그러나 너무 밖이 어둡고 더구나 그 음성이 평시에 듣지 못하던 음성이므로 누구인지 얼핏 생각나지 않았습니다.

　"누구를 찾으시오?"

　나는 한참이나 머뭇머뭇하다가 이렇게 물었습니다.

　그는 앞으로 다가서며,

　"아저머이 나유. 복순 아비유."

　그 순간 나는 반쯤 열어 잡았던 문을 활짝 열고 달려나갔습니다.

　"복순 아버지! 이게 웬일입니까. 어서 들어오세요."

　그제야 그는 방안으로 들어 앉았습니다. 나는 일변 담배를 사오고 재떨이를 내놓으며 그를 똑똑히 바라보았습니다. 그의 옷은 아주 형용할

수 없이 남루하였으며 그의 얼굴은 전보다 더 우울한 빛이었습니다. 이마전이 툭 솟아나는 아래로 눈은 깊이 들어가서 눈가가 잘 보이지 않았습니다. 다만 거렇게 보이는 그 눈 속으로 이따금 번쩍이는 안광은 나의 가슴을 서늘게 하였습니다. 그때마다 이렇게 오래간만에 만났음에도 불구하고 싫은 생각이 들었습니다. 그리고 뭘하러 그가 우리집에를 돌연히 찾아왔을까 하는 불안이 시간이 지날수록 강해짐을 나는 느꼈습니다.

복순 아버지는 바로 우리 윗집에서 단간방을 세 얻고 살았습니다. 그들은 일정한 벌이가 없이 그저 그날그날 노동이나 해서 돈푼이나 생기면 먹고 안 생기면 굶고 지내는 것을 나는 종종 보았습니다. 나는 그의 아내와 좋아 지내고 어린 복순이를 귀애하면서도 한편으로 그들이 귀찮은 존재였습니다. 그것은 말할 것도 없이 그들이 구차하게 지낸 까닭입니다.

그들이 끼니를 끓이지 못하고 우두머니 앉은 것을 뻔히 알면서 우리만 밥을 지어다 놓고 먹기가 거북스럽고 미안하여 맘놓고 술이나 저를 구를 수가 없었습니다.

나는 때때로 찬밥덩이나 찌개국물이나 먹다 남은 것이 있으면 그들을 주었습니다. 주면서도 내 맘만은 항상 아수하여 어서 그들이 어디로 이사해 갔으면 하였습니다. 그러나 그의 딸 복순이가 나를 보면 먹을 것을 줄 줄 알고 발발 기어오르는 데는 귀엽고도 가여워서 나는 한참씩이나 안아주었습니다.

"너 몇 살?"

복순이는 아직 말은 못하였습니다. 그러나 이지가 엉뚱하게 발달되었습니다. 그는 나를 말똥말똥 쳐다보다가 그의 여원 두 손가락을 쪽 펴보이었습니다. 나는 복순이를 꼭 껴안으며,

"두 살……. 이게 말두 못하는 것이 어떻게 알까."

나는 그의 어머니를 돌아보았습니다. 항상 얼굴을 찡그리고 있던 그의 어머니도 그제야 빙긋이 웃었습니다. 그러나 그 웃는 것은 참말 웃는 것인지 우는 것인지 분간할 수가 없었습니다. 그의 양 볼에는 항상 눈물이 흘러내리는 듯 보일락말락하게 선이 그어 있는 것이었습니다 나는 속으로 저렇게 얼굴이 궁하게 생기고야 고생을 안 할 수가 있나 하고 그와 마주 앉을 때마다 생각하였습니다.

나는 복순의 재롱을 보려고 무시로 그의 집에 갔으나 복순 아버지는 볼 수 없었습니다. 어쩌다 혹간 마주 앉게 되면 나는 곧 나와 버렸습니다. 그와 마주 앉기는 대단히 거북스럽고 일종의 불쾌한 감을 갖게 되는 까닭입니다. 그리고 복순 어머니의 궁하게 보이는 그 얼굴도 무의식간에 남편의 영향을 받은것이라고 나는 깨달았습니다. 그러나 그들 가운데서 나온 복순이만은 눈이 샛별같이 빛났습니다.

"우리 복순 아버지는 도무지 말을 안 해서 나는 영 죽겠구려."

복순 어머니에게서 이러한 말을 나는 종종 들었습니다. 그리고 어떤 때는,

"우리 복순 아버지는 밤마다 어데를 가기에 집에 오면 그 모양이우.
땀이 옷에 척척하게 배는구려……. 누구보고 말씀 마세요……."

나오는 줄 모르게 남편의 걱정을 하고서도 나를 꺼리는 모양이었습니다. 나는 점점 복순 아버지에 대하여 어떤 불안을 갖는 동시에 말할 수 없는 호기심을 가지고 복순 어머니만 마주 앉으면 이리저리 물어보았습니다. 그러나 속 시원한 대답은 듣지 못하였습니다.

그런데 지금으로부터 이태 전 그 어느 날 아침에 나는 복순이를 주려고 두부찌개에 밥을 비벼 가지고 복순네 집에 와보니 방안은 어지러우며 아무도 없었습니다. 나는 그가 혹시 누구네 집으로 쌀을 꾸러 갔는가 하여 한참이나 기다리다 못해서 그가 찾아갈 만한 집에는 다 다녀보았습니다. 그러나 모두가 모르는 모양이었습니다. 그 후로도 나는 이제

나 저제나 하고 그들을 문득문득 생각하였습니다. 그러나 마침내 그들은 돌아오지 않았습니다. 나는 섭섭하면서도 시원하였습니다. 반면에 그들의 소위에 나는 분개도 하였습니다. 아무리 밤도망 갈 형편이라도 내게만은 말하고 갈 터이지 하는 노여운 생각을 하였던 것입니다.

그들이 간다 온단 말 없이 자취를 감춘 지 일년이 지난 그날 밤, 내 머리에서는 복순의 그 샛별 같은 눈이 희미하게 사라진 그때, 돌연히 찾아온 복순 아버지. 나는 반가우면서도 불안을 느꼈습니다. 그리고 무엇을 얻으러 온 것같이 생각되었습니다.

"그새 복순이랑 복순 어머니도 잘 있나요."

묵묵히 앉은 그에게 이렇게 물었습니다. 그리고 대답을 기다리며 그의 눈치를 살피니 저녁도 굶은 것 같았습니다. 그래서 나는 금방 벗어 걸은 앞치마를 입고 부엌으로 나오며,

"저녁 진지 가져올 것이니 찬은 없으나마 좀 떠보세요."

하고 그를 보았습니다. 그는 흘끔 나를 쳐다보며 자리만 옮겨 앉을 뿐 하등의 표정을 그의 얼굴에서 찾아낼 수가 없었습니다. 나는 본래부터 그의 성격이 그리 된 것을 짐작하므로 새삼스럽게 놀랄 것은 없으나 그의 얼굴이 전날보다 한층 더 파리했으며 인생으로서 막다른 길까지 걸어본 듯한 자취가 확실히 나타나 보였습니다. 그리고 그의 눈에서 발하는 안광은 볼수록 소름이 쭉 끼쳐졌습니다. 나는 남편이라도 얼른 들어와 주었으면 하면서 부엌으로 나왔습니다. 웬일인지 부엌도 무시무시해지며 발길이 허둥거렸습니다. 나는 전날 복순 어머니가 그의 남편의 말을 하던 것을 다시금 회상하며 얼른 밥을 지어 가지고 방으로 들어왔습니다.

그는 밥상을 보자 권할 여지가 없이 버썩 다가앉아서 먹었습니다. 나는 밥술을 보아 배가 고파서 우리집에 들어온 것을 알 수가 있었습니다.

"그런데 가실 때는 왜 말씀도 없이 가셨나요?"

그가 밥술을 놓았을 때 나는 물었습니다. 그는 여전히 잠잠하고 앉아 있을뿐이었습니다. 나는 나의 말이 그의 비위를 거슬려 놓았는가? 하는 생각을 하며 이 위에 더 묻기가 곧 힘이 들고 어려웠습니다. 따라서 방안의 공기가 무거워지는 것을 깨달았습니다. 그러나 그를 대해서 그런지 복순의 그 눈동자가 내 눈앞에 얼른거리며 한 번 꼭 보고 싶었습니다.

"복순이가 이젠 말두 잘하고 걷겠습니다그려."

나는 나오는 줄 모르게 이렇게 또 물었습니다. 그러나 그는 여전히 아무 말도 없었습니다. 나는 하는 수 없이 머리를 숙였습니다. 무거운 침묵은 우리 사이를 깨고 언제까지나 돌았습니다. 나는 답답하였습니다. 저렇게 할 말이 없으면 밥까지 먹었으니 이젠 가든지, 그리고 무엇을 얻어 가지고 갈 생각이 있거든 달라고 말을 하든지, 좌우간 뭐라고 의사 발표를 했으면 좋겠는데 저렇게 앉아만 있으니 나는 땀만 부진부진 나고 수없는 불길한 예감이 나의 조그만 가슴을 꽉 채우고 말았습니다. 그리고 몇 달이나 깎지 않은 듯한 그의 머리며 턱밑으로 거렇게 나온 수염은 나로 하여금 한층 더 불안을 느끼게 하였습니다. 그러나 반면에 나는 그에게 대하여 어딘가 모르게 일어나는 호기심도 없지 않아 있었습니다.

한참 후에 나는 그가 번번히 대답지 않을 것을 알면서도 주인으로서 너무 잠잠하고 있을 수가 없기에,

"그 동안 지내신 이야기나 좀 하시구려."

나는 막연하게 이렇게 말하였습니다. 그때 그는 뜻밖에 '허허' 웃었습니다. 그 웃음소리는 내가 일찍이 세상에서 들어보지 못한 칼날과 같은 차디찬 웃음이었습니다 아주 무겁게 냉랭한 기운을 띤 그런웃음 이었습니다. 나는 그 웃음에 기가 질리어 머리를 숙이고 앉았노라니 그는 기침을 칵 하였습니다. 그리고 의외에도 말을 꺼냈습니다. 나는 놀라

머리를 들고 똑똑히 바라보았습니다. 그 입술 놀리는 것이 하도 이상스러워서

"아저머이! 나는 복순이, 복순 어미가 어데서 어떻게 되었는지 난 모르우!"

이렇게 무책임하고도 몽롱한 말끝을 내놓았습니다. 나는 그의 말에 대하여 왜 그러냐?고 반문을 하고 싶었으나 그가 보통 사람 같지 않아 어쩌다 저렇게 말을 내놓은 것이니 내 물음에 그만 그 말끝이 들어가고 말까 하여 나는 잠잠히 듣고 있을 뿐이었습니다.

"기실 나는 지금 내가 왜 이렇게까지 된 것을 말하겠수. 물론 내가 아저머이를 보통 부인네들과 같이 알면 이런 말도 하지 않겠수마는 아저머이는 글을 쓴다는 말을 들었으니…… 그 글은 지금까지 어떤 글을 써 왔는지 내가 모르나……."

그는 잠깐 나를 바라보았습니다. 나는 웬일인지 그를 마주 보기가 거북스러웠으며 그 말에 일종의 위압까지 느꼈습니다. 그리고 이때까지 놀린 나의 붓끝이란 참말 인생의 그 어느 한 부분이라도 진지하게 그려보았던가? 하는 의문이 불시에 들었습니다. 따라서 나의 붓끝이란 허위와 가장이 많았음을 느끼는 동시에 그의 솔직한 말에 나의 가슴은 선뜻 찔리는 것 같았습니다.

"나는 밤마다 어떤 악몽에 붙잡히우. 나는 이 꿈에 붙잡히지 않으려고 온갖 애를 다 써보았으나 하등의 효과도 없고 도리어 점점 더하여가우. 그러니 지금 와서는 이것이 꿈인지 현실인지, 현실인지 꿈인지 도무지 분간할 수가 없을 만큼 되었수. 그래서 밤이면 나는 새우오. 그 꿈이란 말하면 이러우. 나는 언제나 눈을 감으면 벌써 어떤 괴악스럽게 생긴 인간들이 나의 앞에 나타나서 나를 끌고 어떤 암흑의 천지로 가우. 그 인간들은 분명히 인간 같은데 나와 같은 인간 같지는 않우. 그리고 나를끌어다 두는 곳 역시 세상은 틀림없는 듯한데 굴속같이 어둡소.

하나의 무식한 노동자로만 밖에 알지 않았던 그가 이렇게 조리있게 말하는 데는 나는 적지않게 놀랐습니다. 그리고 납덩이같이 묵직묵직한 그의 음성에 나의 가슴은 어떤 압박을 느꼈습니다.

　　"그 암흑 천지에 가니 나와 같은 인간들이 얼마든지 있수. 그들도 역시 나와 같이 끌려 와서 있는 모양이우. 어쨌든 꿈이니 분명하지는 않우. 우리들을 끌어간 그 인간들을 편의상 B라고 부르오. 밤만 되면 B들이 나타나서 우리들 중의 몇 사람을 불러내우. 그들이 B들에게 불려 문밖에만 나가면 다시 돌아오는 것을 보지 못하였수. 그러므로 우리들은 무슨일인가 하였으나 차차 시일이 지나니 누가 가르쳐 주지 않았는데도 우리들은 다 알았수. 그 다음부터 우리들은 B들에게 불릴 것을 두려워하였수 그래서 밤만 되면 우리들은 죽은 듯이 엎디어 있었수. 어느 날 밤 콘크리트 바닥을 걸어오는 B들의 구두소리가 뚜벅뚜벅 들리었수. 그리고 문이 덜그럭 열렸수. 우리들의 전신은 쭈뼛해지며 소름이 끼쳤수. 그때 B들은 누구누구를 불렀수. 그러나 그들은 못 들은 체하였수. 그러니 B들은 우루루 달려와서 구둣발로 차고 채찍으로 때리우. 그때 '갈 대로 가보자!' 동무의 소리가 벼락같이 들렸수. 그뒤를 이어 "가보세" 후하는 한숨소리가 났수. 그들의 음성은 인생의 최후 순간에서 나오는 생에 대한 애착의 무서운 발악이우. 그들의 무거운 신발소리를 들으며 우리들은 부루루 떨었수. 그러나 손발 하나 까딱하지 못하였수."

　　그는 숨을 몰아쉬며 등불을 바라보았습니다. 그의 시선은 불꽃같이 빛났습니다. 그때 나는 몸이 한 줌만 해졌습니다. 그리고 가늘게 떨었습니다.

　　"어떤 날 나는 또 그 꿈을 꾸었수. B들이 나타나는 그 밤이우. 그때 나는 불림을 받았수. 벌써 나의 의식은 마비될 대로 되어서 내 뒤로 누구누구를 불렀으나 나는 몰랐수. 나는 땅을 어루만졌수. 그러고 무엇을 찾았었수. 행여나 붙들 것이 있으면 붙들고 나는 저들에게 끌려 가지 않으려는 것이었수. 그때 내 몸을 후려치는 매에 나는 나의 몸에 살이란 한점도 없고 뼈만 남았음을 알았수. 마침내 우리 일행은 아마 문밖에 나온듯 싶우. 나는 한 발걸음에 주저하고 두 발걸음에 앙탈하였수. 달은 밝았수. 흰 눈에 비치는 달빛은 몹시도 밝았수. 그러나 그 달은 마치 해골덩이가 흰 이를 내놓고 웃는 듯 하였수. 우리들이 어떤 산비탈까지 왔을 때 나는 걸어왔는지 끌려왔는지 분명하지 않았소. 그때는 아픈 것도 쓰린 것도 장차 어떻게 될 것까지도 생각이 되지 않았수. 그저 멍하니 그들이 하라는 대로 할 것뿐이었수. 지금 생각하니 나는 어떤 나무 그루터기를 붙들고 앉았던 모양이우. 그때 '으악' 하는 소리에 나는 흠칫하며 눈결에 그곳을 바라보았소. B들은 어린애기를 칼 끝에 끼워 들었수. 애기는 다리 팔을 팔팔팔 날리우. '어마 엄! 마!' 애기는 제 어미를 부르오. 제 어미라는 여인은 바보같이 멍하니 애기를 바라만 볼 뿐 애기는 흑! 흑! 하고 기를 쓰오 그때 나는 그것을 바라보면서도 웬일인지 나도 저렇게 죽음을 받는다는 생각은 없고 그저 막연하게 살 것만 같았수. 하늘과 땅에서 어떤 변동이 일어나더라도 나만 은 살 것 같았수. 그때 어디서 언제 왔는지 모르는 자동차가 나타났수. '이리 와!' 고함치는 소리에 나는 흠칫하여 바라보니 내 옆에 앉아 있던 동무가 벌떡 일어나우. 그도 나와 같이 어리석은 생각에 아마 자기만은 자동차를 태워 보내려는 것으로 알았던 모양이우. 그때 나도 덤벼 일어났수.

'가만히 앉았어!' 나는 고함소리를 들으면서도 달려가려 하였수. 내 발에는 쇠사슬이 무겁게 달려 있었수. B들은 그 동무의 목을 쇠사슬로 매어 놓았수. 그리고 그 끝은 자동차에 매었수. '너 이 차를 따라오면 살려주마!' 나는 이 말을 분명히 들었수. 나는 또다시 덤볐수. '하하하하 따라오너라 오너라.' 차에 오른 B들은 손질을 하우. 그리고 엔진을 틀었수. 차는 달아나우.

그 동무는 살겠노라 두 팔을 바람개비 날리듯 하며 따라가우. 그러나 몇 발걸음 나가지 못해서 푹 거꾸러지는 모양이우. 그러고 땅을 쓰는 소리와 같이 자동차는 뿌옇게 사라지우. 다음은 내 차례우. 그때 B하나가 총 끝에 칼을 끼워 가지고 내곁으로 왔소. 그때까지도 저가 참말 나를 죽이려는가? 하였수. B는 그 칼을 나의 가슴에 대었수. 비로소 나는 삶의 희망이 아주 탁 끊어졌수. 그때유. 아저머이! 그때라우 나는 그 절망에서 어떤 힘을 벼락같이 얻었수. 그러자 나의 의식은 명확해졌수. 동시에 내가 누구에게 죽음을 받는다는 것을 똑똑히 알았수. 나는 B를 보았소. 그때 나의 가슴에는 칼이 들여 박혔수. 나는 소리를 버럭 질렀수. 그러고 소스라쳐 깨었소. 꿈이란 그뿐이우."

　그는 말을 마치며 눈을 무섭게 떴습니다. 나는 뛰는 가슴을쥐며 그를 바라보았습니다. 그의 얼굴에는 분노의 빛이 팽팽히 잡아씌웠습니다. 그러고 그의 입은 무겁게 다물리었으며 턱을 거불거불 채었습니다. 나는 너무나 흥분이 되어서 어쩔 줄을 몰랐습니다. 등불은 여전히 그의 얼굴을 고요히 비쳐줍니다. 한참후에 그는 나를 보았습니다.

　"그런 일이 혹 현실에 실재해 있을 것 같우?"

　나는 눈등이 뜨거워서 그의 시선을 피하였습니다. 그러고 그의 물음에 입이 벌려지지 않았습니다. 그러고 온몸이 무섭게 떨렸습니다. 그때 함석지붕에 빗방울 듣는 소리가 푸떵푸떵 들려 왔습니다.

—《신가정》(1934. 2).

# 모자

눈이 펄펄 내리는 오늘 아침에 승호의 어머니는 백일기침에 신음하는 어린 승호를 둘러 업고 문밖을 나섰다. 그가 중국인의 상점 앞을 지나칠 때 며칠 전에 어멈을 그만두고, 쫓겨 나오듯이 친가로 정신없이 가던 자신을 굽어보며 오늘 또 친가에서 의모와 쌈을 하고 이렇게 나오게 되니 이젠 갈 곳이 없는 듯하였다. 그나마 그는 의모는 말할 것 없지만 아버지만 쳐다보고 그래도 딸자식이니 몇 해는 그만두고라도 몇 달은 보아주려니, 보다도 승호의 백일기침이 낫기까지는 있게 되려니 하였다가 그역시 딴 남인 애희네보다도 못하지 않음을 그는 눈물겹게 생각하였다. 어디로 가나? 그는 우뚝 섰다. 사람들은 부절히 그의 옆으로 지나친다. 그는 멍하니 하늘을 쳐다보면서 이제야말로 원수같이 지내던 시형네 집에나마 머리 숙여 들어가지 않을 수가 없었다. 그렇게 생각하고 나니 자신은 도수장에 들어가는 소 모양으로 온몸이 부르르 떨리고 차마 발길을 떼놓는 수가 없었다. 그러나 한편으로 생각하면 비록 그의 남편은 이미 죽었지만 남편의 뒤를 이을 이 승호가 있지 않은가! 이 승호야말로 친가에서보다도 시형네 집에서는 유리한 조건이 되지 않는가. 조카자식도 자식이지. 오냐 가자! 하고 그는 억지로 발길을 떼어놓았다. 더구나 시형네는 방금 약방을 펼쳐 놓고 있으니 들어가기가 어려워서 그렇지 그가 들어만 가면 승호의 이 기침도 곧 나아질 것 같았다. 그는 용기가 났다. 아무러한 모욕을 주더라도 꿀꺽 참자 하고 느려지는 발길에 힘을 주었다. 그러나 동서의 그 낚시 눈과 시형의 호박씨 같은 눈이 자꾸 그의 발길을 돌리려고만 하였다.

만주사변 전만 하여도 시형이 자기의 남편을 하늘같이 떠받치었으며 그래서 자기들까지도 시형이 군말없이 생활비를 대주었던 것이나, 일단 만주사변이 일어나고 그리고 이 용정 사회가 돌변하면서부터는 시형도 맘이 변하여 끔찍하게 알던 그 아우를 밤낮으로 욕질을 해가며 역시 자기네 모자를 한결같이 대하였다. 그래서 일절 생활비도 대주지 않는 까닭에 승호의 어머니는 남의 어멈으로 들어가게 되었던 것이다. 그리고 특히 일년 전에 남편이 객지에서 죽었다는 기별이 왔을 때 시형이 오히려 좋아하는 눈치를 보였기 때문에 승호의 어머니는 있는 악이 다 치밀어서 큰 쌈을 하게 되었으며 그 후로는 발길을 아주 끊고 말았던 것이다. 그런데 오늘 이렇게 그가 머리 숙여 들어간대야 시형네 내외가 물론 덜 좋아할 것을 뻔히 아는 터이고 해서 그는 이렇게 주저하고 망설이지 않고는 견디지 못하였다.

가만히 엎디어 있던 승호는 갑자기 머리를 들며 그 몹쓸 기침발을 또 내놓았다. 그리고 기침에 못 이겨서 숨이 꼴깍 넘어가는 소리를 한다. 그는 얼른 승호를 앞으로 돌려 안으며 승호의 볼 위에 볼을 맞대고 몸을 부르르 떨었다.

"승호야! 아가!"

그는 안타까워서 이렇게 부르르 승호의 입에 그의 입술을 대고 입김을 흠뻑 빨았다. 그것은 아들의 백일기침이 자기에게로 옮아오고 말았으면 하는 생각으로 그는 언제나 승호가 기침을 내놓을 때마다 이렇게 하곤 하였다. 그리고는 승호가 기침한 지가 한참이 지나도록 하지 않으면 그가 입김을 빤 효과가 나는가 하여 가슴을 태우다는 번번이 그 기침발을 또다시 만나곤 하였던 것이다. 승호의 기침이 좀 진정한 뒤에야 그는 다시 걸었다. 어느덧 시형네 담모퉁이로 들어섰다. 그는 멈칫 섰다. 시형이 왜 왔느냐? 물으면 뭐라고 하나? 살러 왔습니다……. 그리나? 뭐라나? 그만 잠자코 있을까 아니 어멈 그만둔 것을 말해야지. 그러나 그집에서도 모른다며는 어찌나? 그는 어떤 지하에나 떨어지는 듯 아찔하여 그만 돌아섰다. 차라리 그렇게 될 바에는 아예 들어가지도 말았으면도 하였다. 그러나 그러고 보니 갈 곳이 없다. 그만 오늘밤이나 누구네 집에 가서 자구서 눈이나 그치거든 어디로든지 갈까? 그때는 애희네 집에서 쫓겨 나오던 광경을 머리에 그리며, 남이야 다 같지. 누구라 우리모자를 하루밤인들 재울소냐. 이 몹쓸 기침에 걸린 우리 승호를 나 외에야 누가 좋다고 할 사람이 어디 있어. 그나마 자식값에 가니 그래도 시형이 났겠지. 가서 말이나 해보자. 설마한들 내쫓을까. 그는 다시 발길을 옮겼다. 발길은 점점 무거워 오며 자꾸 망설이게 된다. 그리고 승호가 시형과 마주 앉아 이야기할 때 그 기침을 하면 어찌나. 그래서 다소 불쌍한 맘이 들어 집에 두랴고 했다가도 그만 그 기침에 놀라 딱 잡아떼면 어떡허나! 좀 기다려서 승호가 기침을 한 후에 들어가지. 그는 우뚝서서 승호가 어서 기침을 하기를 고대하였다.

이렇게 바람 차고 눈 오는 날에 밖에서 오래 있는 것이 승호에게 해롭다는 것을 모르는 것은 아니건만 그는 이렇게 망설이며 가슴을 졸이지 않을 수가 없었다.

"승호야, 너 큰어버지 앞에서 기침을 참아야 한다. 그래야 한다."

자는 듯이 엎디어 있는 승호의 등을 가볍게 두드리며 이렇게 애원하다시피 하였다. 그는 멈칫 섰다. 시형네 문이 눈에 선뜻 띄었던 것이다.

그리고 새로 페인트칠을 한 시형네 대문은 그가 오래간만에 왔다는 것을 말해주는 듯 그는 뛰는 가슴을 쥐며 또다시 망설였다. 그때 별안간 문이 열리며 H보통학교에 교사로 있는 시형의 딸이 앞뒤를 굽어보며 나온다.

그는 흠칫하여 물러설 때,

"아이 작은어머니, 오래간만이네……."

눈같이 흰 얼굴에 부드러운 그의 외투깃털이 살짝살짝 스친다.

"잘 있었니……."

그는 질녀만 보아도 머리가 숙여지며 말문이 꾹 막힌다.

"어서 들어가요. 승호는 자우?"

질녀는 곁으로 오는 체하더니 도로 물러난다.

"난 저기 다녀올게. 작은어머니는 어서 들어가요. 나 오기 전에 집에 가면 못써 응 작은 어머니."

질녀의 음성은 몹시도 명랑하였다. 그때 그는 질녀를 붙들고 이런 사정을 해볼까 하는 생각도 들었으나 질녀는 말을 마치자 생긋 웃어 보이고 돌아서 간다. 그는 하는 수 없이 문안으로 들어섰다. 신발소리를 들었음인지 맏동서의 낚시눈이 유리창으로 나타난다. 그는 얼굴이 화끈 달며 마치 원수를 대하는 듯하였다.

"이거 웬일이어? 자네가 다 우리집에 올 때가 있나?"

미닫이를 드르르 열고 내다보는 동서는 은연중에 노기를 띠고 그를 대하여 준다. 그는 아무 말 없이 방으로 들어가 앉았다. 약내가 물큰 스치며 훈훈한 방 기운이 그의 다는 볼 위에 칵 덮씌운다. 그는 승호가 기침을 할까 하여 누더기를 승호 머리까지 뒤집어씌우고 앉아서 가슴을 졸였다.

"그래, 돈벌이 한다더니 돈 많이 모았겠구먼……. 사람이 못쓰느니. 자네, 아직도 자네가 옳게 한 것 같으나?"

동서는 장죽을 당겨 담배를 담는다.

"잘못했어요."

"그러구 말이지, 싸울 때는 혹 싸웠더라도 성이 까라지면 잘못했다고 빌어야 하는 게지. 그래 일년이 넘도록 발길 하지 않으니 아랫사람으로 윗사람 대하는 법이 어디 그런가.”

잘못했다는 말에 동서는 성이 좀 풀린 모양인지 이러한 말을 한다. 그는 목을 놓아 울고 싶은 것을 겨우 진정하며 자신의 맘이 참말 좁은 것 같았다. 그는 감격하였다. 윗방에서는 중국인이 약을 사러 왔는지 중국인의 음성 틈에 시형의 굵단 음성이 들린다. 그는 동서가 성이 좀 풀린때에 모든 것을 탁 털어놓고 사정하리라 하였다. 그리고 무슨 말을 꺼내렸으나 앞서는 것은 눈물뿐이요, 입을 떼는 수가 없었다. 그러자 승호가 머리를 들더니 기침발을 또 내놓았다. 그의 어머니는 어쩔 줄을 몰라 쩔쩔매었다.

“아니 그 애가 백일기침이 아니라구?”

동서는 금시로 눈이 샐쭉해진다. 승호 어머니가 어째서 온 것을 짐작하였던 것이다.

“백일기침에는 약이 없다네. 언제부터 그 병에 걸렸나?”

승호 어머니는 약 없다는 말에 기가 질리어 얼굴이 새하얗게 되었다.

그러면 승호는 죽는 수밖에 없구나! 하는 생각이 그의 머리를 아뜩하게 하였던 것이다.

“애를 잘 간수할 것이지. 자네 있는 집에 누가 앓는가?”

“아 아니유!”

“그러면 그 집에서도 싫어하지 않겠는가?”

“아 아주 나왔어요!”

말 끝에 그는 울고야 말았다. 동서는 휭 돌아앉는다.

“백일기침은 전염병이니 누가 좋아하겠나.”

동서는 처음에 약을 얻으러 온 것으로만 알았으나 지금 생각하니 있을 곳이 없어 온 것임을 알았다. 동서는 갑자기 멸시하는 생각과 함께 가라 앉으려던 분이 치받친다.

"흥, 좋을 때는 발길 안 하더니 새끼가 죽게 되구 있을 데가 없으니 온단 말이어. 우리는 모르네. 아 자네 왜 그리 기세 좋게 떠들고 나가더니 일년이 못 되어 돌아오는가. 우리는 그런 꼴 못 보아. 자네 친정집 있지. 그리 가든지 시집을 가든지. 우리와는 그때부터 인연을 끊지 않았나!" 담뱃대로 재떨이를 땅땅 친다. 승호의 어머니는 볼을 쥐어박힌 듯 온 얼굴이 안 아픈 곳이 없었다. 그는 입술을 꼭 다물며 다시 한번 사정하리라 하였다.

"어쩌겠습니까! 한번 용서하십시오."

"흥! 용서, 용서라는 게 몇 푼짜리 가는 게야. 우리는 몰라."

그때 윗방 미닫이가 열리며 시형의 얼굴이 나타난다.

"이거 왜들 이리 싱커럽게 구니!"

소리를 지르며 눈알을 굴린다.

"글쎄, 생전 면대하지 않을 것같이 굴더니 새끼가 병들고 있을 곳이 없으니 또 왔구려."

"듣기 싫어!"

시형은 소리를 냅다 치며 미닫이를 도로 닫는다. 그나마 실끝같이 믿었던 시형조차도 저 모양이다. 그는 벌떡 일어났다.

"잘들 살아요."

그는 미친 듯이 밖으로 뛰어나왔다. 그는 정신없이 행길까지 나왔다. 눈은 여전히 소리없이 푹푹 쏟아진다. 그는 우뚝 섰다. 남편을 그는 원망하지 않을 수 없었다. 그러나 그는 곧 후회하였다. 잠 한잠 뜨듯이 자지 못하고 밥 한끼니 달게 먹어보지 못하고 산으로 들로 돌아다니다가 적에게 붙들려 죽은 남편을 원망하는 자신이야말로 너무나 답답한 여자 같았던 것이다.

남편이 산으로 가기 전에 그를 붙들고 뭐라고 말했던가. 우리는 아무리 잘살고자 하나 잘살 수가 없다고 하던 남편의 말. 그때는 무슨 말인가 하였으나 그가 살아올수록 남편의 말이 옳은 것 같았다. 아니 옳은 것이다. 승호에게도 우리는 그렇게 가르쳐야 하오……. 남편의 말. 아아 그 남편을 잃은 자신은 어떻게 해야 좋을까. 남편이 살았을 때는 아무러한 고생을 하여도 그래도 희망이 떠나지 않더니 지금에야 그는 무슨 희망이 있으랴. 그저 앞이 캄캄한 것뿐이었다.

그는 우뚝 섰다. 이런 생각을 하니 그런지 남편의 그 눈, 그 입모습이 자꾸 떠올라서 그는 소리쳐 울고 싶었던 것이다. 그는 떨어지는 눈송이를 멍하니 바라보았다. 그리고 저 눈송이가 혹은 기침에 약이나 되지 않을가 하는 생각에 그는 넓적 입을 벌리고 눈송이를 받았다. 그때 그는 시형네 방에서 맡던 약내를 얼핏 생각하며 혀끝이 선뜻해지는 눈송이를 느꼈다. 그리고 매정하게 말하던 동서의 말이 떠올라 그는 눈을 무섭게 떴다. 다음 순간에 그는 승호가 이 몹쓸 바람을 쐬어 더 기침을 하게 되면 어쩌나 하는 불안에 그는 머리에 썼던 수건을 벗어 승호를 씌웠다. 그리고 걸었다. 어디로 가나? 아무 데라도 가지. 그저 용정만 벗어나자. 인심이 야박한 이 용정, 아니 돈만 아는 놈이 사는 이 용정! 자기 모자를 내쫓는 이 용정! 이 용정만 떠나서 자기네 모자와 같은 이러한 궁경에 있는 사람들이야말로 자기네 모자를 박대하지는 않을 것 같았다. 이렇게 생각하고 나니 남편이 처음 떠나누라는 그 산이 문득 생각키운다. "아니 어딜 가셔요, 글쎄 말이나 해요."

그의 안타까워 묻던 말, 남편은 묵묵히 앉았다가

"산으로 가우." 남편의 말 "어느 산?" "그저 산이라구만 알아두지……."

그 후부터 그는 멀리 바라보이는 산을 유정하게 바라보게 되었으며 누구의 입에서나 산이 어떻다는 말만 들어도 그는 가슴이 뛰곤 하였던 것이다. 산! 남편은 필시 어느 산인지는 모르나 산으로 갔을 것만은 틀림없었고 그래서 죽는 때까지도 산에서 산으로 옮아다니다가 ×에게 붙들리었을 것이라 하였다. 그는 눈을 들었다. 눈송이에 묻혀 잘 보이지 않는 저 산, 꿈같이 아득히 보이는 저 산. 자기네 모자는 남편의 뒤를 따라 저산으로 갈 곳밖에 없는 듯하였다.

"가자, 승호야. 아버지를 따라!"

그는 흥분에 겨워 이렇게 말하였다. 그렇게 생각하니 그런지 저 산에를 가면 남편의 해골이나마 대할 것 같고 그리고 죽으면서 자기네 모자에게 남긴 말이나 얻어들을 것 같았다. 그는 힘이 버쩍 났다. 눈송이 송이는 그의 타는 듯한 볼에 떨어지고 또 떨어진다.

한참 후에 그는 휘휘 돌아보았다. 보이는 것은 이 눈에 묻힌 끝도 없는 들뿐이요 아무도 없는 듯하였다. 오직 자기네 모자와 그나마 자기네 모자로 하여금 희망을 가지게 하는 산뿐이었다. 그러나 그 산은 웬일인지 앞으로 가면 갈수록 아득해 보일 뿐이다. 그러고 보니 그의 얼굴도 눈바람에 부딪치어 못 견디게 쓰리고 아팠다. 따라서 그의 전신에서 활활 붙는 듯하던 열도 흔적도 없이 사라지고 자기는 쓸데없는 환영을 쫓고 있었다는 것을 그는 후회하면서 돌아보았다. 용정은 보이지 않았으며 벌써 이 리, 삼 리 가량이나 온 듯하였다.

그는 돌아갈까도 하였다. 그러나 용정으로 돌아가기 전에 먼저 얼어 죽을 것 같았다. 그는 다시 돌아섰다. 가는 데까지 가보자. 그래서 집이 있으면 자구서 내일 어떻게 하더라도 우선 가자. 그는 발길을 옮기며 어디가 집이 있는가를 살폈다. 이제부터는 확실히 날이 어두워가는 것임을 그는 알았을 때 그는 한층 더 조급하였다. 그리고 그는 인가를 찾아 헤매었다. 승호는 몇 번이든지 된기침을 하였다. 그는 기침에도 관심하지 않고 오직 인가만 찾았다. 그가 이 길이 초행이 아니요 늘 다니던 길이므로 이 길 고피를 지나가면 마을이 있을 것을 짐작하나 웬일인지 그 길 고피를 다 지나와도 집이란 없고 그저 눈에 묻힌 들뿐이었다. 한참이나 이렇게 헤매이던 그는 그가 필시 길을 잘못 들은 것이라고 해서 눈을 똑바로 뜨고 두루 살펴보았으나 어디가 어딘지를 짐작할 수가 없었다. 그저 무서운 바람 속에 현기증을 일으킬 만큼 빛나는, 아니 그의 머리를 흔드는 흰 눈뿐이었다. 그는 우뚝 섰다. 그리고 눈에 손을 갖다대었다.

눈을 비비치고자 함이었다. 그러나 손은 마치 나무로 만든 손 같았으며 이마로 움직이는 수가 없었다. 그는 정신이 바짝 들었다. 자기가 지금 죽어가는 것이 아닐까 하는 생각이 번개같이 들었던 것이다. 그는 손발을 자꾸 놀려보며 승호를 불러도 보았다. 그러나 그는 이러하고 있을 때가 아니라 하여 앞으로 걸었다. 그때 그는 저 멀리 인가 같은 것이 보이는 듯해서 허방지방 뛰어왔다. 그러나 역시 인가가 아니요, 눈을 뒤집어쓰고 있는 기둥 몇 개였다. 그는 놀랐다. 이 집터가 마차 정류소 터이었던 것을 알 수가 있었다. 그런데 기둥 몇 개만 남고 이리 되지 않았는가. 그때 그는 토벌난에 농촌의 집이란 대개가 다 탔다던 말을 얼른 생각하며 전신의 맥이 탁 풀렸다. 그는 어쩔 줄을 몰랐다. 그리고 저 앞에 높은 토성을 가지고 있던 중국인의 집을 살펴보았다. 역시 그 집도 보이지 않았다. 그는 몇 걸음 앞으로 나와 살펴보았으나 역시 없었다. 확실히 없었다.

바람이 좀 자는 듯하나 눈은 점점 더 내린다. 그리고 땅에 깔린 눈은 그의 무릎마디를 지나쳤다. 그는 기둥을 바라보며 어쩔까 하다가 에라 죽으면 죽고 살면 살구 가보자! 그는 이를 악물고 걸었다. 그러나 어쩐지 앞이 캄캄해 오고 자꾸만 넘어지려고 하였다. 그리고 그의 고무신은 언제 어디서 벗어졌는지 버선발뿐이었으며 버선발에는 눈이 떡같이 달라붙어서 무겁기 천근이나 되는 듯 암만 떨어도 떨어지지는 않고 조금씩이라도 더 붙으므로 어쩌는 수가 없었다. 그리고 머리와 눈썹 끝에는 눈가루가 허옇게 붙었으며 입술에도 역시 그랬다. 그는 달음질쳤다. 그의 생각만이 달음질칠 뿐이요 그 자리에 그냥 서서 있었다.

그는 갑자기 허전해지며 스르르 미끄러지자 눈이 눈으로 코로 입으로 막 쓸어들며 숨이 콱 막힌다. 그는 어떤 구렁이나 혹은 개천으로 빠져 들어오는 것임을 직각하였을 때, 나는 죽는구나! 참말 죽는구나, 하는 생각이 버석 들었다. 그는 두 손을 내저으며 무엇을 붙잡으려 하였다. 붙잡히는 것은 푸실푸실한 눈덩이뿐이고 아무것도 잡히는 것이 없었다. 그는 소리를 지르려고 악을 썼다. 그러나 들어올 데까지는 들어오고야 만 듯 그는 마침내 우뚝 섰다.

그는 우선 숨이나 쉬도록 손으로 머리를 내휘둘러서 구멍을 내려 하였다. 그러나 구멍을 내면 낼수록 위에서 눈이 자꾸 내려 밀린다. 그때 그는 갑자기 승호가 이 눈에 묻혀서 그만 죽었는가 하여 승호를 붙들고 승호 편을 머리로 자꾸 받아서 구멍을 내놓았다. 눈은 머리털 밑으로 새어서는 차디찬 물로 변하여 그의 목덜미로 뱀같이 길게 달아 내려온다. 그는 이 물이 승호에게로 새어 들어갈까 하여 그의 저고리 깃에 스며들도록 목을 좌우로 내저었다. 그러나 물줄기는 이리저리 스며들어 간다.

그는 맥이 탁 풀렸다. 그리고 우리 모자가 참말 죽는구나! 하고 다시 한번 생각되었다. 그때 그는 남편의 죽음을 생각하였다. 그가 죽게 된 것은 이러한 눈 속에서 헤어나지 못함도 아니요, 바다 속에서 혹은 어떠한 구렁이나 개천이 아니다. '우리는 아무리 살려고 갖은 애를 다 써도 결국은 못살게 되고 또 죽게 된다.' 남편의 말. 그렇다! 옳다! 그가 살려고 얼마나 애를 썼던가. 그래도 사람이 산 이상에야 살 수 있겠지, 설마한들 죽을까. 이러한 미련에 그날도 그날같이 애쓰다가 결국은 이러한 눈 속에서 죽게 되지 않았는가. 남편의 죽음과 지금 자기네 모자의 죽음은 얼마나 차이가 있는 죽음이냐.

그는 얼결에 아들을 부르며 이 아들로 하여는 결코 자신과 같은 인간을 만들지 않으리라 결심하였다. 그리고 아버지가 못 다한 사업을 이 아들로 완성하게 하리라 하였다.

"승호야!" 그는 가슴이 벅차서 이렇게 승호를 부르지 않고는 견디지

못하였다. 그리고 이까짓 눈 속 같은 것은 아무 꺼릴 것이 없다고 부쩍
생각키웠다.

—《개벽》(1935. 1).

# 원고료 이백 원

친애하는 동생 K야.

간번 너의 편지는 반갑게 받아 읽었다. 그리고 약해졌던 너의 몸도 다소 튼튼해짐을 알았다. 기쁘다. 무어니 무어니 해야 건강밖에 더 있느냐.

K야, 졸업기를 앞둔 너는 기쁨보다도 괴롬이 앞서고 희망보다도 낙망을 하게 된다고? 오냐 네 환경이 그러하니 만큼 응당 그러하리라. 그러나 너는 그 괴롬과 낙망 가운데서 단연히 깨달음이 있어야 한다. 그래서 기쁘고 희망에 불타는 새로운 길을 발견해야 한다.

K야, 네가 물은 바 이 언니의 연애관과 내지 결혼관은 간단하게 문장으로 표현할 만한 지식이 아직도 나는 부족하구나. 그러니 나는 요새 내가 지내는 생활 전부와 그 생활로부터 일어나는 나의 감정 전부를 아무 꾸밀 줄 모르는 서투른 문장으로 적어놓을 터이니 현명한 너는 거기서 버릴 것은 버리고 취하여다고.

K야, 내가 요새 D신문에 장편소설을 연재하여 원고료로 이백여 원을 받은 것은 너도 잘 알지. 그것이 내 일생을 통하여 처음으로 많이 가져보는 돈이구나. 그러니 내 머리는 갑자기 활기를 얻어 온갖 공상을 다하게 되두구나.

K야, 너도 짐작하는지 모르겠다마는! 나는 어려서부터 순조롭지 못한 가정에서 자랐고 또 커서까지라도 순경에 처하지 못한 나는 그나마 쥐꼬리만큼 배운 이 지식까지라도 우리 형부의 덕이었나라. 그러니 어려서부터 명일빔 한 벌 색들여 못 입어 봤으며 먹는 것이란 언제나 조밥이었구나. 그리고 학교에 다니면서도 맘대로 학용품을 어디 써보았겠니. 학기초마다 책을 못 사서 울고 울다가는 겨우 남의 낡은 책을 얻어 가졌으며 종이와 붓이 없어 나의 조고만 가슴은 그 몇 번이나 달막거리었는지 모른다.

K야, 나는 아직도 잘 기억한다. 내가 학교 일년급 때 일이다. 내일처럼 학기시험을 치겠는데 나는 종이 붓이 없구나. 그래서 생각다 못해서 나는 옆의 동무의 것을 훔치었다가 선생님한테 얼마나 꾸지람을 받았겠니. 그러구 애들한테서는 '얘! 도적년 도적년' 하는 놀림을 얼마나 받았겠니. 더구나 선생님은 그 큰 눈을 부라리면서 놀 시간에도 나가 놀지 못하게하고 벌을 세우지 않겠니. 나는 두 손을 벌리고 유리창 곁에 우두커니 서 있었구나. 동무들은 운동장에서 눈사람을 맨들어 놓고 손뼉을 치며 좋아하지 않겠니. 나는 벌을 서면서도 눈사람의 그 입과 그 눈이 우스워서 킥 하고 웃다가 또 울다가 하였다.

K야, 어려서는 천진하니까 남의 것을 훔칠 생각을 했지만 소위 중학교까지 오게 된 나는 아무리 바쁘더라도 그러한 맘은 먹지 못하였다. 형부한테서 학비로 오는 돈은 겨우 식비와 월사금밖에는 못 물겠더구나.

어떤 때는 월사금도 못 물어서 머리를 들고 선생님을 바루 보지 못한 적이 많았으며 모르는 학과가 있어도 맘놓고 물어보지를 못했구나. 그러니 나는 자연히 기운이 죽고 바보같이 되더라. 따라서 친한 동무 한 사람 가져 보지 못하였다. 이렇게 외로운 까닭에 하느님을 더 의지하게 되었으니 나는 밤마다 기숙사 강당에 들어가서 목을 놓고 울면서 기도 하였다. 그러나 그 괴롬은 없어지지 않고 날마다 달마다 자라만 가두구나. 동무들은 양산을 가진다. 세루치마 저고리를 입는다. 털목도리 따켓을 짠다. 시계를 가진다. 지금 생각하면 그 모든 것이 우습게 생각되지마는 그때는 왜 그리도 부러운지 눈물이 날 만큼 부럽두구나. 그 폭신폭신한 털실로 목도리를 짜는 동무를 보면 나도 모르게 그 실을 만져보다가는 앞서는 것이 눈물이두구나. 여학교 시대가 아니구서는 맛보지 못하는 이 털실의 맛! 어떤 때 남편은 당신은 왜 짜켓 하나 짤 줄 모루? 하고 쳐다볼 때마다 나는 문득 여학교 시절을 회상하며 동무가 가진 털실을 만지며 간이 짜르르하게 느끼던 그 감정을 다시 한 번 느끼군 하였다.

K야, 어느 여름인데 내일같이 방학을 하고 고향으로 떠날 터인데 동무들은 떠날 준비에 바쁘구나. 그때는 인조견이 나지 않았을 때이다. 모두가 쟁친 모시 치마 적삼을 잠자리 날개처럼 가볍게 해 입고 흰 양산 검은 양산을 제각기 사두구나. 그때에 나는 어째야 좋을지 모르겠더라.

무엇보다도 양산이 가지고 싶어 영 죽겠두구나. 지금은 여염집 부인들도 양산을 가지지만 그때야말로 여학생이 아니구서는 양산을 못 가지는 줄로 알았다. 그러니 양산이야말로 무언중에 여학생을 말해주는 무슨 표인것같이 생각되니라. 철없는 내 맘에 양산을 못 가지면 고향에도 가고싶지를 않두구나. 그래서 자꾸만 울지 않았겠니. 한방에 있는 동무 하나가 이 눈치를 채었음인지 혹은 나를 놀리누라구 그랬는지는 모르나 대부러진 낡은 양산 하나를 어데서 갖다 주더구나. 나는 그만 기뻤다. 그러나 어쩐지 화끈 달며 냉큼 그 양산을 가질 수가 없두구나. 그래서 새침하고 앉았노라니 동무는 킥 웃으며 나가두구나. 그 동무가 나가자마자 나는 얼른 양산을 쥐고 펼쳐보니 하나도 성한 곳이 없더라. 그때 나는 무어라 말할 수 없는 울분과 슬픔이 목이 막히도록 치받치더구나. 그러나 나는 그 양산을 버리지는 못하였다.

K야, 나는 너무나 딴 길로 달아나는 듯싶다. 이만하면 나의 과거 생활을 너는 짐작할 터이지……. 나의 현재를 말하려니 말하기 싫은 과거까지 들추어 놓았다. 그런데 K야, 아까 말한 그 원고료가 오기 전에 나는 밤 오래도록 잠을 못 이루고 그 돈으로 무엇을 할까? 하고 생각하였다. 지금 생각하면 부끄러운 말이지만 우선 겨울이니 털외투나 하고, 목도리, 구두, 내 앞니가 너무 새가 넓으니 가늘게 금니나 하고, 가늘게 금반지나하고, 시계나…… 아니 남편이 뭐랄지 모르지. 그래두 뭘 내 벌어서 내해 가지는데야 제가 입이 열이니 무슨 말을 한담. 이번 기회에 못하면 나는 금시계 하나도 못가지게— 눈 딱 감고 한다. 그러고 남편의 양복이나 한 벌 해줘야지, 양복이 그 꼴이니. 나는 이렇게 깡그리 생각해 두었구나. 그런데 어느 날 원고료가 내 손에 쥐어졌구나. K야, 남편과 나와는 어쩔 줄을 모르게 기뻐했다.

그날 밤 나는 유난히 빛나는 등불을 바라보면서,

"이 돈으로 뭘하는 것이 좋우?"

남편의 말을 들어보기 위하여 나는 이렇게 물었구나. 남편은 묵묵히 앉았다가 혼자 하는 말처럼,

"거참 우리 같은 형편에는 돈이 없는 것이 오히려 맘 편하거던……. 글쎄 이왕 생긴 것이니 써야지. 우선 제일 급한 것이 응호 동무를 입원시키는 게지……."

나는 이같은 뜻밖의 말에 앞이 아뜩해지며 아무 말도 할 수가 없두구나. 그러고 나를 쳐다보는 남편의 그 얼굴이 금시로 개 모양 같고 또 그 눈이 예전 소눈깔 같두구나.

"그러고 다음으로는 홍식의 부인이지. 이 겨울 동안은 우리가 돌봐야지 어찌겠수?"

나는 이 이상 남편의 말을 듣고 싶지 않더라. 그래서 머리를 돌려 저

편 벽을 물끄러미 바라보았구나. 물론 남편의 동지인 응호라든지 혹은 같은 친구인 홍식의 부인이라든지를 나 역시 불쌍하게 생각하지 않는 배는 아니오, 그래서 이 돈이 오기 전까지는 우리의 힘 미치는 데까지는 도와주고 싶은 맘까지 가졌지만 그러나 막상 내 손에 이백여 원이라는 돈을 쥐고 나니 그때의 그 생각은 흔적도 없이 사라지두구나. 어쩔 수 없는 나의 감정이더라. 남편은 대답이 없는 나를 한참이나 바라보다가 약간 거세인 음성으로,

"그래 당신은 그 돈을 어떻게 썼으면 좋을 듯싶소?"

그 물음에 나는 혀를 깨물고 참았던 눈물이 샘솟듯 쏟아지두구나. 그 순간의 남편이야말로 돌이나 깎아논 듯 그렇게도 답답하고 안타깝게 내눈에 비치어지두구나. 무엇보다도 제가 결혼 당시에 있어서도 남들이 다하는 결혼반지 하나 못해 주었고 구두 한 켤레 못 사주지 않았겠니. 물론 그것이야 제가 돈이 없어서 그리한 것이니 내가 그만한 것은 이해 못하는 것은 아니다. 그러나 돈이 생긴 오늘에 그것도 남편이 번 것도 아니요, 내 손으로 번 돈을 가지고 평생의 원이던 반지나 혹은 구두나를 선선히 해 신으라는 것이 떳떳한 일이 아니겠니. 그런데 이 등신 같은 사내는 그런 것은 염두에도 먹지 않는 모양이더라. 나는 이것이 무엇보다도 원망스러웠다. 그리고 지금 신는 구두도 몇 해 전에 내가 중이염으로 서울 갔을 때 남편의 친구인 김경호가 그의 아내가 신다가 벗어 논 구두를 자꾸만 신으라구 하두구나. 내 신발이 오죽잖아야 그리했겠니.

그때 나의 불쾌함이란 말할 수 없었다. 사람의 맘은 일반이지 낸들 왜 남이 신다 벗어 논 것을 신고 싶겠니. 그러나 내 신발을 굽어볼 때는 차마 딱 잘라 거절할 수는 없두구나. 그래서 그 구두를 둘러보니 구멍 난 곳은 없더라. 그래서 약간 신고 싶은 맘이 있지만 남편이 알면 뭐라고 할지 몰라 그 다음으로 남편에게 편지를 했구나. 며칠 후에 남편에

게서는 승낙의 편지가 왔겠지. 그래서 나는 그 구두를 신게 되지 않았겠니.

그러나 항상 그 구두를 볼 때마다 나는 불쾌한 맘이 사라지지 않두구나.

그런데 오늘밤 새삼스러이 그 구두를 빌어 신던 그때의 감정이 목구멍까지 치받치며 참을 수 없이 울음이 응응 터지는구나. 나는 마침내 어린애같이 입을 벌리고 울지 않았겠니. 남편은 벌떡 일어나며 윙 소리가 나도록 나의 뺨을 후려치누나. 가뜩이나 울분에 못 이겨 울던 나는 악이 있는 대로 쓸어나두구나.

"왜 때려. 날 왜 때려!"

나는 달려들지 않았겠니. 남편은 호랑이눈 같은 눈을 번쩍이며 재차 달려들더니 나의 머리끄댕이를 치는 바람에 등불까지 왱그렁 젱 하고 깨지두구나. 따라서 온 방안에 석유내가 확 뿜기누나.

"죽여라. 죽여라."

나는 목이 메어 소리쳤다. 이제야말로 이 사나이와는 마지막이다 싶더라. 남편은 씨근벌덕이며,

"응, 너 따위는 백 번 죽여 싸다. 내 네 맘을 모르는 줄 아니 흥 돈푼이나 생기니까 남편을 남편같이 안 알구. 에이 치사한 년, 가라! 그 돈 다 가지고 내일 네 집으로 가. 너 같은 치사한 년과는 내 못 살아. 온 여우같은 년…… 너도 요새 소위 모던껄이라는 두리횃눙년이 되고 싶은 게구나. 아, 일류 문인으로서 그리해야 하는 게지. 허허 난 그런 일류 문인의 사내 될 자격은 못 가졌다. 머리를 지지고 볶고, 상판에 밀가루칠을 하구, 금시계에 금강석 반지에 털외투를 입고, 입으로만 아! 무산자여 하고 부르짖는 그런 문인이 되고 싶단 말이지. 당장 나가라!"

내 손을 잡아 끌어내누나. 나는 문밖으로 쫓기어 났구나.

K야, 북국의 바람이 얼마나 찬 것은 말할 수 없다. 내가 여기에 온 지

4개 성상을 맞이했건만 그날 밤 같은 그러한 매서운 바람은 맛보지 못하였다. 온 세상이 얼음덩이로 된 듯하더구나. 쳐다보기만 해도 눈등이 차오는 달은 중천에 뚜렷한데 매서운 바람결에 가루눈이 씽씽 날리누나. 마치 예리한 칼끝으로 내 피부를 찌르는 듯 내 몸에 부딪치는 눈발이 그렇게 따굽구나. 나는 팔짱을 찌르고 우두커니 눈 위에 서 있었다. 그때에 나의 머리란 너머나 많은 생각으로 터질 듯하더구나. 어떻게 하나? 나는 이 여러 가지 생각 중에서 어떤 결정적 태도를 취하려고 이렇게 중얼거리며 머리 속에 돌아가는 생각을 한 가지씩 붙잡아 내었다. 제일 먼저 내달아오는 것이 저 사나이와는 이전 못 사는 게다. 금을 줘도 못 사는게다. 그러면 나는 어떻거나. 고향으로 가나? 고향……. 저년 또 다 살았나, 글쎄 그렇지 며칠 살겠기. 저런 홰눙년하고 비웃는 고향 사람들의 얼굴과 어머니의 안타까워 하는 모양! 나는 흠칫하였다. 그러면 서울로 가서 어느 신문사나 잡지사에 취직을 해? 종래의 여기자들이 염문만 퍼친 것을 보아 나 역시 별다른 인간이 못 된다는 것을 깨닫자 그 말로는 타락할 것밖에 없는 듯… 그러면 어디로 어떡하나. 동경으로 가서 공부나 좀 해봐. 학비는 무엇이 대구. 내 처지로서는 공부가 아니라 타락공부가 될 것 같다. 나는 이러한 결론을 얻을 때 어쩐지 이 세상에서 버림을 받은 듯, 나는 여기를 가나 저기를 가나 누가 반가이 맞받아줄 사람이라구는 없는 듯하구나. 그나마 호랑이같이 씨근거리며 저 방안에 앉아 있을 저 사나이가 아니면 이 손을 잡아줄 사람이 없는 듯하구나.

K야, 이것이 애정일까? 무엇일까. 나는 그때 또다시 더운 눈물을 푹 푹쏟았다. 동시에 그 호랑이 같은 사나이가 넓적넙적 지껄이던 말을 문득 생각하였다. 그러고 흥식의 부인이며 그 어린 것이 헐벗은 모양, 또는 뼈만 남은 응호의 얼굴이 무시무시하리 만큼 떠오르는구나. 남편을 감옥에 보내고 떠는 그들 모자! 감옥에서 심장병을 얻어가지고 나와서

신음하는 응호! 내 손에 쥐어진 이백여 원……. 이것이면 그들을 구할 수가 있는 것이다. 나는 아직까지 몸이 성하다. 그리고 헐벗지는 않았다. 이 위에 무엇을 더 바라는 것이 허영 그것이 아니냐! 나는 갑자기 이때까지 어떤 위태한 꿈을 꾸고 있었다는 것을 확실히 알았다.

K야, 나와 같은 처지에서 금시계 금반지 털외투가 무슨 소용이 있는 게냐. 그것을 사는 돈으로 동지의 한 생명을 구원할 수 있다면 구원하는 것이 얼마나 떳떳한 일이냐. 더구나 남편의 동지임에랴. 아니 내 동지가 아니냐. 나는 단박에 문앞으로 뛰어갔다.

"여보 나 잘못했소."

뒤미처 문이 홱 열리두나. 그래서 나는 뛰어들어가 남편을 붙들었다.

"여보 나 잘못했소 다시는 응."

목이 메어 울음이 쓸어 나왔다. 이 울음은 아까 그 울음과는 아주 차이가 있는 울음이었던 것만은 알아다고. K야, 남편은 한숨을 푹 쉬면서 내 머리를 매만진다.

"당신의 맘을 내 전연히 모르는 배는 아니오. 단벌 치마에 단벌 저고리를 입고 있으니…… 그러나 벗지는 않았지. 입었지. 무슨 걱정이 있소. 그러나 응호 동무라든가 홍식의 부인을 보구려. 그래 우리 손에 돈이 있으면서 동지는 앓아 죽거나 굶어 죽거나 내버려 둬야 옳단 말이오…… 그러기에 환경이 같아야 하는 게야, 환경이. 나부터라도 그 돈이 생기기 전과는 확실히 다르니까.

남편은 입맛을 다시며 잠잠하다. 그도 나 없는 동안에 이리저리 생각해 본 후의 말이며 그가 그렇게 분풀이를 한 것도 내게 함보다도 자기 자신에서 일어나는 모든 불쾌한 생각을 제어하고저 함이었던 것을 나는 알 수가 있었다. 나도 도리어 대담해지며 가슴에서 뜨거운 불길이 확 일어나두구나.

"여보, 값 헐한 것으로 우리 옷이나 한 벌씩하고 쌀이나 한 말, 나무나 한 바리 사구는 그들에게 노나 줍시다! 우리는 앞으로 또 벌지 않겠소."

남편은 와락 나를 쓸어안으며,

"잘 생각했소!"

K야, 네가 지루할 줄도 모르고 내 말만 길게 늘어놓았구나. 너는 지금 졸업기를 앞두고 별의별 공상을 다 할 줄 안다. 물론 그 공상도 한때는 없지 못할 것이니 나는 결코 너의 그 공상을 나무라려고 드는 것은 아니다. 그러나 그 공상에서 한 보 뛰어나와서 현실에 착안하여라.

지금 삼남의 이재민은 어떠하냐? 그리운 고향을 등지고 쓸쓸한 이 만주를 향하여 몇 만의 군중이 달려오고 있지 않느냐. 만주에 와야 누가 그들에게 옷을 주고 밥을 주더냐. 그러나 행여 고향보다는 날까 하고 와서는 처자는 요릿간에, 혹은 부호의 첩으로 빼앗기우고 울고불고 하며 이 넓은 벌을 헤매이지 않느냐. 하필 삼남의 이재민뿐이냐. 요전에 울릉도에서도 수많은 군중이 남부여대하여 원산에 상륙하지 않았더냐. 하여간 전 조선의 빈한한 군중은, 아니 전 세계의 무산 대중은 방금 기아선상에서 헤매이고 있는 것을 너는 아느냐 모르느냐.

K야, 이 간도는 토벌단이 들어밀리어서 지금 한창 총소리와 칼소리에 전 대중이 공포에 떨고 있는 중이다. 그러니 농민들은 들에서 농사를 짓지 못하였으며 또 산에서 나무를 베이지 못하고 혹시 목숨이나 구해볼까하여 비교적 안전지대인 용정시와 국자가 같은 도시로 몰려드나 장차 그들은 무엇을 먹고 살겠느냐. 이곳에서는 개목숨보다도 사람의 목숨이 헐하구나.

K야, 너는 지금 상급학교에 가게 되지 못한다고, 혹은 스위트 홈을 이루게 되지 못한다고 비관하느냐? 너의 그러한 비관이야말로 얼마나 값없는 비관인가를 눈 감고 가만히 생각해 보아라. 네가 만일 어떠한 기회로 잠시 동안 너의 이상하는 바가 실현될지 모르나 그러나 그것은 잠깐 동안이고 너는 또다시 대중과 같은 그러한 처지에 서게 될 터이니

너는 그때에는 그만 자살하려느냐.

K야, 너는 책상 위에서 배운 그 지식은 그것만으로도 훌륭하다. 이제야말로 실천으로 말미암아 참된 지식을 얻어야 할 때이다. 그리하여 너는 오직 너의 사회적 가치를 향상시킴에 힘써야 한다. 이 사회적 가치를 떠난 그야말로 교환가치를 향상시킴에만 몰두한다면 너는 낙오자요 퇴패자이다. 이것은 결코 너를 상품시 혹은 물건시 하는 데서 하는 말이 아니요, 사람이란 인격상 취하는 방면도 이러한 두 방면이 있다는 것을 네게 알려주고자 함이다.

— 《신가정》(1935. 2).

# 지하촌*

해는 서산 위에서 이글이글 타고 있다.

칠성이는 오늘도 동냥자루를 비스듬히 어깨에 메고 비틀비틀 이 동리 앞을 지났다. 밑 뚫어진 밀짚모자를 연신 내려쓰나 이마는 따갑고 땀방울이 흐르고 먼지가 연기같이 끼어 그의 코밑이 매워 견딜 수 없다.

"이애 또 온다."

"어아."

동리서 놀던 애들은 소리를 지르며 달려 나온다. 칠성이는 조놈의 자식들을 또 만나누나 하면서 속히 걸었으나, 벌써 애들은 그의 옷자락을 툭툭 잡아당겼다.

"이애 울어라 울어."

한 놈이 칠성의 앞을 막아서고 그 큰 입을 헤벌리고 웃는다. 여러 애들은 죽 돌아섰다.

"이애 이애, 네 나이 얼마?"

"거게 뭐 얻어 오니? 보자꾸나."

* 이 작품은 1936년 신문에 연재된 후 1939년 조선일보사 출판부에서 펴낸 《여류단편걸작집》에 실리면서 검열에 의해 삭제된 부분이 많다. 신문 연재본이 가장 훼손되지 않은 정본이며 여기에 수록된 것은 신문 연재본을 저본으로 한 것이다.

한 놈이 동냥자루를 툭 잡아채니 애들은 손뼉을 치며 좋아한다. 칠성이는 우뚝 서서 그 중 큰 놈을 노려보고 가만히 서 있었다. 앞으로 가려든지 또 욕을 건네면 애들은 더 흥미가 나서 달려붙는 것임을 잘 알기 때문이다.

"바루 바루 점잖은데."

머리 뾰죽 나온 놈이 나무 꼬챙이로 갓 눈 듯한 쇠똥을 찍어들고 대들었다. 칠성이도 여기는 참을 수 없어서 막 서두르며 내달아 갔다.

두 팔을 번쩍 들고 부르르 떨면서 머리를 비틀비틀 꼬다가 한 발 지척 내디디곤 했다. 애들은 이 흉내를 내며 따른다. 앞으로 막아서고 뒤로 따르면서 깡충깡충 뛰어 칠성의 얼굴까지 쇠똥칠을 해놓는다. 그는 눈을 부릅뜨고,

"이이놈들."

입을 실룩실룩 하다가 겨우 내놓은 말이다. 애들은,

"이이놈들"하고 또한 흉내를 내고는 대굴대굴 굴면서 웃는다. 쇠똥이 그의 입술에 올라가자, 앱 투 하고 침을 뱉으면서 무섭게 눈을 떴다.

"무섭다, 바루 바루."

애들은 참말 무섭게 보았는지 슬금슬금 꽁무니를 빼기 시작하였다. 칠성이는 팔로 입술을 비비치고 떠들며 돌아가는 애들을 물끄러미 바라보았다. 웬일인지 자신은 세상에서 버림을 받은 듯 그렇게 고적하고 분하였다.

그들이 물러간 후에 신작로는 적적하고 죽 뻗어 나가다가 조밭을 끼고 조금 굽어진 저 앞이 뚜렷했다. 그 위에 수수밭 그림자 서늘하고 ……그는 걸었다. 옷에 묻은 쇠똥을 털었으나, 떨어지지 않을 뿐만 아니라 퍼렇게 물이 든다. 그는 어디라 없이 멍하니 바라보다가, 산밑으로 와서 주저앉았다.

긴 풀에 잔바람이 홀홀이 감기고 이따금 들리는 벌레소리, 어디 샘물

이 있는가 싶었다. 그는 보기 싫게 돋은 머리를 벅벅 긁어당기며 무심히 앞을 보았다. 수림 속에 햇발이 길게 드리웠고 짹짹 하는 새소리 처량하게 들렸다. 난 왜 병신이 되어 그놈의 새끼들한테까지 놀림을 받나 하고 불쑥 생각하면서 곁의 풀대를 북 뽑았다. 손목은 찌르르 울렸다.

큰년이가 살까! 그는 눈이 멀고도 사는데 난 그보다야 훨씬 낫지. 강아지의 털같이 보드라운 털을 가진 풀열매를 바라보며 이렇게 생각하였다. 큰년이가 천천히 떠오른다. 곱게 감은 눈, 고것 참! 그는 진저리를 쳤다. 그리고 곁에 놓인 동냥자루를 보면서 오늘 얻어온 것 중에 가장 맛있고 좋은 것으로 큰년에게 보내야지 하였다. 어떻게 보낼까. 밤에 바자위로 넘겨줄까. 큰년이가 나와 바자 곁에 서 있어야 되지. 그럼 누가 나오라고는 해 둬야지. 누구가 그래. 안 되어. 그럼 칠운이 들어서 보내지. 아니 아니, 안 되어. 큰년의 어머니가 알게 되고, 또 우리 어머니 알지. 안 되어. 낮에 김들 매러 간 담에 몰래 바자로 넘겨주지. 그는 가슴이 설레어서 부시시 일어나고 말았다.

가죽을 벗겨낼 듯이 내려 쪼이던 해도 어느덧 산 속으로 숨어버리고, 어디선가 불어오는 바람이 풀잎을 살랑살랑 흔들고 그의 몸에 스며든다. 그는 동냥자루를 매만지다가, 어깨에 메고 저척하고 발길을 내디디었다.

하늘은 망망한 바다와 같이 탁 터져버리고, 저 멀리 붉은 놀이 유유히 떠돌고 있다. 그는 밀짚모자를 젖혀 쓰고 산밑을 떠났다. 걸음에 따라 쇠똥내가 물씬하고 났다.

그가 산모롱이를 돌아 동리 앞까지 왔을 때 그의 동생인 칠운이가 아기를 업고 쪼루루 달려온다.

"성 이제 오네. 히, 자꾸자꾸 봐도 안 오더니."

큰 눈에 웃음을 북실북실 띠우고 형의 곁으로 다가서는 칠운이는 시커면 동냥자루를 덤썩 쥐어 무엇을 얻어온 것을 어서 알려고 하였다.

"오늘도 과자 얻어 왔어?"

"아 아니."

칠성이는 얼른 동냥자루를 옮기고 주춤 물러섰다. 칠운이는 따라 섰다.

"나 하나만 응야, 성아."

침을 꿀떡 넘기고 새카만 손을 내민다. 그 바람에 아기까지 두 손을 쪽 펴들고 칠성이를 말뚝이 쳐다본다.

"이 이 새끼는."

칠성이는 홱 돌아섰다. 칠운이는 넘어질 듯이 쫓아갔다.

"응야 성아, 나 하나만."

"없 없어!"

형은 눈을 치떴다. 칠운이는 금세 눈물이 글썽글썽해서 형을 보았다.

"난 어마이 오면 이르겠네 씨, 도무지 안 준다고. 아까아까 어마이가 밭에 가면서 아기 보라면서 저 성이 사탕 얻어다 준다구 했는데 씨, 난 안 준다고 다 일러 씨, 흥." 칠운이는 입을 비쭉 하더니 주먹으로 눈물을 씻는다. 아기는 영문도 모르고 "으아"하고 울음을 내쳤다.

주위는 감실감실 어두워 오는데 칠운이는 흑흑 느껴 울면서 그들의 어머니가 올라가 있을 저 산을 바라고 뛰어간다.

"어머이 어머이!"

하고 칠운이는 목메어 부르면 번번히 아기도,

"엄마 엄마!"

하고 또랑또랑히 불렀다. "응응"하는 앞산의 반응은 어찌 들으면 어머니의 "왜"하는 대답 같기도 했다. 칠성이는 칠운이와 영애가 보이지 않는 것으로만 다행으로 돌아서 걸었다.

동네는 어둠에 폭 싸여 아무것도 보이지 않으나 동네 앞으로 우뚝 서 있는 늙은 홰나무만이 별을 따려는 듯 높아 보였다. 그는 이제 어떻게 해서라도 큰년이를 만날 것과 또 얻어 오는 이 과자를 큰년의 손에 꼭 쥐어줄 것을 생각하며 걸었다.

"칠성이냐?"

어머니의 음성이 들린다. 그는 돌아보았다. 나무를 한 임 이고 이리로 오는 어머니의 얼굴은 보이지 않으나 웬일인지 그의 머리가 숙여지는 듯해서 번쩍 머리를 들었다.

"왜 오늘 늦었냐?"

아까 밭에서 산으로 올라갈 때 몇 번이나 아들이 나오는가 하여 눈이 가물가물 해지도록 읍길을 바라보아도 안 보이므로, 어디가 넘어져 애를 쓰는가? 또 애새끼들한테서 돌팔매질을 당하는가 하여 읍에까지 가 볼까 하였던 것이다. 칠성이는 어머니의 이 같은 물음에 애들에게 쇠똥칠 당하던 것이 불시에 떠오르고 코허리가 살살 간지럽기 시작하였다.

어머니는 갈잎내를 확 풍기면서 그의 곁으로 다가선다. 그 큰 임을 이고도 아기까지 둘러 업었다.

"어마이, 나 사탕. 성은 안 준다야 씨."

칠운이는 어머니의 치마귀를 잡고 늘어진다. 그 바람에 어머니는 앞으로 쓰러질 드샜다가 도로 서서 한 손으로 칠운이를 어루만졌다.

"저놈의 새 새끼, 주 죽이고 말라."

칠성이는 발길로 칠운이를 차려 했다. 어머니는 또 쓰러질 듯 막아섰다.

"그러지 말어라. 원 그것이 해종일 아기 보느라 혼났다. 허리엔 땀띠가 좁쌀알같이 쪽 돋았단다. 여북 아프겠니 원."

어머니는 말 끝에 한숨을 푹 쉰다. 칠성이는 문득 쇠똥내를 물큰 맡으면서 화를 버럭 올리었다.

"누 누구는 가 가만히 앉아 있었나!"

"아니 그렇게 하는 말이 아니어, 칠성아."

어머니는 목이 메어 다시 말을 계속하지 못한다. 그들은 잠잠히 걸었다.

집에 온 그들은 나뭇단 위에 되는대로 주저앉았다. 어머니는 칠성의 맘을 위로하느라고 이말 저말 끄집어냈다.

"올해는 웬 살쐐기 그리 많으냐. 손이 얼벌벌하구나."

어머니는 그 손을 한 번쯤 들여다보고 싶은 것을 참고, 아기를 어루만지다가 젖을 꺼냈다. 칠운이는 나뭇단을 통통 차면서 흥흥거린다. 칠성이는 동생들이 미워서 더 앉아 있을 수가 없어 일어났다. 그는 어둠 속을 휘 살피고 큰년이가 저 속에 어디 섰지 않는가 했다.

방으로 들어온 칠성이는 이제 툇돌에 움찔린 발가락을 엉덩이로 꼭 눌러 앉고 일변 칠운이가 들어오지 않는가 귀를 기울이며 문을 걸었다.

그리고 동냥자루를 가만히 쏟았다. 흩어지는 성냥과 쌀알 흐르는 소리. 솜털이 오싹 일어 그는 몸을 움찔하면서 얼른 손을 내밀어 하나하나 만져보았다. 역시 거지 안에 있는 돈 생각이 나서 돈마저 꺼내 가지고 우두커니 들여다보았다. 비록 방안이 어두워서 그 모든 것들이 보이지는 않으나 눈꼽같이 눈구석에 박혀 있는 듯했다.

성냥갑 따로, 쌀과 과자 부스러기 따로 골라 놓고, 문득 큰년이를 생각하였다. 어느 것을 주나, 얼른 과자를 쥐며, 이것을 주지하고 하나 집어 입에 넣었다. 바작 소리가 이 사이에 돌고 달큼한 물이 사르르 흐른다. 그는 입맛을 다시고 나서 칠운이가 엿듣는가 다시 한번 조심했다.

그는 왼손에 땀이나도록 쥐고 있는 돈을 펴서 보고 한푼 두푼 세어보다가, 이것으로 큰년이의 옷감을 끊어다 주면 얼마나 큰년이가 좋아할까. 그의 가슴은 씩씩 뛰었다. 고것, 왜 우리집엘 안 올까? 오면 내가 돈두 주고 이 과자도 주고, 또 또 큰년이가 달라는 것이면 내 다 주지 응 그래, 이리 생각되자 그는 어쩐지 맘이 송구해졌다. 해서 성냥갑과 과자 부스러기를 한데 싸서 저편 갈자리 밑에 밀어 넣고, 돈은 거지에 넣은 담에 쌀만 아랫방에 내려놨다. 그리고 뒷문 곁으로 바싹 다가앉아서 큰년네 바자를 바라보았다.

바자에 호박넝쿨이 엉키었고 그 위에 별들이 팔팔 날았다. 어떻게 만날까. 그는 무심히 발가락을 쥐고 아픔을 느꼈다. 서늘한 바람이 그의 볼위에 흘러내렸다. 그는 안타까웠다. 지금 이 발끝이 아픈 것보다도 어딘가 모르게 또 아픈 데가 있다는 것을 느낀다.

"이애 밥 먹어."

칠성이는 놀라 돌아보았다. 어머니가 샛문 밖에 서 있다는 것을 알자 웬일인지 가슴 한구석에 공허를 아뜩하게 느꼈다.

"왜 문은 걸었나."

어머니는 문을 잡아챈다. 과자를 달라거나 돈을 달래려고 저리도 문을 잡아 흔드는 것 같다. 그는 와락 미운 생각이 치올랐다.

"난 난 안 먹어!"

꽥 소리쳤다. 전신이 후루루 떨린다.

"장에서 뭐 먹구 왔니."

어머니의 음성은 가늘어진다. 언제나 칠성이가 화를 낼 땐 어머니는 저리도 기운이 없어진다. 한참 후에,

"좀더 먹으렴. '

"시 싫어."

역시 소리를 질렀다. 그러니 어머니는 뭐라구 옹설옹설 하더니 잠잠해 버린다. 칠성이는 우두커니 앉았노라니 자꾸만 갈자리 속에 넣어둔 과자가 먹고 싶어 가만히 갈자리를 들썩하였다. 먼지내 싸하게 올라오고 빈대냄새 역하다. 그는 갈자리를 도로 놓고 내일 아침에 큰년이 줄 것인데 내가 먹으면 안 되지 하고 휙 돌아앉고도 부지중에 손은 갈자리를 어루쓸고 있다. 큰년이 줘야지. 냉큼 손을 떼고 문턱을 꽉 붙들었다.

마침 바람이 산들산들 밀려들어 이마에 흐른 땀을 선뜻하게 한다. 그

는 얼른 적삼을 벗어 던지고 그 바람을 안았다. 온몸이 가려운 듯하여 벽에다 몸을 비비치니 어떤 쾌미가 일어, 부지중에 그는 몸을 사정업시 비비치고 나니 숨이 차고 등가죽이 벗겨져 아팠다. 그래서 벽을 붙들고 일어나 나왔다.

몸을 움직이니 아니 아픈 곳이 없다. 손끝에 가시가 박혔는지 따끔거리고 팔뚝이 쓰라리고 아까 다친 발가락이 새삼스러이 더 쏘고, 그는 꾹참고 걸었다.

울바자 밑에 나란히 서 있는 부초종 끝에 별빛인가도 의심나게 흰 꽃이 다문다문 빛나고 간혹 맡을 수 있는 부초냄새는 계집이 곁에 와 섰는가 싶게 야릇했다. 그는 바자 곁으로 다가섰다.

큰년네 집에선 모깃불을 피우는지 향긋한 쑥내가 솔솔 넘어오고 이따금 모깃불이 껌벅껌벅하는데 두런두런하는 소리에 그는 귀를 세우니 바자가 바삭바삭 소리를 내고 호박잎의 솜털이 그의 볼에 따끔거린다. 문득 그는 바자 저편에 큰년이가 숨어서 나를 엿보지나 않나 하자 얼굴이 확확 달았다.

어느 때인가 되어 가만히 둘러보니 옷에 이슬이 촉촉하였고 부초꽃이 물 속에 잠긴 차돌처럼 그 빛을 환히 던지고 있다. 모깃불도 보이지 않고 캄캄하며, 어디선가 벌레소리가 쓰르릉 하고 났다. 그는 방으로 들어서자 가슴이 답답하였다.

이튿날 아침에 눈을 뜨니 벌써 뒤뜰은 햇빛으로 가득하였다. 칠성이는 일어나는 참 어머니와 칠운이가 아직도 집에 있는가 살핀 담에 아무도 없음을 알고 뒷문턱에 걸터앉아서 큰년네 바자를 물끄러미 바라보았다. 큰년의 아버지 어머니도 김 매러 갔을 테고 고것 혼자 있을 터인데…….

혹 마을꾼이나 오지 않았는지 오늘은 꼭 만나야 할 터인데, 이러한 생각을 하다가 무심히 그의 팔을 들여다보았다. 다 해진 적삼소매로 맥없이 늘어진 팔목은 뼈도 살도 없고 오직 누렇다 못해서 푸른빛이 도는

가죽만이 있을 뿐이다. 갑자기 슬픈 마음이 들어 그는 머리를 들고 한숨을 푹 쉬었다. 큰년이가 눈을 감았기로 잘했지, 만일 두 눈이 동글하게 띄웠다면 이 손을 보고 십 리나 달아날 것도 같다. 그러나 큰년이가 이 손을 만져보고 왜 이리 맥이 없어요, 이 손으로 뭘하겠수 할 때엔 …… 그는 가슴이 답답해서 견딜 수 없다. 그저 한숨만 맥없이 내쉬고 들이쉬다가 문득 약이 없을까? 하였다. 약이 있기는 있을 터인데…… 큰년네 바자 위에 둥글하게 실어 붙인 거미줄에는 수없는 이슬방울이 대롱대롱 했다. 저런 것도 약이 될지 모르지, 그는 벌떡 일어나 밖으로 나왔다.

거미줄에서 빛나는 저 이슬방울들이 참으로 약이 되었으면 하면서, 그는 조심히 거미줄을 잡아당기려했다. 팔을 맥을 잃고, 뿐만 아니라 자꾸만 떨리어 거미줄을 잡을 수도 없지만 바자만 흔들리고, 따라서 이슬방울이 후두두 떨어진다. 그는 손으로 떨어져 내려오는 이슬방울을 받으려고 했다. 그러나 한 방울도 그의 손에는 떨어지지 않았다.

"에이, 비 빌어먹을 것!"

그는 이런 경우를 당할 때마다 이렇게 소리치고 말 없이 하늘을 노려보는 버릇이 있다. 한참이나 이러하고 있을 때, 자박자박 하는 신발소리에 그는 가만히 머리를 돌리어 바라보았다. 호박잎이 그의 눈썹 끝에 삭삭 비비치자 눈물이 핑그르르 돈다. 눈물 속에 비치는 저 큰년이! 그는 눈가가 가려운 것도 참고 눈을 점점 더 크게 떴다.

빨래함지를 무겁게 든 큰년이는 이리로 와서 빨래함지를 쿵 내려놓고 일어난다. 눈은 자는 듯 감았고 또 어찌 보면 감은 듯 뜬 것같이 보였다.

이제 빨래를 했음인지 양 볼의 붉은 점이 한점 두점 보이고 턱이 뾰족한 것이 어디 며칠 앓은 사람 같다. 큰년이는 빨래를 한 가지씩 들어 활짝 펴가지고 더듬더듬 바자에 넌다.

칠성이는 숨이 턱턱 막혀서 견딜 수 없다. 소리나지 않게 숨을 쉬려니 가슴이 터지는 것 같고 배가죽이 다 잡아 씌웠다. 그는 잠깐 머리를 숙여 눈물을 씻어낸 후에 여전히 들여다보았다. 지금 그의 머리엔 아무런 생각도 할 수 없다. 그저 큰년의 동작으로 가득했을 뿐이다. 큰년이는 한 가지 남은 빨래를 마저 가지고 그의 앞으로 다가온다. 그때 칠성이는 손이라도 쑥 내밀어 큰년의 손을 덥석 잡아보고 싶었으나 몸은 움찔 뒤로 물러나지며 온 전신이 풀풀 떨리었다.

바삭바삭 빨래 널리는 소리가 칠성의 귓바퀴에 돌아 내릴 때 가슴엔 웬 새 새끼 같은 것이 수없이 팔딱거리고 귀가 우석우석 울고 눈은 캄캄하였다. 큰년의 신발소리가 멀리 들릴 때 그는 비로소 몸을 움직일 수 있었고 또 호박잎을 젖히고 들여다보았다. 큰년이는 빈 함지를 들고 부엌문을 향하여 들어가고 잇다. 그는 급하여 소리라도 쳐서 큰년이를 멈추고 싶었으나, 역시 맘뿐이었다. 큰년의 해어진 치마폭 사이로 뻘건 다리가 두어 번 보이다가 없어진다. 또 나올까 해서 그 컴컴한 부엌문을 뚫어지도록 보았으나 끝끝내 큰년이는 나오지 않았다. 그는 후 하고 숨을 내쉬고 물러섰다. 햇볕은 따갑게 내려 쬔다. 과자나 들려줄걸… 돈이나 줄 것을, 아니 돈은 내가 모았다가 치마나 해주지 하고 다시 들여다보았다. 바자만 바삭바삭 소리를 내고 고요하다. 이제 큰년의 손으로 넌 빨래는 희다 못해서 햇빛같이 빛나고 그는 눈을 떼고 돌아섰다. 자기가 옷가지라도 해주지 않으면 큰년이는 언제나 그 뻘건 다리를 감추지 못할 것 같다.

"성아, 나 사탕 좀."

돌아보니 칠운이가 아기를 업고 부엌문으로 나온다. 그는 도둑질이나 하다가 들킨 것처럼 무안해서 얼른 바자 곁을 떠났다. 칠운이는 저를 다그쳐 형이 저리도 급히 오는 것으로 알고 부엌으로 달아나다가 살짝 돌아보고 또 이리 온다.

"응야, 하나만……."

손을 내민다.

아기도 머리를 갸웃하여 오빠를 바라보고 손을 내민다. 아기의 조 머리엔 종기가 지질하게 났고, 거기에는 언제나 진물이 마를 사이 없다. 그위에 가늘고 노란 머리카락이 이기어 달라붙었고 또 파리가 안타깝게 달라붙어 떨어지지 않는다. 아기는 자꾸 그 가는 손가락으로 머리를 쥐어당기고 종기 딱지를 떼어 오물오물 먹고 있다.

아기는 그 손을 오빠 앞에 쳐들었다. 손가락을 모을 줄 모르고 쫙 펴들고 조른다. 칠성이는 눈을 부릅떠 보이고 방으로 들어왔다. 칠운이는 문앞에 딱 막아서서 훙훙거렸다.

"응야 성아, 한 알만 주면 안 그래."

시퍼런 코를 훌떡 들여 마신다.

"보 보기 싫다!"

칠운이 역시 옷이 없어 잠방이만 입었고 그래서 저 등은 햇볕에 타다 못해서 허옇게 까풀이 일고 있으며 아기는 그나마도 없어서 쫄 벗겨 두었다. 동생들의 이러한 모양을 바라보는 그의 눈에서 불이 확확 일어난다. 눈을 돌리어 벽을 바라보자 문득 읍의 상점에 첩첩이 쌓인 옷감을 생각하였다. 그는 자기도 모르게 손을 번쩍 들어 칠운이를 치려 했으나 그 손은 맥을 잃고 늘어진다.

"난 그럼, 아기 안 보겠다야, 씨."

칠운이는 아기를 내려 놓고 달아난다. 그러니 아기는 악을 쓰고 운다. 칠성이는 눈도 거들떠보지 않고 돌아앉아 파리가 우글우글 끓는 곳을 바라보니 밥그릇이 눈에 띄었다. 언제나 어머니는 그가 늦게 일어나므로 저렇게 밥바리에 보를 덮어놓고 김 매러 가는 것이다. 그는 슬그머니 다가앉아 술을 들고 보를 들치었다. 국에는 파리가 빠져 둥둥 떠다니고 밥바리에 붙었던 수없는 강구떼는 기겁을 해서 달아난다. 그는 파리를 건져 내고 밥을 푹 떠서 입에 넣었다. 밥이란 도토리뿐으로 밥알은 어쩌다가 씹히곤 했다. 씹히는 그 밥알이야말로 극히 부드럽고 풀기가 있으며 그 맛이 달큼해서 기침을 할 지경이었다. 그러나 그 맛은 잠깐이고 또 도토리가 미끈하게 씹혀 밥맛이 쓰디쓴 맛으로 변한다. 그래 도토리만은 잘 씹지 않고 우물우물해서 얼른 삼키려면 그만큼 더 넘어가지 않고 쓴 물을 뿌리며 혀끝에 넘나들었다.

얼마 후에 바라보니 아기가 언제 울음을 그쳤는지 눈이 보송보송해서 발발 기어오다가 오빠를 보고 멀거니 쳐다보다는 그 눈을 밥그릇에 돌리곤 또 오빠의 눈치를 살핀다. 칠성이는 그 듣기 싫은 울음을 그친 것이 대견해서 얼른 밥알을 골라 내쳐 주었다. 그러니 아기는 그 조그만 손으로 밥알을 쥐어 먹다가 성이 차지 않아서 납작 엎드려서 밥알을 쫄쫄 핥아 먹고는 또 멀거니 오빠를 본다. 이번에는 도토리 알을 내쳐 주었다. 아기는 웬일인지 당길성 없게 도토리를 쥐고는 손으로 조물작조물작 만지기만 하고 먹지는 않는다.

"아, 안먹게이!"

도토리를 분간해서 아는 아기가 어쩐지 미운 생각이 왈칵 들어 그는 이렇게 소리쳤다. 그러니 아기는 입을 비죽비죽하다가 으아 하고 울었다.

"우 울겠니?"

칠성이는 발길로 아기를 찼다. 아기는 눈을 꼭 감고 방바닥에 쓰러졌다. 그 바람에 아기머리의 파리는 웅 하고 조금 떴다가 곧 달려붙는다. 칠성이는 재차 차려고 달려드니, 아기는 코만 풀찐풀찐 하면서 울음소리를 뚝 끊었다. 그러나 그 눈엔 눈물이 샘솟듯 흐른다. 칠성이는 모른 체하고 돌아앉아 밥만 퍼먹다가 캑 하는 소리에 머리를 돌렸다.

아기는 언제 그 도토리를 먹었던지 캑캑하고 게워 놓는다. 깨느르르한 침에 섞이어 나오는 도토리 쪽은 조금도 씹히지 않은 그대로였고 그

빛이 약간 붉은 기를 띤 것을 보아 피가 묻어 나오는 것임을 알 수가 있었다. 아기의 얼굴은 빨갛게 상기되고 목에 힘줄이 불쑥 일어났다.

그 찰나에 칠성이는 입에문 도토리가 모래알 같아 씹을 수 없고, 쓴 내가 콧구멍 깊이 칵 올려받혀 견딜 수 없었다. 그는 술을 뎅겅 내치고 아기를 번쩍 들어 문밖으로 내놓았다. 그리고 뼈만 남은 아기의 볼기를 짝 붙이니 얼굴이 새카매지면서도 여전히 윽윽 게운다. 이번에는 밥그릇을 냅다 차서 요란스레 굴리고 웃방으로 올라오나 게우는 소리에 몸이 오시러워서 가만히 있을 수 없었다. 문득 갈자리 속의 과자를 생각하고 그것을 남김없이 꺼내다가 아기 앞에 팽개치고 뒤뜰로 나와 버렸다. 그는 빙빙 돌다가 침을 탁 뱉었다.

한참 만에 칠성이는 방으로 들어오니 방안은 단 가마 속 같았다.

그는 앉았다 섰다 안달을 하다가 머리를 기웃하여 보니 아기는 손을 깔고 봉당에 엎디어 잠들었고, 게워 놓은 자리엔 쉬파리가 날개 없는 듯이 벌벌 기고 있으며, 아기 머리와 빠끔히 벌린 입에는 잔파리 왕파리가 아글바글 들싼다. 과자! 그는 놀라 둘러보았다. 부스러기도 볼 수 없었다. 아기가 다 먹을 수 없고 필시 칠운이가 들어왔던 것이라 생각될 때 좀 남기고 줄 것을 하는 후회가 일며 칠운이를 보면 실컷 때리고 싶었다. 그는 달아나오면서 발길로 아기를 차고 나왔다. 손을 거북스레 깔고 모로 누운 꼴이 눈에 꺼리고 또 여윈 팔다리가 보기 싫어서 이러하고 나온 것이다.

아기 울음소리를 들으면서 그는 칠운이를 찾았다. 저편 버드나무 아래에 애들이 몰려 떠든다. 옳지 저게 있구나 하고 씩씩거리며 그리로 발길을 떼어 놓았다.

몰래몰래 오느라 했건만 칠운이는 벌써 형을 보고서 달아난다. 애들은 수수대를 시시하고 씹고 서서 칠성이를 힐끔힐끔 보다가는 힉힉 웃었다. 어떤 놈은 칠성의 걸음 흉내를 내기도 한다.

칠운이는 조밭으로 들어갔는지 보이지도 않는다. 그가 잡풀에 얽히어 넘어지니 뒤에 따르던 애들은 허 하고 웃고 떠든다. 칠성이는 겨우 일어나서 애들을 노려보았다. 이놈들도 달려들지나 않으려나 하는 불안이 약간 일어 이렇게 닥 버티어 보인 것이다. 애들은 무서웠던지 슬금슬금 달아난다. 애들 같지 않고 무슨 원숭이 무리가 먹을 것을 구하려 눈이 뒤집혀서 다니는 것 같았다. 이 동네 애들은 모두가 미운 애들만이라고 부지중에 생각되어 한참이나 바라보다가 걸었다. 이마가 따갑고 발가락이 따가운데 또 애들이 벗겨버린 수숫대 껍질이 발끝에 따금거린다. 애들은 내를 바라고 달아난다. 그 무리에 칠운이도 섞이었을 것이라 하고 그는 버드나무 아래로 왔다.

여기는 수숫대 껍질이 더 많고 또 소를 갖다 매는 탓인지 소똥이 늘어분* 했다. 버드나무에 기대서서 그는 바라보았다. 저절로 그의 눈이 큰년에 집에 멈추고 또 큰년이를 만나 볼 맘으로 가득했다. 지금 혼자 있을 텐데 가볼까. 그러다 누가 있으면…… 무엇이 따금하기에 보니, 왕개미 몇 마리가 다리로 올라온다. 그는 툭툭 털고 다시보았다.

멀리 큰년에 바자엔 빨래가 희게 널렸는데 방금 날으려는 새와 같이 되룩되룩하여 쉬 하면 푸르릉 날 듯하다. 있기는 누가 있어, 김 매러 다 갔을 터인데…… 신발소리에 그는 돌아보았다. 개똥 어머니가 어떤 여인을 무겁게 업고 숨이 차서 온다. 전 같으면 "요새 성냥 많이 벌었겠구먼, 한 갑 선사하게나"하고 농담을 건넬 터인데 오늘은 울상을 하고 잠잠히 지나친다. 이마에 비지땀이 흐르고 다리가 비틀비틀 꼬이고 숨이 하늘에 닿고 그는 머리를 들어보니 등에 업힌 여인인즉 죽은 시체 같았다. 흩어진 머리 주제며 입에 끓는 거품 꼴, 피투성이된 옷! 눈을 크게 뜨고 머리카락에 휩싸인 여인의 얼굴을 똑바로 보니 큰년의 어머

* 원전대로.

니었다. 그는 놀랐다. 해서 뭐라고 묻고 싶은데 벌써 개똥 어머니는 버드나무를 지나 퍽이나 갔다. 웬일일까? 어디 넘어졌나, 누구와 쌈을 했나 하고 두루 생각하다가, 못 견디어 일어나 따랐다. 맘대로 하면 얼른 가서 개똥 어머니에게 어찌된 곡절을 묻겠는데 다리가 말을 듣지 않고 점점 더 비틀거리기만 하고 앞으로 가지지는 않는다. 그는 화를 더럭 내고 몸짓만 하다가 팍 꺼꾸러졌다. 한참이나 버둥거리다가 일어나서 천천히 걸었다.

큰년네 굴뚝에는 연기가 흐른다. 옳구나, 큰년의 어머니가 어찌해서 그 모양이 되었을까, 또다시 이러한 궁금증이 일어난다. 그가 큰년네 마당까지오니 큰년네 집으로 들어가고 싶어 발길이 자꾸만 돌려진다. 그런 것을 참고 무슨 소리나 들을까 하여 한참이나 왔다갔다 하다가 집으로 왔다.

봉당에 들어서니 파리가 와그그 끓는데, 그 속에서 아기가 똥을 누고 있다. 깽깽 힘을 쓰니, 똥은 안 나오고 밑이 손길같이 빠지고 거기서 빨간 핏방울이 똑똑 떨어진다. 아기는 기를 쓰느라 두 눈을 동그랗게 비켜뜨니, 얼굴의 힘줄이 칼날같이 일어난다. 그 조그만 이마에 땀이 비오듯하고, 그는 못 볼 것이나 본 것처럼 머리를 돌리고 방으로 들어왔다. 마음대로 하면 아기를 칵 밟아 죽여 버리든지 어디 멀리로 들어다 버리든지 했으면 오히려 시원할 것 같았다.

칠성이는 발길에 채어 구르는 도토리를 집어 먹으며 아기 기쓰는 소리에 눈살을 잔뜩 찌푸리고 그만 뒤뜰로 나와 버렸다. 아기로 인하여 잠깐 잊었던 큰년 어머니의 생각이 또 나서, 그는 바자 곁으로 다가섰다.

"으아 으아."
하는 아기 울음소리에 머리를 돌렸다. 영애의 울음소리가 아니요, 아주 갓난 어린아기의 울음인 것을 직각하자 큰년의 어머니가 아기를 낳았는가 했다. 그러니 불안하던 마음이 다소 덜리나 아기하고 입에만 올려도 입에서 신물이 돌 지경이었다. 지금 봉당에서 피똥을 누느라 병든 고양이 꼴한 그런 아기를 낳을 바엔 차라리 진자리에서 눌러 죽여버리는 것이 훨씬 나을 것 같았다.

큰년이 같은 그런 계집애를 낳았나, 또 눈먼 것을…… 그는 히 하고 웃음이 터졌다. 그 웃음이 입가에서 사라지기도 전에 왜 이 동네 여인들은 그런 병신만을 낳을까? 하니, 어쩐지 이상하였다. 하기야 큰년이가 어디 나면서부터 눈멀었다니, 우선 나도 네 살 때에 홍역을 하고 난 담에 경풍이라는 병에 걸리어 이런 병신이 되었다는데 하자, 어머니가 항상 외우던 말이 생각되었다.

그때 어머니는 앓는 자기를 업고 눈이 성같이 쌓여 길도 찾을 수 없는데를 눈 속에 푹푹 빠지면서 읍의 병원에를 갔다는 것이다. 의사는 보지도 못한 채 어머니는 난로도 없는 복도에 한겻이나 서고 있다가, 하도 갑갑해서 진찰실 문을 열었더니 의사가 눈을 거칠게 떠 보이고, 어서 나가 있으라는 뜻을 보이므로, 하는 수없이 복도로 와서 해가 지도록 기다리는데 나중에 심부름하는 애가 나와서 어머니 손가락만한 병을 주고 어서 가라고 하였다는 것이다

어머니는 그 말만 하면 흥분이 되어 의사를 욕하고 또 세상을 원망하는 것이다. 그때마다 그는 어머니를 핀잔하고 그 말을 막아버리곤 하였다. 무엇보다도 불쾌하여 견딜 수 없었던 것이다.

약만 먹으면 이제라도 내 병이 나을까, 큰년이 병도…… 아니야. 이미 병신이 된 담에야 약을 쓴다고 나을까. 그래도 알 수가 있나, 어쩌다 좋은 약만 쓰면 나도 남처럼 다리 팔을 맘대로 놀리고 해서 동냥도 하러 다니지 않고, 내 손으로 김도 매고 또 산에 가서 나무도 쾅쾅 찍어오고, 애새끼들한테서 놀림도 받지 않고…… 그의 가슴은 우쩍하였다. 눈을 번쩍 떴다. 병원에나 가서 물어볼까……. 그까짓 놈들이 돈만 알지 뭘 알아. 어머니의 하던 말 그대로 되풀이하고 맥없이 주저앉았다.

큰년네 집도 조용하고 아기의 울음소리도 그쳤는데 배가 쌀쌀 고팠다. 그는 해를 짐작해 보고, 어머니가 이제 들어오면 얼굴에 수심을 띄우고 귀밑의 머리카락을 담뿍 흘리고서, 너 왜 동냥하러 가지 않았니, 내일은 뭘 먹겠니 할 것을 머리에 그리며 무심히 옆에 서 있는 댑싸리나무를 바라보았다.

혹시 이 댑싸리나무가 내 병에 약이 되지나 않을까. 그는 댑싸리나무 냄새를 코밑에 서늘히 느끼자, 이러한 생각이 불쑥 일어, 댑싸리나무 곁으로 가서 한입 뜯어 물었다. 잘강잘강 씹으니, 풀내가 역하게 일며 욱하고 구역질이 나온다. 그래도 눈을 꾹 감고 숨도 쉬지 않고 대강 씹어서 삼켰다. 목이 찢어지는 듯이 아프고 맑은 침이 자꾸만 흘러내린다. 그는 이 침마저 삼켜야 약이 될 듯해서 눈을 꿈쩍거리면서 그 침을 삼키고 나니, 까닭없이 두 줄기 눈물이 주루루 흘러내린다.

그는 하늘을 바라보고 제발 이 손을 조금만이라도 놀려서 어머니가 하는 나무를 내가 하도록 하시사 하였다. 평소에 이런 생각을 한 번도 해본 적이 없건만, 어머니가 나무를 무겁게 이고 걸음도 잘 걷지 못하는 것을 보아도 무심했건만, 웬일인지 이 순간엔 이러한 생각이 일었다.

한참이나 꿈적 않고 있던 그는 손을 가만히 들어보고 이번에나 하는 마음이 가슴에서 후닥닥거렸다. 하나 손은 여전히 떨리어 옴츠러든다. 갑자기 윽 하고 구역질을 하자 땅에 머리를 쾅! 드쫓고 훌쩍훌쩍 울었다.

아주 캄캄해서야 어머니는 돌아왔다. 또 산으로 가서 나무를 해 이고 온 것이다.

"어디 아프냐?"

어둠 속에 약간 드러나는 어머니의 윤곽은 피로에 쌓여 넘어질 듯했다. 그리고 짙은 풀내가 치마폭에 흠씬 배어 마늘내같이 강하게 품겼다.

"이애야, 왜 대답이 없어."

아들의 몸을 어루만지는 장작개비 같은 그 손에도 온기만은 돌았다.

칠성이는 어머니의 손을 뿌리치고 돌아누웠다. 어머니는 물러앉아 아들의 눈치를 살피다가 혼자 하는 말처럼,

"어디가 아픈 모양인데, 말을 해야지 잡놈 같으니라구."

이 말을 남기고 일어서 나갔다. 한참 후에 어머니는 푸성귀 국에다 밥을 말아 가지고 들어와서 아들을 일으켰다. 칠성이는 언제나처럼 어머니 팔목에서 뚝 하는 소리를 들으면서 일어앉아 떨리는 손으로 술을 붙들었다.

"이애야, 어디 아프냐?"

아까와 달리 어머니 옷가에 그을음내가 품기고 숨소리에 따라 밥내 구수한데 무겁던 몸이 가벼워진다.

"아 아니."

맘을 졸이던 끝에 비로소 안심하고 아들이 국 마시는 것을 들여다보았다.

"에그 큰년에 어머니는 오늘 밭에서 애기를 낳았다누나. 내남 없이 가난한 것들에게 새끼가 무어겠니?"

아까 버드나무 아래서 본 큰년의 어머니가 떠오르고 "으아으아" 울던 아기 울음소리가 들리는 듯, 또 영애의 그 꼴이 선히 나타난다. 그는 눈살을 찌푸렸다.

"글쎄, 새끼가 왜 태여, 진절머리나지."

한숨 섞어 어머니는 이렇게 탄식하고, 빈 그릇을 들고 나가버린다. 칠성이는 방안이 덥기도 하지만, 큰년네 일이 궁금해서 그만 일어나 나왔다.

뜰 한 모퉁이에 쌓여 있는 나뭇단에서 짙은 풀내가 산 속인 듯싶게 흘러나오고, 검푸른 하늘의 별들은 아기 눈같이 예쁘다.

왱왱거리는 모기를 쫓으면서 나무 말려 모아놓은 곳에 주저앉았다. 마른 갈잎이 버석버석 소리를 내고 더운 김에 밑이 뜨뜻하였다. 어머니

가 저리로부터 온다.

"칠성이냐? 왜 나왔니."

버석 소리를 내고 곁에 앉는다. 땀내와 영애의 똥내가 훅 끼치므로 그는 머리를 돌리었다. 어머니는 젖을 꺼내 아기에게 물리고 한숨을 푹 쉰다. 무슨 말을 하려나 하고 칠성이는 어머니의 눈치를 살피나, 안타깝게 병든 고양이 새끼 같은 영애를 어루만지기만 하고, 쉽사리 입을 열지 않았다.

해종일 김매기에 그 몸이 고달팠겠고 더구나 산에 가서 나무를 해 오려기에 그 몸이 지칠 대로 지쳤으련만, 또 아기에게서라도 시달림을 받으니, 오늘밤이라도 잠만 들면 깨지 못할 것 같다. 그렇게 피로한 몸을 돌아보지 않는 어머니가 어딘지 모르게 미웠다.

"계 계집애는 자지도 않아!"

칠성이는 보다 못해서 꽥 소리쳤다. 영애는 젖꼭지를 문 채 울음을 내쳤다. 그 애가 어디 자게 되었니. 몸이 아픈데다 해종일 굶었고, 또 이리젖이 안 나니까 하는 말이 혀끝에서 똑 떨어지려는 것을 꾹 참으니 눈물이 핑그르르 돌았다.

"오오, 널보고 안 그런다. 어서 머."

겨우 말을 마치자, 눈물이 줄줄 흘렀다. 문득 어머니는 이 눈물이 젖으로 흘러서 영애의 타는 목을 축여 줬으면 가슴은 이다지도 쓰리지 않으련만 하였다.

한참 후에 어머니는,

"글쎄 살지도 못할 것이 왜 태어나서 어미만 죽을 경을 치게 하겠니. 이제 가보니 큰년네 아기는 죽었더구나. 잘되기는 했더라만…… 에그 불쌍하지. 얼마나 밭고랑을 타고 헤매이었는지 아기 머리는 그냥 흙투성이더라구나. 그게 살면 또 병신이나 되지 뭘 하겠니. 눈에 귀에 흙이 잔뜩 들었더라니, 아이구 죽기를 잘했지, 잘했지!"

어머니는 흥분이 되어 이렇게 중얼거린다. 칠성이도 가슴이 답답해서 숨을 크게 쉬었다. 그리고 자신도 어려서 죽었더라면 이 모양은 되지 않을 것을 하였다.

"사는 게 뭔지 큰년네 어머니는 내일 또 김 매러 가겠다더구나. 하루쯤 쉬어야 할 텐데. 이게 이게 어느 때냐, 그럴 처지가 되어야지. 없는 놈에게 글쎄 자식이 뭐냐, 웬 자식이냐."

영애를 낳아 놓고 그 다음날로 보리마당질 하던, 그 지긋지긋하던 때가 떠오른다. 하늘이 노랗고, 핑핑 돌고, 보리 이삭이 작았다 커 보이고, 도리깨를 들 때, 내릴 때, 아래서는 무엇이 뭉클뭉클 나오다가 나중엔 무엇이 묵직하게 매어달리는 듯해서 좀 만져 보려했으나, 사이도 없고 또 남들이 볼까 꺼리어 그냥 참고 있다가 소변보면서 보니 허벅다리엔 피가 흥건했고 또 주먹 같은 살덩이가 축 늘어져 있었다. 겁이 더럭 났지만 누구보고 물어보기도 부끄럽고 해서 그냥 내버려 두었더니, 그 살덩이가 오늘까지 늘어져서 들어갈 줄 모르고 또 무슨물을 줄줄 흘리고 있다.

그것 때문에 여름에는 더 덥고 또 고약스런 악취가 나고, 겨울엔 더 춥고 항상 몸살이 오는 듯 오삭오삭 추웠다. 먼 길이나 걸으면 그 살덩이가 불이 붙는 듯 쓰라리고 또 염증을 일으켜 퉁퉁 부어서 걸음 걸을 수가 없으며 나중엔 주위로 수없는 종기가 나서 그것이 곪아 터지느라 기막히게 아팠다. 이리 아파도 누구에게 아프다는 말도 할 수 없는 그런 종류의 병이었다.

어머니는 지금도 척척히 늘어져 있는 그 살덩이를 느끼면서 한숨을 푹 쉬었다. 갈잎이 바삭바삭 소리를 낸다. 마침 영애는 젖꼭지를 깍 깨물었다. "아이그!" 소리까지 내치고도 얼른 칠성이가 이런 줄을 알면 욕할것이 싫어서 그 다음 말은 뚝 그치고 손으로 영애의 머리를 꼭 눌러 아프다는 뜻을 영애에게만 알리었다. 그러고도 너무 눌렀는가 하여 누른자리를 금시로 어루만져 주었다.

"정말 오늘 그 난시에 글쎄 큰년네 집에는 손님이 와서 방안에 앉아
도 못 보고 갔다누나."

칠성이는 머리를 들었다. 어디서 불려오는 모기 쑥내는 향긋하였다.

"전에부터 말 있던 그 집에서 왔다는데 넌 정 모르기 쉽겠구나. 읍에
서 무슨 장사를 한다나, 꽤 돈푼이나 있다더라. 한데, 손을 이때까지 못
보았누나, 해서, 첩을 여나믄두 넘어 얻었으나 이때까지 못 낳았단다.
에그 그런 집에나 태이지."

어머니는 영애를 잠잠히 내려다본다. 칠성이는 이야기하면서도 아기
를 생각하는 어머니가 보기 싫었다. 하나 다음 말을 들으려니 가만히
앉아 있었다.

"그런데 어찌어찌 하다가 큰년의 말이 났는데 사내는 펄쩍 뛰더란다.
그래두 안으로 맘이 켕기어서 그러하다고 하더니, 하필 오늘 같은 날,
글쎄 선보러 왔다갔다니…… 큰년이는 이제 복 좋을라! 언제 봐도 덕성
스러워. 그 애가 눈이 멀었다 뿐이지 못하는 게 뭐 있어야지. 허드렛일
이나 앉아 하는 일이나 횡 잡았으니 눈 뜬 사람보다 낫다. 이제 그런 집
으로 시집가게 되고 달덩이 같은 아들을 낳아 놀게다. 아이그, 좀 잘살
아야지……."

"눈 눈 먼 것을 얻어야 뭘 뭘을 해!"

칠성이는 뜻밖에 이런 말을 퉁명스레 내친다. 그의 가슴은 지금 질투
의 불길로 꼭 찼고, 누구든지 큰년이만 다친다면 사생을 결단하리라 하
였다. 이러고 나니 머리에 열이 오르고 다리 팔이 풀풀 떨이었다.

"그 그래, 시 시집가기로 됐나?"

어머니는 아들의 눈치를 살피고 어쩐지 대답하기가 어려웠다. 동시
에 저것도 계집이 그리우려니 하니 불쌍한 마음이 들고 또 아들의 장래
가 캄캄해 보이었다.

"아직은 되지 않았다더라만은……."

이 말에 그의 맘은 다소 가라앉은 듯하나, 웬일인지 슬픈 생각이 들어 그는 일어났다.

"들어가 자거라, 내일은 일찍이 읍에 가게 해. 어떡허겠니?"

칠성이는 화를 버럭 내고 어머니 곁을 떠나 되는 대로 걸었다.

발걸음에 따라 모기쑥내 없어지고 산뜻한 공기 속에 풀내 가득히 흐른다. 멀리 곡식대 비벼치는 소리 바람결에 은은하고, 산기를 띤 실바람이 그의 몸에 싸물싸물 기고 있다. 잠방이 가랑이 이슬에 젖고, 벌레소리 발끝에 채어 요리 졸졸졸, 조리 쓸쓸쓸…….

그는 우뚝 섰다. 저 앞은 지척을 분간할 수 없는 어둠으로 덮었고, 하늘 아래 저 불타산의 윤곽만이 검은 구름같이 뭉실뭉실 떠 있다. 그 위에 별들이 나도나도 빛나고, 별빛이 눈가에 흐르자 눈물이 핑그르르 돌며 통곡이라도 하고 싶었다. 저 산도 저 하늘도 너무나 그에겐 무심한 것 같다.

"이애야, 들어가자."

어머니의 기운 없는 음성이 들린다.

"왜 왜 쫓아 다 다녀유."

칠성이의 마음에 잠겼던 어떤 원한이 일시에 머리를 들려고 하였다.

"제발 들어가. 이리 나오면 어쩌겠니?"

어머니는 그의 손을 붙들었다. 칠성이는 뿌리쳤으나 힘이 부친다. 긴 풀이 그들의 옷에 비비쳐 실실 소리를 낸다. 어머니는 절반 울면서 사정을 하였다. 그는 어머니 손에 붙들리어 돌아오면서, 오냐 내일 저를 만나 보고 시집 가는지 안 가는지 물어보고, 또 나한테 시집 오겠니도 물어야지 할 때 가슴은 씩씩 뛰고 어떤 실같은 희망이 보인다.

"날 보고 네 동생들을 봐라."

어머니는 이러한 말을 하여 아들을 달래려고 한다. 칠성이는 말 없이 그의 집까지 왔다.

이튿날 일부러 늦게 일어난 칠성이는 오늘은 기어코 큰년이를 만나 무슨 말이든지 하리라, 만일 시집 가기로 되었다면…… 그는 아뜩하였다. 그때는 그만 죽여버릴까, 나두 그 칼에 죽지하고 뒤뜰로 나와서 바자곁에 다가섰다. 큰년네 집은 고요하고 뜨물동이에서 왕왕거리는 파리소리만이 간혹 들릴 뿐이다. 가자! 바자에서 선뜻 물러섰다. 눈에 마주 띄는 저 앞의 큰 차돌은 웬일인지 노랗게 보이었다.

그는 숨이 차서 방으로 들어왔다. 옷을 이 모양을 하구 가, 하고 굽어보았다. 쇠똥자국이 여기저기 있고, 군데군데 해졌고, 뭘 눈이 멀었는데 이게 보이나, 그럼 만나서는 뭐라구 말을 해야지. 그는 천정을 바라보고 생각하였다. 입가에 흐르는 침을 몇 번이나 시하고 들여 마시나 그저 캄캄한 것뿐이다. 생전 말이라고는 못해 본 것처럼 아뜩하였다.

내가 병신임을 제가 아나, 하는 불안이 불쑥 일어 맥이 탁 풀린다. "너까짓 것에게 시집 가!" 하는 큰년의 말이 들리는 듯해서 그는 시름없이 밖을 내다보았다.

바자에 얽힌 호박넝쿨, 박넝쿨, 그 옆으로 옥수숫대, 썩 나와서 살구나무, 적고 큰 댑싸리가 아무 기탄 없이 하늘을 바라보고 가지가지를 쭉쭉쳤으며 잎이 자유스럽게 미풍에 흔들리지 않는가. 웬일인지 자신은 저러한 초목만큼도 자유롭지 못한 것을 전신에 느끼고 한숨을 후 쉬었다.

한참 후에 칠성이는 마음을 단단히 먹고 마당으로 나와서 큰년네 집 앞으로 몇 번이나 왔다갔다 하다가 사리문을 가만히 밀고 껑충 뛰어들었다.

봉당문도 꼭 닫히었고 싸리비만이 한가롭게 놓여 있다. 얼떨결에 봉당문을 삐꺽 열었을 때 고양이 한 마리가 야옹 하고 뛰어나간다. 그는 어찌 놀랐는지 숨이 하늘에 닿을 것처럼 뛰었다. 봉당으로 들어서서 한참이나 망설이다가 방문을 열어보았다. 무거운 공기만이 밀려나오고 큰년이는 없었다. 시집을 갔나? 하고 얼른 생각하면서, 부엌으로 뒤뜰로 인기척을 찾으려 하였으나 조용하였다. 그는 이러하고 언제까지나 있을 수가 없어서 발길을 돌리했을 때 싸리문 소리가 난다. 그는 얼떨결에 기둥 이편으로 와서 그 뒤 멍석 곁에 바싹 다가섰다. 부엌문 소리가 덜거렁 나더니 큰년이가 빨래함지를 이고 들어온다. 그의 눈은 캄캄해지고 전신이 나른해진다. 큰년이가 그를 알아보고 이리 오는 것만 같고, 그의 눈은 먼 것이 아니고 언제나 창틈으로 볼 수 있는 별 눈을 빠꼼히 뜨고서 쳐다보는 듯했다. 숨이 차서 견딜 수 없으므로 멍석 아래 뒤로 돌아가며 숨을 죽이었으나 점점 더 숨결이 항항거리고 멍석눈에 코가 맞닿아서 기절을 할 지경이었다.

큰년이는 뒤뜰로 나간다. 짤짤 끄는 신발소리를 들으면서 머리를 내밀어 밖을 살피고 발길을 옮기려 했으나 온몸이 비비 꼬이어 한 보를 옮길수가 없다. 어색하여 그만 집으로 가려고도 했다. 그의 몸은 돌로 된 것 같았으나 마침 빨래 널리는 소리가 바삭바삭 나자 큰년이가 읍으로 시집간다 하는 생각이 들며 발길이 허둥하고 떨어진다.

큰년이는 빨래를 바자에 걸치다가 휘끈 돌아보고 주춤한다. 칠성이는 차마 큰년이를 쳐다보지 못하고 우두커니 서 있었다.

"누구요?"

"……."

"누구야요?"

큰년의 음성은 떨려 나왔다. 칠성이는 무슨 말이든지 해야 할 터인데 입이 깍 붙고 떨어지지 않는다. 한참 후에 발길을 저척하고 내디디었다.

"난 누구라구……."

큰년이는 바자 곁으로 다가서고 머리를 다소곳 한다. 곱게 감은 그의 눈둥은 발랑발랑 떨렸다. 칠성이는 자기를 알아보는 것을 알고 조금 마음이 대담해졌다. 이번엔 밖이 걱정이 되어 연신 눈이 그리로만 간다.

"나가야, 어머니 오신다."

큰년이는 암팡지게 말을 했다. 어려서 음성이 그대로 남아 있다.

"너 너 시집 간다지. 좋겠구나!"

"새끼두 별소리 다하네. 나가야."

큰년이는 빨래를 조물락거리고 서서 숨을 가볍게 쉰다. 해어진 적삼 등에 흰 살이 불룩 솟아 있다. 칠성이는 무의식간에 다가섰다.

"아이구머니!"

큰년이는 바자를 붙들고 소리쳤다. 칠성이는 와락 겁이 일어 주춤 물러서고 나갈까도 했다. 앞이 캄캄해지고 또 빙글빙글 돌아가는 것 같았다.

"어머니 오신다야."

칠성이는 잠깐 눈을 감았다가 덜덜 떨리어 나오는 이소리에 눈을 떴다. 등어리로 흘러내려 온 삼단 같은 머리채는 큰년의 냄새를 물씬물씬 피우고 있다. 칠성이는 얼른 큰년의 발을 짐짓 밟았다. 큰년이는 얼굴이 새빨개서 발을 냉큼 빼어 가지고 저리로 간다. 손에 들었던 빨래는 맥없이 툭 떨어진다.

재가 돌을 집어 치려고 저러나 하고 겁을 먹었으나, 큰년이는 바자 곁에 다가서서 바자를 보시락보시락 만지고 있는데, 댕기꼬리는 풀풀 떨린다. 야물야물 하던 말도 쑥 들어가고 애꿎이 바자만 만지고 있다.

"사탕두 주구, 옷 옷감두 주 주께, 시집 안 가지?"

큰년이는 언제까지나 잠잠하고 있다가, 조금 머리를 드는 척하더니,

"누가…… 사탕…… 히."

속으로 웃는다. 칠성이도 따라 웃고,

"응 야 안 안 가지?"

"내가 아니, 아버지가 알지."

이 말엔 말이 막힌다. 그래서 우두커니 섰노라니,

"어서 나가야."

큰년이는 얼굴을 돌린다. 곱게 감은 눈에 속눈썹이가무레 하게 났는데 그 눈썹 끝에 걱정이 대글대글 맺혀 있다.

"그 그럼 시집 가 가겠니?"

큰년이는 머리를 푹 숙이고, 발끝으로 돌을 굴리고 있다. 칠성이는 슬픈 맘이 들어 울고 싶었다.

"안 안 안 가지, 응야?"

큰년이는 대답 대신으로 한숨을 푹 쉬고 머리를 들려다가 돌아선다. 그때 어린애 울음소리가 들렸다. 칠성이는 놀라 뛰어나왔다.

집에 오니, 칠운이가 아기를 부엌 바닥에 내려굴리고 띠로 아기를 꽁꽁 동이려고 한다. 아기는 다리 팔을 함부로 놀리고 발악을 하니, 칠운이는 사뭇 죽일 고기를 다루듯 아기를 칵칵 쥐어박는다.

"이 계집애 자겄니 안 자겄니. 안 자면 죽이고 말겠다."

시퍼런 코를 쌍줄로 흘리고서 주먹을 겨누어 보인다. 아기는 바르르 떨면서 눈을 꼭 감고 눈물을 졸졸 흘리고 있다.

"그러구 자라. 이 계집애."

칠운이는 아기 옆에 엎어지고 한 손으로 그의 허리를 꼬집어당긴다.

"어마이, 난 여기 자꾸자꾸 아파서 아기 못 보겠다야 씨…… 흥."

코를 혀끝으로 빨아 올리면서 칠운이는 이렇게 중얼거렸다. 그 눈에 졸음이 가득하더니 그만 씩씩 자 버린다.

칠성이는 무심히 이 꼴을 보고 봉당으로 들어섰다.

"엄마!"

자는 줄 알았던 아기가 눈을 동글하게 뜨고 오빠를 바라본다. 칠성이는 머리끝이 쭈뼛하도록 놀랐다. 해서 얼결에 발을 이어 찰 것처럼 하

고 눈을 딱 부릅떠 보이니 아기는 그 얇은 입술을 비죽비죽하며 눈을
감는다.

"엄마! 엄마!"

아기는 그 입으로 이렇게 부르고 울었다. 칠성이는 방으로 들어와서
빙빙 돌다가 뒤뜰로 나와 큰년이가 아직도 그 자리에 서 있으면 하고
바자를 가만히 뻐기고 들여다보니 큰년이는 보이지 않고 빨래만이 가
득히 널려 있었다.

방으로 들어와서 벽에 걸린 동냥자루를 한참이나 바라보면서 큰년의
옷감끊어다 줄 궁량을 하고, 그러면 큰년이와 그의 부모들도 나에게로
뜻이 옮겨질지 누가 아나 하고, 동냥자루를 벗겨 메구서 밀짚모를 비스
듬이 제껴 쓴 다음에 방문을 나섰다. 눈결에 보니 아기는 무엇을 먹고
있으므로, 그는 머리를 넘석하여 보았다. 애기는 띠 동인 데서 벗어나
와 아궁 곁에 오줌을 눈 듯한데 그 오줌을 쪽쪽 핥아 먹고 있다.

"이 애! 이 계집애! '

칠성이는 이렇게 버럭 소리지르고 밖으로 나왔다. 뜨거운 물 속에 들
어서는 듯 전신이 후끈하였다. 신작로에 올라서며 그는 옷을 바로하고
모자를 고쳐 쓰고 아주 점잖은 양 하였다. 이제부터는 이래야 할 것 같
다. 에헴! 하고 큰 기침도 하여 보고, 걸음도 천천히 걸으려 했다. 이러
면 애들도 달려들지 못하고 어른들도 놀리지 못할 테지, 할 때 큰년이
가 떠오른다. 슬며시 돌아보니, 벌써 그의 마을은 보이지 않고, 수수밭
이 탁 막아섰다. 수수밭 곁으로 다가서니, 싱싱한 수수잎 내가 후끈 끼
치고, 등허리가 근질근질하게 땀이 흘러내린다. 두어 번 몸을 움직이고
어디라 없이 바라보았다.

수수밭 머리로 파랗게 보이는 저 불타산은 몇 발걸음 옮기면 올라갈
듯이 그렇게 가까워 보인다. 그의 집 창문 곁에 비껴서서 맘놓고 바라
볼수 있는 것은 저 산이요, 또 이런 수수밭 머리에서 쉬어가며 바라볼

수 있는 것이 저 산이다.

그는 한숨을 푹 쉬었다. 언제나 저 산을 바라볼 때엔 흩어졌던 마음이 한데 모이는 듯하고 또한 깜박 잊었던 옛날 일이 한두 가지 생각되곤 하였다.

먼 산에 아지랑이 아물아물 기는 어느 봄날, 그는 자리에서 일어나 창문 곁에 서니, 동무들이 조그만 지게를 지고, 지팡이를 지게에 끼웃이 꽂아 가지고, 열을 지어 산으로 가고 있다. 어찌나 부럽던지 단숨에 뛰어나와서, 우두커니 바라볼 때, 언제나 나도 이 병이 나아서 재들처럼 지팡이를 저리 꽂아 가지고 나무하러 가보나. 난 어른이 되면 저 산에 가서 이런 굵은 나무를 탕탕 찍어서 한참 잔뜩 지고 올 테야.

여기까지 생각한 그는 흠 하고 코웃음 쳤다. 뼈 마디마디가 짜릿해 오고, 가슴이 죄어지는 것 같다. 두어 번 머리를 설레설레 흔들고 터벅터벅 걸었다. 지금 그의 앞엔 큰년이가 있을 따름이다.

이틀 후.

칠성이는 그의 마을로부터 육 리나 떨어져 있는 송화읍 어구에 우두커니 서 있었다. 읍에 와서 돌아다니나 수입이 잘 되지 않으므로 이렇게 송화읍까지 오게되었고, 그래서야 겨우 큰년의 옷감을 인조견으로 바꾸어 가지고 돌아오는 길이었던 것이다.

이 밤이나 어디서 지낼까 망설이나, 어서 빨리 이 옷감을 큰년의 손에 쥐어주고 싶은 마음, 또는 큰년의 혼사사건이 궁금하고 불안해서 그는 가기로 결정하고 걸었다.

쳐다보니, 별도 없는 하늘 검정 강아지 같은 어둠이 눈 속을 아물아물하게 하는데, 웬일인지 맘이 푹 놓이게 어떤 희망으로 그의 눈은 차차로 열렸다. 산과 물은 그의 맘속에 파랗게 솟아 있는 듯, 그렇게 분명히 구별할 수 있고, 신작로에 깔린 조약돌은 심심하면 장난치기 알맞았다.

사람들이 연락부절하고, 자동차가 먼지를 피우며 달아나는 그 낮길

보다는 오히려 이 밤길이 그에게는 퍽이나 좋게 생각되었다. 그래서 다리아픈 것도 모르고 걸었다.

가다가 우뚝 서면 산냄새 그윽하고, 또 가다가 들으면 물소리 돌돌 하는데, 논물내 확 품기고, 간혹 산새 울음 끊었다 이어질 제, 멀리 깜박여오는 동네의 등불은 포르릉 날아오는 것 같다가도 다시 보면 포르릉 날아간다.

그가 숨을 크게 쉴 때마다 가슴에 품겨 있는 큰년의 옷감은 계집의 살결같아 조약돌을 밟는 발가락이 짜르르 울리었다. "고것 어떡허나" 그는 무의식간에 입을 쩍 벌리고 무엇을 물어 당길 것처럼 하였다. 지금 큰년이와 마주 섰던 것을 머리에 그려본 것이다. 이제 가서 이 옷감을 들러주면 큰년이는 너무 좋아서 그 가무레한 눈썹 끝에 웃음을 띨 테지 가슴은 소리를 내고 뛴다.

차츰 동녘 하늘이 바다와 같이 훤해 오는데 난데없는 빗방울이 뚝뚝 떨어진다. 그는 놀라 자꾸 뛰었으나, 비는 더 쏟아지고, 멀리서 비 몰아오는 소리가 참새 무리 들 건너듯 했다. 그는 어쩔까 잠시 망설이다가, 빗발에 묻히어 어림해 보이는 저 동리로 부득이 발길을 옮겼다. 큰년의 옷감이 아니면 이 비를 맞으면서도 가겠으나 모처럼 끊은 이 옷감이 비에 젖을 것이 안 되어 동네로 발길을 옮긴 것이다.

한참 오다가 돌아보니, 신작로가 뚜렷이 보이고 어쩐지 맘이 수선해서 발길이 딱 붙는 것을 겨우 떼어놓았다.

동네까지 오니, 비에 젖은 밀짚내 콜콜 올라오고, 변소 옆을 지나는지 거름내가 코 밑에 살살 기고 있다. 그는 어떤 집 처마 아래로 들어섰다. 몸이 오솔오솔 춥고 눈이 피로해서 바싹 벽으로 다가서서 웅크리고 앉아 눈을 감았다. 그의 마을 앞의 홰나무가 보이고 큰년이가 나타나고…… 눈을 번쩍 떴다.

빗발 속에 날이 밝았는데, 먼산이보이고 또 지붕이 옹기종기 나타나고, 낙숫물소리 요란하고 그는 용기를 내어 일어나 둘러보았다.

그가 서고 있는 이 집이란 돈푼이나 좋이 있는 집 같았다. 우선 벽이 회벽으로 되었고, 지붕은 시커먼 기와로 되었으며 널빤지로 짠 문의 규모가 크고 또 주먹 같은 못이 툭툭 박힌 것을 보아 짐작할 수 있었다. 그의 얼었던 마음이 다소 풀리는 듯하였다.

흰 돌로 된 문패가 빗소리 속에 적적한데 칠성이는 눈썹 끝이 희어지도록 이 문패를 바라보고 생각을 계속하였다. '오냐, 오늘은 내게 무슨 재수가 들어 닿나 보다. 이 집에서 조반이나 톡톡히 얻어먹고, 돈이나 쌀이나 큼직히 얻으리라······.' 얼른 눈을 꾹 감아 보고, '눈도 먼 체할까. 그러면 더 불쌍하게 봐서 쌀이랑 돈을 더 줄지 모르지.' 애써 눈을 감고, 한참을 견디려 했으나 눈등이 간지럽고 속눈섭이 자꾸만 떨리고 흰 문패가 가로세로 나타나고 못 견디어 눈을 뜨고 말았다.

어떡허나 내 옷이 너무 희지, 단숨에 뛰어나와서 흙물에 주저앉았다가, 일어나 섰던 자리로 왔다. 아까보다 더 춥고 입술이 떨린다. 그는 대문 틈에 눈을 대고 안을 엿보려 할 때, 신발소리가 절벅절벅 나므로, 날래 몸을 움직이어 비껴섰다. 대문은 요란스런 소리를 내고 열렸다. 언제나처럼 칠성이는 머리를 푹 숙이고 어떤 사람의 시선을 거북스러이 느꼈다.

"웬 사람이야."

굵직한 음성. 머리를 드니 사나이는 눈이 길게 찢어졌고, 이 집의 고용인 듯 옷이 캄캄하다.

"한술 얻어 먹으러 왔수."

"오늘은 첫새벽부터야."

사나이는 이렇게 지껄이고 나서 돌아서 들어간다. 이 집의 인심은 후하구나. 다른 집 같으면 으레 한두 번은 가라고 할 터인데 하고, 으쓱해서 안을 보았다.

올려다보이는 퇴 위에 높직이 앉은 방은 사랑인 듯했고, 그 옆으로 조그만 대문이 좀 삐딱해 보이고, 그리고 안 대청마루가 잠깐 보인다. 사랑채 왼편으로 죽 달려 이 문간에 와서 멈춘 방은 얼른 보아 창고인 듯, 앞으로 밀짚낟가리들이 태산같이 가리어 있다. 밀짚대에서 빗방울이 다룽다룽 떨어진다. 약간 누런 빛을 띠었다. 뜰이 휘휘하게 넓은데 빗물이 골이 져서 흘러내린다.

저리로 들어가야 밥술이나 얻어먹을 텐데, 그는 빗발 속에 보이는 안 대문을 바라보고 서먹서먹한 발길을 옮겼다. 중대문을 들어서자, 안부엌으로부터 개 한 마리가 쏜살같이 달려나온다.

으르릉 하고 달려들므로 그는 개를 얼릴 양으로 주춤 물러서서 혀를 쩍쩍 채었다. 개는 날카로운 이를 내놓고 뛰어오르며 동냥자루를 확 물고 늘어진다. 그는 아찔하여 소리를 지르고 중문 밖으로 뛰어나오자, 사랑에 사람이 있나 살피며 개를 꾸짖어 줬으면 했으나 잠잠하였다. 개는 눈을 뒤집고서 앞발을 버티고 뛰어오른다. 칠성이는 동냥자루를 입에 물고 몸을 굽혔다 폈다 하다가도 못 이겨서 비슬비슬 쫓겨나왔다. 개는 여전히 따라 큰 대문에 와서는 칠성이가 용이히 움직이지 않으므로 으르렁 달려들어 잠방이 가랑이를 물고 늘어진다. 그는 악 소리를 지르고 달려나왔다. 아까 나왔던 사내가 시멀시멀 웃으며 안으로부터 나왔다.

"워리워리."

개는 들은 체하지 않고 삐죽한 주둥이로 자꾸 짖었다. 저놈의 개를 죽일 수가 없을까 하는 마음이 부쩍 일어 그는 휙 돌아서서 노려볼 때 사내는 손짓을 하여 개를 부른다. 그러니 개는 슬금슬그 물러나면서도 칠성에게서 눈을 떼지 않았다.

갑자기 속이 메슥해지고 등허리가 오싹하더니 온몸에 열이 화끈 오른다. 개를 찾았으나 보이지 않고, 큰 대문만이 보기 싫게 버티고 있었다.

또 가볼까 하는 맘이 다소 머리를 드나, 그 개를 만날 것을 생각하니 진저리가 났다. 해서 단념하고 시죽시죽 걸었다.

비는 바람에 섞이어 모질게 갈겨 치고, 나무 흔들리는 소리 도랑물 흐르는 소리에 귀가 뻥뻥할 지경이다. 붉은 물이 이리 몰리고 저리 몰리는 그 위엔 밀짚이 허옇게 떠 있고, 파랑새 같은 나무 잎이 뱅글뱅글 떠돌아 간다.

비에 젖은 옷은 사정없이 몸에 착 달라붙고 지동치듯 부는 바람결에 숨이 흑흑 막혔다. 어쩔까 하고 둘러보았으나 집집이 문을 꼭 잠그고 아침연기만 풀풀 피우고 있다. 혹 빈집이나 방앗간 같은 게 없나 했으나 눈에 뜨이지 않고, 무거운 눈엔 그 개가 자꾸만 얼른거리고 또 뒤에 다우쳐 오는 것 같다. 개에게 찢긴 잠방이 가랑이가 걸음에 따라 너덜너덜하여 그의 누런 다리 마디가 환히 들여다보이고, 푹 눌러쓴 밀짚모자에선 방울져 떨어지는 빗방울이 눈물같이 건건한 것을 입술에 느꼈다. 문득 그는 큰년의 옷감이 젖는구나 생각되자, 소리를 내어 칵 울고 싶었다.

그는 우뚝 섰다. 들은 자욱하여 어디가 산인지 물인지 길인지 분간할 수 없고, 곡식대들이 미친 듯이 날뛰는 그 속으로 무슨 큰 짐승이 윙윙 우는 듯한 그런 크고도 둥근 소리가 대지를 울린다.

지금 그는 빗발에 따라 확확 일어나는 어떤 반항을 전신에 느끼면서 마음만은 앞으로 앞으로 가고 싶은데 발길이 딱 붙고 떨어지지 않는다. 돌아보니 동네도 거반 지나온 셈이요, 앞으로 조그만 집이 두셋이 남아 있다. 그리로 발길을 돌렸으나, 저 들에 미련이 남아 있는 듯 자주자주 멍하니 들을 바라보았다.

그가 개에게 쫓긴 것이 이번뿐이 아니오, 때로는 같은 사람한테도 학대와 모욕을 얼마든지 당하였건만, 오늘 일은 웬일인지 견딜 수 없는 분을 일으키게 된다.

"이 친구, 왜 그러구 섰수."

그는 놀라보니 자기는 어느덧 조그만 집 앞에 섰고, 그 조그만 집은 연자간이라는 것을 알았다. 머리를 넘석하여 내다보는 사내는 얼른 보아 사, 오십 되었겠고 자기와 같은 불구자인 거지라는 것을 즉석에서 알았다. 사내는 쭝긋이 웃는다. 그는 이리 찾아오고도 저 사나이를 보니, 들어가고 싶지 않아 머뭇거리다도 하는 수 없이 들어갔다. 쌀겨내 가득히 흐르는 그 속에 말똥내도 훅훅 품겼다.

"이리 오우, 저 옷이 젖어서 원……."

사내는 나무다리를 짚고 일어나서 깔고 앉았던 거적자리를 다시펴고 자리를 내놓고 비켜 앉는다. 칠성이는 얼른 히뜩히뜩 센 머리털과 수염을 보고 늙은 것이 내 동냥해온 것을 빼앗으려나 하는 겁이 나고 싫어진다.

"그 옷 땜에 춥겠수. 우선 내 헌 옷을 입고 벗어서 말리우."

사나이는 그의 보따리를 뒤적뒤적 하더니,

"자 입소. 이리 오우."

칠성이는 돌아보았다. 시커먼 양복인데 군데군데 기운 것이다. 그 순간 어디서 좋은 옷 얻었는데, 나두 저런 게나 얻었으면, 하면서 이상한 감정에 싸여 사나이의 웃는 눈을 정면으로 보았을 때 동냥자루나 뺏을 사람 같지 않았다. 그는 머리를 숙이고 소매에서 떨어지는 물방울을 보았다. 사나이는 나무다리를 짚고 이리로 온다.

"왜 그러구 섰수. 자 입으시우."

"아아니유."

칠성이는 성큼 물러서서 양복저고리를 보았다. 나서 생전 입어 보지 못한 그 옷 앞에 어쩐지 가슴까지 두근거린다.

"허! 그 친구 고집 대단한데, 그럼, 이리 와 앉기나 해유."

사나이는 그의 손을 끌고 거적자리로 와서 앉힌다. 눈결에 사내의 뭉퉁한 다리를 보고 못 본 것처럼 하였다.

"아침 자셨수."

칠성이는 이 자가 내동냥자루에 아침 얻어온 줄로 알고 이러는가 하여, 힐끔 동냥자루를 보았다. 거기에서도 물이 떨어지고 있다.

"아니유."

사내는 잠잠하였다가,

"안되었구려. 뭘 좀 먹어야 할 터인데……."

사내는 또 무슨 생각을 하는 듯하더니, 그의 보따리를 뒤진다.

"자, 이것 적지만 자시유."

신문지에 싼 것을 내들어 펴보인다. 그 종이엔 노란 조밥이 고실고실 말라가고 있다.

밥을 보니 구미가 버쩍 당기어 부지중에 손을 내밀었으나, 손이 말을 안 듣고 떨리어서 흠칫 하였다. 사나이는 이 눈치를 채었음인지, 종이를 그의 입 가까이 갖다 대고,

"적어 안되었수."

부끄럼이 눈썹 끝에 일어 칠성이는 눈을 내려 뜨고 애꿎이 코를 들여마시며 종이를 무릎에 놓고 입을 대고 핥아먹었다. 신문지내가 이 사이에 나들고 약간 쉰 듯한 밥알이 씹을수록 고소하였다. 입맛을 다실 때마다 좀더 있으면 하는 아쉬운 마음이 혀끝에 날름거리고 사내 편을 향한 귓바퀴가 어쩐지 가려운 듯 따가움을 느꼈다.

"적어서 원……."

사내의 이러한 말을 들으며 신문지에서 입을 떼고 히 하고 웃어 보이었다. 사내도 따라 웃고 무심히 칠성의 다리를 보았다.

"어디 다쳤나 보! 피가 나우."

허리를 굽히어 들여다본다. 칠성은 얼른 아픔을 느끼고 들여다보니 잠방이 가랑에 피가 빨갛게 묻었고 다리엔 방금 선혈이 흐르고 있다.

별안간 속이 무쭉해서 그는 다리를 움츠리고 머리를 들었다. 바람결에 개비린내 같은 것이 훌씬 끼친다.

"개, 개한테 그리 되었지우."

"아, 그 기와집에 가셨수…… 그 놈네 개를 길러도 흉악한 개를 기르거든 흥! 돈 있는 놈이라 모두 한놈이 아니우. 어디 이리 내놓우. 개에게 물린 것이 심상히 여길 것이 못 되우."

사내는 그의 다리를 잡아당기었다. 그는 얼른 다리를 치우면서도 형용할 수 없는 울분이 젖은 옷에까지 오싹오싹 기어오르고 코안이 싸해서 몇 번 코를 움직일 때, 뜻하지 않는 눈물이 주르르 흘러내린다. 사내는 이 눈채를 채고 허허 웃으면서 그의 등을 가볍게 두드렸다.

"이 친구 우오. 울기로 하자면…… 허허 울어선 못 쓰오. 난 공장에서 생생하던 이 자리가 기계에 물려 이리 되었소만, 지금 세상이 어떤줄 아시우."

칠성이는 머리를 번쩍 들어 사내를 바라보니 눈에 분노의 빛이 은은하였다. 다시 다리로 시선이 옮겨질 때, 가슴이 턱 막히고 목에 무엇이 가로 질리는 것 같아 시름없이 머리를 숙이고 무심히 부드러운 먼지를 쥐어 상처에 바랐다.

"어이구! 먼지를 바르면 되우?"

사내는 칠성의 손을 꽉 붙들었다. 칠성이는 어린애같이 웃고 나서,

"이러면 나아유. '

"아 원, 그런 일 다시는 하지 마우. 약이 없으면 말지, 그런 일 하면 되우. 더 성해서 앓게 되우."

칠성이는 약간 무안해서 다리를 움츠리고 밖을 바라보았다. 사나이는 또다시 무슨 생각에 깊이 잠기는 것 같다.

바람이 비를 안고 싸싸 밀려들고, 천장의 수없는 거미줄은 끊어져 연기같이 나부꼈다. 바라뵈는 버드나무의 잎은 팔팔 떨고 아래로 시뻘건

물이 좔좔 소리를 내고 흐른다. 어깨 위가 어찔해서 돌아보면 큰 맷돌이 쌀겨를 뽀얗게 쓰고서 얼음 같은 서늘한 기를 품품 피우고 있다.

"배 안의 병신이우?"

사내는 문득 이렇게 물었다. 칠성이는 머리를 숙이고 머뭇머뭇하다가,

"아 아니유."

"그럼 앓다가 그리 되었구려… 약 써봤수?"

칠성이는 또다시 말하기가 힘든 듯이 우물쭈물하고 다리만 보았다. 한참 후에,

"아아니유, 못못 썼어유."

"흥! 말짱한 생다리도 꺾이우는 지경인데 약 못 쓰는 것쯤이야, 허허."

사내는 허공을 향하여 웃는다. 그 웃음소리에 소름이 오싹 끼쳐 힐끔 사내를 보았다. 눈을 무섭게 뜨고 밖을 내다보는데, 이마엔 퍼런 힘줄이 불쑥 일었고, 입은 꾹 다물고 있다.

"허, 치가 떨려서. 내 왜 그리 어리석었던지. 지금만 같으면 지금이라면 죽더라고 해볼걸. 왜 그 꼴이었어! 흥!"

칠성이는 귀를 밝혀 이 말을 새겨들으려 했으나 무엇을 의미한 말인지 알 수가 없었다. 사내는 칠성이를 돌아보았다. 눈 아래 두어 줄의 주름살이 돌아가신 그의 아버지와 흡사했다.

"이 친구, 나두 한 가정을 가졌던 놈이우. 공장에선 모범공인이었구. 허허 모범공인!…… 다리가 꺾인 후에 돈 한푼 못 가지고 공장에서 나오니 계집은 달아나고 어린것들은 배고파 울고 부모는 근심에 근심에 지레 돌아가시구…… 허 말햇 뭘하우. 우리를 이렇게 못살게 하는 놈이 저 하늘인 줄 아우? 이 땅인 줄 아우?"

사내는 칠성이를 딱 쏘아본다. 어쩐지 칠성의 가슴은 까닭없이 두근거려 차마 사내를 정면으로 보지 못하고 꺾인 다리를 보았다. 그리고 사내의 다리 밑에 황소같이 말없는 땅을보았다.

"아니우, 결코 아니우. 비록 우리가 이 꼴이 되어 전전 걸식은 하지만두. 왜 우리가 이꼴이 되었는지나 알아야 하지 않소……. 내 다리를 꺾게 한 놈두, 친구를 저런 병신으로 되게 한 놈두, 다 누구겠소? 알아들었수? 이 친구."

사나이의 이 같은 말은 칠성의 뼈끝마다 짤짤 저리게 하였고, 애꿎은 하늘과 땅만 저주하던 캄캄한 속에 어떤 번쩍하는 불빛을 던져주는 것 같으면서도 다시 생각하면 아찔해지고 팽팽 돌아간다. 무엇인가 묻고 싶어 머리를 번쩍 들었으나 입이 꽉 붙고 만다. 그는 시름없이 하늘을 물끄러미 보았다.

어느덧 밖은 안개비로 자욱하였고 먼산이 눈물을 머금고, 구불구불 솟아 있으며, 비소리에 잠겼던 개구리소리가 그의 동네 앞인가도 싶게 했고, 또한 큰년의 뒷매가 홰나무 아래 얼른거려 보인다. 칠성이는 부스스 일어났다.

"난 난 집에 가겠수."

사내는 따라 일어난다.

"아, 집이 있수? ……가보우."

칠성이는 머리를 드니, 사내가 곁에 와서 밀짚모자를 잘 씌워 주고 빙긋이 웃는다. 어머니를 대한 것처럼 어딘가 모르게 의지하고 싶은 생각과 믿는 맘이 들었다.

"잘 가우…… 세월 좋으면 또 만나지……." 대답 대신으로 그는 마주 웃어 보이고 걸었다. 한참이나 오다가 돌아보니 사내는 우두커니 서있다. 주먹으로 눈을 닦고 보고 또 보았다.

길 좌우에 늘어앉은 조밭 수수밭은 이랑마다 물이 충충했고, 조이삭 수수이삭이 절반 넘어져 물에 잠겨 있다. 올해도 흉년이구나 할 때 어디서 "맹"하니 또 어디서 "꽁"하는 소리가 들렸다. 저 멀리 귀 시끄럽게 우짖는 개구리소리는 무심한데, 이제 그 어딘가 곁에서 "맹꽁"한 그

소리는 사람의 음성같이 무게가 있었다.

안개비 나실나실 내려온다. 조금 말라오려던 옷이 또 촉촉이 젖고 눈썹 끝이 안개비 엉키어 마음까지 묵중하고 알 수 없는 의문이 뒤범벅이 되어 돌아간다.

그가 그의 마을까지 왔을 때는 다시 빗발이 굵어지고 바람이 슬슬 불기 시작하였다. 언제나 시원해 보이는 홰나무도 찡그린 하늘 아래 우울해 있고, 동네 뒤로 나지막이 둘러 있는 산도 빗발에 묻히어 잘 보이지 않았다. 그러나 큰년이가 물동이를 이고 이 비를 맞으면서도 저 산아래 박우물로 달려가지나 않나 하는 생각이, 집집의 울바자며 채마밭에 긴 바자가 차츰 선명히 보일 때 선뜻 들어 그의 발길은 허둥거렸다.

집에까지 오니 어머니는 눈물이 그득해서 나왔다.

"이놈아, 어미 기다릴 것도 생각지 않고 어딜 그리 다니느냐?"

어머니는 동냥자루를 받아 쥐고 쿨쩍쿨쩍 울었다. 칠성이는 잠잠히 방으로 들어오니, 빗물 받는 그릇으로 절반 차지했고 뚝뚝 듣는 빗소리가 장단 맞춰 났다. 칠성이는 그만 우두커니 서서 어쩔 줄을 몰랐다. 몸은 아까보다 더 춥고 떨리어서 견딜 수가 없다.

칠운이와 아기는 아랫목에 누워 있고 아기 머리엔 무슨 헝겊으로 허옇게 싸매 있었다. 그들의 그 작은 몸에도 빗방울이 간혹 떨어진다.

"아무 데나 앉으렴. 어쩌겠니…… 에그, 난 어젯밤 널 찾아 읍에 가서 밤새 싸다니다 왔다. 오죽해야 술집 문까지 두드렸겠니? 이놈아 어딜 가면 간다고 하지 그게 뭐야."

이번에는 소리까지 내어 운다.

남편을 잃은 뒤 그나마 저 병신 아들을 하늘같이 중히 의지해 살아가는 어머니의 맘을 엿볼 수가 있다. 칠운이는 울음소리에 벌떡 일어났다.

"성 왔네! 성 왔네!"

눈을 잔뜩 움켜쥐고 뛰었다. 그 통에 파리는 우구구 끓고 아기까지 키성키성 보채인다. 칠운이는 두 손으로 눈을 비비치고 형을 보려다는 못보고 또 비비친다.

"이 새끼야, 고만두라구. 그러니 더 아프지. 에그 너 없는 새 저것들이 자꾸만 앓아서 죽겠다. 거게다 눈까지 덧치니, 그런데 이 동리는 웬일이냐. 지금 눈병 때문에 큰일이구나. 아이 어른이 모두 눈병에 걸려 눈을 못 뜬다."

칠성이는 지금 아무 말도 귀에 거치지 않고 비 새지 안는 곳에 누워 한잠 푹 들고 싶었다. 칠운이는 마침내 응응 울다가 무슨 생각을 하고 뒷문 밖으로 나가더니 오줌을 내뻗치우며 그 오줌을 눈에 바른다.

"잘 발라라. 눈등에만 바르지 말고 눈 속에까지 발러⋯⋯. 저것도 널 보고 반가와서 저리도 눈을 뜨려누나. 어제는 성아 성아 찾더구나."

어머니는 또 운다 칠성이는 등에 선뜻 떨어지는 빗방울에 피하여 앉으니 이번엔 콧등에 떨어져 입술로 흐른다. 그는 콧등을 후려치고 화를 버럭 내었다.

"제 제길!"

"글쎄 비는 왜 오것니. 바람이나 불지 말아야 할 터인데 저 바람! 기껏 키운 조는 다 쓰러져 싹이 나겠구나. 아이구 이 노릇을 어찌 해야 좋으냐. 하느님 맙시사!"

두 손을 곧추 들고 애걸한다. 그의 머리는 비에 젖어 이마에 붙었고 눈은 눈꼽에 탁 엉키었고 그 속으로 핏줄이 뻘겋게 일어 눈이 시큼해서 바라볼 수 없는데 시커먼 옷에 천정물이 어룽어룽 젖었다.

칠성이는 얼른 샛문 턱에 걸쳐 앉아 눈을 딱 감아버렸다. 눈이 자꾸만 피곤하고 그래선지 속눈썹이 가시같이 눈 속을 꼭꼭 지른다.

그는 눈을 두어 번 굴렸을 때 문득 방앗간이 떠오른다.

"어제 개똥네 논에 동이 터졌는데 전부 쓸려 나갔다누나. 에구 무서워.

저게 무슨 바람이냐. 저 바람! 우리 밭은 어쩌나."

어머니는 밖으로 뛰어나간다. 칠운이는 울면서 따르다가 문턱에 걸려 공중 나가 넘어지고 시재 까무러치는 소리를 하였다. 칠성이는 눈을 부릅떴다.

"저 저놈의 새끼, 주 죽이고 말까부다!"

어머니는 얼른 칠운이를 업고 물러나서 정신없이 밖을 바라보고, 또 나갔다가 들어왔다. 칠운이를 때리다가 중얼중얼하며 돌아간다.

칠성이는 이 꼴이 보기 싫어 모로 앉아 눈을 감았다. 무엇에 놀라 눈을 뜨니, 아랫목에 누워 할딱할딱하는 아기가 일어나려다 쓰러지고 소리없는 울음을 입으로 운다. 머리를 갈자리에 비비치다도 시원치 않은지 손이 올라가서 헝겊을 쥐고 박박 할퀴는 소리란 징그러워 들을 수 없었다.

칠성이는 눈을 안 뜨자 하다도 어느새 문득 뜨게 되고 아기의 저 노란 손가락이 머리를 쥐어 뜯는 것을 보게 된다. 조놈의 게집애는 죽었으면! 하면서 눈을 감는다.

바람은 점점 더 세차게 분다. 살구나무 꺾이는 소리가 뚝뚝나고 집기둥이 쏠리는지 씩컥 쿵! 하는 소리가 샛문에 울렸다. 칠운이는 방으로 들어와서 눕는다.

"성아, 내일은 눈약두 얻어오렴. 개똥이는 저 아버지가 읍에 가서 눈약 사왔다는데, 저 그 약을 넣으니까, 눈이 나았다더라 응야."

칠성이는 잠잠히 들으며, 얼른 가슴에 품겨 있는 큰년의 옷감을 생각하였다. 차라리 눈약이나 사올 것을 하는 마음이 잠깐 들었으나 사라지고 어떻게 큰년에게 이 옷감을 들려줄까 하였다.

부엌에서 성냥 긋는 소리가 들리더니, 어머니가 들어온다.

"아궁에 물이 가득하니 이를 어쩌냐. 저것들도 아무것도 못 먹었는데…… 너두 배고프겠구나."

이런 말을 하고 밖으로 나가더니 곧 뛰어들어온다

"큰년네 논두 동이 터졌단다. 그리 튼튼하던 동두, 저를 어쩌니."

칠성이는 눈을 둥그렇게 떴다.

"좀 자려무나. 요 계집애야 왜 자꾸만 머리를 뜯니. 조놈의 계집애는 며칠째 안 자고 새웠단다. 개똥 어머니가 쥐가죽이 약이라기 쥐를 잡아 저리 붙였는데 자꾸만 떼려구 저러니, 아마 나을려구 가려운 모양인지."

그렇다고 해줘야 어머니는 맘이놓일 모양이다. 큰년네 말에 칠성이는 눈을 떴는데 딴 푸념을 하니 듣기 싫었다. 하나 꾹 참고,

"그 그래. 큰년네두 논이 떴대?"

"그래! 젖이 안 나니……."

어머니는 연신 아기를 보고 그의 젖을 주물러본다. 명주 고름끝같이 말큰거린다.

아기는 점점 더 할딱할딱 숨이 차오고 이젠 손을 놀릴 기운도 없는지 손이 귀밑으로 올라가다는 맥을 잃고 다르르 굴러 떨어진다. 어머니는 바람소리를 듣더니,

"이전 우리 조는 못 쓰게 되었겠다! 큰년네 논이 뜨는데 견디겠니……. 참 큰년이는 복 좋아, 글쎄 이런 꼴 안 보렴인지 어제 시집 갔단다.

"큰년이가?"

칠성이는 버럭 소리쳤다. 그의 가슴에 고히 안겨 있던 큰년의 옷감은 돌같이 딱 맞질리운다. 어머니는 아들의 태도에 놀라 바라보았다.

"어마이! 저것 봐!"

칠운이는 뛰어 일어나서 응응 운다. 그들은 놀라 일시에 바라보았다.

아기는 언제 그 헝겊을 찢었는지 반쯤 헝겊이 찢어졌고 그리로부터 쌀알같은 구더기가 설렁설렁 내달아오고 있다.

"아이구머니. 이게 웬일이야 응, 이게 웬일이어!"

어머니는 와락 기어가서 헝겊을 잡아 제치니 쥐가죽이 딸려 일어나

고 피를 문 구더기가 아글바글 떨어진다.

"아가 아가 눈 떠, 눈 떠라, 아가!"

이 같은 어머니의 비명을 들으며 칠성이는 "엑!" 소리를 지르고 우둥
퉁퉁 밖으로 나와 버렸다.

비는 좍좍 쏟아지고 바람은 미친 듯 몰아치는데 가다가 우르릉 쾅쾅
하고 하늘이 울고 번갯불이 제멋대로 쭉쭉 찢겨 나가고 있다.

칠성이는 묵묵히 저 하늘을 노려보고 있었다.

—《조선일보》(1936. 3. 12~4. 3).

# 어둠

툭 솟은 광대뼈 위에 검은빛이 돌도록 움쑥 패인 눈이 슬그머니 외과실을 살피다가 환자가 없음을 알았던지 얼굴을 푹 숙이고 지팡이에 힘을주어 붕대한 다리를 철철 끌고 문안으로 들어선다.

오래 깎지 못한 머리카락은 남바위나 쓴 듯이 이마를 덮어 꺼칠꺼칠하게 귀밑까지 흘러내렸으며 땀에 어룽진 옷은 유지같이 싯누래서 몸에 착 달라붙어 뼈마디를 환히 드러내이고 있다. 소매로 나타난 수수대 같은 팔에 갑자기 뭉퉁하게 달린 손이 지팡이를 힘껏 다궈쥐었다. 금방 뼈마디가 허옇게 나올 것 같다.

의사는 회전의자에 앉아 의서를 보다가 흘끔 돌아보았으나 못 볼 것을 본 것처럼 얼른 머리를 돌리고 검실검실한 긴 눈썹에 싫은 빛을 푸르르 깃들이고서 여전히 책에 열중한 체한다. 저편 침대 곁에서 소곤소곤 지껄이던 간호부들은 입을 다물고 우두커니 서 있다. 그 중에 제일 나이들어 보이는 간호부가 환자를 바라보자 얼굴이 해쓱해서 '오빠!' 하고 부르렸으나 다시 보니 오빠는 아니었다. 가시로 버티우는 듯한 눈을 억지로 내려 떴다. 마룻바닥은 캄캄하였다. 귀가 울고 가슴이 달막거린다. 꼭 오빠였다. 조금도 틀림없는 오빠이었다. 한데 눈 한 번 깜박일 새 그가 제일 싫어하는 무료과의 입원한 환자가 아니었던가. 내가 미쳤나, 소리를 쳤더라면 어쩔 뻔했어, 하고 다시 환자를 바라보았다. 오빠는 저러한 불쌍한 사람을 위하여 목숨까지 바친 셈인가! 이러한 생각이 불쑥 일어나자 그의 조그만 가슴이 화끈 뜨거워진다. 그는 얼른 알콜 습포를 가지고 환자의 곁으로 가서 붕대에 손을 대었다. 오빠는 참으로 이런 사람을 위했음인가? 머리가 어찔해지고 손끝이 포들포들 떨린다. 풀리는 붕대에서는 살 썩은 내가 뭉클뭉클 일어난다. 참말 오빠는 사형을 당하였어, 거짓 소리가 아닐까. 손은 환부를 꾹 눌러 누런 고름을 뽑으면서 맘으로는 이리 분주하였다.

뻘건 피가 고름에 섞여 주루루 흘러내린다. 그는 손에 힘을 주었다, 퉁퉁 부은 환부에 손이 옴쑥 들어가며 다리뼈 마디에 맞질리운다. 발그레한 손 끝에 피와 고름이 선뜻 묻혀진다. 오빠의 얼굴이 선히 떠오른다. 오빠는 목숨까지 바쳤거든 나는 요만 병자를 대하기도 싫어했구나. 눈이 캄캄해지며 형용할 수 없는 감격이 토실히 부은 그의 눈등에까지 흔흔히 올라오고 있다.

고름은 멈춰지고 피만 흐르매 알콜 습포로 환부를 박박 문지르고 핀셋으로 니바노루 가제를 집어 어웅한 환부 속에 헤치고 깊이 밀어넣은 담에 소독한 가제에다 부로시 습포를 싸서 환부에 덮고 노란 유지를 놓아 붕대해 주었다. 환자는 이마에 흐르는 땀을 손등으로 부비치고 나서 지팡이를 집고 일어나 나간다. 땀내에 머리카락 쉰 내인 듯한 내가 후끈 끼친다. 그는 물러났다. 적삼깃을 쓰적이는 환자의 머리털이며 고름을 이겨붙여 말린 듯한 잠방이 밑, 저는 필시 부모도 처자도 없는 게로구나, 하고 돌아서서 스팀 곁에 있는 세면기에 손을 넣었다. 나도 단지 어머님뿐만이 아닌가, 크레졸 물이 그의 손에 가볍게 부딪칠 때 이리 생각되었다. 귀밑에 땀이 뽀르르 흘러내린다.

그는 보느라 없이 의사를 보았다. 양미간을 찌푸린 채 책을 보고 있다. 기분이 좋지 못할 때 언제나 저 모양을 한다. 그런 험한 환자가 다녀간

뒤라 그런지 의서 가운데 난해의 문구가 있어 그런지 딱히 집어낼 수는 없었다. 그러나 그는 뜻하지 않은 옛일을 문득 회상하고 코웃음치지 않을 수가 없었다.

십년 전 의사가 이 병원에 갓 부임했을 때는 모든 일에 열과 피가 움직였다. 특히 빈한한 환자에게 한하여는 수술료 같은 것은 반감하였고 또는 사정만 하면 한푼도 받지 않았다. 그래서 원장과도 말다툼이 잦았으며, 한때는 사직한다는 말까지 있어 시민들까지 우려하였던 것이다.

때는 흘렀다. 거기에 따라 인심도 흐른 것인가, 십년 전 의사와 오늘의 그는 딴 사람인 것처럼 변하여진 것이다. 하필 의사뿐이랴, 오빠가 떠난후에 영실의 맘과 몸까지도 엄청나게 달라졌다는 것을 비로소 지금 느끼는 것이다.

우리는 없는 놈이니까 같은 없는 놈을 동정하여야 하고 보다도 이러한 생지옥을 벗어나기 위하여는 싸우지 않으면 안 된다, 누이야.

어떤 날 밤중에 길 떠나면서 매어달리는 그 누이에게 이르던 오빠의 말, 결국 오빠는 그 길에서 돌아오지 못하고 말았다. "오빠 너무 해, 너무해, 어머니는 어쩌구 저 모양이 되어, 온 세상이 우리 모녀를 업수이 보고 해치려는데……."

그는 커튼으로 눈을 옮겼다. 정낮 햇볕에 주홍빛으로 물들여진 커튼은 눈물에 어리어 뿌하기도 하고 어찌 보면 캄캄도 하였다.

열두 시를 땅땅 친다. 뒤이어 웅 하고 일어나는 저 사이렌 소리. 병원을 즈르릉 울려 준다. "너의 오빠는 사형당하였단다. 우웅우웅." 외치는 듯 호소하는 듯 땅을 울리고 하늘에 솟았다 툭 끊어져버렸다.

의사는 책을 덮어놓고 일변 수건을 내어 얼굴을 씻으면서 일어나 밖으로 나간다. 가죽 슬리퍼 끄는 저 소리, 그는 문득 신발소리를 따라 귀를 세웠음을 발견하고 스스로 조소하지 않을 수가 없다. 이젠 의사는 그를 잊은 지 오래였고 이미 딴 여자와 약혼까지 하지 않았나. 그런데 왜 자신은 그를 잊지 못하고 입때까지 생각하나. 호! 나오는 한숨을 언제나처럼 꿈쩍 삼키었다가 한참만에야 가만히 내뿜었다.

믿던 사나이도 변하였고, 행여나 나오면 나오게 되면, 하고 주야로 기다리던 오빠마저 영원히 가버리었다. 오빠가 나오면 어머님께도 숨긴 이 비밀을 이야기하여 이 억울함을 설치하고자 했건만 그 희망조차 툭 끊지 않으면 안 되게 되었다. 번득이는 거즈관을 바라보자 눈에 핏줄이 따갑게 일어나는 듯해서 눈을 감고 침대에 걸어앉았다. 소매에서 크레졸 내가 솔솔 품기고 있다.

"아이 언니, 오빠를 생각하지? 그러지 말아요, 이젠 그리된 것을 아끼라메* 해야지 어쩌나."

효숙이가 깨울하여 본다. 눈에 동정의 빛이 짜르르하다. 통통한 볼에 윤기가 돌고 엷은 입술 사이로 담은담은한 이가 구슬같이 동글다.

"어서 소제나 해요."

효숙의 뒤에서 물끄러미 바라보는 나까가와(中川)를 보았다.

"너무 슬퍼하지 말아요, 이상."

머리를 끄떡해 보인다. 그는 한숨을 후 쉬었다. 말로나마 동무들은 이리 위로하여 주건만 정작 위로하여 줄 의사만은 입을 다문 채 오히려 모르는 체한다. 이것이 무엇보다도 괘씸하고 분하여서 그 앞에서는 조금도 슬픈 빛을 띠지 않으려 적심을 다 기울이는 것이다.

효숙이는 영실의 눈이 까스스해지는 것을 보고 돌아서서 바께쓰를 가지고 수도 곁으로 가서 솨르르 수도를 틀어 놓았다. 머리에 꽂힌 모자는 깨울하였고, 그 밑으로 토실한 목덜미가 나부룩한 머리에 덮이었다. 나까가와는 눈을 껌벅이면서 주사기, 핀셋, 손데 같은 기계를 한 줌 쥐고 소독가마 곁으로 와서 나사를 틀어 놓으니 물이 쏼쏼 끓고 더운김이 팡팡 기어오른다. 거기에 기계들을 집어넣고 물러난다. 금세 코 밑

---

* 체념.

에 땀이 송알송알 맺히었다.

영실이는 힘없는 다리를 옮겨서 그의 사무상으로 왔다. 손은 벌써 흐트러진 책상 위를 정돈하는 것이다. 누런 뚜껑을 한 의서에서 호르르 오르는 담뱃내와 가오루* 내, 그는 의사의 숨결을 문득 볼에 느낀다. 일변 눈을 찌푸리고 생각을 돌리려 효숙의 분주한 양을 바라보았다. 약간 푸른기를 띤 새하얀 간호부복에서 또한 의사의 옷갈피를 홀연히 발견하는 것이다. 그는 하는 수 없이 천장을 보았다. 오빠는 사형당하였다. 천장에 시커멓게 쓰여지는 것을 또한 보게 된다.

효숙이는 걸레로 마루를 닦고 책상, 의자, 도다나를 닦으면서 열심히 조잘거리고 있다. 머리 까딱이는 몸짓하는 게 나까가와 보다 훨씬 능란한 것 같다. 나까가와는 푸시시한 머리를 소독가마에서 오르는 김에 뽀얗게 적시우고 서서 기계를 꺼내어 하나하나 탈지면으로 닦으며 "그래" "참말"하고 효숙의 말을 받고 있다. 그들은 아무 걱정도 없어 보인다.

소제가 끝나자 둘이는 머리를 까딱해 보이고 밖으로 통통 뛰어나간다. 이어 점심 종소리가 댕그릉 댕그릉 울려온다. 그는 엊저녁부터 굶었건만 밥 먹고 싶지 않았다. 이십여 일 전 의사가 약혼할 당시부터 굶기 시작한 것이 그 후로 한두 끼니는 예사로 굶게 되는 것이다. 보다도 그때로부터 밥맛을 잃어버렸다.

그는 복도로 통한 문을 닫고 포켓에 손을 넣었다. 신문이 바스락 만져진다. 몸이 흠칫해지고 솜치가 오스스해진다. 손을 빼어 볼에 대었다. 잘못 본 것이라면 얼마나 좋을까, 혹시 알 수가 있나, 손은 다시 포켓 속으로 들어간다. 땀이 뿌찐뿌찐 나고 팔이 후루루 떨린다. 신문을 쥐었다, 놓았다, 망설였다. 살금살금 끌어내었다. 눈에 칼날이 스치는 듯 산득산득해서 바로 볼 수가 없다. 절반 머그러진 사형수들의 사진 틈에 목이 상큼하게 패인 오빠가 툭 뒤어들었다. 그는 머리를 돌리고

* 은단.

같은 사람도 있지, 이름으로 눈을 옮기자 신문을 와락 접어 던졌다. 순간 철사로 그를 숨쉴 수 없어 꽁꽁 동였음을 느낀다. 아무리 벗어날래야 날 수 없는 그런 철망에 감긴 것을…… 오빠! 어머님께 뭐라고 하라우! 이때까지는 속여왔지만 이제는 뭐라고…

어제 이맘때 의사의 손을 거쳐 떨어지던 이 신문 호외! 얼마나 기막힌 소식이었던가. 그는 당장에 기색하였던 것이다. 그때 아주 피어나지 말았던들 이 아픈 양은 당하지 않을 것을, 그는 부지중에 손등을 꽉 물어 떼었다. 피가 봉긋이 솟아오른다. "오빠는 나쁜 사람이야. 그 어머님께 죽음을 뵈어. 너무 해, 너무 해. 어머님께 뭐라구 여쭐까." 그는 벌떡 일어나 빙빙 돌았다. 어머니만 아니면 약이라도 먹고 금방 이 괴롬을 잊고싶다. 한데 칠순이 다 된 어머니가 있지 않나. 아들이 나오면 만나보겠다고 눈이 까매서 기다리는 어머니가 있지 않나.

—영실아, 우리가 사형 언도를 받은 것은 신문지상으로 벌써 알았겠구나. 하지만 봐라, 결코 우리는 죽지 않는다. 언제든지 나가서 어머니와 너를 대할 날이 있을 터이니 그때를 기다려라. 어머니께는 당분간 숨겨다오, 누이야—

최후심에서 사형 언도를 받는 오빠에게서는 이러한 편지가 왔던 것이다. 온 세상이 뭐라고 떠들든지 그는 오빠의 이 말을 믿고 싶었으며 또한 믿어지던 것이다. 하나 결국은 사형을 당하고야 말지 않았나, 그는 신문을 와락 당기어 올올이 찢어 창 밖으로 던졌다.

저편 정원엔 한창인 화단이 눈이 시릴 만큼 번거로웠고, 정원을 둘러싼 비수리나무 울타리는 요새 가지깎음을 받아 거뜬하게 돌아갔다. 거기엔 이제야 봄이 툭툭 쥐어발렸다.

참일까, 거짓이지, 오늘이라도 오빠에게서 편지가 올지 모르지. 그는 시계를 쳐다보았다.

문소리가 났다. 누가 편지를 들고 들어오는 것 같아 왁 울음이 나오는 것을 참고 머리를 돌렸다. 의사가 무심히 들어오다가 흠칫 하였으나 태연히 들어와서 의자에 걸어앉는다. 그의 손엔 아무것도 없었다. 일변 담배를 피어 문다.

코끝에까지 울음이 빼듯이 내어민 것을 억지로 삼키려니 자꾸만 입이 비죽거려지고 숨이 가쁘다. 그러나 눈엔 독이 파랗게 서리고 있다. 혀를 꼭 깨물고 책상을 힘껏 붙들었다. 혀끝에서 피가 나는지 간간히 맛이 머리에까지 따끔따끔 느껴지고 있다. 의사는 성큼 일어나더니 도 다나 곁으로 가서 담숙담숙 쌓아논 알콜 습포를 집어 손을 닦고 있다.

"점심 먹었어?"

이 물음에 영실의 보풀락한 눈등은 찢어질 듯이 팽팽하여졌다.

"왜 대답이 없어?"

말 끝에 씩 웃는다. 그의 말버릇이 그렇건만 지금에 있어서는 자신의 처지를 비웃는 웃음 같아 더 참을 수 없는 분이 왈칵 내밀치므로 눈을 쏘아 보았다.

포마드를 발라 넘긴 머리카락은 보기 싫게 흔들거리고 거무틱틱한 눈에 거만함이 숭글숭글 얽히었다. 의사는 그의 시선을 피하여 열심히 손끝만 보고 비비친다. 전날에 고상해 보이던 그의 인격은 어디로 갔는지 흔적도 찾을 수 없고 머리에서 발끝에까지 야비함이 주르르 흘러내린다. 저런 사나이에게 귀한 처녀를 빼앗기었나, 보다도 오빠만을 고이 생각던 누이의 맑은 맘을 송두리째 빼앗기었나, 하니 자신의 어리석음이 기막히게 분하여진다. 그만 달려가서 저 사나이를 푹푹 찔러죽이고 싶다.

의사는 그의 눈치를 채었음인지 슬금슬금 나가버린다. 그는 의사가 보이지 않도록 쏘아보다가 일어나 위층 쯔메쇼(詰所)로 올라왔다.

활짝 열어제친 창으로 오빠를 잃은 저 하늘이 찰찰 넘어 흐르고 책상 위의 두어 송이의 백합이 그 하늘을 갸웃이 바라보고 있다. 그는 의자에 털썩 주저앉아 하늘을 멍하니 바라보노라니 층대를 올라오는 신발소리가 아득히 들린다. 의사인가 싶어 휙 돌아보니 소사인 김서방이 바쁘게 올라온다. 울어서 부은 눈을 아무에게도 보이기 싫어서 머리를 돌렸다. 한참 후에 무심히 머리를 돌리니 그의 옆에 김서방이 우뚝 섰지 않느냐. 그는 와락 반가운 맘이 들어 벌떡 일어났다.

"편지 왔소?"

김서방이 뭣이 들어앉아 쭉 펴지 못하는 그의 굵단 손으로 반백이나 되는 머리를 어색하게 슬슬 어루만지며 차마 영실이를 바라보지 못하고 섰다.

"아니유."

"오늘은 꼭 편지가 와얄 텐데 어쩌나!"

그는 애처로이 김서방을 보았다. 입을 중긋중긋 하던 김서방은 눈을 번쩍 떠서 마주 본다. 항상 벙글거리던 그 눈에 웃음이 간 곳 없고 슬픈 빛이 뚝뚝 흘러내린다. 저도 알았구나, 하자 눈물이 핑그르르 돌아 떨어진다. 그는 흐르는 눈물을 씻으려고도 아니하고 눈을 점점 더 크게 떠서 김서방을 보았다. 얼굴은 캄캄하게 어리우나 왼편으로 깨울히 내려온 흰수염 끝이 영실의 눈에 가득히 어리운다.

"너무 너무 그렁말수."

김서방은 발끝을 굽어보고 이렇게 말하였다. 김서방! 하고 힘껏 부르려 했으나 목이 메어 나가지 않았다.

이 병원에서 가장 오랜 연조를 가진 김서방과 자신, 가장 가난한 처지에서 헤매이는 김서방과 자기, 그래서 의사와 자기 사이도 아는 것 같고 역시 오빠의 죽음에 대하여도 누구보다도 이해가 깊은 것을 깨달은 것이다.

밤 아홉 시.

효숙이와 나까가와는 목욕탕에 들어가고 영실만이 쯔메쇼에 남아 있어 체온표에다 입원환자들의 체온과 맥박을 푸르고 붉은 연필로 그리고 있다. 손은 종이 위에서 넘노나 맘은 자꾸만 구숭숭해 오고 초초했다. 무엇보다도 어머니가 오늘쯤은 어디서 이 소식을 듣고 나한테 쫓아오다가 길에서라도 졸도를 하지 않았는지 하는 불안이 시시각각으로 커가는 때문이다. 마침내 그는 체온표를 철썩 덮어놓았다. 연필이 따르르 떨어진다. 숙직 의사에게 말하고 잠깐 다녀오려니 일일이 사정을 늘어놓아야 할 테고 이해 없는 그들 앞에서 구구한 사정이란 기막히는 노릇이다. 이것들이 웬 목욕을 이리 오래 하누, 하고 층대쪽을 바라보았다. 아래층 당구장에서는 한참 신이 나서 떠들고 있다.

어쩐지 저들과는 너무나 거리가 먼 곳에 있는 자신이라는 것을 새삼스레 느끼면서 두 손을 볼에 대고 한숨을 푹 쉬었다. 오빠가 사형을…….

거짓말이지. 그럼, 아직 감옥 안에 계시어? 숨이 답답해지고 대답이 나오지 않는다. 내일까지 아무 소식이 없으면 휴가를 맡아 가지고 경성 가봐야지, 그래야지 아무러면 오빠가 그리 되었을까, 신문에 난 것은 무어야!

그럼 그는 가슴이 오짝해서 일어나 빙빙 돌았다. 시커먼 사형수들의 사진이 얼씬얼씬 나타나고 있다. 참말일까? 그는 주위를 두리두리 살피다가 창 앞으로 왔다. 무의식간에 창문을 와르르 열고,

"참말일까요?"

허공을 향하여 소리쳤다. 밖에는 아무도 없다. 그는 따귀나 얻어맞은 것처럼 얼얼하여 우두커니 섰다. 싸늘한 바람이 그의 머리털에 비웃는 듯 조소하는 듯 팔팔 감기고 있다. 어둠을 뚫고 빛나는 전등불이 여기저기 흩어졌고 거기로부터 달려 오는 긴 빛이 그의 눈가에 수없이 꽂히어 눈물을 가득히 어리우게 한다. 원장의 집 곁에 간호부 기숙사가 있고 그옆에 부원장인 외과의사의 저택이 유난히도 빛나는 전등을 문전에 달고 어둠 속에 뚜렷이 앉아 있다. 필시 지금쯤은 약혼한 계집이 찾

아왔겠군, 불시에 이런 생각에 들자 불뚝 치달아 올라오는 질투심에 얼굴이 화끈달았다. 그는 머리를 설레설레 흔들었다. 그리고 창을 등지고 서 버렸다.

—영실이, 나는 그대를 떠나서는 한시도 살수가 없소. 내 손이 가기 전에 그 부드러운 흰 손이 더러운 환부를 깨끗이 씻어주었고, 그래서만 이 내 손은 환부를 꼭 집어 알 수가 있소, 그 손! 그 이쁜 손은 영원히 내것이요—

이러한 한 구절의 편지가 서늘한 바람을 타고 흘러 들어온다. "악마!" 그는 부지중에 중얼거렸다. 그리고 창문을 요란스레 닫아버렸다. 이번엔 도다나 속의 수없는 기계들이 의사의 손! 영실의 손! 하고 속삭이는 듯하다.

그는 머리를 푹 숙이었다. 의사의 손과 그의 손이 합하면 어떠한 대수술도 무난히 돌파하지 않았던가. 나부죽한 손톱을 가진 약간 여윈 듯한 의사의 손! 까딱하면 무엇을 요구하는지를 알았고 또한 무슨 기계와 무슨 약을 들려 줄 것을 이 손이 알지 않았던가. 그는 얼른 손등을 입에 대었다. 그만 탁 찍어 버리고 싶다.

내가 미쳤나? 그는 당구장에서 일어나는 환성에 깜짝 놀라 머리를 들었다. 지금 어머니는 어떻게 되었는지 모르면서. "영식아! 영식아!" 오빠를 부르는 어머니의 음성이 금방 들리는 듯하다.

"언니 목욕해요"

효숙이와 나까가와는 층계를 올라오며 이렇게 말하였다. 그들은 얼굴은 빨갛게 상기되었고 하얀 손끝에서는 크림 냄새가 솔솔 풍기었다.

"저 나 잠깐만 집에 다녀올게. 병실에서 오거든 엠직만하면 선생님께 알리지 말고 둘이서 처리해요 저기 주사기랑 약이랑 준비 다 했으니, 응."

영실이는 도다나를 가리키고 나서 황황히 탈의소로 와서 옷을 갈아입고 층계를 내려뛰었다. 긴 복도를 지나 병원을 나왔다.

밖은 새까맣다. 하늘엔 별들이 싸늘해 있고 이따금 가로등만이 뽀얀 빛을 땅에 던지고 있다. 웬일인지 발길이 풍풍 빠지는 듯하고 다리 마디가 자꾸만 꺾이려고 하였다. 신발소리만 나면 어머닌가 하여 살피게 되고, 늘 다니던 이 길이건만 어쩐지 처음 가는 골목 같아 한참이나 돌아보곤 하였다. 너무 숨이 차서 가슴을 쥐고 후 하고 숨을 길게 내쉬면 어둠이 새하얀 연기로 변하여 그의 갈한 목에 휘어감기고 있다.

집에 오니 대문은 걸렸다. 얼른 문 사이로 방문을 살피니 불이 희미하다. 어머니가 계시구나… 맘이 다소 놓여서 대문을 가만히 붙들고 호하고 숨을 몰아쉬었다. 아직까지는 어머니가 모르시는 모양이나 내일이라도 누구에게서 듣고 묻는다면 무어라고 대답할까. "어머님께는 당분간 숨겨다오 누이야!" 그는 부지중에 털썩 주저앉았다. 비록 오빠가 감옥에 있다 할지라도 모든 일을 이리 가르쳐 주었는데 이제부터는 누구의 지시를 받나! 우선 어머님께는 뭐라구 하나, 오빠 나는 어찌라우. 그는 발버둥쳤다. 어젯밤에도 이리 와서 어머니는 차마 만나지 못하고 간 것이다. 어머니만 뵈오면 울음이 탁 나가서 아무리 숨길래야 숨길 수 없음을 깨달은 것이다. 그렇다고 언제까지나 어머님을 만나지 않을 수는 도저히 없는 일이고 내가 좀 대담해야지, 좀더 침착해야지 하고 가만히 일어났다. 대문을 붙들고 어머니! 하고 부르려니 벌써 눈등이 무거워지고 목이 꽉 메어 음성이 나가지 않는다. 그는 눈등을 한번 비비고 얼결에 대문을 쿵 받았다.

"누구냐!"

어머니의 음성이 흘러나온다. 그는 얼른 몸을 피하렸으나 울음이 왁 나오면서 픽 쓰러졌다. 아득히 들리는 신발소리. 그는 혀를 꼭 물고 발딱 일어났다. 이제야말로 정신을 차려서 어머니를 대하지 않으면 안 되리라 하였다. 대문이 삐꺽 열리면서 어머니의 흰옷이 새하얗게 보인다. 그는 아뜩하였으나 두 손에 힘을 주어 울타리를 꼭 붙들고,

"나! 나야 흑!"

말 끝에 흑 소리가 턱을 차고 내달린다. 얼른 목을 꼭 쥐어 비틀고 섰노라니,

"서울서 소식 없니!"

하고 어머니는 달의 곁으로 다가선다. 소르르 건너오는 잎담배 내에 그는 주춤 물러서며 얼굴을 울타리에 돌려대고 힘껏 비비쳤다. 나무판자 울타리에서 뜨끔 찔리는 볼, 그는 볼에 무엇이 들어박히는 것을 느끼면서도 울음은 자꾸만 쓸어나오려고 한다.

"어젯밤 꿈에 네 오빠가 왔기에 오늘은 무슨 소식이 있는가 해서 아까 기숙사에 갔더니 오늘 네가 당번이 되어 몹시 바쁘다고 장 간호부가 그냥 가라고 하기에 왔다마는, 소식 없니."

딸의 몸을 어루만지려는 어머니. 비틀 하고 어머니에게로 쏠리려는 것을 그는 울타리를 꼭 붙들고 섰으나 자꾸만 쓸어나오는 울음 땜에 견딜수 없다. 그래서 그는 휙 돌아서 울타리를 붙들고 걸었다.

"이애야, 너 선생님헌테 무슨 꾸지람을 들었니, 왜 그러니."

쫓아오는 어머니에게 그는 아무 말이라도 하여서 안심시켜야 할 것을 느꼈으나 좀체로 입을 벌릴 수가 없었다. 어머니와 거리가 좀 멀어지자 목을 비틀었던 손을 놓고 입을 벌리고 속으로 울었다.

"이야아, 말이나 시원히 하여."

어둠을 뚫고 들리는 어머니의 음성은 애처로웠다. 휘끈 머리를 돌리고,

"어머니 들어가라우."

하고 말을 내놓았으나 그 말은 어머니의 귀에까지 들린 것 같지 않았다. 그는 숨을 몰아쉬고 크게 말을 하렸으나 울음이 왁 쓸어나온다. 그는 입을 꼭 다물고 섰다. 귀찮게 흐르는 눈물을 씻고 바라보니 대문 앞에 어머니가 그냥 서 있듯 어머니의 흰 옷이 잡힐 것 같다.

"어머니, 어쩔까!"

그는 울음 섞어 이렇게 부르자 와락 어머니에게로 달려가는 발길을 억지로 멈추고 걷다가 돌아보면 어머니는 아직도 섰는 듯, 그만 우두커니 섰다. 그러다 어머니가 그를 쫓아 병원으로 오든지 그렇지 않으면 마을이라도 가려나 하는 맘이 자꾸만 들었던 것이다.

그는 살금살금 그의 집을 바라보고 걸었다. 대문 앞에 오니 어머니는 들어가신 듯 아무것도 보이지 않는다. 대문을 더듬더듬 쓸어보고야 다소 안심을 하고 돌아서 걸었다. 한참 오다가 보니 또 어머닌 듯 흰 그림자 어둠 속에 뚜렷하였다. 눈을 아프게 쥐어당기고 다시 한번 와 보리라 하고 뛰어온다. 구두가 자꾸만 엎어지려고 해서 구두를 벗어 들고 그의 대문 앞에 와서 문틈에 눈을 대니 방에는 아까보다 불빛이 환하다. 들어가서 어머니를 안심시킬까 하니 벌써 울음이 다투어 기어나오므로 그는 눈에 손을 대고 엎으러질 듯 돌아섰다.

그가 보통학교 앞에 오니 숨이 차 견딜 수가 없다. 그래 잠깐 멍하니 섰노라니 어둠 속에 시꺼멓게 솟아 있는 중앙학교가 맘에까지 소복히 스며드는 것 같았다. 또다시 가슴이 화끈해지며 오빠와 그가 손을 맞잡고 이 길로 학교에 드나들던 것이 어제인 듯 툭 튀어오른다.

노닥노닥 기운 옷에 가방 한 개도 못 가지고 목수건 하나도 없이 어머니가 일본 집에서 얻어온 구멍이 송송 난 메린스 책보를 들고 그 몇 번이나 오르내렸던고.

어머니는 눈만 뜨면 일터로 가기 때문에 그는 언제나 오빠 옆에 붙어 있었다. 오빠에게서 하나 둘을 배웠고 또한 오빠의 등에서 오줌 똥을 싼 것이다. 그러다 자라서 이 학교에 다니게 되니 오빠는 언제나 그의 손을 꼭 잡고 교실에까지 바래다 주고 그의 교실로 들어가던 것이다. 몸이 아파도 오빠에게 하소하였고 동무들과 쌈을 하고도 오빠에게 고하였고 장난하다 손끝이 상하여도 오빠의 입술에 호 함을 받았고 그렇던 오빠! 오빠! 난 어쩌라우, 그는 어린애같이 발을 동동 굴렀다.

어느 날 하학을 하고 나오니 눈이 와서 성 같이 쌓였다. 오빠는 그를 둘러업고 눈 속을 빠져 집으로 온다.

"눈 꼭 감어."

눈 속을 헤엄치는 오빠는 이렇게 말하고 뛰었다. 눈이 얼굴에 부딪치어서는 녹아 얼굴을 쓰라리게 하고 목덜미에 스며들어 꼭꼭 찌른다. 그는 마침내 앙앙 울었다. 집에 오니 어머니는 아직도 안 돌아왔고 눈 바람에 문풍지가 다 뜯긴 방안은 바깥보다 더 추운 것 같았다. 오빠는 그의 몸에 눈을 떨어주고 얼굴을 소매로 닦아주면서,

"이제 어머니가 과자 얻어온다. 울지 말아야."

이렇게 얼리면서도 오빠도 쿨쩍쿨쩍 울고 문만 바라본다. 바람에 문풍지만 울려도 어머닌가, 옆집에서 무슨 소리만 나도 오누이는 달려 일어나,

"어머니."

하고 문을 열어 잡으면 밖에는 눈만 내리고 그는 발악을 하고 어머니를 부르면 오빠는 그를 업고 방안을 빙빙 돌면서 훌쩍훌쩍 울던 일… 그는 미친 듯이 일어나 걸었다. 목이 찢어지는 듯 가슴이 막혀서 견딜 수 없었던 것이다. 발길이 느려지면서 이 길 위에 오빠의 신발자국이 어딘가 남아 있을 것 같아 펄썩 주저앉는다. 휘끈 돌아보니 저편에서 사람이 오므로 화닥닥 일어났다. 꼭 어머니인 듯한 여인이 이리로 온다. 그는 서슴지 않고,

"어머니야."

하고 울면서 쫓아가니 어떤 낯모를 여인이 저즘저즘 하다가 지나친다. 그 여인이 보이지 않도록 바라보면서, 어머니가 지금쯤은 주무실까, 한 번 더 가보고 싶어서 발길을 돌리니 몸이 비틀하고 꼬이면서 집에까지 갔다가 돌아올 수가 없을 것 같았다. 그는 구두를 신었다. 높이 솟은 병원 창문으로 빨갛게 흘러나오는 불빛을 보고 얼른 손에 든 구두 생각이

났고 맨발이 부끄러웠던 것이다.

기미년 토벌난에 아버지를 잃어, 또 오빠를 이 모양으로 잃어, 우리 집 안은 무슨 못된 운수인가, 그는 돌연 이러한 생각을 하며 병원 현관에 들어서니 병원 안이 떠들썩하였다. 수술 환자가 왔는가 하는 불안이 머리를 아프게 후려치자 두루두루 살피니 저편 수술실에는 전등불이 환하고 수술복을 입은 의사며 조수들 간호부들까지 한참 분주한 가운데 있다. 어쩌나, 그는 잠깐 망설였으나 급히 위층 쯔메쇼로 올라왔다.

"언니! 어서 어서 내려가요, 맹장염 환자가 왔다우, 빨리. 선생님이 자꾸만 부르시어. 우리만 혼났어. 그래서 사실대로 여쭈었더니 아주 성이났어요, 얼른."

효숙이는 공중 뛰어와서 영실이를 탈의소로 잡아 끌고 일변 옷을 바꾸어 입히느라 색색거린다. 크림내가 숨결을 따라 몽클몽클 그의 볼에 부딪치고 있다. 그는 맘은 급하지만 몸은 딴 사람의 것같이 임의로 움직여지지를 않는다. 그래서 효숙의 하는 대로 내맡기었다.

효숙이는 그를 끌고 내려와서 수술실 문을 조용히 열고 등을 밀었다.

방안은 화끈하고 더운 김이 그의 머리털에까지 훈훈히 서리고 있다. 갑자기 그는 현기증이 칵 일어 앞이 아득해지므로 벽을 붙들고 멍하니 섰다.

벌써 환자는 수술대에 높이 뉘어놨고 포피로 푹 덮어 놨으며, 오직 오른편 배만은 장방형으로 나타나게 하였고 그 옆에 의사가 서서 주사를 놓고 있다.

두 사람의 조수가 좌우 옆에 갈라섰고 아래 위로 간호부가 서서 병자를 붙들고 있다. 의사의 바로 옆에 수술복에 새하얀 수건을 쓴 나까가와가 수갑 낀 손에 핀셋을 쥐고 테이블에 늘어 놓은 온갖 기계들을 차례로 섬기고 있다. 그 나머지의 간호부들은 세면기에 물을 떠 가지고 간혹 들어온 불나비를 잡느라 쫓아다니고, 혹 의사의 이마에 흐르는 땀이며 조수들의 땀을 씻어 주고, 발이 시원해지라 냉수를 시멘트 바닥에 주르르하고 붓기도 한다. 저편 구석에 환자의 친족인 듯한 사십 가까워 보이는 중년 부인이 눈이 뒤집히어 입을 헤 벌리고 서 있다.

의사는 영실이를 힐끗 보자 눈이 희뜩 올라가고 푸른 입술에 비웃음을 비죽히 흘린다. 영실이는 이것을 보자 미안하던 맘이 홀랑 달아나고 어디선지 악이 바짝 치달아 온다. 그래서 얼른 세면기 앞으로 와서 브러시로 손을 닦기 시작하였다. 따끔 부딪치는 브러시를 따라 횡횡 돌던 머리가 딱 멈추어지고 맘이 꽁꽁 얼어 붙는 것 같았다.

"아구! 아구!"

환자는 외마디 소리를 냅다 지르고 다리를 함부로 내젓는다. 간호부들은 머리와 다리를 꼭 누르니 환자는 더 죽는 소리를 내었다. 힐끗 돌아보니 의사는 방금 칼로 피부를 갈라 놓았고 흐르는 피 속에 지방이 희뜩희뜩 나타났으며, 혈관을 집은 고히루(止血減子)가 두어 개 꽂히어 영실의 눈을 꼭 찌르는 듯하였다. 눈송이 같은 가제가 나까가와의 손에서 의사의 피문은 손에 쥐어 있는 핀셋으로 옮아와서 수술처에 들어가자마자 빨갛게 핏덩이가 된다.

영실이는 손을 다 씻고 나서 나까가와의 곁으로 갔다.

"미안하게 되었소."

"이상!"

나까가와는 머리를 돌린다. 이마엔 구슬땀이 방울방울 맺히었고 얼굴이 빨갛게 되어 영실이를 보자 시원하다는 듯이 핀셋을 내주고 머리를 설렁설렁 들어 땀을 떨구면서 물러났다. 수갑 낀 손에 쥐어지는 이 핀셋! 매끈하고도 듬직한 감을 주며 무엇이나 집고 싶어지는 이 감촉, 손에 기운이 버쩍 나고 흩어진 맘이 바짝 모인다.

눈감고라도 이 핀셋만 쥐면 어떠한 기계라도 능란히 섬길 수가 있는 것이다.

"후꾸마꾸간즈(腹膜減子)!"

의사는 이렇게 부르고 피묻은 수갑 낀 손을 내밀다가 힐끔 영실이를 보고 눈이 꺼칠해서 나까가와를 돌아보았다.

"왜 물러났어. 누가 시키는 게야."

소리를 냅다 지르고 영실이가 들어주는 기계를 홱 뿌리치고 나서 손수 테이블에서 기계를 집어 간다. 나까가와는 울상을 하고 영실의 손에서 핀셋을 빼앗다시피 하여 가지고 그를 밀고 테이블 앞에 다가선다. 영원히 그의 손에서 핀셋을 빼앗는 듯한 이 아픔, 손 끝에 자르르 울리고 뜨끔 찔리어 온 전신에 따갑게 퍼지고 있다. 그는 멍하니 섰다.

의사는 말할 것도 없고 평소에 그를 존경하는 간호부들이며 조수들까지 경멸히 여기는 듯 누구 한 사람 눈여겨 보는 이 없다.

그만 울음이 탁 나오려는 것을 혀를 깨물어 참고 의사를 바라보았다. 한참 수술에 열중한 저 의사, 한 손에 칼을 들고 또 한 손에 핀셋을 쥐고 가제를 굴려가며 칼을 움직이는 저 의사, 누구보다도 저를 믿었고 그래서 일생을 의탁코자 아니했던가.

"아쿠! 아쿠!"

살을 지나 뼈를 할퀴는 듯한 환자의 비명에 그는 얼른 머리를 돌렸다. 환자에게서 툭 튀어오르는 오빠! 순간 그 비명이 오빠의 음성 같아 온몸이 화딱 달았다. 다음 순간에 착각임을 알았으나 가슴이 뛰고 부르르 떨린다. 그는 얼른 이 방을 나가리라 하고 한 발걸음 옮기었을 때 구역질이 욱 하고 내달린다. 입술을 꼭 물었다. 목이 찢어지는 듯하더니 코로 주먹 같은 무엇이 칵 내달리며 아뜩하여진다. 그 순간 의사가 쥔 칼이 다음에 번득 빛났다.

그 칼이 오빠를 향하여 살대같이 날아오는 것을 보았다.

"아이머니! 저놈이 사람을 죽여!"

영실이는 눈을 뒤집고 나는 듯이 의사에게로 달려드니 의사는 얼결에 주춤 물러서다가 발길로 탁 차버렸다. 영실이는 시멘트 바닥에 자빠졌으나 단숨에 일어나 달려든다. 입술과 코가 터져 온 얼굴은 피투성이가 되어 버렸다.

"이놈 이놈! 오빠를 죽여. 아구 오빠 오빠, 호호호, 저놈."

간담이 서늘하게 부르짖는다. 입술과 코가 터져 온 얼굴은 피투성이가 되어 버렸다.

"이놈 이놈! 오빠를 죽여. 아구 오빠 오빠, 호호호, 저놈."

간담이 서늘하게 부르짖는다. 방안에 그제서야 영실이가 미친 것을 알았다. 조수는 달려들어 영실의 손을 낚아챘다.

"김서방! 이 미친년 끌어내!"

의사는 발을 구르며 호통하였다. 밖에서 수술자를 담아내려는 들것을 준비하던 김서방은 너무나 큰 소리에 놀라 들것을 든 채 황황히 달려오다가 조수들에게 끌리어 나오는 영실이를 보고 그만 딱 서버렸다.

"미쳤어, 저리 내가, 내가."

조수 하나가 급급히 소리치고 나서 영실이를 김서방에게 맡겨버리고 수술실 문을 쾅 닫아 버린다. 벽이 쿵쿵 울린다.

김서방은 어쩔 줄을 몰라 영실이를 뒤집어 업었다. 영실이, 그는 김서방을 쥐어 뜯고 몸부림친다.

"이놈, 오빠, 아구 아구 어머니, 양말만 깁지 말고 빨리 나와요, 하하하 저놈이!"

김서방은 격리 병실로 뛰다가 몇 호실로 가란 말인고 아뜩하여 생각나지 않았다.

이번엔 위층 병실로 뛰어오며 생각하니 역시 아뜩하였다. 그만 다시 수술실 문 앞으로 오다가 그도 모르게 욱 치밀어 오는 감정에 충충 밖으로 뛰어나왔다. 어둡다.

—《여성》(1937. 1~2), 《현대조선여류문학선집》(조선일보사, 1937).

# 마약

"나는 등록 하였수!"

보득 아버지는 벌떡 일어나며 외쳤다.

"무슨 딴 수작야 계집을 죽인 놈이. 가자 너 같은 놈은 법이 용서를 못해."

순사는 달려들어 보득 아버지의 멱살을 쥐어 내몰았다.

"네? 계집을 계집을……?"

보득 아버지는 정신이 버쩍 들어 순사를 쳐다보았으나, 나는 듯이 달려드는 매손에 머리를 푹 숙여 버렸다. 볼을 움켜 쥔 그는 기막히게 순사의 입술을 바라볼 때, 불이 붙는 듯 우는 보득이가 눈에 콱 부딪친다.

"엄마 엄마."

어디선가 아내가 꼭 뛰어들 듯한 저 음성, 널찍한 미간 좌우에 근심에 젖은 꺼무스름한 아내의 눈이 툭 튀어 오른다. 여보, 보득일 울지 않게 허우. 가슴에서 울컥 내달리는 말, 돌아보니 아내는 없고 풀어진 고름끈을 밟고 쓰러질 듯이 서서 우는 저 어린 것뿐이다. 발딱거리는 조 가슴, 아내의 손때에 까맣게 누웠던 저 머리털, 밤새에 포르르 일어섰다.

"이놈아, 가."

구두발에 채여 보득 아버지는 뜰 아래로 굴러 떨어졌다.

어둠이 호수 속처럼 퐁그릉 차 있는 여기, 촉촉이 부딪치는 풀잎, 이슬, 쳐다보니 수림이 꽉 엉키었고, 소복히 드리우는 별빛, 갑자기 뒤따르는 남편의 신발소리가 이상해 돌아보는 찰나, 무서워 어쓸해진다. 대체 이 산골로 뭘하러 들어올까, 왜 그리 보득일 재워 뉘라 성화였나, 이리 멀리 올 줄을 짐작했다면 꼭 업고 올 것을. 또 한 번 물어봐 목이 활작 달아오른다. 급한 때면 언제나처럼 열리지 않는 입술, 두 번 묻기가 어렵게 성내는 남편의 성질, 오물거리는 혀끝을 지긋이 눌렀다. 발끝이 거칫하고 잠깐 다녀올 데가 있다던 남편의 말이 거짓말인 양 눈물이 핑 돈다.

조르르 소르르 어깨 위를 스쳐가는 것이 솔잎인 듯, 송진내 솔그름히 피어 흐르고 깜박깜박 나타나는 별빛이 보득의 그 눈 같아 문득 서게 된다. 남편의 호통에 안 일어나고는 못배길 것이매 이렇게 따라 나섰고 또한 멀리 올 것을 모르고 보득일 재워 뉘고 온 것을 생각하니 남편의 말이라면 너무나 믿고 어려워하는 자신이 새삼스레 미워진다. 꼭 보득의 숨소리 같은 벌레소리가 치맛길에 가득히 스친다.

날 죽이고 그가 죽으려고 이리 오나 거미줄 같은 별빛에서 뛰어오는 생각, 이년 전 뒤뜰 살구나무에 목매어 늘어졌던 남편의 꼴이 검실검실 나타난다. 소름이 오싹 끼쳐진다. 그래도 죽으려는 것을 못 죽게 하니까 이번엔 날부텀 죽이고 죽으렴인가, 보득일 어쩔꼬. 팔싹 주저앉고 싶은 것을 간신히 걷는다. 허리를 도는 바람결에 놓지 않으려던 보득의 혀끝이 젖꼭지에 오물오물 기어간다. 그는 돌아섰다. 솔잎이 뺨을 찰싹 후려친다.

"보 보득이가 깨었겠는데 이전 돌아가요."

아무 말 없이 그의 등을 미는 남편, 한층 더 무섭고 고함을 쳐 누구를 부르고 싶은 맘, 타박타박 비탈길을 올라간다. 이 고개를 넘으면 무릎이 툭 꺽이려 하고 남편이 그를 끌고 저 산 속으로 들어갈 듯, 푸들푸들 떨면서 산마루에 올라서니 왁 울고 싶게 마을의 등불이 날아온다.

"여긴 험하네. 내 앞서리."

돌연히 남편은 이런 말을 하고 그의 앞을 서서 걸었다. 악 소리치고 싶은 무서움이 머리끝을 스치고 지난 뒤 오히려 저 등불에서 무서움이 덜리기 시작한다. 저기 누구를 찾아가는 게지, 그래서 쌀 말이나 얻어 오려고 날 데리고 오는 게지 하자, 아편을 하기 시작하면서부텀 공연히 남편을 의심하고 무서워하는 버릇이 생겼음을 새삼스레 느끼면서, 실직 후에 고민을 이기다 못해 자살하려던 남편, 재일이와 밀려다니다가 아편을 입에 대고 고함쳐 울던 그 모양, 엊그제 동네 여편네들이 비웃던 말이 격지격지 일어나는 것이다. 어떤 상점에서 무엇인가 도적하다가 들키어 몹시 매를 맞더라는 남편, 미친년들 아무려면 그가 그런 짓을 했을까 그러나 남편의 얼굴에 퍼렇게 멍이 진 자욱을 생각하니 목이 콱 메인다.

비탈길을 내리니 보득일 업고 뛰고 싶게 길이 평탄하다. 수수 하는 바람소리에 머리를 돌리니 앵 하는 내 애기의 울음소리가 밀려 나가는 저 바람에 따르는 듯, 보득이가 울 텐데 어쩔까 그는 이렇게 중얼거리지 않고는 견디지 못하였다.

시가에 온 그들은 어떤 포목 상점 앞에 섰다. 간혹 지나가고 오는 사람은 있으나마, 거리는 조용하였다. 남편이 상점 안으로 들어가니 주인인 듯한 중국인이 반색을 하여 맞아 준다.

"이제 와서, 우리 기다려서."

이렇게 말하고 웃으면서 밖을 살피는 톡 불거진 눈, 얼른 발발이 눈을 연상시키고 이마에 흉터가 별나게 번질거린다. 빛 잃은 맥고모를 푹 눌러 쓴 채 금방 쓰러질 듯이 서 있는 남편, 혈색이 좋은 중국인에게 비하여 너무나 창백한지, 어느 때는 되놈 같은 것은 사람으로 인정치 않았건만…… 푸르고 붉은 주단 빛이 안개가 되어 상점 방울 폭 덮어주는 것이다. 남편이 머리를 돌려 끄덕끄덕할 제, 그는 아편인이 몰려와 저러는가 하여 화닥닥 놀라는 순간, 다음에 어서 들어오라는 뜻임을 어렴풋이 깨달았지만 허둥지둥 들어가면서 얼굴이 화짝 달아오른다. 뚫어져라 하고 그를 살핀 중국인은 앞을 서서 비죽비죽 걸었다. 그도 남편의 뒤를 따라 섰다. 사뿐히 스치는 주단 냄새에 보득의 저고리 감이라도 얻으면 싶고 문득 남편의 후줄근한 아랫도리를 살피면서 타분한 냄새를 피우는 뜰로 내려섰다. 먼길을 걸었음일까 아편임이 몰려옴일까 남편은 비칠비칠 하였다. 불행히 이 거동을 중국인이 눈치 챌까 그의 가슴은 달막거리고 몇 번이나 손을 내밀어 붙들까 하였다. 빨간 문 앞에서 남편과 중국인은 무어라고 수군거리더니,

"이 방에 들어가 있소. 나 잠깐 볼일 보고 올 테니."

문을 열고 그의 등을 밀어 넣다시피 한다. 필경 아편인이 몰려온 것이다 직각한 그는 암말도 못하고 방으로 들어왔으나 어둠 속에서 사라지는 남편의 신발소리를 놓치지 않으려 문을 홱 열어 잡았다. 상점 문이 드르륵 닫겨 버린다. 곧 오라고 할걸 하며 문에 몸을 기대섰으려니 홀연 그의 집 방문턱에 기어오르는 보득의 얼굴이 불쑥 나타나고 어느 날 보득이가 문턱을 넘어 굴러 떨어지던 것이 가슴에 철썩 부딪친다. 어쩔까, 어쩔까 그는 빙빙 돌았다.

한참 후에 이리 오는 신발소리가 있으므로 달려나왔다.

"보득이가 깨었세요."

목이 매어 중얼거리고 보니 뜻밖에 중국인만이 아니냐. 겁결에 발을 세우고,

"여보!"

진서방 뒤를 살피니 있으려니 한 남편은 없고 어둠이 충충할 뿐이다.

머리끝이 쭈뼛해진다. 담박에 진서방은 그의 손을 덥석 쥐고,

"변서방 말야. 그 사람 집에 가서."

날래게 손을 뿌리치고 난 그는 이 말에 확 울음이  솟구치려는 것을 겨우 참으면서 나는 듯이 몸을 빼치려 하였다. 치마폭이 후둑 따진다.

"보득 아버지!"

막아서는 진서방의 가슴을 냅다 받았다. 진서방은 씨근거리면서 달려들어 그를 안아 가지고 방으로 들어와서 이어 문을 절거럭 걸어버린다.

"여보, 이눔 봐요. 여보!"

마치 단 가마 손에 든 것 같고 어쩐 일인가 아뜩 생각되지 않는다. 그저 이 방을 뛰쳐나가려는 것으로 미칠 것 같았다. 몇 번 소리는 치지 않았건만 목이 탁 갈라지고 목에서 겻불 내가 훅훅 뿜긴다. 진서방은 차차 그 눈에 독을 피우고 함부로 그를 쥐어박아 쓸어안고 넘어지려고 한다.

"사람 살려요, 살려요."

그는 벽을 쿵쿵  받으며 고함쳤으나 음성은 찢기어 잘 나가지지 않는다. 이 방안은 도무지 울리지 않고 입술에까지 화기만 번쩍 올라타고 있다. 진서방은 그의 입술을 막아 소리를 치지 못하게 한다. 땀이 쯔르르 흐르는 손에서 누린내가 숨을 통하지 못하게 쓸어오므로 깍 물어 흔들었다. 벼락같이 쥐어박는 주먹이 우지끈 소리를 내고 피가 쭈르르 흘러 목을 적신다. 진서방은 눈이 등잔통 같아져서 무어라고 중국말로 투덜거리더니 시커먼 걸레로 입을 깍 막아 버린다. 온 입 안은 가시를 문 듯, 그끝이 코에까지 꿰어 올라온 듯, 흑! 흑! 턱을 채었다. 진서방은 허리띠를 끌러 미친 듯이 돌아가는 손과 발을 동인 뒤 이마 땀을 씻으며 빙그레 웃었다. 핏줄이 섞인 저 개눈깔 같은 눈엔 야수성이 득실거리고 씩씩거리는 숨결에 개 비린내가 훅훅 뿜긴다. 퍼런 바지는 미끄러져 뱃살이 징글스레 드러났고 누런 침을 똑똑 흘리고 있다. 그는 이 꼴을 보지 않으려 눈을 감으니 들썩 높은 남편의 콧등이 까프름 지나가고 비칠거리는 그 걸음발이 방금 보이면서 이제야 어디서 아편을 하고 이리로 달려오는 모양이 가물가물 하였다.

"여보! 여보!"

문을 바라보고 힘껏 소리쳤으나 그 음성은 신음소리로 변하여질 뿐이었다.

이튿날도 진서방은 깜짝 아니하고 그의 곁에 앉아 활활 다는 그의 머리에 수건을 대어 주었다. 이미 몸을 더럽힌지라 진정하고자 하나 그만큼 열이 오르고 부러진 이가 쑤시는 것이다. 곁에 보득이만 있다면 되는대로 지내리란 생각도 때로는 든다. 새벽부터 남편이 자기를 이 되놈에게 팔았는가 하고 의문이 들었던 것이다. 하나 그것은 잠깐이고 어젯밤에 남편이 정녕 집에 갔는지, 여기 어디서 죽지나 않았는지, 만일 갔더라도 보득일 데리고 얼마나 애를 태울까 하는 걱정이 다투어 일어난다. 주르르 수건 짜는 소리에 놀라 그는 머리를 들었다. 진서방이 누런 이를 내놓고 웃는다. 보득의 오줌소리 같았건만! 흑, 하고 뱃속에서 치달아 오는 울음 때문에 눈을 꼭 감아 버렸다.

"생각이 잘이 해. 우리 금가락지, 비단 옷 해줬어, 히."

진서방은 웃는다. 그는 수건을 제치고 돌아 누우니 성났던 젖에서 대살과 같이 뻗치는 젖, 젖을 꼭 쥐는 손가락은 바르르 떨리었다. 이어 보득의 촐촐 마른 젖내 몰크름 나는 입김이 볼에 후끈 타오르고, 엄마를 부르고 온 방안 헤매이다가 갈자리 가시에 그 조그만 발과 무릎이 상하여 피가 뚝뚝 흐르는 것이 눈에 또렷하였다.

"보득 아버지 어제 집에 가서?"

그는 불쑥 물었다. 진서방은 반가워서,

"가서. 돈을 가지고 가서."

돈이란 말에 그는 울음이 왕 터져 나왔다.

이렇듯 하루 해를 넘기고 밤을 맞는 보득 어머니는 이 밤에 모든 희망을 붙이고 축 늘어져 있었다. 될 수 있으면 진서방으로 하여 안심하게 하도록 눈치를 돌리군하였다. 여간 좋은 기색을 그 눈에 지질히 띠운 진서방은 엉덩이를 들썩들썩 추치면서 상점방에도 나갔다 오고, 먹을 것을 사들이고, 약을 사다 이에 바르라는 등 부산하였다. 그러나 밖에 나가서 단 십분을 있지 않고 들어와서는 힐끗힐끗 그의 눈치를 보았다. 그눈에 흰자위가 몸서리 나도록 싫었다. 왜 이리 불은 때였을까, 방안은 절절 끓었다. 누런 손으로 과일을 벗기는 저 진서방, 이마에 콩기름 같은 땀이 흘러 양 볼에 번지르르 하다. 제딴은 온갖 성의를 다 보이느라고 한다. 하도 여러 번째에 못 이기는 체 그 속을 능쳐주려는 꾀에서 한쪽받아 입에 무니 이가 딱 맞질리고, 내 애기는 지금 뭘 먹노! 잇새에 남은 과일 쪽은 보득의 살인 듯 그는 투 뱉아버렸다. 피가 쭈르르 흘러내린다.

정밤이 훨씬 지나 그는 머리를 넘석하였다. 다행히 진서방이 잠이 든 까닭이다. 그는 숨을 죽이고 몸을 조금씩 일으키면서 연방 진서방을 주의한다. 혹 잠이 안 들고서 저러나 하는 불안이 방안을 가득 싸고 돌고, 시계소리, 어디서 우는 벌레소리, 희끄므레하게 보이는 문, 뭉클 스치는 과일내까지도 사람의 숨결일까 놀라게 된다. 바시시 이불에서 몸을 빼칠 제 후끈 일어나는 땀내에 보득의 기저귀 한 끝이 너풀 코 끝에 스치는 듯. 이제 가서 보득일 꼭 껴안을 것이 가슴에 번듯거린다. 그는 용기를 얻어 곁의 옷을 집어들고 사뿐사뿐 뒷문으로 왔다. 가만히 문을 열고 나오니 다리 팔이 소리를 낼 듯이 떨리고 가슴이 씽씽 뛰어 어쩔 수가 없다. "이년 어디 가니?" 소리치는 듯 귀는 헛소리로 가득 차버린다. 허둥허둥 변소로 와서 우선 동정을 살핀다. 앞으로 나가려니 상점방이 있고 부득이 울타리를 넘어 나가는 수밖에. 울타리 위에는 쇠줄이 얽혀 있는 것을 낮에부터 유심히 바라본 것이다. 더구나 이 변소에서 넘는 것이 가장 헐하리라 한 것이다. 귀를 세워 안방을 주의하고 상점방을 조심한다. 이렇게 망설이다가 진서방이 깨게 되면 어쩔까. 발딱

일어나 옷을 울 밖으로 던진 후에 껑충, 울타리에 매어달렸다. 무엇이
발을 꽉 붙잡는 듯 몸은 푸들푸들 떨리고 마음은 어서 나가려는 조바심
으로 미칠 것 같다. 쭈르르 미끄러지고 얼굴이 쇠줄에 선뜻 찔린다. 그
러나 이를 악물고 철사를 힘껏 붙든 채 바둥거린다. 이 줄을 놓으면, 내
애기 내 남편을 못 만나볼 듯, 어쩐지 그렇게 생각된 때문이다. 쇠줄 소
리는 요란스레 난다. 이번에야말로 진서방이 내달아 오는 듯 발광을 하
여 몸을 솟구친다. 아뜩하여 가만히 살피니 그의 몸이 거꾸로 울 밖에
달려맨 것을 직각한 그는 쇠줄에 속옷 갈래와 발이 끼어서 있음을 알았
다. 그는 마구 속옷 갈래를 쥐어 당기고 발을 뽑을 때 철썩하고 땅에 떨
어졌다. 이어 딱 하고 무엇이 후려치므로 진서방이구나 하고 힘껏 저항
하려다 만지니 돌에 머리가 마주친 것을 알았다. 단숨에 뛰어 일어난
그는 미친 듯이 뛰었다. 으드드 떨리게스리 터져 나오려는 이 환희! 어
둠 속을 뚫고 폭풍우같이 몰아치는 듯, 나는 듯이 시가를 벗어난 그는
산비탈을 끼고 올라간다. 주르르 흘러오는 산바람이 그의 몸에 휘어 감
기자 내 애기의 음성이 가까이 들리는 듯, 까뭇 그의 집이 나타나고, 우
는 보득이 눈에 고드름같이 매달린 눈물, 귀엽고도 불쌍한 눈물…… 그
의 눈에 함빡 스며 옮아오는 듯 거칫 쓰러진다. 발끝에서 확 일어나는
불길은 쓰러지려는 그의 몸을 바로 잡아준다. 그는 뛴다. 보득의 옆에
쓰러진 남편, 아편에 취하여 있을 그, 이제 가면 붙들고 실컷 울고 싶
다. 원망도 아무것도 사라지고 오직 반갑고 슬픔만이 이락이락 일어나
는 것이다. 응당 남편도 그를 붙들고 사죄할 것 같다. 꼭 아편도 뗄 것
같다. 조수같이 밀려나오는 감격에 아뜩 쓰러진다. 여보 소리를 지르고
일어나 달린다. 흑흑 차오는 숨 좀 돌리려고 하면 맥없이 쓰러지게 되
고 다시 뛰면 숨이 꼴깍 넘어가는 듯 기절할 지경이다. 이마에선 담인
가 무엇인가 쉴 새 없이 흘러 눈을 괴롭히고 목덜미로 새어 흐른다. 비
가 오는가 했으나 그것을 살필 여유가 없고 진가가 따르는가 돌아보게

된다. 씽씽! 철철 쇠줄 소리가 머리 위를 달리는 것이다.

그는 후닥닥 몸을 솟구치다가 맹하고 쓰러진다. 아직도 그가 철사줄을 붙들고 섰는가 싶었던 것이다. 다시 정신을 돌리고 나면 이번에야 떼지, 그래. 우리 보득일 잘 키워야 하지 울면서 일어나 닫는다. 마지막 사라지려는 마을의 등불은 불에 단 철산가 싶게 길게 비친다. 뒤따르는 놈이 있다면 어렵지 않게 죽일 맘이 저 불에서 번쩍한다.

별빛만이 실실이 드리운 수림 속을 걷는 보득 어머니, 남편과 보득일 만날 희망으로 미칠 것 같다. 거칫하면 쓰러지고 쓰러지면 일어나 뛴다. 입에 먼지가 쓸어 들고 불을 붙인 것처럼 얼굴은 따갑다. 몸에서 피비린 내가 진동하고 또 젖비린내가 뜨끈뜨끈히 떨쳐 머리털 끝까지 넘쳐흐른다. 쏴르르 수림을 흔드는 바람, 그 바람이 머리 끝에 춤출 때,

"이번엔 떼야 해요, 떼야 해요."

부지중 그는 이리 중얼거리고 픽 쓰러진다. 발광을 하며 일어나려고 하나 깜짝할 수가 없다. 문득 이마를 만지니 상처가 짚이고 그리로 피가 흐르는 것을 직각한 그는 속옷 갈래를 찢으려다 기진하여 머리를 땅에 박고 만다. 이번엔 적삼을 어루만지려니 발가벗은 몸이고 아까 울 밖으로 옷을 던진 채 깜박 잊고 온 것을 짐작한다. 다시 속옷 갈래를 찢으며 애를 쓴다. 헛기운만 헙헙 나올 뿐 손은 맥을 잃고 만다. 떼야! 떼야! 정신이 까무루루해서 이렇게 부르짖다가 펄쩍 정신이 들 때에 일어나렸으나, 몸이 천근인 듯 무겁다. 팔을 세우면 다리가 말을 안 듣고, 머리를 들면 헛구역질만 나온다. 내가 죽어가는 셈일까, 우리 보득일 어쩌고 벌떡 일어났으나 그만 쓰러지고 만다.

"아가 아가!"

먼지를 한입 문 입을 벌려 이렇게 부른다. 응 하는 대답이 있을 듯 하건만 그는 땅에 귀를 비비치고 내 애기의 음성을 들으려 숨을 죽인다. 이번엔 목을 비끄러 매는 듯이 혀를 힘껏 빼물고 아가 불렀으나 아무소

리도 들리지 않는다. 머리를 번쩍 든다. 보득일 업은 남편이 저기 어디 비칠거리고 그를 찾아올 것만 같다. 깜짝 일어났으나 그만 쓰러지게 된다. 대체 왜 이리 쓰러지는지, 그는 아뜩하였다. 손가락을 아짝 씹는다.

불이 눈에 불끈 일어 감기려던 눈이 환해진다.

"아가, 여기 젖 있다, 머."

그는 허공을 향하여 부르짖었다. 숲속에 드리운 저 허공, 남편의 초라한 옷자락인가 봐 펄쩍 정신이 든다. 허나 아니었다. 그는 응 하고 울었다. 그리고 기어라도 볼까, 다리 팔을 움직이다 그만 쓰러진다.

아가 아가…… 어쭉 일어나 봐…… 흥 제, 남편은 어찌될 줄 알고 이제 등록한 아편장이가 될지 어떨지…… 고요히 숨이 끊어지고 만다.

— 《여성》(1937. 11).

*작가 수정본 《현대조선여류문학선집》(조선일보사, 1937)에 수록.

# 평론

조선 여성들의 밟을 길
장혁주 선생에게

# 조선 여성들의 밟을 길

나는 우리 조선 여성들이 이 환경을 무시치 못하는 한계 내에서 어떤 동일한 목표를 향하여 가는 이 과정 위에서, 혹은 부분적으로나 혹은 종합적으로나 어떠한 길을 밟아 나가는 것이 우리 사회를 위하여 떳떳한 일이냐고, 뜻을 같이하고 있는 우리 조선 여성들에게 물어보기 위하여 나의 의견 몇몇을 표시한다.

무론 가정 내에서 남성을 도와 일가의 평화와 단락을 도모하며 자녀를 길러 우리 사회에 굳센 일꾼을 보내는 것이 여성의 공통적·천부적 책임이지만 우리 사회에 결함이 많으니 만큼 우리 조선 여성의 특수한 사명도 있을 것이다.

일가가 사회의 일부분이며 따라서 자기 몸은 무론 사랑하는 남편과 자녀가 사회와 이해 휴척을 같이하는 이상 우리 여성들도 이사회에 대하여 관심치 아니할 수 없을 것이다.

사회라 하면 남성들이나 활동할 무대로 알고 여성들은 가정에서 밥이나 짓고 아이나 기르는 것으로 아나, 아이 기르고 밥 잘 짓고 못하는 것도 가정에 큰 문제인 동시에 적지 않은 사회의 문제도 될 것이다. 그러면 가정과 사회는 한 큼직한 융합체요, 따라서 어디서 어디까지가 사회문제라는 현격이 없다는 의미로 양방을 구별할 것 없이 몰아 합쳐,

이 과정에 올라앉은 우리 조선 여성의 할 일과 사명이 대체 대관절 무엇인가를 물어보고자 한다.

이같이도 혼돈되고 처참한 우리 사회에서 우리 여성들이 할 일이 한두 가지가 아니겠지만 가장 제일 급선무라고 내가 생각하는 것을 간단히 써보고자 한다.

독서, 이것이야말로 더욱 우리 여성들에게 필요하다. 매일 신문이나마 빼지 말고 보아야 되겠다. 더 나아가 잡지나 서적 같은 것이라도 보아야 되겠다. 그래야만 아내로서 남편을 밀고 나아갈 힘도 생길 것이며 자녀의 손목을 끌고 뛸 용기도 생길 것이 아니냐? 독서를 못하면 사색이 천박하며 따라서 남편에게도 진실한 사랑을 못하고 완롱물에 지나지 않는 인격적 멸시를 당할 것이다. 짬짬이 독서하는 것이 얼마나 필요한지는 노노喋喋치 않아도 잘 알 것이다. 그리고 우리 조선 여성들은 자기만 아는 것으로 그냥 멎어지지 못할 특수한 사명을 가졌다는 것을 알아야 한다.

한글 보급의 사명이 이것이다. 우리 조선 여성 중 한글 아는 사람이 몇 할 가량 되겠느냐 하면 대게 추측해보건대 백인 중 오인이 될까 의문이다. 그러면 우리 한글이나마 아는 여성들은 일인당 이십인씩 한글을 배워주지 않으면 안 될 의무가 있다는 것을 각오하고 겨울 긴긴 밤에 근처 부녀자들을 자기 집에 모아놓고 배워주어야 할 사명이 있다고 하여도 과언이 아니다. 그리고 도루(都鄙)를 무론하고 나날이 경제의 파멸을 초치하고 있는 이때이다.

물산장려의 관념이 퍽 필요한 것으로 믿는다. 될 수 있는 대로 우리들이 만든 것으로 만족할 것이다. 요새 미곡 폭락으로 백미 1두 6,70전 하는 이때이니 남편에게 대하여 술 담배의 절약을 종용하는 것도 우리 여성들의 의무이며 크림, 백분, 향유 등을 폐지할 것도 우리 조선 여성으로서 당연한 사명이다. 인도 간디 부인은 반영운동의 제일보로 사차

絲車를 가지고 기직機織방법을 인도 부녀들에게 전습실시 한다고 들었다. 경제의 파멸을 당하는 것이 오히려 갱생의 전징이 된다고 혹인은 말할는지도 모르나 그것도 어느 정도까진 줄로 생각된다. 정도를 넘치면 파멸로부터 멸망으로까지 들어갈 것이니 나는 이 이상의 우리 사회의 경제적 파멸을 두려워하는 의미로 인도의 간디부인을 전형으로 취하고 싶다.

우리 조선 여성들이여! 여성이라고 자포자기할 것이 아니다.

여성의 힘이 위대한 것은 점점 일반에게 공인되어오지 않느냐. 잠자는 우리 조선 남성들은 우리 여성의 외침에 사자같이 뛰어 나갈 것을 자신하고 있다. 우리들이 이 과정에서 밟을 길은 전술한 바이나 일반적으로 가정을 개혁할 힘이 여성들에게 있다는 것을 잊어서는 안 된다. 가정 내의 생활을 개신하여 효용 시간을 연장시켜 이상의 길을 같이 밟자.

이것이 곧 사회의 개혁이 될 것이며 우리들의 생명의 촉망도 여기서 얼마간 엿볼 수가 있을 것이다.

—《조선일보》(1930. 11. 28~29).

# 장혁주 선생에게

5월 11일 밤에 쓰신 선생님의 친필은 오늘 반갑게 받았습니다. 묵직한 봉투이매 처음에는 다소 의아한 생각으로 봉투를 뜯었사오나 의외에도 선생님께서 보내주시는 장문 편지이매 얼마나 기쁘고 반가웠는지 모르겠습니다. 그래서 저는 두 번 세 번 거듭 읽었나이다.

선생님, 매야 10시에 주무시는 정한 시간임에도 불구하시고 그 밤이 깊도록 주무시지 않고 저의 졸작을 읽으셨다고요? 황공하옵니다. 이것은 저에게 있어서는 너무나 지나치는 영광이옵니다. 더구나 피곤하신 몸으로 저의 부족한 작품을 일일이 평까지 하여주셨사오니 이 위에 더 죄송하며 기쁜 일이 있사오리까. 그러나 선생님, 습작에 지나지 않는 저의 작품을 가지시고 이렇게까지 과찬하여 주심에는 다소 불안함도 없지 않아 있습니다. 이미 보신 바와 같이 그 문장의 미숙함이며 구상의 미흡함이란 얼마나 유치합니까? 저의 얼굴이 붉어짐을 금치 못하겠습니다.

그러나 앞으로는 선생님의 기대하시는 뜻에 어그러짐이 없는 작품을 쓰려고 노력하겠습니다.

선생님, 이 붓을 드오니 일만 가지 심회가 쓸어 나와서 무엇부터 먼저써야 좋을지 모르겠습니다. 우리 문단에 관한 일이며 저 사사로이 묻고싶은 일 등 태산 같사오나 짧은 지면에 어찌 다 여쭈오리까. 그러므로 후일 따로이 묻기로 하옵고 여기에는 편집자의 의견을 맞추어 제가 선생님 작품에 대하여 느낀 바를 적어보고자 하옵니다. 말할 것도 없이 저의 지식이 천박하니 만큼 작품을 감상하는 안목조차 어리고 부족하오니 그리 아옵시고 미리 청하옵니다.

제가 선생님의 존함을 대하옵기는 선생님의 처녀작인 〈아귀도餓鬼道〉가 《가이조우》에 당선되었을 때이옵니다. 물론 누구라도 문학에 다소 관심을 가진 사람으로서야 당시에 선생님의 영광스러운 당선에 감탄하지 않은 이가 몇 사람이나 되오리까. 저는 그때 신문에서 《가이조우》 광고를 보고 부랴부랴 《가이조우》를 사다가 〈아귀도〉부터 뒤져 읽기 시작하였습니다. 그런데 절반도 채 읽지 못해서 저의 가슴은 찢어지는 듯하고 돌멩이로 머리를 몇 번 얻어맞은 듯해서 한참이나 멍하니 있다가는 계속해 읽고 있었습니다. 제가 작품을 많이 읽지도 못하였지오마는 조선인의 것으로는 이만큼 박력 있고 무게 있는 작품을 대하기는 처음이었습니다. 그래서 며칠 동안은 심심하면 꺼내 읽고, 읽곤 하였습니다. 지금은 〈아귀도〉에 대한 기억이 희미합니다마는, 그러나 먹을 것이 없어서 나물을 뜯으러 산으로 갔다가 그 무시무시한 절벽에서 떨어져 죽는 장면같은 것은 아직도 머리에 남아 있습니다만, 그러나 문장이며 구상 여하는 캄캄하옵니다. 그만큼 제가 어렸던 까닭이라고 깨닫습니다.

그 후 《쫓기는 사람들》은 책점에서 잠깐 보고 사다 보려고 했더니 그 이튿날인가 서점에 가보니 압수를 당하여 절취되었습니다. 저는 섭섭히 돌아오면서 서점에서 잠깐 본 기억을 더듬었습니다. 농촌의 처녀총각이 우물 귀를 빙글빙글 돌면서 놀던 장면이 퍽도 저의 흥미를 돋워주었으며 그들의 뒷일이 궁금하였습니다. 그 다음부터 선생님의 역작이

달을 계속하여 나오는 것만은 알고 있었습니다마는 제가 이 간도로 나오게 되면서부터는 《가이조우》를 자주 대하지 못하게 되었습니다. 그래서 궁금히 지나는 동안에 선생님의 《권이라고 하는 사나이》라는 단행본이 나오고 또 에스페란토어로 번역이 되느니, 중국어로 번역이 되느니 하는 소식은 자주 들었습니다. 그리고 《동아일보》 지상으로 나타나는 《무지개》는 이삼십 회 가량은 읽었습니다만 부득이하여 그것마저 읽지 못하게 되어 선생님에 대한 저의 기억이 희미할 때 《분게이》에서 〈장례식 밤에 일어난 일〉을 읽게 되었습니다. 그리하여 지금까지 제가 가지고 있는 것은 이 한 편이옵니다.

〈장례식 밤에 일어난 일〉*이 작품을 대할 때 직감적으로 떠오르는 것은 모델 소설이 아닌가? 하였습니다. 그러나 이것은 저의 추측에 지나지 못하옵고…… 이 작품의 주요 목적은 박창규 씨와 이장길 노인 등 봉건적 인물들의 썩어진 이면을 폭로시킴과 동시에 관료계급의 추악한 뒷구멍을 은연중에 암시하는 데 있다고 보았습니다. 자본주의 말기에 있어서 그리 크게 문제가 되지 않는 봉건적 유물에서 취재한 것은 대중적 효과는 비교적 적었으리라고 봅니다. 그러나 작품 전편이 물 샐 틈 없이 짜여진 데 대하여는 경의를 표하지 않을 수 없습니다. 그리고 작중인물들의 성격을 말해주는 간결한 대화에 있어서나 그들의 일거일동이 옆에서 보는 듯하고 그들의 말을 듣는 듯하옵니다. 예를 들면 박창규 씨가 맥주병을 쥐고 "건배 건배!"하고 너털웃음을 웃는 것이라든지 이장길 노인의 모상母喪을 당하여 불려왔을 때에 그 대담무쌍한 인사로써 박창규씨의 성격은 잘 나타났다고 봅니다. 특히 비굴한 행동으로 일관한 최우열의 인간됨에 있어서는 선생님께서 애쓰신 자취가 보입니다. 그리고 군데군데 심각한 묘사 등에 있어서는 실로 놀랍습니다.

---

* 일본어 소설.

……나는 그의 시체를 안치한 방이라는 것을 알고 움찔 놀랐다…….

보통 작가 같으면 이러한 곳에서까지 주의하지 못하게 됩니다. 왜냐하면 상사로 인하여 작중인물들로 하여금 며칠 밤 새우게 하였으므로 작자의 감정까지도 둔해질 염려가 있는 까닭에 대개는 작중인물들의 감정을 죽이기 쉽습니다. 하나 선생님께서는 이러한 세밀한 부분에서도 눈 하나팔지 않고 작중인물을 생동하게 하신 점에 대하여는 무어라고 찬사를 올려야 좋을지 모르겠습니다. 요컨대 선생님게서 작품을 쓰실 때에 여하히 진지한 태도로써 대하셨다는 것을 알 수 있습니다. 또 한곳에서,

"……바보."
나는 최우열의 취한 원숭이같은 얼굴을 뚫어지게 바라보고 버럭 소리를 질렀다.
"그런 것보다는 어디에서 잘 셈인가."
"잔다고? 하하……."

여기서 또한 생동하는 두 인간을 볼 수 있습니다.
작가가 작품을 쓸 때에 무엇보다도 먼저 필요한 것은 진지한 태도입니다. 그래서 묘사하고 표현하려는 온갖 대상물을 힘껏 관찰하고 힘껏 음미하지 않으면 안 된다고 생각하옵니다.

……최우열은 오물을 나에게 뱉었다.*

---
* 장혁주소설 인용부분은 일어로 되어 있음.

선생님 저는 이 장면을 읽으면서 최우열의 입김을 맡았습니다. 그리고 그의 비굴함이 이렇게 오장 속속들이 배였다고 얼핏 느껴지더이다. 이러한 예를 들자면끝이 없겠기에 그만 하옵니다. 끝으로 이 노인 형제가 시체 다툼하는 싸움을 돌발시킨 것과 아울러 그 원인을 박창규 씨의 입을 빌어 토설하게 한 것은 선생님께서 얼마나 작가적 수완에 능하시다는 것을 말하여 줍니다. 그리고 문장에 있어서는 저의 편견인지 모르오나 《삼곡선》이나 《무지개》*에서 대하던 문장보다 훨씬 미끄럽고 빛나 보입니다. 너무 오래 실례했습니다. 용서해주세요. 선생님 언젠가 〈나의 포부〉란 제하에 글을 쓰신 일이 계시지요? 아마…… 거기에서 좀더 노력하면 발자크를 따르지 못할 배 없으시다고 하신 기억이 아직도 제머리에 남아 있습니다. 옳습니다! 과연 선생님께서는 미구에 선배들의 뒤를 따르게 되리라고 저는 믿습니다. 선생님 노력하여 주시옵소서. 그리고 조선의 고리끼가 되어주시며 그래서 쓸쓸한 우리 문단에 커다란 횃불이 되어주시옵소서.

　　선생님 지루하시지요. 이 만주의 이야기나 해올릴까요. 그보다도 선생님께서 만난을 물리치시고 만주에 한 번 나와 주세요. 여기에는 산더미 같은 산 재료가 선생님 같으신 어른을 기다리고 있습니다. 꼭 나오세요. 그리하여 불후의 명작을 하나 낳아 놓으셔요.
　　끝으로 선생님의 건강을 빌면서 이만 하옵니다.
　　　　　　　　　　　　　　　　　　　5월 26일
　　　　　　　　　　　　　　　　　　　　─《신동아》(1935. 7).

---

* 장혁주가 《동아일보》에 연재한 한글소설.

# 수필

# 간도를 등지면서, 간도야 잘 있거라*

1932년 6월 3일 아침.

씻은 듯이 맑게 개인 하늘가에는 비행기 한 대가 프로펠러의 폭음을 발사하면서 배회할 제 용정촌을 등지고 떠나는 천도열차天圖列車는 외마디의 이별 인사를 길게 던졌다.

나는 수많은 승객 틈을 뼈기고 자리를 잡자마자, 차창을 의지하여 돌아보니 얼씬얼씬 벌어가는** 용정촌.

그때에 내 머리에 얼핏 떠오르는 것은 내가 처음으로 발을 들여놓던 작년 이때다.

그때에 용정 시가는 신록이 무르익은 가로수 좌우 옆으로 청천백일기가 멋있게 나부끼었고, 붉고도 흰 벽돌집 사이로 흘러나오는 깡깡이의 단조로운 멜로디는 보랏빛 봄 하늘 아래 고이고이 흩어지고 있었다.

그러나 가로街路에서 헤매이는 걸인들의 이 모양 저 모양. 그들에게 있어서는 봄날도 깡깡이 소리도 들리지 않는 듯, 역두驛頭에서 흩어지는 낯선 사람의 뒤를 따르면서 그 손을 벌릴 뿐, 그 험상궂은 손!

나는 이러한 옛날을 그리며 아까 역두에서 안타깝게 내 뒤를 따르던

---

* 〈간도를 등지면서〉 〈간도야 잘있거라〉는 하나의 글을 두번에 나누어 실으면서 제목을 따로 하였기에 하나로 이어 실었다.
** 원전대로.

어린 거지가 내 앞에 보이는 듯하여 다시금 눈을 크게 떴을 때, 차츰 멀어가는 용정시가 위에 높이 뜬 비행기, 그리고 늦은 봄바람에 휘날리는 청홍흑백황의 오색기가 백양나무숲 속으로 번듯거렸다.

차창으로 나타나는 논과 밭, 그리고 아직도 젖빛 안개 속에 잠든 듯한 멀리 보이는 푸른 산은 마치 꿈꾸는 듯, 한 폭의 명화를 대하는 듯, 그리고 아직도 산뜻한 아침 공기 속에 짙은 풀 냄새와 함께 향긋한 꽃 냄새가 코밑이 훈훈하도록 스친다.

밭둑 풀숭쿠리 속에 좁쌀꽃은 발갛게 노랗게 피었으며, 그 옆으로 열을 지어 돋아나는 조싹은 잎새를 두 갈래로 벌리고 벌겋게 타오르는 동켠 하늘을 향하여 햇빛을 받는다. 마치 어린애가 어머니 젖가슴을 헤치듯이 그렇게 천진스럽게 귀엽게!…… 어디선가 산새 울음소리가 쩍쩍하고 들려온다. 쿵쿵대는 차바퀴에 품겨 들리는 듯 마는 듯.

"어디 가셔요!"

하는 소리에 나는 놀라 돌아보니 어떤 트레머리 여학생이었다. 한참이나 나는 그를 바라보다가,

"서울까지 갑니다. 어디 가시나요."

혹시 경성까지 동행하게 되지나 않을까 하는 생각으로 이렇게 반문하였다.

"네, 저는 회령까지 갑니다."

생긋 웃어 보이는 입술 속으로 하얀 이가 내밀었다.

"그리셔요. 그럼 우리 동행합시다."

마침 나와 맞은 켠에 앉은 어린 학생이 졸다가 옆에 앉은 일인日人에게로 쓰러졌다.

"아라*!"

---

* 어머나.

내 옆에 앉았던 여학생은 날래게 일어나 어린 학생을 붙들어 앉히며 유창한 일어로 지껄인다. 일인은 어린 학생을 피하여 앉다가 이켠 여학생에 끌려 어린 학생을 어루만지며 서로 말을 건네었다.

나는 그들의 말을 귓결에 들으며 다시금 창 밖을 내어다보았다. 금방 내 앞으로 다가오는 밭에는 어쩐지 조싹을 발견할 수가 없어 나는 자세히 둘러보았을 때 "지금 촌에서는 밭갈이를 못해서 묵히는 밭이 많다지. 올해는 굶어죽을 수 났다"하던 말이 내 머리를 찡하니 울려 주었다. 나는 뒤로 사라지려는 그 밭을 안타깝게 바라보았다. 거기에는 온갖 잡풀이 얽히었을 뿐이었다. 그때에 내 가슴은 마치 돌을 삼킨 것처럼 멍청함을 느꼈다. 따라서 농부들이 저 밭을 대하게 되면 어떨까, 얼마나 아까울까. 얼마나 애수할까, 흙의 맛을 알고 그 흙에서 매일 달라가는 조싹의 자라나는 그 재미, 그야말로 농부 자신이 아니고서는 알지 못할 것이 아니냐. 그러면 저들이 저 밭을 대할 때 나로서는 감히 상상도 못할 그 무엇이 들어 있겠구나. 이렇게 생각하며 얼핏 이러한 노래가 떠올랐다.

지금은 봄이라 해도
만물이 소생하는 봄이라 해도
이 따*에는 봄인 줄 모르네 모르네

안개비 오네 앞산 밑에 풀이 파랬소
이 비에 조싹이 한 치 자라고
논둑까지 빗물이 가득하련만

아아 밭갈이 못했소

*땅.

논갈이 못했소
흙 한 줌 내 손에 못 쥐어 봤소

나는 이 노래를 금방이라도 종이 위에 옮기고 싶은 충동을 느끼며, 바스켓을 뒤졌으나 종이도 없고 붓도 없어서 그만 꾹 참고 보느라 없이 휘끈 돌아보니 옆에 앉은 그 여학생은 《주부지우主婦知友》를 들고 들여다본다.

일인은 끊임없이 여학생에게 시선을 던지며 벙긋벙긋 웃고 있었다. 마침내 일인은,

"회령 어디 계십니까?"

하고 묻는다. 그는 가볍게 머리를 들며,

"도립병원에 있습니다."

이 말에 나는 그가 간호부인 것을 직각하며 다시금 그를 쳐다보았을 때, 어디선가 그의 몸 전체에서 흘러나오는 약 냄새를 새삼스럽게 느꼈다.

아까 내 맞은편에서 졸던 어린애는 어느덧 여학생 곁으로 와서 앉아 물끄러미 책을 들여다본다.

"글쎄 이애 혼자서 상삼봉上三峰까지 간다지요."

그는 어린애를 가리키면서 나를 쳐다본다. 나도 그 말에는 놀라서 그애를 자세히 들여다보았다. 얼굴이 둥글둥글한데다 눈이 큼직한 보암직스러운 사내였다.

"너 몇 살이냐?"

그는 머리를 숙이며,

"일곱 살이에요."

"응 용쿠나, 너 혼자 어디 가니?"

"삼봉 가요."

'응 아버지 어머니 다 계시냐?"

어린애는 우물쭈물하며 말끝이 입술 속으로 숨어 들고 있다.

"이 애 똑똑히 말해."

그 여자는 어린애를 들여다보며 이렇게 상냥스럽게 말하였다. 그러나 그는 끝까지 말을 아니 하고 있었다. 나는 웃으며 무심히 앉았을 때,

"이 애가 울어!"

그 여자는 어린 학생의 머리를 들며 들여다본다. 나도 얼핏 그편으로 보았을 때 그 검은 속눈 사이로 커단 눈물이 뚝뚝 흘렀다. 그때에 나는 그 애가 아버지도 어머니도 없는 고아였음을 짐작하자 내가 왜 그런 말을 함부로 물었던가, 내가 짐작하는 그대로 참으로 그 애 아버지 어머니가 없었다면 저 어린것의 가슴이 얼마나 내 물음에 아팠으랴 하고 생각하면서,

"이리 온, 이거 봐."

그 여자의 손에서 《주부지우》를 옮겨 내 무릎 위에 놓으며 표지의 그림을 내보였다. 어린애는 눈물을 씻으며 슬금슬금 바라볼 때 여러 사람의 시선은 어린애에게로 집중됨을 나는 느꼈다.


어느덧 차는 도문강 안참岸站에 이르렀다. 중국인 순경에게 나는 일일이 짐 조사를 받은 후, 어린애와 몇 마디 이야기를 주고받는 사이에 벌써 차는 슬슬 미끄러졌다.

옆의 여자는 내 어깨를 가볍게 흔들며,

"도문강이에요, 에그 저 고기 봐!"

말 마치기가 무섭게, 나는 머리를 돌려 굽어보았다.

강변 좌우로 휘늘어진 버들가지에 강물 속까지 푸르렀으며 그 속으로 헤엄쳐 오르는 금붕어 은붕어를 보고, 나는 몇 번이나 하나, 둘, 셋,

넷하고 입속으로 그 수를 헤이다가 잊어버렸는지.

"고기 고기도 있어요!"

조그만 손을 쑥 내밀어 가리키는데, 나는 어린애의 손을 꼭 쥐며 이렇게 중얼거렸다.

"네게도 뵈니, 어디 있어, 어디 가리켜 봐 또." 어린애를 쳐다보았다.

그는 무심코 이런 말을 했다가 내가 채쳐 묻는 결에 그만 부끄러운 생각이 났던지 머리를 숙이며 잠잠하다. 순간에 나는 그 애가 아버지 어머니 틈에서 자라지 못한 불쌍한 애였음을 확실히 알았다.

강을 사이로 보이는 조선땅! 산색조차 이편과는 확연히 다르다. 산봉이 굽이굽이 높았다 낮아지는 곳에 끊임없이 아기자기한 정서가 흐르고 기름이 듣는 듯한 떡갈나무와 싸리나무는 비오는 날 안개 끼듯이 산봉끝까지 자욱하여 푸르렀다.

차가 상삼봉역에 닿자마자 내 곁에 앉았던 어린애는 냉큼 일어났다. 그 뒤를 따라 나도 바스켓을 들고 일어나며,

"이젠 다 왔지…… 정 네 이름 무어냐?"

찻간에서 정들인 이 어린것의 이름도 모르고 보내는 것은 퍽도 섭섭했다. 어린애는 잠잠히 차에서 내려서며,

"순봉이."

"응 순봉이, 순봉아 잘 가거라."

나는 해관검사실로 들어가며 돌아보았을 때 순봉이는 개찰구로 나가며 다시 한번 이켠을 돌아보고 사람들 틈으로 사라지고 만다. 어쩐지 나는 무엇을 잃은 듯한 느낌으로 그 애의 사라진 곳을 한참이나 바라보았다.

삼십분 후에 우리는 상삼봉역을 출발했다. 간호부와 나는 순봉의 이야기를 주고받으며 다시금 순봉의 그 검은 눈을 그려보았다.

형사는 차례로 짐 뒤짐을 하며 우리 앉은 앞으로 오더니 역시 내 짐이며 몸을 뒤져보고 몇 마디 말을 물어본 후 간호부에게로 간다. 그는 언제나 삽삽한 태도와 유창한 일어로 대하여준다.

차는 도문강을 바른편에 끼고 빙빙 돌았다. 실실이 늘어진 버들가지 사이로 넘쳐 흐르는 도문강물, 언제 보아도 싫지 않은 저 도문강물, 네 가슴 위에 뜻있는 사람들의 상기된 얼굴이 몇몇이 비쳤으며 의분에 떠리는 그들의 몸을 그 몇 번이나 안아 건네었느냐.

숲속으로 힐끔힐끔 보이는 가난한 사람들의 움막은 작년보다도 그 수가 훨씬 늘어 보였다. 그 속에서도 어린애들이 소꿉놀이를 하며 천진스럽게 노는 꼴이 보인다.


나는 이켠으로 머리를 돌리니 길회선 철도공사 인부들이 까맣게 쳐다보이는 석벽 위에 귀신같이 발을 붙이고 돌을 쪼아내린다. 나는 바라보기에도 어지러워서 한참이나 눈을 감았다. 다시 보면 볼수록 아찔아찔하였다. 아래 있는 인부들은 굴러내리는 돌을 지게 위에 싣고 한참이나 이켠으로 돌아와서 내려놓으면 거기에 있는 인부들은 그 돌을 이를 맞추어 차례차례로 쌓아 올라가고 있다.

나는 차안을 새삼스럽게 둘러보았다. 그러나 누구 한 사람 그곳을 주시하는 사람조차 없는 듯하다. 모두가 양복장이었으며 학생이었으며 숙녀였다. 우선 나조차도 저 돌 한 개를 만져보지 못한 사람 아니었더냐.

학생들은 무엇을 배우나, 소위 인테리층 나리들은 어떻게 살아가나. 누구보다도 나는 이때까지 무엇을 배웠으며 무엇으로 입고 무엇으로 먹고 이렇게 살아왔나.


저들의 피와 땀을 사정없이 긁어모아 먹고 입고 살아온 내가 아니냐! 우리들이 배운다는 것은, 아니 배웠다는 것은 저들의 노동력을 좀더 착취하기 위한 수단이 아니었느냐!

돌 한 개 만져보지 못한 나, 흙 한 줌 쥐어보지 못한 나는 돌의 굳음을 모르고 흙의 부드러움을 모르는 나는, 아니 이 차안에 있는 우리들은 이렇게 평안히 이렇게 호사스럽게 차안에 앉아 모든 자연의 아름다움을 맛볼 수가 있지 않은가.

차라리 이 붓대를 꺾어버리자. 내가 쓴다는 것은 무엇이었느냐. 나는 이때껏 배운 것이 그런 것이었기 때문에 내 붓끝에 씌어지는 것은 모두가 이런 종류에서 좁쌀 한 알만큼, 아니 실오라기만큼 그만큼도 벗어나지 못하였다. 그저 한판에 박은 듯하였다.

학생들이여, 그대들의 연한 손길, 그 부드러운 흰 살결에 태양의 뜨거움과 돌의 굳음을 맛보지 않겠는가. 우리는 먼저 이것을 배워야 하지 않겠느냐. 그리하여 튼튼한 일꾼, 건전한 투사가 되지 않으려는가.

돌에 치여 가로세로 줄진 그 손이 그립다. 그 발이 그립다. 햇볕에 시커멓다 못해 강철과 같이 굳어진 그 뺨이 그립다! 얼마나 믿음성스러운 손이랴.—《동광》,1932. 8)

이런 생각에 잠긴 채 기차는 어느덧 회령에 도착하였다. 동행하던 여성을 따라 역에 내리니 역두에는 출영인으로 잡답하였다. 웬일인가 하여 휘휘 돌아보니 맨 앞에 달린 화물차 속에서는 군인들이 꾸역꾸역 몰려나온다. 나중에 알고 보니 훈춘지방에 출정하였던 군대라고 한다. 그러자 이켠 뒷객차에서는 수백 명의 중국인들이 남부여대하여 밀려나온다. 이들은 조선을 거쳐 중국 본토로 가는 간도의 피난민이다. 나는 한참이나 멍하니 그들의 이 모양 저 모양을 바라볼 때 무어라고 말로 옮길 수 없이 가슴이 답답함을 느꼈다.

나는 얼결에 구외로 밀려 나왔다. 군대는 행렬을 정돈하여 유량한 나

팔소리에 맞춰 보무당당히 군중 앞으로 걸어간다. 우렁차게 일어나는 만세소리! 그 중에서도 천진한 어린 학생들의 그 고사리 같은 손에 잡혀 흔들리는 일장기! 그 까만 눈동자!

햇볕에 빛나는 총검에서는 피비린 냄새가 나는 듯, 동시에 ××당의 혐의로 무참히도 원혼으로 된 백면장정의 환영이 수없이 그 위를 달음질치고 있었다. 나는 발길을 더 옮길 용기가 나지 않았다. 동행여성은 내 손을 쥐고 작별인사를 하였다.

"안녕히 가세요"

겨우 입 속으로 이렇게 중얼거린 나는 그의 사라지는 뒷꼴을 바라보며 아차 이름이나 서로 알았더면 하는 후회를 하였다.

수없는 피난민들은 군대의 행보하는 것을 얼빠지게 슬금슬금 바라보며 보기만 해도 무섭다는 듯이 그들의 몸을 쪼그린다. 정든 고향을 등지고 생명의 보장이나마 얻어볼까 하여 누더기 보따리를 짊어지고 방향도 정치 못하고 밀려나오는 그들…… 아니 그들 중에는 백의 동포도 얼마든지 섞여 있다.

오후 여섯시에 기차는 회령역을 출발하였다. 경편차보다는 마음이 푹 놓여 차창을 의지하여 밖을 내어다보았다. 마침 형사들이 와서 지분거리기에 그만 눈을 꾹 감고 자는 체하던 것이 정말 잠이 들고 말았다. 이따금 잠결에 눈을 들어보면 높고 낮은 산봉위에 저녁노을빛이 불그레하니 얽혀 있었다.

이튿날 아침 아직도 이른 새벽 검푸른 안개 속으로 어렴풋이 나타나 보이는 솔포기며 그 밑으로 흰 거품을 토하며 솩 내밀치는 동해 바닷물, 그리고 하늘에 닿은 듯한 수평선 저쪽으로, 꿈인 듯이 흘러내리는 한두 낱의 별, 살았다 꺼진다.

벌써 농부들은 괭이를 둘러메고 논뚝과 밭머리에 높이 서 있었다. 금방 이앙한 볏모는 시선이 닿는 데까지 푸르러 있었다.

이따금씩 숲 사이로 보이는 초라한 초가집이며, 울바자 끝에 넌 흰 빨래며, 한가롭게 풀 뜯는 강변에 누운 소의 모양이 얼핏얼핏 지나친다.

잠시나마 붉은 구릉으로 된 단조무미한 간도에 살던 나로서는 이 모든 경치에 취하여 완연히 선경으로 들어가는 듯한 느낌이었다. 그러나 이곳 저곳에 흩어져 있는 큰 공장에서 시커먼 연기를 토하고 있는 것은 장차 무엇을 말함일까.

대자본가의 잠식이 그만큼 맹렬히 감행되고 있는 것이 파노라마 모양으로 역력히 보인다.

기차는 이 모든 것을 보여주면서 산굽이를 돌고 터널을 지나 숨차게 경성을 향하여 달음질친다. 그러나 나의 마음만은 반대 방향으로 간도를 향하여 뒷걸음친다.

아, 나의 삶이여.

전란의 와중에서 갈 바를 잃고 방황하는 가난한 무리들!

그나마 장정은 죽었는지 살았는지 다 어디로 가버리고 오직 노유부녀만이 그래도 살아보겠다고 도시를 향하여 피난해 오는 광경이 다시금 내 머리에 떠오른다.

부모형제를 눈뜨고 잃고도 어디 가서 하소 한 마디 할 곳이 없으며 그만큼 악착한 현실에 신경이 마비되어 버린 그들! 눈물조차 그들에게서 멀리 달아나 버리고 말았다. 오직 그들 앞에는 죽음과 기아飢餓만이 가로놓여 있을 뿐이었다.

그러나 간도여! 힘있게 살아다오! 굳세게 싸워다오! 그리고 이같이 나오는 나를 향하여 끝없이 비웃어다오!

기차는 원산을 지나 삼방三防의 험산險山을 바라보며 여전히 닫는다.

—《동광》(1932. 8. 10).

# 간도의 봄
―심금을 울린 문인의 이 봄

간도라면 듣기만 하여도 흰 눈이 산같이 쌓이고 백곰들이 떼를 지어 춤추는 황량한 광야로만 생각될 것이다. 더구나 이런 봄날에도 꽃조차 볼 수 없는 그런 재미꼴 없는……

사실에 있어 시력이 못 자랄 만큼 광야는 넓다. 그리고 꽃 필 새 없이 봄은 지나가버리고 만다. 그 대신 무연히 넓은 광야니 만큼 이 봄날이 오면 황진이 눈뜨기 어렵게 휘날리고 있다.

그러나 나는 간도의 그 봄…… 내 눈 속에 티끌만 넣어주던 그 봄을 잊을 수가 없다. 진달래꽃, 개나리꽃 속에서 봄맞이를 하는 나임에 한 원인도 되겠지마는 무엇보다도 그 봄에 안긴 인간 생존이 너무나 봄답지 못한 살풍경을 이룬 때문에 한층 더하였다.

어떤 날 나는 빨래를 할 양으로 해란강으로 향하였다. 간도의 명산인 백양나무숲은 벌써 봄빛이 푸르렀고 강물소리는 제법 높아졌다. 그리고 강물 위로 뗏목들은 슬슬 달음질친다.

나는 빨래를 돌 위에 놓고 샘 구멍을 파기 시작하였다. 이 강물은 언제나 흐려 있는 탓으로 모래 밭에 샘 구멍을 파가지고야 빨래를 한다. 벌써 몇몇 낯익은 부인들이 돌아가며 샘 구멍을 파고 있다. 물에 적신 그들의 불그레한 팔뚝 밑으로 산에서나 들에서 얻어볼 수 없는 그런 심각한 봄빛을 볼 수가 있었다.

저켠 언덕으로 국자가를 내왕하는 호로마차가 손님을 가득히 태우고 구름같이 먼지를 피우며 지나친다. 뒤이어 철교 위에는 경편차가 쿵쿵 소리를 내며 내닫는다. 기계문명의 이기는 벌써 이곳까지 개척하기 시작한다. 일방 만철경영으로 부설 중인 ?선 광궤철도는 그 시로 이 경편차를 구축할 것이며 동시에 대자본의 위세는 이 지방 샅샅이 미치고야 말 것이다.

모아산을 넘어오는 산산한 바람은 우리들의 옷깃을 향기롭게 스치고 돌아간다. 그리고 방망이 끝에 채어 오르는 물방울은 안개비가 되어 보슬보슬 떨어진다. 나는 잠깐 봄에 취하여 어디라 할 곳 없이 바라보고 있었다. 잿빛 벌 속으로 힐끔힐끔 보이는 중국인과 조선인의 초가며 그 위를 파랗게 달음질쳐 나간 봄하늘, 그리고 두어 마리 산새 울음 소리……

갑자기 프로펠라 소리가 머리 위에서 들리며 두 셋의 비행기가 지나치다 앞산 위에다 쾅! 하고 폭탄을 던진다. 나는 공포에 가슴이 벌렁벌렁 뛰기 시작하였다. 뒤이어 저켠으로 사람들이 욱욱 밀려오기에 나는 그만 벌떡 일어나서 그들의 말을 개어 들으니 방금 비적을 내다 목베는 것을 보고 오는 모양이다.

빨래하던 우리들은 손에 맥을 잃어버리고 되는대로 주섬주섬 빨래를 짜 가지고 돌아오고 말았다.

시가에서는 군경을 실은 트럭이 종횡으로 질주하며 그 안에는 우렁차게 흘러나오는 승승의 군가, 그리고 바람에 휘날리는 일장기로 시가를 단장하였다. 용정의 치안을 맡으신 만주국 경관 나리들은 이 모든 것을 얼빠지게 바라본다. 마치 탄알없는 총 모양으로.

집에 돌아오니 남편은 벌써 학교로부터 돌아와 있었다. 하루 종일 교단 위에서 피로했을 줄은 번연히 알건만 무어라고 입을 떼려니 말이 나오지를 않았다. 남편도 역시 묵묵히 바라만 볼 뿐. 즐거워야 할 이 봄…… 기뻐야 할 이 봄이건만.

그때 불안과 공포에 싸여 그 봄을 맞던 간도! 이 봄은 또 어떻게 맞았는지? 그러나 간도여, 너는 그 봄을 용감히 맞았다. 피에 물들인 그 봄! 나는 비록 너의 가슴을 떠났으나 그때 받은 그 봄의 힘은 내 가슴에 아직도 물결치고 있다. 아니 영원히.

—《동아일보》(1933. 4. 23).

# 나의 유년시절

　5세에 아버지를 여읜 나는 일곱 살에 고향인 송화를 등지고 장연으로 오게 되었습니다. 말할 것도 없이 어머니는 생계가 곤란하시므로 더구나 장차 의지할 아들도 없고 다만 딸자식인 나를 믿고 언제까지나 살아가실수 없는 고로 개가를 하셨던 것입니다.

　그때에 의붓아버지에게는 남매가 있었으니 남아는 16,7세 가량이었으며 계집애는 내 한 살 위가 되었습니다. 그러므로 내가 온 지 이틀도 지나기 전에 벌써 우리들은 싸움을 시작하였습니다.

　날이 갈수록 어머니의 속상하실 것은 말할 것도 없고 의붓아버지 까지라도 적지 않게 실망을 하여 나중에는 몇 번이나 헤어지려고까지 한 기억이 아직껏 남아 있습니다.

　우리들이 싸움을 하고 울 때마다 어머니는 너무 속상해서 우시면서,

　"경애야 너 싸우지 마라. 너 정말 늘 그러면 난 이렇게 눈감고 죽고 말겠다" 하시는 것이 거의 날마다 하시는 말씀이었습니다. 철없는 나이나 죽는다는 말에는 그만 겁이 나서 그렇게 북받치는 울음도 마음껏 내 울지 못하고 어머니 일하는 곁에 성명 없이 쪼그려 앉고* 있었습니다.

---

* 원전대로.

아버지의 돌아가시는 것을 본 까닭으로.

　그러나 웬일인지 날이 갈수록 어머니를 빼놓고 그 집안 식구는 나를 몹시도 미워하는 것 같았습니다. 무엇보다도 어머니가 잠시만 빨래 같은 것을 하시게 되어 집에 안 계시면 의붓아버지까지라도 한목이 되어 나에게 그 무서운 눈을 흘기며 조금만 잘못하면 때리는 것이었습니다. 인생의 반길에 가까워 오는 저이건만 아직까지도 그 눈 흘기는 기억이 문득문득 생각키울 때가 많습니다.

　제가 바로 열 살 나던 때의 봄입니다. 지금도 이렇게 적으니까 그때에는 모두가 날 보고 도토리알이라는 별명까지 지어주었습니다. 그러나 이지는 엉뚱나게 발달되었던 것입니다. 그때에 벌써 《조웅전》이며 《숙향전》할 것 없이 내 눈에 띄인 소설책이라고는 기어코 독파하고야 견디었습니다.

　봄! 우리집 뒷산에는 살구꽃 앵두꽃 복숭아꽃이 피어오르는 솜뭉치 같이 아주 온 산을 푹 덮어버렸습니다. 따라서 우리들이 각시를 만들어 가질 달래풀까지 길이길이 좋았습니다.

　어머니는 그날도 빨래를 가시며 싸움하지 말고 잘 놀아라고 몇 번이나 부탁하시며 누룽지를 두 아이에게 똑같이 나누어주시고 가셨습니다.

　우리들은 누룽지를 먹으며 소꿉질을 하다가 그것도 싫증이 나서 산으로 기어올라 달래풀을 뜯기 시작하였습니다.

　큰년이는 몸이 비둔하여 빨랑빨랑치를 못함으로 언제나 산에 오르게 되면 내 뒷꽁무니를 쫓아다니며 내가 먼저 뜯은 나무지에 손을 대었습니다. 역시 그날도 그러하였습니다. 한참 후에,

　"경애야 경애야, 이리 오라우, 여기 달래풀 많아."

　큰년이가 부름에 생각 없이 깡충깡충 뛰어갔더니 덮어놓고 내 치마앞을 헤치고 들여다보며 그 중 좋은 것으로 움켜 쥐었습니다. 불의지변을 당한 나는 그만 너무 분하여서 큰년의 손을 쥐며 뿌리치니 그는 담박에

달려들어 나의 머리를 잡아 숙치며 꼬집어 당겼습니다. 그의 힘을 잘 아는 나는 어쩌는 수 없이 힘껏 뿌리치고 도망쳤습니다. 그는 씩씩하며 무섭게 따라왔습니다.

집으로 내려가려니 어머니가 아직도 안 오셨을 터이고 그래서 산 위로 도망질치다가 내가 매일 잘 오르는 살구나무를 타고 잔나비 모양으로 발발 기어올랐습니다. 그가 나무를 타지 못하는 줄 잘 알기 때문이었습니다. 마침내 큰년이는 살구나무 아래에까지 와서는 나무를 사정 없이 흔들어놓으니 마치겨울에 눈 내리는 것처럼 꽃송이가 펄펄 날아 내 머리와 옷이며 그 애에게까지 빨갛고 희게 떨어집니다.

한참이나 흔들던 그는 싫증이 났던지 뭐라고 욕을 퍼부으며 집으로 내려갔습니다. 나는 적이 가쁜 숨을 몰아쉬고 어서 바삐 어머니가 오시기를 눈이 아물아물하도록 바라보고 있었습니다. 그때에 내 눈이 뚫어지도록 바라보던 어머니가 오실 그 길! 이 봄을 맞는 나에게 아직까지 그길이 아득하게 나타나 보입니다.

—《신동아》(1933. 5).

# 이역의 달밤

1933년도 저물었다.

이 밤의 교교한 월색은 여전히 나의 작은 몸뚱어리를 눈 위에 뚜렷이 던져준다. 두 달 전에 저 달은 내 고향서 보았건만……?

이곳은 북국. 북국의 밤은 매우 차다. 저 달빛은 나의 뺨을 후려치는 듯 차다. 그리고 사나운 바람은 몰려오다가 전선과 나뭇가지에 걸려 획 획 소리 쳐 운다. 그 소리는 나의 가슴을 몹시도 흔들어준다. 때마침 어 디서 들려오는 어린애 울음 소리…… 나는 문득 이런 노래가 생각난다.

이 밤에
어린애 우네
밤새껏 우네

아마 뉘 집 애기
빈 젖을 빠나부이
밤새워 빠나부이

못 입고 못 먹는 이 땅의 빈농들에게야 저 바람같이 무서운 것이 또 어디 있으랴! 사의 마신이 손을 벌리고 덤벼드는 듯한 저 바람! 굶주린 저들은 오직 공포에 떨 뿐이다.

이곳은 간도다 서북으로는 시베리아, 동남으로는 조선에 접하여 있는 땅이다. 추울 때는 영하 40도를 중간에 두고 오르고 내리는 이 땅이다.

그나마 애써 농사를 지어 놓고도 또다시 기한에 울고 있지 않는가! 백미 1두에 75전, 식염 1두에 2원 20전, 물경 백미값의 3배! 이 일단을 보아도 철두철미한 ××수단의 전폭을 엿보기에 어렵지 않다. '가정이 공어 맹호야(苛政 恐於猛虎也)'라던가? 이 말은 일찍이 들어왔다.

황폐하여 가는 광야에는 군경을 실은 트럭이 종횡으로 질주하고 상공에는 단엽식 비행기만 대선회를 한다.

대산림으로 쫓기어 ×× 를 들고 ×××××하는 그들! 이 땅을 싸고도는 환경은 매우 복잡다단하다. 그저 극단과 극단으로 중간성을 잃어버린 이 땅이다.

인간은 1937년을 목표로 일대 살육과 파괴를 하려고 준비를 한다고 한다. 타협, 평화, 자유, 인도 등의 고개는 벌써 옛날에 넘어버리고 지금은 제각기 갈 길을 밟지 않을 수 없게 되었다.

군축은 군확으로, 국제 협조는 국제 알력으로, 데모크라시는 파쇼로, 평화는 전쟁으로…… 인간은 정반합의 변증법적 궤도를 여실히 밟고 있다.

이 거리는 고요하다. 이따금 보이느니 개털모에 총을 메고 우두커니 섰는 만주국 순경뿐이다. 그리고 멀리 사라지는 마차의 지르릉 울리는 종소리…… 찬 달은 흰 구름 속으로 슬슬 달음질치고 있다. 저 달을 보는 사람은 많으련마는 역시 환경과 입장에 따라 느끼는 바 감회도 다를 것이다.

붓을 들고 쓰지 못하는 이 가슴! 입이 있고도 말 못하는 이 마음! 저 달 보고나 호소해볼까. 그러나 차디찬 저 달은 이 인간사회의 애달픈

이정황에 구애되지 않고 구름 속으로 또 구름 속으로 흘러간다.

　대자연은 크게 움직이고 있다.

33년 11월 용정촌에서

―《신동아》(1933. 12).

# 간도

　나는 간도를 안지 불과 이태에 지나지 않지만 누구에게나 간도를 자랑하고 싶다. 그것은 자연의 풍경도 아니오, 물산의 풍부함도 아니다. 오직 이곳에 있는 사람들은 씩씩하다는 것이다.

　어떤 날 나는 시장에 가서 나무를 한 바리 사왔다. 처음 시장에서 보기에는 나뭇단의 수더기가 상당하기에 두 말 안짝에 값을 결정하고 집으로 데리고 온 것이다. 그러나 집에 와서 나뭇단을 옮기면서 보니 겉에 몇 단만 처음과 다름이 없고 속으로 들어가면서 는 나뭇단이 형편없이 작았다. 나는 속은 것이 분하여 얼굴을 붉히며 말하였다.

　"이게 무슨 나뭇단이란 말요. 도로 가지고 가시오. 그렇지 않으면 값을 좀 내리든지."

　나무장사는 아무 대답 없이 그 나무를 다 가리고 나서 나무 값을 달라고 하였다. 나는 눈을 노리며,

　"왜 아무 대답이 없소. 글쎄 저게 뭐란 말요. 당신도 눈이 있으면 보우. 속여도 분수가 있지. 어떻게 하겠소?"

　나무장사는 담배를 피워 물고 나뭇단 위에 앉으며 입을 열었다.

　" 이 아저머이가 참말 말썽을 부리랴나? 왜 이러시우. 값을 내리려면 그 당장에서 잘 조사해보고 내리든지 올리든지 하지. 이미 값을 결정해

놓고는 무슨 잔 말씀이요. 어 나무값 주시오. 난 바쁘오."

눈을 크게 뜨고 나를 보았다. 나는 가슴이 선뜻해지며 알 수 없는 ○○(불명)과 함께 일상 그들에게 품었던 나의 호기심이 바짝 당기었다.

"난 속았으니 못 주겠소. 왜 속인단 말요."

나무장사는 코웃음 쳤다.

"온갖 것이 다 그러한데 나무라고 그렇지 않을 리가 있소?"

하고 대답하였다. 나는 그의 평범한 대답에 놀라지 않을 수 없었다. 나는 결국 결정한대로 나무 값을 주었다. 그날 나는 그에게서 간도의 농민이 어떻다는 것을 직접 맛보았다. 그 다음부터 나는 시장에를 가면 ○○(불명)을 주의해 보군 하였다. 한번은 시장에를 갔는데 때마침 비행기 한 대가 머리위로 우두두 지나쳤다.

"흥 누가……(중략)"

돌아보니 어떤 촌 할머니가 계란 바구니를 앞에 놓고 비행기를 쳐다보면서 하는 말이었다. 봄날에 돌아오는 간도의 풀은 군마軍馬의 발굽에 몇 번이나 밟히었는지 모른다.(하략)

—《조선중앙일보》(1934. 5. 8).

# 자서소전

일찍이 아버지를 잃은 나는 다섯 살에 의붓아버지(義父)를 섬기게 되었으며, 의붓아버지에게는 소생 아들딸이 있었으니, 그들이 어찌나 세차고 사납던지, 거의 날마다 어린 나를 때리고 꼬집고 머리를 태를 뜯어서 도저히 나는 집에 붙어 있을 수가 없었다. 그래서 어머니만 빨래나 혹은 어디 볼 일로 집에 안 계시면 언제나 쫓겨나서 울 뒷산에 올라 망연히 어머님이 오시기를 기다리곤 하였다. 삼십을 넘은 나의 눈엔 아직도 어머니가 돌아오실 그 길이 아련히 남아 있다.

여덟 살 때 아버지가 보다 놓아둔 《춘향전》에서 국문을 깨쳐 가지고 구소설을 읽기 시작하였는데 《삼국지》《옥루몽》 등 우리 시골로 내려온 것치고는 거의 다 독파하였다. 그 소문이 자자하게 퍼져 동네 할아버지 할머니들이 도토리 소설장이란 별명을 지어가지고 다투어 데려다 소설을 읽히고는 과자를 사다주곤 하였다. 이 바람에 나는 날마다 이 집으로 저 집으로 뽑히어 다니게 되었다.

소학교에 들어가면서부터 공부에 전심하고 특히 작문 짓는 데 우수하였으니 언제나 선생님으로부터 칭찬을 받았고 동무들의 부러움을 한 몸에 받고 있었다. 중학교에 올라가면서부터는 심심하면 나는 붓장난을 하여 동무들에게 읽어주곤 하였다.

기숙사 생활에서 다소 나의 기분이 명랑하여졌으나 —그러나 여전히 풀이 죽어 한편 옆에 섰기를 잘하였다. 먼저 무엇이든지 주장해본 적이 없고, 동무들의 의견을 꺾어본 적이 없이, 아주 유약한 채 동무들의 뒤만 따랐다.

　동무들에게 학비가 오면 좋아서 참새처럼 뛰고 저들의 친한 동무들을 모아놓고 무엇을 사다 먹으며 기뻐하는데, 형부에게서 오는 학비를 받아쥔 나는 기쁘면서도 어깨가 무거워지고, 반가우면서 어인 일인가 눈물이나서 그날 밤을 자지 못하고 달빛만이 흰 비단처럼 깔린 교정에서 왔다갔다 하였다.

　지금은 한 가정의 주부가 되어 살림을 도맡아 하지만 아직도 약한 그 성격을 스스로 미우리만큼 지니고 있다.

—《여류단편걸작집》(조선일보사, 1939).

# 내가 좋아하는 솔

    나는 언제부터인가 솔을 좋아한다. 아마 썩 어려서부터인가 짐작된다. 봄만 되면 지금도 가끔 떠오르는 것은 내가 여섯 살인가 되어 어머니와 같이 뒷산 솔밭에 올라 누렇게 황금빛 나는 솔가래기를 긁던 것이다. 때인즉 봄이었던가 싶으다. 온 산에 송림이 울창하였고 흐뭇한 냄새를 피우는 솔가래기가 발이 빠질 지경쯤 푹 쌓여 있었다. 솔은 전년겨울 난 잎을 이 봄에 죄다 떨구기 때문이다.

    당시 아버지를 여읜 우리 모녀는 어느 산골에 사는 고모를 찾아갔고 고모네 집 옆방살이를 하게 되었으며 그만큼 우리는 곤궁히 지내므로 해서 하루의 두 끼니조차도 배불리 먹지 못하였던가 싶다.

    봄철을 만난 송림은 그 잎이 푸름을 지나서 거멓게 성이 올랐고 눈가루 같은 꽃을 뿌려 숨이 막힐 지경, 향기가 요란스러웠다. 그리고 솔가지 속에 숨어 빠끔히 내다보는 하늘은 도라지꽃인 양 그 빛이 짙었으며 어디서인가 푸르릉거리는 이름 모를 새들은 별빛 같은 몽롱한 노래를 흘려서 고요한 적막을 깨뜨리곤 하였다. 거기서 우리 모녀는 부스럭부스럭 솔가래기를 긁어모았다.

    나는 조그만 몸을 토끼처럼 날려서 솔방울을 주워 내가 가지고 간 빨갛고 파란 띠를 두른 조그만 바구니에 채우고, 노란 꽃잎을 따가지고 곧잘 놀다가도, 배만 고프면 어머니 곁으로 달려가서 못 견디게 졸라대었다. 그때마다 어머니는 딱하여서 나를 어르고 달래다 못해서 나의 뺨을 찰싹 때리면, 나는 죽는 듯이 울었고 어머니는 하는 수 없이 나를 업으시고 소나무에 기대어서 한참씩이나 우두커니 섰던 기억이 지금도 새롭다.

어떤 날은 하도 조르니까 물오른 솔가지를 뚝 꺾어서 껍질을 벗기고 하얀가락 같은 대를 나의 입에 물려주었다. 거기는 달콤한 진액이 발려 있었다.

고향에 있을 때는 송림이 가득 차 있는 앞뒷산에 늘 오르게 되니까 그리 솔의 진가를 알지 못하겠더니 일단 고향을 등지게 되고 멀리 간도 땅을 밟게 되니 솔이란 얼마나 귀한 것인지 가히 짐작할 수가 있게 된다. 고향…… 하면 벌써 머리에 떠오르는 것은 두렵게 굴곡이 진 고산준령이요, 그 위를 구름처럼 감돌아 있는 솔밭이요, 또한 무지개처럼 그 사이를 달리는 폭포수다.

솔은 본래부터 그 근성이 결백하여서 시커먼 진흙땅을 피하는 것이 아닐까? 그러기에 간도에서는 한 그루의 솔을 대할 수가 없지 않은가 한다. 언제 보아도 하늘을 찌를 듯이 높은 준령에 까맣게 무리를 지었고 하늘의 영기를 혼자 맛보고 있으며 또한 눈빛같이 흰 사장을 끼고 이쁘게 몸매를 가지지 않았나.

경원선 방면으로 여행해 보신 이는 누구나 다 보셨을 것이지만 동해안에 그 송전이란 극히 드문 절경중의 하나이라 하지 않을 수가 없다.

망망한 푸른 바다는 하늘을 따라 멀리 달려나갔고 한두 척의 어선이 수평선 위에 비스듬히 걸려서 슬픈 노래를 자욱히 뿌리고 있다. 갈매기 날개를 펴서 천천히 나를 제, 나래 끝에 노래가사가 하나 둘 그려지고 있다.

철썩철썩 들리는 파도소리— 그 파도에 씻기고 닦인 사장은 옥같아 백포처럼 희게 널렸고 그곳에 아담하게 서서 있는 솔 포기들! 그 자손이 어찌 그리 퍼졌는고 작은 애기솔, 큰 어른솔, 흡사히 내가 집에 두고 온 내 애기의 그 다방머리 같았고 차창을 와락 열고 손짓해서 부르고 싶구나.

솔은 장미처럼 요염한 꽃을 피울 줄도 모르며 화려한 향취를 뿌려 오고가는 뭇나비들을 부를 줄도 모른다. 그러기에 많은 사람들의 시선을 끌지 못하며 그만큼 그는 적적한 편이라 할 것이다.

허나 오랜 풍우에 시달리고 볶인 노숙한 체구는 마치 화가의 신비로운 붓끝에서 빚어진 듯 스스로 머리를 숙여 옷깃을 여밀 만큼 그 색채가 엄숙하여 좋고, 침형으로 된 잎이 서로 얽히어 난잡스러울 듯하건만 그렇지 않고 의좋게 짝을 지어 한 줄기에 질서 있게 붙어서, 맵고 거센 설한에도 이를 옥물고 뜻을 변치 않는 그 기개가 좋고, 나는 듯마는 듯, 그러나 다시 한번 맡으면 확실히 무거운 저력을 가지고 내 코끝을 압박하는 그 향취가 솔의 품격을 여실히 드러내어 좋다.

지금은 봄, 춘풍이 파뿌리 냄새를 가득히 싣고 이 거리를 범람한다. 나는 신병으로 인하여 며칠 전에 상경하였다. 아침이면 분주히 대학 병원으로 달리면서 원내에 우뚝우뚝 서 있는 노송을 바라본다. 비록 몸은 늙어 딴 받침나무를 의지해 섰지만 그 잎의 지조만은 서슬이 푸르다. 암담한 세상에서 너 혼자 호올로…… 이렇게 중얼거리지 않을 수가없다. 문득 내 어머님께서 뚝 꺾어주시던 그 솔가지, 달콤한 물이 쪼르르 흐르던 그 가지가 이것이 아니었던가 싶어지면서 내 입 속이 환해진다. 마치 가오리 같이 까맣게 오래된 것도 모르고.

—발표지·시기 미상. 《한국현대문학전집》 12(삼성출판사, 1978)에 수록됨.

# 시

오빠의 편지 회답
산딸기

## 오빠의 편지 회답

오빠!
오래간만에 보내신 당신 편지에
"사랑하는 누이야 어찌 사느냐?"고요
오빠!
당신이 잡혀 가신 뒤 이 누이는
그렇게 흔한 인조고사 댕기 한 번 못 드려 보고
쌀독 밑을 긁으며 몇 번이나 입에 손 물고 울었는지요
오빠! 그러나 이 누이도
언제까지나 못나게끔 우는 바보는 아니랍니다
지금은 공장 속에서 제법 고무신을 맨든답니다
오빠 이 팔뚝을 보세요!
오빠의 팔뚝보다도 굳세고 튼튼해졌답니다
지난날 오빠 무릎에서 엿 먹던 누이는 아니랍니다.
오빠! 이 해도 저물었습니다.
거리거리에는 바람결에 호외가 날고 있습니다
오, 오빠! 알으십니까? 모르십니까?
오빠! 기뻐해주세요 이 누이는
옛날의 수집던 가슴을 불쑥 내밀고
수많은 내 동무들의 앞잡이가 되어
얼골에 피가 올라 공장주와 ××답니다.

— 《신여성》(1931. 12).

# 산딸기

딸기 딸기 산딸기
심심산촌의 산딸기
나는 산골 색시요
숫처녀였소

님께 한번 바쳤길래
변치 안했소
정말로 진정으로
변치 안했소

몸은 고치고치 댓가지요
잎은 쇠잔하여 반백이지만
님 향한 이 맘만은
붉게 타지요

송이송이 핏덩이로
타고 남지요

* 오향숙, 〈생의 끝까지 붉은 신념으로-해방 전 여류작가 강경애의 유고시 〈산딸기〉에 대하여〉, 《조선신보》(1995.10.2)에서 소개한 바에 따르면 강경애 무덤의 비석에 새겨져 있다고 함. 이상경 《강경애 전집》에서 전재.

# 체험의 소설화, 강경애의 글쓰기 방식

## 들어가며

북한의 강경애 문학에 대한 언급을 보면 해방 전 프롤레타리아 소설 문학이 거둔 가장 높은 창조물인 동시에 귀중한 유산이라고 하면서 반드시 '치밀한 구성, 섬세하고 생동한 세부묘사와 내면세계의 추구, 세련된 언어형상 등 정서적 산문 소설의 특징을 진하게 보여준다'고[1] 덧붙이고 있다. 강경애의 소설은 되풀이 읽으면 읽을수록 감칠맛이 느껴진다. 경향소설이 지닌 프로파간다적 메시지 외에 정감마저 느껴지는 것이 강경애소설이다. 이 감칠맛은 어디에서 오는가? 지금까지 우리의 강경애문학연구는 비판적 리얼리즘, 경향소설에 집중되어왔고 평가역시 식민지 시대에 이룩한 리얼리즘의 탁월한 성과로 결론지어왔다. 그러나 그에 대한 평가는 리얼리즘의 성취에 편중되어 그의 문학이 이룩한 예술적 성취에 관해서는 별 주목을 하지 않았다. 우리는 작가 강경애의 소설에서 성실한 관찰과 묘사로 인해 민중의 생동감 있는 삶뿐만 아니라 식민지시대 역사해석에서 소외된 대중의 근대성, 일상성, 그리고 공간성마저 읽을 수 있다. 이는 그가 남다른 체험을 가졌을 뿐 아니라 그 절실한 체험을 소설화하면서 글쓰기에 고심한 결과이다. 극도로 궁핍한 농촌과 도시의 체험, 유 이민의 땅이자 항일 독립운동의 거

---

1) 김창현, 〈강경애의 소설 작품에 대하여〉, 《인간문제》(문학예술종합출판사, 1994. 11면)《조선대백과사전》1. 〈강경애〉(백과사전출판사, 1995. 367면) 등.

점인 간도의 체험, 그리고 여성으로서의 체험은 그로 하여금 당시의 사
상적 주류이자 현실극복의 논리인 계급사상을 받아들이게 하였으나 동
시에 언제나 체험에서 얻은 현실을 정직하게 반영하고자 애써 강경애
특유의 소설세계를 이룩하였다.

작가 박화성은 강경애를 두고 '뿌리가 없는 작가'라고 한 적이 있다.
1987년 여름, 필자가 강경애의 남편 장하일에 대해서 물었을 때 애국
심이 깊고 사상이 견고하며 잘나고 똑똑한 사람이라고 하면서 한 말이
었다. 박화성은 남편 김국진과 장하일이 간도의 같은 학교에 근무하는
데다 강경애와도 친해 간도를 방문하기도 하였는데 필자는 박화성이
강경애를 뿌리가 없는 작가라고 한 것은 강경애를 라이벌로 의식한 말
씀인가, 싶었다. 그러나 박화성이 말한 '뿌리가 없는 작가'라는 것은 강
경애가 작품에 사상성을 드러내지만 그 사상성이 박화성이 보기에 프로
가 아니다, 라는 의미였다고 생각된다. 박화성의 자전적 소설 《북국의
여명》을 보면 주인공이 프롤레타리아 투사로 성장하기까지 과정이 비
교적 상세하게 그려져 있다. 독서회와 각 단체의 모임, 조직활동, 실천
운동 등 물샐틈없는 단련을 거쳐 투사가 탄생하는 것이다. 이런 과정을
거친 박화성의 눈으로 보면 관념을 앞세우기보다 체험에 바탕 하여 소
설을 쓴 강경애가 뿌리 없는 작가로 보인 것은 당연하였는지 모른다.

박화성의 지적처럼 강경애는 그의 사상적 뿌리가 튼튼하지 못했는지
도 모른다. 또한 강경애는 사상적 지식에서 장하일의 지도를 받았는지
도 모른다. 강경애의 짧은 글 〈원고 첫 낭독〉(1933. 6)에는 남편 장하일
이 강경애의 첫 독자가 되고 강경애는 남편의 지적을 존중하여 글을 고
친다고 되어있다. 작가가 자신의 글을 타의에 의해 고친다는 것, 그리
고 그것을 곧이곧대로 고백한다는 것은 상식으로 이해하기 어려운 일
이다. 그러나 여기에 강경애의 작가수업 방식을 엿볼 한 단서가 있다.
강경애는 배우기 위해서라면 어떤 길도 갔던 것이다. 일찍이 17세 되

던 1923년, 숭의여학교 3학년 재학 중 동맹휴학 사건의 주모자로 퇴학을 당해 고향에 돌아왔다가 양주동과 서울로 가서 동거한다. 이때 동덕여학교에 편입하여 1년간 다닌 강경애는 양주동과 헤어져 다시 고향으로 돌아가는 엄청난 일을 '저지른다'. 이 때 양주동을 따라간 것은 배우기 위해서였다. 배움에 대한 강경애의 열정은 양주동의 글에서 넉넉히 읽을 수 있다.[2] 그러나 강경애는 양주동에게 실망하고 그를 떠난 것으로 되어 있으며(1924) 이후 강경애의 양주동에 대한 글(1931)에서 이를 확인할 수 있다. 강경애의 스승으로서 양주동은 그 기간이 일 년이 채 되지 못하였던 것 같다. 18세 때의 이 출분은 사실 아무나 할 수 있는 일이 아니다. 강경애의 학비를 대며 지원한 형부는 그래서 돌아온 강경애의 뺨을 때렸고 그로 해서 강경애는 이후 중이염으로 오래 동안 고생하였다. 당시의 용어로 본다면 자유연애에 빠진 문제의 신여성이었다.

그의 두 번째 스승은 남편 장하일이었다. 강경애의 수필 〈고향의 창공〉(1935. 5)을 보면 강경애가 얼마나 치열하게 공부하고자 하였는지 알 수 있다.

문예란 말만 들어도 나는 입을 헤하고 벌리던 그 때라 신문이나 잡지 권을 애써 얻어들여 가지고는 시간 가는 줄을 모르고 붙잡고 있다.(중략) 지금도 그러하지만 그때야말로 눈에 비쳐지는 문구란 문구는 모를 것밖에는 없다. 어떤 때는 책 한 권을 다 읽고 나도 머리에 남는 것이란 아무것도 없다. 재 독을 한다, 삼독을 한다, 내지 오륙 차를 거듭해도 점점 더 아득하다. 나는 기가 있는 대로 치밀어서 벌떡 일어나 미친년 같이 온 방을 휩쓸다가도 못 견디어서 밖으로 튀어나간다. (밑줄 인용자)

2) 양주동 《문주반생기》(신태양사, 1960. 232~238면).

누구의 도움도 받을 수 없이 안타깝게 독학을 하던 이런 상황에서 강경애는 장하일을 만났다. 양주동과의 전력은 고향에도 머물지 못하게 해서 강경애는(간도 일대를) 수년간 방랑을 하고 병을 얻어 돌아온 시점이었다. 다시 고향에 돌아와 아내가 있는 장하일을 만났으며, 두 사람은 결혼을 하고 그 까닭에 장연에 살 수 없어 인천을 거쳐 간도에 간 것으로 되어있다. 겉으로 보기에는 당시 유행인 자유연애나 불륜인 듯 하지만 강경애와 장하일은 사제관계 또는 동지관계였던 것이 분명하다. 그렇지 않고서야 남편에게 원고를 읽어듣기며 비평을 기다릴 이치가 없지 않겠는가. 배우기 위해서는 도덕적 비난도 무릅쓴 여성, 문학을 위해서는 올인을 마다하지 않은 여성이 강경애였다.

강경애의 소설은 사실 장하일을 만난 이후 변화를 보인다. 그러나 강경애의 소설은 현실극복의 논리로서 사회주의적 전망을 수용하면서도 관념에 빠지는 것을 극도로 경계하는 양상을 보인다. 그에게는 이데올로기에 상응할 절실한 현실체험이 있었다. 체험을 바탕으로 하지 않은 소설 쓰기란 있을 수 없지만 그의 체험은 다른 작가와 비교할 수 없는 높은 강도를 지닌 것이었다. 이 강렬한 체험은 그의 문학을 규정하고 창작방법을 창출한다. 말하자면 체험과 관념을 끌어안고 씨름을 벌이는 형국이다.[3] 강경애의 체험과 그 글쓰기방식에 역점을 두고 그의 문학을 살펴보기로 한다.

### 체험의 소설화, 강경애의 글쓰기 방식

#### A. 궁핍체험의 묘사와 빈궁소설

강경애의 전기적 자료는 극히 부족한 편이다. 남북한의 자료를 모아온 짧지 않은 연구기간에도 불구하고 그의 부모의 성명도 아직 밝혀지

---

3) 김기진, 〈구각에서의 탈출〉, 《신가정》(1935.1. 영인본 453면). 팔봉은 강경애가 현실을 껴안고 씨름하는 것은 전혀 독자만이 볼 수 있는 장관의 하나이다 라고 하였다.

지 않았을 정도이다(연보 참조). 이규희, 양주동, 안수길, 현경준, 최태응의 기록과 작가가 남긴 기록, 북한의 자료를 보태보아도 강경애의 연보에서 해명되지 않은 부분은 적지 않다. 그러나 이제는 지금까지 찾아본 강경애의 전기적 요소들에서 작가 강경애를 읽어내는 일에 좀 더 적극적이어야 할 것 같다.

1906년 황해도 송화군 송화에서 가난한 농민의 딸로 태어난 강경애는 다섯 살에 아버지를 잃었다. 가난 때문에 고모 집으로 갔으나 역시 주리면서 살아야해서 어머니는 나이 많고 불구자인 최도감의 후취로 개가해 간다. 열 살에 장연여자청년학교를 거쳐 장연소학교에 다니면서도 월사금과 학용품 값이 없어 도둑질을 생각할 정도로 궁핍한 학교생활이었다. 형부의 도움으로 1921년 평양 숭의여학교에 진학할 수 있었지만 역시 궁핍한 학교생활을 해야 하였다. 양주동을 만나 서울에 와서 동거하다가 1924년 9월 헤어졌는데 헤어진 이유는 양주동의 절충주의적 사상 때문이라고 보는 견해가 지배적이나 강경애 친구의 동생인 고일신 씨(작가 이무영 씨 부인)의 증언에 의하면 가난으로 둘의 결혼이 불가능한 때문이었다고 한다(고일신 씨를 만난 이규희 선생의 전언). 그의 삶에는 궁핍이 늘 따라다녔다. 그의 궁핍한 생활에 대해서는 자전적 소설 〈원고료 이백 원〉에 잘 나타나 있다. 그의 소설에서 궁핍은 핍진하게 그려져 최서해 이기영 조명희 등과 나란히 그 우열을 가릴 수 없을 정도이다.[4]

"현실의 소재는 예술 작품 속에 기계적으로 반영되거나 사실적으로 정착되는 것이 아니라 작가의 세계관에, 작가의 현실에 대한 태도에 의하여 변형되는 것"이지만 "그럼에도 불구하고 소재는 역시 양식적 형성의 가장 본질적인 한 모멘트라는 것을 강조할 필요가 있다"고 누시

4) 이상경, 〈작품해설―강경애의 시대와 문학〉, 《강경애전집》(소명출판사, 2002, 827면).

노브는 말한다. "세계관은 또한 예술작품 그 자체에 있어서도 직접 표현된다. 만일 작가가 피차의 행위로써 자기의 견해라든지 찬성 또는 부정 등을 하나도 직접 표시하지 않는 경우일지라도 작품 속에 묘사되는 사건이나 그 성질의 객관적 의의는 작품 자체의 세계관과 사상적 방향을 규정한다" [5]

강경애의 소설에 묘사된 궁핍 상은 '소설적 관습을 깨뜨린 것이며' '소설이 과연 이 지경에까지 이르러도 좋은가를 묻지 않을 수 없는 벼랑에까지 몰고 간 것으로' 특히 〈지하촌〉은 '식민지 한국의 궁핍 상을 가장 확실히 보여준' 작품이라 여겨져 온다. [6] 강경애의 궁핍묘사는 곧 작가의 세계관과 사상적 방향을 보여주는 것이다. 그는 초기에서 후기로 갈수록 궁핍묘사의 강도를 높이고 있는데 궁핍 묘사의 중심을 이루는 것이 '먹는' 묘사이다.

강경애는 감각적 묘사에 출중하다. 시각, 청각, 후각, 촉각 등 감각적 묘사를 통해 묘사하고자 하는 대상을 생동감 있고 실감나게 표현해낸다. 이러한 감각묘사에 뛰어난 강경애의 묘사에서 유독 등장하지 않는 감각이 미각이다. 그의 글쓰기 방식을 살피기 위해 우선 절묘한 감각묘사부터 살펴보자.

나는 듯 마는 듯 송진내 그윽이 피우는 그 소나무!(후각 〈동정〉), 담배연기가 물큰 스칠 때 그의 코가 벌름 하는 것을 나는 놓치지 않았습니다(후각, 시각 〈동정〉), 밤은 어지간히 깊어진 듯 나는 깊은 산림 속으로 들어서는 듯 함을 내 뺨에 찰싹 느꼈습니다(촉각 〈번뇌〉), 술내를 밥 김처럼 피우면서(후각 〈번뇌〉), 계순이가 한 빨래는 박꽃처럼 희고 부드러우며 비누와 양잿물 내가 일절 없고 맑은 샘물 내가 물씬하니 나지요

5) 누시노브, 〈세계관과 방법의 문제 검토-문학과 양식의 문제, 특히 소재에 대하여〉《창작방법론》(문경사, 1949. 74~75면).
6) 김윤식, 〈지하촌〉, 《한국문학명작사전》(일지사, 1979. 270면).

(시각, 후각 〈번뇌〉) 그의 타는 듯한 얼굴이 갑자기 흐려지므로 나는 등불의 관계인가 하고 등불을 쳐다보다가 다시 그를 보았습니다(시각 〈번뇌〉), 담담한 시냇물 내가 내 코끝을 후려칩니다(후각, 촉각 〈번뇌〉), 손에서는 쇠 비린내가 마치 생선을 만진 손 같구려(후각〈번뇌〉), 이마는 따갑고, 땀방울이 흐르고 먼지가 연기같이 끼어 그의 코밑이 매워 견딜 수 없다(촉각 시각 후각 〈지하촌〉) 어머니는 갈잎 내를 확 풍기면서 그의 곁으로 다가선다(후각 〈지하촌〉), 큰년네 집에서는 모깃불을 피우는지 향긋한 쑥 내가 솔솔 넘어오고 이따금 모깃불이 껌벅껌벅 하는데 두런두런 하는 소리에 귀를 세우니 바자가 바작바작 소리를 내고 호박잎의 솜털이 그의 볼에 따끔거린다.(후각, 시각, 청각, 촉각 〈지하촌〉) 두 세 작품 속에서 등장하는 그의 감각 묘사의 예를 몇 개 들어보았거니와 그의 감각을 통한 묘사는 소설에 생동감을 주고 그리하여 소설과 독자의 거리를 좁혀 독자로 하여금 소설 속에 몰입하게 하는 효과를 낸다. 이러한 감각적 묘사는 그의 소설이나 수필에서 얼마든지 찾아볼 수 있다. 그가 얼마나 효과적 표현을 위해 노력하였는지 알 수 있는 점이다. 강경애의 문학에서 느껴지는 감칠맛은 바로 이 감각묘사에서 오는 효과가 적지 않을 것이다.

그러나 그의 궁핍묘사에서 가장 중요한 '먹는' 묘사는 미각에 대한 묘사가 극히 드물다. 먹는 묘사를 살펴봄으로써 작가의 글쓰기 방식 또는 사상적 방향을 가늠해보기로 한다. 그의 초기작 《어머니와 딸》에서 궁핍의 묘사는 둘째의 극심한 무지와 궁핍, 그리고 예쁜이 첩으로 팔려가 개까지 쌀밥을 먹는 것을 보고 충격을 받는 정도의 것이다. 둘째는 '부엌으로 나가서 들그렁들그렁 하더니 조밥바리와 된장그릇을 안고 들어왔다. 그는 씩씩하며 나뭇단 끌어들이듯이 밥술은 큼직큼직하였다. 부리나케 푹푹 퍼먹은 그는 숟갈을 공중에 던지고', 지주 춘식의 첩으로 팔려온 예쁜은 아버지가 손까지 베어가며 수확한 쌀을 지주에게 홀랑 빼앗겨 자신들은 먹어보지도 못한 쌀밥을 지주네 개까지 먹는 것을 목격한다. '그는 남몰래 눈물을 씻고 나서 다시 개밥을 보았다. 어김없는 아버지가 애써 지어놓은 쌀밥이었다. 만일 아버지가 저 쌀밥을 보시게 되면 얼마나 아끼실 쌀알이랴!' '……다 늙으신 아버지는 장위도 성하시지 못하시건만 파슬파슬한 호 좁쌀 밥을 잡수시며 잘 넘어가지 않는 탓으로 이따금 물 한 모금씩 마시던 것이 방금 보이는 듯 했다.' 먹는 장면이건만 미각묘사가 없다. 밥에서 쌀을 보고 있으며 그리고 아버지는 호 좁쌀 밥을 약 먹듯 물로 삼킨다. 음식에서 맛이 빠져있으며 미각묘사는 찾아볼 수 없다.

다음 《소금》을 보자. 소금 한 말에 이원 이십 전, 백미 한 말에 75전인데, 소금 값이 쌀값의 세 곱이다 보니 모든 음식이 싱겁다. 역시 맛이 빠져있다. '남편은 입밖에 말은 내지 않으나 번번이 얼굴을 찡그리고 밥술이 차츰 느려지다가 맥없이 술을 놓곤 할 때가 종종 있었다. 이 모양을 바라보는 그는 입안의 밥알이 갑자기 돌로 변하는 것을 느끼며 슬며시 술을 놓고 돌아앉았다.' 미각묘사는 돌로 굳어버리고 만다. 《소금》의 궁핍묘사에서 유명한 해산 후 극도의 시장기를 견디다 못해 '파를 먹는 장면' 역시 미각은 없다.

마침내 그는 파를 입 속에 넣었다. 그리고 우쩍 씹었다. 그 때 이가 시끔하며 딱 맞질린다. 그래서 그는 얼굴을 찡그리며 입을 쩍 벌린 채 한참이나 벌리고 있었다.

침이 턱 밑으로 흘러내릴 때에야 그는 얼른 손으로 침을 몰아넣으며 이 침이라도 삼켜야 그가 살 것 같았다. 그는 다시 파를 입에 넣고 혀끝으로 우물우물하여 목으로 넘겼다. 넘어가는 파는 어찌 그리도 뻣뻣한지, 그의 목구멍은 찢어지는 듯, 눈물이 쑥 비어졌다. '파를 먹구도 사는가' 그는 이렇게 생각하며 헛간 문 사이로 보이는 하늘을 멍하니 쳐다보았다.[7]

헛간에서 새는 비를 맞으며 해산을 하고 나서 추위와 허기에 빠져있는 산모가 뻣뻣한 파를 먹는 장면이라 그 비극적 효과는 극대화되는데 이 장면에서도 미각은 없으며 먹는 상황묘사만 이어진다. '뻣뻣한' 촉각이 있을 뿐이요, 다만 공복을 채우기 위한 물질의 부피가 있을 뿐이다. 이 해산한 산모보다 더욱 비참한 것은 어머니의 젖을 빼앗기고 언니 봉염의 손에 자라는 영양실조의 봉희이다. '젖 빨 듯이 입을 뜨물동이에 대고 뜨물을 꼴깍꼴깍 들여 마시고 있다.' 뜨물동이란 구정물동이이다. 이에 이르러서 미각은 이미 실종이다. 《인간문제》에서는 어머니까지 밥으로 보일 지경이어서 역시 공복으로 얻어온 도토리며 밥을 움켜쥐어 먹을 뿐 미각이 문제가 되지 않는다. 이제 궁핍묘사의 극이라는 〈지하촌〉을 보자.

그는 파리를 건져내고 밥을 푹 떠서 입에 넣었다. 밥이란 도토리 뿐으로 밥알은 어쩌다 씹히곤 했다. 씹히는 그 밥알이야말로 극히 부드럽고 풀기가 있으며 그 맛이 달콤해서 기침을 할 지경이었다. 그러나 그 맛은 잠깐이고 또 도토리가 미끈하게 씹혀 밥맛이 쓰디쓴 맛으로 변한다. 그래 도토리만은 잘 씹지 않고 우물우물해서 얼른 삼키려면 그만큼 더 넘어가지 않고 쓴 물을 뿌리며 혀끝에 넘나들었다.[8]

밥알은 씹으면 달콤해서 기침을 할 지경인데 도토리를 씹으면 밥맛은 쓰디쓰게 변한다. 모처럼 등장한 밥알에 대한 미각묘사는 도토리의 쓴맛을 표현하는데 동원된 대조법용임을 알 수 있다. 급기야 〈지하촌〉의 아기는 머리의 종기 딱지를 떼어 오물오물 먹는다. 여기에서는 먹는다는 것이 이미 저주 그것으로 변질되어있다. 강경애 소설의 궁핍묘사

7) 강경애, 〈소금〉, 《신가정》(1934. 8. 201~202면).
8) 강경애, 〈지하촌〉, 《조선일보》(1936).

는 이처럼 미각이 실종된 채 이루어졌다. 미각이 문제가 아닌 시대, 우선 공복을 채우는 것만이 절박한 시대를 이처럼 명징하게 보여주는 묘사가 있을 수 없다. 시각이나 후각 청각 촉각 등 감각 묘사에 탁월한 기법을 보인 강경애가 유독 미각묘사에 있어서 만은 감각적 묘사를 보여주지 않을 뿐 아니라 후기에 갈수록 먹는다는 일을 저주받은 상황으로 그리고 있음은 무엇을 뜻하겠는가. 이는 강경애가 식민지 현실의 궁핍을 가장 문제삼고 있으며 이 궁핍한 현실은 갈수록 더욱 비참해지고 있음을 드러내려 한 것이다. 궁핍을 절박하게 체험한 작가 강경애는 음식에 관한 묘사에서 이처럼 절실하되 절박한 묘사를 꾸밈없이 보여주었다. 우리는 여기에서 강경애소설이 생동감을 주는 한 근원을 확인함과 동시에 궁핍의 문제극복을 소설의 방향으로 삼고 있는 작가를 만난다. 그는 프로문학의 공식인 창작방법을 따르지 않고도 자신의 궁핍 체험을 묘사함으로써 자신의 세계관을 나타내 '빈궁소설'에 성공한 작가이다.

## B. 현실체험의 묘사와 경향소설

강경애의 현실체험 묘사와 경향소설을 논의하기 위해 《인간문제》를 보기로 한다. 논의를 시작하기 전에 《인간문제》의 정본확정 과정에 대한 언급이 필요하다. 《인간문제》는 신문 연재 후 남한에서나 북한에서 출판하면서 수정 또는 개작되는 등 복잡한 사연이 있었던 것이다. 《인간문제》는 1949년 북한에서 단행본으로 출간되었으나[9] 남한의 경우 1970년 성음사에서 《한국장편문학대계》 12권에 《인간문제》가 실린 것이 최초인데 이 남한 최초의 판본이 변개되는 비극이 있었다. 그런데 북한의 《인간문제》 출판 역시 신문 연재 당시와는 다르게 수정된 채 출

---

9) 해방 이전 출판한다는 광고가 나왔으나 현재까지 확인되지 않았기 때문에 1949년 출판을 첫 출판으로 보아야 할 것이다.

판되었다. 이《인간문제》를 구하여 《강경애전집》[10]에 수록한 이상경교수에 의하면 이 판본은 북한의 노동신문사 부주필이었던 강경애의 남편 장하일이 신문을 스크랩하여 보관하였다가 출판한 것으로 보인다고 한다. 신문연재본과 달리 수정이 가해진 것은 작가가 퇴고하는 과정에서 생긴 것으로 보이나 장하일이나 노동신문사 편집부에서 첨삭을 가했을 가능성도 전혀 없는 것은 아니라고 하였다.

한편 북한과 달리 남한에서는 《인간문제》가 위에 쓴 대로 1970년에야 출판되는데 이 《인간문제》는 작가 이외의 손에 의하여 변개되어 출판되는 있을 수 없는 일이 벌어진 것이다. 변개란 자구나 문장 등을 수정하는 정도가 아니라 줄거리가 바뀌는 것을 말한다. 변개한 작가가 그 사유로 북한에서 호평을 받는 소설을 용서할 수 없었기 때문이라고 하였듯이[11] 이는 반공이데올로기가 낳은 비극이었다. 이로 인하여 많은 연구자가 잘못된 이 판본으로 강경애소설을 읽어 강경애 평가에 혼선을 빚었다. 이처럼 남한의 변개된 《인간문제》는 1978년 삼성출판사 판 《한국현대문학전집》 12권에서야 《동아일보》에 연재된 원본대로 출판, 복원이 된다. 이 원본 복원이 이루어지기까지의 사정이 담긴 장문평의 수필〈교정과 교정〉이 《현대문학》1979년 6월 호에 실렸는데 필자는 최근에야 우연히 이 글을 '발견'하였다. 강경애의 《인간문제》가 남한에서 제대로 평가를 받게 되기까지는 삼성출판사 편집자의 숨은 노력이 있었던 것이다. 삼성출판사의 제2편집장을 맡았던 문학평론가 장문평은 절판된 성음사판의 《인간문제》를 저본으로 문학전집 강경애편 출간준비를 하다가 이 문학전집의 편집위원으로부터 《인간문제》가 원본과 다르다는 지적을 받는다. 지적을 해준 편집위원이 복사해 준 신문 연재본을 보고 그 다름에 놀라 장편집장은 원본대로 다시 조판 출간을 하게

---

10) 이상경, 《강경애전집》(소명출판사, 1999. 수정 증보판, 2002).
11) 장문평, 〈교정과 교정〉, 유고집 《낙관주의의 거부》(돋을새김, 2004. 9. 400~404면).

되었다는 것이다. 삼성출판사 판의 《인간문제》가 91회와 116회가 누락되었다고 해도 남한에서 원본을 최초로 복원 출간한 공적이 과소평가되어서는 안될 것이다. 이 강경애 편은 원본에 충실한 작품을 실었을 뿐 아니라 김윤식교수의 해설을 붙이고, 화보에 《인간문제》와 〈지하촌〉의 신문 연재 첫 회분 사진, 또 얻기에 쉽지 않은 강경애 사진자료들을 처음으로 모아놓고 있어 강경애 문학출판에서 자료적 가치가 매우 높다.[12]

  남한 쪽의 터무니없는 변개와 달리 북한 판 《인간문제》의 수정은 강경애의 세계관과 창작방법과 기술의 통일을 기한 것이다. 강경애는 원본인 신문연재본에서 세계관에 따라 작중인물을 성격화하면서 세계관이나 주제에 반하더라도 자신의 체험에 충실한 기술을 하였다. 말하자면 세계관과 창작방법, 기술에서 통일이 이루어지지 않은 대목이 적지 않은 것이다. 그러나 이처럼 체험에 충실한 기술을 보여주는 것은 강경애 소설의 공통된 특징이다. 그러나 1949년 북한에서 출판된 노동신문사주필 기석복 서문의《인간문제》에서는 이러한 애매한 대목이 모두 삭제되거나 수정되어 있다. 말하자면 볼록렌즈의 원리에 따라 주제에 맞게 문체나 어조가 통일된 것이다. 《인간문제》의 수정본과 원본을 대조하여 그 차이를 살펴보면 강경애가 소설 기술에서 체험을 얼마나 중요시하였는지를 다시 한번 확인할 수 있다. 신문연재본과 북한판 《인간문제》를 대조해보면 강경애의 체험을 기조로 하는 기법의 특성을 그대로 드러내는 작업이 되고 만다.

  수정된 부분은 다음과 같다. 첫째, 방언이나 일본어가 표준어나 우리말로 바뀌어있다.

  어머이, 어마이→엄마, 어머니. 아심찮으이 원→안심찮으이 원, 부랑

---

12) 이후 《인간문제》는 1988년 임헌영·오현주 엮음으로 열사람 출판사에서 단행본으로 나왔고, 1992년 창작과비평사에서 단행본으로 나왔으며 1996년 소담출판사에서 역시 단행본으로 출판했다.

한→불량한, 온가지→온갖 등 방언이 표준어로 바뀐 예인데 아심찮으이→안심찮으이의 경우 의미가 달라지는 데도 바뀌어 있다.

용어를 바꾼 경우는 종내→일생, 도급기→탈곡기, 여직공→부인, 인부→노동자 등이다.

일어의 경우, 아라마 이야다와→그런 말씀은 싫어요. 고레 안따노 하트?→이 딸기 빛 내 심장 같애. 구루마→우차. 와가마마갓데→철없는 데가 있니라. 가께 우동→점심 한 그릇. 카이상→해산 등으로서 일본어는 삭제하고 우리말로 대체하고 있는데 이는 작가가 사망한 후인 해방 후 수정된 것으로 보인다.

둘째, 문장 수정의 경우, 통일성의 원리에 따라 묘사의 톤을 고쳤다. 예를 들어 덕호가 면장이 되어 집에 왔을 때 할멈과 선비는 '어딘가 모르게 미덥지 못하던 덕호가 차츰 미더운 것을 깨달았다'고 쓴 것을→'그 영감님이 면장이 되었는가? 하였다'로 바꾸어 감상적 생각을 배제하고 있다. 거기에 "이애 영감님이 잘나기는 하셨니라. 글쎄 면장까지 했으니"도 삭제하였다. 또한 선비가 자기 아버지가 덕호에게 맞은 것이 원인이 되어 돌아가셨다는 말을 생각하고 '그러나 그 말이 참말 같지는 않았다. 지금 덕호가 선비에게 구는 것을 보아' 라는 문장에→'그렇지 않을 것 같으나, 소작인이나 또는 빚진 사람을 대할 때는 딴 사람같이 무섭게 되면서 잡아먹을 것 같이 돌변하는 것으로 보아 그럴싸도 싶었다' 를 새로 덧붙여 넣어 성격묘사에 통일을 기하고 있다.

군수가 와서 연설을 할 때 농민들은 '저렇게 귀하신 어른의 입에서 자기들이 하는 농사를 찬사 하는 말이 나오니 이것이 꿈인가 하였다. 그리고 말할 수 없는 감격에 붙들리었다.' 라고 썼던 것을 → '농사는 천하지 대본이라 하였는데 왜 오늘까지 농사짓는 사람은 못살며 저 덕호같이 김 한 포기 쥐어도 못 본 사람은 잘 사는고?' 로 바꾸어 넣은 것도 같은 맥락이다.

작가는 원본에서 농민이란 전체를 볼 수 없으며 따라서 현실을 직시할 수 없고 무지하다고 보아 덕호에 대한 생각이 상황에 따라 바뀌거나 군수가 하는 말에 내포된 의도를 알아채지 못하고 감격하기도 하는 것으로 쓰고 있다. 수정은 이런 부분을 삭제하고 성격에 통일성을 부여하는 쪽으로 이루어졌다. 첫째도 법에 대해서 의문을 갖는데서 그치는 것이 아니라 "그러나 덕호 같은 자가 면장이 되고는 나 같은 사람은 도저히 살 수 없다는 것을 첫째는 확실히 깨닫게 되었다' 고 지주에 대한 반감을 추가하였다.

셋째, 첫째와 관련한 에피소드 중 첫째와 첫째어머니와 관련한 부정적인 내용들을 삭제하여 첫째와 첫째어머니를 신분 상승시킨 것이다. 개똥이네 마당질을 할 때 첫째가 분에 욱하고 내달아 구루마에 실린 볏섬을 내렸는데 그로 말미암아 주재소에 끌려가고 결국은 밭을 떼인다. 이 과정에서 어머니와 실랑이를 벌이는 묘사가 많이 달라졌다. 우선 어머니가 담배를 붙여 문다. 재떨이를 성급히 두드린다. 이런 대목은 담배를 피울 처지도 못되던 첫째 어머니의 궁핍상과는 달라진 모습이다. 무엇보다 첫째와 어머니의 관계설정이 좀더 여유 있게 그려져 있다. 원본에는 '오냐 이놈아, 어려서부터 네놈이 어미의 머리끄덩이를 함부로 뜯어내더니, 그 버릇이 이때껏 남아서 밥 굶게 되었으니 좋겠다 이놈!' 이→'오냐 이놈아, 어려서부터 남을 때리기 일쑤 더니 그 버릇이 여태껏 남아서 밥 굶게 되었으니 좋겠다! 이놈' 으로 바뀌어있다. 강경애가 본 밑바닥 인생 첫째의 삶은 어미의 머리끄덩이도 뜯어내는 무지와 비정의 그것이었는데 수정 본에서는 인물의 전형을 중요시하는 리얼리즘의 원칙을 존중하여 의식화 가능성이 있는 첫째로 만들고 있다.

나아가서 비어와 비정非情이 사정없이 등장하는 첫째와 어머니의 대화와 상황은 통으로 빠져있다. 밭을 떼여 장리 쌀 마저 얻을 길이 없고 밥을 얻어 올 이서방마저 오지 않자 첫째 모자는 극심한 허기에 시달린다. 이 때 첫째 어머니는 도토리 밥을 얻어 오는데 첫째는 어머니를 돌아봄 없이 혼자 다 먹고 또 없수? 한다. 첫째어머니는 첫째 혼자 다 먹자 야속한 생각과 같이 못 견디게 가슴이 쓰리다.

"이애 무섭다 흥! 혼자 다 처먹구두, 뭐가 나빠서 그러냐."

"이놈아, 너만 트림까지 하도록 처먹을 것이 뭐냐!"

"이애 이놈의 새끼야, 넌 트림까지 하지 않니. 처먹었기에 트림을 하지. 이놈아 그래 너만 처먹고 살려느냐. 다른 사람은 다 죽고…… 그것을 같이 먹겠다고 가지고 오니께 저만 다 처먹어. 어데보자 이놈아, 에미를 그렇게 하는 데가 어데 있나, 하늘이 있니라! 응…… 응…….' 이런 식으로 모자가 먹을 것을 놓고 싸우는 모습 등이 들어있는 긴 대목이→첫째 어머니는 자기도 몇 술 얻어먹을까 하였다가, 아들이 저렇게 덤비고 있으니 도토리 한 알 입에 대어볼 맘조차 못 내었다. '어머니도 잡수!' '나는 몇 술 먹고 왔다' 로 간단히 바뀌었다. 원본의 첫째와 어머니는 거지 수준인데 비하여 수정본의 첫째와 어머니는 거지 수준을 벗어나 있다.

그 외 신철이 옥점의 방에서 보내는 한 회분(59회)과 신철이 옥에서 잡념에 빠지는 한 회분(115회)이 빠져있는데 전향자 신철의 비중을 더 줄이기 위한 것인 듯 싶다.

이상 신문연재본을 원본으로 하여 수정본과 비교해본 결과 ①항의 방언을 표준어로 바꾼 것은 작가의 뜻이 아닐 것으로 생각된다. 일어로 된 대화도 현실감을 살리기 위해 그대로 두는 편이 나은 것은 더 말할 것이 없다. 체험과 현장감을 존중하여 글을 쓰는 강경애가 방언과 일본어를 수정하였다고는 생각되지 않는다. 또한 ②항의 문장 수정 역시 세계관에 맞게 성격묘사와 어조를 통일 한 것이 리얼리즘 기술에 맞다 고 해도 강경애가 그린 최하층 계급의 첫째는 강경애만이 그릴 수 있는 인물이었다는 점에서 전형에 맞추어 수정한 첫째는 강경애의 수법이라고 보기 어렵다는 것이 필자가 보는 견해이다. 북한판 《인간문제》는 장하일이나 노동신문사가 첨삭을 가한 것으로 판단된다. 앞장에서 언급하였듯이 강경애의 사상적 동지이자 지도자였던 장하일의 영향과 가필의 가능성을 배제하기 어려운 것이다. 우리는 원본과 수정 본의 대조로써 체험을 소중히 하여 기술하고 있는 강경애 글쓰기 방식을 다시금 상기하게 된다. 경향소설의 모형[13]으로 본 이재선교수도 강경애의 《인간문제》는 이런 식민지 사회의 모순, 정치적 표현양식이면서도 정치성의 투명성이 덜 첨예화된 용연의 묘사나 형상화가(인천보다-인용자) 훨씬 자연스럽다고 하였다. 그리고 이것은 "어쩌면 작가의 경험과 관념의 거리를 드러내주는 현상일는지도 모른다"고 하여 체험을 바탕으로 한 강경애의 글쓰기가 관념을 드러내는 방식보다 주목됨을 말하고 있다. 중편소설 《소금》이 그렇듯이 강경애 소설의 주인공은 결말부분에 이르러서야 자각을 하는 구조로서 등장인물들은 무지하여 현실에 대한 인식을 제대로 하지 못한다는 특징을 지닌다는 점을 생각할 때 《인간문제》의 정본은 역시 이런 특성이 그대로 드러나는 신문연재본이 되어야 할 것이다.

## C. 간도체험과 항일서사

강경애는 31년 장하일과 결혼하여 처음 간도에 간 것으로 되어 있다. 그러나 연변의 문학사와 북한의 강경애론에는 그 이전 약 2년 동안 용정일대에서 교육기관의 임시고원으로 일해보기도 하고 끼니를 넘기는 고초를 겪어보기도 했[14]으며 또한 간도에서 빨치산의 진면목을 포착하고자 유격대에 들어가려고 한 일도 있었다[15]고 한다. 박화성은 앞서의

13) 이재선, 〈경향소설의 모형〉, 《인간문제》(소담출판사, 1996. 304면).
14) 김헌순, 〈강경애론〉, 《현대작가론》(조선작가동맹출판사, 1961. 297면) 이상경, 《앞의 책》 845면에서 재인.

인터뷰에서 강경애가 간도에 간 이유를 "가난과 처녀 때부터 양주동과 이러고 저러고 하여 사생활이 복잡하고 재주는 있고 해서 흘러간 것 "이라고 하였다. 필자는 87년 쓴 논문에서 이 대목에서 '가난' 만을 그 이유로 제시하였었다.[16] 그러나 북한의 연구자료와 고일신의 증언으로 미루어 볼 때 박화성의 이 증언은 신빙성이 있다고 생각된다. 박화성의 이 증언은 강경애가 장하일과 결혼하기 전 간도 방랑을 한 것이 사실임을 뒷받침하는 자료라고 생각된다. 박화성은 이 때 강경애의 생활은 '말할 수 없이' 복잡한 것이었다고 하였다. 이 방랑에서 강경애는 병을 얻어 돌아온 것으로 되어있다. 이 때의 간도체험과 장하일과 결혼하여 간도로 가서 10여 년 거주한 체험을 바탕으로 강경애는 간도체험을 소설화하기 시작한다.

강경애의 모든 소설은 간도에서 쓴 것이라고 단정한 연구자가 있지만 장편 《어머니와 딸》(1931) 〈파금〉(1931)은 간도로 이주하기 전에 썼다고 본다. 이 두 작품은 발표시기로 보아 간도방랑 이후 고향에 돌아와 언니가 경영하는 서선여관에 있거나 최문려의 사랑방에서 자취하면서, 또 어머니와 함께 살면서 써서 게재를 부탁하고 간도로 갔다고 보아야 무리가 없다. 왜냐하면 이 두 작품 뒤에 발표된 단편 〈그 여자〉(1932)부터 작품 경향이 달라지고 본격적 간도이야기가 등장하기 때문이다.

장하일을 만나기 전 씌어진 장편 《어머니와 딸》, 단편 〈파금〉도 경향성이 없는 것은 아니나 〈그 여자〉 이후 간도체험이 반영된 소설은 이념적 경사가 뚜렷이 나타난다. 단편 〈부자〉(1933), 〈채전〉(1933), 〈축구전〉(1933) 등이 그것이다. 간도에서 쓴 이 초기소설들은 계급의식을 뚜렷

15) 은종섭, 《조선근대 및 해방 전 현대소설사 연구》2(평양: 김일성 종합대학출판사, 1986. 77면) 이상경, 위의 책, 846면에서 재인.

16) 서정자, 〈일제강점기 한국여류소설연구〉, 숙명여대대학원 박사논문, 1987. 《한국근대여성소설연구》(국학자료원, 1999. 128면).

이 드러내는 대신 인물의 성격화에서는 미숙을 보이는 경우이다. 강경애의 소설이 본궤도에 오른 것은 두말 할 것 없이 중편 《소금》, 장편 《인간문제》가 쓰여지면서부터 이다. 간도체험을 반영하는 소설에서도 체험은 그로 하여금 새로운 창작방법을 구사하게 하였다. 《소금》과 《인간문제》는 그런 점에서 좋은 대조를 이룬다.[17] 강경애는 서울과 장연, 간도를 오가면서 작품활동을 하였는데 때로는 장연에 오래 머물기도 해서 그 기간 장하일은 어디에 있었는지 궁금한 대목으로 지목되기도 한다.[18]

간도에 와서 강경애의 의식이 바뀌었음을 증명하는 소설 〈그 여자〉를 보자. 〈그 여자〉에 앞서 쓴 《어머니와 딸》(1931)의 주인공 옥이는 소설 말미에서 고향에서 올라온 김영철선생으로부터 고향소식을 듣는다. 작년 가을에 쇠돌네가 북만주로 가고 올 봄에도 십여 가구가 만주로 떠났다는 말을 하자 옥이는 "만주에서는 누가 이마에 손 얹고 기다린답더이까?" 하면서 이렇게 말한다.

땅이 흔하면 거저 준다나요! 내 땅을 떠나서 가면 무얼 해요. 이제는 떠나겠다는 어리석은 사람이 있거들랑 선생님께서 말려주세요. 아니 반쯤 죽여주세요! 굶어죽어도 내 땅에서 죽고 빌어먹어도 내 고향에서 먹어야지요.[19]

---

17) 서정자, 《한국근대여성소설연구》 앞의 책, 145~현실과 소설구조 참조. 앞장에서 체험을 중시한 《인간문제》의 기술을 살펴 보았지만 《인간문제》는 프롤레타리아 창작방법에 충실히 따른 작품이다. 이에 반하여 《소금》은 프로문학의 공식을 따르지 않았다. 체험을 극적으로 부각하는 수법으로 주인공이 체험을 통해 차츰 각성하는 구조이다.

18) 채훈, 〈강경애론〉, 《재만 한국문학연구》(깊은 샘, 1990, 172면) 임헌영교수는 "특히 지하활동을 하다가 전향한 남편 때문에 강경애는 정신적 물질적으로 외롭고 가난하게 지낸 성싶다"고 하였는데(임헌영, 〈비판적 사실주의의 소중한 열매〉, 《강경애전집》1 해설, 열사람, 1988. 312면), 이상경교수는 북한의 연구자료에서 장하일에 대하여는 일체 언급이 없다고 쓰고 있어(이상경, 앞의책) 장하일의 행적에 대해 궁금증을 자아낸다.

19) 강경애, 《어머니와 딸》, 《제일선》 1932. 12.

그런데 〈그 여자〉의 주인공 마리아가 부인 청년회 초청 연설에서 간도 농민을 향하여 비슷한 발언을 한다. 간도 농민들은 이 말을 듣자 무의식간에 흐응 하는 비웃음과 함께 욱 쓸어 일어나 "민족이 뭐냐, 내 땅이 뭐냐"하면서 난동을 부리게 된다. 《어머니와 딸》에서 주인공 옥의 목소리를 통해서 들려준 이 말은 곧 작가의 목소리라 할 수 있다. 작가는 긍정적 주인공을 통해서 자신의 목소리를 전달하기 때문이다. 그런데 똑같은 이야기를 〈그 여자〉의 부정적인 주인공을 통해서 전달하고 있다는 것은 곧 일찍이 내 비쳤던 자신의 생각이 바뀌었다는 뜻이 아니겠는가. 그 계기가 무엇이었는지는 작품 속에 나타나지 않는다. 앞의 옥이의 발화는 강경애가 혼자 간도 방랑을 하면서 가졌던 생각인 것 같고, 뒤의 마리아의 발화는 장하일과 간도에 다시 간 후 자신의 생각을 반성하게 된 것인 듯 하다.

그 증거처럼 간도에 와서 쓴 〈부자〉〈채전〉〈축구전〉은 이념적 조직과 연계된 이야기나 사회주의적 전망을 담고 있다. 장하일이나 강경애가 어떤 조직과 연계되어있었는지 아직 밝혀진 것은 없다.[20] 그러나 소설 속에서 주인공은 조직과 연계되어 있는 경우가 많고 경향적 색채가 강하게 드러나고 있어서 강경애가 일종의 변화, 또는 새로운 시도를 하고 있음을 보게 한다. 하지만 이러한 과도기를 거쳐서 강경애는 이념을 앞세우기보다 이러한 이념에 눈 떠가는 체험을 제시하는 단편 〈유무〉, 중편 《소금》 등 강경애 특유의 현장감 넘치는 작품을 낳기 시작한다. 그리하여 간도에서 체험한 항일운동가들의 이야기가 태어난 것이다.

《소금》은 한·중·일·러·만 오족 불협화의 살육장이자 일본 관동군의

---

20) 임헌영교수는 '그녀의 체험의 범위를 넘어선 《소금》이나 《인간문제》 등에 나타난 사회운동과 노동현장의 생생한 묘사는 강경애부부가 겉으로 나타내지 않았던 많은 활동에 연관되었음을 반증해주는 것'이라 하였다. 임헌영, 위의 책, 312면.

보조병력 자위단, 농민 자위대, 구 동북 군벌과 보위단, 반만 항일 세력을 토벌하는 토벌단 등이 수시로 출몰하는 살벌한 분위기 속에서 중국인 지주 팡둥의 땅을 소작하다가 남편을 잃고 아들은 가출하여 단 둘만 남고만 모녀의 이야기이다. 이들은 고향에서 땅을 떼이고 이민을 왔으나 공산당에 남편을 잃고 아들은 공산당으로 잡혀 처형된다. 정조를 유린하고 아이까지 배게 한 지주 팡둥으로부터 아들이 공산당이라는 이유로 쫓겨난 주인공은 해란강변 어떤 헛간에서 아이를 낳고 살기 위해 유모로 취직했다가 자신의 아이 둘을 열병에 잃는다. 주인공은 소금 밀수를 하는데 이 때 만난 공산당의 따뜻한 위로가 밀수 사염 단속을 나온 순사에게 붙잡힐 때에야 생각나면서 봉식이 공산당이 된 이유를 깨닫는다는 줄거리이다.[21] 《소금》의 경우 세계관과 창작방법에 맞추었다기보다 자신의 체험에 비중을 둔 소설이다.

〈모자〉는 항일 운동가의 가족이 겪는 고난을 그린 것이다. 남편의 하는 일에 동조하던 시형과 주변이, 시국이 바뀌자 일제에 영합하면서 오히려 멀리하는 인심 속에, 갈 곳이 없어 눈 속을 헤매는 이야기이다. 〈원고료 이백 원〉은 자전적 소설로서 아마도 《인간문제》를 연재하고 받은 듯한 원고료 이백 원의 용도를 둘러싸고 남편과 아내가 다툰 이야기이다. 처음 만져보는 큰돈을 보니 궁핍했던 과거가 생각나면서 가져보지 못한 반지와 외투 등을 사고 싶어하는 주인공과 독립운동을 하다가 옥살이를 하고 있는 동지의 뒷바라지를 하자는 남편과의 다툼 속에 간도에서 활동하는 항일운동가들의 삶이 비쳐진 소설이다. 〈번뇌〉역시 항일운동을 하다가 옥에 들어가 7년만에 나온 주인공이 동지의 집에 머물면서 동지의 아내 계순을 사랑한 이야기를 담은 것이다. 주인공

21) 강경애의 《소금》은 발표 당시 검열로 마지막 부분이 지워져있다. 이 지워져있는 부분은 지워진 상태로 인쇄가 된 것이 아니라 한 권 한 권 먹물로 지웠다. 고려대 본과 영인본의 지워진 상태가 달라 붓으로 하나 하나 지운 것을 알 수 있다.

은 함흥에서 태어나 해삼위에서 성장하여 러시아의 적당에 들었다가 주의자가 되어 만주로 나오게 됐는데 관군과 홍의적에 쫓기면서 이 사상이 더욱 굳어져서 이에 일생을 바치리라고 굳게 결심하게 된다.

되놈의 만두 몇 개만 포켓에 넣어 가지면 이 넓은 만주천지를 번개 불같이 뛰었지요. 여기에 따라 일어나는 민중의 의식이야말로 바람에 풍기는 불길 같았지요. 간도의 민중! 그들은 조선에서 살래야 살 수 없어 죽을 각오를 하고 뛰쳐나온 사람이 아닙니까. 어쨌든 간도의 군중처럼 총칼의 맛을 본 군중은 없으리다. 뚜렷이 드러난 사변만으로도 이번까지 몇 번입니까.[22]

간도에서 목격한 이러한 실감나는 묘사는 우리 근대사의 중요한 증언이기도 하며 항일문학으로 뚜렷한 자리를 차지하고 있다. 〈어둠〉은 간도지방에 있었던 제4차 간도공산당사건의 관련자들 18명이 사형 당한 사건을 소설의 소재로 삼아 쓴 작품이다. 일찍이 최초의 여성문학평론가 임순득은 강경애가 이 사건을 소설로 쓴 용기를 극찬하고 이 사실을 외면한 작가들은 치인으로 매도한 바 있다.[23] 이처럼 간도를 배경으로 한 강경애의 항일서사들은 체험을 소설화 하는 강경애 글쓰기 방식을 확증하는 것들이다.

## 나오며

강경애의 체험과 그 글쓰기방식에 역점을 두고 그의 문학을 살펴보았다. 극도로 궁핍한 농촌과 도시의 체험, 유 이민의 땅이자 항일 독립

---

22) 강경애, 〈번뇌〉, 《신가정》, 1935. 6.
23) 임순득, 〈여류작가 재인식론〉 《조선일보》(1938. 1. 28). 서정자, 〈최초의 여성문학평론가 임순득론〉, 《청파문학》(1990). 서정자, 《한국여성소설과 비평》(푸른사상사, 2001. 205면).

운동의 거점인 간도의 체험, 그리고 여성으로서의 체험은 그로 하여금 당시의 사상적 주류이자 현실극복의 논리인 계급사상을 받아들이게 하였다. 그러나 동시에 언제나 체험에서 얻은 현실을 정직하게 반영하고자 애쓴 강경애는 특유의 소설세계를 이룩하였다. 우선 감각묘사에 탁월한 그의 체험기술에서 궁핍을 드러내는 '먹는' 묘사에 미각묘사가 없는 것, 끝내는 먹는 일을 저주 그것으로 그림으로써 식민지현실이 갈수록 비참해짐을 나타내 빈궁소설에 성공하고 있음을 살펴보았다. 다음 장편《인간문제》의 판본 비교를 통해 작가의 체험을 기술하는 글쓰기 방식을 확인하였고 또한 이 체험을 중시하는 기법이 그대로 나타난 신문연재본이 정본이 되어야 함을 보았다. 한편 간도체험이 항일서사를 낳은 것과 이 역시 체험을 기술하는 강경애의 글쓰기 방식의 하나임을 살펴보았다.

강경애의 여성체험이 반영된 여성체험의 서사에 대해서는 지면 관계로 줄였다. 어머니의 삶을 지켜보면서 전통적 여성의 삶에 대해 회의와 비판의식을 지녔을 강경애는 숭의여학교에 다니면서 보다 여성에 대해 적극적 인식을 지니게 됐을 것이다. 숭의여학교는 송죽회 등 애국여성단체를 결성하는 등 여성운동의 주역을 많이 배출한 기독교계 학교이다. 여성해방의 선구적 의식에서 발간된《여자계》는 1917년 숭의여중학교 동창회에서 창간하여 동경여자유학생 친목회에 넘겨주었는데 이 잡지는 여성의 자각을 고취하고 여성의 계몽과 교육의 중요성을 역설하는 등 시기적으로니 내용으로나 매우 선구적인 잡지이다. 강경애의 재학 시기가 1921년~1923년이므로 이의 영향을 추정해 볼만하다.[24] 강경애는 근우회 장연지회에 관여하기도 하였는데 강경애가 양주동과 서울에서 동거생활을 하는 등 대담한 행동을 한 데에는 문학에 대한 열

24) 서정자, 페미니스트 성장소설과 자기발견의 체험―강경애의《어머니와 딸》《인간문제》《소금》을 중심으로―,《한국여성소설과 비평》(푸른사상사, 2001. 16면).

정과 여성해방의식의 영향도 있었을 것이다. 이런 여성 체험은 그로 하여금 페미니즘문학을 낳게 하였는데 이에 대하여는 다른 글에서 언급한 바 있다.[25]

여기에 한가지 덧붙이자면 강경애는 아이를 낳은 체험이 없는 것이 정설로 되어 있는데 채훈교수가 강경애의 수필 〈내가 좋아하는 솔〉(발표지, 시기 미상)에서 '흡사히 내가 집에 두고 온 내 애기의 다방머리 같았고'의 구절로 이 정설에 이의를 제기한 바 있다. 여기에 또 하나의 자료를 보태보면 강경애의 수필〈어촌점묘〉(1935)에서도 '귀엽다 저 모양…… 내 애기의 머리털같이'라는 대목이 나온다. 그런데 최정희의 〈여류작가군상〉(《우리문학》 1946. 2. 창간호)에 '강경애가 아이 낳으려고 병원에 왔다'는 말이 나온다. 중이염 등 지병이 있어 병원에 오는 길이 이렇게 잘못 전해졌는지 모르나 작가자신이 쓴 수필에 '내 애기'라는 말이 두 번이나 나오는 것은 그에게 아이가 있었던 것이 아닌가 하는 의문을 떨치기 어렵게 한다.[26] 그의 소설 《소금》 〈마약〉 등에서 모성의 묘사를 실감나게 하고 있기 때문에 자료를 제시해 본 것이다.

---

25) 서정자, 위의 책.
26) 현경준, 문학풍토기-간도편, 《인문평론》 1940.6. 현경준은 1940년 쓴 글에서 강경애가 '어린애가 없어서 탄식이지만'이라고 아이가 없음을 분명히 하고 있다. 그러나 그 이전의 강경애의 글에서 '내 애기'에 대한 언급이 나오고 있으니 아기가 있었던 것인지 의문을 가져보게 된다.

1906년 4월 20일 황해도 송화군 송화에서 가난한 농민의 딸로 태어남. 아버지
와 어머니의이름 등 가계에 대해 조사된 바 없음. 그의 아버지는 창 장
년 시절의 거의 전부를 지주집 머슴살이로 보냈으며 늘그막에 겨우 얼
마간의 땅을 얻어 가정을 이루었다고함.

1909년 겨울, 아버지 사망.

1910년 아버지 사망 후 어머니는 호구지책을 찾아 시누이 집으로 갔으나 궁핍
을 벗어나지못한 끝에 황해도 장연군 장연의 최도감의 후처로 들어가
게 되었고, 강경애도 어머니를 따라 장연으로 이주하여 성장하였음. 최
도감은 환갑을 지난 늙은이였고 거기다가 불구자였다고 함. 의붓아버
지와 전처 소생의 아들과 딸이 강경애를 몹시 구박함.

1913년 의붓아버지 최도감이 보다가 둔《춘향전》에서 한글을 깨쳐 구소설을
다 읽어내자 동네 할아버지 할머니들이 데려다 과자를 사 먹이고 소설
을 읽혔다고 함. '도토리 소설장이'라는 별명이 붙음.

1915년 열 살이 지나서야 어머니의 애원과 간청으로 겨우 장연여자청년학교를
거쳐 장연소학교에 입학하여 공부하였으나 궁핍하여 월사금, 학용품
값이 없어 도둑질을 생각할 정도였음.

1921년 형부(의붓언니의 남편인 듯)의 도움으로 평양 숭의여학교에 입학. 역시
가난한 여학생으로 궁핍한 학교생활을 함. 가난으로 친구도 사귀지 못
해 외로움으로 하나님을 의지하고자 밤마다 기숙사 강당에 가서 목을
놓고 울면서 기도하였다고 함.

1923년 봄, 장연에서 장연 태생의 동경 유학생이던 양주동을 만남. 강연회장에
서 만난 양주동을 집으로 찾아가 문학이야기와 영어이야기에 열중한
나머지 밤을 꼬박 새움. 숭의여학교 3학년인 이때 10월경 학생들의 동
맹휴학과 관련, 퇴학을 당함. 이 동맹 휴학은 1923년 10월 15일 '심한
간섭과 기숙사 안에서의 규칙 제일주의의 생활에 반기를 들고' 감행한
것임. 그해 추석날 한 학생이 세상을 떠난 학교 친구의 묘에 성묘를 가
자는 권유를 하여 기숙사생 몇 사람이 사감 선생(나진경)에게 외출 허가
를 요청하였으나 거절당한 데서 학생들이 학교 창립 기념일을 앞둔 10
월 15일에 일제히 동맹휴학에 돌입하게 된 것. 이 사건의 주모자로 퇴

학당한 강경애는 장연으로 와서 양주동을 다시 만나게 되는데 양주동의 글을 보면 강경애는 십리나 떨어진 양주동의 누님 집으로 어둔 밤에 걸어와서 며칠을 묵으면서 양주동으로부터 시와 문학사상과 인생론을 배웠다고 한다. 아침에는 일찍 일어나 누님네 애기를 업고 부엌에 나가, 불도 때고 돼지죽을 쑤어주고, 저녁에는 방아를 찧고 맷돌을 돌리는 등 수업료를 노동으로 때우는 모습도 나와있다. 강경애의 배움에의 열정을 읽게되는 대목이다. 이후 양주동과 함께 서울로 와서 청진동 72번지 금성사에서 동거하며 동덕여학교 3학년에 편입하여 1년간 공부하기도 했다.

1924년   5월, 양주동이 주재하던《금성》지에 강가마라는 필명으로〈책 한 권〉이라는 시를 발표함. 9월 초, '뜻 아니한 불행한 일로' 양주동과 헤어져 언니가 경영하는 장연 서선여관에서 지냄. 이들의 헤어진 원인을 사상에 대한 불일치로 보는 견해가 있음. 최정희의 증언에 의하면 강경애가 양주동을 찼다고 하며 고일신의 증언에 의하면 가난으로 두 사람이 결혼을 할 수 없었다고 함. 학비를 댔던 형부가 서울로 출분했다가 돌아온 데 대해 분노하여 뺨을 때린 것이 잘못되어 중이염을 앓게 됨.

1925년   11월,《조선문단》에〈가을〉이란 시를 발표함. 이후 1929년까지 강경애의 행적을 알리는 자료가 없음. 고일신의 증언에 의하면 양주동과의 연애사건으로 장연에서 비난의 여론이 일자 고향을 떠나야했던 것 같으며 이 때 간도 용정 일대를 방랑한 것으로 추측되고 있다. 박화성의 증언에 의하면 역시 양주동과의 연애관계로 고향을 떠나야했는데 이 방랑기간 강경애는 가난으로 '이루 말할 수 없이' 고생을 하였다고 한다. 용정일대에서 교육기관의 강사노릇도 하였다고 하나 이 기간에 병을 얻어 늘 고통을 받게 되며 고향으로 돌아와 만난 장하일은 강경애의 병을 고쳐주려고 많은 애를 썼다고 한다. 연변 쪽 자료에 의하면 1920년대 후반 강경애는 주로 장연에 거주하면서 문학공부를 하는 한편으로 굶주린 무산 아동을 위한 '흥풍야학교'를 개설하고 직접 학생들을 가르쳤다고 하며 1930년 1월 24일 있었던 김좌진장군 암살사건에 연루되었다는 설도 제기되고 있다.

1926년   8월《조선일보》에 시〈다림불〉발표.

1929년   10월, 근우회 장연 지회로 소속을 밝히고《조선일보》에 독자투고로〈염상섭씨의 논설 '명일의길' 을 읽고〉를 발표함. 이 글에서 강경애는 소박한 형태로나마 맑스주의적인 관점을 드러내 보임. 이 시기에 고향에 돌아와 언니가 경영하는 서선여관과 최문려의 사랑방에서 자취를 하면서 〈파금〉〈어머니와 딸〉을 집필하였을 것으로 보임. 이 시기를 전후하여 수원 농림학교 출신인 장연군청의 서기 장하일과 결혼한 것으로 보임.

1930년 11월,《조선일보》에 〈조선 여성의 밟을 길〉이란 시론을 부인문예란에 투고로 발표함.

1931년 1월,《조선일보》부인문예란에 〈파금〉이란 단편소설을 투고로 발표함. 이 작품은 한 지식인이 이념적인 번민 속에서 집안의 파산을 계기로 만주로 이주하여 사상 운동을 펼치게 된다는 줄거리를 가지고 있음. 그러나 관념에 빠지는 것을 경계하는 작가의 태도가 뚜렷이 나타남. 2월, 역시 《조선일보》에 강악설이란 필명으로 〈양주동군의 신춘평론─반박을 위한 반박〉이라는 양주동 비판문을 씀. 양주동에 대한 상당히 격한 감정이 드러나 있음. 장하일과 인천을 거쳐 이해 6월에 간도 용정으로 이주한 것으로 추측됨. 장하일은 용정 동흥중학교 교사로 근무. 이후 간혹 서울이나 장연을 왕래. 8월부터 1932년 12월까지《혜성》지에 장편소설 〈어머니와 딸〉을 연재.

1932년 1월《신여성》에 〈커다란 문제 하나〉발표. 6월경, 중이염 때문에 용정을 떠나서 1933년 9월 이전까지 서울과 장연에서 머무름. 이 때 장하일과 함께 있지 않음. 8월과 10월《동광》지에 발표한 수필 〈간도를 등지면서〉〈간도야 잘 있거라〉에 이 때 간도를 떠나던 감회를 피력함. 9월,《삼천리》에 단편 〈그 여자〉를 발표함.

1933년 3월,《제일선》에 단편 〈부자〉를 발표하는 외에도 수필을 거의 매달 한 편씩 발표함. 9월경, 다시 용정으로 감. 단편 〈채전〉(《신가정》 9월), 〈축구전〉(《신가정》 12월)발표.

1934년 단편 〈유무〉(《신가정》 2월), 간도에 이주한 조선농민의 처절한 삶과 모성과 노동의 갈등을 첨예하게 그린 중편 〈소금〉(《신가정》 5~10월) 발표. 단편 〈동정〉(《청년조선》 10월) 발표. 8월부터 12월까지《동아일보》에 그의 대표작이자 식민지 시대 최고의 리얼리즘 소설의 하나로 꼽히는 장편소설《인간문제》를 연재함. 이 작품은 이후 1949년(평양) 북한에서 단행본이 출간되었으며, 1978년(서울) 삼성출판사에서《한국문학전집》 12에 수록되었다. 1988년, 1992년(서울)에는 단행본으로도 출간되었고, 소련에서도 1955년 러시아어로 번역되었다고 함.

1935년 단편 〈모자〉(《개벽》1월), 〈원고료 이백 원〉(《신가정》 2월), 〈해고〉(《신동아》 3월), 〈번뇌〉(《신가정》 6~7월) 발표.

1936년 간도 용정에서 안수길, 박영준 등과 함께 '북향'의 동인으로 가담했으나 건강 사정 때문에 적극적 활동은 못함. 3월《조선일보》에 빈궁소설의 극치를 보여주는 단편 〈지하촌〉을 발표. 8월《신동아》에 단편 〈산남〉발표. 이 해에 황해도 몽금포의 작은 어촌을 배경으로 하여 일본인 노동자와 식민지 조선노동자의 연대 문제를 일본어로 쓴 소설 〈장산곶〉을 일본의 오사까마이니찌 신문에 발표.

1937년 《여성》 1~2월 호에 간도지방에서 있었던 '제4차 간도 공산당사건'의 관련자 18명이 1936년 6월 사형 당한 사건을 소설화 한 단편 〈어둠〉을 발표. 11월 호에 실직 후 고민을 이기다못해 아편을 입에 대고 중독자가 되고 만 간도이민자가 아내를 청인에게 팔았으나 아내가 도망치다 죽어 살인자로 잡혀가는 간도이민의 비참한 삶을 그린 단편 〈마약〉 발표.

1938년 〈검둥이〉(《삼천리》 5월, 미완) 발표.

1939년 《조선일보》 간도 지국장 역임. 신병이 악화, 남편과 함께 고향인 장연으로 돌아옴.

1940년 2월에는 상경하여 경성제대 병원에서 치료를 받기도 하고 삼방약수터에도 감.

1944년 4월 26일 병이 악화되어 귀가 먹고 앞조차 보지 못하게 되어 한 달 전에 돌아가신 어머니를 부르면서 숨짐.

## 소설

〈파금〉,《조선일보》, 1931. 1. 27~2. 3.

〈어머니와 딸〉,《혜성(제일선으로 개제)》, 1931. 8~1932. 12. 장편소설.

〈그여자〉,《삼천리》, 1932. 9.

〈월사금〉,《신동아》, 1933. 2. 꽁트.

〈부자〉,《제일선》, 1933. 3.

〈젊은 어머니〉,《신가정》, 1933. 4 . 다른 작가들과의 연작소 (전집에수록 않음).

〈채전〉,《신가정》, 1933. 9.

〈축구전〉,《신가정》, 1933. 12.

〈유무〉,《신가정》, 1934. 2.

〈소금〉,《신가정》, 1934. 5~10. 중편소설.

〈인간문제〉,《동아일보》, 1934. 8. 1~12. 22. 장편소설.

〈동정〉,《청년조선》, 1934. 10.

〈모자〉,《개벽》, 1935. 1.

〈원고료 이백 원〉,《신가정》, 1935. 2.

〈해고〉,《신동아》, 1935. 3.

〈번뇌〉,《신가정》, 1935. 6~7.

〈지하촌〉,《조선일보》, 1936. 3. 12~4. 3.

〈파경〉,《신가정》, 1936. 5. 연작소설(전집에 수록않음).

〈산남〉,《신동아》, 1936. 8.

〈장산곶〉,《대판매일신문大阪每日新聞》, 1936. 6. 6~10.

〈어둠 〉,《여성》, 1937. 1~2.

〈마약〉,《여성》, 1937. 11.

〈검둥이〉,《삼천리》, 1938. 5~?.

## 평론·수필

〈염상섭 씨의 논설「명일의 길」을 읽고〉,《조선일보》, 1929. 10. 3~7.

〈조선여성들의 밝을 길〉,《조선일보》, 1930. 11. 28~29.

〈양주동 군의 신춘평론─반박을 위한 반박〉,《동광》, 1931. 2. 11.

〈간도를 등지면서〉,《동광》, 1932. 8.
〈간도야 잘 있거라〉,《동광》, 1932. 10.
〈꽃송이 같은 첫눈〉,《신동아》, 1932. 12.
〈커다란 문제 하나〉,《신여성》, 1933. 1.
〈간도의 봄-심금을 울린 문인의 이 봄〉,《동아일보》, 1933. 4. 23.
〈나의 유년시절〉,《신동아》, 1933. 5.
〈원고 첫낭독〉,《신가정》, 1933. 6.
〈여름 밤 농촌의 풍경 점점〉,《신가정》, 1933. 7.
〈이역의 달밤〉,《신동아》, 1933. 12.
〈송년사〉,《신가정》, 1933. 12.
〈간도〉,《조선중앙일보》, 1934. 5. 8.
〈표모의 마음〉,《신가정》, 1934. 6.
〈작자의 말〉,《동아일보》, 1934. 7. 27.
〈두만강 예찬〉,《신동아》, 1934. 7.
〈고향의 창공〉,《신가정》, 1935. 5.
〈장혁주 선생에게〉,《신동아》, 1935. 7.
〈어촌점묘〉,《조선중앙일보》, 1935. 9. 1~6.
〈불타산 C군에게―그리운 고향〉,《동아일보》, 1936. 6. 30.
〈작가 작품 연대표〉,《삼천리》, 1937. 1.
〈기억에 남은 몽금포〉,《여성》, 1937. 8.
〈봄에 맞는 우리 집 창문〉,《삼천리》, 1938. 5.
〈약수〉,《인문평론》, 1940. 7.
〈내가 좋아하는 솔〉,《미상》, 미상.
〈자서소전〉,《여류단편걸작집》, 1939.

## 시

〈책 한 권〉,《금성》, 1924. 5.
〈가을〉,《조선문단》, 1925. 11.
〈오빠의 편지 회답〉,《신여성》, 1931. 12.
〈참된 어머니가 되어주소서〉,《신여성》, 1932. 12.
〈숲 속의 농부〉,《신동아》, 1933. 6.
〈오늘 문득〉,《신가정》, 1934. 12.
〈이 땅의 봄〉,《북향》, 1935. 12.

〈단상〉,《북향》, 1936. 1.
〈산딸기〉,《유고시》(북한 강경애 무덤의 비석에 새겨짐).

## 작품 출판서지

《현대조선여류문학선집》, 조선일보사출판부, 1937.

《여류단편걸작집》, 조선일보사출판부, 1939.

《지하촌》, 강경애 외저, 예문사 , 1977.

《현대한국단편문학전집 5》, 금성출판사, 1981.

《지하촌》 외, 강경애⋯⋯등 합저, 경림출판사, 1982.

《인간문제》, 남풍, 강경애 지음 / 손소희 지음 동서문화사 1984.

《인간문제》, 남풍, 강경애 손소희 저, 양우당, 1986.

《해방 전 여류 작가 선집》, 강경애 ; 백신애 ; 김명순 공저. 범조사, 1987.

《불》, 현진건 등저, 동서문화사, 1987.

강경애전집 1《인간문제》임헌영·오현주편, 열사람, 1988.

《카프대표소설선 1~2》, 김성수 엮음, 사계절, 1988.

《유리 파수꾼》, 박화성 외지음 ; 엄혜숙 ; 오현주 공동 엮음, 동녘, 1989.

《한국 대표 단편선 2》, 금자당 편, 금자당, 1990.

《한국여성소설선 1》, (1910~1950), 나혜석 외 지음 ; 서정자 엮음, 갑인출판사 1991.

《인간 문제》, 강경애 저, 창작과 비평사, 1992.

《에센스 한국 단편 문학 3》, 이어령 ; 이청준 ; 권영민 공 편집, 한양, 1993.

《ガラスの番人 : 韓國女性作家短編集 1925-1988年》朴花城⋯⋯(等)著 ; めんどりの
　會 編譯, 凱風社, 1994.

《(장편소설)인간문제》, 강경애 저, 문학예술종합출판사, 1994.

《인간문제》, 강경애 지음, 신원문화사, 1994.

《정통한국문학대계 63》, 강경애⋯⋯ 등 지음, 어문각, 1994.

《인간문제. 낙조 외》, 강경애 저 / 김사량 저, 동아출판사, 1995.

《인간문제》, 강경애 지음, 소담출판사, 1996.

《중국내 조선인 소설선집》, 해방전편, 강경애⋯⋯ 등 지음 ; 조남철 엮음, 평민사, 1998.

《한국근대단편소설대계 2》, 강경애 편, 이주형 외 편저, 한국인문과학원, 1999.

《(중고생이 꼭 읽어야 할)한국단편소설 5》, 홍신문화사 편, 홍신문화사, 1999.

《한국근대소설. 1~2 》, 한국현대소설학회 편, 이회문화사, 1999.

《인간문제》강경애 지음, 범한, 1999.

《강경애 전집》강경애 지음 ; 이상경 엮음, 소명출판, 1999, 개정판 2002.
《(스무살을 위한)페미니즘 소설》이정희 엮음, 청동거울, 2002.
《페미니즘 정전 읽기》송명희·안숙원·이태숙 편저, 푸른사상사, 2002.
《꽃을 잃고 나는 쓴다》강경애 외 지음 ; 방민호 엮음, 대한교과서, 2004.
《구보씨의 얼굴》이광수 외 지음 ; 방민호 엮음, 대한교과서, 2004.

## 학위논문
이규희, 〈강경애론—빛과 어둠의 절규〉이화여자대학교, 석사학위논문, 1975.
안숙원, 〈강경애 연구〉서강대학교 석사학위논문, 1976.
이희수, 〈강경애 연구〉강원대학교 석사학위논문, 1981.
임선애, 〈강경애 소설 연구〉영남대학교 석사학위논문, 1983.
이상경, 〈강경애연구—작가의 현실인식 태도를 중심으로〉서울대 석사학위논
　　　문, 1984.
도애경, 〈강경애연구〉건국대학교 석사학위논문, 1987.
서정자, 〈일제강점기한국여류소설연구〉숙명여자대학교 박사학위논문, 1987.
정영자, 〈한국여성문학연구〉동아대학교 박사학위논문, 1988.
안연선, 〈한국자본주의화 과정에서 여성노동의 성격에 관한 연구—1930년대 방
　　　직공장을 중심으로〉이화여자대학교 석사학위논문, 1988.
유금위, 〈강경애 작품 연구〉충남대학교 석사학위논문, 1988.
이영숙, 〈1930년대 여성작가의 여성인식에 관한 연구〉이화여자대학교 석사학
　　　위논문, 1988.
원종인, 〈1930년대 여류소설연구—특히 여성의 현실문제를 중심으로〉숙명여
　　　자대학교 석사학위논문, 1988.
이정옥, 〈한국여류소설연구〉서강대학교 석사학위논문, 1988.
정혜영, 〈강경애 소설연구〉경북대학교 석사학위논문, 1989.
이은경, 〈강경애 소설 연구〉연세대학교 석사학위논문, 1990.
송영희, 〈강경애 문학 연구〉숙명여자대학교 석사학위논문, 1990.
배팔수, 〈강경애의 '인간문제' 연구〉계명대학교 석사학위논문, 1990.
이미혜, 〈강경애 소설 연구〉연세대학교 석사학위논문, 1991.
정혜경, 〈강경애소설 연구〉고려대학교 석사학위논문, 1991.
엄현미, 〈강경애 소설 연구〉성신여자대학교 석사학위논문, 1991.
차은희, 〈강경애연구〉중앙대학교 석사학위논문, 1991.
송지현, 〈1930년대 한국소설에 있어서의 자아정립양상연구〉전남대학교 박사

학위논문, 1991.

김정화, 〈강경애소설연구〉 동국대학교 박사학위논문, 1992.

박용수, 〈강경애의 장편소설 연구〉 전남대학교 석사학위논문, 1992.

김연희, 〈강경애 소설 연구〉 연세대학교 석사학위논문, 1992.

김현영, 〈강경애 소설 연구〉 경상대학교 석사학위논문, 1992.

양지숙, 〈강경애 소설 연구〉 전북대학교 석사학위논문, 1992.

홍소희, 〈강경애 소설연구〉 서울여자대학교 석사학위논문, 1992.

심진경, 〈강경애 장편소설 연구〉 서강대학교 석사학위논문, 1993.

서상미, 〈강경애 소설에 나타난 여성 문제 의식 연구〉 홍익대학교 석사학위논문, 1993.

오현미, 〈강경애 소설 연구〉 중앙대학교 석사학위논문, 1993.

홍연실, 〈간도소설연구〉 건국대학교 석사학위논문, 1993.

오원숙, 〈강경애 소설세계의 변모 양상 연구〉 경북대학교 석사학위논문, 1993.

김종원, 〈강경애 소설의 변모과정 연구〉 연세대학교 석사학위논문, 1993.

김은경, 〈강경애 장편소설 연구〉 목포대학교 석사학위논문, 1994.

이재빈, 〈강경애 소설에 나타난 여성인물 연구〉 석사학위논문, 공주대학교 1994.

현종헌, 〈강경애의 〈인간문제〉 연구〉 한국교원대학교 석사학위논문, 1994.

김도훈, 〈강경애 '인간문제' 연구〉 한양대학교 석사학위논문, 1994.

최광현, 〈강경애 소설 연구〉 인하대학교 석사학위논문, 1994.

김은하, 〈1930년대 리얼리즘 소설 연구〉 중앙대학교 석사학위논문, 1994.

서은영, 〈강경애 소설연구〉 연세대학교 석사학위논문, 1994.

백윤정, 〈강경애 소설 연구〉 계명대학교 석사학위논문, 1995.

손효정, 〈강경애 소설 연)구 경남대학교 석사학위논문, 1995.

한관웅, 〈강경애의 '인간문제' 연구〉 인하대학교 석사학위논문, 1995.

민은홍, 〈강경애의 소설에 나타난 여성문제 연구〉 덕성여자대학교 석사학위논
　　　문, 1995.

고은미, 〈강경애 소설의 여성의식 연구〉 전북대학교 석사학위논문, 1996.

이정아, 〈강경애 소설 연구〉 영남대학교 석사학위논문, 1996.

심문자, 〈강경애 소설 연구〉 건국대학교 석사학위논문, 1996.

이경란, 〈강경애 소설 연구〉광운대학교 석사학위논문, 1996.

이금란, 〈강경애 소설 연구〉 숭실대학교 석사학위논문, 1996.

이유미, 〈강경애 소설 연구〉 연세대학교 석사학위논문, 1996.

김명순, 〈강경애의 장편소설 연구〉 조선대학교 석사학위논문, 1996.

박미영, 〈강경애의 소설 '인간문제' 연구〉 성신여자대학교 석사학위논문, 1997.

김은미, 〈강경애 소설의 인물 연구〉 한양대학교 석사학위논문, 1997.

신현주, 〈강경애. 백신애 비교 연구〉 국민대학교 석사학위논문, 1997.

사성국, 〈강경애 소설 연구〉 연세대학교 석사학위논문, 1997.

정진희, 〈강경애 소설의 공간 연구〉 한림대학교 석사학위논문, 1998.

이진희, 〈1930년대 소설에 나타난 母像연구〉 서강대학교 석사학위논문, 1998.

이영심, 〈강경애 소설에 나타난 여성 정체성 연구〉 제주대학교 석사학위논문, 1998.

이하윤, 〈강경애 인간문제의 문학사회학적 접〉 원광대학교 석사학위논문, 1999.

한금성, 〈강경애 소설 연구〉 전남대학교 석사학위논문, 1999.

서현목, 〈강경애 소설 연구〉 단국대학교 석사학위논문, 1999.

김현영, 〈강경애의 〈인간문제〉 인물 연구〉 안동대학교 석사학위논문, 2000.

강덕금, 〈히구치이치요오(樋口一葉)의 '키재기'와 강경애의 '어머니와 딸'에 대한 고찰〉 단국대학교 석사학위논문, 2000.

김윤정, 〈강경애 소설 연구〉 중앙대학교 석사학위논문, 2000.

우영길, 〈강경애의 〈인간문제〉 연구 한양대학교 석사학위논문, 2000.

채정남, 〈강경애 소설연구〉 동국대학교 석사학위논문, 2000.

이용순, 〈강경애 소설의 변모 양상 연구〉 공주대학교 석사학위논문, 2000.

김은정, 〈강경애 장편소설 〈인간문제〉 연구〉 한국외국어대학교 석사학위논문, 2000.

박사문, 〈강경애 소설 연구〉 경희대학교 석사학위논문, 2001.

안현정, 〈강경애 소설의 여성 성격〉 경희대학교 석사학위논문, 2001.

민병선, 〈강경애 소설의 현실인식 양상 연구〉 충북대학교 석사학위논문, 2002.

최유진, 〈강경애 소설 연구〉 경원대학교 석사학위논문, 2002.

이수현, 〈1930년대 경향소설의 이중서사 연구〉 서강대학교 석사학위논문, 2002.

박금주, 〈한국 근대 여성소설의 타자적 여성성 연구〉 한남대학교 박사학위논문, 2002.

정영화, 〈1930년대 여성문학의 근대성 인식양상 연구—강경애와 이선희를 중심으로〉 중앙대학교 박사학위논문, 2003.

박정희, 〈강경애 소설 속의 '가난' 연구〉 청주대학교 석사학위논문, 2003.

김윤정, 〈강경애 소설에 나타난 여성의식 연구〉 단국대학교 석사학위논문, 2003.

곽미숙, 〈강경애 소설 연구〉 국민대학교 석사학위논문, 2003.

주미연, 〈에이드리언 리치와 강경애의 작품에 나타난 여성상〉 원광대학교 석사학위논문, 2003.

이영조, 〈근대 여성 수필 연구〉 대전대학교 석사학위논문, 2003.

남주희, 〈강경애 연구〉 부산대학교 석사학위논문, 2004.

고승현, 〈강경애의 '인간문제' 연구〉 성균관대학교 석사학위논문, 2004.

김승희, 〈강경애의 '인간문제' 연구〉 대진대학교 석사학위논문, 2004.

**논문 평론**

이무영, 〈여류작가개평〉, 《신가정》, 1934. 2.

홍　구, 〈1930년의 여류작가의 군상〉, 《삼천리》, 1933.3.

김기림, 〈양주동 여류문인 편감촌평〉, 《신가정》, 1934.2.

장혁주, 〈강경애여사께〉, 《신동아》 1935. 7.

백　철, 〈금년의 여류창작계〉, 〈여성〉, 1936. 12.

＿＿＿＿ , 〈강경애론〉, 《여성》, 1938. 5.

김기진, 〈구각에서의 탈출〉, 《신가정》, 1935.1.

이　청, 〈여류작가총평〉, 《신가정》 1935. 12.

오양호, 〈이민문학론〉, 《영남어문학》 3집, 영남대학교 국문과, 1976.

김윤식, 〈강경애의 문학―장편의 중요성과 관련하여〉, 강경애편 해설, 삼성출판
　　　사 《한국문학전집》 12. 1978.

이강언, 〈강경애소설의 정신과 기법〉 《여성문제연구》 11집, 효성여자대학 한국
　　　여성문제연구소. 1982.

채　훈, 〈재만문학동인지 북향고〉, 《어문연구》, 14, 어문연구회, 1985.

서정자, 〈강경애연구〉, 《원우론총》, 숙명여자대학교 대학원 《원우회》 1집. 1983.

채　훈, 〈1930년대 여류소설에 있어서의 빈궁의 문제〉, 《아세아여성연구》 23집,
　　　1984.

이상경, 〈강경애론―30년대의 궁핍형소설고〉, 《한국학보》, 일지사, 1984.

송백헌, 〈강경애의 '인간문제' 연구〉, 《여성문제연구》 13집, 효성여자대학 한
　　　국여성문제연구소, 1984.

＿＿＿＿, 〈강경애의 《어머니와 딸》〉, 《건국어문학》, 1985.

전기철, 〈강경애의 《인간문제》고〉, 《어문논총》 7·8합집, 전남대 어문학연구회, 1985.

정영자, 〈강경애소설연구-인물의 성격구조와 피해의식을 중심으로〉, 《송랑구연
　　　식박사화갑기념논총》, 1985.

조남현, 〈강경애연구〉, 《예술원논문집》 25집, 대한민국예술원, 1986.

정덕훈, 〈강경애 소설 연구〉, 《서강어문》 5집, 서강어문학회, 1986.

임선애, 〈강경애소설의 주제연구〉, 《국문학연구》 9집, 효성여자대학교 국문과, 1986.

장문평, 《요절한 여류들 해방전여류작가선집》 해설, 범조사, 1987.

임헌영, 〈비판적 사실주의의 소중한 열매―《인간문제》를 중심한 강경애의 소설〉,
　　　《강경애전집1》 해설, 열사람, 1988.

김용희, 《인간문제》에 나타난 여성의식 《이화어문논집》, 1989.

나병철, 〈'지하촌'의 세계와 '사하촌'의 세계〉, 《국제어문학》, 국제대학, 1989.

조남현, 〈강경애의 '인간문제', 그 종횡〉, 《작가세계》, 세계사, 1990.

송명희, 〈문학적 양성성을 추구한 여성교양소설〉, 《여성과 문학》, 1990.

임금복, 〈강경애소설에 나타난 지식인 연구〉, 《국제어문》 국제어문학회, 1990.

송지현, 〈강경애 소설에 나타난 여성의식 연구〉, 《한국언어문학》, 한국언어문학
회, 1990.

이상경, 〈강경애의 삶과 문학〉, 《여성과 사회》, 한국여성연구소 1990.

서정자, 〈페미니스트 성장소설과 자기발견의 체험:강경애의 '어머니와 딸' '인
간문제' '소금'을 중심으로〉, 《한국여성학》 7집, 한국여성학회, 1991

김재영, 〈민중 속에서 변혁 꿈꾸기―여성리얼리스트 강경애론〉, 동아출판사
《한국소설문학대계 17》, 강경애편 해설, 1995.

이재선, 〈경향소설의 모형〉 《인간문제》 해설, 소담출판사, 1996.

송명희, 〈강경애의 '인간문제'에 대한 여성비평적 연구〉, 《비평문학》, 한국비평
문학회, 1997.

정미숙, 〈강경애 '인간문제'의 서술 시점〉, 《국어국문학지》, 문창어문학회, 1997.

_____, 〈차용된 남성 시점과 여성 발견의 한계―강경애 단편소설의 시점〉, 《문
창어문논집》, 문창어문학회, 1999.

손영옥, 〈강경애의 '인간문제'와 여성 노동자의 삶〉, 《인문논총》 14집, 경남대학
교 인문과학연구소, 2001.

송지현, 〈강경애 소설에 나타난 여성의식 연구〉, 《한국언어문학》 28집, 형설출
판사, 1990. 5.

이희춘, 〈강경애 소설 연구〉, 《한국언어문학》 46집, 한국언어문학회, 2001.

이금란, 〈강경애 소설 연구〉, 《숭실어문》 14집, 숭실대학교 숭실어문연구회, 1998.

채상우, 〈강경애론〉, 《국어국문학논문집》 18집, 동국대학교 국어국문학과, 1998.

김경희, 〈강경애 소설에 있어서의 여성관〉, 《동남어문논집》, 동아어문학회, 2000.

김병민, 〈남북한 민중을 위한 문학―신채호, 강경애의 경우〉, 《실천문학》, 실천
문학사, 2000.

소영현, 〈강경애의 '인간문제' 검토〉, 《한국근대문학연구》, 한국근대문학회, 2001.

김미현, 〈강경애 소설의 관념성: 후기소설의 변화를 중심으로 한 재론〉, 《한국
근대문학연구》, 한국근대문학회, 2001.

이희춘, 〈강경애 소설 연구〉, 《한국언어문학》, 한국언어문학회, 2001.

천연희, 〈강경애의 '어머니와 딸'과 에디스 워튼의 '연락宴樂의 집'에 나타난 어
머니의 유산― '삭임'과 허영의 문제를 중심으로―〉, 《신영어영문학 (구

영남저널》, 신영어영문학회, 2003.

박혜경, 〈강경애의 작품에 나타난 여성인식의 문제〉,《민족문학사연구》, 민족문학사학회, 2003.

김민정, 〈강경애 문학에 나타난 지배담론의 영향과 여성적 정체성의 형성에 관한 연구〉,《어문학》, 한국어문학회, 2004.

**단행본**

양주동,《문주반생기》, 신태양사출판국, 1960.

채 훈,《재만한국문학연구》, 깊은샘, 1990.

이상경,《강경애》, 건국대학교 출판부, 1997.

서정자,《한국근대여성소설 연구》, 국학자료원, 1999.

김정화,《강경애 연구》, 범학사, 2000.

서정자,《한국여성소설과 비평》, 푸른사상사, 2001.

이상경,《한국근대여성문학사론》, 소명출판, 2002.

장문평,《유고집 낙관주의의 거부》, 돋을새김, 2004.

**책임편집 서정자**

1942년 목포출생. 숙명여자대학교 국어국문학과.

숙명여자대학교 대학원 국어국문학과, 현대문학전공, 문학박사.

숙명여자대학교 한양대학교 한국외국어대학교 강사 역임.

현재 초당대학교 교양과 교수.

동국대학교 대학원 국어국문학과 석 박사과정, 동덕여대 대학원 박사과정 강사 역임.

한국문학평론가협회 이사역임, 한국여성문학학회 고문.

저서 《한국근대여성소설 연구》《한국여성소설과 비평》

편저 《한국여성소설선1》《원본 정월 라혜석 전집》《지하련 전집》《박화성문학전집》(20권).

**입력·교정**

이성철 초당대학교 정보통신학과 졸업.

범우비평판 한국문학·24-❶

# 인간문제(외)

초판 1쇄 발행 2005년 6월 10일

지은이     강경애
책임편집     서정자
펴낸이     윤형두
펴낸데     **종합출판 범우(주)**
기 획     임헌영 오창은
편 집     장현규
디자인     왕지현
등 록     2004. 1. 6. 제105-86-62585
주 소     413-832 경기도 파주시 교하읍 문발리 525-2 출판문화정보산업단지
전 화     (031)955-6900~4
팩 스     (031)955-6905
홈페이지 http://www.bumwoosa.co.kr
이메일     bumwoosa@chol.com
ISBN     89-91167-14-4 04810
           89-954861-0-4 (세트)

* 책값은 뒤 표지에 있습니다.
* 잘못된 책은 바꾸어 드립니다.

# 당신의 서가에 세계 고전문학을…

# 범우비평판 세계문학선

세르반떼스의 〈돈 끼호떼〉
발간 400주년 기념!!

# 작품론을 함께 묶어 38년 동안 일궈낸 세계문학전집!

대학입시생에게 논리적 사고를 길러주고 대학생에게는 사회진출의 길을 열어주며,
일반 독자에게는 생활의 지혜를 듬뿍 심어주는 문학시리즈로서
범우비평판은 이제 독자여러분의 서가에서 오랜 친구로 늘 함께 할 것입니다.

(全冊 새로운 편집 · 장정 / 크라운변형판)

범우사　www.bumwoosa.co.kr TEL 02)717-2121

주머니 속 내 친구!

# 범우문고

【각권 값 2,800원】

# 범우학술·평론·예술

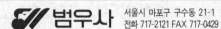

범우사  서울시 마포구 구수동 21-1
전화 717-2121 FAX 717-0429